Meir Shalev
Esaus Kuß
*Eine
Familiensaga
Aus dem
Hebräischen
von
Ruth Achlama*

Diogenes

Titel der 1991 bei Am Oved, Jerusalem,
erschienenen Originalausgabe:
›Esav‹
© Copyright 1991 Meir Shalev
Umschlagillustration:
Joachim Patinir, ›Die Ruhe auf der
Flucht nach Ägypten‹ (Ausschnitt)
Gemäldegalerie, Staatliche Museen zu Berlin
Foto: Jörg P. Anders
© Bildarchiv Preußischer Kulturbesitz
Berlin 1993

Für meine Mutter

Alle Rechte vorbehalten
Copyright © 1994
Diogenes Verlag AG Zürich
150/94/8/1
ISBN 3 257 06010 6

Herzog Anton und die Dienstmagd Soga

(Eine erfundene Geschichte über Personen, die es nie gegeben hat)

Herzog Wilhelm von Geßler fiel im Alter von fünf Jahren einem Jagdunfall zum Opfer. Eine Gans flatterte auf, eine Flinte knallte im Gebüsch, das Kind fiel zu Boden, zappelte und brüllte. Seine Schreie hallten über den Erdboden, verhedderten sich im Schilf, prallten gegen die Pappelstämme, aber die Hunde wußten nur Füchse und Vögel aufzustöbern und fanden den kleinen Leichnam des Herzogs erst, als er längst verstummt war. Der Schütze, ein ungeschlachter Rinderhirte, der sich in das Jagdrevier eingeschlichen hatte, um einen Fasanen zu wildern, beging noch am selben Abend vor Trauer Selbstmord und hinterließ eine junge Witwe, einen holprigen Reuebrief und ein ungelöstes Rätsel: Wie konnte ein Mensch sich durch zwei Genickschüsse mit der Pistole umbringen?

Wilhelm war einer von zwei Zwillingsbrüdern, ein stämmiger Rotschopf, der schon mit vier Jahren aufgescheuchte Schnepfen abschoß, Falken fliegen ließ und Windhunde über die Felder jagte. Wenige Tage vor seinem Tod hatte er sein erstes eigenes Gewehr erhalten, ein echtes *Mannlicher*, wenn auch stark verkleinert, eigens angefertigt von Elija Natan von Monastir, dem besten Waffenschmied Europas.

Fortan beherrschte das tote Kind seine beiden lebenden Eltern. Die trauernde Mutter erwarb für eine horrende Summe die Pietà von Gianini und hängte sie in das Zimmer ihres verstorbenen Sohnes. Stundenlang lag sie krumm in seinem Bettchen eingepfercht, betrachtete wehmütig den Leichnam des Gekreuzigten und schöpfte Kraft aus der imposanten Gestalt seiner Mutter, die unter

Kunsthistorikern den Beinamen »Madonna robusta« trägt – denn Gianinis Jungfrau ist eine große, breitschultrige Frau mit knabenhaft kleinen, festen Brüsten und langen, muskulösen Armen. Der Vater verriegelte das Geßlersche Jagdschloß, versiegelte seine Türen mit Wachs und flüchtete sich in zwei Beschäftigungen mit bekannt gutem Einfluß auf die Seele des Mannes – das Forschen und das Sammeln. Er sammelte geflügelte Worte, trug Miniaturen und Mikrographien zusammen und erforschte das Auftreten von Stigmata bei katholischen Frauen. Noch heute heißt es, er habe als erster von Louise Lateau, jener französischen Schneiderin, von deren Handgelenken freitags Blut tropfte, berichtet.

Wilhelms Zwillingsbruder, Herzog Anton, lief immer wieder zu seiner Mutter, bettelte, sie möge das Bett seines toten Bruders verlassen, und brachte ihr ihr Lieblingskonfekt, Lübecker Marzipanbrote, aber sie achtete nicht auf seine Bitten und Verführungskünste. Erst um Mitternacht erhob sie sich und ging zur Hofbäckerei, um Brotlaibe frisch aus dem Ofen zu essen, und an Regentagen lief sie ins Freie und ließ sich das Haar durchweichen. Innerhalb weniger Monate hatte der Tod ihres Sohnes eine rotäugige, fettleibige, ewig erkältete Frau aus ihr gemacht. Sie engagierte den berühmten Kindermaler Ernst Weber und schilderte ihm wochenlang das Antlitz des Toten. Weber malte Hunderte von Kindern, allesamt tot, aber keines war das ihre. Schließlich fand sich eine Lösung: Man bestellte den französischen Photographen Marcel de Vine, der das Gesicht der Mutter ablichtete, während sie von ihrem Sohne sprach, das Bild, wo nötig, retuschierte und so ein wunderbar naturgetreues Portrait erzielte.

Die Jahre vergingen. Vater und Mutter verschanzten sich jeweils hinter ihrem Schmerz, und Herzog Anton wuchs von einem netten Knaben zu einem verwöhnten, ungeduldigen Jüngling heran. Sein Leben lang hatte er das Gefühl, sein toter Bruder halte seine Ferse fest. Er selbst hing keinen Jagdfreuden nach, sondern verschrieb sich Frauen, Amüsements und Kutschen. Seinerzeit hatten Gleichheit und Brüderlichkeit – »die französischen Malaisen« laut seinem herzoglichen Vater – bereits ihren ersten Zauber eingebüßt, aber Herzog Anton verstand diese Schlagworte auf seine Weise und spendete seine Liebe freigiebig den Töchtern aller Stände, Hochwohlgeborenen wie Aschenputteln gleichermaßen, und sie alle bekamen genau den gleichen Gesichtsausdruck in seinem Bett. Er erbot sich den Frauen mit der abgedroschenen französischen Floskel: »Voulez-vous coucher avec moi?«, brachte die Worte aber mit gespielt naiver Dreistigkeit unter Schnaufen hervor, wobei er seine schmalen Lenden an seine Gesprächspartnerin preßte, damit sie nicht etwa an seiner Entschlossenheit zweifelte.

Der Herzog war ein großzügiger, amüsanter Charmeur, der behauptete und bewies, daß Egoisten die besten Liebhaber sind, und sich vor allem einen Namen in Sachen Luxus, Fleischeswonnen und Sittenlosigkeit machte. Nachts schlief er in einem Bett voll Zobelpüppchen, mit deren Berührung sich auch die erfahrenste, zärtlichste Liebkosung nicht messen konnte, und jeden Morgen, sobald seine alte Amme ihm die empfindlichsten Hautstellen gepudert und ihn angekleidet hatte, traten zwei spiegeltragende Jünglinge ein, die ihn langsam umschritten, damit er seine elegante Erscheinung von allen Seiten begutachten konnte. Das Frühstück wurde »genau zweieinhalb Stunden nach Sonnenaufgang« serviert, wozu ein Astronom eine spezielle Tabelle der Sonnenaufgangszeiten erstellte, die sogar schwäbischen Köchen ausreichend verständlich war, um die Küche entsprechend zu leiten.

Der Herzog speiste von Tellern, deren Ränder den Spruch *Honni soit qui mal y pense* – »Ein Schelm, der Böses dabei denkt« – in Goldschrift trugen, und achtete derart auf die Frische seiner Nahrung, daß er sich ein eigenes Speisehaus errichtete, einschließlich eines Flußwasserbeckens für Aale, eines blitzsauberen kleinen Stalls, in dem die Kälber und Ferkel ihre letzte Nacht verbrachten, und eines torfbeheizten Backsteinofens Marke Jütland, der fürs Brötchenbacken nicht seinesgleichen fand.

Die berühmteste und wohldokumentierteste Verfeinerung des Herzogs Anton lag jedoch nicht im kulinarischen Bereich; sie äußerte sich im sanften, anhaltenden Niederschlagen der Lider beim Wasserlassen, als weigere sich sein hübsches Gesicht, den Angelegenheiten der niedrigeren Körperregionen beizuwohnen. Wegen dieser Gepflogenheit blieben stets ein paar Tropfen auf den Marmorfliesen der Toilette, und in seiner Knabenzeit mußte die Amme sein Geschlecht halten und ausrichten, wenn er urinieren wollte. Als der Herzog dies auch als Erwachsener unbedingt beibehalten wollte, wurde seine Absonderlichkeit allgemein bekannt und gab Anlaß zu einem der amüsantesten und lustvollsten Dienste der gehobeneren Bordelle Europas. In Polen hieß er »wir haben einen kleinen Trichter«, in Spanien »der blinde Stier«, in Frankreich »Schuß im Dunkeln« und in den Wiener Etablissements »Herzog und Amme«. All dies sind wohlbelegte, schriftlich festgehaltene Tatsachen, die Skeptiker in Caldwells und Martens *Sitten und Bräuche in europäischen Fürstenhäusern des 19. Jahrhunderts* nachlesen können, wobei allerdings anzumerken ist, daß man historischen Schriften im allgemeinen und denen dieser beiden Verfasser im besonderen nicht blindlings vertrauen sollte.

Im zweiten Band des Werkes behaupten Caldwell und Marten, was derlei Vergnügungen anbetreffe, habe nur einer den Herzog Anton noch übertroffen, und zwar der Bischof Baudouin von Avignon. Tatsächlich betrachtete Herzog Anton den Bischof als vorbildlichen Menschen, studierte seine Schriften und eiferte ihm nach. Nebenbei bemerkt war dieser Baudouin von Avignon auch ein bedeutender Reisender und Forscher. Er hinterließ mehrere bebilderte Studien über »Hellenistische Mosaiken in den Ländern der Levante«, in denen er das bekannte Phänomen, daß die dargestellten Figuren dem Betrachter mit dem Blick folgen, schlicht auf ein heilbares Schielen zurückführte. Im Alter von fünfzig Jahren schloß der Bischof sich Napoleons Truppenzug in den Orient an und machte im Heiligen Land einen lang ersehnten Fund: Er entdeckte die Vorhaut des Jesuskinds. Einige Jahre später unternahm er eine zweite Reise, um die Milchzähne des Jesusknaben zu finden, blieb jedoch hinfort verschwunden.

Wohlbemerkt sind wegen Jesu Himmelfahrt Vorhaut und Milchzähne seine einzigen leiblichen Überreste. Auch die größten Skeptiker, ja selbst die, die die heilige Dreieinigkeit an sich verleugneten, wußten, daß die Vorhaut des Heilands nicht verwesen und seine Milchzähne nichts von ihrem Glanz einbüßen konnten. Viele suchten danach, und viele – wie besagter Baudouin – mußten dafür büßen. Das bekannteste Beispiel war der Kreuzfahrerkönig Balduin IV., der ohne jedes Schmerzempfinden an Aussatz erkrankte, sobald er der Vorhaut ansichtig wurde. Dieser Fall ist bereits in der Chronik seines Erziehers, Wilhelm von Tyrus, enthalten, so daß er hier nicht erneut geschildert zu werden braucht. Weniger bekannte Opfer, wie etwa der deutsche Reisende Klaus von Köln und die dänische Clairvoyantin Pia Schutzmann, wurden – auf ihrer Suche kaum in Jerusalem eingetroffen – augenblicklich vom Einsiedlerdrang überwältigt und kapselten sich von der Welt ab, der eine in den unterirdischen Gängen unter dem Tyropoeon, die andere im Kloster Dominus Flevit.

Aber es gab auch Gläubige, die keinerlei Schaden nahmen und doch so zahlreiche Vorhäute fanden, daß der Lutheranerpastor August Grimholz in seinem Buch *Trugbilder der Franziskaner* vermerkte, wollte man all die falschen Vorhäute des Heilands aneinandernähen, könnte man ein riesiges Zelt daraus errichten, in dem all die närrischen Jerusalempilger gut und gern Platz fänden. Allerdings war besagter Grimholz als trinkseliger Skeptiker bekannt; dazu sei nur angeführt, daß er der Gordonschen Lokalisierung von Golgota zustimmte und sogar das »Strumpfband unserer lieben Frau«, das Michele di Prato aus dem Heiligen Land mitgebracht hatte, anzweifelte, obwohl es einen eindeutig jungfräulichen Geruch verströmte.

Nun will es die Ironie des Schicksals, daß all diese Dinge längst dem Vergessen anheim gefallen sind, während der Name des Bischofs Baudouin heute gerade dank einiger belangloser Studien aus seinem Flegelalter an der katholischen Schule von Toulon im Gedächtnis geblieben ist, in denen er behauptete, die beste, zweckmäßigste und angenehmste Art, sich das Gesäß abzuwischen, sei die mit Gänseküken.

»Erst mit dem Schnabel, dann mit dem Flaum«, erklärte der junge Priesteranwärter seinen johlenden Kameraden, und dieser Ausspruch – *Premièrement, le bec. Ensuite la plume.* – wurde zum Motto in Kreisen, die sich den Genuß erlauben konnten. Herzog Anton, der Jahre nach dem Verschwinden des Bischofs auf die Welt kam, nahm es ebenfalls in seine Prinzipien- und Spruchsammlung auf und wies seinen Hofverwalter an, einen kleinen Zuchtgänseschwarm zu erwerben und aufzuziehen, um seinen diesbezüglichen Kükenbedarf zu decken.

Auch wissenschaftliche Ambitionen hatte der Herzog. Abgesehen von den damals modernen, verbreitet betriebenen Versuchen, einen Flugkörper, der schwerer als Luft war, zu erfinden, und dem Bemühen, das Dampffahrrad, ein glühendheißes, langsames Gefährt, das Qualm und Lärm produzierte, zu verbessern, widmete der Herzog sich in mehreren Jugendjahren auch genetischen und astronomischen Studien. Er versuchte, eine homozygotische Art weißer Raben zu züchten, und beobachtete die Sterne aus einem besonderen Schlafzimmer, dessen durchsichtige Decke zu einer riesigen Linse geschliffen war. Nachts vergrößerte sie die Sterne, und tags wurde sie mit schwarzem Tuch abgedeckt, da sie den Raum sonst unerträglich aufheizte, ja einmal sogar zwei blutjunge Italienerinnen versengte, die dort bis spät in den Tag hinein geschlafen hatten.

An dieser Stelle ist anzufügen, daß der Herzog im selben Jahr den heiligen Verlobungsbund schloß. Seine Braut war die österreichische Prinzessin Rudolfine, eine grobschlächtige Blondine mit überquellendem Busen und Geldbeutel, die ihm die Berater seines Vaters aufgezwungen hatten. Die körperlichen und geistigen Eigenschaften der Prinzessin standen in exakt umgekehrtem Verhältnis zueinander, und vor allen Dingen war sie für ihren grauenhaften Mundgeruch berüchtigt, den nicht einmal Myrtenwurzelstaub zu beseitigen vermochte. Stets sammelten sich Mücken- und Falterleichen auf ihrem Musselinkragen und den breiten Seidenhängen ihres Busens, da die bedauernswerten kleinen Geschöpfe krepierten, sobald sie nur in den Pesthauch ihres Atems gerieten.

Einige Monate vor dem Hochzeitstermin erklärte Herzog Anton seinen Eltern, er wolle eine Orientreise unternehmen. Der Herzog war, Gott behüte, nicht etwa der Neigung höherer – vornehmlich englischer – Kreise erlegen, die Muße und volle Taschen besaßen und dem Zauber des Orients nebst seiner Bewohner verfallen waren. O nein! Der Herzog wünschte nichts weiter, als sich einen kleinen Schatz an Erlebnissen und Erinnerungen anzulegen, die ihm das Leid und die Langeweile, die ihn jenseits der Eheschließung erwarteten, erleichtern mochten.

»Was ist denn das Eheleben anderes als der gerade, langweilige, staubige Weg, der uns in den Tod führt«, zitierte er seinem Vater einen Ausspruch des katalanischen Dichters Juan Jiménez. Die Mutter des Herzogs, die zu jener Zeit vor lauter Trauer, Regen und Brot bereits einem riesigen Schwamm glich, brach in Tränen aus, doch sein Vater, der Sprüchesammler, konnte ein Lächeln nicht unterdrücken und gab ihm die Erlaubnis und die nötigen Mittel für die Reise. Nur eine Bedingung knüpfte er daran – wenn er nach Jerusalem komme, solle er vor den Mauern die letzten Worte Heinrichs v. sprechen: »Wenn der Herr mich mit hohem Alter segnet, werde ich dich erobern!« Außerdem solle er mit geschlossenen Augen die Via Dolorosa abschreiten und sich im Geist die letzten Schritte des Herrn vergegenwärtigen, wie es bei den Tempelrittern, zu denen die Geßlers zählten, Brauch und Sitte war.

Der Herzog studierte die allerneusten Reisehandbücher von Clemens und Melville und deren alte Vorgänger, die Beschreibungen des Reisenden von Bordeaux und des Wallfahrers von Hannover, und stellte sich ein Gefolge von Beratern, Staatsmännern, Gänseküken, Leibwächtern und Wissenschaftlern zusammen. Außerdem befahl er, seinen leichten, schnellen Einspänner und den Lipizzanerschimmel reisefertig zu machen. Auch seinen jüdischen Leibarzt, Dr. Reuven Yakir Preciaducho, nahm er mit, sowie die Magd Soga, eine hingebungsvolle, riesige Albanerin, der die Janitscharen als Kind die Stimmbänder durchtrennt hatten. Sie war stumm, aber stark genug, ihn in Nächten, in denen er über alle Maßen gebechert und gevögelt hatte, auf den Armen ins Bett zu tragen, und nach dem Tod der Amme hatte sie auch seine Ausrichtung auf die Klosettschüssel übernommen. Sie war eine hübsche Frau mit hellem Teint und dichten Augenbrauen und hatte zwei Zäpfchen in der Kehle. Wenn eine üble Stimmung den Herzog verstörte, bat er sie, den Mund aufzusperren, und schon genügte ihm ein einziger kurzer Blick auf die zwei Zäpfchen, um in kindliches Lachen auszubrechen. Ihr wichtigster Vorzug war jedoch ihre Blutgruppe, die mit der des Herzogs übereinstimmte. Anton hatte einen niedrigen Blutdruck, und bei sexueller Erregung schoß ihm das meiste Blut in die Lenden, was zu Migränen, Schwächeanfällen und sogar tiefen Ohnmachten führte, welchenfalls Dr. Reuven Yakir Preciaducho ihm etwas von Sogas starkem Blut in die Adern leitete, um ihn wieder zum Leben zu erwecken.

Auch ein Photograph und ein Sekretär waren mit von der Partie, um die Reise zu dokumentieren, und alle zwei Tage schickten sie Berichte und Photographien an die Eltern des Herzogs, die sich über die Unterschiede von Bild und Wort gar nicht genug wundern konnten. Tatsächlich hätte man, abgesehen von der übereinstimmenden Tatsache, daß die Reise auf dem Südbahnhof in Wien begann und mit einem großen Unheil in Jerusalem endete, meinen können, es handle sich um zwei verschiedene Reisen.

In Istanbul empfing Sultan Abdul Aziz den Herzog, übergab ihm Empfehlungsschreiben an die Provinzstatthalter und Milletvorsteher und schenkte ihm auch ein riesiges Reisezelt mit seidenen Zwischenwänden und Teppichen, Kupfertabletts, Damaszenerkommoden und einem *Chambre séparée* in der Mitte, ausgestattet mit einem dreiteiligen Spiegel, der die Liebe aus neuen Winkeln zeigte, einem Waschgeschirr aus Alabaster und einer tscherkessischen Mätresse, die auf den europäischen Geschmack spezialisiert war. Der Herzog überbrachte dem Sultan die Grüße seines Vaters sowie dessen Geschenk: einen transportablen Galgen, geniale Erfindung deutscher Ingenieure, der wie kein anderes Gerät geeignet war, die Regierungsarbeit in entlegenen Provinzen auf einfache Weise zu erleichtern. Der Galgen, der von außen wie ein harmloser Schrank auf Rädern aussah, barg in seinem Innern diverse Klappgeräte zur Folterung und Exekution, wurde von zwei Mann und einem Maultier bedient und konnte sogar Bergpfade und enge Dorfgassen passieren, um in jedes Aufstandsnest zu gelangen. Noch am selben Tag begab sich der Sultan in eine nahe Kaserne, um das neue Geschenk dort an den Gefangenen auszuprobieren, während die Reisegesellschaft des Herzogs die *Miramar* bestieg und geradewegs nach Ägypten in See stach.

In der väterlichen Spruchsammlung wurde Alexandrien als »antike Hure der Männer und Zeiten« geschildert. Und tatsächlich empfingen den Herzog Anton feuchtwarme Böen und eine Ehrenparade mit Trommeln und schwitzenden Pferden. Er besuchte die verkohlten Reste der großen Bibliothek, trauerte um das verlorene Wissen und durchstreifte die für ihre prächtigen Rennpferde und gewandten Reiter bekannten Rennställe, deren Männer der berühmten Reitertruppe von Siena angehörten. Gegen Abend unterhielt er sich in Anwesenheit seiner beiden Erzieher, des Preußen und des Schweizers, mit einem Jünglingspaar, zwei Zwillingsbrüdern, die der Knabenliebe und dem Liebesspiel mit Kleinvieh frönten. Sie ließen schlüpfrige Erinnerungen aufleben und erboten sich auch mit anmutigem Augenaufschlag, eine »Vorstellung« zu geben, die dem Prinzen von Wales und dem Thronfolger Rudolf sehr gefallen habe, wie sie sagten.

Am Abend wurde der Herzog in den Gouverneurspalast gebeten, wo er den Auftritt einer Bauchtänzerin miterlebte, die betörenden bitteren Weidenrindenduft aus der Nabelsenke verströmte. Danach tränkte man ihn mit Kaffee und mästete ihn mit klebrigen Kuchen, die schwer wie Blei im Magen lagen und nach Ziegenkotze mit Honig schmeckten. Zur Erholung ging er hinterher mit seinen Wächtern auf der Promenade spazieren und nickte mit schwachem Lächeln den einheimischen Händlern zu, die alle weiße Gewänder und rote Feze trugen und mit elfenbeinernen Fliegenklatschen wedelten.

Nachts führten seine Gastgeber ihn in Madame Antonius' berühmtes Etablissement. »Das einzige Bordell der Welt, das Jahresabonnements verkauft«, flüsterte ihm ein Berater zu. Hier überprüfte Anton eingehend sämtliche Klatschgeschichten und Gerüchte über die anatomischen Vorzüge der Abessinierinnen und wurde dann gebeten, sein Ohr der Scham einer von ihnen zuzuneigen, wobei sich unwillkürlich ein Lächeln über sein Gesicht breitete, denn die Brandung ferner Meere rauschte in der Muschel ihres Fleisches, abgelöst von lieblichem Wellengeplätscher und sogar, so schien es ihm, den Lockgesängen Ertrunkener und den Klagen von Sirenen. Soga, die ärmste albanische Dienstmagd jedoch, wäre jene Nacht beinah vor Eifersucht und Blutleere gestorben.

»Zufrieden und glücklich ging der Herzog an Bord der *Miramar*, um sich vom Land der Pharaonen ins Heilige Land zu begeben«, berichtete der Sekretär den Eltern des Herzogs und beschrieb die seichten Wellen des Deltas und der Wüstenküste, die mächtigen, sanften Seekühe, die sich im warmen Wasser suhlten, das Gelb der Dünen Philistias und das Schwarz der Felsen von Jaffa. Doch auf dem Bild sah man einen bleichen, schlaffen Jüngling auf seinem Bette hingestreckt. Die alexandrinischen Delikatessen rumorten noch immer in seinen Gedärmen, und Dutzende von Gänseküken wurden von der *Miramar* über Bord geworfen und mußten elendig im Salzwasser verenden, denn selbst die Möwen – die stinkendsten und raubgierigsten aller Vögel – verschmähten sie.

Im Jaffaer Hafen erwartete ihn ein anderer Statthalter, dessen Bart nach Fisch und Schießpulver roch. Der Herzog wünschte die Treppe zu sehen, die der Prophet Jona hinabgestiegen war, und eine Rudermannschaft fuhr mit ihm ganz, ganz nah an den Andromedafelsen heran. Das Mittagessen wurde ihm in der katholischen Kirche serviert, wo man ihm auch ein Gläschen mit einer weißlich-trüben Flüssigkeit zeigte und erklärte, das sei »die Milch Mariens«. Sofort durchrieselte ein leiser Schmerz Antons Körper, gleich dem, den Perserinnen empfinden, wenn sie von ihren Männern belogen werden, doch der Herzog beschrieb ihn Dr. Reuven Yakir Preciaducho mit den Worten »wie eine warme Sanduhr im Magen«, meinte dann später: »Nein! Wie eine krumme Nadel«, und sagte schließlich ächzend, »wie Liebe, aber in der Leber«, und obwohl jeder Schmerz schließlich Warnung und Prophetie verkündet, mißachtete er den Fingerzeig, bestieg seinen leichten Einspänner und machte sich auf den Weg nach Jerusalem.

Neben seiner Kutsche rannten vier starke, nach allen Seiten schnüffelnde Rinderhunde, die Geldsäcke des Herzogs um die massigen Hälse gebunden. Davor und dahinter fuhren sechs Wagen mit Beratern und Kisten. Türkische Militärkapellen und Wachen und ein bunter Troß von Kindern, Fliegen, Machern, Eseln und Bettlern sorgten für Lärm und Staub um ihn her. Gegen Abend überholten sie einen langen Zug russischer Pilger, wobei der Herzog verblüfft entdeckte, daß die Männer die Vor- und Nachhut bildeten, während dazwischen ein stabiler hölzerner

Leiterwagen an dicken Seilen von Hunderten von Frauen gezogen wurde, und darauf eine kolossale Glocke, die gut und gern ihre sieben Tonnen hatte. Die Frauen legten sich, vor Anstrengung stöhnend, mächtig ins Geschirr, und die Männer besprengten sie mit Wasser und Tränen und feuerten sie mit ermunternden Rufen an. An der Spitze der Gruppe schritt ein kräftiger, hochgewachsener Bauer mit breitem Bart, Dichterzügen und großen Händen. Der Herzog bat seine Berater, ihn zu fragen, was es mit den Frauen und der Glocke auf sich habe, aber der Pilger fixierte sie nur wortlos mit beängstigenden russisch-orthodoxen Augen, und der Herzog setzte seinen Weg wie ein seinen Häschern zugetriebener Gazellbock fort, ohne sein Schicksal zu ahnen.

Zur Abendzeit machten sie in einem verstaubten Städtchen halt, das sich – ebenso wie das ganze Land – nur durch Reste der Vergangenheit auszeichnete. Ringsum schien der volle Mond silbern auf die uralten Ölgärten, in denen »manche Bäume noch zu Vespasians Zeiten gepflanzt« waren, wie es in dem Tagesbericht des Chronisten hieß. Aus dem Morast der Gassen ragten Marmorkapitelle und behauene Steine, die Skelette erhabener, längst schon toter Bauwerke, vor denen der Photograph lachend sagte, er könne sie nicht aufnehmen, da sie dauernd wackelten. Auch hier gab es einen Empfang, in dessen Folge ein neuer türkischer Statthalter den Herzog einlud, einem Ringkampf in anatolischem Stil zuzuschauen, der bei seinen Soldaten beliebt war. Kahlköpfige Kraftprotze in Lederhosen rieben sich den Leib mit Olivenöl ein und gingen aufeinander los, um sich gegenseitig zum Taumeln zu bringen. Bald stank die Luft nach Blut, Schlamm und Sperma. Der Herzog übergab sich, worauf man ihm die unterirdischen Zisternen der Stadt zeigte und ihn schließlich mit letzten Kräften den Kirchturm erklimmen ließ. Von hier aus, erzählte der Statthalter, hatte Napoleon auf einen unglücklichen Muezzin geschossen, weil der in aller Herrgottsfrühe auf das nahegelegene Minarett gestiegen war und ihn mit seinen Gebetsrufen im Schlaf gestört hatte. Der Statthalter bedeutete ihm, daß es möglich und auch durchaus üblich sei, einen Passanten auf das Minarett hinaufzuschicken, damit die erlauchten Gäste ihre Treffsicherheit mit der des großen Adlers messen könnten. Doch zum größten Leidwesen des Gastgebers begnügte der Herzog sich mit dem Schlaf in Napoleons Bett, in Gesellschaft von Wanzen und Flöhen, die seit jener historischen Nacht nichts mehr in den Magen bekommen hatten. Am Morgen half ihm Soga, in das Loch zu treffen, in das auch Napoleon sein Wasser gelassen hatte, und diesmal spürte der Herzog einen scharfen Schmerz, als drängen Glassplitter in seinen Unterleib ein. Aufstöhnend fuhr er zurück und lehnte den Nakken an die breite Schulter der Dienstmagd. Dann raffte er sich auf und ging hinaus, um nach Herzenslust in der anglikanischen Mädchenschule zu speisen, wo er sich die Stickarbeiten ansah und in seinem Notizbuch den Satz vermerkte: »Alle Schülerinnen gleichen einander, als hätten sie sämtlich bei derselben Amme getrunken, und bei allen sind die Brauen zusammengewachsen.« Dann setzte er, trotz der Bauchschmerzen, die nicht aufhören wollten, seinen Weg fort.

Am Horizont tauchte langsam die fahlblaue Wand der Berge von Samaria und Judäa aus dem sich niemals legenden Staubschleier auf. Herzog Anton zog zu Füßen des Ausgrabungshügels der antiken Stadt Geser vorbei, von dort abwärts in »das Tal der Räuber, in dem Josua, der Sohn Nuns, den Mond angehalten hat«, und warf, dem Brauch entsprechend, einen Bocksdornzweig in »den Brunnen voller giftigem Satansspeichel, in dem nichts schwimmt«. Die Karawane passierte eine muffige Karawanserei, arbeitete sich durch eine schmale Schlucht empor, die zu beiden Seiten von kahlen, finsteren Bergen gesäumt wurde, worauf es wieder ein Stück abwärts, dann aufwärts und erneut abwärts ging, bis man zum Ausruhen anhielt. Hier an der Biegung des Wasserlaufs, bei einem kleinen Dorf namens Kolonia, aß der Herzog gelbe Riesentrauben, deren spätsommerliche Süße ihm im Hals brannte, warf den Kindern Münzen zu und trank kühles Quellwasser, das nach Salbei duftete. Hastig zog er sich mit zwei Gänseküken hinter einen Samtvorhang zurück, und als er fertig war, zog die Karawane den gewundenen, steingepflasterten Steilweg hinan. Genau diesen Hang, so erzählte ihm sein Berater, seien Titus' Truppen emporgezogen, und der ewige Jude habe hier hinab die Wanderschaft angetreten. Noch zwei niedrigere Bergkämme ließ Anton hinter sich, und schon sah er Jerusalem jenseits des Berges lauern.

Hinter ihrer türkischen Mauer verschanzt, die dem Artillerieberater des Herzogs ein Lächeln entlockte, durch tausend Schießscharten blinzelnd und vom Licht des Sonnenuntergangs beleuchtet, taxierte die alte Stadt ihre erneute Zerstörung. Sofort feuerte sie ihre erprobte Munition auf ihn ab: güldene Turmpfeile, Himmelsnetze und trügerisches Dämmerlicht, das aussah, als könne man es kauen. Der Herzog bekam weiche Knie. Unverzüglich wurde die weinige Luft von messerscharfen Schwalbenflügeln, dem Trompetenstoß der Wache und dem Schweißgeruch der Betenden durchschnitten. Über diese Mischung »der Jerusalemer Abendlüfte, die nach Kot und Weihrauch stinken, beziehungsweise duften«, hatte der Herzog bereits in Melvilles Buch gelesen, und doch wurde es ihm angst ums Herz. »Wenn der Herr mich mit hohem Alter segnet, werde ich dich erobern!« sagte er frei von Herzen, obwohl er die Worte selbst bezweifelte.

Jetzt trug die Stadt die festen Abendbeilagen auf: wachsende Turmschatten, sich leerende Märkte, verblassende Goldkuppeln und noch ein paar weitere malerische Bilder, die all ihren Bewunderern wohlbekannt sind. Der Herzog spürte die von der Heiligen Schrift und den Reisehandbüchern versprochenen Schauder mit leisem, angenehmem Beben über den Rücken laufen. In sein Tagebuch notierte er, Jerusalem sei »die einzige Stadt der Welt, die Körpergeruch verströmt«. Diese Anmerkung erinnert übrigens ein wenig an die Tagebucheintragung des antisemitischen Touristen Victor Burke, der dreißig Jahre später schrieb, »die Steine der Westmauer verbreiten Mundgeruch«.

Der Mutazaref von Jerusalem, der sich ihm am Antimos-Hain zugesellt hatte und auf kleinen Füßen neben ihm herschritt, hieß ihn an der Ecke der Mauer anhalten, erklärte ihm, hier habe David Goliat erschlagen, und verkündete, anläßlich seines Besuches habe er den christlichen Kirchen und Klöstern erlaubt, ihre Glocken zu läuten, was ihnen schon seit dreihundert Jahren verwehrt sei. Der Herzog wurde gebeten, die Hand zu erheben, und mit einem Schlag dröhnten die Glocken los, daß es nur so über die Berge hallte. Die alten Glocken, von denen die meisten noch nie geläutet, dafür aber ständige Begierde und wachsenden Zorn angesammelt hatten, schlugen mit der Sehnsucht ihrer Messingkörper, wobei eine mächtige Wolke von Rost und Glaubenseifer aufstieg und sich über die Stadt legte. Dieses Ereignis entging den Chronisten, fand aber in so manchen Musikbüchern Erwähnung. Eigens genannt sei hier der Musikwissenschaftler Gustav Sterner, der in seinem Werk *Das große Glockenbuch* dazu schrieb: »Die Glocke, nicht die Trommel, ist das wahre Instrument der Erlösung.«

Herzog Anton wurde von Frömmigkeit ergriffen, was ihn zur leichten Beute machte. Ein starkes Beben erschütterte seine Knie, und ein stumpfes, heißes Schwert drehte sich ihm im Magen um. Er weinte, fiel in Ohnmacht, wurde sofort mit Sogas belebendem Blut aufgefüllt und kam wieder zu sich. Seine Diener schlugen das prächtige Seidenzelt zwischen den Quittenbäumen des Kerem Haschech auf, eines Obstgartens, der einmal war und nicht mehr ist, seinerzeit jedoch vom Storchenturm bis zu der berühmten alten Kiefer reichte, deren Same die Kreuzritter nach Jerusalem gebracht hatten.

In jener Nacht fand keiner im herzoglichen Lager Schlaf. Der Sekretär füllte zig Seiten mit Glanz und Glorie der Stadt, der Photograph zeterte laut, ihr Licht werde ihm seine Platten verbrennen, der Astronom zeichnete Tabellen für die Eintragung der Sonnenaufgangszeiten, und der General befleckte seine Laken in Traumbildern von ihrer Unterwerfungsposition. Sie, die die Gehirne von Königen zu Lug- und Einfaltsflöckchen zerkrümelt, Geistlichen Tollwutsschaum auf die Lippen getrieben und Propheten mit ihren Phantastereien um den Verstand gebracht hatte, überrollte den armseligen Herzog innerhalb weniger Stunden. Eine geschlagene Nacht saß er unter der Kiefer, ohne zu der Einsicht zu gelangen, daß sogar dieser mächtige Baum, der langjährigste aller Bürger dieser Stadt, sich noch nicht an ihre Lügen gewöhnt hatte und, so er Beine besäße, ihr längst entflohen wäre.

Am nächsten Morgen begab sich der Herzog zur Via Dolorosa, die er laut dem Brauch seiner Vorväter, der Tempelritter, vom Prätorium bis zur Grabeskirche mit geschlossenen Augen durchschritt, umgeben von Wächtern und Visionen, die ihn davon abhielten, an die Wände zu prallen. An der vierten Station legte er die Hände auf die Fußstapfen der heiligen Jungfrau auf dem »Sandalenmosaik« und bekam die erwarteten Krämpfe. An der sechsten Station, der der heiligen Veronika, brach er ebenfalls in Tränen aus, worauf die Pfarrer sich beeilten, das weiße Seidentüchlein hervorzuholen und auch ihm Tränen, Schweiß und Blut vom Gesicht abzuwischen. Die ganze Zeit schlug der Herzog die Augen nicht auf, so daß kein Mensch wissen konnte, was er sah, doch ins Zelt zurückgekehrt, beauftragte er den Photographen, die eben abgeschrittene Route zu photographieren. »Ein Schritt, ein Bild, ein Schritt, ein Bild!« befahl er ihm. Er selbst begab sich zum »Grab der vier Fürstinnen« am Hang des Skopusbergs, wo man ihm ein buntes Durcheinander von Wirbeln und Rippen, Zähnen und Hüftkugeln zeigte, wie die Teile eines grauenhaften Zusammensteckspiels. Es ließ sich wahrlich nicht mehr sagen, wer hier Pharaos Tochter, wer Naama, die Ammoniterin, wer Jael, die Prinzessin von Tadmor, und wer Luise, die Heilige der Kreuzfahrer, war. »Die Toten sind die stärkste Zunft in Jerusalem«, flüsterte ihm sein Berater beim Verlassen der Höhle zu.

Unterdessen hatte der Photograph den Leidensweg erreicht. Gebeugt unter der Last der riesigen Kamera, deren Holzbeine ihm zu beiden Seiten den Rücken hinunterbaumelten, und begleitet von zwei türkischen Soldaten sowie sieben Eseln, die die Säcke mit den schweren Photoplatten schleppten, tat er abwechselnd einen Schritt und photographierte. Anfangs ging alles glatt, doch als sie bei den letzten Stationen, denen innerhalb der Grabeskirche, angekommen waren, hetzte der griechische Patriarch ihm seine knotentragenden Popen auf den Hals, die brutal auf ihn einprügelten, so daß er nur mit Mühe entkam. Als der griechische Patriarch am nächsten Morgen erfuhr, wer der Mißhandelte war, überkam ihn große Bestürzung. Er begab sich zum Lager, raschelte unter zahlreichen Bücklingen mit seinen Gewändern und lud den Herzog in seine Sommerresidenz ein. Die beiden bestiegen den Einspänner und fuhren zum Gipfel einer luftigen Anhöhe westlich der Stadt. Dort stand ein kleines Kloster, das nach dem heiligen Simeon benannt war. Sie nahmen neben einem niedrigen grünen Glockenturm inmitten von Zypressen und Pinien Platz, eine schwarzgekleidete Frau brachte ihnen köstliche Melonenschnitze mit Zitrone, Zucker und Minze, und die Aussicht war großartig klar.

Auf dem Rückweg freute sich der Patriarch wie ein kleines Kind, erklärte, unter der Grabeskirche liege ein Mosaik der Aphrodite verborgen, ein Rest ihres Tempels aus hadrianischer Zeit, und bemerkte überraschenderweise augenzwinkernd: »Deshalb ist der Boden dort auch im Winter warm.« Danach witzelte er über das jährliche Betrugsmanöver mit der Herabholung des heiligen Feuers und fragte, ob er mal die Zügel nehmen und den Wagen selber lenken dürfe. »Männer hören nie auf zu spielen«, meinte er entschuldigend, »selbst wenn sie Kirchenoberhäupter sind.«

Bei Abendanbruch rumorten neue Schmerzen in Antons Leib. Im Lager erwartete ihn ein lästiger Chor von Gelehrten, Vorstehern und Rabbinern aller jüdischen Gemeinden, die nicht wußten, aus welchem Land er stammte, und daher vor seinem Zelt nacheinander die Hymnen sämtlicher europäischer Staaten absangen. Dann schoben sie einen jungen Juden hinein, der ihm ein Perlmuttkästchen mit fünfzehn Weizenkörnern übergab. Der Herzog, erschöpft, schmerzgeplagt und mit den Feinheiten der orientalischen Gastfreundschaft nicht ausreichend vertraut, ahnte nicht, daß die fünfzehn Körner mikrographische Kostbarkeiten waren, auf denen die fünfzehn Morgensegen der Juden mit einem Pinsel von nur einem Haar geschrieben standen. Er lächelte mit rotverquollenen Augen, murmelte einen Dank und verschlang die Körner, in die ein halbes Jahr mühsamster Arbeit investiert worden war. Eine Welle der Erschütterung ging über das Gesicht des Juden, und eine ähnliche Welle durchtoste die Eingeweide des Herzogs. Er schickte die Gäste fort, und da er sah, daß die tragbare königliche Latrine von Beratern und Wächtern umlagert war, suchte er nach einem anderen Ort, um sich zu erleichtern.

Er entwischte den Rabbinern, dem aschkenasischen und dem sephardischen, die sich stritten, wer zu seiner Rechten und wer zu seiner Linken schreiten sollte, lief geduckt den Feldweg zum Kidron hinunter, ging schleunigst in die Hocke und defäkierte im Schatten des mächtigen Mauerwerks der Stadtbefestigung. Nun, da ihm leichter ums Herz war, merkte er, daß er vergessen hatte, ein Küken zum Abwischen mitzunehmen, und sofort zog er einen Stein aus dem Sand und kratzte sich damit den Hintern ab wie ein gemeiner Eseltreiber. Erleichtert richtete er sich auf und spazierte davon, bis er die Bab as-Sahara durchschritt und blitzartig, als habe die Stadt sich ihn einverleibt, in ihre steinernen Eingeweide gesogen wurde, absackte und verschwand.

Ein Weilchen später bemerkten seine Leute sein Fehlen und bekamen große Angst. Der Mutazaref wurde aus dem Schlaf geweckt, geriet sofort außer sich und begann vor Entsetzen und Kummer dem neben ihm in den parfümierten Laken liegenden Knaben die Haare zu raufen. Allen kam der schreckliche Fall in den Sinn, als die zwanzigjährige Schwester des russischen Konsuls verschwunden war, die man dann eine Woche später tot in einem Probeschacht des Palestine Exploration Funds gefunden hatte, ihrer goldenen Gewänder entkleidet und in der Stellung liegend, in der die Beduinen Transjordaniens ihre Säuglinge wickeln. Doch der Herzog, der von all dem nichts wußte, schlenderte allein durch die dunklen Gassen, atmete richtig auf und steckte die Metallspitze seines Gehstocks genußvoll in die Pflasterritzen. Er ging unter dem Lazarusbogen hindurch, kam an dem Doppeltor des »Klosters der weißen Waisenmädchen« vorbei, rümpfte die Nase ob des Blutgestanks aus Scheich Abu Rabachs Schlachthaus und gelangte an den kleinen Platz, der Touristen wegen seines rötlichen Pflasters bekannt ist, das an die heilige Pelagia von Antiochien erinnern soll. Hier hatten die seldschukischen Reitersoldaten der Heiligen die Haare abgetrennt, worauf das aus den Zöpfen triefende Blut die Poren der Steine füllte.

Stille und Finsternis herrschten ringsum. Nur von oben hörte man gelegentlich wollüstiges Lachen. Die Sommerhitze strahlte auch nach Sonnenuntergang noch aus den Steinen der Stadt, und viele Einwohner speisten nach Herzenslust auf den flachen Dächern. Wassermelonenreste flogen ab und zu aus luftiger Höhe herab und zerschmetterten auf dem Pflaster. Herzog Anton tastete nach einer solchen Schale, hob sie auf und schnupperte ihren guten Duft. Von einem unerklärlichen Drang getrieben, biß er in die bespeichelten roten Reste, die an der abgenagten Schale klebten, und kaute genüßlich. Zwei Franziskanerpater tauchten plötzlich aus dem Dunkel auf; der eine warf ihm eine Münze zu, da der Staub der Stadt, der ihn bereits bedeckte, den Glanz seiner Kleidung getrübt hatte und er ihnen mit seinem erbärmlichen Heißhunger wie ein Bettler erschienen war. Ein Stück weiter stand eine

Tür offen, aus der das Schreien eines gepeinigten kleinen Mädchens drang. Der Herzog erbebte, wäre beinah gestrauchelt, raffte sich aber wieder auf und setzte seinen Weg fort.

Auf einmal merkte er, daß ein paar Gestalten von hinten aufschlossen. Im ersten Moment hielt er sie für Räuber und packte schon fester seinen Stock – ein Geschenk des Vaters seiner Verlobten Rudolfine –, dessen Knauf und Spitze stählern waren und dessen Inneres einen Baskensäbel barg. Die drei Gestalten, von Kopf bis Fuß in lange Gewänder gehüllt, schienen lautlos ohne Füße über den Boden zu gleiten. Sie holten den Herzog ein, zwei zu seiner Rechten, eine zu seiner Linken, legten ihm, halb streichelnd, halb ergreifend, zarte Hände auf und sagten immer wieder: *»Hadidu... hadidu...«* Erst ihren weichen Stimmen entnahm der Herzog, daß es junge Mädchen waren, denn Gesicht und Figur blieben dem Auge verborgen.

»Hadidu... hadidu...« wiederholten sie, worauf der Herzog, der nicht begriff, was sie wollten, nur lächelte und nichts zu antworten wußte. Verlegenheit bemächtigte sich seiner, die Bedrängnis des Okzidentalen, der unter die Elenden des Orients gerät, sie mit Leib und Seele verabscheut, aber fürchtet, ihren einzigen Besitz zu verletzen – ihre Ehre. Schon wollte er sie abschütteln und auf die andere Straßenseite überwechseln, doch die drei Mädchen breiteten mit einem Schlag die Arme aus, und ehe er sich's versah, hatten sie ihn eingekreist.

»Hadidu... hadidu...«, lachten sie.

»Hadidu«, brachte der Herzog schwerfällig heraus und spürte schon, wie Mattigkeit seine Muskeln lähmte, der Schmerz versiegte und wohliger Druck in seinem Penis erwachte, der plötzlich neugierig den Kopf hob, als habe er die Chance noch vor seinem Herrn gewittert. Nun begannen die Mädchen, ihn zu umtanzen, und der Herzog – immer schlaffer und seliger lächelnd – drehte sich unwillkürlich mit. Ihr Tempo steigerte sich, die Schleier fielen, die grünen und braunen Münzen um ihre Hälse schlugen

klingelnd aneinander. Süße Bläschen platzten in seinem Fleisch, als er strauchelte und sich von ihrem wirbelnden Sog mitreißen ließ. Er wollte einen Schritt vorwärts tun, um den kreisenden Ring der Hände zu sprengen, aber eine der Jungfern warf mit unmerklicher Geste das Gewand ab, so daß sie mit verschleiertem Gesicht, wohlgeformten, tätowierten Brüsten und dreckigen Baumwollpluderhosen dastand, tanzte nun vor ihm und ringelte sich schließlich mit feinem Glöckchenklang an Hand- und Fußgelenken in langen, weisen, melancholischen Zügen zurück. Nicht der verlockende Klunkerschmuck, dem man mit einiger Lebenserfahrung und geschlossenen Augen leicht standhält, sondern jene weibliche Geste, der kein Mann zu widerstehen vermag – das flehende Bitten um Hilfe –, tat seine Wirkung. Der Herzog folgte ihr, während ihre beiden Gefährtinnen ihn wie eine Wache begleiteten. Plötzlich schöpfte er Verdacht und hielt inne, aber das eine Mädchen an seiner Seite eilte ihm ohne zu zögern voraus und kam dann lächelnd auf ihn zu, die Arme straff nach hinten gezogen, so daß ihre Brustknospen ihm beim Aufprall derart weich in die Brust stachen, daß er vollends das Gleichgewicht verlor. Kichernd beugten sie sich über ihn, hoben ihn auf, klopften ihm den Staub ab und plapperten unaufhörlich ohne Punkt und Komma in ihrer fremden Sprache, in einem Redefluß, bei dem Ermunterungen und Entschuldigungen durchklangen und ihnen das ebenso süße wie enervierende Wort »hadidu … hadidu …« nicht von den Lippen wich. Sogleich hielten sie ihn erneut in engem Kreis gefangen, und als er wieder fest auf den Beinen stand und aus eigenen Kräften gehen wollte, ließen sie ihn gewähren, umringten ihn aber weiter in unaufhörlich kreisendem Glockenreigen.

Doch plötzlich brach der Reigen ab, und die drei drängten sich gleichzeitig an ihn, ja waren so ermattend nahe, daß er sich an sie lehnen mußte, weil ihn die Kräfte verließen. Ihre hohen Kicherstimmen, ihr würziger Mundhauch, die unverständlichen Worte und die nach welken Rosen und ranzigen Mandeln riechenden kleinen Süßigkeiten, die ihre schmutzigen Hände ihm in den nach Rettung und Luft ringenden Mund steckten, hatten ihn vollends erschöpft.

»*Voulez-vous mourir avec moi?*« flüsterte er, als habe man ihm auch diese Worte in den Mund gelegt. »Wollen Sie mit mir sterben?«

Sie erreichten das Ende der Gasse, und da nun erhob sich ein so furchtbares Gebrüll, wie es nur stumme Balkanfrauen ausstoßen können, und Sogas mächtige Gestalt stürmte zwischen den Mauern herbei, ihren Herrn zu retten. Ein Mädchen stellte ihr flink ein Bein, und als die große Frau noch dahinschlitterte und mit dem Kopf an die Steinwand prallte, hatten die Mädchen schon eine Felsplatte im Pflaster zur Seite geschoben. Sie brauchten dem Herzog nur leicht in den Nacken zu pusten, und schon fiel er in den uralten Tunnel unter der Straße, geradewegs in wohlgeübte Arme, die ihn in der Tiefe erwarteten, ihn langsam einwickelten und niederlegten und dann die Öffnung über ihm verschlossen.

Als Herzog Anton am nächsten Morgen in sein Zelt zurückkehrte, erkannten ihn seine Leute kaum wieder. Sein Rubinring war verschwunden, sein Haar zerzaust, und ein proletarisch-arroganter Ausdruck lag auf seinen Zügen. Auf der Nase trug er eine Tätowierung und über der Stirn einen sonderbaren Hahnenkamm aus Jasminblüten, der ein fachmännisch anerkennendes Grinsen auf die Gesichter der türkischen Lagerwachen zauberte. Sofort begriffen sie, daß die Zigeunerinnen ihn in einer Gasse abgefangen und zu dem alten Steinbruch unter der Kirche der Fische geführt hatten, wo ihre Haschischhöhlen versteckt lagen. Dort hatten sie ihm den Geldbeutel geleert, ihn mit Mariani-Wein trunken gemacht und sich dann die ganze Nacht mit ihm vergnügt. Das Jasmingebinde, erklärten sie den Erziehern des Herzogs, pflegten die Zigeunertänzerinnen dem zu verleihen, der ihre Körper mit einer bisher unbekannten Finesse zu überraschen vermocht hatte, was vor dem Herzog nur vier Männern gelungen war: zwei Janitscharen, einem Rinderhirten aus dem Sudan und einem französischen Bischof.

Das gesamte Gefolge umringte den benebelten Herzog, und die arme Soga, eine große Beule an der Stirn, kniete weinend vor ihm nieder, küßte ihm die wunden, dreckigen Füße und suchte seine Haut und Beinhaare nach Dornen und Steinsplittern ab. Dann trug sie ihn ins Zelt und zog ihm sämtliche Kleider aus, worauf Dr. Reuven Yakir Preciaducho ihn untersuchte, dabei noch zwei weitere Tätowierungen – eine an der Vorhaut, die andere auf dem Gesäß des Herzogs – fand und anordnete, ihn sofort nach Europa zurückzubringen.

Noch am selben Tag faltete man die seidenen Zeltbahnen zusammen und verstaute sie in den Zedernholzkisten. Die Taler und Franken kamen in die Geldbeutel an den Hälsen der Hunde, die goldenen Gabeln und Löffel in den Eisenkästen unter Verschluß. Die Silber- und Kristallkelche polsterte man mit Wolle, und die restlichen Gänseküken ließ man an der Mauer frei. Der Herzog wurde in eine Krankenkutsche gesetzt, deren Fenster von zugezogenen Gardinen verhüllt waren und in schnellem Trab nach Jaffa hinuntergefahren und dort an Bord des Kanonenboots verbracht, das seit Beginn seiner Reise vor der Küste des Landes patrouilliert hatte. Die ganze Fahrt über schlief er viel, und sobald er aufwachte, aß er mit enormem Appetit, lächelte in alle Richtungen und sagte kein Wort. Ja er fragte nicht einmal, wo sein geliebtes Lipizzanerpferd und sein leichter Einspänner geblieben waren.

Der Sekretär beschrieb den Herzog auf der Rückreise als »in Gedanken vertieft«, aber auf dem Bild, das der Photograph mitschickte, sah man Anton mit offenen Augen schlafen, wobei ein törichtes Grinsen auf seinen Zügen lag. In Nonnenkleidern schmuggelte man ihn in das berühmte Krankenhaus von Liège, wo sich die größten Koryphäen zwei Wochen um ihn bemühten: Chirurgen schälten ihm die Schandmale jener Nacht von Gesäß und Nase, Dichter und Pfarrer pickten ihm die Schwermut Jerusalems aus den Poren seiner Seele, und Internisten reinigten ihm die verseuchten Gedärme durch Asch- und Lorbeereinläufe.

Die tätowierte Vorhaut des Herzogs jedoch bereitete großes Kopfzerbrechen. Kein Arzt wollte derart schwere Verantwortung für das Glück der erlauchten Verlobten und den Fortbestand der Dynastie auf sich laden. Letzten Endes zog man einen alten jüdischen Mohel aus dem Elsaß bei, der trotz der Aufregung, der antisemitischen Verwünschungen und Sogas Schmerzensschreien den Herzog kunstgerecht beschnitt und selbst klugerweise mit der Vorhaut in der Tasche verschwand. Drei Tage später erschien der Oberhofkämmerer mit dem Stück Nasenhaut des Herzogs und zeigte, daß die vermeintlich schlichte ornamentale Tätowierung in Wirklichkeit eine verblüffende Mikrographie von zwölf Versen aus dem 23. Kapitel der Genesis in hebräischer Schrift darstellte. Sofort begannen alle nach der Vorhaut zu fahnden, aber der jüdische Mohel hatte sie unterdessen längst einem unbekannten Raritätensammler verkauft und war dann selbst nach Amerika geflüchtet.

Gut ein Monat ging ins Land. Mit eitriger Nase, geschältem Gesäß und wehem Glied heiratete Herzog Anton seine Herzverabscheute, die österreichische Prinzessin Rudolfine. Alles wunderte sich darüber, daß der Bräutigam keine der zur Hochzeit erschienenen Damen ansah. Man glaubte, er sei wohl noch von der Reise und den Operationen geschwächt. Kein Mensch begriff, daß Jerusalem, das die von ihm Infizierten allenthalben in ihrem Blut mittragen, nicht von seiner Beute ließ. Erst drei Monate später, als seine Beschneidungswunde völlig verheilt war, hatte der Herzog langsam wieder Augen für weibliche Wesen. Doch nun hatte sich sein Sinn gewandelt. Er preßte nicht mehr die Lende gegen seine Gesprächspartnerin mit den Worten: »Wollen Sie mit mir schlafen?«, sondern fragte leise im Ton ungeheurer Dringlichkeit:

»Wollen Sie mit mir sterben?« Dabei wirkten seine Augen so fern und beängstigend, daß die Frauen begriffen, daß er nicht sie, sonden seine Erinnerungen vor sich sah, und vor Grauen nicht den Mund auftun konnten.

Schließlich gab ihm eine Siebzehnjährige nach, eine Nichte zweiten Grades mütterlicherseits. Es handelte sich um die junge schwedische Baronin Hedwig Frebom, die Eigentümerin der berühmten Kupferminen von Falun, eine hochgewachsene, früh gereifte, sich ihrer Schönheit gar nicht bewußte junge Frau, die von Kindesbeinen an dem Prinzip der Einmaligkeit huldigte. Naturgemäß machte sie mit dieser Angewohnheit ihre Eltern arm und ihre Erzieher schwach, denn sie fand sich niemals bereit, eine Speise ein zweites Mal zu essen, zweimal dasselbe Kleidungsstück zu tragen oder noch einmal an einen Ort zu fahren, an dem sie schon gewesen war. »Das Leben hat das Recht, eine einspurige Folge von Einzelereignissen zu bleiben«, sagte sie. Der Herzog hatte sie als Dreijährige kennengelernt und traf sie nun bei einem Essen im Schloß seines Schwiegervaters wieder. Am Ende der Mahlzeit, als der Oberkellner den Cognac für die Herren und den Mandellikör für die Damen servierte, wies die junge Baronin das Glas mit den Worten zurück: »Dieses Getränk habe ich schon einmal gekostet.«

Der Herzog bat sie, mit ihm auf die Terrasse hinauszugehen, und dort stellte er auch ihr seine Frage, in genau den Worten, die ihm noch kein Experte hatte austreiben können. Sein Herz dröhnte wie ein Gong, denn er wußte, daß sie zustimmen würde.

»Ja, Onkel«, sagte die einmalige Baronin. »Ich bin bereit, mit dir zu sterben, aber nur einmal.«

Danach blickte sie in den dunklen Garten hinaus und stellte in völlig sachlichem Ton fest, daß sie noch nie mit einem Mann geschlafen habe.

Am nächsten Morgen fuhr der Herzog mit ihr in das Geßlersche Jagdschloß. Soga begleitete die beiden und vergoß den ganzen

Weg über die bitteren Tränen weiser Frauen, deren Weissagung sich bewahrheitet. Am Ort angekommen, stemmte sie mit ihrer starken Schulter die versiegelten Türen auf, lüftete die Zimmer von Stille und Trauer, bezog das Bett und ging stumm in den Garten hinaus. Anton schlief mit seiner Geliebten ein einziges Mal, dann hoben sie vierhändig das Laken mit ihrem Blut auf, hielten es gemeinsam gegens Licht und lasen die Zukunft aus seinen Umrissen.

Der Herzog holte die mitgebrachten Pistolen. »Sollen wir einander erschießen oder jeder sich selbst?« fragte er.

»Jeder sich selbst, Onkel«, sagte die Baronin, »ich vertraue dir.« Und dann fügte sie lachend hinzu: »Aber nur einmal.«

Der Herzog spannte beide Verschlüsse und reichte eine Pistole der Baronin. Dann hakten sie einander unter, wie es schwedische Soldaten beim Zuprosten tun, und schossen sich in die Schläfe. Die Pistolen knallten gleichzeitig, was einen Hoffnungsschimmer über Sogas Gesicht huschen ließ, da sie nur einen Schuß gehört hatte, und sogleich rammte sie aufbrüllend mit ihrem massigen Körper die Tür, eilte hinein und fand die beiden Leichname.

Die Chronisten stimmen darin überein, daß der Satz: »Ich vertraue dir, aber nur einmal« und das damit einhergehende Lachen die letzten Worte der Baronin Hedwig Frebom waren, obwohl keiner bei dem Freitod dabeigewesen war. Bezüglich der letzten Worte Herzog Antons bestehen zwei Versionen, die wohl beide falsch, da gleich plausibel sind. Joseph Enright verzeichnet sie in seinem im Oxford Verlag erschienenen *Book of Death* als: »Ja, Liebling, nur einmal.« Doch der Band *Berühmte letzte Worte* von Friedrich Altenberg enthält die Formulierung: »Es wird dir nicht weh tun, hoffe ich.«

Die dritte Version lautet, der Herzog habe gar nichts gesagt, weil er in dem Moment, in dem er den Pistolenkasten öffnete und die grüne Farbe des Filzpolsters erblickte, einsah, daß er immer nur Soga geliebt hatte – die zwei Zäpfchen in ihrer Kehle, ihr Blut, das in seinen Adern pulsierte, ihre Hände, die ihn zu tragen und zielgenau auszurichten wußten. Er hatte nie mit ihr geschlafen, und nun begehrte er sie zum erstenmal. Aber Laden und Spannen gehören zu den Handgriffen, die kein Mensch aufhalten kann, gewiß nicht derjenige, der sie vornimmt, und so sah der Herzog sich die Pistole laden und spannen und seinen Arm in den der Baronin schlingen, ehe er lächelnd abdrückte, wohl wissend, daß das versprengte Hirn zwar sein Hirn, sein Blut aber das der Geliebten war.

I

Am 12. Juli 1927, kurz vor drei Uhr nachts, fuhr unvermutet die elegante leichte zweirädrige Kutsche des griechischen Patriarchats durchs Jaffator hinaus. Das bekannte Gespann – der Patriarch, sein arabischer Kutscher und das Lipizzanerpferd – waren nicht mit von der Partie. Zwei kleine Kinder auf der Kutschbank hielten die Zügel, und zwischen den hölzernen Deichseln legte sich eine große, blonde, breitschultrige Frau von hübscher Gestalt ins Geschirr.

Ein paar Stunden zuvor, als die Dunkelheit sich über Jerusalem senkte, hatte noch kein Mensch geahnt, welche Überraschungen sie unter ihren Fittichen barg. Wie alle Nächte hatte auch diese mit dem ortsüblichen prächtigen Sonnenuntergang eingesetzt, worauf die Stadt sich eiligst in ihre berühmte Finsternis hüllte und so tat, als sei sie in Träume vertieft. Ihren kreidigen Körperfalten entströmte ein Geruch nach Urin und Asche, faulenden gelben Trauben und dem Moder der Zisternen. Und schon folgten die übrigen Flitter der Nacht: Weissagungen im Schlaf, hastiges Ächzen zur Beschleunigung des Endes, hungriges Jammern von Katzen und Waisen, Wünsche und Hoffnungen.

Alles wartete.

Vor dem Kischle-Gefängnis marschierte der britische Polizist auf und ab dem Ende seiner Wache entgegen. Der zwergenhafte Bäcker des armenischen Viertels harrte dem Aufgehen seines Teiges; die Zettelchen in der Westmauer dem Engel mit dem Seidenbeutel; die ausgetrockneten Zisternen den Regentropfen; die Sammelbüchsen dem Klingeln von Münzen.

Die Zeit, »die große Lehrmeisterin«, bewegte sich langsam.

Die Antiquitätenhändler warteten auf Sammler; die grauen Felsen auf die Meißel der Steinhauer; die Frauen im Weltkrieg Verschollener auf Rückkehr und Erlösung. Am Felsendom patrouillierten die mauretanischen Wächter, brüllten aus tiefster Brust, übten sich im Erdrosseln und warteten auf den Ungläubigen, der es wagen sollte, heraufzukommen und den Berg mit dem Hundegeifer seiner Seele zu verunreinigen.

Auch die Toten, »die Haupteinwohnerschaft der Heiligen Stadt«, streckten wartend die Knochenhände nach einer milden Gabe von Haut und Fleisch aus und richteten leere Augenhöhlen auf die Endzeit, diesen erdichteten Horizont, an dem Raum und Zeit zusammenlaufen.

In seiner verborgenen Höhle reckte sich der König auf seinem Lager, knirschte und klapperte mit den Rippen. Ein leichter Pesthauch wehte durch die Erdgänge, schlug die Saiten der Harfe, die über seinem Haupte hing, zerzauste die roten Haarreste, die ihm am Schädel klebten, prüfte die Schneide seines Schwertes und die Glätte seines Schildes. Aber das Kind, das ihm den Krug belebenden Wassers an die Kiefer heben, dieser unschuldige, besorgte Knabe, der seine kleine Hand in seine verweste legen und ihn aus dem Grab zu seinem harrenden Volke hinausführen würde – auch er zögerte noch und ließ auf sich warten.

Im Osten, hinter dem Ölberg und den Felsen des Asasel, wartete indes ein neuer Tag auf seine Geburt. Der 12. Juli 1927 schniegelte und bügelte sich zu Ehren seines Eintritts in die erhabene Geschichte Jerusalems. Die Stadt, deren Gelenke und Einwohner bereits ihre Flexibilität eingebüßt hatten, deren Glieder von Steingeschwüren überwuchert und deren Nächte von glanzvollen und schmerzlichen Erinnerungen geplagt waren, harrte des großen Rucks, des befreienden Abhebens, des himmlischen Fluggebrauses.

2

Und plötzlich kam in furchtlosem Ungestüm jene leichte Kutsche aus dem Jaffator gefahren, die Seitenwände mit glitzernden Kreuzen bemalt, der Innenraum mit schwarzem Tuch ausgeschlagen, die beiden leisen Räder wohlgeschmiert, und zwischen den polierten Deichseln die schöne, kräftige Frau eingespannt. Ihre beiden kleinen Söhne, der eine rothaarig und stämmig wie die Mutter, der andere zart und dunkel, saßen auf dem Kutschbock und hielten vierhändig die Zügel. Beide waren mit dem weit offenen, staunenden Blick Kurzsichtiger gesegnet und trotz ihres unterschiedlichen Äußeren als Zwillinge zu erkennen.

In der Kutsche lag, gefesselt und geknebelt, ihr Vater, der Bäckergeselle Abraham Levi, voll Ärger und Schmerz. Niemals war er zu spät zur Arbeit in der Bäckerei erschienen. Seitdem man ihn im Alter von zehn Jahren ausgeschickt hatte, um zum Unterhalt der Familie beizutragen, war er immer pünktlich zur Stelle gewesen, hatte noch vor Eintreffen des Meisters die Hefe angesetzt, das Feuer entzündet und das Mehl gesiebt. Jetzt, dachte er aufgebracht, warteten dort alle auf ihn – ein wütender Patron, nervöse Hefe, ein kalter, besorgter Backofen –, während er, Abraham Levi, wie ein Opferlamm in der beweihräucherten Priesterkutsche befördert wurde.

Klein und schmächtig, mit leeren Mehlsäcken zugedeckt und vor hilfloser Wut schäumend, verfluchte Abraham den Tag, an dem er seine Frau aus Galiläa nach Jerusalem geführt hatte. Ihre Gewohnheiten – das Gebaren einer brünstigen Stute, schimpften die Nachbarinnen – hatten bereits seine Kräfte aufgerieben, seine Geduld erschöpft und ihm einen schlechten Ruf in den Höfen des jüdischen Viertels, ja in ganz Jerusalem eingebracht. Seine Gemeindegenossen mieden ihn wegen seiner Ehe mit dieser Chapachula, die Aschkenasen führten üble Reden über ihn, weil er in eine Proselytenfamilie eingeheiratet hatte, und sogar die leichtfertigen jungen Moslems, die verbotenen Arrak in den Kaffeehäusern von Mustafa Rabia und Abuna Marco tranken, machten sich über ihn lustig.

»*Alta, alta es la luna*«, sangen die jungen Flegel Abraham zum Spott in Ladino, wenn sie ihn auf der Straße sahen, und ließen die roten Feze um die steifen Zeigefinger kreiseln. »Hoch, hoch ist der Mond«, war auf seine kleine Gestalt und die weiße Haut seiner Frau gemünzt, die ihnen mit ihrer Schönheit die Leibesruhe störte, ihnen in ihren Träumen erschien und ihre Laken mit bleichen Schandflecken versah.

Auch Bulisa Levi, Abrahams mürrische Mutter, tat kein Auge zu. »Bei meiner Schwiegertochter kauft man entweder Käse oder bezieht Prügel«, stöhnte sie. »Erst wenn ich weiße Raben sehe, Abraham, erst dann werde ich Ruhe finden vor der Frau, die du mir gebracht hast.«

Ihre Vorfahren waren zwar nur arme Tuchfärber gewesen, aber bereits zu Zeiten Kalif el-Walids in die Stadt gekommen. »Valero? Eljaschar? Wer sind die denn schon?« schnaubte sie und blies ihre feisten Wangen auf. »Wir sind die fünfzehnte Generation in Jerusalem, und die sind erst vor hundert Jahren hergezogen.«

»*Somos Abarbanel*, wir sind vom Stamme Abarbanel«, spottete er hinter ihrem Rücken, aber Bulisa Levi rauschte, ihre mächtigen Pobacken schwenkend, hinaus. Jahrelang hatte sie die ihr anvertraute Familienehre gehütet und gepflegt, bis diese *Caballa*, diese ungebärdige Stute, ankam und sie in einen elenden Scherbenhaufen verwandelte. Ja, damit nicht genug, weigerte sich diese Angeheiratete in ihrer derben, dummen, grobschlächtigen Art auch noch, ihrer Schwiegermutter – nach Art der guten Schwiegertöchter – die Wasserpfeife zu stopfen und anzuzünden. Dafür drosch sie auf den talmudgelehrten Nachbarssohn ein, der sich am Hoftor an ihr rieb, übergab sich auf den Boden, wenn man sie aufforderte, Fleischgerichte für die Familie zu kochen, und aß selbst nur Ricottakäse, Rohkost und süßen Milchreis mit Zimt.

»*Princesa de sutlatz*, bei der ist das ganze Jahr über Wochenfest«, nörgelten die weiblichen Verwandten und die anderen Frauen des Hofes an der Zisterne. »Trinkt den ganzen Tag bloß Milch, auch wenn sie gar nicht krank ist.«

Ging die Proselytin, in Begleitung des treuen, bissigen Gänserichs, den sie aus Galiläa mitgebracht hatte, durch die Kopfsteingassen, bahnte sich ihren Weg durch das Labyrinth der guten Sitten und löblichen Tugenden, so spürte sie die prüfenden Augen, die ihre Größe und Figur taxierten und ihr Löcher in die Haut starrten – staunende, begierige, neugierige oder feindselige Blicke. Die Passanten drückten sich vor ihr an die Wände. Die einen mit schlüpfrig bösem Grinsen, die anderen mit sehnlich verhaltenem Atem und wieder andere mit gezischtem Fluch. Und sie, ein verlegenes Zucken um die Mundwinkel, ließ die breiten Schultern hängen, als wolle sie sich kleiner machen.

Ihre grauen Augen ärgerten die Frauen durch den weiten Abstand zwischen ihnen – Zeichen für eine völlig regelmäßige Periode sowie für gesunde Lungen und Zähne. Die Männer wurden durch ihre dicken hellen Brauen aufgewühlt. Alle wußten, daß solche Brauen von üppigem blondem Schamhaar zeugten, wie man es seit Kreuzfahrerzeiten nicht mehr in der Stadt gesehen hatte, aber nur der armenische Photograph Pagur Dadurian hatte den Beweis dafür.

Dadurian war bei dem ersten armenischen Photographen, dem berühmten Mönch Esau, in die Lehre gegangen, der die bekannte Serie von Daguerreotypen auf dem Zionsberg hinterlassen hatte. Anders als sein großer Lehrmeister begriff Dadurian, daß sich mit der Photographie auch Geld verdienen ließ. Er gründete das »Studio Dadurian« beim Anglikanischen Bogen, photographierte Hochzeitspaare, retuschierte Muttermale auf den Portraits von Kadis und Rabbinern und verkaufte Postkarten an heiligkeitstaumelnde russisch-orthodoxe Pilger und orientbegeisterte englische Touristen. Zu diesem Zweck engagierte er einen Trupp Beduinen zum Modellstehen und photographierte eine Postkartenreihe mit dem Titel »*Types du Jerusalemme*«. Mal verkleidete er sie als würdige Korangelehrte, mal als jüdische Schächter aus dem Hadramaut, mal als Wahrsager aus dem fahrenden Volk der Zigeuner. Entsprechend geschminkt konnten sie wahlweise den heiligen Jakobus und seine jungfräulichen Schwestern oder Mose mit Jitros Töchtern verkörpern.

Eines Tages jedoch reiste Dadurian nach Budapest, woher er eine riesige, moderne Kamera nebst einer freizügigen Photoserie mitbrachte, die bewies, daß der neue Photoapparat »durch die Kleider gucken« konnte. Das Gerücht verbreitete sich wie ein Lauffeuer, und sobald Dadurian mit seiner schamlosen Kamera nur auf die Straße trat, flüchteten die Frauen kreischend in ihre Häuser und schlossen die eisernen Läden in dem naiven Glauben, die können sie vor der Kraft der Linsen schützen.

»Sag nur, ob ja oder nein!« bestürmten ihn die Männer, die im Studio Dadurian zusammengelaufen waren, und einige boten sogar Geld dafür an. Aber Dadurian machte eine geheimnisvolle Miene, ließ seine gepeinigten Verhörer im Feuer der Mutmaßungen weiterbraten und verkündete, das Bild »der blonden Jüdin« werde er niemandem zeigen.

3

Es war drei Uhr morgens. Die Frau manövrierte die Kutsche rückwärts an die Mauer und blickte vorsichtig ringsum. Ihr Blick blieb an ein paar Fellachen hängen, die frühzeitig in die Stadt gekommen waren und auf die Öffnung der Märkte warteten. Sie hatten bereits die Steigen voll Tomaten und Trauben von ihren Eseln abgeladen, deren Vorderläufe aneinandergefesselt und ihnen Futter- und Dungsäcke vor Schnauze und Hintern gebunden. Nun kauerten sie an dem Graben vorm Jaffator, zogen die Burnusse enger um den Körper, rauchten und kochten auf einem kleinen Reisigfeuer Kaffee.

Drei Stunden vorher hatte sie sich in den Hof des Patriarchats gestohlen. Durch die Fenster konnte sie die achtzehn Mitglieder der heiligen Synode sehen. Sie waren zur mitternächtlichen Beratung zusammengekommen, nippten Cognac, hatten Priestergürtel und Haarknoten gelöst und lästerten über die lockeren Sitten der koptischen Mönche. Im Schutz ihres brüllenden Gelächters hatte sie die Kutsche fortgezerrt, und nun wurde sie besorgt und ungeduldig. Ihr war klar, daß der griechische Patriarch am Morgen zum Hochkommissar eilen und sich dort, wehleidig mit seinen Gewändern raschelnd, beklagen würde, worauf der Hochkommissar ihr die gesamte britische Polizei auf die Fersen hetzen würde.

Die Esel schüttelten die Hälse, brüllten und sprangen in unbegreiflicher Angst auf der Stelle. Als die Fellachen aufstanden, um sie zu beruhigen, entdeckten sie die Kutsche und die Frau zwischen ihren Deichseln. Böse Geister, Dämoninnen und Lilits geisterten seinerzeit durch die Straßen Jerusalems und die Phantasie ihrer Anwohner. In den Sommernächten krochen sie aus dem Hisdai-Teich, aus den unterirdischen Gängen des Haggai-Viertels und aus den Kellern des Roten Turms, um frische Luft zu schnappen und Schabernack zu treiben. Sie brachten Rabbiner und Nonnen auf den glatten Stufen zu Fall, stahlen Lebensmittel aus den Drahtkästen, die man außen vors Fenster hängte, drangen in die dürren Schöße unfruchtbarer Frauen und tobten durch die Träume schlummernder Kinder. Die junge Frau, die sich die Fellachen vom Hals schaffen wollte, stampfte wütend mit dem Fuß, ließ die Deichseln der Kutsche sinken, reckte den Hals und stieß ein grauenhaftes Wolfsgeheul aus.

Furchtbares, tiefes Donnergrollen antwortete ihr auf der Stelle. Mächtige Quader polterten von der Mauer herab. Furchtschreie von Rindern, Menschen, Hähnen und Hunden erhoben sich ringsum. Fledermaus- und Taubenschwärme flatterten aus den Klüften der Stadt, entflohen ihren geborstenen Türmen und toten Höhlen.

»*Al-a'amora al-beida*«, schrien die Fellachen, »die weiße Dämonin!« Sie warfen ihre Blechtassen fort und stoben wie aufgescheuchte Stieglitze davon.

»Schnell rein«, befahl die Frau den kleinen Zwillingen. Momentan war sie selber erschrocken, denn es schien auch ihr, als habe ihr Geheul die Erde entfesselt. Doch gleich fing sie sich wieder, ihre Augen wurden starr vor wütender Entschlossenheit, und eine Furche bildete sich zwischen ihren Brauen. Der Rotschopf kroch sofort entsetzt ins Innere der Kutsche, verschwand hinter dem Stoffverdeck bei seinem gefesselten Vater. Sein Bruder sperrte die schwarzen Augen noch weiter auf und blieb auf der Kutschbank sitzen.

Die junge Mutter rückte sich die Zügel auf den Schultern zurecht, hob die Holzdeichseln auf und umklammerte sie mit doppelter Kraft. Dann holte sie tief Luft und trabte los. Mit langen, leichten Schritten eilte sie dahin, vorbei an bröckelndem Gemäuer, unter einem Hagel von Steinen und Flüchen, setzte über Gruben, die sich unter ihren Füßen auftaten, zerriß die Geruchsschleier, die die Stadt einhüllten – Dünste, die aus brennenden Backöfen, zerschellenden Gewürzgläsern, überquellenden Abwasserkanälen und den Kaffeelachen früher Beter aufstiegen. Sie, die nur Milch trank, haßte die Jerusalemer Sitte, den Tag mit einer Tasse Kaffee zu beginnen, und jetzt freute sie sich über die Bestürzung all ihrer Hasser. »Trink, trink einen *kafeiko*, *Chapachula*«, hatte Bulisa Levi jeden Morgen zu ihr gesagt, wobei sie mit ihren knochigen Kiefern aufgeweichte *Biskotios* zermalmte, die sie vorher in die Tasse getaucht hatte. »Trink, *Alokada*, damit du endlich mit Gottes Hilfe richtig im Kopf wirst.«

Nur zehn Sekunden hatte Jerusalem gebebt. Das dumpfe Grollen war schon verklungen, aber die Steine rollten noch immer, als seien sie zum Leben erwacht. Die Geschichte der Stadt wurde wie ein Deck Karten gemischt. Altarsteine vermengten sich mit Mauersteinen, Katapultgeschosse mit Mosaikscherben und Bädersitzen. Schlußsteine wurden zu Ecksteinen, Säulen zu Schutt, Zimmerdecken zu Fußböden. Auf dem Ölberg purzelten die Grabsteine wie Bauklötze, tauschten unter Krachen und Klirren Tote aus.

Unterdessen fuhr die gestohlene Kutsche des Patriarchats gen Westen hinauf, quer über das Russische Areal, auf dem bereits Pilger knieten und Gott für seine Offenbarung dankten. Sie bahnte sich ihren Weg zwischen den Einwohnern von Nachlat-Schiv'a und Even-Jisrael, die sich entsetzt auf der Straße drängten, passierte die Sonnenuhr von Machane-Jehuda, ließ die niedrigen Häuser des Viertels Abu-Bassal hinter sich und hielt einen Augenblick zwischen den beiden Torhütern, die seinerzeit an der westlichen Einfahrt nach Jerusalem standen: dem Irrenhaus zur Linken und dem Altersheim zur Rechten. Hier wurde die Stadt schon spärlicher, lief langsam aus, die letzten Häuser duckten sich, verschmolzen schier mit dem gestrüppbewachsenen Felsboden.

Sie wandte den Kopf zur Stadt und spuckte wütend aus. Dann lächelte sie zufrieden vor sich hin, hob den Rocksaum an, stopfte ihn in den Taillenbund und setzte ihren leichten Trab fort. Mit leiser Sicherheit glitten ihre weißen Beine durchs Dunkel, wie die starken weißen Flügel der Eule vom Friedhof der Karäer, mit der man uns als Kinder einschüchterte. Durch das leicht verschlissene Stoffverdeck der Kutsche hörte ich die Neid- und Ermunterungsschreie der Geisteskranken, die uns entdeckt hatten, sich an ihre Fenstergitter preßten und unsere Flucht mit sehnlichen Augen verfolgten. Ich sah den Flecken Jerusalem entschwinden, sah meinen Zwillingsbruder Jakob lachend Mutters Zügel führen, sah die unaufhörlich schwingenden langen Schenkel, roch den üppig fließenden Schweiß, hörte das Schnaufen der rosa Lungen, den ungeheuren Herzstoß, der das Blut in den unbezwingbaren Körper pumpte. Ich stellte mir die starken Kniebänder vor, die federnden Fersenballen, die schwellenden Oberschenkelmuskeln unter der Haut – meine Mutter, die Proselytin Sara Levi, die weiße Dämonin, die blonde Jüdin, Sara Levi, geborene Nasarow.

4

Ich wurde 1923 in Jerusalem als erster von zwei Zwillingsbrüdern geboren. Mein Vater, Abraham Levi, war Bäckergeselle und eröffnete schließlich eine eigene Bäckerei. Er ist ein kleinwüchsiger Mann mit sanfter Stimme, der sich dank seines Berufs vor der menschlichen Gesellschaft verbergen kann. Meine Mutter hat ihm schranken- und sinnlose Liebe entgegengebracht, die bei ihrer ersten Begegnung begann und, wie ich hoffe, vor ihren letzten Tagen endete.

Von jenem Lebensabschnitt meines Vaters, vor unserer Geburt, weiß ich nur wenig. Überhaupt ignoriere ich gern die Tatsache, daß Menschen mit Leben und einer Lebensgeschichte gesegnet waren, bevor diese sich mit meinem Leben kreuzten oder berührten. Warum? Vielleicht, weil ich mit einem Zwillingsbruder aufgewachsen bin, oder vielleicht wegen übertriebener Bücherlektüre. Womöglich sollte ich es dir, meine Liebe, besser nicht sagen, aber vor allem empfinde ich so gegenüber meinen Freundinnen. Kometenhaft kommen sie aus dem Nichts und vergehen wieder darin.

Um seine Existenz vor unserer Geburt nachzuweisen, pflegte mein Vater uns zwei alte Photos zu zeigen und viele Geschichten zu erzählen. Den Photos traute ich nicht, denn das Studio Dadurian verpaßte seinen Kunden Trachten anderer Völker, Landschaften anderer Länder und bei Bedarf sogar das Gesicht anderer Menschen. Auch den Geschichten glaube ich nicht, denn sie ändern sich häufig, aber da auch ich kein Wahrheitsfanatiker bin, weiß ich sie aus ihren Hüllen herauszuschälen. Ich nehme an, du verstehst mit meinen Worten ähnlich zu verfahren.

Jedenfalls verließ mein Vater in jener Nacht Jerusalem zum dritten und letzten Mal. Das erste Mal war wegen des Militärdiensts gewesen, das zweite Mal, um unsere Mutter Sara zur Frau zu nehmen. »Einmal des Krieges, einmal der Liebe wegen«, sagte er immer. Das dritte Mal definierte er lieber nicht.

Von seinem Vater, »Chachan Levi«, erzählte er großartige Dinge. »Aschkenasische Rabbiner holten Rat bei ihm ein, von der Saraya schickte man ihm Geschenke zu den Festtagen, vom Wakf kamen sie, er möge ihnen als Schiedsrichter dienen.« Aber zwischen den Zeilen zeichnete sich die Gestalt eines notleidenden Fezreinigers ab, in dessen Haus Armut und Krankheit herrschten und fünf seiner acht Kinder vor Vollendung des sechsten Lebensjahrs starben. Mit zehn Jahren wurde unser Vater Abraham in Isaak Ergas' Bäckerei geschickt, um die Familie ernähren zu helfen. »Er hat einen guten *Balabai*«, sagte Bulisa Levi gern, »gut und bedauernswert.« Und tatsächlich behandelte Bäcker Ergas ihn nachsichtig und neigte nicht zu Schikanen wie die anderen Patrone. »Weich und gut wie der Teig der Armenier«, sagte Abraham über seinen Meister. Einundvierzig Jahre alt war der Bäcker damals, glatzköpfig, jungfräulich und ausgezehrt, und er galt schon als ein Mann, der nie heiraten würde. Als Kind war er vom *Rubbi*, dem Lehrer der Kleinen, brutal mit dem Stock geschlagen worden, und seitdem stotterte er. Die alten *Bulisas* des Viertels erzählten, nicht nur aus den Augen, sondern aus allen Gliedern rännen ihm Tränen in den Teig, und die gäben seinem französischen Brot und seinen *Pitikas* die luftige Salzigkeit, die ihren Ruhm ausmachte.

»Bei ihm arbeitet die Hefe durch Schmerzen«, erklärten sie.

Tatsächlich sprossen Bäcker Ergas schwarze Leidenssträhnen aus den Ohren, fielen ihm wie triste Farnrispen über die Ohrläppchen und erbrachten sichtbaren Beweis dafür, daß innere Bedrängnisse seinen Leib peinigten. Seine Arbeiter tuschelten, er forme sich Frauengestalten aus Teig, häufe schwarze Mohnkügelchen auf ihren Unterleib, lege ihnen Hebroner Rosinen auf die Brüste und betrachte ihre weißen Leiber, wobei er sich hin und her wiege und anschwelle. Abraham wurde Zeuge des großen Skandals, der sich eines Freitags ereignete: Die Frauen brachten die verschlossenen Töpfe mit dem sabbattäglichen *Chamin* in die Bäckerei. Bäcker Ergas ließ einen Topf nach dem anderen tief ins Ofeninnere gleiten – bis er einen Rocksaum mit dem langen Stab der Bäckerschaufel anhob. Die Schreie riefen die Brüder der Betreffenden in die Bäckerei, und diese bearbeiteten Ergas nun mit Schmiedehämmern und Schusterleisten, bis er vor Schmerz und Verblüffung ohnmächtig wurde und erst Kompressen mit Krappblüten und Myrtenblättern ihn wieder zu Sinnen kommen ließen. Dann lag er in seinem Bett, murmelte: »Aus Versehen... aus Versehen...«, und besudelte seine Laken mit Blut und Tränen.

Noch am selben Sabbatausgang traten die *Chachanim* zusammen und wiesen Saporta, den Heiratsvermittler, an, alle anderen Anbahnungsgeschäfte liegenzulassen und eiligst eine Frau zu suchen, die den Leib des Bäckers und den Geist der Gemeinde beruhigen könne.

Saporta lächelte glücklich. Bäcker Ergas war keine verlockende Partie, aber der Heiratsvermittler erblickte darin eine berufliche Herausforderung und auch eine Chance, das Problem einer der *Las Yagas*, jener vom Schicksal Geschlagenen, zu lösen, für die sich bisher noch kein Mann gefunden hatte.

»*Tangere y tapon* – jeder Topf hat seinen Deckel«, behauptete er immer.

Auf sein Signal hin formierte sich ein schauerlicher Zug von Kandidatinnen. Bucklige, Wahnsinnige, Unfruchtbare, die man ins Elternhaus zurückgeschickt hatte, Schwerhörige, Begriffsstutzige, mit dem Holzhammer Geschlagene, Tripperkranke, von Flechten an den Schenkeln oder starken Schweißausbrüchen in den Achselhöhlen Befallene kamen aus den Kellern Jerusalems hervor und krochen in Kolonne wie ein armseliger Tausendfüßler zur Bäckerei. Obwohl Isaak Ergas tief im Innern wußte, daß er nicht wählerisch sein durfte, flüchtete er in den Ofen und schwitzte dort, bis die Arbeiter eintrafen, um das Feuer zu entfachen.

Letzten Endes fand man ihm eine Waise, »eine Kuh mit Defekt«, ein lahmendes junges Mädchen mit wunderbaren schwarzen Augen, Hasenscharte und einer glatten, duftenden Apfelhaut, der sie den Beinamen *Manzanika* verdankte.

»Sie wird Euch eine gute Frau sein«, meinte Schadchan Saporta zu ihm.

»Aber die Beine...«, versuchte Ergas einzuwenden.

»Die Beine? Was ist mit den Beinen?« fragte der Heiratsvermittler.

»Sie humpelt«, flüsterte der Bäcker.

»Und was ist mit Euch? Tanzt Ihr etwa?« fragte Saporta. »Die Beine sind unwichtig!«

Dann beugte er sich zum Ohr des Bäckers hinab und legte die Handflächen aneinander: »Wie bei gefischten Muscheln, Señor Ergas«, er klappte langsam die Hände auseinander, »die Muschel ist unwichtig, aber öffnet sie... so... und dort drinnen wartet eine Perle auf Euch.«

Ergas wurde verlegen, der Heiratsvermittler legte ihm den Arm auf die Schulter. »Sagt mir selbst, was das Wichtigste für einen Mann ist, das Allerwichtigste!«

»Die Liebe«, antwortete Ergas schüchtern.

»*Amor es solo una palabra!*« schnauzte der Heiratsvermittler mit kennerhafter Verächtlichkeit. »Liebe ist nur ein Wort. Trügerisch ist Anmut, vergänglich die Schönheit, und auch eine gottesfürchtige Frau verdient kein Lob. Das Wichtigste für den Mann ist Dankbarkeit. Eine Frau, die sich ihrem Mann zu Dank verpflichtet weiß, wird alles für ihn tun. Sie wird kochen und waschen und die Kleinen – mögen sie reichlich kommen – großziehen. Sie wird Euch den Geschmack von Adams Feige kosten lassen, wird Euch im Winter wärmen wie Abischag und im Sommer kühlen wie Abigajil, wird Euch dort mit Traubenkuchen erquicken wie Schulamit, wird Euch Vergnügen bereiten, die selbst Batseba nicht David geschenkt hat, Dinge, die ein Mann nicht einmal im stillen Herzen zu wünschen wagt.«

Bäcker Ergas stellte sich den Geschmack von Evas Frühfeigen und all diese schunametischen und karmelitischen Wonnen vor, deren nicht einmal der Psalmist selber teilhaftig geworden war, und erschauerte am ganzen Leib.

»Eine dankbare Frau und ein gleichmütiger Mann«, sagte Saporta träumerisch, »das gibt das beste Paar.«

»Gleichmütig«, wiederholte Ergas und nahm es sich beeindruckt zu Herzen.

»Denn die Frau«, zitierte Saporta, »trägt ihre Rüstung bei sich. Und behaltet noch etwas in Erinnerung: In Sachen ›Zwischen-ihm-und-ihr‹ kann die Frau lügen, aber der Mann nie. Das dürft Ihr niemals vergessen.«

Doch als – zwecks »Zwischen-ihm-und-ihr« – Bäcker Ergas zu der dankbaren Manzanika kam, ihr liebevoll die Lider küßte und die Apfelhaut streichelte, löste sich die Gleichmut in nichts auf, war weg und verschwunden. Zum erstenmal wußte er, was wahres Glück bedeutet, worüber – ähnlich wie Schmerz, Zeit und Liebe – alle reden, ohne es in Worten schildern zu können.

Hier pflegte Vater die Erzählung abzubrechen, mit Einzelheiten zu knausern und gleich auf ihr bitteres Ende überzuspringen. Und doch wurde klar, daß mitten beim »Zwischen-ihm-und-ihr«, als Bäcker Ergas sich noch ganz und gar in Manzanikas Feige versenken und auf den Wonneströmen ihres Schoßes getragen werden wollte, er plötzlich so etwas wie eine warme, kleine Hand spürte, die aus ihrer Scheide schlüpfte, ihn an seiner Eichel packte und sie mit eigenartiger Herzlichkeit drückte und schüttelte, als wolle sie ihn begrüßen.

Furchtbare Angst schnürte dem Bäcker das Herz zusammen. Derartige Überraschungen hatten nie zum bescheidenen Repertoire seiner Phantasien gehört. Sofort erkannte er den Zugriff der *Brocha de los novios*, der Dämonin der Bräutigame. Zutiefst erschrocken über die Größe seiner Furcht und Lust, sprang er mit bitterem Aufschrei aus dem Bett und flüchtete aus dem Zimmer auf die Gasse. So sehr stärkte die Angst ihm die Muskeln, daß sieben Metzger und Lastträger nötig waren, ihn zu packen und wieder nach Hause zu schleifen.

Von jener Nacht an flaute Bäcker Ergas' Versteifung nicht wieder ab, und sein Gesicht blieb kalkweiß, da sein ganzes Blut in der peinlichen, schmerzhaften Dauererektion hängenblieb. All die Jahre, bis zu seiner Ermordung bei den Unruhen von 1929, litt er unter Leibespein und Seelenqual, unter neugierigen, mitleidigen Blicken und verächtlich auf ihn gerichteten Fingern. »Die Frau ist bitterer als der Tod«, warnte er jetzt Abraham. Er kam Manzanika nie wieder nahe, und alle wußten, daß er sie nicht mal mit der Spitze des kleinen Fingers berührte.

5

Abraham hatte einen guten Freund namens Lija Natan, ein Sohn des großen Mikrographen Bechor Natan, der ob seiner Fähigkeit berühmt war, Jakobs Segen auf einen Daumennagel und das Buch Rut auf ein einziges Palmtaubenei zu schreiben.

Im Ersten Weltkrieg wollten Abraham Levi und Lija Natan sich vor der Wehrpflicht drücken. Alle paar Tage kamen die Militärfahnder ins jüdische Viertel, geführt von Aaron Tedesco, dem ständigen Spitzel des Mutazaref, einem Juden, der den Schweiß verängstigter Menschen auch dann noch riechen konnte, wenn sie sich bis zum Hals in Zisternen versenkten oder ganz hinter Steinmauern verschanzten. Abraham und Lija verbargen sich im Keller des *Cortijo de dos puertas*, doch Tedesco deutete naserümpfend auf eine Marmorfliese, die man hochheben solle, und die beiden wurden geschnappt. Schon am nächsten Morgen wurde Abraham nach Damaskus verfrachtet und von dort nach »Aram Naharajim«, ein Name, der meine kindliche Phantasie erregte, aber nur die Bezeichnung meines Vaters für den heutigen Irak war.

In Aram Naharajim war Abraham *Husmatschi* – Offiziersbursche. Er wienerte Stiefel, machte Betten, wichste Sättel, wusch und bügelte die Uniformen seiner Herren. Lija Natan blieb in Jerusalem. Seine Familie stammte aus Monastir in Mazedonien, und wie sämtliche Abkömmlinge dieser Stadt hatte auch er helle Haare und Augen und strebte von Jugend auf danach, Sprachen, Mathematik und Astronomie zu lernen und die Geheimnisse des Unendlichen zu ergründen, ein Fach, mit dem sich alle Monastirer beschäftigten, da sie zwanghaft die Himmelskörper und die Tiefen des Firmaments beobachteten. Jetzt verblüffte Lija den türkischen Offizier mit seiner wissenschaftlichen Bildung und seinen Sprachkenntnissen, und so durfte er in Jerusalem bleiben und verbrachte die Kriegszeit im Kolarasi-Gebäude gegenüber dem Damaskustor als Übersetzer und Kodeschreiber in Kress von Kressensteins Kommandantur.

Einige Jahre nach dem Krieg heiratete Lija Vaters Schwester Dudutsch. Die Ehe verwandelte ihn in einen wahnsinnig eifersüchtigen Gemahl und führte indirekt auch zu seinem Tod, aber Vater ließ nicht ab, sich nach ihm zu sehnen, für ihn zu schwärmen und von ihm zu erzählen. Er glaubte, die Monastirer seien »nicht auf dieser Welt geboren, sondern von den Sternen gekommen«, und nach derselben Logik behauptete er, ihre astronomischen Beobachtungen beruhten nur auf Heimweh. Nach dem wenigen, was ich von dir weiß, nehme ich an, du würdest das als »retrospektive Betrachtung« bezeichnen.

Als der Krieg zu Ende war, packte Abraham einen Wasserkanister, ein Büschel getrocknete Datteln und ein kleines Stück *Kischek* zusammen und machte sich auf den Heimweg ins Land Israel, und zwar aus Angst vor Raufereien mit den abziehenden Soldaten, die jede Menschlichkeit eingebüßt hatten, lieber zu Fuß. *Kischek* ist übrigens ein trockener arabischer Hartkäse, der sich steinhart Jahre lang hält und leicht zu metaphorischen Betrachtungen verführt, weil er – wenn angefeuchtet – zum Leben erwacht, wieder würzigen Duft entfaltet und seinen guten Geschmack zurückgewinnt.

Mein Bruder Jakob glaubte nicht, daß Vater die Wüste zu Fuß durchquert hatte. »Guck ihn dir doch an«, sagte er, als wir größer wurden, »der findet ja kaum den Weg zur Toilette. Ich versichere dir, solche *Kalikkers* haben sie noch nicht mal bei den Türken eingezogen.«

Aber türkische Militärausdrücke rutschten Vater wieder und wieder heraus. Er rief »*yawasch, yawasch*«, wenn wir die Hefe zu hastig anrührten, und »*karawanaya*«, um uns um den Eßtisch zu versammeln. Vergaßen wir, die Türen des Garschranks zu schließen, und der Teig wurde hart, schimpfte er uns als *Galata*, und manchmal bat er Mutter, ihm Soldatenschmaus zu kochen, ein widerwärtiges Gericht aus Puffbohnen, Linsen, grünen Bohnen und Rosinen, das beim Kochen das ganze Haus vollstänkerte, bei ihm aber irgendwie nostalgische Gefühle weckte.

»Die Angst kann einen kühn wie König Salomos Adler machen«, meinte Vater, auf der Historizität seiner Wüstenwanderung beharrend. Eine einzige Heldengeschichte hatte er nur aus seiner Vergangenheit zu bieten, und die wollte er sich um nichts in der Welt rauben lassen. »Tagsüber habe ich mich versteckt, und nachts bin ich gegangen, hab gesungen dabei«, erklärte er meinem skeptischen Bruder, mir und sich selber. Im türkischen Heer war er mit Absolventen des Tel Aviver Herzlia-Gymnasiums zusammengetroffen und hatte von ihnen Lieder gelernt, die man in Jerusalems alten

Vierteln nicht kannte. Mit fester, angenehmer Stimme, die Augen weit offen und die Halsfalten gespannt, sang er:

> In Betlehems Feldern
> Unterwegs nach Efrata
> Steht an uralter Stätte
> Ein steinernes Grabmal.
> Und kommt die Mitternacht
> Aus dem Lande des Dunkels,
> Erhebt sich die Schöne,
> Tritt aus dem Grabe,
> Gen Osten zum Jordan
> Schweigend zu wandern.

Die Steine der Wüste zerrissen ihm die Schuhe, Staub füllte ihm den Mund, und in den Springmauslöchern hätte er sich beinah die Knöchel gebrochen. Er sah die Fußspuren der Kragentrappen, flinker Laufvögel, die derart schnell rannten, daß man sie gar nicht wahrnehmen konnte. Nur die kleinen Staubsäulen, die ihre unsichtbaren Füße aufwirbelten, waren dem Auge erkennbar. Er sah die schuppenbeschirmten Augen der Hornviper aus dem Sand hervorlugen und entdeckte den steinharten Dung des Wildesels, jenes Steppentiers, das weder trinkt noch harnt und sogar »durch den Hintern atmet«, wie Vater erklärte, »um den Speichel im Mund nicht auszutrocknen«.

Aber eines Morgens, als er sich im Schatten eines Felsens schlafen legte, sah er eine riesige, sanfte kupferne Woge langsam über sich hinwegschweben. Es waren Nymphenfalter auf ihrem großen Zug nach Westen. Die Falter schwirrten in menschlichem Gehtempo, und ihr Anblick ermunterte Abraham derart, daß er aufsprang und mit ihnen zog, das Gesicht vom tiefen Kupferglanz ihrer Flügel vergoldet. Als er sich dann gegen Morgen, von der Wanderung müde, auf den Wüstenboden legte, konnte er die

Kälte nicht mehr ertragen und stand auf, tanzte und wedelte mit den Armen. Von überall her hörte man das Krachen der Felsen. Den ganzen Tag über hatten sie Sonnenglut absorbiert, und nun barsten sie in der beißenden Kälte der Nacht.

Nachts strichen magere, sehnige Wüstenwölfe mit leisen, fließenden, nimmermüden Schritten ganz nahe an ihm vorbei. Sie fraßen und schliefen, spielten und paarten sich in unaufhörlichem Lauf und witterten ihn nicht einmal, denn er hatte schon den Geruch des Staubes angenommen und entschwand, sobald er sich zur Ruhe auf dem Boden ausstreckte, dem Auge. In seinen Burnus gehüllt und eng an den Sand gedrückt, wirkte er wie einer der Gesteinsbrocken ringsum, während er auf dem Rücken lag und zum Firmament aufblickte. Seinerzeit war der Himmel mit Myriaden Sternen gesprenkelt, die ihm wie winzige Löcher in einer geschlossenen Kuppel erschienen, hinter der kalter, verborgener Lichterglanz brannte. Er beobachtete sie, zog Linien von Stern zu Stern, schuf Bilder und Tierkreiszeichen, die nicht einmal den babylonischen Sternkundigen, die Tausende Jahre früher denselben Himmel und dieselben Sterne gesehen hatten, bekannt gewesen waren.

Zuweilen hörte er das Heulen der Wüstenschakale und das Getrappel von Karawanen aus weiter Ferne so nahe, daß er zutiefst erschrak, denn er wußte damals noch nicht, daß die Wüste, genau wie das Meer, den Schall über enorme Weiten trägt. Erst als er, nach Jerusalem zurückgekehrt, Lija Natan von den Geräuschen, die er in der Wüste gehört hatte, erzählte, erklärte ihm sein Freund, daß er wegen der Langsamkeit der Schallwellen das Harfenklagen der nach Babylonien Verbannten, den Marschtritt der Truppen Tadmors und Persiens und das Schildeklirren der Phalangen Alexanders des Großen auf ihrem Todeszug im Osten gehört hatte. Das sei eine vokale Fata Morgana, »eine Mirage der Ohren«, erklärte Lija aufgeregt, ein Trughall, den nur wenige Auserwählte zu hören bekämen.

Später waren alle Falter nacheinander verendet, doch Abraham setzte seinen Weg fort. Eines Tages hörte er erschaudernd grauenvolle Angstschreie, »wie tausend kreischende bulgarische Jungfrauen«, und als er dann den Bergkamm erklommen hatte, sah er auf der anderen Seite Beduinen eine Gazellenherde fangen. Die herrlichen Tiere wurden mit Fackeln, Schreien und Getrommel zwischen zwei kilometerlange Stein- und Erdwände zusammengetrieben. Am Anfang waren es nur unverdächtig niedrige, weit auseinander stehende Erdwälle, doch bald wurden sie höher und höher, liefen immer näher zusammen, und ehe die gehetzten Gazellen die Falle erkannten, gab es schon kein Entrinnen mehr, denn die Wände stießen hinter einer großen Mulde zusammen. Abraham sah, wie sie vergeblich versuchten, über die Mauer zu setzen, zurückfielen und sich die dünnen Glieder in der Grube brachen, an Schock und Aderrissen starben und aus ihren feinen Mäulern Blut spuckten. Die Beduinen stürzten sich auf sie, zerrten ihre Hälse nach hinten, klemmten den Kopf zwischen die Beine und schächteten sie mit einem Schnitt ihrer krummen Messer, ehe sie ihr Leben aushauchten und das Fleisch dadurch rituell unrein wurde.

Nach zehn Wochen erreichte Abraham ein großes Flußtal, dem er vier Tage nach Süden folgte, ernährt von Fischen, die sich in den warmen Regenlöchern des Herbstes gefangen hatten, und von den wurmstichigen Früchten der Pflaumenbäume, die dort üppig wuchsen. Von dem Flußtal gelangte er an den Jarmuk und von da an den Jordan, der zu dieser Jahreszeit schmal und seicht war. Er durchwatete ihn und sank dann auf der Stelle zu Boden. So, in ein paar Dutzend Worten, überlege ich mir, hat mein Vater die große Wüste durchquert. Von ihm habe ich gelernt, daß das Wort das schnellste Verkehrsmittel ist, das sich außerdem durch nichts aufhalten läßt und nicht nur schneller ist als Wind und Licht, sondern auch schneller als die Wahrheit.

Von dort ging er weiter nach Tiberias. »Gute Menschen der Familie Abulafia« nahmen ihn bei sich auf, gaben ihm zu essen und zu trinken, salbten ihm die wunden Füße, verbrannten seine zerschlissenen Kleider, gaben ihm andere und ließen ihn seiner Wege ziehen. Er erklomm den Höhenzug und überblickte eine Senke: leicht nach Osten und Norden abfallend, im Süden eine steile, zerklüftete Bergwand. Ein schmaler Fluß schlängelte sich dahin, vereinzelte Rinder grasten wie schwarze Punkte auf den abgeernteten Feldern, dornige Brustbeersträucher wuchsen hier und da, und das Gelb der spätsommerlichen Stoppelfelder umkränzte die schwarzen Basaltinseln. Saatkrähen trippelten über die bereits gepflügten Äcker, Bachstelzen kreisten träge in der Luft, Storchenschwärme glitten südwärts.

Zu einer Gnadenstunde hatte Abraham das Tal erreicht – zu einer Zeit, als Sonnenstrahlen durch Wolkenritzen fielen und einzelne Erdflecken grell beleuchteten, als wollten sie des Menschen Herz auf die wirklich wichtigen Punkte lenken. Auf einem dieser hellen Felder sah er die Häuser einer Moschawa, zu der er nun seine Schritte lenkte, in der Hoffnung, dort Essen und Unterkunft für die Nacht zu finden. Seine Füße eilten den sanften Abhang hinab, und sein Herz jubilierte. Nach all den Tagen in der Wüste erschienen ihm die Böden des Tals und die nahen Häuser der Moschawa wie eine Verheißung. Er sprang über Ackerfurchen, umging ein Beduinenlager ängstlich in großem Bogen und durchquerte den Talgrund, sich einen Weg durch das Schilfrohr an den Ufern bahnend.

Plötzlich überlief ihn eine Gänsehaut. Er blickte um sich und sah eine junge Frau auf dem Felde liegen. Sie trug ein derbes, schmutziges Kleid und schlummerte im spärlichen Schatten eines Judendorns. Ganz leise schlich er sich näher, betrachtete sie und wußte vor sehnlichem Staunen weder ein noch aus. Groß, hell und breitschultrig war sie, und ihre Brust hob und senkte sich im Rhythmus ihrer langsamen, tiefen Atemzüge. Eine blonde Haartolle beschattete ihre Stirn und stieß an die dicken strohblonden

Brauen, derentgleichen er bis dahin nur über den müden, geröteten Augen russischer Pilgerinnen in Jerusalem gesehen hatte. Die Frau schlief mit weit gespreizten Gliedern, ein Zeichen von Sicherheit und Kindlichkeit, aber Abraham wußte bei weiblichen Körpern keine Zeichen zu deuten. Er war an die stumpfe, gehorsame Präsenz der kleinen Jerusalemer Frauen gewöhnt und geriet nun völlig außer sich über die fremden Farben der Schlafenden, über ihren vor Gesundheit strotzenden, schimmernden Körper und über die Länge ihrer Beine, die unter dem Kleid endeten. Noch sah er die Zukunft nicht voraus, trat also in diesem süßen, unerläßlichen Augenblick, ohne den keine Liebe auskommt, »dem Augenblick, in dem der Verstand wie ein Falter im Winter verendet«, ein Stückchen weiter heran, bis sein Schatten auf ihr Gesicht fiel, und grüßte mit sanfter, heiserer Stimme, da ihm Kehle und Gaumen vor lauter Sehnen und Bewunderung verdorrten: »*Schalom alechem.*«

Die Liegende scheute wie eine Gazelle aus ihrem Schlafgespinst auf und war im Handumdrehen verschwunden. Verblüfft blickte Abraham um sich, bis er ihren Blondschopf hinter einem Basaltfelsbrocken hervorlugen sah – die Augen, die jetzt offen und von einem fremdartigen Blaugrau waren, ängstlich und drohend zugleich.

»Ich bin gut Freund, ich bin Jude«, rief er verlegen, »hab keine Angst.«

Sie richtete sich auf und zog das schäbige Kleid zurecht. Abraham blickte sie lächelnd an.

»Schalom«, rief er noch einmal, aber die Frau wollte weder antworten noch näherkommen. Ein Weilchen standen sie so da und musterten einander, doch dann setzte Regen ein, und ihr Gesicht nahm einen angespannten Ausdruck an.

»Die *Katschkes*, die *Katschkes*!« rief sie erschrocken. »Vater und Mutter bringen mich um.«

Die Stimme, die aus diesem großen Körper drang, verblüffte

Abraham zutiefst. Es war keine Frauen-, sondern eine Kinderstimme. Die eines Riesenbabys. Wieder blickte er sich um, und nun erst sah er die auf dem Feld grasenden Gänse wie weiße Flecke durch die Regenschleier. Als er ihnen nachzusetzen begann, sah er das Mädchen barfuß vor sich her rennen – ihre Schritte wolfsartig leicht und raumgreifend, der Atem ruhig und tief wie der eines Wildesels und ihr ganzer Körper von einer Harmonie, Schönheit und Kraft, die ihn mit blinder Angst und Begierde schlugen. Gemeinsam umzingelten sie die Gänse, scheuchten sie wieder zusammen und trieben sie im strömenden Regen in die Moschawa.

Abraham musterte ihr befangenes Gesicht, den fest geschlossenen Mund.

»Wie heißt du, Mädchen?« fragte er.

»Sara.«

»Wie alt bist du?«

»Zwölf.«

»*Dammi la mano, Sarika*«, bat er in jäher Kühnheit, denn jetzt wußte er, daß sie nicht verstehen würde, was er da sagte: Gib mir deine Hand.

Das Mädchen musterte ihn und seine ausgestreckte Hand. Noch nie hatte jemand sie mit Sarika oder einem anderen Kosenamen angesprochen. Der Name Sara war ihr schon vor ihrer Empfängnis und Geburt zugedacht gewesen, von dem Augenblick an, in dem ihre ganze Familie zum Judentum übergetreten war, und ihre Eltern benutzten ihn sehr ernsthaft, wagten gar nicht, ihn liebevoll abzuwandeln. Nun lächelte sie Abraham schüchtern an, und ihre Hand bebte in seiner. Jahre später hörten wir, mein Bruder Jakob und ich, jenes Mädchen aus dem Leib unserer Mutter sprechen, wenn sie unter den tiefen Seufzern des Leidens und Knetens mit fester, langsamer, vorwurfsvoller Stimme laut darüber nachsann, warum und wieso sie sich in diesen schmächtigen Fremden verliebt hatte, der plötzlich auf dem

Feld erschienen war, ihr die schmale Hand gereicht, sie zur Frau genommen, ihr Kinder gezeugt und ihr das Leben verbittert hatte.

Die Wolken brachen mit Donnergetöse auf, und der Regen verwandelte sich in eine Sturzflut. Saras Kleid klebte ihr am Leib, ihr Haar wurde naß und schwer, warm und glänzend wie ein Mutterkuchen. Die grauen Basaltfelsen funkelten schwarz, dampften knisternd, sobald die ersten Herbstregentropfen auf die glühende Lava trafen, die in ihrem Innern erstarrt war. Als sie uns Jahre später diesen Augenblick schilderte, verglich sie das Knistern der Steine mit dem Wispern der glühenden Brotlaibe, die aus dem Ofen geholt und mit *Boja*-Wasser besprengt wurden, damit sie glänzten.

Ihre Familie wohnte in einem bescheidenen schwarzen Basaltsteinhaus am Rand der Moschawa. Dort drückte sie das hölzerne Hoftor auf, ließ die Gänse in ihren Stall und betrat das Haus, ohne Abraham mit hineinzubitten. Er wußte nicht, ob er weggehen oder warten sollte, doch während er noch überlegte, kam ein bärtiger Hüne aus dem Haus und bedeutete ihm mit einer Geste einzutreten.

Ein großer, ausgehungerter syrischer Schäferhund beschnüffelte ihn mißtrauisch, witterte die Wüstengerüche, die sich in seinen Poren festgesetzt hatten, und ließ ehrfürchtig von ihm ab. Eine kleinwüchsige Frau deckte gerade den Tisch. Zwei kräftige Jungen spielten im hinteren Teil des Zimmers mit Kieseln, die sie gewandt von Hand zu Hand springen ließen. An der Wand stand Sara und löste ihre nassen Zöpfe, wrang sie aus wie eine Wäscherin ihre Laken. Ein Eimer voll Wasser troff heraus.

Seit ich nach Hause zurückgekehrt bin, um meinen Vater zu pflegen und Jakob von dieser Aufgabe zu entlasten, hat er mir mehrmals dieses Bild beschrieben – das Mädchen, das sich seinem Herzen eingraviert hatte und dazu ausersehen war, ihn zu heiraten, seine Frau und unsere Mutter zu werden: ihr hübscher Kopf gesenkt, Tropfen auf den Brauen, auf der Nase, an den Wimpern, mit kräftigen Händen ganze Bäche aus den Zöpfen streifend. Er sprach verächtlich, aber der Regen dünstete aus ihrem warmen Haar, und starker Feuchtigkeitsgeruch umwehte in dichtem Schleier ihren Kopf.

Viele Jahre später vor der verschlossenen Tür seiner Frau Lea, das Gesicht bleich und verzerrt, die Rechte mit dem fehlenden kleinen Finger in der Tasche versteckt, sagte mir mein Bruder Jakob, jeder Mann trage ein Bild seiner Frau im Herzen – »das Bild der geschlossenen Augen« nannte er es –, wie ein Brandmal ins Gedächtnis eingesengt. »Während seines ganzen weiteren Lebens legt er sie auf dieses Bild. Legt auf und vergleicht, legt auf und flucht, legt auf und weint.«

Doch Vater, dem es bei allem Bemühen nie gelungen ist, Jakob an Leid und Unheil einzuholen, sagt uns auch heute noch, was er immer schon gesagt hat: »So bin ich hereingefallen.« Sagt es und macht uns mit seiner herzlosen Phrase wütend.

»Du hast dort in Amerika schon vergessen, was es bedeutet, mit ihm zusammenzuleben«, sagt Jakob dann. »Jetzt wirst du daran erinnert.«

6

Mein Großvater, Djeduschka Michael, war ursprünglich ein reicher russisch-orthodoxer Bauer. Er besaß Apfelgärten, zwei Brunnen mit hölzernen Schöpfrädern, einen gepflegten Pappelwald, zehn Ochsengespanne und Hunderte von Gänsen. Gewiß hast du in Büchern von solchen Orten gelesen.

In seiner Heimatprovinz Astrachan am Kaspischen Meer war Michael Nasarow als »*Otjez Kolokolow*«, Vater der Glocken, bekannt gewesen, denn er spendete öfter Gelder für den Guß von Kirchenglocken. Im Jahre 1898 geschahen drei Dinge, zwischen denen, wenn du fragst, keinerlei Verbindung bestand. Herzog

Anton von Geßler fuhr nach Alexandria, mein Vater wurde in Jerusalem geboren, und Michael Nasarow traf im Heiligen Land ein, an der Spitze von vierhundertfünfzig Pilgern, die eine riesige Messingglocke für die Maria-Magdalena-Kirche mitführten.

Die Glocke hatte man in Odessa gegossen und auf einen eigens dafür gebauten starken Leiterwagen montiert. Die Männer zogen ihn bis zum Hafen. Von dort fuhren sie auf der *Santa Anna* nach Jaffa, und nun spannten sich die Frauen vor den Wagen. Von diesem Augenblick an schwiegen alle, denn das hatten sie zu tun gelobt, bis die Glocke aufgehängt sein würde. Noch lange Zeit später konnte man die Teilnehmer dieses Pilgerzugs an ihrer Gangart erkennen: mühsamen Schritts in gebeugter Haltung, als kämpften sie gegen starken Wind an. So kehrte auch Djeduschka Michael in sein Heimatdorf zurück. Er hatte eine kleine, gewichtige Steinsammlung mitgebracht – von Golgata, vom Tabor, vom See Genezaret und aus der Grotte in Betlehem, ja sogar einen Splitter der Felsen, die einst das Kreuz trugen, hatte er ergattern können. Alsbald packte er die Mitbringsel für seine Angehörigen aus: gepreßte Blumen aus Jerusalem in Olivenholzkästchen, eine blecherne Petroleumlampe, deren Docht am heiligen Feuer in der Grabeskirche entzündet worden war, bestickte Tücher, zwei herrenlose Gänseküken, die er an der Bab as-Sahara gefunden hatte, und weiße Totenhemden, die in den Jordan getaucht worden waren. Letztere waren zwar inzwischen getrocknet, aber man brauchte sie nur naß zu machen, und schon nahmen sie ihren bewußten Geruch wieder an.

Nun eilte er zu seinen Dorfglocken, und dort geschah ihm etwas Furchterregendes. Sobald er an den Seilen zog und die Glocken anhoben, verspürte er schreckliche Schmerzen in den Armgelenken. Anfangs vermutete er, das Zerren der großen Glocke habe seinen Sehnen geschadet oder er habe sich irgendeine orientalische Krankheit zugezogen oder auch eine jener bösartigen Depressionen, mit denen Jerusalem seine Pilger zu infizieren pflegte. Als die Schmerzen jedoch am nächsten Tag mit doppelter und den Tag darauf mit dreifacher Kraft wiederkehrten und ihm im ganzen Körper zu klingen und zu dröhnen begannen, bis er schreiend und weinend zu Boden ging, erkannte er, daß es ein himmlisches Zeichen war, und wußte, was er zu tun hatte. Er bestieg sein Lager (Mutter sagte immer »Lager« statt »Bett«), schloß die Augen und träumte, daß er zum Judentum übertreten müsse.

Einen guten Monat debattierte der Dorfpope mit Michael Nasarow, konnte ihn aber nicht von seinem Entschluß abbringen. Unser Großvater blieb standhaft. Er spannte drei Pferde an, fuhr mit der Kutsche in die Stadt und holte einen Mohel und einen »Rabbin«, um alle männlichen Familienmitglieder in den Bund Abrahams einzuführen. Die zu Beschneidenden wurden mit Stricken auf den großen Tisch im Kuhstall gebunden, wo man ihnen krügeweise Branntwein in die Kehle goß, um die Schmerzen bei dem Eingriff zu dämpfen. Dennoch drang furchtbares Wehgeschrei aus dem Stall, prallte an die Zäune und rollte über die Felder. Tauben und Schäferhunde flohen entsetzt vom Hof. Nur Djeduschka Michael wollte sich nicht festbinden lassen und bat, im Stehen mit einem Feuerstein beschnitten zu werden. Er preßte die Schenkel zusammen, lehnte den Rücken an einen Scheunenstreben und steckte sich ein Stück Holz zwischen die Zähne, das er zu feinen Splittern zermalmte, während der Mohel ihm die Vorhaut beschnitt.

Mutter war damals noch nicht geboren, hatte die Geschichte aber so oft gehört, daß sie die Schmerzen ihres Vaters nachempfand. Beim Erzählen schloß sie halb die Augen, peilte die bewußte Scheune an, sah seine Finger weiß werden und sein Gesicht sich wie das eines Neugeborenen verziehen, und als er sich dann wieder aufraffte und sein erstes jüdisches Lächeln aufsetzte, hatte er nicht mehr die altvertrauten Züge.

Ein Jahr nach seinem Übertritt verkaufte Michael Nasarow Haus und Hof, lud seine schwangere Frau und die zwei Söhne nebst Pflügen, Hausmobiliar und Saatgutsäcken auf drei Leiterwagen, schnalzte dem großen Ochsen und dem Schwarm Gänse, die dem aus Jerusalem mitgebrachten Pärchen entsprungen waren, und wanderte mit der ganzen Fracht im Lande ein. Mutter kam auf dem Weg ins Land Israel zur Welt.

Djeduschka Michael erwarb ein Stück Land in der Jordansenke, räumte die Steine ab, befreite es vom Fluch des Unkrauts und vom Übel der Brustbeersträucher, pflügte und säte und dankte jeden Morgen im Gebet seinem Schöpfer, daß er ihn zum Juden gemacht und ihn in das Land »Abrams, Issaks und Jakkobs« geführt hatte, um es zu bebauen und zu schützen. »Alles gut, alles gut«, erwiderte er ein ums andere Mal den zionistischen Beauftragten, die sich nach seinem Wohlergehen erkundigten, worauf die ihn wiederum den jüdischen Siedlern als Vorbild priesen, die voller Beschwerden und Forderungen steckten und wütend auf diese neuen Nachbarn waren, die weder Hilfe verlangten noch Klagen vorbrachten.

Das Hebräisch der Proselyten war dürftig und schwerfällig, und Großvaters Getbuch enthielt den russischen und den hebräischen Text nebeneinander. »Ich lese auf russisch«, erboste er sich über spöttische Stimmen, »aber der Ewige, gelobt sei er, guckt mir über die Schulter und liest auf hebräisch.« Vor Scham weigerte sich Sara, die Schule der Moschawa zu besuchen, und aus demselben Grund wurden ihre Eltern und Brüder sehr schweigsam und redeten selbst untereinander nicht viel. Mein Bruder Jakob, der in seiner Jugend bei ihnen arbeitete, ihnen lieb und teuer war und sie besser kannte als ich, obwohl ich ihnen ähnlicher war als er, hat mir erzählt, dieser Zug habe auch bei ihren Sprößlingen nicht nachgelassen. Mutter selbst konnte bis zu ihrem Tod weder lesen noch schreiben und sprach eine dürftige, fehlerreiche Sprache, was meinem Vater sowohl Vergnügen als auch Schmach bereitete.

Der Proselyt sprach schwerfällig den Tischsegen, schielte prüfend zu Abraham hinüber, um zu sehen, welchen Eindruck das Gebet auf ihn gemacht hatte, und erklärte ihm dann, daß sie kein Fleisch, sondern nur Gemüse, Hülsenfrüchte, Eier und vor allem Milchspeisen äßen. »*Moloko, moloko*«, wiederholte er ein ums andere Mal, und Abraham, der das russische Wort nicht verstand, hörte nur zu und nickte. Jetzt, da er wieder ein schützendes Dach über dem Kopf hatte, ein Ofen ihm die Knochen wärmte, keine Wölfe ihn mehr auf leisen Sohlen umschlichen und keine abgeschlachteten Gazellen ihm die Ohren vollschrien, gewann er seine Selbstsicherheit zurück und blickte seine Gastgeber mit mildem, verstecktem Spott an. »Eure gojische Mutter und ihr gojischer Vater nebst ihren gojischen Brüdern, allesamt Griechen, hatten solche Angst vor den Schächtgesetzen, daß sie beschlossen, ganz auf Fleisch zu verzichten«, höhnte er vor Jahren Jakob und mir gegenüber und stiftete damit auch noch bei unserer Bar Mizwa-Feier Ärger und Streit.

Er erklärte Michael Nasarow, er sei auf dem Heimweg nach Jerusalem, was den alten Proselyten in Erregung versetzte. Er selbst traute sich nicht recht, in die heilige Stadt zurückzukehren, denn die kannte ihn ja noch von der Wallfahrt, die er in der Zeit seiner Blindheit unternommen hatte, und auch die Glocke hing dort als dröhnendes Andenken an Sünde und Irrtum. Er blickte Abraham an, als schwebe ein Heiligenschein über seinem Haupt, und mein Vater wurde ganz stolz, aß das in heißer Asche gewälzte Ei, das einen herrlichen, fremdartigen Rauchgeschmack hatte, und genoß das Gemüse, das die Proselyten im Hausgarten zogen. Sara trug eine dampfende Schüssel Graupen in Milch auf, gewürzt mit säuerlichen Kräuterblättchen, und er wagte einen kurzen Blick in ihre Augen, der jedoch lang genug war, sie verlegen und knallrot werden zu lassen, so daß sie das Gesicht über den Teller senkte und nach Ende der Mahlzeit aufstand und verschwand. Abraham blieb mit den Söhnen und den Eltern zurück, die alle schweigend mit großen, langsamen Fingern Brotkrumen vom

Tisch aufpickten und ihn mit acht müden, staunenden Blauaugen anschauten. Letzten Endes bedeutete ihm der Vater, daß sie sich schlafen legen müßten, und führte ihn zu der kleinen Scheune auf dem Hof.

Die Scheune war, ebenso wie das Haus, aus warmem schwarzem Basaltstein erbaut. Ein paar Säcke Sorghum standen an der Seite, ein arabischer Pflug lehnte an der Wand, abgewetzte Geschirre baumelten an den Balken. Ein schütteres Pferd schnaufte und ächzte neben ihm, als beklage es bei sich den ermüdenden Brauch seiner Väter, der es verpflichtete, im Stehen zu schlafen. Zwei magere arabische Kühe glotzten den Gast an, und die Gänse stanken und waren derartig mißtrauisch, daß sie ihn am liebsten erwürgt hätten. Abraham, der ein äußerst verwöhnter Mensch war und auch in schweren Stunden *Redoma de Kolonia*, sein Parfümfläschchen, in der Tasche hatte, versprengte ein wenig Kölnisch Wasser um sich – mit derselben Priestergebärde, die er noch heute an sich hat. Dieses Fläschchen haben wir übrigens oft zu sehen bekommen, denn Vater hütet es wie seinen Augapfel, und da sein verwöhntes Gehabe mit den Jahren noch zunahm, fing er bald an, nach kurzem, demonstrativem Schnuppern, auch seine betretenen Gesprächspartner damit zu besprühen, denn je älter er wird, desto kritischer und arroganter gebärdet er sich.

Er zog sich bis auf die lange türkische Unterwäsche aus, packte seine Jacke zusammengefaltet auf einen Stein, um den Kopf darauflegen zu können, streckte sich auf dem einen Rand der verschlissenen Wolldecke aus, die er bekommen hatte, und zog sich den Rest über den Leib. Lange blickte er zur tropfenden Decke auf und glaubte, nicht einschlafen zu können. Er hatte eine sonderbare Eigenschaft an sich. Seit Geburt schlief er mit offenen Augen. »Er träumt schlechtes Traum«, erklärte Mutter in ihrem gebrochenen Hebräisch, immer ernsthaft mit bewunderndem, mitfühlendem Unterton. Wenn er von der nächtlichen Arbeit in der Bäkkerei zurückgekehrt war, schlichen Jakob und ich uns gern ins

Elternschlafzimmer, um uns zu vergewissern, ob unser Vater schlief oder sich nur tot stellte. Dazu kletterten wir zu ihm aufs Bett, zogen Fratzen, streckten vor seinen offenen Augen die Zunge raus und versuchten sogar, ihm die Lider zuzudrücken, bis er aufwachte und uns ohrfeigte: »Ich lebe, ihr Esel! *Saat de asno!*« Aber wir gaben dieses Spiel nicht auf, denn wie alle Nachtmenschen und Nachtvögel war Vater während der Tagesstunden müde und verschlossen und spielte selten mit uns.

Als er noch klein war, erschraken seine Eltern über sein offenäugiges Schlafen. Sie setzten ihm ein Babymützchen auf, das mit Beschwörungen und einem Rautenzweig versehen war, und brachten ihn zu Bulisa Simobul, der Augenheilerin. Die diagnostizierte sofort, »das Baby stiehlt Träume der Samariter«, und türmte ihm eine Handvoll schmierigen, stinkenden Schlamm aus dem Grund der Elija-Grube, der tiefsten Zisterne auf dem Tempelberg, über die Augen. Dieses verseuchte Wundermittel löste sofort eine schlimme Hornhautentzündung aus, die Vater fast das Augenlicht gekostet hätte. Kleingläubige wollten schon Dr. Borton, den englischen Arzt, zu Rate ziehen, aber Bulisa Simobul rieb Abrahams angegriffene Lider in letzter Minute mit bläulichem Silbererz ein. Das verlieh ihm das Aussehen einer winzigen Hure, heilte aber die Entzündung.

Bulisa Simobuls Ansehen erreichte schwindelnde Höhen, sobald klar wurde, daß sie sogar eine von ihr selbst verursachte Krankheit heilen konnte, aber Abraham schlief weiterhin mit offenen Augen. Bulisa Levi bekam große Angst, mied fortan das Frauenbad Chamam-el-Ein und verweigerte sich damit ihrem Mann. »Das Kind sieht doch zu«, sagte sie und kehrte ihm mit ängstlich zusammengepreßten Schenkeln den Rücken. »Wenn ich weiße Raben sehe oder der Junge die Augen schließt«, verkündete sie, als ihr Mann wissen wollte, wann sie ihre ehelichen Pflichten wieder zu erfüllen gedenke. Daraufhin holte man den blinden Chacham Bechor Bajaio aus Hebron, um den Hausfrieden wieder herzustellen. Bajaio kam auf seinem Blindenesel angeritten und entnahm den Satteltaschen ein Schneiderbandmaß, einen funkelnden Zirkelkasten und bereits brennende Kerzen. Die ganze Nacht saß er bei dem Kind, betastete einmal in der Stunde mit seinen federleichten Fingern dessen offene Augen und entdeckte, daß sie dem Geschehen vor sich nicht folgten. Zum Schluß beruhigte er die Eltern und erklärte, Abraham sehe nicht, sondern habe »*dormir de Zaddikim,* die auf die Ankunft des Messias warten.« Die Geister beruhigten sich, und neun Monate später wurde seine Schwester Dudutsch geboren.

Als die Gänse durch die Schärfe des Kölnisch Wassers beruhigt worden waren und Abraham Schlaf gefunden hatte, kam das große blonde Mädchen, um Feuerholz aus der Scheune zu holen, und stand einen Augenblick über ihm, eine flügelschlagende Gans in den Armen, die langen Beine links und rechts seiner Schultern aufragend, der Rock wie das Himmelsgewölbe über seinem Gesicht und der feuchte Schopf in den Wolken.

Noch lange lag Abraham matt und kältezitternd da. Gegen Morgen erwachte er, da ihm ein herrlicher, längst vergessener Duft in die Nase stieg – der Duft frischen Weizenbrots, das ganz in seiner Nähe gebacken wurde. Er stand auf, wickelte sich in die Wolldecke und guckte hinaus. Der Regen hatte aufgehört, der Himmel war hell und hoch, und der Duft kam aus einem kleinen Verschlag im fernen Teil des Hofes. Zögernd tappte er barfuß näher und lugte über den Zaun. Sara und ihre Mutter standen dort und buken in einem Lehmofen Brot. Sie tuschelten miteinander, und Abraham verstand, daß sie seinetwegen das Weizenmehl hervorgeholt hatten, das besonderen Gelegenheiten vorbehalten war.

Abraham, der die ganzen Kriegsjahre über kein einziges Mal frisches Weißbrot gegessen hatte, sondern immer nur harte Sorghum-*Galatas*, die ihm die Zähne und das Herz gebrochen hatten, sog den Brotgeruch ein und wußte, daß der Krieg vorüber war, daß er heimgekehrt war, daß Liebe am Horizont seines Lebens aufstieg. Er zog sich in den Pferdestall zurück, fiel auf den Lehmboden und weinte lauthals.

7

Soweit ich meinen Vater kenne, hat er sicherlich die meiste Fahrtzeit vom Jordantal nach Jerusalem damit verbracht, seine Kriegs- und Wüstenentbehrungen zu rekapitulieren, um damit sämtliche Verwandten und Bekannten zu beeindrucken. Doch als er in Jerusalem ankam, begriff er, daß damit kein Ruhm zu ernten war. Hier traf er Leid an, das sein eigenes überstieg. Die Spuren von Hunger, Krankheit und Tod waren noch nicht aus der Stadt verschwunden. Es würde genug Geschichten des Grauens und Elends zu erzählen geben. Furchtbarer Hunger hatte während der Kriegszeit in der Stadt geherrscht. Säuglingsleichen mit aufgedunsenen Bäuchen wurden aus den Häusern geworfen. Moslemische Frauen paßten die Kutsche des Mutazaref ab und schnappten seinem Pferd den Hafersack vom Hals, und wenn er die Peitsche gegen sie erhob, rissen sie sich die Schleier herunter, um ihm ihre ausgemergelten Gesichter mit den spitzen Wangenknochen zu zeigen, die sich schier durch die Haut zu bohren drohten.

Sein Vater war schlicht und einfach an Hunger gestorben, und sein älterer Bruder Ezechiel, der vor den Menschenjägern des türkischen Militärs die Flucht ergriffen hatte, war dabei verwundet worden und seither verschollen. Ezechiel war ein gewandter, kraftstrotzender Lastträger für Weinfässer und Weizensäcke gewesen, »so gutmütig wie eine Taube, die an der Westmauer nistet, und stark wie der Elefant, der die Königin von Saba hertrug.« Selbst nach all diesen Jahren machen Vaters naive Metaphern mir Vergnügen und treiben Jakob zur Weißglut. Als Tedesco mit seinem türkischen Suchtrupp kam, um ihn festzunehmen, schlug

Ezechiel dem Spitzel das Nasenbein ein, stieß die Soldaten zur Seite und flüchtete in schnellem Lauf. Die Kugel traf ihn beim Chamam-el-Ein, doch er »entfloh seinen Häschern mit dem Blei im Fuß« und hinterließ blutige Fußabdrücke, die am Zionstor begannen und zwischen den Muscheln am Strand von Jaffa endeten. Bulisa Levi und Dudutsch, die jüngere Schwester, blieben allein zurück und versanken in böser Armut.

»Sollen wir etwa zu denen da gehen?« erwiderte Bulisa Levi befremdet, als man ihr sagte, den Eljaschars sei es gelungen, ein paar Säcke Weizen aus Transjordanien herüberzubringen. Und als der Hunger sie dann doch noch dazu bewog, hatten »die da« kein einziges Körnchen mehr übrig. Sie und ihre Tochter ernährten sich von Wiesengräsern und balgten sich mit Schakalen, Mitmenschen und Hunden um das Recht, in den Abfallhaufen zu wühlen. Sie stahlen bitteren Sesamtrester aus Ziegenställen und zerbröckelten Pferdeäpfel und Eselsdung auf der Suche nach halbverdauten Haferkörnern. Feuerkohlen, Schuhe und Arzneien hatten sie überhaupt keine, und ohne die Hilfe der schwedischen und amerikanischen Missionare, die am Blumentor wohnten, wären sie an Krankheit und Hunger gestorben. Viele junge Mädchen verkauften ihren Körper, und »die ganze Stadt hörte sie, weil sie so dürr waren, die Ärmsten – ihre Knochen klapperten im Bett wie *Toyakas de Purim*«.

Am Morgen nach seiner Ankunft, als die Freudentränen getrocknet waren und alle Nachbarn ihn schon gesehen hatten, ging Abraham seinen Freund Lija Natan suchen und fand ihn an seinem angestammten Tisch in der Bibliothek *Bet Ne'eman* sitzen und sich in den Feinheiten des Zeitengebrauchs der englischen Sprache fortbilden. Die beiden fielen einander weinend in die Arme. Vater erzählte ihm von seinen Erlebnissen beim Militär und in der Wüste, aber Lija unterbrach ihn bald freundlich lächelnd und sagte: »Laß, Abraham, laß, Hauptsache, das ist alles vorüber.« Er selbst hatte, wie gesagt, in Jerusalem gedient und seinen Teil zu dem Bund zwischen Kaiserreich und Sultanat dadurch beigetragen, daß er Artilleriebroschüren vom Deutschen ins Türkische und Auberginenrezepte vom Türkischen ins Deutsche übersetzte. Vater konnte sich sogar noch erinnern, daß das Auberginengericht *Imam Bayildi* auf deutsch »Der Imam ist in Ohnmacht gefallen« hieß, und lachte, wenn er die Geschichte erzählte.

Jeden Morgen hatte Lija aus seinem Zimmerfenster gelugt, um sich zu vergewissern, daß die Alternativen noch schlimmer aussahen. Auf dem Hof des Kolarasi-Gebäudes lagerten Rekruten und Deserteure, an den Füßen gefesselt, und warteten auf den Abtransport zu den Schlachtfeldern. Ihre Frauen und Kinder schluchzten hinter dem Zaun, während er, der Glückspilz Lija Natan, in Jerusalem blieb.

Nur der Sonnenaufgang machte ihm Sorgen. Die Monastirer, ihrem Wesen nach Denker und Naturbeobachter, pflegten ihren Jünglingen wissenschaftliche Aufgaben zu erteilen, und so war Lija seit seiner Bar Mizwa jeden Tag in aller Frühe zum Skopusberg hinaufgegangen, um den genauen Zeitpunkt des Sonnenaufgangs zu notieren. Es war für ihn zu einer Manie geworden, neunundvierzig Jahre lang alle Sonnenaufgänge zu verzeichnen und dann in seinen alten Tagen ihre Korrelationen und Geheimnisse zu entschlüsseln. Auch jetzt stieg er, den Militärgesetzen zum Trotz, jeden Morgen heimlich auf den Berg und hastete nach getaner Aufzeichnung zurück.

Eines Morgens, Lija hatte sich gerade wieder in die Kommandantur zurückgeschlichen, wollte es das Unglück, daß er auf dem Korridor dem deutschen General Falkenhayn begegnete, dem zwei Zigeunermädchen just diese Nacht alle fünf Sinne geraubt hatten. Der General, ein eigenartiges Jasminsträußchen vom Kopf aufragend und der entleerten Hoden und Geldbeutel wegen in tiefer Melancholie befangen, holte weit aus, versetzte Lija eine schallende Ohrfeige und schickte ihn wegen Fahnenflucht vors Militärgericht. Sein türkischer Vorgesetzter, der ihn sehr schätzte, berichtete dem General, der Schuldige sei hingerichtet worden, und sperrte meinen Onkel, ohne jemandem etwas davon zu verraten, in einen Kellerraum des riesigen Gebäudes, unter Hinterlassung von Übersetzungsmaterial. Am nächsten Morgen wurde der türkische Offizier nach Gaza in den Kampf geschickt, wo er fiel, und mein Onkel Lija blieb einsam in den Tiefen des Gebäudes eingesperrt, in Gesellschaft von Dutzenden Kisten mit Konserven, Tausenden von Dokumenten und einem brüchigen hölzernen Tempelmodell mit der Signatur des Missionars Konrad Schick. Dahinter fand Lija einen eigenartigen großen Holzschrank mit Rädern und Deichseln. Im ersten Moment dachte er, Konrad Schick habe auch eine Kopie der Bundeslade angefertigt, doch gleich darauf entdeckte er, daß im Innern des Schranks Klapparme befestigt waren, und weiteres Nachsuchen förderte drei Henkersstränge, einen grauenhaften Holzpfahl zum Pfählen und ein bereits verrostetes Fallbeil zum Daumenabhacken zu Tage. Das war der fahrbare türkische Galgen des Bezirks Jerusalem. Lija bekam es mit der Angst zu tun, doch später, als er sich an die Präsenz des monströsen Gestells gewöhnt hatte und die Langeweile und die Kälte überhandnahmen, studierte er eingehend die beigefügte Gebrauchsanweisung und übersetzte sie zum Zeitvertreib in alle ihm bekannten Sprachen. Danach brach er in den Nebenraum ein und entdeckte dort Hunderte von ausgestopften Tieren: herrliche Wasservögel, im Sprung erstarrte Sumpfkatzen, glasäugige Adler, ein schütterer Leopard und Gläser mit konservierten Kriechtieren. Es war die Sammlung des Lutheranerpastors Ernst Grimholz, der wie die meisten damaligen Naturliebhaber von einer Mord- und Ausstopfgier befallen war, die sich auch durch wissenschaftliche Forschung nicht bemänteln ließ. So wurde Lija nutzloserweise zum Experten für Auberginengerichte, peinliche Feldgerichtsbarkeit, Weitschußwinkel und die Fauna Palästinas.

Im Jahre 1917 hielt der Winter frühzeitig Einzug, und die letzten Kriegsmonate verbrachte mein Onkel in Einsamkeit und

Kälte. Unter der Dunkelheit litt er nicht, da er die Nachtsicht einer Eule besaß – eine Eigenschaft, die alle Monastirer ihren langwierigen Sternbeobachtungen verdankten. Er suchte sich mit Springen, Schnellübersetzen und vergeblichen Tritten gegen die schwere Tür warmzuhalten und bewahrte seine geistige Normalität durch Markierung der abgelaufenen Tage an der Wand. Trotzdem wuchs seine Verzweiflung. Es gab Tage, an denen er des Lebens müde war. Gelegentlich stieß er furchtbare Schreie aus, in der Hoffnung, es möge ihn jemand hören. Aber die Wände waren sehr dick, und selbst wenn jemand sein Brüllen wahrnehmen sollte, würde er es für den Nachhall des uralten Wehklagens eines hier gestorbenen Folteropfers halten, glaubte Lija, denn er selber hörte es ja bereits.

Bei Beginn des Chanukkafestes saß er schon ein Jahr im Keller. Schnee rieselte auf Jerusalem herab, und als Lija Sesamöllämpchen entzündete und mit einsamer, schwacher Stimme Sieges- und Heldenlieder sang, ahnte er nicht, daß die Stadt in diesem Augenblick kapitulierte und die Engländer in ihre Tore einzogen. Gut vier Wochen später, an einem entsetzlich kalten Tag im Monat Tewet, machte er sich an dem fahrbaren Galgen zu schaffen, rieb einen Strang mit Seife ein, ölte und prüfte den Fallgrubenhebel, doch in dem Moment, in dem er das Delinquentenbrett bestieg, hörte er heftiges Ballern an der Tür und danach Holzknarren und wuchtige Axtschläge. Lija rief erschauernd auf türkisch, er habe keinen Schlüssel, und als die Tür nachgab, traten zwei Offiziere in fremden Uniformen ein. Der Jüngere trug Reiterstiefel und eine Brille, deren Gläser so dick waren, daß sie wie durchsichtige Bachkiesel wirkten. Er hieß Arthur Spinney, und von ihm und seinen Taten werde ich dir noch erzählen. Der zweite war ein kräftiger Mann in Generalsuniform, die Stirn kühn gewölbt, die Augen überraschend freundlich. Er hatte den Körperbau eines Stiers, Hände so breit wie Schaufeln und ein markantes, gerötetes Kinn. Lija erkannte die beiden sofort als englische Offiziere, da ihre gestutzten Schnurrbärte weder gefärbt noch gewachst waren. Beim zweiten Gedanken wurde ihm auch klar, daß der General wohl Edmund Henry Hynman Allenby sein mußte, auf dessen Namen er in den deutschen Nachrichtenbulletins, die er übersetzt hatte, des öfteren gestoßen war.

Die beiden Engländer waren baß erstaunt, diesen sonderbaren türkischen Soldaten vorzufinden, der, eine Schlinge um den Hals, von Konservendosen, ausgestopften Tieren und Militärdokumenten umgeben war. Lija zitterte vor Kälte und Angst, denn er wußte, daß er – zu Erklärungen aufgefordert – sich in erhebliche Schwierigkeiten bringen mußte. Zum Glück merkte er, daß die Augen des großen Generals fasziniert über die Vogelpräparate schweiften, und erkannte darin seine Rettung. Sofort löste er die Schlinge vom Hals und stellte eiligst jeden Vogel mit seinem englischen, arabischen, deutschen, hebräischen und lateinischen Namen vor.

Allenby als passionierter Vogelliebhaber war höchst angetan von ihm. »Hab ein Auge auf diesen Burschen, Arthur«, sagte er zu dem kurzsichtigen Kavalleristen, bevor sie Lija nach Hause schickten, »ich denke, er kann uns noch mal nützlich sein.«

8

Abraham nahm die Arbeit in Ergas' Bäckerei wieder auf. Der Bäcker hieß ihn freudig willkommen, kaufte ihm Schuhe und Kleidung und lehrte ihn alle Kniffe des Bäckerhandwerks: das Geheimnis der genauen Dosierung von Salz und Zucker, die es dem Bäcker erlaubt, »die Hefe *como kawaikos* zu steuern«, die präzise Handhabung der Bäckerschaufel, sowohl beim Einschieben der Brote als auch beim Herausbefördern ans Licht der Welt, und die aschkenasische Art des Challeflechtens. Als besondere Vertrauensgeste lüftete Ergas ihm zudem das streng gehütete Geheimnis des »armenischen Spuckens« auf die glühenden Backsteine und brachte ihm bei, das Knistern des verdampfenden Speichels zu deuten.

Abraham kam um ein Uhr nachts in die Bäckerei, erweckte die Hefe zum Leben und entzündete die Holzscheite im Ofen. Bäcker Ergas traf zwei Stunden später ein, die Augen von Tränen und Schlafmangel gerötet. In den langen Backnächten erzählte er Abraham von seinem Unglück und Schmerz. Zehn Jahre waren seit der Hochzeitsnacht vergangen, doch seine Frau hatte er nie wieder angerührt. Böse Zungen behaupteten, sobald säuerlicher Geruch aus der Bäckerei dringe, lasse Ergas' Frau – wohl wissend, daß der Teig schon ging und nicht mehr aus den Augen gelassen werden durfte – Männer »nicht von unserem Volke« ins Haus, aber in Wahrheit befeuchteten nur Tränen Manzanikas Bett.

Die Hochzeitsnacht des armen Bäckers lebte in seiner Erinnerung fort, und mit einer Offenherzigkeit, die nur fortdauernder Schmerz verleihen kann, schilderte er Abraham jede noch so peinliche Einzelheit. »Sie hatte dort drinnen so was wie den Mund eines erstickenden Fisches«, sagte er, verzweifelt nach plastischen Bildern für das Mysterium der inneren Umklammerungen seiner Frau suchend. Mit der einen Hand schnitt er Kerben in die Teigklumpen, »damit sie nicht aufplatzen, wo sie Lust haben«, mit der anderen unterstrich er gestikulierend, wie die alten Frauen »Schaddai« in sein Bettgestell geritzt und darunter Milchpaste als Lockspeise verstreut hatten.

Doch die starken Wundermittel waren ungenau ausgerichtet, so daß sie die falschen Gebrechen heilten. Auf Ergas' Glatze sprossen zarte Löckchen, sein Bäckerhusten verflog, und seine Rückenschmerzen wanderten in die Zehen. Nur seine Phobie, seine Erektion und seine Blässe blieben unverändert. In einem gewissen Stadium stellten die alten Frauen »zwei weiße Tauben«, die speziell auf Erweichung und Beruhigung abgerichtet waren, auf sein Glied, aber die Vögel standen bloß fröhlich gurrend in perfektem Gleichgewicht da, bis Abscheu und Verzweiflung den Bäcker übermannten. Er wusch sich den ätzenden Taubendreck ab und erwarb einen langen, breiten Streifen ägyptischer Baumwolle, den er sich fest um die Lenden schlang, um den widerspenstigen Penis an den Bauch zu drücken, damit er endlich aufhörte, herumzuschlagen und seine Hosen vorne auszubeulen. Seither nannten ihn die Araber »*Abul-Hisam*« – Vater des Gürtels.

Gelegentlich kam die lahmende Manzanika in die Bäckerei und schenkte Abraham ihr Hasenlächeln, das von der Scharte in ihrer Oberlippe in eine verführerische und eine schüchterne Hälfte gespalten wurde. Ihre Haut verströmte liebliche Düfte, die ihn an die leckeren Tafelgenüsse des Neujahrsfestes erinnerten. Verwirrt kehrte er ihr den Rücken, und lange, nachdem sie die Bäckerei verlassen hatte, meinte er noch ihre Augen und Hände zu spüren, doch er riß sich von den Gedanken an sie los und flüchtete in seine eigenen Angelegenheiten, die zwar beunruhigend und schmerzlich sein mochten, ihm aber wenigstens bis ins einzelne vertraut waren. Seit seiner Rückkehr nach Jerusalem plagte ihn ein immer wiederkehrender Traum, in dem schwarze Felsen, weiße Gänsetupfen, strömender Regen und ein großes Mädchen vorkamen. Ihr feuchter Kopf ragte in den Himmel, ihre Brüste wogten im schnellen Lauf, und jede Nacht türmten sich ihre hellen, erdrosselnden Schenkel über seinen offenen Augen. Ging er durch die schmalen Kopfsteingassen der Stadt, sah er erneut ihre breiten Schultern vor sich schwanken, die nämlichen Beine im Dauerlauf über die Gassenstufen springen, die Augen ängstlich in die Ferne starren, roch den feuchten Erdgeruch ihres Haars, hörte die derbe, kindliche Stimme »Sara« und »zwölf Jahre« sagen und »*die Katschkes*« rufen. Zum Schluß suchte er Lija Natan auf und beichtete ihm – vor Geheimnissen und Tränen sprühend – alles, als reinige er seinen Leib von einem Gift.

Lija grinste. Er war in jenen Tagen dem Kinowahn verfallen, und die Stummfilmdiven der zwanziger Jahre hatten ihn in dem

Glauben bestärkt, daß die Liebe nichts als Täuschung sei. »*Amor es solo una palabra*«, zitierte er Heiratsvermittler Saportas berühmten Spruch und sagte voraus, eines Tages werde »ein neuer Louis Pasteur« auftauchen und das Geheimnis jenes Saftes lüften, der das Liebesweh im menschlichen Körper auslöse, so daß man sich dagegen impfen lassen könne. Er las Abraham aus der Haskala-Literatur über die körperlichen und geistigen Gefahren vor, die die Verausgabung der Hodenkraft mit sich brächten, schilderte ihm die bekannte Schwermut nach dem Beischlaf, die alle empfänden, aber nur die Jemeniten zuzugeben bereit seien, und behauptete im weiteren, das Erbgut gehe im Sperma des Mannes und in der Muttermilch über.

»*Nada de nada que dicho Kohelet*, nichts als Eitelkeit, sagt der Prediger«, verkündete Lija über den eitlen Windhauch der Liebe, worauf Abraham das Zimmer seines Freundes verließ, um in die Bäckerei zu gehen.

»Eine Schande!« zischte er sich selber an. »Schimpf und Schande!«

Trotz Bulisa Levis Armut machte man ihm zahlreiche Heiratsangebote, denn er war ein guter, treuer Arbeiter und hatte das Prestige von fünfzehn Generationen in Jerusalem hinter sich. Doch Abraham zog die ihm vorgestellten Mädchen gar nicht erst in Betracht und ignorierte auch geflissentlich Manzanikas schmachtende Blicke, die Moralpredigten seiner Mutter und den Klatsch der Nachbarinnen.

Lija lud ihn zu einer Autofahrt ein. Arthur Spinney, der englische Kavallerieoffizier, der ihn aus dem Keller des Kolarasi befreit hatte, war nach beendetem Militärdienst in Palästina geblieben, hatte ein Kaufhaus am Jaffator eröffnet und Lija dort angestellt. Vor dem Laden, zwischen den Kutschen am Tor, parkte ein knatternder kleiner Ford, halb Lieferwagen, halb Diligence, und Lija behauptete, »eine Fahrt im Automobil mit Verbrennungsmotor« sei »das bekanntermaßen beste Mittel zur Gedächtnisauslöschung.« Nachdem er den Fahrer bezahlt hatte, sagte er: »Riech nur, Abraham, dieser Benzinduft, das ist der Geruch der weiten Welt.« Aber der Geruch der weiten Welt ließ Vater den Kopf schwindeln, so daß er am Antimos-Garten aus dem Wagen springen und sich übergeben mußte.

Lija gab nicht auf. Er führte ihn in die Werkstube seines Vaters, des großen Mikrographen Bechor Natan. Damals versuchte Bechor Natan gerade, die Zehn Gebote auf einen Stecknadelkopf zu schreiben und damit jenen absoluten Punkt, »kleiner als alles Kleine«, zu schaffen, den Lukrez besungen, Diogenes angebetet und Demokrates als unteilbar bezeichnet hatte.

Bechor Natan verachtete »die griechischen Sophistereien« und meinte, Lukrez habe sich geirrt – der besagte Punkt sei nicht geometrischer, sondern verbaler Art.

»Nur das Wort ist körperlos und daher allein unteilbar«, bemerkte er lächelnd.

Abraham sah sich staunend um. Die winzigen Wörter tanzten ihm wie schwarze Punkte vor den Augen und verdeckten ihm einen Augenblick die Proselytentochter aus Galiläa. Doch kaum hatte er den Werkraum verlassen, kehrten seine alten Sehnsüchte wieder. Er beschimpfte sich selber, weil er diesem plumpen Mädchen Einlaß in seine Träume gewährt hatte, und zürnte seinen Eltern, die ihm in Sperma und Milch das Merkmal des Schlafens mit offenen Augen vererbt hatten. Nachts, wenn er in die Backstube kam und die Reiser und Scheite im Ofen anzündete, sah er immer aufs neue das strohblonde Haar vor sich im Feuer lodern, wie ein Photo, das sich untröstlich in sein Herz eingegraben hatte. In seinem – Liebenden allein vorbehaltenen – Elend und nach dem System der punktuellen Verkleinerung zog er sich ganz in sich selber und in das Bleigewicht seines unendlichen Sehnens zurück, woraus selbst Lija ihn nicht mehr zu befreien vermochte.

So quälte er sich gut drei Jahre, bis er eines schönen Tages seiner Mutter, seinem Meister und seinem Freund erklärte, er werde

»sich die Frau holen gehen«. Bulisa Levi kreischte vor Entsetzen, seine Schwester Dudutsch grinste, Manzanika blieb stumm, Lija sagte lachend, »wie sind die Helden gefallen«, und Bäcker Ergas blickte ihn betrübt an, rückte den schmerzenden Bund, der seine Schmach an den Bauch drückte, zurecht und erklärte ihm, er täte besser daran »eine Frau aus unserem Volke« zu nehmen und in der Bäckerei zu bleiben. Doch mit derselben überraschenden Entschlossenheit, die ihn schon die Wüste hatte überwinden lassen, packte er Marschverpflegung ein, nahm sich einen Stock, um Schlangen und Hunde damit zu vertreiben, und verließ die Stadt durch das Damaskustor Richtung Norden.

Er passierte das Stephanskloster, spuckte an Titus' Lagerplatz dreimal aus, »wie es diesem Bösewicht gebührt«, ging an der Mauer des Gartengrabs entlang, die wütende Katholiken und Griechen mit Steinen bewarfen, und als er drei Stunden später die felsige Anhöhe mit den Gräbern Sems, Hams und Jefets erreicht hatte, setzte er sich beherzt zum Ausruhen nieder. Es war ein verruchter Ort. Hier hatten die berittenen Kreuzfahrer aus Siena Rabbiner Jakob Aaron getötet, der aus den Mauern herausgekommen war, um ihre Lager zu verfluchen – im sicheren Vertrauen auf das zuvor gesprochene Gebet und auf den priesterlichen Brustschild, den er angelegt hatte. Hier hatte Rizpa, die Tochter Ajas, ihre hingerichteten Söhne beweint, und morgens konnte man auf den Felsen noch ihre Tränen funkeln sehen, denn die Tränen einer verwaisten Mutter trocknen niemals.

»Und niemand hat mir etwas zu Leid getan«, staunte er selbst dann noch über sein Glück, wenn er uns die Geschichte erzählte. »Weder Mensch noch Tier, weder Giftschlange noch Skorpion.«

Hyäne und Schlange sahen seine Schritte, witterten den süßen Schweiß der Liebenden, gingen ihm aus dem Weg und ließen ihn ziehen. Kassia, Kaktus und Kaper zogen vor seiner Haut die Stacheln ein. Fellachen, die auf den Feldern arbeiteten und ihm in die Augen schauten, gaben ihm Wasser zu trinken, speisten ihn mit Öl und Käse, Oliven und Zwiebeln, Trauben und Brot und folgten ihm mit den Blicken, wenn er aufstand, ihnen dankte und zum fernen Horizont seiner Liebe weiterzog. Den ganzen Weg über sah er ihren blonden Haarschopf, einem Gazellenschwanz gleich, zitternd vor sich herschwanken und ihre weit ausholenden langen Beine ihm die Stolpersteine aus dem Weg kicken.

Im Wadi el-Haramin stürzten berittene Räuber zwischen den Felsen hervor, zerrissen seinen Rucksack, zerbrachen seinen Stock und zogen ihn splitternackt aus. »Wohin, du Sohn des Todes?« fragte ihn der Bandenführer, ein kleinwüchsiger, schlanker Mann, der ein blaues und ein braunes Auge hatte.

»Mir eine Frau nehmen«, antwortete Abraham, mit den hohlen Händen seine Scham bedeckend.

Die bewaffneten Räuber lachten, ließen ihre Pferde auf der Stelle tänzeln und schossen johlend vor Heiterkeit in die Luft, doch als seine Worte ihnen langsam in die groben Knochen und bösen Leiber sickerten, wurden sie, von wehmütigem Sehnen befallen, ernst und stumm und gaben ihm seine Kleider wieder.

»Mach den Mund auf!« befahl ihm der Bandenführer.

Abraham schloß die Augen, sperrte den Mund auf und wartete auf den Gewehrlauf, der ihm die Zähne zertrümmern, und auf das Blei, das ihm das Gehirn zerreißen würde. Doch statt dessen spürte er nur zwei derbe, warme Finger, die nach Butterschmalz und Salbei, Lagerfeuerasche und Waffenöl rochen, seine Lippen berühren, ihm die Kiefer auseinanderdrücken und in den Mund eindringen. Der Räuber legte ihm eine schwere, runde Goldmünze unter die Zunge und küßte ihn auf beide Wangen. Dann gab er ihm einen großen Klumpen Trockenfeigen, einen neuen Stock und ein gestreiftes Gewand, setzte ihn auf ein Pferd, und die ganze Bande ritt zwei Tage lang hinter ihm her, bis sie aus den Bergen in die Senke hinunterkamen und Abraham sie bat, ihn allein weiterziehen zu lassen, da er nicht »von Räubern und Unbeschnittenen umringt« bei seiner Geliebten ankommen wollte.

Bei Betreten der Moschawa ging er erst zum Haus des Dorfältesten, einem scharfsinnigen, dicken Bulgaren, der die Daumen ständig im Gürtel stecken hatte und Yakir Alchadew hieß.

»Was wünscht Ihr?« fragte Alchadew.

»Haltet um die Hand der jungen Sara Nasarow für mich an«, bat Abraham.

Alchadew wäre fast erstickt vor Lachen und Verblüffung. »Da braucht Ihr keinen Mittelsmann«, erklärte er Vater, »die armen Proselyten würden ihre Tochter auch einem Affen geben, solange er nur ein Jude aus dem Stamme Abrahams ist. Nicht einmal die Schule will sie besuchen, dieses störrische Fohlen.«

Danach wurde er ernst. »Ihr seid doch von den unsrigen, warum geht ihr dann zu denen?« fragte er. »Fehlt es denn in Jerusalem an Jungfrauen?«

Aber Abraham hatte die verschlossene Miene der hartnäckig Liebenden aufgesetzt. Alchadew begriff, daß sein Gast außer seiner Phantasievorstellung nichts hörte oder sah, und so stand er auf und brachte ihn zum Haus der Nasarows.

Der alte Proselyt, seine Frau und der älteste Sohn saßen am Tisch. Sara trug Wasser, Brot, Gemüse und Käse auf und fixierte Abraham mit gesenktem Blick und dem Duft nie trocknenden Regens. Sein Fleisch wurde weich. Sie war schon sechzehn Jahre alt und hatte sich in den gut drei Jahren überhaupt nicht verändert, denn auch in seinen Träumen war sie herangereift. Er zügelte seine zitternden Knie und begnügte sich wohl mit einem feinen, ehrbaren Lächeln. Michael Nasarow erkundigte sich nach seinem Wohlergehen und fragte ihn über Beschäftigung und Familie aus. Abraham seinerseits beantwortete ihm detailliert und respektvoll sämtliche Fragen, obwohl er wußte, daß der alte Proselyt schon beschlossen hatte, ihm seine Tochter zur Frau zu geben. Ehe er und Alchadew jedoch das Haus verließen, trat plötzlich der große Bruder auf ihn zu, baute seinen massigen Körper ganz dicht vor ihm auf, beugte sich nieder und flüsterte ihm direkt in sein besorgtes Ohr: »Du die Sara gut behandeln, sonst du dich in acht nehmen. Wir sind Tataren!« Damit ging er.

Am nächsten Morgen zog Abraham zu den Abulafias nach Tiberias, »den guten Menschen«, die ihn bei seiner Rückkehr aus dem Krieg aufgenommen hatten, überbrachte ihnen Grüße von ihren Verwandten in Jerusalem und blieb rund zehn Tage bei ihnen. Eine weitere Woche saß er im Hause Alchadew, bis alle nötigen Vorbereitungen getroffen waren und Rabbiner Josef Abulafia aus Tiberias eintraf, seinen Esel im Pferdestall der Proselyten anband und meine Eltern auf dem Dorfschulhof traute.

Nach der Chupa zog das junge Paar sich in das für sie hergerichtete Zimmer im Hause Nasarow zurück. Eine geschlagene Stunde lagen sie nebeneinander und bebten vor Liebe und Sehnsucht, die selbst das Zusammentreffen nicht zu stillen vermocht hatte, dann stieg meine Mutter aus dem Bett und führte meinen Vater aufs Feld hinaus. Besorgt und barfuß schritt er hinter ihr her. Seine Fußsohlen zuckten schaudernd vor Erdschollen und Dornen zurück. Ihr weißes Hemd wies ihm den Weg, ihr Haarschopf schimmerte im Dunkeln, und als sie schließlich umschlungen auf der Erde lagen und sie ihn mit ihrem Körper aus dem Morast seines Leidens zog, begann mein Vater plötzlich zu weinen. Es waren weder Freuden- noch Liebestränen, sondern die Tränen, die Männer vergießen, wenn ihnen das erste Kind geboren wird. »Ein Weinen, was Tränen aus die Knochen saugt«, wie meine Mutter Jahre später sagte, wann immer sie sich daran erinnerte. In jener Nacht liebkoste Vater sie mit den Augen, hörte sie mit der Brust, sah sie mit den Armen, und als er bei Tagesanbruch von dem Zwitschern der Heckensänger und den kalten Erdfurchen geweckt wurde, fand er sie hinter sich liegen, sein Körper in der Senke zwischen ihren Brüsten und Schenkeln geborgen, ihr Atem seinen Nacken wärmend, ihre eine Hand seinen Hals stützend und die andere ihm Brustkasten und Herz bedeckend.

»Wer bin ich?«

»Ich erblickte in Blunderstone in Suffolk oder daherum, wie man in Schottland sagt, das Licht der Welt. Ich bin ein nachgeborenes Kind. Meines Vaters Augen schlossen sich sechs Monate früher, als die meinen sich öffneten.«

»Ich wurde 1910 in Paris geboren. Mein Vater war ein weichmütiger, leichtlebiger Mann. Er besaß ein Luxushotel.«

»Mein Name war Tommy Stobbins, Sohn des Jacob Stobbins, dem Schuhmacher von Puddleby auf der Marsch.«

»Mein armer Vater war Inhaber der Firma Engelbert Krull.«

»Nie herrschte wirklich Frieden zwischen Vater und mir. Offenbar hat er seit meiner Geburt Schwierigkeiten mit mir gehabt.«

Die Kurzsichtigkeit hat mich dem Lesen und Erinnern in die Arme getrieben. Dort zwischen den Seiten entdeckte ich klare Menschen, erklärte Konflikte, den niemals verschwimmenden Horizont, der sich hinter den Augen, nicht vor ihnen dehnt.

Noch heute beeindrucke ich meine Gesprächspartner am meisten mit Zitaten von Dickens und Melville, Tschernichowski und Hoffmann, Vasari und Saroyan, Nabokov und Fielding. Aber Freunde habe ich in ihren Zeilen nicht gefunden. »Und was suchen wir denn zwischen den Buchseiten anderes als unser eigenes Gesicht?« fragte Robert Louis Stevenson. Ausgerechnet Jules Verne, der viel zu erzählen und wenig zu sagen hatte, hat mich mit Marfa und Nadja bekannt gemacht, hat mir die Gestalt der Mutter und die Züge der Geliebten gezeigt. Aber auch dort sind mir nicht die Tränen in die Augen gestiegen. »Wenn du willst, daß ich weine, so weine zuerst«, hat Horaz zu einem Dichtereleven gesagt. Ich hege bei all diesen Schreibern den Verdacht, daß sie niemals weinen.

Die große blonde junge Frau erfüllte den kleinen Raum mit gutem Duft nach Milch und Feld. Stille herrschte. Zwischen Bulisa Levis dicken Knien häuften sich feuchte Wassermelonenkernschalen auf einem Tuch.

»*Tfu-chamsa-mesusa*, ist das die Frau, Abraham?« stieß sie endlich hervor. »Ist das die Traumbraut, die du uns gebracht hast? Jedes Kleid für sie wird doppelt kosten. Mit dem Stoff, den wir für die kaufen, könnte man eine ganze Familie einkleiden.«

»Das erste Wort, das sie gesagt hat, war ›tfu‹«, schimpfte Mutter in den folgenden Jahren wieder und wieder, ihre Erinnerungen mit wütender Anklage befleckend. »Man hat mich dort nicht haben gewollt. Nur die Dudutsch, die hat mich lieb gehabt.«

Tia Dudutsch war damals fünfzehn. Als sie ihre neue Schwägerin sah, stockte ihr vor lauter Bewunderung der Atem. Mutters guter Duft, ihre Stärke, die geschmeidigen Muskelbewegungen unter der weißen Haut ihrer Arme – all das weckte Liebe und Sehnsucht bei ihr. Sara, die nur ein Jahr älter als Dudutsch war, lächelte sie verlegen an und musterte staunend das Zimmer. Sie war ein einfaches Mädchen, eine Gänsehirtin, die weder lesen noch schreiben konnte, und nun wollte sie mit weit aufgerissenen Augen alles um sich her aufnehmen. In ihrem Elternhaus hatte muffiges Braun, Grau und Schwarz vorgeherrscht, doch hier lag ein farbiger Teppich auf dem Boden, gestickte Decken zierten Sofa und Sessel, auf denen zudem glitzernde Kissen prangten. Zwei große eisenbeschlagene Betttruhen standen an der Wand, und ein Kohlebecken dampfte in der Zimmermitte. Ihren begeisterten Augen entgingen die Schimmelflecke an den Wänden, die leeren Petroleumkanister, die Sofas und Sessel stützten, die Flikken auf den Polsterbezügen.

An der einen Wand hing ein großer Spiegel mit zwei Flügeln, die auch die Seiten des Betrachters widerspiegeln. Sara, die ihre Gesichtszüge bis dato lediglich in dem kleinen Handspiegel von Frau Joffe, der Dorfschulleiterin, gesehen hatte, und ihre ganze Gestalt nur in großen, stillen Regenlachen, trat neugierig heran, sah, daß sie den großen Gänserich immer noch in den Armen hielt, und ließ ihn verwirrt los. Der Gänserich erschrak, schlug mit den starken Flügeln und zertrümmerte den Spiegel in tausend Splitter.

Bulisa Levis Mund entrang sich ein Aufschrei. Sara ging entsetzt auf die Knie und begann die scharfen Glasscherben ihres Spiegelbilds aufzulesen. Dudutsch beugte sich neben ihr nieder, um ihr zu helfen, und bald schon berührten sich ihre blutigen Finger. Als sie fertig waren, bot Dudutsch meiner Mutter lächelnd geröstete Kastanien, Mandeln und süßen Glühwein an.

Später ging Abraham auf den Hof, und seine Mutter eilte ihm nach. »Es gibt Dinge, die nie und nimmer zusammenpassen, Abraham«, sagte sie über die Holzwand des gemeinsamen Toilettenhäuschens hinweg. »Katze und Hund passen nicht zusammen, Äpfel und Spinat nicht. Und auch wir nicht mit denen da.«

»Jene« waren in ihrem Sprachgebrauch die überheblichen Würdenträger ihrer eigenen Gemeinde und »die da« alle Fremden. Abraham kauerte sich über das Latrinenloch und kackte, ohne zu antworten, aber seine Mutter wußte, daß sich Angst- und Sorgenfalten auf seinem betroffenen Gesicht abzeichneten. Dann hob sie die Stimme, damit alle Nachbarinnen hörten und in Erinnerung behielten, daß sie es gesagt hatte: »Wenn ich weiße Raben sehe, wird es dir mit dieser Frau gut ergehen. Sie ist nicht aus deiner Rippe, Abraham, nur Kummer wird sie uns bringen.«

In der Nacht schliefen sie und Dudutsch in dem einen Bett, Abraham und Sara im andern.

»Und was hat die *Caballa* mitgebracht? Eine einzige verrückte Gans«, nörgelte Bulisa Levi über die Mitgift ihrer Schwiegertochter. Sie wußte, daß alle in den Federn lagen und keiner schlief. Ihre Stimme durchschnitt das Dunkel des Zimmers: »Groß wie eine Stute, bleich wie eine Kranke und zerbricht alles, was sie anfaßt.«

Am nächsten Morgen wurden die übrigen nötigen Informationen an die Frauen des Hofes weitergereicht, gegen Abend kannte sie das ganze jüdische Viertel, und zwei weitere Tage brauchte

Jerusalem, um sich den Rest zusammenzureimen. Hautfarbe, Augen und Gewohnheiten der Hünin reizten die Klatschbasen und speisten ihre Münder im Übermaß. Mehr als einmal habe man sie sich bei Tisch bekreuzigen sehen, tuschelten die weiblichen Verwandten. In den Tagen ihrer Unreinheit, hüstelten die Nachbarinnen, schließe sie sich allein in ein Zimmer ein und erhalte ihr Essen durchs Fenster wie die Karäerinnen. Am »*dia de bagno*«, am Tag der rituellen Reinigung, flüsterten die alten Frauen erstickt, gleich nach ihrer Rückkehr von der Mikwa, stoße sie Abraham zu Boden und reite in jenem abscheulich schönen Galopp auf ihm, der Riesen und böse Geister zur Welt bringe.

Der Klatsch füllte den Hof, quoll über nach draußen, sickerte mit dem Abwasser in den Gossen weiter und eilte seinem Opfer allenthalben voraus. Obendrein setzte der Winter ein, und mit ihm kamen der stechende Jerusalemer Nieselregen, der jäh aus den Straßenfluchten fegende Wind und die von allen Mauerritzen ausgespieene Kälte. Den ganzen Sommer über hatten die Steine Staub abgesondert, und nun schwemmte ihn der Regen in trüben, kalten Bächen durch die Gassen. Die Agamen krochen in die Wüste, die kleinen Singvögel zogen nach Jericho. Nur die großen Raben in den Pinien des armenischen Viertels blieben in der Stadt, durchkreuzten ihren Himmel und kreischten altbekannte Schmähungen in all den Sprachen, die ihre Vorväter von Soldaten und Kreuzfahrern gelernt hatten.

Ein Jahr nach ihrer Ankunft in Jerusalem brachte Sara eine große, hübsche Tochter zur Welt. Die Hebamme hatte ihr ein Stück Holz zwischen die Zähne gesteckt, und während der gesamten Niederkunft war ihr von dem feuchten Fleck an der Decke Wasser auf die Stirn getropft. Die große Pappel ächzte im Hof, die Zisterne füllte sich, und im Kohlebecken knisterte die Glut. Die Kleine hatte wunderschöne blaue Augen, lange, kräftige Beine ohne eine einzige Falte Babyspeck und feines, rotes Dämonenfell am ganzen Körper. Das rötliche Haarkleid ängstigte das gesamte jüdische Viertel und vor allem Abraham, den weder Lijas genetische Erklärungen noch die Behauptung des im selben Jahr von seinem Medizinstudium in Paris zurückgekehrten Dr. Korkidi: »Das fällt noch aus!« zu beruhigen vermochten. Er hörte das Getuschel über die Kreatur, die ihm geboren worden war, und glaubte, daß seine Mutter recht gehabt hatte.

»Damals habe ich verstanden, daß alles ein Irrtum war. Daß meine selige Mutter recht gehabt hat. Weiße Raben kommen nie, Öl und Wasser vermischen sich nie, Ochse und Esel pflügen nicht gemeinsam.«

Aber Sara liebte die Kleine heiß und innig, denn unter ihrem roten Haarflaum ähnelte sie ihr sehr in Teint und Körperbau, und sie war ihr nicht nur Tochter, sondern auch Schwester und Bundesgenossin. Sara band sie sich in einem Laken auf den Rücken, trug sie wie eine arabische Fellachin umher und trennte sich keinen Moment von ihr. Beim Stillen klagte sie ihr ihre Leiden, und als das Baby im Alter von vier Monaten in der Wiege starb, erbebte ganz Jerusalem von ihrem furchtbaren Wehklagen, in dem das grauenhafte Heulen der Bergwölfe, das markerschütternde Pfeifen der Winterstürme in den Schießscharten und das verstörte Brüllen aus dem Schlachthof mitschwangen.

»Sie hat tierische Laute ausgestoßen«, ließ Vater eine seltene Erinnerung aufleben. Meist nämlich, wenn ich ihn als Kind nach unserer großen Schwester fragte, leugnete er ihre Existenz, schnitt ablehnende Grimassen, stellte sich taub und erbot sich, falls ich beharrlich blieb, mir Schattenspiele an die Wand zu werfen. Erst viele Jahre später, in einem seiner Briefe nach Amerika, schrieb er mir, meine Mutter habe eine Woche lang mit dem kleinen Leichnam im Bett gelegen und »nicht zum Ölberg... nicht zum Ölberg...« geschrien, und die Gans habe keinen Menschen herangelassen. »Ein Glück, daß es Winter war und ihre Kleine nicht stank.«

Letzten Endes versetzte Dr. Korkidi der Gans einen Tritt, betrat das Zimmer, strich Sara übers Haar und redete gütig auf sie ein, wobei er ihr seine warmen kleinen Hände an die feuchten Schläfen legte. Sie umfaßte seine Handgelenke, stieg aus dem Bett und ließ Totengräber Parnas hereinkommen und ihre Tochter zum Begraben mitnehmen. Parnas' Mutter reinigte das Baby, wickelte es in Totenkleider, band die steinharte kleine Leiche auf das Holzbrett, auf dem man die toten Säuglinge transportierte, und Jakob Parnas trug sie auf seinen breiten Schultern zur Kinderabteilung auf dem Ölberg. So begrub man seinerzeit die Kleinen, in der schlimmsten aller Beerdigungen, der eines toten Kindes, dem aus Angst, Grauen und Scham niemand das Geleit gab und dessen Namen auch nicht auf den Grabstein gesetzt wurde.

Wie ein öffentlicher Urteilsspruch bestätigte der Tod des Kindes das Mißtrauen und den Groll, den alle unserer Mutter Sara entgegenbrachten, und nun sickerten die Dinge auch in Abrahams Seele ein. Die Liebe läßt sich nicht mit dem Schwert erschlagen, sagte sehr viel später Chez-nous-à-Paris, eine Frau, von der ich dir zu gegebener Zeit noch erzählen werde. *Oh non!* Die Liebe peinigt man mit Nadelstichen, und doch stirbt sie nie. Keine Liebe stirbt. *Jamais!* Sie schreit nur, die Liebe, sie zerbröckelt, zerfließt, aber vergehen tut sie nie.

10

An Tagen, an denen ihr Leid überfloß, suchte sich Sara fluchtartig ein offenes Feld zum Luftholen, Gras zum darin Wälzen. »Blumen schnuppern«, sagte sie, »Blumen schnuppern und Bäume gucken.«

Brachfelder und Felshänge umgaben die Stadt, und die sefardischen Viertel außerhalb der Mauern wirkten wie winzige verängstigte Inseln, die schwankend auf Ödland und Felsgestein schwammen. Manchmal passierte sie das Damaskustor in Richtung

Mea Schearim. Im Nordosten des Viertels sammelte sich jeden Winter ein großer Weiher voll Wasser an, von Schilfrohr umringt, in dem Kröten quakten und an dessen Ufern gelegentlich verirrte Störche landeten. Andere Male ging sie die Jaffa-Straße entlang zum Antimos-Garten, um über die Mauer in den Obsthain und auf die Villen zu lugen. Ich nehme an, daß sie dort zum erstenmal die Kutsche des griechischen Patriarchen gesehen hat. Bald wanderte sie noch weiter bis zu den Böden von Gandjiriya, auf denen seinerzeit Häuser aus dem Boden zu wachsen begannen, und dahinter entdeckte sie das Tal, das ihr zur schützenden Zuflucht wurde. Wollte sie dorthin, rief sie der Gans, passierte das Jaffator, warf im Vorbeigehen einen Blick in Spinneys Warenhaus, um Lija Natan guten Tag zu sagen, da sie wußte, daß Dudutsch von ihm träumte, ging von dort weiter am moslemischen Friedhof vorbei, über dem dauernd der faulige Geruch stehenden Wassers hing, und rannte furchtsam den Pfad vor der antiken Höhle hinauf, denn dort drinnen lebte ein alter Löwe und bewachte die Skelette von Zaddikim, die so weit zerfallen waren, daß kein Mensch sie wieder zusammenzusetzen vermochte. Schnaufend erreichte sie die Bergschulter. Hier bauten die Franziskaner ihr neues Kolleg. Daneben stand bereits gesenkten Hauptes eine Marmormadonna, mit Balken gestützt, und wartete auf die Seile, die sie auf das Dach des Gebäudes hieven sollten.

Gegenüber ragte eine Windmühle auf, und in der Nähe bauten Moskauer Maurer gerade die ersten Häuser des Viertels Rechavia. Sie hielten Sara für eine russische Pilgerin, die sich einheimische Kleidung gekauft hatte, und redeten auf hebräisch über sie. Als sie merkten, daß sie errötete und das Gesagte verstand, sprang einer auf und lud sie ein, mit ihnen zu essen, aber Sara erschrak und machte sich schnell davon. Zuweilen überlege ich, ob sie nicht besser daran getan hätte, diesem Mann nachzugeben, der vielleicht fähig gewesen wäre, sie so zu lieben, wie sie es bei ihrer innigen Hingabe, ihrer Körperkraft und ihrem geradlinigen Wesen verdient hatte. Doch ungeachtet meiner Erwägungen strebte sie den sanften Abhang hinab ins Tal zu dem dort liegenden Kloster.

Ringsum wuchsen uralte Olivenbäume, krumm, zerfressen und löchrig wie Leichen, deren Graberde abgeschwemmt worden ist. Jedesmal staunte sie über die scheinbar abgestorbenen Stämme, deren Wipfel doch so frisch silbriggrün leuchteten. Auch ein schmales Eisenbahngleis schlängelte sich damals durchs Tal, und manchmal tauchte eine blitzblanke kleine Militärlokomotive auf und ratterte kraftvoll gen Norden. Von hier bog das Wadi nach Süden hinunter ab, wo es bald zwischen kahlen Bergkuppen verschwand. Nachmittags wehte ein angenehmer Wind durch die Talrinne, raschelte in den Olivenbäumen, trug gelbtrockene Samen davon und wirbelte Dunstschleier auf, die sich im Licht der untergehenden Sonne rosa färbten. In der Ferne standen zwei mächtige Eichen, und als sie einmal darauf zuging, sah sie die Fellachinnen von Malha dort tanzend große Stoff- und Strohpuppen hochheben und um Regen beten. Obwohl die Frauen sie zu sich riefen, wagte sie nicht näherzutreten und mitzutanzen, sondern lächelte ihnen nur von weitem zu.

In der Mitte des Tals stand der wuchtige Bau des *Muslabi* oder Kreuzklosters, des größten und ältesten aller Klöster im Lande. An seine Mauern hatte man mächtige steinerne Stützstreben gebaut, die bereits von Moos und Flechten bewachsen waren und wie die Beine eines in der Flucht versteinerten Urtiers wirkten. Eine winzige Pforte gab es in der Mauer, wie ein geschlossenes Auge unter den Brauen der Kletterpflanzen. Jenseits der Mauer ragte die scharfe schwarze Spitze einer Zypresse auf, die Mutter wie ein Häftling, der sich in seinem Gefängnis reckt, erschien. Auch ein paar Luken gab es in der Wand, und gelegentlich blinzelte das Kloster: Ein winziges Fenster ging auf und sofort wieder zu.

Manchmal füllte sich der Ort mit Schülern und Popen aus Griechenland, aber die meiste Zeit des Jahres lebte dort nur ein einziger Mönch, aus Candia auf Kreta, mit Schwester und Mutter, die eine ledig, die andere Witwe. Die beiden kochten ihm sein Essen, flickten und bügelten seine Kleidung, wärmten und parfümierten sein Badewasser, schrubbten und trockneten ihm den Leib. Einige Male sah Sara die beiden kleinwüchsigen, schwarz gekleideten Frauen wie zwei emsige Käfer den Pfad entlangkrauchen und volle Einkaufskörbe zum Kloster schleppen. Einmal sah sie sogar den Mönch, ein schmächtiges, dynamisches Männlein, aus der kleinen Pforte treten. Er reckte sich, atmete tief durch, stampfte mit den Füßen und sprintete plötzlich los. Wie ein Gummiball flitzte er um die Mauern seines Gefängnisses, entledigte sich im Laufen schreiend seiner Gewänder, bis er nur noch mit einem kurzen weißen Rock und roten Sandalen bekleidet war, und brüllte, immer noch im Galopp, unverständliche Verse, die an ihrem besonderen Rhythmus leicht als uralte Lieder erkennbar waren.

Im Frühling brachte die Erde des kleinen Tals eine Fülle üppiger Gräser hervor, und die Araber aus Malha und Schech-Bader weideten dort ihre Schafe. Dorniges Poterium ließ Myriaden seiner rötlichen Früchtchen sprießen, deren tontopfähnlicher Form die Pflanze ihren Namen verdankte. Holzapfelbäume legten ihr weißes Blütenkleid an, dufteten angenehm nach Seife und wurden von Wildbienen umschwirrt, die ebenfalls schon das zornige Jerusalemer Gebrummel übernommen hatten – ein eifersüchtiges, drohendes, herrschsüchtiges Summen.

Juden ließen sich selten in diesem Tal blicken, aber niemand tat ihr hier etwas zuleide. Die Klosterinsassen hielten sie für eine wunderliche Pilgerin, die Hirten fürchteten sie wegen ihrer Größe, ihres Stockknaufs und der neben ihr trippelnden Gans. Sie genoß es, ihre Zehen mit dem Saft zertretener Asphodillstengel zu befeuchten, mit kindlichen Fußtritten lila Distelblüten wegzukicken, Eidechsen und Grillen einzufangen und wieder freizulassen. Hier setzte sie sich hin, pflückte die trocknenden Früchte des Storchenschnabels und beobachtete stundenlang, wie sie sich langsam krümmten, um sich in die Erde oder in ihren Kleiderstoff zu bohren.

Bei der Heimkehr wurde sie von allen mit wütender Miene empfangen. Es war nicht üblich, daß eine Frau allein umherwanderte und sich außerhalb der Stadtmauern wagte. Nur Dudutsch freute sich und begrüßte sie herzlich. Die beiden waren gute Freundinnen und trösteten sich gegenseitig. Dudutsch erzählte Sara, was man im Hof über sie redete, und Sara gab ihr das Geschenk, das ihre Eltern ihr geschickt hatten: eine bunte Holzpuppe, in der eine weitere steckte, und darin noch eine, vier Holzpuppen insgesamt, die alle dasselbe Lächeln, dieselben Augen, dieselben roten Bäckchen und einen fremden, süß klingenden Namen hatten: *Matrioschka*.

Dudutsch stand damals bereits im Ruf einer *Nikogira* – einer guten, sauberen Hausfrau – und hatte dickes schwarzes Haar, über dessen Blauschimmer ich nicht erzählen kann, ohne an Laura zu denken, Laura Luthy, das Mädchen von Thomas Tracy und William Saroyan. Seinerzeit heiratete sie Lija, ihren Herzgeliebten, und entdeckte, daß die Ehe ihren Schatz in einen anderen Menschen verwandelte – einen krankhaft eifersüchtigen Mann, der seine Berechnungen und Sterne im Stich ließ und ihr nicht einmal erlaubte, am Fenster zu stehen oder allein die Toilette auf dem Hof aufzusuchen. Sie spielte viel mit Sara, wie zwei kleine Mädchen, und sie beide beklagten gemeinsam den Tod der Liebe ihrer Ehemänner; beim einen war die Liebe unter den Seidenpantoffeln von Brauch und Sitte gestorben, beim anderen unter dem Stiefeltritt der Eifersucht und des Wahns.

11

Auf Dr. Korkidis Anraten wurde Sara wieder schwanger, und diesmal stießen Zwillinge einander in ihrem Schoß. Nachdem sie mich und Jakob geboren hatte, erwarb sie ein paar Kannen und Schüsseln und eröffnete eine kleine Molkerei. Sie kaufte Milch bei den Hirten von Lifta und Abu Ghosch und spezialisierte sich vor allem auf Frischjoghurt, Ricottakäse und Kefir. Der Duft der im Kessel kochenden Milch rief Kunden, Katzen und wütende Konkurrenten auf den Plan und hat sich als säuerlich archaische Schicht auf dem Grund meines Gedächtnisses abgelagert. Ich fühle mich nicht besonders von Gerüchen angezogen, besitze aber die Fähigkeit, sie wiederzugeben. »Um die Lockungen der Wohlgerüche kümmere ich mich nicht viel. Fehlen sie, vermisse ich sie nicht, sind sie da, verschmähe ich sie auch nicht«, hat der heilige Augustinus gesagt und hinzugefügt: »Die Lüste und Genüsse der Ohren hatten mich fester umstrickt.« Ich hatte mir geschworen, hier nicht zu viele Zitate einzuflechten, aber manchmal kann ich meinen Drang nicht zügeln. Jedenfalls enthalten – meiner scharfen Nase, des saugfähigen Gehirns und der schwachen Augen wegen – meine Erinnerungen an Jerusalem überwiegend Gerüche und Laute, aber nur wenige Bilder.

Noch in unserer Säuglingszeit merkte Mutter, daß Jakob und ich sie aus einer Entfernung von mehr als zehn Schritten nicht mehr erkannten. Doch als sie Vater sagte, daß wir nicht gut sähen, entließ er sie mit seinem wegwerfenden Lieblingswort, »*Puntikos*«, erklärte, die meisten Bewohner der Stadt seien auf die eine oder andere Weise augenkrank, und schloß mit einem seiner komischen Sprüche, dahingehend, daß scharfes Sehvermögen in Jerusalem seit eh und je nur ein Mangel sei.

Mutter beruhigte das nicht. Ihre langen Arme und besorgten Rufe sowie die Steinwände der Höfe und Gassen hinderten uns daran, weit von ihr wegzukommen. Außerdem vertraute sie uns dem Schutz ihrer weißen Gans an und heftete uns nach örtlichem Brauch Zettel an die Hemden, auf denen unser Name und der unseres Vaters standen. Viele Kinder liefen damals so in Jerusalem herum, und wenn ich jetzt wieder daran denke, muß ich grinsen, denn wir sahen alle aus wie die Teilnehmer des größten aller jüdischen Kongresse: dem besorgter Mütter und verlorenzugehen drohender Kinder.

Wie viele Jerusalemer entwickelten auch wir Orientierungs- und Erkennungsfähigkeiten, die nicht auf dem Gesichtssinn beruhten. Das Auge bot nur ein verschwommenes Gesamtbild, während Nase und Ohr, Intuition und Gedächtnis die Anker- und Erkennungspunkte darin lieferten. Jerusalem richtete dichte Steinbarrieren vor unseren schwachen Linsen auf, betörte unsere Ohren mit Glockengeläut und Geheul, trieb uns in seine Geruchsseen. Trotz meiner besagten Fähigkeit gibt es nur wenige Düfte, nach denen ich mich sehnen würde, und vor allem möchte ich nicht die abstoßenden Gerüche meiner Geburtsstadt aufleben lassen. Was allerdings Amerika anbetrifft – »das herrliche, vertrauensvolle, träumerische, unermeßliche Land«, erinnerst du dich? –, wo ich jetzt lebe und wo so viele Frauen gleich riechen, muß ich gestehen, daß der Reizmangel mich dort gelegentlich dazu bringt, mir jenes verzweifelte, brutale, hoffnungslose Gemisch aus Küchendunst, Latrinendüften und dem Fußschweißgeruch von Betern ins Gedächtnis zu rufen. Nacheinander steigen sie auf und erstehen vor mir. Von dem Verwesungs- und Blutgestank der Fleischerläden bis zu dem süßen Duft, der aus der winzigen Nische des greisen Haschischrösters wehte, und manchmal, gerade sobald ich eins dieser klimatisierten amerikanischen Geschäftshäuser betrete, wittert meine Nase in Erinnerung plötzlich den guten, warmen Dunst der armseligen, überladenen, an Rumpf und Fesseln wunden Jerusalemer Esel, denen Peitschen und Lastriemen blutige Kahlstellen an Hals- und Rückenfell beigebracht haben, und den Geruch des Staubes, der sich in ihren kleinen, ebenholzschwarzen Hufen sammelt.

Bitter-grünen Geruch dünstete die Mauer aus, an die jene Viehtreiber pinkelten, die die Rinderherden der Gebrüder Steel aus den Hochebenen des Sudans herbeitrieben. Die Dunstwolken, die sie aufwirbelten, konnte man schon eine Woche im voraus sehen, da sie den östlichen Horizont mit rotem Staub und dem anschwellenden Donner unzähliger Hufe erfüllten. Die schwarzen Treiber trieben die Rinder mit Schreien, Trommelschlägen und Palmochsenstacheln an, bis sie mit dem Gebrüll ihrer mächtigen Brüste und Buckel in die Stadt preschten und die Gassenmauern mit den Hörnern schrappten. Wie alle durch Jerusalems Tore Einziehenden wußten auch diese Riesentiere nicht, daß sie ihrem bitteren Ende zugetrieben wurden, bis die Wände ihres Schicksals sich immer höher und enger um sie schlossen und sie ins Schlachthaus leiteten. Sofort nachdem sie das Vieh in den Pferchen versammelt hatten, wandten sich die Treiber dem zeremoniellen Pissen an die Mauer des Storchenturms zu. Sie hatten so reichlichen, dunklen und scharfen Urin, daß er karstige Rinnen in das Kreidegestein wusch und die Christen über sie höhnten, sie hielten ihn den ganzen mehrmonatigen Weg zurück, um desto grandioser das Gebot ihres Mahdi zu befolgen, Wasser an das heilige Gestein Jerusalems zu lassen.

Warme kunterbunte Gerüche lockten uns zum Suk el-Atarin, einer dämmrigen Gewölbefalle, in der niemand gut sah, außer denen, die hier ihr Gemisch aus Nelken, Muskat und Kaffee brauten, und den Gewürz- und Parfümhändlern. Die saßen schon so viele Jahre dort, daß einige von ihnen blind geworden waren und die Pupillen der anderen sich zu Münzgröße erweitert und ihnen die Sehkraft einer Eule verliehen hatten. Eine meiner ersten Erinnerungen betrifft die verschwommene Gestalt eines großen stämmigen englischen Soldaten, der den Basar sicheren Schritts betreten hatte, am anderen Ende aber nur noch herausgetaumelt und, das Gesicht nach unten, in die offene Gosse gestürzt war, wobei ihm sein Schiffchen vom Kopf fiel und auf der trüben Brühe davonsegelte. Selbst als man den kleinen Dolch zwischen seinen Rippen entdeckte, behaupteten die Leute weiter, er sei nicht ermordet worden, denn sie waren es gewöhnt, die Fremden mit weichen

Knien, sinnenbetäubtem Grinsen und rollenden Augen ob der Geruchsvielfalt und des Dunkels aus dem Spezereienbasar wanken zu sehen.

Es gab auch noch andere Gerüche, denn Wasser wurde abgemessen verteilt, und die tägliche Ganzkörperwäsche war den Reichen vorbehalten. Mit einem Gemisch aus Abscheu, Wut und Sehnsucht, das übrigens den richtigen Farbfilter beim Photographieren Jerusalems abgibt, vergegenwärtige ich sie mir heute. Dungfeuerrauchgeruch drang aus den Burnussen der Schafhirten, Schweißdunst umwehte die schrundigen Rücken der Steinmetzen, der mütterliche Hauch von Kischek-Käse, Zitronenknospen und Schafsschwänzen die Hände der Fellachinnen. Ich erinnere mich an den Weihrauchduft, der von den Priestern ausging und sich uns wie eine versteckte, finstere Drohung an den Leib heftete, den Brotgeruch, den die armenischen Alten verbreiteten, und den säuerlichen Hauch, den die Pelzmützen der Chassidim ausdünsteten, die auch im Sommer getragen wurden und bei unserem Vater, ihres Aussehens und Geruchs wegen, »*Gatos muertos*«, tote Katzen, hießen. Guten Duft verströmte die junge Braut unseres Nachbarn, als wir alle hinausliefen, um sie vom »*Bagno de bitulim*« zurückkehren zu sehen, und der Dunstschleier ihrer Blessuren sich aufkräuselte, vermengt mit dem Geruch des Regenwassers aus dem Frauenbad.

Die Familien Maman und Teitelbaum, die ebenfalls mit Milchprodukten handelten, zogen gegen Mutter zu Felde, aber sie ließ sich nicht einschüchtern. Es gab Streitereien, die mit splitternden Gefäßen und Zähnen, Milch- und Blutvergießen und dem Aufschlitzen von Schläuchen und Käsesäckchen endeten. Doch als man sie bezichtigte, sie berühre die Milch in den Tagen ihrer Unreinheit, menge Kamelmilch unter ihren Joghurt und verwende rituell verunreinigendes Kälberlab zum Käsen, erklärten die Rabbiner ihre Erzeugnisse für unerlaubt, und sie war gezwungen, sie bei den Touristen- und Pilgerhospizen abzusetzen. Als Jakob und ich zwei Jahre alt waren, stieg sie schon jeden Morgen zum Ölberg hinauf, um die Nonnen von Maria Magdalena zu beliefern. Von dort zog sie auf dem Bergrücken nach Norden weiter und verkaufte Kefir an die Arbeiter, die die Grundmauern der Universität errichteten. Manchmal nahm sie uns mit, und auf dem Rückweg, wenn wir beide einträchtig in der Eselskiepe saßen, die sie sich auf den breiten Rücken geladen hatte, trug sie uns zu Reina de Giron, damit wir uns an Blumendüften laben konnten.

Auf ihrem sonnenüberfluteten Balkon über der Karäerstraße hatte Reina de Giron Holzkübel, Tontöpfe und Blechkanister aufgestellt, in denen sie Blumen zog, die wie bunte Kaskaden üppig übers Geländer wucherten und die Gasse mit kühlen Flammen von Duft und Farbe überströmten. Tag und Nacht duftete es aus ihrem Hof nach den Blüten der Königin der Nacht, den farbigen Dolden des *Tadjuri* und des Sultanstochterpurpurs, der weißen Blütenfülle des Jasmin, dem lila Basilikum und den Glockenkelchen der weißen Lilie, die die Frauen der Kreuzfahrer mitgebracht und dagelassen hatten, damit ihre Söhne den Weg in die Heilige Stadt zurückfinden sollten.

Stets drängten sich Menschen an Reinas Hofmauer und suchten ihre Blumen als Balsam für ihre Schmerzen, als Trost und Hoffnung für ihre Seelenbitternis. Sie waren längst verzweifelt an den Verheißungen der Stadt, ihren wehleidigen Propheten, zögernden Messiassen, vor Geld und Ehre aufgeblasenen Würdenträgern. Manche verloren die Selbstbeherrschung, wollten Leitern anstellen, hinaufklettern, ihre Köpfe übers Gesims strecken und sich ganze Sträuße pflücken. Und Reina de Giron tat, was Generationen in Jerusalem Belagerter vor ihr getan hatten: Sie betete und schimpfte, stieß ihre Leitern von der Mauer und schüttete Dreckbrühen aus ihrem Putzeimer und dem *Basinico* unter ihrem Bett über sie aus.

Mutter, Jakob und ich standen auf der Gasse und reckten die Hälse. Unseren schwachen Augen erschienen Reina de Girons

Blumen wie ferne Wolken und verschwommenes buntes Schafsvlies, aber die Düfte von Lilie und Narzisse, Rose und Nelke waren scharf und klar, und jede Kopfbewegung veränderte ihre Nuancen und verstärkte ihre Fülle. Viele Jahre später, als ich schon in den Vereinigten Staaten lebte, schwamm ich einmal in einem warmen See, den abgegrenzte kalte Ströme wie Schlangenzungen durchzogen. Da fielen mir diese Blumendüfte ein, die ebenfalls nebeneinander hergeweht waren, ohne sich zu vermischen. Ein erinnerndes Lächeln stieg in meinem Innern auf und verbreitete sich von dort über meine Züge. Meine Hände umfaßten die Taille der Frau, die neben mir schwamm. Sie war eine schöne, hochgewachsene, rothaarige junge Frau, die nicht aufhören wollte zu klagen, daß sie kein Jüngling war. Ich umarmte sie, lachte mit dem Mund voller Wasserblasen und zog uns beide unter Wasser, damit die Geliebte meine Tränen nicht sah.

12

Wieder ging ein Sommer zu Ende. Gegen Abend wehte schon ein wunderbares Lüftchen wie eine tröstende Verheißung durch die Gassen, streichelte feuchte Hälse, drang unter den Muff der Burnusse, Kaftane, Sättel und Gewänder und beruhigte Mensch und Tier. Die Hohen Feiertage standen vor der Tür, und angesichts des nahenden Versöhnungstags bemühten sich alle, ihre Beziehungen zu den Mitmenschen in Ordnung zu bringen.

»Der Schöpfer, gepriesen sei er, sagt zum Menschen: Warum kommst du zu mir? Geh erst zu deinem Nächsten«, erklärten die Nachbarinnen Sara, als sie ankamen, um sich für das Unrecht und die Schmähungen zu entschuldigen, die sie ihr zugefügt hatten. Aber das Nahen der Feiertage machte Sara nur angespannter, und der Synagogenbesuch erschien ihr als Leidenspfad. In der Frauenabteilung, so wußte sie, würden die anderen sie wieder anstarren, als sei sie ein verkappter Mann, und auch Abrahams Rücken jenseits des Holzgitters würde sie nicht trösten können. Weder kannte sie die Melodien der Gebete noch verstand sie deren sonderbare Worte.

»Möge uns ein gutes und süßes Neues Jahr beschieden sein«, sagte Abraham lächelnd zu ihr, als sie den Teller Datteln, das Schälchen Granatapfelkerne, die Äpfel mit Honig sowie Lauch, Kürbis und Rüben auftischte. Er erklärte ihr, die Rüben, *Selek*, symbolisierten den Abzug, *histalkut* unserer Hasser, der Lauch, *Karti*, daß unsere Feinde *jikartu*, durch Gottes Hand gefällt werden möchten, und der Kürbis, *Qar'ea*, daß das schlechte Urteil über uns *jiqara*, zerrissen werden möge.

Als Romi, die Tochter meines Bruders, Bat Mizwa wurde, erzählte mein Vater ihr dieselben Geschichten, doch Romi – äußerlich ihrer Großmutter sehr ähnlich, aber klüger und boshafter – schlug ihm vor, auch Mussaka zu Purim zu reichen, in Erinnerung an »das halbe Königreich«, das Ahasveros Ester versprochen hatte, wobei sie allerdings das Wort *chazi* – »halb« zu *chazil* – Aubergine ergänzte.

»*Satanika*«, schimpfte Vater sie wütend.

Aber sie ließ nicht locker. »Und bring auch *tapus* (Orange) zu Pessach auf den Tisch, Großvater, damit unsere Feinde *jafusu me'itanu* (von uns hasten).«

Sara mochte jedoch diese naiven Legenden und den Geschmack der Festtagsspeisen an Rosch Haschana. Nachdem sie in jenem Jahr die Früchte gekostet und den Segen darüber gesprochen hatten, stand Bulisa Levi auf, ging mit breitem Lächeln in die Küchenecke, und während Abraham noch feierlich, »mögen wir Kopf *(Rosch)* und nicht Schwanz sein« und »zum Gedenken an die *Akeda*, zum Gedenken an die Opferung Isaaks« rief, tischte sie einen ganzen Lammkopf auf. Alle seufzten vor Bewunderung. Der Kopf wiederum fixierte Sara mit dem schläfrigen Blick, den langes Braten im Backofen den Augen nun mal verleiht, und ein entsetztes Grinsen breitete sich über ihre ausgedörrten Lippen. Brechreiz würgte sie im Hals, ihre Augen verdrehten sich. Dann sackte sie weg – in spritzende Fruchtreste, splitterndes Glas und ein klebriges Gespinst aus Honig und Erbrochenem. Ein furchtbarer Tumult brach aus. Bulisa Levi rief »Schande! Schande!« Abraham bebte am ganzen Leib, und Sara floh aus dem Hof.

In jener Nacht teilte sie Abraham zum ersten Mal mit, daß sie mit ihm woanders hinziehen und dort eine eigene Bäckerei eröffnen wolle. Abraham, den die Angst vor neuen Orten und willensstarken Frauen lähmte und dessen Reiten auf dem Rücken von fünfzehn Generationen in Jerusalem sein Hauptvorzug war, erwiderte ihr jedoch, es herrsche Wirtschaftsflaute im Land, und dies sei nicht der richtige Zeitpunkt für einen Ortswechsel.

»Egal was, Brot essen die Menschen immer«, flehte sie, aber vergeblich.

Im Frühling, als alle mit Putzen, Waschen und Tünchen beschäftigt waren und Fenster und Türen weit offen standen, tauchten die Zigeuner, Wanderwahrsager aus Indien, in den Höfen auf und versetzten sämtliche Mütter der Stadt in Angst und Schrecken. Sie waren als Diebe, Krankheitsüberträger und Kindesentführer berüchtigt. Mutter begnügte sich nicht länger mit den Zetteln, die sie uns an die Hemden heftete. Wenn wir zum Spielen in den Hof hinuntergingen, band sie uns lange rote Wollfäden ans Handgelenk, die bis zu ihrem weiterliefen, sich miteinander verhedderten und uns alle drei ins Stolpern brachten. Aber ausgerechnet dieser Wollfaden wirkte – dank ihm verließen wir endlich die Stadt.

Die Fahrensleute – schwarz und schmierig wie Topfböden, doppelzüngig und in Lumpen gekleidet – hausten in den alten Gefängniszellen des Habs el-Avid und zwischen den Grabsteinen am Tor der Barmherzigkeit. Sie kannten sämtliche Tunnel unter der Stadt, und als englische Archäologen bei Grabungen die jebusitische Wasserleitung entdeckten, fanden sie dort zu ihrer Verblüffung zwei greise Zigeuner beim Kartenspiel hocken.

Ausgerüstet mit leeren Säcken, flinken Fingern und tanzenden Bären traten sie in den Höfen auf. Sie zogen hustende Tauben aus den Turbanen, die sie um den Kopf gewunden trugen, parfümierte Seidentücher aus den Hinterteilen überraschter Esel und noch feuchtwarme Hühnereier unter den Soutanen errötender Priester hervor.

Die Bären dressierten sie, solange die Tiere noch klein waren, und zwar auf grausame Weise. Das Bärenjunge wurde auf ein weißglühendes Stück Blech gestellt, Musikanten spielten ihm mit einer Geige und einem schrillen kleinen Dudelsack auf, und vier Tänzerinnen umwirbelten es einander an den Händen haltend im Kreis. Das bedauernswerte Junge hüpfte und tanzte auf dem glühenden Blech, vor unbeschreiblichem Schock und Schmerz brüllend. Alle meinten, der kleine Bär wolle die Bewegungen der Tänzerinnen nachahmen, aber in Wirklichkeit hinderte ihn der Mädchenreigen an der Flucht. Zum Schluß beugte eine der Tänzerinnen sich nieder, nahm das Junge auf den Arm, streichelte ihm das gesträubte Rückenfell und tauchte seine versengten Pfoten in einen Kanister mit kaltem Wasser. So lernten die Bären ihre Lektion, bis – wie bei anderen Liebeskranken – der Anblick der Geige oder der Geruch einer Tänzerin allein schon genügte, die Erinnerung an den singenden Schmerz bei ihnen aufleben zu lassen und sie zum Tanz zu animieren.

Sobald nur das Klimpern ihrer Ohrringe und das Wehbrummen ihrer Bären auf den Gassen erschallte, wurde Mutters weiße Haut rot und braun vor Wut.

»Tanz, tanz, *ya ta'aban*«, flötete der Dompteur dem Bären zu, der das Gesicht verzog und in ein plumpes Gehopse verfiel, das derart den Hochzeitstänzen der aschkenasischen Chassiden ähnelte, daß das gesamte Publikum in Lachen und Händeklatschen ausbrach. Als der Mann merkte, daß aller Aufmerksamkeit auf seinen Tanzbären gerichtet war, schickte er seine Frauen, Geschwister, Vettern und Kinder aus, Nahrungsmittel und Geschirr aus den

Küchen, Babys aus den verlassenen Häusern und Kleider von den Wäscheleinen zu stehlen.

»Bei uns in Astrachan«, sagte Mutter, »bringen sie Kindern Seiltanzen und Kartenspielen bei. Hier bringen sie Kinder um.«

Und tatsächlich, ein Kind, das den Fahrensleuten in die Hände fiel, kehrte nicht mehr in die Gefilde der Lebenden und in sein Elternhaus zurück. Selbst die Detektive der britischen Polizei mit ihren Hunden konnten es nicht wieder aufspüren. Die Entführer entschlüpften mit ihrem Opfer in einen Geheimgang und erstickten es dort unter einem weichen, daunengefüllten Seidenkissen, das sich so angenehm anfühlte, daß es einen glücklichen Ausdruck auf dem Gesicht des getöteten Säuglings hinterließ. Dann schlitzten sie dem kleinen Leichnam mit dem Messer den Bauch auf, füllten ihn mit Rauschgift und vernähten ihn mit Stickfäden, die sie – wie es in Jerusalem hieß – aus Glühwürmchenfäden drehten. Eine ihrer Frauen trug das scheinbar in schöne Träume versunkene tote Kind auf dem Arm, und so schmuggelten sie Drogen von Land zu Land.

Die Stadt lastete Mutter mehr und mehr auf dem Herzen. Der Haß in ihrem Innern schwoll immer stärker an, und als wir vier Jahre alt waren, ereignete sich jener Vorfall mit dem roten Faden, in dessen Folge sie die Kutsche des Patriarchen stahl, ihre Familie entführte und aus Jerusalem floh.

Die Sache geschah an unserem ersten Schultag, als wir in die Talmud-Tora eines widerlichen, grausamen kleinen »Rubbis« gebracht wurden, dessen Namen ich nicht habe vergessen können, hier aber nicht anführen möchte. Mutter war ganz aufgeregt. Sie war zwar Analphabetin, betrachtete aber im Unterschied zu den anderen Analphabetinnen des Hofes Unbildung nicht als Berufung. »Man muß lernen«, schärfte sie uns immer wieder ein, »man braucht das Alphabet.«

Das Klassenzimmer war ein düsteres Kellerloch, auf dessen bröckligem Zementboden zerrissene Liebesgrasmatten ausgebreitet lagen. Den ganzen Tag über kauerten die Jungen mit einschlafenden Beinen auf diesen Matten und paukten die Tora. Zu jener Zeit waren Jakob und ich noch mit dem besagten roten Wollfaden aneinander gebunden, und als wir den Raum betraten, weigerten wir uns, die Knoten zu lösen und uns voneinander loszubinden. Als der Rubbi daraufhin eine Schere nahm und uns trennen wollte, stimmten wir ein Entsetzensgeschrei an, verhedderten uns mit dem Faden und fielen gemeinsam zu Boden.

Ein Tumult brach aus. Der Rubbi nahm seine Ochsenschwanzpeitsche von der Wand, rief: »Das ist der Fürst, das ist die Gerechtigkeit!«, schlug erst Jakob auf Rücken und Kopf und gab dann mir gehörig eins hinter die Löffel.

Mittags kehrte Mutter vom Ölberg zurück und eilte ins Zimmer, um uns mit *Kantoniko*, Brotkanten in Salz und Olivenöl getaucht, zu verwöhnen. Jakob wollte nicht essen und brach in Tränen aus. Mutters Verdacht war geweckt. Sie drang solange in ihn, bis er zur Wand ging und ihr die Peitsche zeigte. Mutter zog ihm das Hemd aus und sah die roten Striemen.

Ich erinnere mich noch an die langsame Drehung der breiten Schultern, die hoch erhobenen Arme, die tiefe Röte, die ihr von der Brust über Hals und Gesicht flutete. Lautes Rauschen dröhnte durch die Luft. Das war der weiße Gänserich, der plötzlich in plumpem Flug über die Mauer segelte und mitten auf dem Hof landete. Eine fremde, bittere Kälte funkelte in Mutters Augen auf. Der *Melamed* begriff sofort, daß ihm Böses drohte, sprang von seiner *Bankita* und wollte auf und davon. Aber die Gans heftete sich an seine Fersen, und Mutter hatte ihn in zwei Löwensätzen eingeholt und zwang ihn zu Boden. Dann packte sie ihn im Nakken und bearbeitete ihn derart mit dem »Fürsten«, daß sie gar nicht wieder aufhören konnte.

Die Angst- und Schmerzensschreie des Rubbis riefen die Anwohner der ganzen Gasse auf den Plan. Die Leute zauderten, Mutter in den Arm zu fallen, denn sie war furchtbar in ihrem Zorn, und der Gänserich ließ niemanden heran. So sah er aus: den Hals gebogen, die mächtigen, halb geöffneten Flügel wie Scharfrichterschwerter gekrümmt. Siehst du ihn im Geist vor dir? So trippelte er um Mutter herum, den orangenen Schnabel aufgesperrt. Seine Stimme klingt mir noch in den Ohren. Streitlustig. Schnatternd und prustend, ein Hüter seiner Herrin.

Mutter war wie von Sinnen. Molly Seagrim und Atalante in einer Person. Sie sprang mit ihren Holzpantinen auf den halb ohnmächtigen *Melamed* und schrie »Ich Tatarin! Ich Tatarin!« und noch weitere Worte, die kein Mensch verstand. Den ganzen aufgestauten Zorn spie sie über ihn aus. Dann hob sie den Rubbi hoch, stellte ihn auf seine Wachsbeine und schlug seinen Kopf gegen die Wand. Die Aufschläge hörten sich angenehm dumpf an. Bröckelnder, blutgefärbter Putz rieselte zu Boden.

Hätte man nicht Vater herbeigerufen, wäre der *Melamed* ein toter Mann gewesen. Als Vater auf Mutter zuging, sahen alle, daß auch er sie fürchtete. Doch sobald sie ihn erblickte, wurde sie ruhig, setzte sich wie ein kleines Mädchen mit ausgestreckten Beinen auf den Boden, wiegte den blonden Schopf und schlug sich weinend mit der Faust an die Brust wie ein arabisches Klageweib – vor Schmach und vor Wut, die sich noch nicht ganz hatte austoben können. Unterdessen war auch Dr. Korkidi eingetroffen, der sich des *Melameds* annahm, und endlich gelang es Vater, bleich und ob der großen Schande zitternd, Mutter zum Aufstehen zu bewegen. Sie hob Jakob auf die Schultern, nahm mich auf den einen Arm, legte den anderen um Vaters schmale Schultern, und so kehrten wir heim.

Am Abend kam Dr. Korkidi zu uns, rügte Mutter wegen ihrer Gewalttätigkeit, behandelte Jakobs Wunden und sprach mit Vater Dinge, die wir nicht hören konnten.

Damals, so erzählte sie uns später, als wir schon junge Burschen waren, beschloß sie, aus Jerusalem zu flüchten. »Da ist ihr das Faß übergelaufen«, sagte Romi und prustete los. Sie imitiert gern die gebrochene Sprache ihrer Großmutter und wiederholt dabei einige ihrer Standardsätze. Erst gestern hat sie mich gefragt: »Soll ich dir das Lager bereiten?« Manchmal erschreckt mich das wegen der großen Ähnlichkeit zwischen den beiden, und dann rufe ich mir in Erinnerung, was Henry Fielding zu dem Kritiker gesagt hat: »Eine weitere Ermahnung, die wir dir mitgeben möchten, mein gutes Reptil, ist die, keine zu starke Ähnlichkeit zwischen gewissen hier vorgestellten Personen zu entdecken.« Das sage ich mir lächelnd und bin beruhigt und getröstet.

13

In der Nacht des großen Erdbebens, am 12. Juli 1927, sind wir aus der Stadt geflohen. Alle glaubten sicher, Vater, Mutter, Jakob und ich lägen unter den Trümmern begraben. Erst zwei Wochen später, als man den Schutt geräumt hatte und nun Tatsache an Tatsache, Erinnerung an Klatsch und Bruchstück an Bruchstück reihte, kapierten die Leute, was geschehen war. Aber zu dieser Zeit waren wir schon weit von Jerusalem, von der Molkerei, von Tia Dudutsch und von Bulisa Levi, die ich tatsächlich – du hast recht – Großmutter nennen müßte, was ich jedoch nicht im geringsten vorhabe.

Hinten in der Kutsche hatte Mutter die Bürgschaften für unsere Zukunft verstaut. Einen rotgrauen Backstein, den sie insgeheim aus den Tiefen von Bäcker Ergas' Backofen gegraben hatte, um ihn als Talisman in den neuen Ofen einzufügen, den sie alsbald bauen würden. Einen kleinen Schlauch Sauermilch, die – o süße kleine Rache – mit rituell verunreinigendem Lab aus Kälbermägen angesetzt war. Ein Stückchen *Levadura*, duftender Sauerteig, in Stoff gewickelt und atmend wie ein Baby. Viele Jahre später erklärte mir Jakob, die Nachkommen jener Hefepilze, die unsere Mutter aus Jerusalem mitgenommen hatte, setzten noch immer ihre Brotarbeit in seiner Bäckerei fort, genau wie jene unsterblichen Sameneiweißpartikel, die von Generation zu Generation weiterversprüht werden. Doch seinerzeit wußte ich bereits, daß mein Onkel Lija recht gehabt hatte. Die menschlichen Eigenschaften begnügen sich nicht mit den ausgefahrenen Bahnen, die ihnen die Vererbung pflastert. Sie werden auch mit der Muttermilch, beim Geschichtenerzählen, beim Berühren der Fingerspitzen und mit der Spucke beim Küssen weitergegeben.

Es war eine laue Nacht, aber Mutter erlaubte uns nicht, das Kutschverdeck herunterzuklappen. Gleich nach der Ausfahrt aus der Stadt verließ sie die Hauptstraße, bog links in den Eselspfad nach Dir Jassin ein, wandte sich rund einen Kilometer vor dem Dorf wieder nach rechts und tauchte gewissermaßen in eine schmale, steile Rinne ab, in der ein gepflasterter Schlängelpfad verlief. Wir zogen an den glatten Felswänden des Tals vorbei, hörten fernes Bellen, und ein mir unbekannter starker Duft erfüllte meine Nase. Vor ein paar Wochen bin ich mit Romi dorthin gefahren, habe all die neuen Häuser, Straßen, Grabsteine und Chausseen vom Boden abgeschält und tatsächlich jenen Pfad wiedergefunden, den ich dann hinunterging. Ein alter Mann, der sich dort Makkabäerblut pflückte, erklärte mir, er sei von Titus beim Sturm auf Jerusalem angelegt worden, und im Straßenbau seien die Römer unübertroffen gewesen. Ein aufgegebener Steinbruch befindet sich dort, aus dem Schießlaute drangen, und der bewußte Geruch entstieg wieder einladend dem Traubentrester des nahen Weinguts als berauschender Beweis für mein Erinnerungsvermögen.

Jakob und ich drückten die Augen an die Löcher im Kutschverdeck, weiteten die Nüstern, um die feuchten Wildblumen zu riechen, richteten die Ohren auf das Rumpeln der Räder, den schweren Atem unserer Mutter Sara und das leichtfüßige Ausschreiten ihrer Sandalen. Vom Kläffen der Hunde aus Kolonia begleitet, durchquerte sie das kühle Bachbett des Sorek und trabte die sieben steilen Felsserpentinen des Kastel hinauf. Ihr flinker Lauf und ihre Stärke verwunderten uns nicht. Alle wußten, daß Mutters Körper die Geheimnisse und Kräfte eines anderen Landes und eines anderen Volkes in sich barg.

Ein kleines Dorf lag damals auf der Höhe, und als es auf der anderen Seite wieder abwärts ging, begann Mutter zu stöhnen und zu stolpern vor Anstrengung, den Wagen zu bremsen. Zu Füßen des Berges, nicht weit von einer Gruppe riesiger Platanen und den Trümmern eines Klosters, drangen uns panisches Eselwiehern, Kamelbrüllen und Händlergeschrei an die Ohren. Überraschend wehte penetranter Fischgeruch vom Gebirge herüber. Hier pflegten die Wassermelonen- und Fischlieferanten aus Gaza haltzumachen, bevor sie nach Jerusalem hinaufzogen. Nun waren alle auseinandergestoben bei dem Beben, das ihr Lager heimgesucht hatte. Zwischen Wassermelonensprengseln, Eisblöcken und toten Fischen achtete kein Mensch auf die Kutsche, die von einer Frau gezogen wurde.

Von hier an sind die Meinungen geteilt. Jakob behauptet, wir seien in den Weinbergen von Abu Ghosch bei einer Familie untergeschlüpft, die Milch für die Molkerei geliefert hatte, während ich meine, Mutter habe noch in derselben Nacht ihren Weg im Sturm fortgesetzt, sei wie der Wind durch das Dorf Saris geflitzt und in ein tiefes Tal hinabgaloppiert, das von kahlen, finsteren Bergen gesäumt war und am Ende eine Karawanserei aufwies.

»Ich erinnere mich mit Gewißheit, daß wir an einen großen Weinberg gekommen sind«, erklärte mir Jakob.

Auch ich erinnere mich an die Reben, ausgedünnt und voller Trauben, aber meines Erachtens waren es die Weingärten des Klosters Latrun und die Felder von Dir-Ayub.

Kurz vor Sonnenaufgang brach Mutter zwischen den Deichseln zusammen, als hätte eine unsichtbare Sichel ihr die Füße abgemäht. Ein starker Geruch nach Staub und Alant stieg von ihren zerrissenen Kleidern und wunden Füßen auf.

»Jetzt schrei«, flüsterte sie mit staubigem Mund, »jetzt schrei, schlag zu. Nach Jerusalem geh ich nimmer zurück.«

Doch Vater, von Dunkelheit und Gänserich verängstigt, im Mund einen Knebel, antwortete nicht.

Eine gute Woche waren wir unterwegs. Nachts fuhren wir, tagsüber versteckten wir uns. Die Färbung der Erde änderte sich, ihr Geruch wurde intensiver, und beim Auftreten reagierte sie weichfedernd wie Fleisch, nicht hart wie Fels. Sterne wechselten ihren Ort. Festungsruinen und Kaktushecken tauchten am Wegrand auf. Mutters Schenkel flogen unaufhörlich weiter. Berg und Tal, Feld und Ödland, Bach, Sumpf, Oleander und Sykomore. Die Küstenebene empfing uns mit offenen, frühsommerlich schütteren Feldern, warmen, weichen Düften und einer leisen, mehligen Erde, die keine Steine und Verheißungen barg und in der weder Erinnerungen noch Gräber verwesten. Ich erinnere mich an das Schaben grober Blätter an der Kutschenwand, die klare Silhouette eines fernen arabischen Städtchens inmitten silbriger alter Olivenbäume, in dem ein Muezzin sang und hohe Minarette und Palmen aufragten. Ich erinnere mich an unsere Ankunft im Dorf, wo meine Mutter mit verblüfften Männern debattierte, von denen keiner eine Kopfbedeckung oder einen Bart trug. Sie war sehr aufgeregt, stampfte mit den Füßen, schrie, während Vater wie ein Häufchen Elend daneben hockte und kein Wort sagte. Jetzt hatte Mutter ihm bereits seine Bande gelöst, denn sie wußte, daß er nicht flüchten würde. Schmach und Ehre waren die stärksten Fesseln, die seine Welt kannte, und die würden es ihm nicht erlauben, nach Jerusalem zurückzukehren und sich zur Zielscheibe des Gespötts zu machen.

Langsam verebbten Debatte und Geschrei. Eine Frau lud uns zum Essen und Übernachten in eine der Baracken ein, und am nächsten Abend fuhr ein hochbeladener Leiterwagen ins Dorf, gezogen von einem großen Ochsen, begleitet von Mutters Vater und Brüdern nebst einem Esel und einer verängstigt brüllenden Färse, die man hinten am Wagen angebunden hatte. Mutter fiel ihnen um den Hals, weinte vor Glück, umarmte den Hals des

Ochsen. »Der war klein, der war klein«, wiederholte sie immer wieder und schlug ihm liebevoll mit der Faust auf die Stirn.

Ich stellte überrascht fest, daß Mutter nicht einzigartig auf der Welt war. Ihre Brüder waren so groß wie sie und hatten ebenfalls starke Handgelenke. Besonders faszinierte mich jedoch mein Großvater, der Proselyt Michael Nasarow, den ich damals zum ersten und einzigen Mal gesehen habe. Er war sogar noch größer als Mutter und ihre Brüder, und sein Gesicht – »dieses Kunstwerk aus Kraft und Trauer« – rührte sofort mein kindliches Herz und brannte sich ihm tief ein.

> Rosig ist sein Gesicht wie das eines Jünglings voller Jugendkraft,
> Der lange weiße Bart, jedes Haar ein Silberfaden,
> Fällt ihm lockig über die stattlich schwellende Brust;
> Die Brauen, gleichfalls silbern, buschig und dick,
> Begrenzen sanft geschwungen, aneinanderstoßend, die feine Stirn.

Als ich einundzwanzig Jahre alt war, Jakob mir Lea abspenstig gemacht hatte und ich in die Vereinigten Staaten floh, unternahm ich ein paar literarische Pilgerreisen. Bis zur Halbinsel Krim habe ich es zwar nicht geschafft, aber in Hannibal, in Fresno, in Walden und in Nantucket bin ich gewesen. In der Bibliothek von Camden, vor Walt Whitmans Konterfei, kam mir zweierlei in den Sinn. Als erstes die Züge meines Großvaters, dem Whitman sehr ähnlich sah, wenn er als Dichter auch von feinerem Äußeren sein mußte. Und gleich darauf, als halte sie die Ferse der ersten Erinnerung fest, folgte die Erkenntnis, daß ich Whitmans Portrait schon einmal gesehen hatte, als Kind, an der Wand der Dorfbücherei, wobei mir im Gedächtnis die Zeile aufdämmerte, die der Bibliothekar Jechiel Abramson unter das Bild gesetzt hatte: »Ich gebe keine Lehre, keine Spende; gebe ich, so geb ich mich selbst.« Aber damals, angesichts des Whitmanbildes in der Bücherei, war mir nicht Djeduschka Michael eingefallen.

Auf dem Kopf trug Großvater eine graue Schirmmütze, sein Hemd war mit einem Stück Bindfaden gegürtet, große blaue Flikken zierten die Hose, und Hände hatte er so riesig wie Bäckerschaufeln. Fünf Jahre war ich damals alt, konnte daher nicht aus seinem Ausdruck ablesen, was ich heute weiß – daß Djeduschka Michael noch einmal die Schmerzen seiner Beschneidung spüren wollte. Zwei Jahre später starb er durch ein furchtbares Unglück. Er war barfuß übers Feld gelaufen, hatte sich den großen Zeh an einem scharfen Feuersteinsplitter geschnitten und danach eine Blutvergiftung bekommen, der er unter grauenhaften Qualen erlag. »Er ist ja nimmer«, klagte Mutter um ihren Vater und flüsterte uns dann zu: »Er hat eine grauenhafte Tod gehabt.«

Großvater trank drei Gläser glühend heißen Tees nacheinander, die Lider geschlossen, die Lippen geschürzt, und seufzte bei jedem Schluck: »Ach ... das ist gut ... ach ... das ist gut ...« Als er sah, daß wir ihn anstarrten, nahm er Jakob und mich lächelnd in die Arme, und schon damals konnte ich spüren, daß er – genau wie Mutter – sich mehr zu meinem Bruder hingezogen fühlte, da Jakob Vater in Körperbau und Haarfarbe ähnelte. »Kleiner Jude«, nannte er ihn stolz, lachte, und Freudentränen blitzten in seinen Augen. Auch mich streichelte und umarmte er, aber aus einfacher Zuneigung. Stämmige, rothaarige Kinder waren in seiner Familie nichts Neues. Nachdem er den Tee ausgetrunken hatte, ging er zu Vater hinüber und sagte zu ihm: »Wird schon gut werden, Abraham, wird schon gut.« Aber Vater, der gesenkten Haupts abseits saß, reichte ihm nicht die Hand, und der alte Proselyt wandte sich wortlos ab und begann seinen Söhnen Anweisungen zu erteilen, was sie an diesem Tag tun sollten.

Der Sommer herrschte tyrannisch über die ganze Gegend. Deswegen errichteten Mutters Brüder uns schnell ein großes Zelt aus Stoffbahnen, Ästen und Pfählen. Dann luden sie Kies- und Zementsäcke, Werkzeug, Holzbalken und Formen fürs Ziegelbakken vom Wagen. Gesunden Bauernverstand hatten sie. Als erstes errichteten sie den Backofen, denn der sei für eine Familie das, was der Anker fürs Schiff und die Wurzel für den Baum ist, sagten sie. »Früher einmal hatten die Bäume keine Wurzeln und konnten gehen«, erzählte uns Großvater. »Aber da gaben sie keine Früchte, weil sie dauernd mit Kriegen, Reisen und Frauenjagd beschäftigt waren. Deshalb hielten sie eines Tages eine Versammlung ab, auf der sie beschlossen, sich freiwillig in die Erde zu pflanzen.«

Jeden Morgen hüllten sie sich stolz in ihre Gebetsmäntel, die zu schmal für ihre breiten Schultern waren, und zogen die Gebetsriemen beim Umwickeln mit einer Kraft fest, die sonst nur Asketen, Ochsentreibern und Flößern eigen ist. Taudicke Adern traten an ihren Armen hervor. Sie beteten stammelnd, mit langsamen, schwerfälligen Worten, die ihnen im Bart hängenblieben und Vater verächtliche Blicke entlockten. Danach spuckten sie laut in die Hände und gingen an die Arbeit. Der Ofen, den sie gebaut hatten, sah aus wie ein riesiger Bauch, aus dem ein Schornstein ragte. Die Onkel brachten eine schwere schwarze Eisenklappe daran an, die durch ein Zahnradgewinde auf und ab bewegt wurde. Seitlich bauten sie eine Neuheit ein: ein Guckloch, mit dickem Glas versehen, durch das man hineinleuchten und die Laibe beim Backen beobachten konnte. An den Ofeneingang setzten sie einen Dieselbrenner – seinerzeit der Gipfel des technischen Fortschritts, den man sonst nur bei den deutschen Bäckern in ihren Siedlungen sah – mit einem langen Dreharm, mit dessen Hilfe man die Düse in jeden Winkel des Ofeninnern steuern konnte. Ein Dampfblasebalg blies das Feuer hinein; er hatte einen schwarzen gußeisernen Dampfkessel und einen schwedischen Primus mit drei Brennköpfen. Zu Füßen der Tür hoben sie die Bäckergrube aus, in der der Heizer bei der Arbeit steht, und pflasterten sie mit Steinfliesen.

Nach vollendetem Ofenbau errichteten sie das Bäckereigebäude mit Arbeits- und Vorratsraum aus dicken Bruchsteinwänden und erst zum Schluß ein kleines Wohnhaus für uns mit zwei Zimmern und Küche.

»Was für gute Hände meine Brüder haben«, sagte Mutter stolz. Sie arbeitete Hand in Hand mit ihnen, schleppte, grub, baute und goß, kochte auch Essen in einem großen Topf, den sie über ein Feuer im Hof hängte, pflanzte Bäume und errichtete einen Zaun. Sie liebte Grenzen und ganz besonders den darin eingegrenzten Bereich. Unser neuer Nachbar brachte einen Krug Milch. »Sie können mir später in Brot bezahlen, Frau Levi«, sagte er lachend mit einem deutschen Akzent, der völlig neu für uns war. Er hieß Isaak Brinker; ich werde dir später noch von ihm erzählen. Mutter machte für uns alle säuerlichen Kefir zum Trinken und lud auch Brinker zum Probieren ein. Doch Vater hockte all diese Tage mit trübsinniger Miene da wie ein Gefangener unter seinen Häschern, das weiße Leidenstüchlein ständig an die Stirn gepreßt, aber an dem neuen Ort kannte keiner dessen Bedeutung.

Als das Werk vollendet war, versammelten sich alle um den Ofen, und sogar Vater erhob sich von seinem Platz und kam zum ersten Anheizen. Djeduschka Michael faßte ihn um die Schultern und sagte: »Bitte schön, Abraham.«

Vater zog einen Schmollmund, haargenau wie ein Kind, dem es nicht gelungen ist, alle Kerzen auf seinem Geburtstagskuchen gleichzeitig auszublasen. Dann zündete er den großen Primus an, und als der Dampfdruck im Kessel stieg, öffnete er den Dieselhahn und hielt einen brennenden Lappen an die Brenndüse. Ich erinnere mich noch gut an diesen Augenblick, in dem das Feuer auflachte und der Dampf herausschoß und die Flamme ins Innere trug. Lange Zeit lauschte Vater dem Brausen des Brenners, führte die Düse zunächst auf die rechte, dann die linke Seite, brachte danach die Ofenmitte zum Glühen und machte unermüdlich so weiter, bis der Abend draußen dunkelte und die Backsteine einen angenehmen dunkelroten Glanz annahmen, der sich auf unseren Gesichtern widerspiegelte.

Vater schaltete den Brenner ab, worauf sich unheimliche Stille ausbreitete. Er legte den Finger an den Mund, zum Zeichen, daß niemand ein Wörtchen sagen solle, stieg in die Grube hinab und lauschte dem Geräusch der abkühlenden Backsteine. Man hörte es hier und da knacken, aber kein einziger Stein rutschte heraus. Alle wichen zurück, als Vater den Arm hineinsteckte, um mit der Hand darin herumzutasten, Art und Gefühl der ungeheuren Hitze zu erspüren und den neuen Ofen kennenzulernen. Danach sammelte er Speichel im Mund, spuckte hinein, wie Isaak Ergas es ihn in Jerusalem gelehrt hatte, horchte und entschlüsselte das Verdunstungsgeräusch mit einzigartiger Sachkunde. Als man mich Jahre später aufforderte, meinen Lesern zu illustrieren, daß jeder Backsteinbackofen seinen eigenen Charakter hat, schilderte ich den Bau jenes Ofens, nur schrieb ich dort, er sei in Jerusalem errichtet worden, und auch nicht von Mutters Brüdern, sondern von dem berühmten Ofenbauer Gerschom Silberberg, einem polnischen Chassid, der nie existiert hat.

Als alle schlafen gingen, blieb Vater noch bei seinem neuen Ofen. Die ganze Nacht lagerte er vor der Öffnung, steckte von Zeit zu Zeit die Hand hinein, streichelte die glühenden Steine und schloß die Augen.

Am Morgen holten die Brüder derbe Schreinerwerkzeuge aus ihrem Wagen, hobelten und glätteten Bretter für den Arbeitstisch, zimmerten den Garschrank und fertigten Siebe, Knettröge sowie lange und kurze Bäckerschaufeln. Dann spannte der Jüngere der beiden den Ochsen an, und als er am Abend wiederkam, hatte er auf seinem Wagen Mehlsäcke, Hefe, Zucker, Salz und ein paar Ölkanister. Nachdem die Brüder das Mehl abgeladen und gesiebt hatten, baten sie Vater, Brot zu backen.

Jakob, der nichts mehr von jener Nacht in Erinnerung hat, und ich, der mehr davon behalten hat, als tatsächlich geschehen ist, kauerten uns eng aneinandergedrückt abseits, und jene Augenblicke, in denen der Primus aufbrüllte, der Brenner toste und der lebendige, säuerliche Hefegeruch sich in der Luft verbreitete, sind mir gut im Gedächtnis, obwohl Jakob behauptet, ich nähme bloß Mutters Geschichten auseinander und setze sie wieder zusammen. »Was bleibt dir in Amerika denn anderes übrig, als müßig rumzuhocken und Erinnerungen zu erfinden?« nörgelt er. Ich gebe zu, daß er recht hat. Ehrlich gesagt: Manchmal lüge ich.

Dann schüttete Vater kübelweise Mehl in die Knettröge, fügte Wasser, Zucker und Salz hinzu und rührte den Vorteig an. Als er aufging und seinen säuerlichen Geruch abgab, krempelte Mutter die Ärmel hoch und fing an zu kneten – faltete, schlug, zog und drückte. Tränen rannen aus ihren Augen in den Teig, Schweiß und Nasentropfen folgten. Ihr Gesicht glühte von der Anstrengung, und tiefe Ächzer drangen aus der Kluft zwischen ihren Brüsten. Barfuß war sie, und solange ihre Hände den Teig bearbeiteten, schwollen ihre großen Wadenmuskeln, spannten sich ihre Achillesfersen und krallten sich ihre Zehen gewaltsam haltsuchend in den Boden. Als der Teig aufgegangen war, schnitt Vater ihn in Stücke, formte runde Laibe daraus und legte sie zum weiteren Gehen in den neuen Garschrank.

Eine halbe Stunde später löschte er den Brenner, verschloß den Schornstein, sprengte einen Viertel Eimer Wasser auf die glühenden Backsteine, stieg in die Grube, ergriff die Bäckerschaufel und schoß mit seinen mageren, präzisen Händen die Laibe in den Ofen. Als der Duft frisch gebackenen Brotes durch die Luft waberte, wurden alle von Erregung ergriffen und lächelten einander zu. Vater zog sein Brot heraus und spritzte sofort *Boia*-Wasser auf die glühende Kruste. Mutter nahm den ersten Laib, riß ihn durch und gab jedem ein Stück davon. »Gelobt seist du, Ewiger, unser Gott, König der Welt, der du uns hast Leben und Erhaltung gegeben und uns hast diese Zeit erreichen lassen«, segnete Djeduschka Michael, tauchte sein warmes Brotstück in das Salzfaß, und wir alle aßen.

Keine zwei Minuten später erhob sich draußen ein kleiner Tumult. Die Dorfbewohner kamen im Laufschritt mit ihrem schweren Schuhwerk angestampft. Der Duft, der aus der neuen Bäckerei wehte und wie eine süße Wolke über ihren dürftigen Baracken schwebte, hatte die staubigen Straßen überströmt, war durch die Holzwände und die verschlissenen Decken geschlüpft und ihnen in die Nase gestiegen. Sie brachten Käse, Tomaten und Oliven mit, ja hatten sogar irgendwo Hochprozentiges und Salzfische aufgetrieben. Isaak Brinker, der nette Nachbar, breitete eine Stoffdecke über das Schneidbrett, und alle lächelten und lachten, sangen, klopften Vater auf die Schulter, umarmten uns und einander. Erst ein Jahr zuvor hatten sie hier Land bezogen, und ihre Freude füllte den Raum.

»Jetzt haben wir eine Bäckerei«, sagten sie. »Möge sie uns allen zum Glück gereichen.«

Mutter schnitt für alle Brot auf, Vater lächelte und machte momentan sogar einen zufriedenen Eindruck. Damals wußten wir noch nicht, daß er sich nie wieder von der erlittenen Erniedrigung erholen sollte – von der Entführung, der Fesselung, dem Bau der Bäckerei durch »die Griechen«. Obwohl er wußte, daß er ohne »sie«, seine Frau, ohne ihre Kraft und Energie, bis an sein Lebensende Bäckergeselle geblieben wäre, ein armseliger, elender Jerusalemer *Orniro*, trug er ihr einen Groll nach, der so lange wuchs und gedieh, bis er ein Eigenleben entwickelte und keinerlei Förderung mehr brauchte, da er, wie jeder Haß, vom eigenen Sauerteig gespeist wurde.

Doch Mutter, in deren großem Körper sich eine dankbare, regennasse, atemlose und mit Liebe geschlagene Gänsehirtin von zwölf Jahren verbarg, hörte keinen einzigen Tag auf, ihn zu lieben.

14

Da steigt auch schon Djamilas Bild vor meinen Augen auf, verschwommen bebend wie ein werdendes Photo in der Entwicklungswanne. Da ist sie, die Münzen auf ihrer bestickten Kleiderbrust klimpern, der Nasenring schimmert grün, und sie bringt uns einen Korb voll *Baladi*-Aprikosen, die besten Früchte der Welt, wenn man die Würmer herauszuholen weiß. Mutter gibt ihr altes Brot für ihre Hühner. Vater regte sich immer darüber auf und sagte, erstmal müßten wir unsere eigenen Hühner füttern, worauf Mutter antwortete: »Ist doch genug für alle da, Abraham. Auch für uns und auch für sie.« Djamila besaß eine hochbeinige, leichtfüßige weiße zypriotische Eselin, und als die von unserem Esel trächtig war, bemerkte Vater: »Herzlichen Glückwunsch, jetzt sind die Araberin und die Griechin ja bereits verschwägert.«

Mutter muß der Verschwägerten wohl ihr Herz ausgeschüttet haben, denn die kam ihr zu Hilfe. Es war Frühling, hier und da fiel noch mal Regen, und Djamila wies Mutter an, Waschwannen auf den Hof zu stellen und das Wasser der Spätregen darin aufzufangen. Am nächsten Tag kam sie mit einem Riesenstrauß Hundskamille, die sie auf den Hügeln gepflückt hatte. Die solle sie in dem gesammelten Wasser einweichen und sich dann die Haare damit waschen, riet sie Mutter. Das täten nämlich die Fellachinnen, um die Liebe aufleben zu lassen.

Mutter tat wie geheißen, und ich erinnere mich noch an die herrliche Wirkung, die diese Wäsche auf ihre Haare ausübte. Ein bitter-schwerer, verlockender Duft umwehte ihren Kopf, und die blonden Flechten hatten einen schillernden Glanz. An jenem Tag ging sie, als trage sie eine Krone auf dem Haupt, in dem naiven Glauben, die Gerüche von Regen und Feld würden ihr Vaters Herz wieder in Liebe zuwenden. Jakob und ich hatten durchs Fenster der Bäckerei gelugt, als sie sich das Regenwasser auf der Petroleumflamme des Primus wärmte, lautlos weinend die Bluse auszog und sich über die große Schüssel beugte. In eben der wusch sie auch Jakob und mich, wobei sie »Augen zumachen« sagte, wenn sie uns die Köpfe mit der beißenden *Nablus*-Seife einseifte.

Sie hatte einen reinen Rücken, Ringerarme, breite weiße Schultern und blasse, mädchenhaft zarte Brustknospen. Ihre weiße Haut strahlte im ständigen Dämmerlicht der Bäckerei, die langen Muskeln an Rücken und Schulterblättern bewegten sich deutlich. Ihr Haar schwamm wie purpur-goldene ertrunkene Schlangen in dem duftenden Wasser. Erst jetzt, da ich jene Bilder aus den Dunkelkammern meines Gedächtnisses fische, verstehe ich langsam – das Zittern ihrer Finger beim Essenauftischen, ihre erloschenen Blicke beim Teigkneten, ihr besorgtes Lächeln beim in den Spiegel Schauen, ihre derbe, kindlich quengelnde Stimme: »Abraham, Abraham, Abraham...«

Meine gesamte Kindheit und Jugend war von der Liebe meines Bruders zu Lea und meines Vaters Haß auf Mutter überschattet. Anfangs begriff ich nicht, dann wollte ich nicht begreifen, doch zum Schluß überfiel mich die Erkenntnis, packte mich im Nacken und beförderte mich von zu Hause ans andere Ende der Erde.

15

Früh morgens erheben sich Fragen im Zimmer meines Vaters. Hat er gut daran getan, die ganze Nacht bei offenem Fenster zu schlafen? Soll er das Hemd vor der Hose anziehen? Und welches ist »der rechte Weg« es zuzuknöpfen? Von unten nach oben oder umgekehrt?

Aus der Küche hört man Geschirrgeklapper. Tia Dudutsch setzt schon die Kochtöpfe auf. Aus der Bäckerei dringen die Arbeitsgeräusche meines Bruders Jakob und unseres Cousins Simeon, die Brotkisten schleppen und versandfertig machen. Lea, die Frau meines Bruders, schläft in ihrem Zimmer. Ihre drei Kinder sind jedes an seinem Platz. Michael, der Jüngste, ist im Kinderzimmer. Benjamin, der Älteste, in seinem Grab. Romi ist bereits hinausgeschlüpft und in die Stadt gefahren.

Kräftig und wohl geregelt ist der Gesang der erwachenden Vögel. Als erste beginnen – wie in meiner Kinderzeit – die Bülbüls, wie dunkle Knäuel auf Zitronenzweige und Stromdrähte geduckt, das Gefieder gegen die Morgenkälte aufgeplustert, die gelben Zierflecken unter dem Schwanz dem Ernst ihrer schwarzen Hauben spottend. Jetzt hört man morgens im Dorf keine Hähne mehr krähen und keine hungrigen Kälber mehr brüllen, aber die Bülbüls schwatzen noch immer allmorgendlich, wie damals, als wir herzogen, erzählen ihre ewig gleichen Träume. Später, wenn auch die Spatzen in die Unterhaltung einfallen, heben sie zu singen an, lassen die Töne wie klare Glasperlen aus den Hälsen rollen. Dann erwachen die Amselmännchen, sperren die orangenen Schnäbel zu Gesang, Pfiffen und Gebetsimitationen auf, bis die Sonne aufgeht, begleitet vom heiseren Kreischen der Eichelhäher, dieser anmutigen, rabiaten Gartenrowdys.

Vater fängt in seinem Zimmer am anderen Ende des Hauses wieder laut zu überlegen an: »Jetzt werde ich die Beine vom Bett nehmen und die Hausschuhe anziehen. Dann gehe ich auf die Toilette, danach trinke ich Kaffee, und dann werde ich mich rasieren.« Und nach kurzem Schweigen: »Nein! Erst rasiere ich mich, dann trinke ich Kaffee und gehe ein bißchen spazieren, dann habe ich guten Stuhlgang.«

»Entweder kommst du und kümmerst dich um ihn, oder ich werfe ihn raus«, hatte Jakob mir geschrieben. »Du weißt, daß ich nie mit ihm zurechtgekommen bin, und nun läuft das Faß bald über. Neuerdings schreit er die ganze Zeit, er hätte Schmerzen. Kein Arzt kann was bei ihm feststellen. Ich kann ihn nicht mehr ertragen. Ich habe ihn nie ausstehen können und habe ich ohnehin Sorgen genug. Er ist auch dein Vater, also bitteschön!«

Und ich, der ich weder zur Beerdigung meiner Mutter noch zu den Beschneidungsfeiern meiner Neffen gekommen war, packte noch am selben Tag drei Koffer, hinterließ an der Tür einen Zettel mit einem dummen Spaß, der sich an niemanden richtete: *Der Bäcker ist für einen Monat abwesend. Bitte sich in dieser Zeit an Dr. Norström, Boulevard Haussmann 66, zu wenden,* fuhr mit der Eisenbahn nach New York und flog heimwärts. An der Dorfeinfahrt bat ich den Taxifahrer, weiterzufahren und die Koffer an unserem Hoftor abzuladen, während ich selber die Straße zu Fuß entlangging.

Tastend, erkennend trotteten meine Erinnerungen vor mir her, schlugen erregt an. Es war zu früher Morgenstunde; schläfriges Palmtaubengurren kam aus den Kasuarinen- und Sykomorenwipfeln, als sei es dort vor Jahren erklungen, habe sich aber erst jetzt dem Laub entringen können.

Die kleinen Bauernhäuser hatten die Eigentümer gewechselt, sich in Prachtvillen verwandelt, kalte Marmorpanzer und dichte Kletterpflanzenpelze angelegt und an Jahren, Stockwerken und Reichtum zugenommen. Die Dünste und Pfiffe erster Kaffeekessel wurden durch duftende Hecken gefiltert, und von fern her riefen mich die Signale des frischen Brotes meines Bruders Jakob, sagten mir, daß ich zurückgekehrt war, weckten mit ihrem süßen Lockgesang nostalgische Erinnerungen.

Befangen durch das Bild dieser mir vertrauten Landschaft, ging ich zu meinem Haus hinauf, lief der Umarmung meines Bruders und meines Vaters entgegen – und meinen Tränen. Die Heimkehr, meinst du sicher grinsend, und was ist mit den Mühsalen? Den Stürmen? Den geschleuderten Riesenfelsbrocken? Und wer sind deine Skylla und Charybdis? Wer ist die Frau, die da wartet? Und was ist banaler als Heimkehr? »Nur ein Buch über die Heimkehr ist ermüdender als die Heimkehr selbst.«

Das Hoftor stand bereits weit offen, und ein klapprig aussehender Laster mit klaffenden Türen manövrierte im Rückwärtsgang hinein, um die Brotkisten zu laden. Erst jetzt fiel mir ein, daß ich an der Einfahrt ins Dorf am Friedhof vorbeigekommen war, ohne Mutters und Benjamins Gräber aufzusuchen.

Auf dem Hof parkte auch der alte, grellgelb gestrichene Lieferwagen meiner Nichte Romi, und einen Moment stockte mir das Herz, denn Romi selber erschien auf der Hausveranda. Sie ist ein hübscher heller Typ, groß und breitschultrig. Ein böses Gaukelspiel der Sehnsucht. Mit einem Sprung hüpfte sie die vier Stufen hinab und schlang mir ihre kräftigen Arme um den Hals. Sie küßte mich auf den Mund, nahm das Gesicht ein wenig zurück und musterte mich vergnügt. Sie hat knabenhafte Züge, weiche, ausdrucksvolle Lippen und blau-gelbe Augen, wahre Stiefmütterchenaugen, »ein Stirnblatt himmelblau, eines golden«, die weit auseinander stehen und unter den dicken blonden Brauen lachen.

»Was hast du mir mitgebracht, Onkel?« prustete sie mir an den Hals.

Kaum hatte ich die Bäckerei betreten, juckte mich der Mehlstaub wieder in der Kehle, umfingen mich der blanke Geruch des *Boia*-Wassers und das säuerlich starke Aroma der *Levadura*, umklammerten meines Bruders Jakobs Arme meine Schultern. Was also ist erregender als die Heimkehr? Nicht einmal das Buch, das darüber geschrieben werden wird. Eng umschlungen und unter Tränen überquerten wir den Hof, erklommen die vier Stufen zur Veranda, betraten das Haus und gingen den langen Korridor entlang zu Vaters Tür.

Er lag im Bett, ein weißes Hemd am Leib, das schüttere Haar zurückgekämmt, das Lächeln auf seinen Zügen verlor sich zu einem leichten Beben, bis in den Mundwinkeln wieder nur wirkliches Weinen blieb. Die beiden mageren, unbehaarten Hände reckten sich aus dem Bett empor, als ich mitleidig liebkosend bei ihm niederkniete.

Die *Shakikira de raki*, das arrakgetränkte Taschentuch, trug er bereits als Fahne der Bedauernswürdigkeit auf die Stirn gebunden, und unter dem Anisschleier schlüpfte mir auch der Klebstoffdunst seiner Briefumschläge, der Hauch der braunen Altersflekken auf seinen Händen und der Geruch der Falten entgegen, den der glühende Backofen und das Liebesfeuer unserer Mutter Sara ihm in den versengten Hals gegraben hatten.

»*Nu*, er ist da, Vater«, verkündete Jakob ungeduldig, »er ist da, jetzt kannst du den Lappen ruhig vom Kopf nehmen. Alle sehen, daß du Schmerzen hast, kein Grund zum Weinen, ich hab dir ja gesagt, er kommt.«

Ein schmaler, zarter kleiner Junge verbarg sich hinter den Beinen meines Bruders, beäugte uns und fummelte dabei an einer alten Perlenkette, die er um den Hals trug. Ich kannte ihn damals lediglich von Bildern, die Romi mir geschickt hatte.

»Das ist ja Michael«, rief ich, beugte mich zu ihm nieder und nahm ihn auf den Arm.

Jakob versteifte sich am ganzen Leib, wie ich aus dem Augenwinkel beobachtete, wäre beinah losgesprungen, um mir seinen kleinen Sohn wegzuschnappen, hatte sich aber sofort wieder in der Gewalt und sagte gezwungen lächelnd: »Komm, ich hab dir ein Zimmer hergerichtet. Du möchtest doch sicher was essen, dich waschen und ausruhen.«

Er machte Salat und Rührei, schnitt von seinem Brot auf, kochte süßen Milchkaffee. »Ich bin vergnügt wie dreißig Schweine«, verkündete ich, worauf Jakob liebevoll fragte, aus welchem Buch ich denn jetzt zitiere.

»Schnell raus, photographieren zu Ehren des Onkels!« scheuchte Romi uns auf die Veranda. »Ein automatisches Familienbild«, sagte sie, gänzlich von sprühendem Aktivismus beseelt. Sie schleppte Sessel und kleine Scheinwerfer herbei, spannte Laken über die Wand. »Stell dich neben deinen Bruder«, schnauzte sie mich an. Simeon, zu Jakobs anderer Seite, trug Michael auf den Armen. Romi holte die großen Bilder von Mutter und Benjamin, lehnte sie an Vater und Dudutsch, die auf den Sesseln saßen, und stellte sich selbst neben mich. Wir alle verstummten. »In die Kamera gucken!« Man hörte den Selbstauslöser summen. Die kleine Sanduhr darin leerte sich langsam. Der Verschluß hielt den Atem an.

»Nicht lachen. Nicht bewegen. Nicht atmen«, befahl Romi, »wer sich bewegt – riskiert ein zweites Mal.«

Wir wurden abgelichtet.

Danach verteilte ich die Geschenke. Vater hatte ich vier Sorten Rasierwasser, zwei weiße Baumwollhemden und ein Paar Hausschuhe aus Seehundsfell mitgebracht, meinem Bruder Jakob einen Werkzeugkasten Marke Stenley und ein hochwertiges Radiogerät, mit dem er spät nachts ferne Sender empfangen konnte. Michael bekam, wunschgemäß, Kostüme als Todesengel und »normaler Engel« sowie allerlei Zauberutensilien, Romi, abgesehen von der kleinen Olympus, die sie sich gewünscht hatte, auch ein neues Stativ, Photobücher von William Klein, Ancel Adams und Helen Levitt sowie eine numerierte Ausgabe der Serie *Leben und Landschaft in Norfolk* von Emerson, die mich, wie du dir denken kannst, ein Vermögen gekostet hat. Für Tia Dudutsch – »die häßliche Zwergin« nennt Romi sie – hatte ich ein neues schwarzes Kleid und neue Schuhe gekauft, die ihr das Alter erleichtern sollten, und für ihren Sohn Simeon einen Spazierstock und drei Kilogramm gemischte Bonbons.

Jakob hatte mir das Zimmer hergerichtet, das früher unser gemeinsames gewesen war. Romi schleppte meinen Koffer an und musterte meine Kleidung, während sie sie aufhängte.

»Ich mag, wie du dich anziehst«, sagte sie.

Als sie mich dann herumtasten und -suchen sah, lachte sie laut los. »Du hast sie um den Hals hängen, du Dussel«, prustete sie und setzte mir die Brille auf die Nase. Sie ist so groß wie ich, hat dasselbe rote Haar, und wenn sie vor mir steht, weht mir ein süßer Hauch aus ihrem Mund direkt ins Gesicht. Sie nennt mich »Onkel« und, wenn sie guter Laune ist oder mir einen Gefallen tun möchte, »der liiiebe Onkel«.

»Komm, wir spielen mal: Du bist eine wohlduftende Maus, und ich bin eine hungrige Katze«, schlug sie vor.

»Komm, wir spielen«, erwiderte der liiiebe Onkel, »ich bin ein Perserteppich, und du bist ein Teelöffel.«

»Wann bringst du mir mal ein Kleid statt Photolinsen mit?«

»Sobald du dich zu benehmen lernst.«

»Ich hab mich dauernd nach dir gesehnt«, sagte sie. Sie kannte alle Geschichten über ihre Großmutter, obwohl die bei Romis Geburt schon gestorben war, und imitierte sie mit einer Treffsicherheit, die durch die äußerliche Ähnlichkeit noch einen beängstigenden Zusatzeffekt erhielt. »Aber du bist nicht lieb zu mir«, verkündete sie, kehrte mir den Rücken und fuhr fort, meine Kleidung in den Schrank einzuräumen.

16

Fünfzig Jahre sind vergangen. Mutter – stark und gesund wie ein Bär – ist tot. Vater – klein, kränklich, verzärtelt – lebt weiterhin. Der Gänserich ist längst aufgegessen. Die Patriarchenkutsche verrottet hinter der Bäckerei. Jakob und ich sind herangewachsen und unserer Wege gegangen. Er hat, kurz zusammengefaßt, die Frau geheiratet, die ich mir zugedacht hatte, hat die Bäckerei geerbt, die mein Vater mir zukommen lassen wollte, hat drei Kinder gezeugt und den Erstgeborenen verloren. Ich bin in die Vereinigten Staaten gefahren, habe keine Frau geheiratet, keine Kinder gezeugt und auch keine verloren. Das ist eigentlich schon die ganze Geschichte. Aber – noch mal Verzeihung wegen meines Drangs, Zitate anzubringen – »stets ist das Detail zu rühmen«.

Fünfzig Jahre sind vorübergegangen, doch die Zeiger der Schicksalsuhr haben mich und meinen Zwillingsbruder nicht ähnlicher gemacht. Nur unsere dicken Brillengläser sind gemeinsam stärker geworden und damit einander gleich geblieben. Noch immer bin ich einen Kopf größer als er, auch breiter und stärker, kühler und zurückhaltender, und während mein dickes rotes Haar nur hier und da weiße Strähnen bekommt, wird mein schwarzhaariger Bruder zusehends kahl. Die Jahre, die ich in einem hübschen Haus in einem ruhigen, gelassenen Land mit gemäßigtem Seeklima in der Baumwollkleidung von Land's End und in den Armen amüsierter, amüsanter und dankbarer Frauen verlebt habe, hat mein Bruder vor dem glühenden Backofen, dem kalten Grab seines Sohnes und der verschlossenen Tür seiner Frau zugebracht.

Wie mein Vater und mein Bruder verdiene auch ich meinen Lebensunterhalt mit Brot. Allerdings backe ich es nicht. Ich schreibe darüber. Ich habe die Leidenstradition meiner Familie abgeschüttelt, die Hölle des Backofens, das Glühen der Bleche, die Totenschwere der Mehlsäcke. Mutter hat mich zu ihren Lebzeiten verflucht und einen »Verräter« geschimpft, und tatsächlich bin ich ein Mann der Worte und Rezepte. Lebt wohl, ihr rissigen Augen, ihr verbrannten Hände. Laßt von mir, Bäckerhusten und Teigstränge. Geh fort, bullernder Brenner. Tut mir leid, wenn das entschuldigend klingt.

17

»Jetzt drehe ich das Hemd um«, verkündet mein Vater in seinem Zimmer. »Da... so... erst rechts und dann links.«

Das Alter hat meinen Vater in die bitteren Gefechte der Kinder gegen die übrige Welt zurückversetzt. Er eröffnet erneut die Debatte über Fragen, die jeder Mensch bereits als Kleinkind beantwortet hat – welcher Arm als erster in seinen Ärmel fährt, wie man den Pullover so dreht, daß die Vorderseite tatsächlich vorn zu sitzen kommt. Mit zitternden Händen und trüben Augen stellt er sich dem Kampf. Ringt mit widerspenstigen Schnürsenkeln, die sich nicht in ihre Löcher fädeln lassen wollen, mit höhnischen Hemden, die sich gegen das Zuknöpfen wehren, mit Menschen, die größer und vernünftiger sind als er und besser wissen, was gut für ihn ist.

Lange und verbittert berät er sich – mit mir, mit sich selbst, mit den Helden seiner Erinnerung – über seine Neigung, sich im Schlaf umzudrehen. »Was ist nun die beste Schlaflage? Nur auf der Herzseite«, schärfte er mir ein. »Schläfst du auf dem Bauch, kriegst du Gallensteine, schläfst du auf dem Rücken – Nierensteine.«

»Was ist denn dem Kindchen bloß Schlimmes passiert«, hörte ich ihn seinem Spiegelbild zumurmeln. Da mußte ich einfach lachen, obwohl die Stimme meines Vaters höchst ärgerlich klang. Sogar sein eigener Körper – dieser verfallende, aufsässige, treulose Fleischkloß – war zu seinen Feinden übergelaufen, lauerte ihm an den Jabbokfurten seines Alters auf und überraschte ihn täglich mit neuem Horror: Fingerzittern, Kurzatmigkeit, Gedächtnisschwund und Verstopfungswällen, die selbst seine Trockenfeigen-in-Olivenöl-Getränke nicht zu durchbrechen vermochten. Und vor allem anderen – die Schmerzen. Bösartig, ungerechtfertigt und unerklärlich. »Ein alter Mensch kann schon nicht mehr gut sehen, schmecken und hören«, hat er zu mir gesagt, »bloß die Schmerzen, die spürt er haargenau wie ein junger.«

Wie ein Bombenentschärfer plant und dokumentiert er seine Handlungen. Die leisen Worte dünsten gewissermaßen von seiner Haut aus: »Jetzt gehe ich an den Tisch... immer langsam... ich schneide mir eine Scheibe Brot ab... vorsichtig... bestreiche sie mit Margarine... so... und nun setze ich mich zum Essen... gründlich kauen.«

Das Schlimmste sind die Dominopartien, bei denen er jedesmal verliert, weil er unaufhörlich laut seine geplanten Finten und die in der Hand versteckt gehaltenen Spielsteine preisgibt.

»Warum tust du das?« brauste ich auf, fegte die Steine zusammen und warf sie vom Tisch. »Das muß doch geheim bleiben. Der ganze Witz beim Dominospielen ist ja, daß ich nicht wissen darf, welche Steine du hast.«

»Warum?« fragte Vater feierlich zurück. »Es ist nicht so, wie du meinst, sondern weil ich jeden Augenblick sterben kann und möchte, daß alle wissen, welches meine letzten Worte waren.«

Sein Gedächtnis ist wie meins – wach und gut. Gestern hat es mich gepackt, ich ging in die Küche und ließ Mutters Obstkaltschale aus der Versenkung aufsteigen. Die mit schwarzen Pflaumen, Zitronenscheiben und Quitten. »Der Kompott sehr gut«, verkündete Romi, und wir alle lachten. So hatte Mutter persönlich das selbstgekochte Dessert gepriesen, das Vater nie zu loben geruhte. Auch diesmal aß er es begierig, wobei der Geschmack jedoch alte Ängste bei ihm weckte, so daß er unablässig nach allen Seiten schielte, als lauere »sie«, die griechische Stute, irgendwo um die Ecke. Er ist ein furchtsamer Mann, der unter Kummer und Verfolgungswahn leidet. Jedes Aufstehen aus dem Bett kann zu einem nächtlichen Abenteuer werden, das um ein Vielfaches gefährlicher ist als seine Wüstenwanderung damals. Das nächtliche Dunkel, die Mattigkeit des Körpers und sein schwaches Orientierungsvermögen verwandeln das Haus in ein riesiges, verschlungenes Labyrinth, in dem er sich nicht zurechtfindet. Eines Nachts, so erzählte er mir in wütend verlegenem Flüsterton, war er aus der Toilette gekommen und hatte sich von Tür zu Tür zurückgetastet, bis er sein Zimmer fand und sich niederlegte. Einige Minuten später fühlte er tief erschrocken einen Körper neben sich liegen. Die ganze Nacht blieb er wach und wagte kein Glied zu rühren. Erst als die Sonne aufging und ihre Strahlen durch die Ladenritzen schickte, schielte er zur Seite und entdeckte, daß er im Bett seines toten Enkels lag und seine Schwiegertochter Lea neben ihm.

Sein Zimmer verwandelt er nach und nach in eine kleine Wohnung, um nicht herauskommen und anderen begegnen zu müssen. So ist es für alle bequem. Simeon hat ihm dort eine Marmorplatte, Geschirrborde und ein Waschbecken angebracht. Hier mustert er seinen Körper, lauscht seinen Erinnerungen und kocht auf einem kleinen Gaskocher unzählige Tassen seines Kaffees, den er mir stolz anbietet: »Solchen Kaffee habt ihr in Amerika nicht.«

Beim Trinken hat er mir wieder von den Schmerzgnomen erzählt, die in seinen Körper eingefallen seien.

»Die ersten, die wissen, daß ein Mensch bald stirbt, sind seine Schmerzen«, sagte er. »Dann verlassen sie ihn und suchen sich jemand anderen. So haben sie mich gefunden, und nur so werden sie mich wieder verlassen.«

»Sie kommen von außen?« fragte ich verwundert. »Ich dachte, die Schmerzen kämen von innen her.«

»Von außen«, beharrte Vater.

Danach fragte er mich über mein Haus aus. »Beschreib mir jedes Zimmer und was drin steht«, bat er.

»Und all das von Büchern?« staunte er. »Bilder und Fernseher und Schränke und Polstermöbel?«

»Das ist gar nicht so viel, Vater.«

»Und Frauen von den unsrigen – hast du dort welche getroffen?«

Ich lächelte. Vater merkte, daß er auf Umwegen nicht zum Ziel kommen würde, und ging zum Angriff über: »Jetzt möchtest du vielleicht doch heiraten, möchtest die Bäckerei?«

»Die Lea und die Bäckerei gehören dem Jakob«, imitierte nun auch ich Mutter, worauf Vater das Gesicht verzog.

»*Pustema*«, sagte er, hob die Hand und bestimmte: »Laß sie nicht rein bei mir.«

Ich spürte die dünnen Klingen des Mitleids durch meine Brust zucken. Seine mit Mutter verbundenen Erinnerungen waren derart intensiv und wach, daß er manchmal vergaß, daß sie längst gestorben war.

»Sie ist nicht mehr, Vater, wann wirst du das mal begreifen?«

Sie ist an einem schnellen, brutalen Krebs gestorben, von der Sorte, die nur ein Körper wie ihrer beherbergen kann, ein Jahr nach meiner Abreise nach Amerika, und ich bin nicht zu ihrer Beerdigung gekommen.

»Ich verstehe, ich verstehe, sie kann mich umarmen, mir eine Rippe brechen, und die Rippe schneidet dann sofort in die Lunge und in die Milz. Sie kann einen mit ihren Küssen ersticken, diese *Caballa*, sie ist nicht wie unsere Frauen. Habe ich dir nicht von Señor Nissim Alkelay erzählt? Wie er am Kuß einer Frau gestorben ist?«

Er lag auf dem Rücken mitten im Bett, ich saß am Fußende. Einer seiner Füße ruhte in meinem Schoß, und ich schnitt ihm die Zehennägel. In dieser sonderbaren Stellung sah ich, daß ihm junge schwarze Haarbüschel aus den Nasenlöchern sprossen.

»Soll ich dir die Härchen in der Nase schneiden, Vater?«

»Später«, antwortete er, »erst die Nägel, dann die Haare.«

Seine gelben Zehennägel waren so knochenhart, daß nur Mutters alte Rosenschere ihnen beikommen konnte. Als ich fertig war, setzte er sich auf und nahm sich seine Fingernägel vor. Ganz langsam stutzte er sie, wobei seine Zungenspitze im Takt der Scherenklingen vor und zurück wanderte. Danach sammelte er die Nagelsplitter in einen Aschenbecher und verbrannte sie auf einem Miniaturaltar aus Zündholzscheiten – ein Schutz gegen das Heer von Plagegeistern, die sich um jeden zu scharen pflegten, der sich Haare oder Fingernägel schnitt.

Zum Schluß stand er ächzend auf und lüftete das Zimmer, um den Brandgestank zu verscheuchen. »Es passiert schon nichts mehr zum ersten Mal, und nichts geschieht nur einmal im Leben. Woran ist leichter zu denken? An das, was sein wird, oder an all das, was schon gewesen ist? Und nun zieh mir die Schuhe an, wir fahren zum Arzt. Daß wir uns nicht verspäten.«

Ich kniete vor ihm nieder, zog ihm die Socken straff über die Waden, zurrte die Schnürsenkel fest und band sie zu einer Doppelschleife, wie er es gern hatte. Dabei drang mir sein Wortschwall – der endlosen Leier von Sayorans Friseur vergleichbar – ins Ohr.

In der Schmerzklinik warteten schon Patienten. »Jetzt setze ich mich hin... vorsichtig... das Bein strecken...«, murmelte Vater, sank glorreich auf einen Stuhl und lächelte seine Nachbarn mit strahlender Siegesmiene an, was sie ihm mit wutstarren Blicken quittierten.

Wie Männer im Pissoir beäugten die Patienten einander heimlich von der Seite, um gewissermaßen die Größe ihrer Schmerzen zu vergleichen. Jeder für sich in seinen Leidenskokon eingerollt; ihre Lippen bewegten sich zwar, aber ihre Stimmen waren nicht zu hören. Mit Migräne Geschlagene, bei denen nur die stecknadelkopfgroßen Pupillen auf ihre Pein hindeuteten. Von Rückenschmerzen Geplagte, die eine Sekunde vor Eintreten des Hexenschusses das Gesicht verzerrten. An Bauchspeicheldrüsenkrebs Erkrankte, wie ein Taschenmesser zusammengeklappt, die Brust auf die Knie gedrückt, das Gesicht heiß und bleich. Martersteinmetzen, die wahrlich aus ihrem Fleisch Gallen- und Nierensteine schlugen. Es waren Junge darunter, deren Schmerzen den Körper für einen fernen Tod trainierten, und Alte, für die der Schmerz der einzige Nahestehende war, der sie noch in ihrer Einsamkeit aufsuchte. Letztere berührten und streichelten sich mit derartiger Konzentration, daß man nicht recht wußte, ob sie den Schmerz zu lindern oder aber zu fördern und zu ermutigen suchten.

»Der Schmerz ist der Fürst«, erklärte mir Vater mit feierlichem Nachdruck, »die Gerechtigkeit.« Und plötzlich, fünfzig Jahre nachdem der Rubbi Jakob ausgepeitscht hatte, begriff ich, daß der Schmerz in Vaters Augen nichts als ein Strafmechanismus ist, der dem Menschen von Natur aus innewohnt, »wie die Ehre, die Liebe und das Gedächtnis«.

Der Arzt kam aus seinem Sprechzimmer und lächelte Vater zu. Er mochte ihn, lobte sein Hebräisch und sein Äußeres. Vaters schwarze Hosen sind stets gebügelt, seine Schuhe blank geputzt. Das Hemd ist weiß. Du würdest auf seiner Kleidung nie die Altersflecken von Suppe und Urin finden, weder getrocknete Schweißränder noch Eigelbkleckse.

»Komm, Vater«, sagte ich, »jetzt bist du an der Reihe.«

Die anderen Patienten hoben neidisch und verbittert die Gesichter. Der Arzt schwenkte, wie ein schmerzbeauftragter Engel, die Hand.

»Allen tut was weh«, sagte er, »allen. Bitte schön, Herr Levi.«

Ich ging mit hinein.

»Wie fühlen Sie sich, Herr Levi?« fragte der Arzt.

»Nicht gut, nicht gut.«

Vater ließ den Zeigefinger über Bein und Leiste zum Bauch gleiten, um die neue Schmerzbahn nachzuzeichnen. Jakob hatte mich von vornherein vor dem Besuch gewarnt. »Du brauchst ihm nur ein Publikum zu verschaffen«, hatte er gemeint, »und schon siehst du, was er kann.« Mit der Präzision und dem Stolz eines Erfinders beschrieb Vater dem Arzt die Wege und Machenschaften seines Schmerzes. »Zuerst ein leichtes Aufflackern im Fuß, hier, als sei es gar nichts, ein Lämpchen geht an. Aber ich kenne den Schurken schon. Ganz langsam und auf Umwegen kriecht er weiter, krabbelt zum Oberschenkel hinauf, stiehlt sich mit kleinen Schritten in die Eingeweide, setzt sich dort fest, tut, als sei er bei mir zu Hause. Eine Leidensklemme.«

»Wie kriecht er?« fragte der Arzt. »Wie kriecht der Schmerz weiter, Herr Levi?«

Alle Patienten täten sich schwer, ihre Schmerzen in Worte zu fassen, erzählte er mir hinterher. Jeder Bericht beginne mit »wie« – »wie ein Messer, wie Feuer, wie eine Säge, wie schwarze Punkte im Fleisch«. Er besitze eine interessante Sammlung solcher Vorstellungsbilder, die er sich von seinen Patienten notiert habe: »Wie eine Wolke im Bauch; drückt wie die Zähne einer Bestie; wie Bömbchen im Kopf; wie schwarzer Qualm in der Leber; wie es bei der Liebe weh tut, aber im Fuß. Schön, nicht? Schön und unklar. Da haben Sie ein Absurdum, über das Sie mal nachdenken können, Herr Levi: Das Vorstellungsbild ist etwas derart Persönliches, daß man sicher ist, die ganze Welt müßte einen verstehen.«

»Manchmal sage ich Dinge, die von allen verstanden werden, zum Beispiel: Schmerzen wie Fesseln an den Händen«, erklärte Vater, »aber es gibt auch einen Schmerz wie eine Zitrone in der Schulter oder wie Scham im Fleisch. Meine Söhne verstehen das nicht, aber Sie, Herr Doktor, verstehen's.«

»Der Schmerz macht direkt Dichter aus ihnen«, sagte der Arzt aufgeregt. »Für einen aufrechten Gang zum Lebensmittelladen, für eine Nacht Schlaf öffnen sie mir ihre geheimsten Schatzkammern. Die Schätze der Vorstellungsbilder.«

Vaters Arzt ist ein netter, naiver Mann, der in seiner Einfalt rein alles glaubt.

18

Eine Passionsblumenhecke wuchs schnell um unser Haus herum. Große blaue Augen gingen darin auf. Jenseits davon dehnten sich verschwommen weite offene Felder, und dahinter wiederum flimmerte ein weicher, kaum faßbarer Horizont. Dort gab es auch Berge, die zwar nicht weit weg waren, meinen schwachen Augen aber verborgen blieben. Nur die abwärts führenden Wadis und der Wind, der ihren wilden Duft mitbrachte, zeugten von ihrem Vorhandensein.

An dem neuen Ort war alles anders. Das Dorf war erst drei Jahre alt, seine Bäume hatten noch keine Frucht getragen und die Bewohner noch nicht den Segen ihrer Hände Werk gesehen. Aber auf uns Jerusalem-Flüchtlinge warteten hier wahre Wunderdinge. Neue Leute waren zu hören: Mäusepiepsen auf den Feldern, Bussardschreie am Himmel, Muhen und Brüllen aus den Rinderställen. Die heiseren Kröten der Jerusalemer Abwassertümpel wurden von fröhlichen Bachfröschen abgelöst, die sich in der nahen Talrinne tummelten. Sie hatten wohlgeformte, schillernde Leiber, hüpften tänzerisch zwischen den Wassersümpfen umher und konnten zweistimmig singen – und wenn ein Fischreiherschnabel sie schnappte, sogar dreistimmig. Die buntesten Vögel von allen – Blauracke, Bienenfresser und Eisvogel –, die in Jerusalem allein in den Glasvitrinen aus der Geschichte von Ernst Grimholz' Präparatensammlung nisteten, schwirrten hier zwischen echten Wildbäumen am Bachufer umher. Die Grillen, die in Jerusalem nur einsame Elendsgesänge zirpten, fiedelten hier kräftig und lustvoll »holde Liebeslieder«. Amseln zwitscherten in Obsthain und Garten. Schakale und Wölfe heulten im Gebirge. Blumen blühten auf dem Erdboden und vertrockneten nicht zwischen den Olivenholzdeckeln von Pilgeralben.

Mutter war glücklich. Ihre Hände arbeiteten unablässig. Sie schien weder Ruhe noch Schlaf zu brauchen. Die ganze Nacht knetete und buk sie, tagsüber bestellte sie Garten und Haus. Jeden Morgen erwachte ich bei ihrem lauten Teeschlürfen und den genüßlichen Seufzern dazwischen: »Ach ... das ist gut ... ach ... das ist gut!« Meinen schwachen, kindlichen Augen erschien sie reif, stark und weise. Doch jetzt sehe ich ein, daß sie nicht nur jung und ungebildet war – ganze vierundzwanzig Jahre zählte sie damals –, sondern auch kindlich im Wesen. Nicht selten spielte sie mit den Dorfkindern draußen auf dem Feld Verstecken, Fangen und Völkerball. Sie war sehr flink, schleuderte den Lumpenball kraftvoll und präzise, aber nicht alle akzeptierten ihre Gewohnheiten.

»Die Leute reden über dich, *Pustema*«, erregte sich Vater, »eine Frau muß nicht wie ein Kind auf der Straße spielen.«

Doch Mutter hüpfte vor pulsierender Glückseligkeit und Kraft nur so im Hof herum, schmetterte in ihrem gebrochenen Hebräisch urkomische Lieder, und wenn sie sah, daß wir sie anschauten, jagte sie uns nach und drückte uns mit walzenstarken Armen ans

Herz. Weder verstand sie je Vaters Haß und Abscheu, noch bemerkte sie das Mißtrauen, das sie bei allen erregte, ja das ihr wie ein anhänglicher Schatten von Jerusalem gefolgt war und langsam auch in die Gespräche der Dorffrauen an unserem neuen Wohnort einsickerte. Schmale Augen begannen sie anzustarren und verkniffene Münder Bitternis zu träufeln.

Hinter der Bäckerei zog sie eine kleine Hilfswirtschaft auf. Knoblauch, Frühlingszwiebeln und Tomaten dufteten in ihrem Gemüsegarten. Die Färse, der Vater sich nicht zu nähern wagte, hatte sie bereits selber zum Stier geführt. Vier Hennen und ein Hahn pickten unter dem jungen Maulbeerbaum. »Der Hahn hat viele Frauen«, erklärte sie uns das Weltgeschehen, »aber der Gänserich hat nur eine.« Isaak Brinker, unser Nachbar, gab ihr eine weiße Lösung, mit der sie die Stämmchen ihrer Setzlinge kalkte. Sie stellte nutzlose Fallen gegen die Ratten auf, die sich zum Vorratsraum der Bäckerei hingezogen fühlten, und jätete laut schimpfend das Unkraut, das es wagte, aus der Erde des Hofes zu sprießen. Ihr Haß auf Räuber und Parasiten war fürchterlich. Auf dem Hof gab es mehrere Ameisennester, deren Insassen sich Raubwege zum Vorratsraum gebahnt hatten. Eines Tages – ich schäme mich fast, es dir zu erzählen – sahen wir sie in ihrem weiten Arbeitskleid breitbeinig über einem der Nester stehen, die Arme in die Hüften gestemmt, die Augen geschlossen, auf dem Gesicht ein merkwürdiger Ausdruck. Als sie wegging, blieb eine schäumende Pfütze auf dem Nest. Ich versteckte mich, während Jakob sie ebenso verblüfft wie erstaunt fragte, ob sie »Pipi auf die Ameisen gemacht« habe. Mutter starrte ihn verlegen an, bis sie schließlich loslachte und sagte: »Wir haben kein Geld für Petroleum, Kinder.«

An unserem neuen Wohnort übte sich kein Mensch im Schofarblasen, und kein Synagogendiener weckte uns zu frühmorgendlichen Bußgebeten. Statt dessen kamen kreischende Segler und Schwärme schwarz-weiß geflügelter Schmetterlinge als Vorboten des Herbstes bei uns angeflogen. Dann nahm Mutter uns auf die

Felder mit, damit wir sahen, wie Isaak Brinker die Erde umpflügte. Halb laufend, halb gezogen trabten wir an ihren Händen dahin, so schnell uns unsere Füße trugen, und sie ging mit ihren ausholenden Schritten zwischen uns. Ihre Schultern und Brüste hoben und senkten sich, während sie genüßlich den Duft der aufgeworfenen Erde einsog. Die dunklen Furchen verschluckten das Sonnenlicht und stießen es weich und matt, samtig und angenehm fürs Auge wieder aus, und Brinker schritt hinter seinem jugoslawischen Maultier einher, und sobald er uns sah, begann er mit volltönender Stimme zu singen:

> Myriaden von Sternen –
> Wer ist meiner in den Fernen?
> Burschen in großer Zahl –
> Wer ist meines Herzens Wahl?
> Ja, ja, du weißt es, kennst meinen Schmerz,
> Ja, ja, du brichst mir das Herz.

Er nickte uns mit seinem schönen Kopf zu und lächelte Mutter an. Ein guter Nachbar war er. Er schenkte ihr Setzlinge und Samen, lehrte sie Bäume und Sträucher beschneiden und lauerte auf ihre Bitte hin nächtelang mit seinem Jagdgewehr den Ratten auf, die in den Vorratsraum der Bäckerei eingefallen waren. Er hatte einen Sohn namens Noach, der größer war als wir und zu jedem Lied, das er hörte, die zweite Stimme singen konnte, und eine verhutzelte Frau, die Chaja, »die Lebendige«, hieß, im Dorf aber »Chaja Hameta«, »die tote Lebendige« genannt wurde, weil sie einen Leichengeruch an sich hatte. Es war nur ein leichter Hauch, der sich jedoch weder leugnen noch beseitigen ließ. Chaja Hameta ging nicht oft aus dem Haus, aber ihr Geruch quoll hervor. Später, als ich Bücher zu lesen begann, nannte ich sie insgeheim, ohne Brinkers Wissen, »Madame Thénardier«.

Ein paar Wochen nach unserer Ankunft im Dorf brachte uns

Brinker eine Ausgabe der Tageszeitung *Davar* und las uns eine Nachricht über ein Treffen des Hochkommissars, Lord Plumer, mit dem griechischen Patriarchen Damianos daraus vor. Der Patriarch hatte sich tatsächlich beim Hochkommissar über den Diebstahl seiner Kutsche beschwert, »und im weiteren diskutierten sie aktuelle Tagesfragen sowie Streitigkeiten der christlichen Konfessionen in der Grabeskirche.«

Brinker und Mutter lachten, aber Vater erschrak. Sofort wollte er die Kutsche verbrennen. Bisher war sie für ihn nur ein schändliches Andenken gewesen, doch nun wurde sie darüber hinaus zum Fahndungsobjekt der mandatorischen Staatsanwaltschaft. Immer hatte er Angst vor Behörden gehabt, vor Uniformträgern, pedantischen Beamten und jenen Aufsehern vom Gesundheitsamt, die ausgerechnet Freitag morgens in der Bäckerei auftauchen mußten, um nach Rattendreck und Küchenschaben Ausschau zu halten, und – ebenso wie der begehrliche Kaschrutaufseher mit seinen dürftigen Barthaaren und Zähnen, der Mutter immer durch seine dreckigen Blicke und Kleidungsstücke aufgebracht hatte – Sündenlisten aufzustellen und ihren Zehnten an Sabbatbroten mitzunehmen. Jetzt hatten sich seinen Verfolgern auch noch die Detektive des C.I.D. zugesellt.

Jahre später, als ich schon in Amerika war, verließ der letzte Engländer das Land, und Vater atmete erleichtert auf. Doch ein paar Monate danach, im Verlauf einer seiner Streitigkeiten mit Mutter, erklärte sie ihm mit unerwarteter Gewitztheit, der Hochkommissar habe einen Geheimpolizisten für eben diesen Zweck im Lande zurückgelassen. Noch jahrelang sah Vater in seinen Alpträumen einen getarnten, rothaarigen Detektiv im Dorf erscheinen, die dicken, sommersprossigen, behaarten Arme unter einem Nonnenhabit versteckt, das sein Geschlecht und seine Aufgabe verbarg. Sicheren Schritts würde der Mann geradewegs auf die Kutsche zustreben, mit einem Taschenmesser die triste graue Farbe abkratzen, mit der Mutter die ursprüngliche Lackschicht nebst Patriarchenemblem überstrichen hatte, und ihn dann augenblicklich an den Haaren packen und in hohem Bogen in ein tiefes, dunkles Kellerloch auf dem Russischen Areal in Jerusalem befördern.

Wir alle lachten über seine Befürchtungen, aber eines Tages stand tatsächlich ein solcher Detektiv vor der Haustür, und uns stockte der Atem, obwohl er kein Habit, sondern Schirmmütze und *Schiletka* trug. Der Mann fragte auf englisch nach einer »Frau aus Jerusalem«, und ich, der ich damals schon ein wenig Englisch konnte, antwortete mit vehementem »*No! No!*«, worauf der Detektiv wieder abzog. Mutter jedenfalls war praktischer und beherzter als Vater. Sie riß den Plüschsitz aus der Kutsche, verwandelte ihn in ein kleines Sofa fürs Wohnzimmer und trennte das Klappverdeck ab, aus dem Brinker, der ein geschickter Handwerker war, ihr eine Jalousie für die Veranda machte. Er montierte auch die Holzräder ab, ersetzte sie durch alte Autoräder mit Gummibereifung, und aus den Holzteilen zimmerte er ihr Brotregale und Drahttüren. »Das ist für Sie, Frau Levi«, sagte er vergnügt lachend.

Über den schwarzen Lack und die Patriarcheninsignien malte Mutter ein häßliches Riesenbrot, das wie eine Kreuzung aus Kartoffel und Pantoffel aussah. Und so verflogen die letzten Duftreste von Weihrauch, Rosenwasser und jenen Pfefferminzschokoladendragées, die der Patriarch unterwegs zu lutschen pflegte. Der Esel, den ihr Vater uns mitgebracht hatte, wurde zwischen die Deichseln geschirrt, und die heilige Kutsche mutierte zum Brotkarren.

19

Kennst du die Photographie einer Hand von Ancel Adams, diese uralte weiße Hand, in Stein graviert? An der Schwelle unserer

Bäckerei prangen zwei Handabdrücke im Beton, eine große, der der kleine Finger fehlt, und eine kleine Kinderhand, daneben die Inschrift: *Jakob Levi und Sohn Benjamin, Bäcker, April 1955.*

»Er bezeichnet diese Hand als Denkmal«, hat Romi mir erklärt.

Auf einem der schlimmeren Bilder, die sie von ihrem Vater gemacht und mir nach Amerika geschickt hat, sieht man Jakob auf Händen und Knien, den Mund nah am Boden wie ein saufender Hund, die Wangen aufgeblasen und die Augen geschlossen. Jeden Morgen nach dem vierten und letzten Ofenschub geht er so auf alle viere, nimmt seine dicke Brille ab, senkt den Kopf zum Betonboden hinab und bläst das Mehl weg, das sich in Benjamins Handabdruck gesammelt hat, und allmorgendlich lauert ihm Romi mit der Kamera auf – ebenso wie zu Hause, in der Küche, auf dem Hof, an den Gräbern, bei der Arbeit und beim Ausruhen, in nachdenklichen und traurigen Stunden. »Eines Tages werde ich eine Ausstellung veranstalten mit dem Titel ›Mein Vater‹«, hat sie angekündigt. Und auch Jakob verhehlt sie den Plan keineswegs.

Sie betrachtete das Photobuch von Adams, das ich ihr mitgebracht hatte, und sagte lachend: »Meine Hand ist besser.« Auf ihrem Bild wirkte die aufgewirbelte Mehlwolke wie eine kleine Nebelschwade.

Der Vorsitzende des Regimentsbeirats verwaister Eltern, ein schlanker, gutaussehender Mann, den Jakob als »den Oberverwaisten« betitelte, hatte ihn aufgefordert, sich an der Errichtung eines Denkmals für die Gefallenen der Einheit zu beteiligen. »Sie haben einen Bildhauer aus Tel Aviv. Einen Schrottschlosser. Rostige Gewehre und krumme Kanonen. Eine wahre Schande.«

Jakob führte den Oberverwaisten zur Bäckerei und zeigte ihm die Handabdrücke in Beton. »Das da«, sagte er, »das ist er, und das bin ich. Dieses Monument ist Denkmal und Broschüre und alles in einem. Danke bestens.«

Die Hände hatten sie an dem Tag in den Beton gedrückt, an dem ein neuer Boden für die Bäckerei gegossen wurde. Alle waren überrascht gewesen, daß Jakob gerade die Hand dafür genommen hatte, die durch den fehlenden kleinen Finger verstümmelt war, denn zumeist verbarg er sie in der Hosentasche, was ihm heute schon so in Fleisch und Blut übergegangen ist, daß es gar keine willkürliche Handlung mehr ist, da die Hand sich von allein wie eine Maulwurfsgrille vorm Sonnenlicht und den Augen anderer versteckt.

In den guten Zeiten, als Jakob Lea zur Frau nahm, Vater die Arbeitsleitung abnahm und darauf wartete, daß Benjamin heranwachsen und wiederum sein Erbe antreten möge, war die Bäckerei eine Quelle des Stolzes für das Dorf und eine in der ganzen Gegend bekannte Einrichtung. Jakobs Misch- und Weißbrote, seine Brötchen und Challot genossen weites Ansehen, und für Dorffestlichkeiten wie Beschneidungsfeiern und Hochzeiten buk mein Bruder üppige eigelbbestrichene, mohnbestreute Zopfbrote in Säuglingsgröße von vollmundiger Süße. Das waren seine Geschenke für Brautleute und Eltern. Doch seit Benjamin umgekommen war und Lea abgekapselt in dessen Zimmer vor sich hin dämmerte, buk Jakob diese Festbrote nicht mehr. Anfangs hatten ihn die Leute angefleht, sie doch wieder zu machen, und als sie es aufgaben, schlugen ihre Bitten in wütende Beschwerden darüber um, daß er sie ihres Vergnügens und Stolzes beraubte.

»Das ist mir egal«, hat er mir erklärt. Bei Ärger läuft sein Fingerstummel rot an und zittert. Jakob steckte ihn in die Tasche. »Wir sind Bäcker! Sowieso immer fremd. Immer abseits. Immer Nachtmenschen.«

Die bequemen Jahre in trister Distanz in Amerika hatten mir das Dorf mit Nostalgie und Heimweh eingefärbt. Die Erinnerungen ergriffen fröhliche Herrschaft über mich, schufen und förderten Bilder von Licht und Grün, von schöner Kindheit, Glück und Freundschaft und dem hübschen Lied, mit dessen Hilfe der Dorfbibliothekar Jechiel Abramson uns Englisch lehrte. Hier, ohne ein Buch aufzuschlagen, mit geschlossenen Augen:

> The days may come,
> The days may go,
> But still the hands of memory weave
> The blissful dreams of long ago.

Doch im stillen muß ich eingestehen, daß an Jakobs Worten was Wahres dran ist. Wir waren immer Fremde. Sehr wohl spürten wir die Erhebung des Bauern über den Bäcker, des Morgen über das Gestern, der Menschen des Ackers und der Sonne über die Anhänger des Ofens und der Sterne. Einmal hat Vater Brinker erzählt, daß er »fünfzehnte Generation in Jerusalem« sei, »vom Stamme Abarbanels«, worauf Brinker erwiderte: »Das ist sehr schön, Herr Levi, aber wir sind alle Kinder unseres Stammvaters Abraham.«

Gekränkt und verängstigt, kleinwüchsig und großpupillig buk unser Vater sein nächtliches Brot und lebte sein Uhuleben. Wenn das Dorf erwachte, ging er schlafen, wenn das Dorf sich schlafen legte, stand er zur Arbeit auf. Und so, praktisch ohne Kontakt zu meinen Nachbarn, lebe ich ja heute in Amerika, und das, ohne einen einzigen Laib Brot zu backen. Einmal haben wir, mein Bruder und ich, ihn dabei beobachtet, wie er nachmittags mit zitternden Schultern in der Bäckergrube stand, den Kopf in den Ofen gesteckt, und als wir näher kamen, hörten wir das furchtbare Schreien, vielleicht auch Weinen, das die Backstein-, Bruchstein- und Sandschichten im selben Moment aufsaugten, in dem es ausgestoßen wurde.

Und Mutter – riesenstark, von schöner Gestalt, fremd und aggressiv – löste auch hier die diffuse Erregung aus, die sie überall verursachte. Damals wußten wir das wahre Wesen der ihr zugewandten Blicke noch nicht zu entschlüsseln. Ich dachte, die Frauen hätten sie gern und die Männer begehrten sie. Erst jetzt begreife ich, daß die Frauen sie am liebsten umgebracht hätten und daß sie bei den Männern nicht Lust und Liebe, sondern weit archaischere und finsterere Gelüste weckte: den Drang nach Jagd, Zügelung, Zähmung und Dressur. Jeden Morgen verkaufte sie Brot durch ein Hinterfenster der Bäckerei. Die Kunden starrten sie an und befummelten und zerdrückten dabei die frischen Laibe. »Ihr macht einen verrückt!« rief sie dann durchs Fenster. »Was wollt ihr von armem Brot? Was müßt ihr arme Brote drücken?«

20

Am Wegkreuz dort erblühet
Eine Lilie gar purpurnen Auges...

Es war Vaters Stimme, die da von der Bank auf der Straße herüberschallte. Jakob, am Frühstückstisch in der Küche, ließ Michael auf seinen Knien tanzen und verzog das Gesicht.

...Und bittet gar flehentlich
Jeden Wandrer dort am Wege:
Bitte, ihr Leute, seid gnädig,
Hütet eure Schritte vor mir,
Mich nicht zu zertreten.
Bitte, seid gnädig,
Aus dem Staube erhebt mich,
Daß mich nicht euer Fußtritt zermalmt.
Bitte, versetzt mich in meinen Garten,
Einen Garten, schön anzusehn.

»Hör dir an, wie er singt«, sagte Jakob ärgerlich.
»Wer ist ›er‹?«
»Du brauchst mich nicht zu erziehen.«
»Warum nennst du ihn ›er‹? Du hast dich doch immer geärgert, wenn er Mutter mit ›sie‹ betitelt hat«, erwiderte ich. »Und was

macht's dir aus, daß er singt? Guten Morgen, Romi, ich wußte gar nicht, daß du heute nacht hier geschlafen hast.«

Die Küche füllte sich mit der strahlenden Kraft meiner Nichte. Ihren Milchkaffee trank sie stehend am Spülstein; erst danach setzte sie sich zu uns an den Tisch.

»Vielleicht bist du mal lieb, Vater, und läßt dich von mir im Studio photographieren?«

Jakob gab keine Antwort. Er setzte Michael neben sich auf den Stuhl, während Romi ihn amüsiert und provozierend angrinste.

»Und wer ist dieser Junge?« fragte sie.

Jakob wurde steif. Michael rutschte auf seinem Sitz herum, erfüllt von der Mischung aus Angst und Freude, die nur Kinder ausstrahlen können.

»Sag, mein Junge, wie heißt du?«

»Michael«, antwortete er mit unschuldigem Lächeln.

»Und ich heiße Romi«, sagte Romi, »Romi mit ›t‹, nicht mit ›th‹.«

Michael kicherte. »Ich weiß doch, daß du Romi heißt. Du bist meine Schwester.«

Er blickte um sich, vergnügt über die Verwirrung, die das Spiel bei ihm auslöste.

»Sag mal, Michael« – sie stippte eine Scheibe Brot in Tia Dudutschs Tomatensaft – »wo wohnst du?«

Michaels Blick blieb an Jakob hängen, der schon vor Wut bebte, aber noch nicht explodierte.

»Ich wohne hier.«

»Hier?« staunte Romi. »Wie kommt es denn dann, daß ich dich noch nie hier gesehen habe?«

»Da hast du wohl jemanden für deine Spielchen gefunden?« sagte Jakob dröhnend. »Bist du hergekommen, um uns verrückt zu machen oder um zu essen?«

Michael schwieg, genüßlich den bedrohlichen Moment auskostend.

»Wissen deine Eltern denn, daß du bei uns bist?« fragte Romi. »Vielleicht solltest du's ihnen sagen, damit sie sich keine Sorgen machen.«

»Hier sind meine Eltern«, sagte Michael, stand auf und stellte sich neben Jakob.

»Bist du sein Vater?« fragte Romi. »Wieso hast du mir nicht erzählt, daß du noch ein Kind irgendwo hast?«

Jakob sprang hoch, riß die Tür auf und schrie: »Mach, daß du raus kommst!«

»Und wer ist seine Mutter?« rief sie lachend von der Veranda. »Hast du eine Neue nebenher?«

»Warum tut sie mir das an?« fragte Jakob später verbittert. »Wozu diese Spiele? Warum photographiert sie mich dauernd? Von wem hat sie bloß diese Grausamkeit? Und du meinst noch, sie hätte Ähnlichkeit mit Mutter.«

»Sie ähnelt ihr sehr, ist bloß scharfsinniger«, erklärte ich ihm.

»Ja«, zischte er, Brot und Rührei verspritzend, »wenn Mutter nur halb so boshaft gewesen wäre, hätte sie ein leichteres Leben gehabt. Aber das ist schon eure Domäne, das leichte Leben. Wir verstehen nichts davon.«

21

Ich gehöre zu denen, die glauben, der Schrei einer Möwe am Kap der Guten Hoffnung könne am Ende der Kausalkette ein Schiff auf dem Ärmelkanal zum Kentern bringen. So sind die Eiweißpartikel zu meiner körperlichen Entstehung angereist, haben die Bilder meiner Kindheit skizziert und meinen Lebensweg vorgezeichnet. Und wenn es nun an jenem Tag in der Jordansenke nicht geregnet hätte? Mich schaudert bei diesem Gedanken. Und wenn die Nymphenfalter ihren Wüstenzug um eine Nacht verschoben hätten? Nicht nur die Geschichte und Natur meiner Eltern und meines Bruders, sondern auch das Geläut alter Glocken, das Weinen eines geprügelten Kindes, die Migräne im Kopf eines Menschen, der vor meiner Geburt gestorben ist, sind auf mich gekommen und haben die Fäden entzweigerissen, mit denen ich mich umspinne.

In den ersten Tagen im Dorf liefen wir noch mit dem roten Wollfaden aneinandergebunden herum. Dann befahl Mutter uns, ihn wegzuwerfen. »Schluß mit Jerusalem«, verkündete sie ihre Unabhängigkeitserklärung. In die neue Schule trotteten wir Hand in Hand, wie zwei blinde Leithunde, jeder führend und geführt zugleich. Unser Lehrer, dessen Name mir partout nicht mehr einfällt, nahm ein helles Klümpchen zur Hand, das er mit sonderbarem Quietschen über die Tafel führte, doch erst in der Pause, als wir nahe herantraten, sahen wir, was er dort geschrieben hatte.

»Vielleicht sehen wir nicht gut«, meinte Jakob zu mir, worauf ich erwiderte: »Ach was.«

Zwei Wochen später, als der Lehrer – Schimoni? Vielleicht Dr. Schimoni? Fast fünfzig Jahre sind seither vergangen – uns die erste Klassenarbeit im Rechnen zurückgab, händigte er uns auch einen »Brief an eure Eltern« aus.

»Was ist das?« fragte Mutter verlegen. Obwohl wir beide versuchten, ihr alles beizubringen, was wir in der Schule lernten, konnte sie immer noch nicht lesen und schreiben. Vater nahm ihr den Brief ab und überflog ihn, wobei seine Miene sich verfinsterte. Dr. Schimoni – warum nicht Dr. Schimoni? – hatte dort klare, eindeutige und leicht aggressive Worte über unsere Kurzsichtigkeit niedergeschrieben, dabei unhöfliche Ausdrücke wie »ein Blinder im Schornstein« und »sehen nicht über ihre Nasenspitze hinaus« eingeflochten, »grobe Vernachlässigung« angeführt und mit leiser Ironie vermerkt: »Sie schreiben nach eigener Sicht von der Tafel ab.« Vater erkannte, daß die öffentlichen Stellen, die ihre Nase bisher nur in seine Gewerbeangelegenheiten gesteckt hatten, nun zu einem neuen, kränkenden Feldzug wegen der Kurzsichtigkeit seiner Söhne gegen ihn ansetzten. »Geh hin und sag denen, ein Bäcker bräuchte nicht weiter als bis zum Ende seiner Bäckerschaufel zu sehen«, befahl er Mutter.

Die ganze Nacht spielten sich lautstarke Debatten zwischen den beiden ab, die das Brausen des Primuskochers, das Heulen des Brenners und das Quietschen der Backbleche übertönten. Als sie dann morgens müde und gereizt von der Arbeit zurückkamen, stellte Vater sich ans Fenster, um das Brot zu verkaufen, während Mutter den Esel an den Brotkarren schirrte und mit uns zum Augenarzt fuhr.

Es wehte ein frischer Wind. Jakob und ich machten die Drahttür auf, ließen die Beine hinten aus dem Wagen baumeln und die Zehen über die vorüberziehenden Gräser streifen. Mutter schloß die Augen und sperrte den Mund auf, als wolle sie die Luft trinken. Jakob und ich guckten sie staunend an, und als sie unsere Blicke sah, sagte sie lachend: »Ach... das ist gut...«

Der Augenarzt fragte uns, ob wir schon alle Buchstaben gelernt hätten. Als wir das bejahten, fragte er weiter, ob wir gut sähen, worauf wir nickten. Dann zog der Doktor den Vorhang zur Seite, hinter dem sich die offizielle Version der Wahrheit verbarg: eine weiße Tafel und darauf Reihen über Reihen verschwommener schwärzlicher Flecke. Diese Tafel, die weder hilfreiche Laute noch markante Gerüche abgab, bestätigte das Anliegen der öffentlichen Stellen: Jakob und ich konnten keinen einzigen der darauf verzeichneten Buchstaben entziffern.

»Und die Dame?« wandte der Arzt sich an Mutter. »Möchten Sie auch von der Tafel ablesen?«

Mutter erbleichte. »Ich sehe sehr gut«, sagte sie.

Der Arzt stellte einen Holzkasten auf seinen Tisch, entnahm ihm runde Metallgestelle, die schwer auf dem Nasenrücken lasteten, und steckte nun nacheinander Linsen in die Schlitze, wobei er jedesmal fragte: »Und jetzt? Und jetzt?« Die kleinen Nebelflecke auf der Tafel wurden immer klarer, nahmen Gestalt an, verwandelten sich in Buchstaben, und die ganze Welt wurde mit ihnen scharf. Wie aus dem Halbdämmer entstanden verborgene, unnötige Einzelheiten, drangen mir ins Gehirn und wollten es schier überschwemmen. Mein Kopf begann sich langsam mit unaufhaltsamer Kraft zu drehen. Mitten im Zimmer verdichtete sich die Luft plötzlich zu einem Paar winziger Zapfen, die sich wiederum als zwei lautlos schwirrende Fliegen entpuppten. Auf den Zähnen des Doktors zeichneten sich Tabakflecken ab, wie Illustrationen zu seinem schlechten Mundgeruch, und das Quadrat an der Sprechzimmerwand kristallisierte sich zum Bild einer merkwürdigen Frau, bei der man auch mit Hilfe der neuen Gläser nicht feststellen konnte, ob sie nackt oder bekleidet war.

Ein bedrohlicher, süßer Schmerz schwoll in meinen Augen an, ballte sich hinter der Stirn zusammen, legte sich mir auf die Schläfen und zog mich von der Tafel weg zu dem Frauenbild. Zögernden Schritts ging ich darauf zu, während Jakob ans Fenster sprang, um hinauszugucken. »Guck mal! Guck!« rief er freudig erregt, zupfte mich am Hemdenzipfel und zeigte nach oben.

Die Zwitscherlaute, die wir gehört hatten, hüpften auf dem Baum und verwandelten sich in einen kleinen, purpurroten Vogel. Drei ferne Punkte wurden zu Menschen. Zwei von ihnen, mit weiten Khakishorts und Kraushaaren, erhoben plötzlich die Hände und schlugen auf den dritten ein, bis er zu Boden ging. Aus den Himmelstiefen schwebte, Form annehmend, ein gelb-roter Drachen heran, der vorher nicht dagewesen war. Ich blickte auf den fernen Menschen, der verprügelt am Boden lag, dann auf den Drachen und begriff verschwommen, daß die neuen Linsen meine Sicht geschärft, aber deren Reichweite verkürzt hatten. Bisher war der Himmel grenzenlos gewesen, und nun hatte er sich in eine klare, geschlossene Kuppel verwandelt, die sich auch mit der neuen Brille nicht durchdringen ließ.

»Aber man sieht den Faden ja nicht«, sagte ich.
»Welchen Faden?« fragte der Arzt.

»Von dem Drachen«, sagte ich und kehrte zu der Frau auf dem Bild zurück, wobei ich sah, daß ihre Brüste – ängstlich verschämt unter der neuen Kraft meiner Augen – voneinander abrückten. Heute kann ich mich schon nicht mehr entsinnen, ob sie rot- oder schwarzhaarig war, ein vorn aufklaffendes Kleid oder womöglich, barbusig, nur eine Hose trug, und als ich vor ein paar Tagen Reproduktionen der *Venus von Urbino* und der *Odaliske mit den grauen Hosen* aus dem Koffer holte und Jakob fragte, welche von beiden in der Augenarztpraxis gehangen habe, fragte er: »Wovon redest du eigentlich? Welches Bild denn?« Manchmal rätsele ich, ob unser Gedächtnis wirklich so verschieden ist oder ob wir es nicht doch miteinander teilen.

Ich wandte Mutter das Gesicht zu, und meine Trauer wuchs. Sobald sie mich in die Arme nahm, hatte ich nicht nur die Nähe ihres Körpers, sondern auch das Schärferwerden ihrer Züge genossen. Bis zu jenem Besuch beim Augenarzt hatte ich diese Scharfsicht für einen Lohn meiner Liebe gehalten. Doch nun erkannte ich, daß ich mein Gesicht nicht mehr nahe an ihres bringen mußte, um die Fältchen um ihre Mundwinkel und die feinen hellen Härchen ihrer Wimpern zu sehen.

Der Arzt setzte uns an seinen Tisch, träufelte uns Tropfen in die Augen, die unsere Pupillen weiteten, bis wir wie ein Eulenpaar aussahen, leuchtete uns mit messerscharfem Lampenstrahl hinein und forderte uns auf, mit den Blicken seinem Finger zu folgen, der sich von rechts nach links bewegte und eine fast unmerkliche Fahne von Tabak, Schokolade, Kot und Seife nach sich zog. Zum Schluß sagte er, trotz unseres unterschiedlichen Aussehens seien wir echte Zwillinge. Wir beide bräuchten genau gleich starke Gläser von vier Dioptrien, habe er festgestellt.

»Das ist sehr viel für den Anfang«, meinte der Arzt, »und es wird noch mehr werden.« Dann rügte er Mutter, weil sie unsere Gesundheit vernachlässigt und uns nicht früher zur Untersuchung gebracht habe.

Auf dem Heimweg sahen wir Isaak Brinker auf der Spitze des Asphodillhügels stehen, und als wir näher kamen, lief er herunter, uns entgegen. Mutter hielt den Esel an, und Brinkers Augen leuchteten auf. Er kletterte auf den Wagen, fragte: »Wie geht's, Kinder?« überreichte Mutter ein paar selbstgepflückte Herbstzeitlosen, und wir fuhren ihn ins Dorf. Auf meine Frage, was er denn auf dem Hügel gemacht habe, antwortete er, im Herbst beobachte er von da aus die geraden Linien, die die Meerzwiebeln über die Felder zögen. »Mit diesen Meerzwiebeln haben die Menschen im Altertum ihre Grundstücksgrenzen markiert. Denn die Meerzwiebel wächst immer dort, wo ihre Eltern gestanden haben, und nichts bringt sie um, nicht wahr?«

Der Asphodillhügel barg einen wahren Blütenschatz. Blaue Anemonen und gelber Hahnenfuß wuchsen auf der Höhe, und zu seinen Füßen blühten Narzissen im Frühling und Krokusse an Chanukka und noch viele andere Blumen, deren Namen ich nicht kenne. Auf dem Westhang sprossen die stolzen Asphodillstauden, die ihm seinen Namen gegeben hatten. Auch Brennesseln gediehen dort, und in der Schule erklärte uns der Lehrer, die Brennessel zeuge von unterirdischen Spuren früherer Besiedlung. »Sie wächst an Orten, an denen es einst Häuser, Menschen und Gräber gegeben hat«, sagte er und fügte dann lächelnd hinzu: »Vielleicht brennt sie deshalb so.« Hierher wanderte Mutter mit uns am Sabbat, um Kamille zum Haarewaschen zu pflücken, und manchmal gingen wir noch bis zum »Schädelfelsen« weiter. So nannten wir einen mächtigen, furchterregenden Felsblock, dessen Klüfte ihm aus einem bestimmten Blickwinkel das Aussehen eines Totenschädels verliehen.

Heute prangt ein häßliches, klobiges weißes Haus auf dem Hügel, von der Bauart, die man hier als »spanischen Stil« bezeichnet. Ich muß meine gesamte Gedächtnisfähigkeit und Phantasie aufwenden, um in seinen groben Umrissen Leas früheres Haus wiederzuerkennen. Ein Kaufmann hatte es erworben, größtenteils abgerissen und nach seinem schlechten Geschmack neu gestaltet. Auf den meisten Feldern des Dorfes waren bereits solche Häuser aus dem Boden gewachsen, und von den damaligen Bauern ist, abgesehen von Brinker, keiner mehr da. Wenn ich die Dorfstraßen entlanggehe, zwischen Poincianen und Araukarien und Hecken, die von Gärtnern zu Kugeln und Säulen gestutzt werden, vorbei an gemauerten Garagen, Rasenflächen und Swimmingpools, grüße ich kopfnickend Leute, die ich nicht kenne. Aber sie kennen mich bereits, wie mir scheint. Ja ich bin sogar hier und da schon in Häuser eingeladen worden, in denen man mich als »ein Sohn des Dorfes, ein amerikanischer Schriftsteller und Gastronom« vorstellte, »und ihr werdet's nicht glauben, aber er gehört zu den Levis aus unserer Bäckerei.« Einmal war ich sogar gezwungen, eine unangenehme Debatte mit drei lauten Männern zu führen, die mich mit ihrem aufdringlichen Rasierwasser und dem Geklirre ihrer hohen Gläser einkreisten und meinten, ich solle meinen Bruder doch überreden, die Bäckerei zum Abriß zu verkaufen.

»Wissen Sie, was dieser Grund und Boden heute wert ist...?«

»Von dem Geld kann er jahrelang leben...«

»Statt seine Gesundheit zu ruinieren...«

»Und unsere obendrein.«

Die Bäckerei, einst am Ortsrand errichtet, steht heute mitten in einem Villenviertel und wirkt wie eine häßliche Warze auf der glänzenden neuen Haut des Ortes. Schon vor Jahren hat mir Jakob geschrieben, es würden »Beschwerden von Reichen« laut – sie bemängelten das ruhestörende Getöse der Brenner, den lärmenden Riemen der Knetmaschine und die lauten Stimmen bei der Arbeit, führten den »ästhetischen Aspekt« ins Feld und beklagten sich sogar über den guten Duft des Brotes, der in ihre Häuser drang, sie an ihre Schwächen erinnerte und ihnen damit den Schlaf raube.

»Sie haben uns hier nie gemocht. Haben nichts auf uns gegeben. Was waren wir denn schon für sie? Halb Levantiner, halb *Gerim*.«

Das Wort *Gerim*, Proselyten, betonte er dabei auf der ersten Silbe, wie man es in der Moschawa, aus der Mutter stammte, ihnen gegenüber verächtlich tat.

»Ich weiß doch noch, wie sie damals geredet haben, als ich Lea heiratete«, erinnerte er mich an Dinge, die ich selbst sehr wohl im Gedächtnis behalten hatte – daß die Dorfleute niemanden achteten, der kein Bauer war. »Dich hat das nichts geschert. Du hast die Brille weggeworfen, hast dich in die Bibliothek gesetzt und Bücher gelesen. Aber ich habe alles gesehen. Vater, der nur bei Nacht arbeitete und von dem keiner wußte, wie er aussah, und Mutter, die alle total verrückt gemacht hat mit ihrem Körper und ihrem Hebräisch und mit diesen Haaren und Augen, und dann noch Simeon und Tia Dudutsch, bei der Figur von den beiden. Hast du einmal einen dieser Bauern uns einen Besuch abstatten sehen? Außer Brinker? Und auch der, mußt du wissen, ist nur gekommen, um Mutter anzugucken. Was hattest du denn gedacht – daß er etwa dich geliebt hat?«

Und dann sagte mein Bruder mir etwas Grauenhaftes. Er erklärte mir, Benjamins Tod sei »sein Entréebillet« in die Dorfgesellschaft gewesen. »Erst danach galt ich als würdig, erst da haben sie gesagt: Du bist unser Bruder.«

Abends hörten wir das heisere Quietschen der Ratten aus den Löchern, die sie in die Wände des Vorratsraums gebohrt hatten. Hier und da hinterließen sie gespenstische Fußspuren auf dem mehlbestäubten Boden und Rattendreck, der das Mehl pünktelte. Sie herrschten vom Einbruch der Dunkelheit bis zum Arbeitsbeginn um Mitternacht in der Bäckerei, nagten Säcke an, raubten Mehl, fraßen Brot und Teig, verdreckten den Vorratsraum und brachten Mutter um den Verstand. Das waren keine Dorfratten wie die in den Hühnerställen und Futtersilos, sondern boshafte, sehnige Stadtratten von hohem Selbstwertgefühl, die die ganze Welt und vor allem sich gegenseitig haßten. Ich nehme an, sie erinnerten Mutter an die von ihr so verabscheuten Jerusalemer. Sie sagte immer, ein »Ratzenpaar« habe sich in jener Erdbebennacht in die Kutsche geschlichen und sei mit uns ins Dorf gekommen, »denn der Fluch von diesem Jerusalem jagt einem überallhin nach«.

Vater fürchtete sich derart vor Ratten, daß er deren Existenz leugnete. »Das ist eine Katze«, erklärte er, wenn ich auf eine Ratte zeigte, die quer durch die Bäckerei huschte. »Es gibt Katzen mit dickem Schwanz, ohne Schwanz und auch solche wie die da, klein mit dünnem Schwanz. Es gibt alle möglichen Katzenarten. Hab ich dir nicht von Jakob Usiels blauer Katze erzählt?« Dieser Usiel war übrigens ein Kraftmensch aus Saloniki, dessen erhobene Faust das letzte war, was zwei Janitscharen sahen, die seine Schwester angerührt hatten. Vater war ein Nachfahre von Aaron Luis Levi Montezinos, einem Uronkel, der in Südamerika den zehn verlorenen Stämmen auf die Spur gekommen war und dem Menasse ben-Israel persönlich ein Buch mit dem Titel *Esparanca de Israel* gewidmet hatte. Ein ganzes Ahnenheer hatte Vater aufzubieten – Uronkel und Vorväter, die einst Bücher schrieben, Arzneien mischten, Waisen und Witwen schützten, »alle rechten Wege kannten«, Gebete verfaßten, »die spanische Königin von den Schmerzen ihres Mannes kurierten« und beim Auszug ins Gefecht nur rote Röcke trugen, damit man ihr vergossenes Blut nicht sah. Aber Vater selbst hat nicht gekämpft, nicht gerungen und nicht gewonnen, nicht einmal mit den Ratten wagte er es aufzunehmen.

Wenn Mutter in der Bäckerei eine Ratte entdeckte, verlor sie vor Haß jede Beherrschung. Kraft eines tierischen Bogenreflexes, der das Verstandeshindernis umging, warf sie dem Ungeziefer nach, was immer ihr in die Hände fiel, sei es ein Teigklumpen, ein volles Milchglas, ein Brotlaib oder eins der Eisengewichte von der Waage. Wie eine Tochter Tashtegos und Daggoos schleuderte sie Bäckerschaufeln als Harpunen quer durch die Bäckerei, warf mit Ölkanistern und *Boia*-Wasserpinseln um sich, aber da keiner dieser Gegenstände zur Schädlingsbekämpfung gedacht war, richtete sie nur Schaden in der Bäckerei an und ärgerte Vater. Trotz seiner ängstlichen Proteste legte sie Strychnin im Vorratsraum aus, aber vergebens. Sie schleppte Brinkers Katze in die Bäckerei, die dem Gefecht mit knapper Not entkam. Sie stellte Fallen auf, aber die Ratten warteten, bis eine Maus sich darin gefangen hatte, und verputzten sie dann mitsamt dem Köder. Ein paarmal kam Brinker, um gemeinsam mit ihr im Dunkel der Bäckerei zu sitzen, doch auch er konnte keine einzige Ratte fangen. Eines Nachts lieh sie sich seine Jagdflinte, mit der er die Schakale und Stachelschweine in seinem Weinberg ausrottete, setzte sich in den Hof und begann zu schießen. Am Morgen verzeichneten wir auf dem Hof zwei erlegte Eulen, eine große Wasserpfütze, die von einem durchlöcherten Rohr herrührte, drei zersplitterte Fensterscheiben und eine tote Ratte, bei der kein Mensch begriff, was ihr zugestoßen war, denn sie wies keinerlei Wunden auf.

Nur einmal konnte Mutter ihr Vorhaben ausführen. Eines Nachts, ein oder zwei Minuten nachdem Vater den Brenner angezündet hatte, lief eine Ratte an der Grube vorbei. Mutter sah sie, aber ihre Hände waren leer. Das gräßliche Tier setzte sich, in richtiger Einschätzung der Lage, auf die Hinterbeine, putzte sich seelenruhig Ganovenbart und Vorderpfoten und beäugte seine Feindin dabei unablässig mit verächtlichem Blick. Ein rosa Schimmer stieg aus Mutters Ausschnitt zu ihrem Gesicht hinauf, wo er immer röter und dunkler und schließlich wutbraun wurde. Langsam glitt sie auf den Ofen zu. Vier Augen, zwei große graue und zwei kleine schwarze, ließen nicht voneinander ab. Als sie nahe genug an der Grube war, ereignete sich etwas, von dem ich heute noch kaum glauben kann, daß es wirklich geschehen ist. Mutter streckte ihren starken langen Arm aus, packte den Arm des Brenners, riß ihn aus seiner Halterung und richtete die Feuerzunge auf die Ratte.

Zwei Aufschreie hörte man unter dem Tosen des Brenners. Der eine, fein und kurz, kam von der Ratte, die sich in ein stinkendes Scheit verwandelte, der andere, länger und gröber, war ein Rache-

und Vergeltungsschrei, der sofort in ein furchtbares Schmerzgeheul umschlug, als Mutters Finger die Gluthitze des Brennerarms spürten. Sie warf ihre Waffe weg, steckte die Hand in den *Boia*-Wasserkanister und arbeitete die ganze Nacht unter Stöhnen und Lachen mit einer Hand.

In den zwei Wochen, bis unsere neuen Brillen eintrafen, debattierten Vater und Mutter weiter, verstummten aber jedesmal, wenn wir in Hörweite kamen. Jakob, der Vasco da Gama des Sehens, träumte von der Welt, die sich vor ihm auftun würde, und lief voller Vorahnungen fröhlich herum. Ich hingegen kapselte mich ab und machte mich auf die Invasion eben dieser Welt in meine Augen gefaßt. Keiner von uns beiden ahnte, was passieren würde, und ich weiß, daß auch du gleich überrascht sein wirst. Brillen kosteten seinerzeit viel Geld, und das neue Gerät für die Bäckerei hatte die Mittel unserer Eltern verbraucht. Vater, der die Brillen von Anfang an für Luxus gehalten hatte, beschloß, nur eine zu kaufen, die wir beide benutzen sollten.

Jetzt gucke ich mir diesen erbärmlichen armen alten Mann an, an dessen Bett ich gerufen worden bin, und sage mir im stillen, daß ich keinen einzigen anderen Menschen kenne, der es gewagt hätte, einen derart wahnwitzigen Gedanken auszuhecken – zwei kurzsichtige Kinder zu zwingen, sich eine Brille zu teilen.

»Endlich hast du was richtig im Gedächtnis behalten«, sagte Jakob, als ich ihn daran erinnerte. Er schimpfte Vater einen »miesen Geizhals«, aber ich bin meinem Vater sehr dankbar. Zweifellos hat er mit dieser Entscheidung meinen Lebenslauf mehr als jeder andere bestimmt. Mehr als Mutter und Jakob, mehr als Lea, mehr als Jechiel Abramson, der Bibliothekar, für den der Zeitpunkt, in diese Geschichte hier einzutreten, langsam näher rückt, und mehr als all die Frauen, die ihre Seele, ihr Bett, ihr Leben und ihr Herz mit mir geteilt haben. Sehr dankbar bin ich, und voller Liebe für diese Frauen und für Vater, der mich kraft seiner Knauserhand mit jeder einzelnen von ihnen zusammengeführt hat.

Unsere einzige Brille, mit rundem Stahlgestell, bekamen wir einen halben Monat später. Jakob setzte sie sofort auf die Nase, als hätten wir das vorher so abgesprochen, und rannte wie ein Sieger nach draußen. Die Kinder nannten ihn »Abu-Arba«, Vater der Vier, und »Brilluzifer«, aber er beachtete sie ebenso wenig wie mich, der zufrieden im Haus blieb. Ein großer Stein fiel mir vom Herzen, als ich merkte, daß unsere Eltern sich nicht darum kümmerten, wie wir uns in unsere Brille teilten.

Die folgenden Wochen benutzte mein Bruder im wesentlichen dazu, die Welt neu kennenzulernen. Neben jedem Gegenstand blieb er stehen, nahm die Brille ab und setzte sie wieder auf, um so das vertraute, verschwommene Bild mit dem neuen, scharfen und fremden zu vergleichen. Ich begleitete ihn, als er den Weg vom Haus zur Schule und zurück erkundete. Er sprang und wuselte um mich herum und schilderte mir aufgeregt all die neuen Details unserer Wegstrecke, die meines Erachtens völlig überflüssig waren, mit ihren Ansprüchen meinen Augen zusetzten, ihnen ständige Aufmerksamkeit abverlangten, mit der Phantasie wetteiferten und den Verstand ermüdeten. Ich nehme an, meine Abneigung gegenüber scharfsichtigen Menschen, diesen arroganten Edeltouristen, die in meiner verschwommenen Welt herumreisen, ist in jenen Tagen entstanden. Bis auf den heutigen Tag bin ich der Überzeugung, daß die verschwommene Sicht die richtige für den kultivierten Menschen ist, für den sich Adleraugen, Fledermausohren und Hundeschnauze inzwischen erübrigen. Die Brille, die ich heute noch kaum aufsetze, aber häufig verlege, erscheint mir als ein Luxusgegenstand, der nur Jägern, Spannern und Reichen angemessen ist.

Wir glichen zwei Hündchen des Lykurgos von Sparta. Jakob spielte mit seinen Freunden draußen auf Höfen und Feldern, prügelte sich, versteckte sich, trabte und sprang zwischen den scharfen neuen Bildern umher, die ihn umgaben, und ich ließ ihn in seiner Welt leben und mischte mich nicht in sein Glück. Auch als wir nach den großen Ferien wieder die Schulbank drückten, gab es keinen Streit. Im Klassenzimmer saßen wir nebeneinander und ließen die eine Brille von Nase zu Nase wandern, zum großen Ärger der Lehrer und unter dem Gejohle der Kinder. In den Pausen gehörte die Brille Jakob, weil er auf dem Hof spielte und ich Bücher las.

Nur wenn der fliegende Filmvorführer mit seinem Lieferwagen eintraf, kam es zu Auseinandersetzungen zwischen uns. Einmal mußte ich sogar meine überlegene Körperkraft einsetzen, um die Brille zu ergattern. Jakob fing gekränkt an zu weinen und forderte mich auf, ihm zu beschreiben, was ich sah. Seither hat er die Brille dort nicht mehr verlangt, weil er meinte, der Film, so verschwommen er auch sein möge, sei interessanter in Begleitung einer Geschichte, und auch die kleinen Kinder, deren ungeduldige Eltern ihnen den Film nicht erklären wollten, scharten sich um uns, um meine Schilderung mitzuhören. Einmal, in einem Indianerfilm mit Buster Keaton, konnte ich jedoch der Versuchung nicht widerstehen. Ich band ihm auf, der Indianer habe seinen entblößten Bauch auf die Erde gedrückt. »So horchen die Indianer, ob galoppierende Pferde oder eine Eisenbahn aus der Ferne nahen«, erklärte ich ihm. Und vor einem Jahr habe ich einen Brief von ihm erhalten, der mit den Worten »Du elender Lügenbold« begann und in dem er im weiteren berichtete, Romi habe ihn nach Tel Aviv in den »Blauen Engel« mitgenommen, und da habe er gesehen, daß es Marlene Dietrich gewesen war, die hinter den Kulissen im Theater die Beine entblößt hatte, und nicht etwa der Professor, wie ich es ihm damals weisgemacht hatte.

Gut zwei Jahre haben mein Bruder und ich uns in die eine Brille geteilt. Und als man uns eine weitere kaufte, hatte die gemeinsame schon ihre Wirkung getan. Wir gingen nicht mehr Hand in Hand, sondern jeder von uns schlug seinen eigenen Weg ein und lebte in seiner Welt.

22

Die Dorfbibliothek. Tempel meiner Jugend, Wonne meines Herzens, Freude meiner Kindheit. Beinah hätte ich hinzugefügt: Licht meiner Tage, Glut meiner Nächte, aber auch das Werben um dich muß seine Grenzen haben. Es ist eine große Bibliothek, sonderbar und sehr reichhaltig. Noch heute steht sie neben dem Volkshaus, das allerdings längst zu einem großen Klub umfunktioniert ist, in dem sich die Jugend tummelt, gleich neben dem eleganten kleinen Einkaufszentrum, das auf den Trümmern des Futtersilos entstanden ist und mit seinen glitzernden Schildern und Schaufenstern den Wandel der Zeit symbolisiert.

Ein paar Minuten bleibe ich dort stehen, koste eine wohlbemessene Portion Sentimentalität aus und stelle genüßlich mein Erinnerungsvermögen auf die Probe. Hier ist Lea auf dem Fahrrad vorbeigefahren, eine lachende Persephone der Jugend, der Zopf auf dem Rücken flatternd und ein strahlendes Lächeln auf dem Gesicht. Hier pflegte der Esel sich den Rücken am Masten zu reiben. Hier hat Isaak Brinker gestanden, der dermaßen über die Liebe und Treue des Gänserichs zu Mutter staunte, daß er ihr – mitten auf der Straße und auf deutsch – Rilkes Gedicht über Leda und Zeus deklamierte und zum Schluß erregt erklärte: »Und nur bei ihr, Frau Levi, hat er empfunden, daß er ein Gefieder hat, nicht wahr? Nur bei ihr!«

Die meisten anderen Bauern habe ich bereits vergessen. Lesen und Backen gehören nicht zu den Beschäftigungen, die einem einen treuen Freundeskreis verschaffen. Der Pfad, den meine Füße gingen, war kurz und klar, er verlief zwischen Haus, Bäckerei und Bibliothek. Hier und da drangen Gerüchte durch die Mauern von Mehl und Bücherregalen. Wir hörten den Klatsch der Brotkäufer, waren jedoch weder bei ihrem Pflügen und Ernten noch an ihren Streitigkeiten oder Liebschaften beteiligt. Wir wußten, daß Benjamini die größte Futterrübe gezogen hatte und daß

Slotzky seinem Nachbarn mit der Mistgabel nachgerannt war und gedroht hatte, ihn umzubringen, aber wir mischten uns nicht ein. Wir waren Bäcker, abgekapselt in den vier Wänden von Nacht und Ofen, geschützt durch eine Mauer von Feuer und Backsteinen, in einer anderen Zeit, in dichtem Dunkel.

»Soziomaten seid ihr, alle beide«, witzelte Romi über ihren Vater und mich. »Und du wirst schon genau wie er«, fügte sie hinzu, »bleibt überall stehen, wo ihn was an Benjamin erinnert. Könnt ihr euch denn nicht im Gehen erinnern?«

Sie trat an mich heran und riß mir plötzlich mit zwei treffsicheren Händen die Brille von der Nase. »Steht dir besser ohne«, sagte sie. »Daß wir deine hübschen Augen mal sehen.«

»Gib sie wieder her«, rief ich, »ich mag diese Spielchen nicht.«

»Gleich, Onkel. Lieb siehst du so aus.«

»Zwinge mich nicht, Gewalt anzuwenden, wie der Esser der Auster, die sich nicht öffnen wollte, riet«, bemerkte ich lächelnd, aber die Wut stieg schon dumpf und düster in mir auf.

»Gleich, *nu*... du tust mir weh! Nimm halt! Was hast du denn?«

Hier in der Bibliothek brauchte man keine Brille. Es genügte, die Nasenspitze aufs Blatt zu drücken und sie wie einen Pflug die Zeilen entlangzuführen. Klein und scharf flogen mir die Worte in die Augen, und der gute Duft des Papiers vermischte sich mit der Freude am Inhalt. So lese ich auch heute noch, obwohl ich längst eine eigene Brille besitze.

»Ich wuchs als glückliches, gesundes Kind in einer hellen Welt von Büchern auf.« Dichter Efeu überwuchert die Wände der Bibliothek. Unter den grünen Blätterbrauen prangt eine geschlossene Holztür wie das Auge eines schlafenden Tieres. MONTAGS UND MITTWOCHS, 16–18 UHR steht auf einem Zettel, der mit Klebstreifen auf dem alten Messingschild befestigt ist. Früher war täglich von fünfzehn bis neunzehn Uhr und freitags von zehn bis eins geöffnet. Fast der gesamte Bücherbestand war mit Jechiel

Abramson ins Dorf gelangt, und viel ist verkauft und gestohlen worden oder anderweitig abhanden gekommen, nachdem Jechiel Abramson gefallen war.

Jechiel Abramson – »der Gründer und erste Bibliothekar« – war ein liebenswürdiger, höflicher Mann von hohem Wuchs mit weißen, muskulösen Armen und hagerem, bebrilltem Gesicht. Er war aus New York eingewandert und so anders als die übrigen Dorfbewohner, daß ich als Kind dachte, er unterschiede sich von der ganzen Menschheit. Doch bei meiner Ankunft in Amerika sah ich viele Leute, die Jechiel ähnelten, so daß ich im ersten Moment glaubte, in das Land der Bibliothekare geraten zu sein, bis mir Emersons Ausspruch einfiel, dem zufolge Luft und Boden, Grundsätze und Sprechweise die Züge eines Menschen nicht weniger beeinflussen als die Eltern.

Jechiel war ein paar Monate vor uns im Dorf eingetroffen, am Steuer eines grünen *Lolly Dodge*, der fünf große Holzkisten mit den vierzigtausend Bänden seines verstorbenen Vaters, des Richters Mordechai Elija Abramson, geladen hatte. Aus den Kisten kamen hebräische, englische, jiddische, deutsche und russische Bücher sowie alte Handschriften – alles in allem die großartige Sammlung eines begabten Autodidakten, eines Monastirers, der aus Versehen in der Ukraine zur Welt gekommen und mit unersättlicher Wißbegier, gutem literarischem Geschmack und praktischen Kenntnissen im Buchbinden und im Insektenschutz begnadet war. »In einem Jahr haben wir sprichwörtlich sowohl Mehl als auch Tora bekommen«, sagte Brinker, der wie ich Stammkunde der Bibliothek war.

»Nimm auch deiner Mutter ein Buch mit«, drang seine Stimme durch eins der Regale an mein Ohr, aber ich schämte mich, ihm zu sagen, daß Mutter nicht lesen und schreiben konnte. Oft las ich ihr vor. Sie lauschte aufmerksam, formte die Worte mit den Lippen nach und wollte immer wieder die Passage aus *Michail Strogow* hören, in der Iwan Ogarjow seinen Säbel zum Glühen bringt, die

Zigeunerinnen von Nishny Nowgorod tanzen und Michael die Augen auf seine Mutter Marfa richtet.

»Schau dich noch einmal um...« sprach sie mir nach, »schau dich um, mit allen deinen Augen.« Und auch ihre Augen füllten sich mit Tränen.

Vor seiner Ankunft bei uns war Jechiel Abramson mit seinem grünen Bücherlaster zwei Jahre im Land umhergefahren, war bei Bibliotheken und Institutionen vorstellig geworden und hatte versucht, sie für das väterliche Erbe zu interessieren. Viele hätten gern einzelne Teile davon gehabt, aber Richter Mordechai Elija Abramson hatte testamentarisch verfügt, die Sammlung dürfe nicht auseinandergerissen werden. Jechiel hat mir erklärt, sein Vater sei ein gesetzestreuer Jude gewesen, und eine Aufteilung seiner Bücher wäre ihm vorgekommen, als seziere man seinen Leichnam. Er hatte sehr zahlreiche und vielseitige Interessengebiete gepflegt. Bibliotheken, die sich für die Studien von Faitlovitch und Schattner über die Geschichte der Falaschas interessierten, hatten keine Verwendung für die Abhandlungen von Israeli und Feldmann über die künstliche Befruchtung von Dattelpalmen. Wer *Das karäische Vokalisationssystem* von Simcha Pinsker und *Te'udat Schlomo* von Salomo ben Mose Chasan in der ebenso seltenen wie teuren Amsterdamer Druckausgabe von 1718 haben wollte, konnte nichts mit dem kompletten Satz des *Utah Almanac for the Mormon Farmer* von Jefferson Hope anfangen. Und diejenigen, die die Bände *Ma'asse Tuvia* von Tobias Cohn aus Metz und *Even Bochan* von Kalonymus ben Kalonymus gern genommen hätten, hatten wiederum wenig Verlangen nach dem seltenen, grauenerregenden *Kalevala*-Exemplar, das, wie Jechiel mir zuflüsterte, auf Pergament aus Menschenhaut geschrieben war.

Er war ein penibler Bibliothekar. Jeder, der bei ihm einen Leserausweis beantragte, mußte die Hand zu einem archaischen Treueschwur erheben und eigenartige Verbote akzeptieren: Er mußte versichern, weder Kerzenwachs auf die Seiten zu kleckern noch Eselsohren hinein zu machen oder Blumen dazwischen zu pressen. An eine Wand der Bibliothek hängte Jechiel die ›Hausordnung‹ und daneben ein Bild seines Vaters. Dieses Ölportrait war ein Werk des Malers Max Weber. Jechiel hat mir ein Wunder daran gezeigt: Das Gesicht des Künstlers spiegelt sich in dem Raum zwischen dem Augenfunkeln des Richters und dem Glanz seiner Brillengläser.

Mit gepünktelter Fliege, weißem Ziegenbärtchen, mächtigem Drusenschnauzbart und üppig gelocktem Grauhaar musterte Mordechai Elija Abramson durch seine runde goldgerandete Brille die Hereinkommenden, gleichermaßen stolz auf seine großartige Sammlung, seinen hingebungsvollen Sohn und seine große Ähnlichkeit mit dem Dichter Saul Tschernichowski. Tschernichowski war ihm und seinem Sohn sehr teuer, und seine autographierten Werke stehen immer noch hier in dem Schrank mit den abgeschlossenen Glastüren. Zu meiner Bar Mizwa hat Jechiel mir einen Gedichtband von ihm geschenkt, in der herrlichen Ausgabe des Moriah-Verlags, Odessa, und als ich ihn aufschlug, fiel ein kleiner Yale-Schlüssel aus Messing heraus. Mir blieb schier das Herz stehen – es war ein Zweitschlüssel für die Bibliothek. Ich wußte, das würde der glücklichste Moment meines Lebens sein. Kennst du viele Menschen, die das von einem Augenblick ihres Lebens behaupten können?

Zweiundvierzig Jahre danach ziehe ich den alten Schlüssel aus der Tasche und öffne die Tür. Dämmrige Stille herrscht in der Bibliothek. Der Geruchssinn – die Heftklammer der Erinnerungen – bedrängt mich, während ich eintrete und zwischen den Regalen umherwandere. Zu beiden Seiten der alten Hausordnung blicken jetzt Bilder auf mich herab: auf der einen das altvertraute Ölgemälde, auf der anderen eine sehr traurig stimmende Photographie – ein Portrait Jechiels, »der sein Leben für die Verteidigung Jerusalems hingegeben hat, im Kampf um San Simon im Unabhängigkeitskrieg«. Auch dorthin bin ich, Pilger der Erinnerung, mit Romi gefahren. Ein kleiner grüner Glockenturm steht dort, umgeben von Pinien und Zypressen, und seitlich davon – ein rostiger Panzer, Kletterleitern für Kinder und Jechiels Name auf der Gedenktafel, zwischen anderen Toten. Junge Männer in Rollstühlen fuhren dort hin und her. »Photographier mich, photographier mich mal«, riefen sie Romi zu.

Das erste Buch, das Jechiel mir zu lesen gegeben hat, war *Jäger und Gejagte in der Tierwelt* von Ernst Thompson Seton.

»*Lives of the Hunted*« las er, »kannst du schon Englisch?«

»Nein«, sagte ich.

»Warum setzt du keine Brille auf?« fragte er, als er mich die Nase zwischen die Seiten stecken sah.

»Weil ich gern so lese«, antwortete ich ihm.

Jeden Tag kam ich Bücher ausleihen, manchmal auch zweimal am Tag. Eines Tages rief Jechiel mich zu sich: »Kumm mal her.« Er sagte »kumm« statt »komm«. »Liest du alle Bücher, die du ausleihst?« fragte er.

»Ja«, erwiderte ich ihm.

Er musterte das Buch, das ich zurückgegeben hatte. »Das ist ein bißchen zu früh für dich.« Seine Miene wurde ernst, dann lächelte er, schlug die letzte Seite auf und fragte: »Sag mal, was waren Petronius' letzte Worte?«

»›Bekennt, Freunde:‹«, deklamierte ich, »›Mit uns geht unter –‹«

»Was denn?«

»Steht nicht da«, antwortete ich verlegen, »›Er starb.‹«

»Gut«, sagte Jechiel. »Und die von Kaiser Nero?«

»›Hier ist die Treue!‹« zitierte ich.

»Die letzten Worte sind die wichtigsten«, verkündete Jechiel feierlich. »Alle Weisheit, alle Wahrheit, alle Aufrichtigkeit ist nur in jenem unmerklichen Augenblick zusammengedrängt, in dem wir die Schwelle des Unsichtbaren überschreiten.«

Ich war zu klein, um zu verstehen, aber zutiefst beeindruckt, bis ich ein paar Jahre später entdeckte, wo er den Satz entliehen hatte und über wen er geschrieben worden war. Du wirst dich sicher an die letzten Worte von Kurtz erinnern: »Einem Traumbild, einer Traumgestalt schrie er flüsternd entgegen – zweimal schrie er auf, ein Schrei, nicht mehr als ein Hauch: ›Das Grauen! Das Grauen!‹«

Ich blättre in den alten Büchern. Auf den Innenseiten der Deckel prangt der bewußte Aufkleber mit der fetten, bebrillten Henne, die auf einem geschlossenen Buch brütet. Jechiel hat mir erklärt, das sei das Exlibris seines Vaters, und fügte hinzu: »Das ist sein getreustes Spiegelbild.«

»Diese Henne?« fragte ich in zögerndem Staunen.

»Das ist keine Henne. Das ist eine Eule, Symbol der Weisheit«, lachte Jechiel, »aber Vater wollte sein Exlibris unbedingt selbst entwerfen.«

Er erzählte mir, sein Vater habe sich von frühester Kindheit an ins Lesen versenkt, und die Bücher hätten erst seine Augen, dann die Beziehung zu seiner Frau und schließlich seine Wirbelsäule ruiniert. »Mein Vater«, fuhr er stolz fort, »ist als Fünfjähriger aus Charkow nach New York gekommen und hat aus eigenen Kräften Englisch gelernt.«

Mit sechs Jahren hatte Mordechai Elija Abramson Passanten auf der Straße gefragt, wo es eine öffentliche Bibliothek gebe. Dort angekommen, bat er den Bibliothekar unerschrocken um das erste Buch auf dem untersten Bord. Als er es am nächsten Tag wiederbrachte, bat er um das daneben, danach das dritte und das vierte und so weiter, bis er die ganze Reihe durch hatte. Die Bibliothek war alphabetisch nach Verfassernamen geordnet, und als der Bibliothekar das eigenartige Lektüresystem schließlich entdeckte, hatte der Junge bereits *Die norwegischen Dialekte* von Aasen, *Zwölf Jahre auf der äthiopischen Hochebene* von Abbadi und einen beachtlichen Teil der hundertachtzig Bände aus der langweiligen Reihe *Rollot* von Abbot gelesen. Von nun an nahm ihn der Bibliothekar unter seine Fittiche und lehrte ihn, wählerischer vorzugehen. »Wenn jeder Junge sich mit einem Bibliothekar, einem Naturkundelehrer und einer großen, geduldigen Frau anfreunden würde, sähe die Welt ganz anders aus«, meinte Jechiel.

Der Richter hatte seine Bibliothek mit Ausdauer und Talent zusammengetragen. Er half jüdischen Einwanderern im Austausch gegen Bücher, die sie mitgebracht hatten, kaufte, tauschte, fand und klaute. Und als er starb, hinterließ er seinem Sohn jene letztwillige Verfügung – seine Bibliothek ins Land Israel zu bringen. Jechiel kaufte den grünen Lastwagen, verlud ihn mitsamt den Büchern auf ein Schiff, wanderte im Land ein und begann seine Tour der Abenteuer und Demütigungen. Er gab enttäuscht bei der Hebräischen Universität auf, die nur an einem kleinen Teil der Sammlung interessiert war, verließ Türen knallend so einige städtische Bibliotheken, wurde aus Degania und Tel Josef verjagt, nachdem die Kibbuzmitglieder »destruktives bourgeoises Material« gefunden hatten. Eine Weile setzte er Hoffnungen auf die Einwohner von Rischon Lezion, bis er entdeckte, daß sie es nicht auf die Bücher, sondern auf den Lastwagen abgesehen hatten. Und letzten Endes kam er, abgerissen und verärgert, in unserem Dorf an. Auf Brinkers Druck beschloß die Dorfleitung, die ganze Sammlung anzunehmen und Jechiel Unterkunft und feste Anstellung als Bibliothekar zu gewähren, allerdings unter der Bedingung, daß er einige rare Bücher verkaufe, um Bau und Unterhalt der Bibliothek zu finanzieren. Jechiel mußte dem zwangsläufig zustimmen, und ein Brief, den er nach England sandte, brachte pfeilschnell eine schnurrbärtige Nonne ins Land, die sich als der Geheimagent der Bodleian Library in Oxford entpuppte. Der Mann erstand für eine ungeheure Summe Maimonides *Mischne Tora*, gedruckt 1550 in Venedig, das *Sefer Tora Or* des Baal Schem Tow, die *Esperanca de Israel* von Menasse ben-Israel, gedruckt 1650 in Amsterdam, eine Soncino-Druckausgabe des *Sefer Ha'ikkarim* von Josef Albo – ebenfalls ein Uronkel meines Vaters, wenn man seinen Geschichten glauben will – und den

Band *Voyage de la Judée, la Samarie, la Galilée et le Liban* eines Forschers mit dem Namen Bischof Baudouin von Avignon – kein besonders altes, aber äußerst rares Werk, zwischen dessen Seiten ein eigenartiges hauchdünnes Lesezeichen aus feiner, glänzender Haut verwahrt lag.

Nachdem das Geschäft perfekt war und die fünf seltenen Bücher, gut versteckt in einem Korsett, das unter das schwarze Nonnenhabit des Oxforder Agenten paßte, nach England unterwegs waren, sorgte Jechiel dafür, daß die Veräußerung publik wurde, und freute sich köstlich an dem Entsetzen der prominenten Herren von der Nationalbibliothek in Jerusalem, die per Taxi ins Dorf geeilt kamen und lauthals über »die geldgierige Auslieferung unschätzbarer Kulturgüter unseres Volkes und seines religiösen Erbes in fremde Hände« protestierten.

»Ihr hättet sie ja völlig umsonst bekommen können«, sagte Jechiel zu Professor Heinrich Reiss-Levi, dem Obersten der Beschwerdeführer, einem blassen kleinen Mann, der wie ein verrückt gewordener Heuschreck vor ihm herumhüpfte und mit bebenden Nasenflügeln forderte, Jechiel möge ihn in die Bibliothek einlassen. Drei Jahre zuvor war eben dieser Mann das von Mordechai Elija Abramson erstellte Bücherverzeichnis durchgegangen, hatte die nämliche Nase gerümpft und kundgetan, an der Sammlung als Ganzes sei er nicht interessiert.

»Trotz einiger beachtlicher Stücke ist die Sammlung Ihres Vaters nichts als ein Beispiel für die Illusionen, die der Mammon in der Seele eines begabten Dilettanten anzurichten vermag«, hatte der Professor dem peinlich berührten Sohn erklärt, und als der gegen die Kränkung protestierte, läutete er eine kleine Glocke, mit derentgleichen Berliner Kinder in Gewitternächten ihr Kindermädchen herbeizitieren, und ordnete an, dem Gast den Weg nach draußen zu zeigen. Jedenfalls weiß ich noch, daß dieser Ausdruck, »begabter Dilettant«, den Jechiel jedesmal, wenn er mir die Geschichte erzählte, nur so ausspie, ungeheuren Eindruck auf mich machte, denn Jechiel verzog dabei das Gesicht auf ganz spezifische Weise. Erst Jahre später wurde mir klar, daß es ein Schmähwort und kein Lobeswort war. Aber da war ich schon reif genug zu begreifen, daß auch ich nichts als ein begabter Dilettant bin, und es ärgert mich nicht, daß auch du das gemerkt und sogar eben diesen Ausdruck für meine Schilderung Alexandrias in der Geschichte über Soga und Anton verwendet hast. Wäre jedoch Mordechai Elija Abramson kein begabter Dilettant gewesen, hätte der Bibliothekskustos der Hebräischen Universität seine Bücher mit Kußhand genommen, und dann wäre Jechiel nie ins Dorf gekommen, und ich hätte ihn nicht kennengelernt, hätte keine Zuflucht in der Bibliothek gefunden und wäre kein begabter Dilettant aus eigenem Antrieb geworden. So kentert ein Schiff im Ärmelkanal aufgrund eines Möwenschreis am Kap der Guten Hoffnung, und so ist mein Leben abgerollt, und hier stehe ich nun vor dir – ein Dilettant. Ein Mann, der was von Jagd versteht. Ein Mann, der gut kocht. Ein begabter Mann. In der Liebe, im Erinnern, im Schwindeln, im Bereuen.

23

Am Ende des Korridors, hinter der letzten Tür, in dem Zimmer, das einmal Benjamins gewesen ist, in seinem früheren Bett schläft Lea. Gelegentlich komme ich an ihrer geschlossenen Tür vorbei, senke unwillkürlich die Stimme und gehe leise, wie man die Wiege eines Babys oder den Grabstein eines Toten passiert. Aber nichts schreckt Lea aus der Hölle ihres Schlummers auf, und die Zimmertür ist nur deshalb geschlossen, brummt Jakob, weil ihr Schlaf die Ruhe der Wachenden stört.

»Geh rein, geh rein und guck sie dir an«, hat er zu mir gesagt, als er mich zögernd vor ihrer Tür innehalten sah. »Ihr wart doch mal befreundet, oder? Vielleicht schaffst du es, sie aufzuwecken.«

Als Michael zwei Jahre alt war, ist er einmal ins Zimmer seiner Mutter gelaufen und hat Jakob gefragt: »Wer ist das?«

»Das ist Lea«, hat mein Bruder geantwortet.

Diese Antwort, die nicht grausamer und logischer hätte ausfallen können, befriedigte Michael völlig, und die nächsten eineinhalb Jahre verlangte er keine weiteren Erklärungen. Manchmal sagte er: »Ich geh bei Lea schlafen«, kletterte in ihr Bett, schmiegte sich an ihren Rücken, legte die Wange an ihre Schulter und schlief ein.

»Ich hasse das«, hatte Jakob mir geschrieben. »Ich hasse es, wenn er ihr überhaupt nahekommt.«

Erst mit dreieinhalb Jahren fragte Michael, wo seine Mutter sei.

Sie aßen damals gerade zu Mittag, und ehe Jakob noch den Mund aufmachen konnte, sagte Romi: »Lea ist deine Mutter, Michael, und meine auch.« Jakob wurde wütend, worauf Romi entgegnete: »Das hättest du dir früher überlegen können, bevor du ihm gesagt hast, ›das ist Lea‹, und auch, bevor du sie vergewaltigt hast.«

Jakob gab ihr eine Ohrfeige. Romi wurde rot und erklärte: »Du dich in acht nehmen, ich auch Tatar.« Und obwohl die Imitation gut gelungen war, lachte sie diesmal nicht.

Eine Woche nach meiner Ankunft wagte ich mich hinein.

Wie ein großer Sack lag Lea unter der Leichendecke, zwischen schwebenden Mehl- und Staubpartikeln, verblaßten Postern von Filmstars und Motorrädern und einer Uniformhose, die sie noch für Benjamin gewaschen hatte und die später von niemandem zurückgefordert worden war. Dicke Höhlenluft hing dort. Natürlich wusch sie sich nicht oft. Wie mein Bruder mir erzählte, war er eines Tages auf ihrem täglichen, tappenden Gang zur Toilette über sie hergefallen, hatte ihr das Hemd vom Leib gerissen und sie in die Dusche befördert, wo er in voller Kleidung mit ihr unter den Wasserstrahl trat, sie mit wütender Kraft abschrubbte, bis sich beinah die Haut schälte, und sie den feuchten Kopf auf seine Schulter legte und sich von ihm einseifen und rubbeln und die Haare waschen und abtrocknen ließ. Früher hatte das Wasser ihrer Haut und ihrem Haar angenehmen Regenduft entlockt, der meinen Bruder reizte, sein Herz blutleer werden ließ und ihn mit Liebe erfüllte. »Aber jetzt stinkt sie wie ein alter Schwamm«, sagte er.

Stickiges Halbdunkel und dumpfe Stille lagen über dem Zimmer. Ich schlug die Decke ein Stück zurück und betrachtete ihr Gesicht: diese Mumie meiner Liebe, die sich im Bernstein ihrer Trübsal konservierte. Früher hatte Lea einen dicken, langen Zopf gehabt, wie ich weder vorher noch nachher je einen gesehen habe. Dann hatte sie ihn abgeschnitten, und nun war ihr Haar wieder nachgewachsen, lag wie ein eigenständiges Lebewesen bei ihr im Bett. Ihre Haut war durch die fortwährende Dunkelheit ringsum bereits weiß und schwammig geworden, die Wangen wirkten von der stehenden Luft aufgedunsen.

»Der helle Tammus...«, versuchte ich meiner Trauer zu entfliehen, »der helle Tammus, ja der Tammus ist tot.« Zum ersten Mal hatte ich dieses Gesicht im Fensterrahmen eines fahrenden Autos gesehen. Zwölf Jahre war ich damals, fuhr jeden Morgen Brot aus. Die Patriarchenkutsche rollte durch den Sand, die kleinen Hufe des Esels sanken ein und kamen wieder frei, ich hatte die Nase in *Die Pickwickier* stecken und schüttelte mich vor Lachen über Sam Wellers Sprüche. Und da tauchte plötzlich eine elegante Ford-Limousine auf, kam mir in einem roten Staubwirbel auf der Hauptstraße des Dorfs entgegen. Ein Mädchengesicht blickte mich aus dem Rückfenster an. Die durch den Sand mahlenden Reifen verursachten ein angenehmes Knirschen, die Karosserie hinterließ warmen Benzin- und Metallgeruch. Aus allen Höfen stürmten Kinder heraus und rannten dem Wagen nach, und ich drosch auf den überraschten Esel ein, eilte nach Hause, schnappte mir die Brille und kletterte auf den Baum. Das Auto erreichte das Ende der Straße, folgte der Wagenspur, die zu den Feldern führte, und erklomm mühelos den Hang des Asphodillhügels. Ein Mann, eine Frau und ein Mädchen stiegen aus und betrachteten die Landschaft. Selbst von weitem konnte man sehen, daß der Mann sehr groß, schlank und blond war und daß die Frau ein Kostüm trug und sich mehr als üblich an ihn lehnte. Das Mädchen, im Blümchenkleid mit weißem Kragen, hüpfte um die beiden herum. Das war Lea.

Der Schlaf hatte ihr Gesicht in Jugend und Alter gespalten. Die glatte, gewölbte Stirn besaß noch ihren Glanz, aber auf der Schrägung über ihrem Mund begann sich bereits ein Geflecht feiner Fältchen abzuzeichnen. Eine durchscheinende Schicht trockener Haut lag auf ihren Lippen wie auf denen eines durstigen Kindes, und die zwei Härchen auf der kleinen Warze am Kinn, die ich früher manchmal auf ihren Wunsch mit der Pinzette ausgezupft hatte, waren jetzt lang und dick geworden, als würden sie unter dem Druck des Schmerzes hinausgedrängt. Es lag keine Trauer auf ihrem Gesicht, nur eine Müdigkeit, an der selbst die Träume bereits verzweifelt waren und die kein Schlummer beheben konnte.

> Ich hab dir bezahlt mit meinem wehmütigen Herzen,
> Mit Verzweiflung und späterer Reue.
> Mit Seelenqual – meine Seele voll Kummer und Schmerzen –
> Habe ich dir bezahlt alles, was du gegeben.
> Bitte, verfluche mich nie im Leben,
> Bitte, verfluche mich nie im Leben!

Ich packte ihre Decke und zog sie mit einem Ruck weg. Lea regte und bewegte sich, als wolle sie in ihr Dunkel zurück, dann krümmte sie sich zusammen, zog die Knie an den Bauch, schob die Hände zwischen die Oberschenkel. Ihr Leib wollte sich umkrempeln wie ein Handschuh, sich in ihre Gebärmutter zurückziehen, aber ihre Augen klappten einen Moment auf, und ich fühlte etwas wie einen Schlag in die Leiste. Nur ein schimmernder Schleier bedeckte ihre Augen, wie das Netz, das tiefe Träume webten. Sie blickten mich an, verloschen und schlossen sich wieder.

»Bist du's? Wann bist du gekommen?« flüsterte sie.

»Vor ein paar Tagen.«

»Sei mir nicht böse.«

»Steh auf, Lea«, sagte ich.

Die Tür ging auf, und Simeon erschien auf der Schwelle. »Was machst du hier?« fragte er.

»Hau ab, Simeon«, antwortete ich, »das geht dich nichts an.«

»Warum hast du die Decke weggezogen?« Er kam auf mich zu.

»Mach dir keine Sorge«, beruhigte ich ihn, »ich hab ihr nichts getan.«

»Sie ist Jakobs Frau«, sagte Simeon, »ich werd's ihm erzählen.«

»Simeon«, ich setzte mich auf die Bettkante, »du kannst erzählen, was du willst und wem du willst.«

»Ich hab euch auch damals gesehen, als Jakob zu Tia Saras Familie gefahren ist«, erklärte Simeon, »ich habe euch gehört und gesehen.«

Schon immer haben wir einander mißtraut, von dem Tag, an dem er als häßliche, invalide Frühgeburt bei uns ankam, und die Zeit verwischt ja bekanntlich nicht den ersten Eindruck, sondern festigt ihn nur, untermauert ihn mit Beweisen.

»Hör mal her, du Depp«, erwiderte ich ihm, »ich hab Lea nichts getan. Weder damals noch heute. Es sind über dreißig Jahre seither vergangen. Wir sind alle inzwischen erwachsen, wissen alle schon alles, und was machst du überhaupt hier in diesem Zimmer?«

»Ich will ihr die Laken und Bezüge wechseln«, erklärte Simeon, »das mach ich jede Woche, meine Mutter wäscht sie dann; und du geh dich jetzt mal um deinen Vater kümmern. Dafür hat man dich doch hergerufen, oder?«

»Werd nicht frech, Simeon.« Ich stand auf und trat an ihn heran. »Du hast schon einmal eine Abreibung von mir gekriegt, falls du das vergessen haben solltest. Wenn du noch mal an einen Baum gefesselt werden willst, brauchst du's nur zu sagen. Ich habe nicht vergessen, wie man's macht.«

Simeons Nacken wurde feucht. Der Schmerz, den sein zersplitterter Oberschenkel ihm bereitet, verleiht seinem Schweiß einen Meergeruch. Schultern und Brustkasten strafften sich. Er beugte sich vor und erschien mir nun wie ein perfekter Sproß von Cherokee und Quasimodo.

»Das ist nun mal, was Familie bedeutet«, sagte er, »man beschützt und pflegt einander; man fährt nicht nach Amerika.«

Er bückte sich, ohne mich eine Sekunde aus den Augen zu lassen, hob die Decke vom Boden auf und breitete sie über Lea.

»Geh jetzt hier raus«, sagte er, »ich muß Michael von der Schule abholen, und du bleibst nicht allein mit ihr im Zimmer.«

24

So manche Menschen haben mir schon vertraut. Mein Bruder hat mir Briefe geschrieben, die sich an Offenherzigkeit kaum überbieten ließen. Tia Dudutsch hat mir das Geheimnis der Marzipanherstellung preisgegeben. Bei Rechtsanwalt Edward Abramson, Jechiels altem Onkel, habe ich Hunderte Liebesbriefe nach Frauen, Daten und »Verschiedenem« sortiert. Oh, dieser Posten »Verschiedenes« ... Vor zwei Tagen hat Michael mir »die Zauberworte, die Sterne sprengen«, verraten, und auch du, meine ich, hast mir in deinem vorletzten Brief ein »kleines Geheimnis« offenbart. Aber niemals habe ich den Tag vergessen, an dem Jechiel den Thekendeckel der Bibliothek hochklappte und erklärte: »Du kannst schon reinkommen und dir selbst Bücher aussuchen.«

Auf der verschwommenen Dorfstraße rannten die Kinder herum, wälzten sich im Staub, steckten sich gegenseitig Finger und Blätter ins Gesicht und brüllten *Hands up!* und *Jerek!*, und in der Bibliothek gab Jechiel mir Rätsel auf, brachte mir das englische Alphabet bei und lehrte mich Techniken des Auswendiglernens und Behaltens. Noch wenn ich heute ein Buch lese, notiere ich mir nebenher die Namen der Helden in der Reihenfolge ihres Auftretens, skizziere Stammbäume und halte mit Strichen und Pfeilen Verbindungen fest. Ich rate auch dir, so zu verfahren. Die Investition ist gering und der Gewinn erheblich, wie der Blumenverkäufer sagte, der einem Charmeur riet, seiner Geliebten eine Rose anstelle von Brillantohrringen zu schenken.

Es dauerte nicht lange, und Jechiel erlaubte mir, Bücher von den Tischen in die Regale zurückzustellen, sie abzustauben und zu lüften, und er fing auch an, mich englisch lesen und schreiben zu lehren. Gemeinsam lasen wir ein Bilderbuch mit dem Titel *The Little Engine that Could*, und Jechiel staunte, wie schnell ich dabei die Sprache lernte. Er stellte mir die Bücher seines Heimatlands vor, und als ich nach Amerika ging, kam ich nicht als Fremder dorthin, wie etwa Mottl, der Kantorssohn, oder Karl Roßmann. Er zitierte mir Emerson und Thoreau, meinte, Mark Twains bestes Buch sei nicht *Huckleberry Finn*, sondern *Wilson, der Dummkopf*, äußerte seine »Hochachtung« für Whitman und Faulkner, wetterte gegen Louisa May Alcott und erklärte, »ein junges, wichtiges Talent« namens William Saroyan wachse in Amerika heran. Ich ließ ihn meinen Geschmack formen, und so entgingen mir viele Bücher und Autoren, ja ganze Literaturzweige, aber kann man denn alles lesen? Selbst du, meine Liebe, hast kaum mehr als ein Drittel der Zitate und Anspielungen in den Seiten erkannt, die ich dir bereits geschickt habe.

Jechiels Lieblingsbücher waren nun gerade ein süßlicher Roman über den Selbstmord des österreichischen Thronfolgers Rudolf auf Schloß Mayerling und die Legende vom Bergmann aus Falun, in Hoffmanns Version, die zu lesen er mir untersagte. »Das ist keine Geschichte für Jungen, die in ihre Mutter verliebt sind«, behauptete er. Aber Brinker sagte: »Das ist eine schöne Geschichte für Kinder, die ihre Mutter liebhaben.« Er lieh das Buch für mich aus und erklärte mir auf dem Heimweg, es handle von einer wahren Begebenheit, nämlich von einem schwedischen Bergmann, der bei einem Grubeneinsturz in den berühmten Kupferminen von Falun umgekommen war, und von seinem Leichnam, den man fünfzig Jahre später fand, konserviert in Kupfervitriol und in seiner Jugendlichkeit erhalten wie an dem Tag, an dem er seinen Geist aufgegeben hatte.

Im stillen rezitierte Jechiel sich *Die Leiden des jungen Werthers* und beneidete Brinker darum, daß er sie in der Originalsprache lesen konnte. Ich habe ihn sogar in Verdacht, daß er insgeheim einen blau-gelben »Werther-Anzug« besaß, wie andere Verehrer dieses lästigen, weinerlichen und ermüdenden Liebhabers auch. Eines Tages fluchte und schimpfte Jechiel über das Spottlied, das William Thackeray über Werthers Liebe zu Charlotte verfaßt hatte. Jahre später, als ich die Passage, in der Charlotte den Laib Brot aufschneidet, in mein Brotbuch übernahm, fügte ich auch Thackerays Gedicht mit ein. Plötzlich befiel mich jedoch großes Unbehagen, obwohl Jechiel bereits tot war – oder vielleicht gerade deswegen –, und so zitierte ich nicht die letzte, spöttische Strophe, sondern nur die erste:

> Werther had a love for Charlotte
> Such as words could never utter.
> Would you know how first he met her?
> She was cutting bread and butter.

Es gab in der Bibliothek auch einige Sondersammlungen, darunter Photographien von Filmschauspielerinnen, die ich bei ihm nicht alle sehen durfte, und eine Reihe wunderschöner Tuschskizzen und Aquarelle von nordamerikanischen Wildtieren, geschaffen von Ernest Thompson Seton. Erstausgaben seiner sämtlichen Bücher befinden sich noch heute in der Bibliothek und wecken starke Diebstahls- und Rettungsgelüste bei mir. Dir will ich verraten, daß ich den alten Schlüssel schon dazu ausgenutzt habe, wenige Tage nach meiner Ankunft das Bild dieses amerikanischen

Fischadlers, des Osprey, mitgehen zu lassen. Damit habe ich nur einen Kreis geschlossen, denn als Kind hatte ich ihn in der Bibliothek betrachtet, und nun verfolge ich ihn mit den Augen von meinem Zimmerfenster in Cape May an der Atlantikküste, wenn er seine Beute aus dem Meer zieht und seine mörderischen Krallen in den Wellen wäscht.

Doch am liebsten mochte Jechiel seine »Sammlung letzter Worte«, die letzte Aussprüche bekannter Persönlichkeiten enthielt. Ich war recht jung, als er mir, mit seinem New Yorker Akzent, jene Shakespeare-Strophe rezitierte, die er in Schönschrift an den Anfang eines jeden Bandes seiner Sammlung stellte.

> O, but they say the tongues of dying men
> Enforce attention like deep harmony.
> Where words are scarce they are seldom spent in vain,
> For they breathe truth that breathe their words in pain.

Dann schloß er die Augen und deklamierte verschämt lächelnd seine Übersetzung der großen Worte:

> Die Sprache des Menschen, der gestorben,
> Tönt ehrlich und ganz unverdorben.
> Seine Worte Aufmerksamkeit auf sich lenken,
> Weil sie aus Schmerzen ab sich lenken.
> Woll'n sich jedoch keine Worte finden,
> Muß man's genügsam auch verwinden.

So begeistert war er von seiner Übersetzung, daß er sie neben dem Bibliothekseingang ans Anschlagbrett heftete, zwischen die Liste neu eingetroffener Bücher und die Öffnungszeiten. Am nächsten Morgen prangte darunter ein Anschlag folgenden Wortlauts: *Erlaubt Jechiel Abramson nicht, mich ins Hebräische zu übersetzen – die letzten Worte William Shakespeares.*

Jechiel kochte vor Wut. »Wilde Bestien!« schrie er. »Schamlos und unkultiviert!« Damit entnahm er dem Eisenschrank seine Hefte, blätterte wie irrsinnig darin, bis er sah, daß ich ihn beobachtete, und begann mir daraus vorzulesen. Mein kindliches Gehirn sog auf und verstaute, sammelte und bewahrte – Zeilen, Geschichten, Sätze und Tatsachen, und unwillkürlich habe ich auch den Großteil der damals gehörten letzten Worte im Gedächtnis behalten. Nicht nur bekannte Aussprüche wie: »So mag ich denn zusammen mit den Philistern sterben« oder »daß du erliegst vor Achilles«, sondern auch Kuriosa wie die Aufforderung des Opernkomponisten Rameau an seinen Beichtvater: »Hört auf, Eure Gebete zu singen, denn Ihr singt falsch!« Oder die Bemerkung des Zoologen Georges de Cuvier gegenüber der Schwester, die ihm Egel ansetzte: »Ich habe entdeckt, daß der Egel rotes Blut besitzt« – sagte es und starb.

Mit breitem Lächeln las Jechiel mir die letzten Worte Benjamin Disraelis vor, und mit Tränen in den Augen zitierte er den Ornithologen und Dichter Alexander Wilson: »Begrabt mich an einem Ort, an dem Vögel singen.«

»Geh ein bißchen mit den Kindern spielen«, sagte er schließlich und legte die Hefte in den Schrank zurück, »es ist nicht gut für ein Kind, dauernd zwischen den Büchern zu stecken.«

25

Schon ein paar Wochen bin ich zu Hause. Mit Vater, der unaufhörlich über seine Leiden klagt, gehe ich in die Schmerzklinik. Mit Jakob unterhalte ich mich viel, mit Romi lache und streite ich.

»Komm, wir spielen, du bist ein frischer Salatkopf, und ich bin ein verrücktes Häschen.«

»Komm, wir spielen, du bist Dolores Haze, und ich bin Dolores Dark.«

»Hör auf, hier Eindruck schinden zu wollen, du Aufschneider.«
»Deine Mutter hätte das verstanden.«
»Dann geh halt zu meiner Mutter.«
Du hast's doch auch verstanden? Nicht wahr?

Vor einigen Nächten, als ich mich gerade im letzten Dämmern des Wachzustandes wiegte, ging plötzlich die Zimmertür auf, und Vaters gebeugte kleine Silhouette erschien stöhnend im Rahmen. Er blieb auf der Schwelle stehen, und erst nach ein paar Sekunden begriff ich, daß er mich gar nicht bemerkte. Er hustete, legte die Hände an die Wand, tastete sich Schritt für Schritt weiter, und als er den Wandschrank erreicht hatte, machte er ihn auf, ließ seine Pyjamahose auf die Knöchel hinuntersacken und pinkelte hinein. Das dürftige Tröpfeln, von Seufzern und Pausen begleitet, dauerte mehrere Minuten, doch ich wagte nicht zu stören.

Jene Nacht habe ich nicht geschlafen, und am Morgen habe ich einen strahlend weißen Strich auf den Boden gemalt – von Vaters Bettkante bis zu seiner Zimmertür und weiter durch den Flur zur Toilette.

»Du gehst einfach diesen Strich entlang, siehst du?« erklärte ich ihm. »Der leitet dich zur Toilette und zurück.«

Jakob hat zu meiner Überraschung den Strich gesehen, aber nichts gesagt. Er fragte nur: »Was ist das?«, und als ich es ihm erklärte, grinste er.

Tia Dudutsch streichelt mich, setzt mir ihr köstliches Marzipan vor, kocht mir ihre leckeren Dinge, als hätte ich seit meiner Abreise von zu Hause nichts mehr gegessen.

Manchmal nimmt sie meine Hand und legt sie auf ihren Busen, und eines Abends hat sie die Brust plötzlich entblößt, wie sie es in unserer Kindheit tat. Ich erschrak. Der Zahn der Zeit, der ihre sämtlichen Glieder befallen hatte, war an ihrer Brust vorübergegangen. Die furchtbare Narbe, Denkmal für die amputierte Schwester, prangte noch daneben, aber die verbliebene Brust war schön geformt und hatte nichts von ihrem Schimmer eingebüßt. Als ich ihr die schwarzen Kleider gab, die ich aus Amerika mitgebracht hatte, strahlte ihr Auge. Sie ging auf ihr Zimmer, um sie anzuziehen, und Romi photographierte sie, während sie sich vor dem Bild Onkel Lijas drehte, dessen von eifersüchtigem Gattenwahn erfüllte Augen sie auch noch jenseits von Tod und Glas verfolgten.

Simeon, ihr gemeinsamer Sohn, starrt mich noch mit denselben gehässigen Augen wie vor dreißig Jahren an. Die Neugier und den Wissensdrang, die man seinem Vater nachgesagt hat, sind nicht auf ihn übergegangen. Er hat ein treues, trübsinniges Temperament und den starken, wendigen Körper eines Kampfhundes. Jeden Tag begleitet er Michael zur Schule und holt ihn wieder ab, stützt sich dabei auf den neuen Stock, den ich ihm mitgebracht habe, und hinterläßt tiefe Löcher im Sand. In den Pausen sorgt er dafür, daß Michael nicht an zu wilden Spielen teilnimmt und sich nicht etwa verletzt. Eines Tages sah ich ihn dort das Ende des Unterrichts abwarten. Er ließ sich in einer Ecke des Schulhofs auf sein invalides Knie nieder, entnahm seiner Hemdentasche die Plastikseifendose, in der er seine blaue Schachtel Silon aufbewahrt, zog eine Zigarette heraus und klopfte sich damit auf den Daumennagel. Seine Augen spionierten nach allen Seiten, und sein Mund stieß Rauch aus. »Das ist der letzte Mensch im ganzen Land, der noch diese Stinker raucht«, sagt Jakob liebevoll. »Ich glaube, in der Fabrik führen sie eigens eine Fertigungsstraße für ihn fort.«

Manchmal, wenn Jakob und ich lachen, igelt er sich ein. Sobald ich mich Leas geschlossener Tür nähere, erscheint er eilends auf der Bildfläche und fixiert mich mit den Augen.

»Schwer für ihn«, sagt Jakob, »er glaubt, du willst dich wieder der Familie anschließen.«

Manchmal muß ich mich daran erinnern, daß mein Bruder klüger und grausamer ist, als ich gedacht hätte.

Aus dem Hof hörte man die Jubelrufe Michaels, der gerade aus der Schule kam, und Jakob eilte zur Tür. Michael hat einen fröhlichen Gang, halb vorwärts, halb nach allen Seiten springend und beide Arme in die Luft geworfen, als wolle er abheben. »Wir sind Engel!« rief er. »Wir fliegen.« Sein furchteinflößender Wächter hinkte hinterher, erdgebunden durch das Gewicht seiner Schmerzen und seiner Behinderung.

Jakob kniete nieder und umarmte seinen Sohn, kam wieder hoch und machte seine Schultasche auf. »Du hast ja die Brötchen nicht aufgegessen, die ich für dich gemacht habe«, sagte er, »ich bin tief beleidigt.« Jede Nacht bäckt er Michael zwei lustige kleine Brötchen mit Rosinenaugen, gelbem Sesamlächeln und mächtigen Mohnschnauzbärten.

Danach sagte er zu mir: »Wart ein paar Minuten auf uns«, und verschwand mit ihm im Schlafzimmer.

»Er ist heil und gesund«, sagte er, als er von dort zurückkam, und tischte uns das Mittagessen auf. Er warnte Michael, die Suppe sei noch heiß, ließ kein Auge von ihm und öffnete und schloß den Mund im Eßrhythmus seines Sohnes.

»Der Kleine sieht Lija ähnlich«, sagt Vater boshaft lachend, »sie haben ihn nach dem Griechen benannt, aber wie der Monastirer ist er geworden.«

Michael ist ein schmaler, zarter Junge, körperlich jedoch kräftiger, als er aussieht, und sehr viel robuster, als Jakob glaubt. Jeden Morgen stürzt er barfuß und im dünnen Hemd aus dem Haus, rennt – Kleidung und Schuhe in der Hand – quer über den Hof und zieht sich vorm Ofen an, der um diese Zeit schon abgeschaltet ist, aber noch Wärme ausstrahlt. Michael steigt in die Grube, streift das Nachthemd ab und reckt sich. Halbdämmer herrscht in der kleinen Bäckerei. Die niedrigen Sonnenstrahlen ziehen Silber- und Goldstreifen durch den Mehlstaub, der sich niemals legt, und werfen helle Flecken auf seinen Leib. Als er mich sah, sagte er nichts, lächelte mich sogar aus der Grube an, und ich wurde verlegen. Woraus hat sich dieser Junge geformt? Ich komme ihm nicht auf den Grund. Sein Gesicht ist offen und sympathisch, aber sein Lächeln ist eine transparente Mauer, die ich nicht zu durchdringen vermag. Seine Züge sind die eines Genießers, sehr nachdenklich und ernst. Er hat weder Mutters und Romis sprühende Kraft noch Leas weiche Ausstrahlung oder Jakobs dürre Kargheit. Auch Benjamin sieht er nicht ähnlich. Rücken und Brustkorb erinnern mich nun gerade an Vater, aber der behauptet immer wieder: »Der Junge ist wie Lija, selig.«

Diese Woche hat Tia Dudutsch angefangen, Michael in die Marzipanherstellung einzuführen. Schätze das nicht etwa gering. Die Señoras von der Levante hüten die Geheimnisse des Marzipans vor zwei interessierten Parteien: vor verhaßten Frauen und verliebten Männern. Aber Jakob und ich, Benjamin und Michael haben jeder zu seiner Zeit die Gunst dieser Lektion genossen, ja sogar die geheimste Weisheit von allen erlernt – das Erkennen des *Punto de masapan*, des Augenblicks, in dem man die gemahlenen Mandeln in den karamelisierenden Zucker geben muß.

Dieser *Punto* ist ein flüchtiger Bruchteil einer Sekunde, den kein Zeiger anzuzeigen und keine Blende einzufangen vermag. Adolf de Vine hat in seinem Buch *Fleischgerichte und Süßspeisen* dazu geschrieben, die Zeit zwischen dem Entnehmen des Steaks aus der Pfanne und seinem Zerschneiden auf dem Teller sei die kürzeste Langzeit, der *Punto de masapan* hingegen die längste Kurzzeit. Aber de Vine hat Bedeutungen immer dort gesucht, wo sie am Vorabend waren, und in seinem *Großen Buch der gefüllten Speisen* steht der Unsinn: »Wir dürfen nicht vergessen, daß die Aubergine der Füllung Rahmen verleiht, die Füllung der Aubergine aber Bedeutung.« Deshalb halte ich es lieber mit dem guten alten Konrad, dem Lübecker Konditor und »Süßtechniker«, wie er sich nannte, der experimentalwissenschaftlich festgestellt hat, die Dauer des *Punto de masapan* entspreche der »des Gedankens an ein Augenzwinkern«.

So oder so ist es der Moment, in dem der siedende Zuckersirup den richtigen Kompromißgrad zwischen Liquidität und Viskosität erreicht – einer der ältesten Kompromisse, um die des Menschen Herz sich bemüht, was du sicher besser verstehen wirst als ich. Schließlich hast du mir über ›Lektüre versus Auswendiglernen‹, ›Mühlstein versus Filmprojektor‹, ›Charme des Werbens versus Blei der Eifersucht‹ geschrieben.

Ein paar Tage vor der Marzipanzubereitung wird meine Tante von gluckenhafter Unruhe befallen, läuft hin und her und zählt türkische Zahlen an den Fingern ab. So wissen alle, daß sie ihren Körper für die nötigen Berechnungen eicht.

»Wie ein schwangerer Eunuch«, steuerte Vater seine eigene Metapher bei.

Sie holte Michael in die Küche und ließ ihn mit einem Holzlöffel das Einweichwasser der Mandeln kosten. Dann entkleidete sie sie durch Druck mit Zeigefinger und Daumen ihrer braunen Haut und breitete sie zum Trocknen auf ihr spezielles weiches weißes *Masapan*-Handtuch, das nur in Regenwasser gewaschen und nur im Schatten auf die Leine gehängt wurde. Danach schrotete sie sie durch weiche, kreisförmige Schläge mit dem Stößel im Mörser, wobei sie von Zeit zu Zeit innehielt und die Körnchen zwischen ihren erfahrenen alten Fingern rollte, um sie auf ihre Griffigkeit zu prüfen, denn nicht nur der Geschmack, auch die Textur macht das Marzipan, und das Gefühl, das es zwischen Gaumen und Zunge erregt, ist nicht weniger wichtig als sein Aroma.

Ohne eine Waage zu benutzen, schüttete sie jedesmal die gleiche Menge Zucker in den Topf, fügte ein wenig von dem Mandelwasser hinzu und stellte ihn aufs Feuer. Dann nahm sie den Jungen an der Hand, und gemeinsam verließen sie die Küche, um über das Schmelzen des Zuckers nachzusinnen und genau zum richtigen Zeitpunkt an den Topf zurückzukehren. Wie durch eine innere Sanduhr geleitet, ist Dudutsch einen Moment vor dem eigentlichen *Punto* wieder bei der Zuckerlösung. Dann steckt sie einen hölzernen Zahnstocher in den Topf, hebt ihn vor ihren Augen hoch und mustert den silbrig erstarrten Spinnfaden, den der fallende Tropfen hinterläßt.

Ich weiß noch, wie sie dann ihr eines Auge zudrückte, eine unmeßbare Zeitspanne wartete – wie die zwischen dem Anschlag einer Klaviertaste und dem völligen Verklingen des Tons –, und wenn sie das Auge wieder aufschlug, richtete sie es auf das Gesicht des Kindes, das die Natur dieses Moments sowohl aufgrund des Zuckerträufelns vor sich als auch durch den Blick der Tante lernte.

Wir alle riefen jeweils zu unserer Zeit »*Punto de masapan!*«, und Dudutsch schüttete die gemahlenen Mandeln hinein und drehte das Feuer ab. »*Abbasho!* Runter!« rief das Kind, und Dudutsch stellte den Topf mit einem Schlag auf den Boden, kniete nieder, rührte, rührte, rührte mit aller Kraft und stellte das Marzipan schließlich zum Auskühlen auf die Marmorplatte.

Nach einigen Stunden, als die Masse abgekühlt und erstarrt war, formten sie gemeinsam kleine Hügelchen, und Michael durfte auf den Gipfel eines jeden als spitzen, blassen Nippel eine abgezogene Mandel stecken.

26

Sieben Jahre waren wir alt, als Tia Dudutsch eintraf. Sie war auf einem Auge blind, verwitwet, vergewaltigt, mißhandelt, ihres einen Sohnes verwaist und durch ihr Unglück derart vor den Kopf gestoßen, daß sie gar nichts mehr sagte. Auf den Armen trug sie Simeon, das ihr verbliebene Baby – ein verkrüppeltes, mißgestaltetes Überbleibsel ihrer Familie –, damit es mit seinem Körper den furchtbaren Makel verdecke, den man ihr selber beigebracht hatte. Zurückgelassen hatte sie eine zerstörte Molkerei, vier zerbrochene *Matrioschka*-Puppen, eine wahnsinnige Mutter, die unaufhörlich »*Sommos Abarbanel*« murmelte, und zwei frische Gräber – das ihres Mannes Lija und das ihres älteren Sohnes Bechor Ezechiel.

Bei unserem Auszug aus Jerusalem hatte Mutter ihr die Molkerei überlassen, so daß Dudutsch sich von einem Heer mysteriöser Schüsseln, Schläuche, *Mandilas* und Kannen umgeben fand, mit denen sie nichts anzufangen wußte, wobei jedes einzelne Stück sie an die geliebte Schwägerin erinnerte. Während sie noch schluchzte, erschien eine junge Frau auf dem Hof, das wunderbare Gesicht von der Haube russisch-orthodoxer Nonnen umrahmt, ging auf sie zu, als kenne sie sie seit eh und je, und bedeutete ihr mit einer Geste mitzukommen.

Mein Onkel Lija war furchtbar eifersüchtig, und die Eifersucht – engstirnige Schwester der Sammelleidenschaft und der Liebe – war auch auf ihr Opfer übergesprungen. Erst nachdem die Nonne ihr langes Ordenskleid abgelegt und ihr bewiesen hatte, daß sie kein verkappter Liebhaber war, folgte Dudutsch ihr zur Maria-Magdalena-Kirche, wo eine andere Nonne, eine Alte mit Baßstimme und dem angestrengten, gebeugten Gang gegen den Wind ankämpfender Pilger, sie erwartete und ihr genaue Anweisungen für die Zubereitung all der Joghurt- und Käsesorten erteilte, die den Ruf der geerbten Molkerei ausmachten.

Dudutsch meisterte ihr neues Handwerk ausgezeichnet. Bulisa Levi verkündete: »Wenn ich weiße Raben sehe, wird die *Chapachula* die Molkerei zurückbekommen.« Aber das Schicksal wollte es anders. Dudutschs Welt brach zusammen, und sie kam zu uns.

Auch an jenem Tag hatte Jechiel mich zum Luftschnappen hinausgeschickt, und so lief ich mit den anderen Kindern zum Antiquitätensammeln auf den Acker. Brinker war beim herbstlichen Pflügen, und wie jedes Jahr förderten die Pflugscharen rote und gelbliche Tonscherben, grün und blau schimmernde Glassplitter, Marmortrümmer und bunte Fliesenteilchen zu Tage. Wir schwirrten in einer gemischten Gruppe von Raben und Kindern hinter dem Pflug einher. Die Raben suchten Regenwürmer, Schnecken und Körner, wir hielten Ausschau nach Mosaiksteinchen, die sich am besten zum Fünfsteinspiel eignen, und Münzen, die wir Herrn Kokosin, dem Leiter des Dorfkonsums, verkauften.

Den Spitznamen Kokosin hatte Mutter ihm wegen des stinkigen Kokosöls, das er verkaufte, verpaßt. Er brannte geradezu auf die blanken Münzen, die der Pflug heraufbeförderte, und wir brannten nicht weniger auf Süßigkeiten.

Gegen Abend empfing uns dann Herr Kokosin bei sich zu Hause. Am Tisch erwarteten uns auch seine Frau, seine dickliche Tochter und das Zahlungsmittel für die Ware: englische Cadbury-Bonbons. Lange feilschte er mit uns über den Preis der antiken Münzen, von dessen wahrem Wert wir keine Ahnung hatten. »Ihr habt von Bonbons Löcher in Zähne gekriegt, und der Kokosin ist gegangen nach Tel Aviv, hat sich von Bar Kochbas Groschen ein großes Haus gebaut«, hat Mutter die Sache ein Dutzend Jahre später zusammengefaßt, als der Konsumleiter spurlos verschwunden war.

Seidige Dämmerstunde senkte sich über die Felder. Die Stille war so weich und tief, daß Brinkers Anfeuerungsrufe und das Ächzen des Maultiers von ihren Falten aufgesogen wurden. Sonne und Erde näherten sich einander, strahlten angenehme, freundliche Wärme aneinander ab, und wir schwebten förmlich in dem rötlichen Raum zwischen den beiden.

Ich hörte die Segler über mir kreischen, begleitet vom Flügelschlag der Kuhreiher, die von den Kühen aufflatterten und wie verschwommene Tüchlein zu den Weiden in der Talrinne schwirrten, wo sie sich jeden Abend zum gemeinsamen Schlaf versammelten. Eine kleine dunkle Gestalt tauchte auf dem Höhenzug hinter dem gepflügten Land auf und kam nahe dem Schädelfelsen herab. Ich sah natürlich nichts, aber etwas an ihren Bewegungen lenkte die Aufmerksamkeit der Kinder auf sie. Sie verstummten und starrten in ihre Richtung. Ich drückte zwei Finger auf die Augenwinkel, um etwas besser zu sehen, doch sie verschwand im Bachbett, im Schatten der Weiden, auf denen die Kuhreiher schon wie Flocken im Laub saßen. Ein paar Minuten später erschien die kleine schwarze Nebelschwade wieder an der

Talbiegung, rutschte und stolperte über die Kieselsteine und arbeitete sich mühsam aus dem Dickicht des steilen Ufers.

Dieses Bild habe ich gut in Erinnerung, denn Jakob geriet plötzlich in Erregung, nahm unsere Brille von den Augen, hielt sie mir hin und bat, ich solle ihm erzählen, was passierte.

Die Gestalt kam näher und entpuppte sich als eine schmächtige Frau in einem verschlissenen schwarzen Kleid mit einem affenartigen dunklen Baby auf den Armen. Sie ging an uns vorbei, überquerte langsam das Feld, hielt am Dorfrand inne, genau dort, wo heute die Sonol-Tankstelle mit dem China-Restaurant steht, blickte sich um, bis sie den Schornstein der Bäckerei entdeckte, und lenkte ihre Schritte geradewegs darauf zu.

»Sie geht zu euch«, riefen die Kinder, und wir rannten der Frau nach. Wenn ich meine alte Tante angucke, scheint es mir noch heute, als gehe sie immer so weiter – verletzt, schwächlich, einen Säugling auf den Armen an der einen verbliebenen Brust, und ein lauter, neugieriger Kinderschwarm ihr auf den Fersen.

»Was macht sie?« fragte Jakob ungeduldig.

Wir duckten uns an den Zaun, nur die Köpfe darübergereckt. Die Frau drückte die Pforte auf, trat auf den Hof, und sofort begannen ihre Beine zu beben und zu wanken. Keine zehn Schritte weiter kippte sie um wie ein Kreisel beim letzten Dreh.

»Jetzt ist sie umgefallen«, sagte ich zu Jakob, und da ging auch schon unsere Haustür auf, und Mutter erschien auf der Schwelle.

»Mutter kommt zu ihr raus«, berichtete ich.

Mutter sprang mit einem Satz die vier Stufen hinab, eilte zu der Besucherin und blieb bei ihr stehen.

»Sie hebt das Baby hoch und übergibt es Mutter«, setzte ich meine Schilderung fort.

Jetzt, ihrer Bürde und Verantwortung entledigt, sanken die Hände der Frau auf den Hals, und zu meiner Verblüffung riß sie ihr Kleid auf. Aus meinem Blickwinkel sah ich nicht ihre entblößte Brust, sondern nur die beiden großen schwarzen Knöpfe, die – vom Ausschnitt gelöst – in den Sand rollten, Mutters kreideweiße Augen, die sich in furchtbarem Grauen weiteten, und ihre erbleichenden Finger auf dem Rücken des Babys.

Das abgerissene Schluchzen der im Staub Liegenden schallte durch die Luft.

»Die Frau ist offenbar total verrückt«, erklärte ich Jakob.

»Sag nur, was du siehst, nicht, was du denkst«, gab er scharf zurück.

»Was habt ihr Dudutsch angetan?« schrie Mutter mit fremder Stimme, sank neben der Frau auf die Knie, fiel in ihr Weinen mit ein und nahm sie in die Arme.

»Was geht da vor sich?« wollte Jakob wissen.

»Mutter jagt die Frau vom Hof«, antwortete ich kaltblütig.

Aber diesmal hatte ich keinen Erfolg. Jakob fixierte mich, fiel über mich her, zwang mich mit unerwarteter Kraft zu Boden und nahm mir die Brille weg. Ein paar Minuten blieb ich auf der Erde liegen, dann stand ich auf und ging ebenfalls ins Haus.

Viele Jahre sind seitdem vergangen, in denen Tia Dudutsch uns keinen einzigen Tag mehr verlassen hat. Sie hat Dutzende von Säuglingen genährt, tausende Stücke Marzipan hergestellt, Tonnen von *Giwetsch* gekocht, Fässer voll Marmelade zubereitet und dunamweise Aufläufe gebacken, ohne je etwas zu sagen. Nur ein Satz kam ihr immer wieder über die Lippen im Gedenken an die blutigen Unruhen von 1929: »Ibrahim, was machst du denn?« Diese Worte verkündete sie der Familie, flüsterte sie den Küchenutensilien zu, rief sie vom Fenster aus verblüfften Leuten nach, die am Haus vorbeigingen, hauchte sie in ihre Kissen, die sie jede Woche von sich warf und gegen neue tauschen wollte, weil ihre Alpträume tiefe Löcher hineingeschmolzen hatten, die kein Mensch außer ihr sah.

Aber damals, an jenem Tag auf dem Feld, wußten wir all das Geschehene noch nicht. Damals begriffen wir nur, wer diese Frau war. Dudutsch Natan, Vaters Schwester, Onkel Lijas Witwe, eine

Figur, die aus Mutters Sehnsüchten und Vaters Geschichten aufgetaucht und zu uns gekommen war.

27

Der elegante Ford, das Mädchen, die Frau und der Mann waren längst vergessen, als eines Tages ein grüner Lastwagen keuchend die Anhöhe heraufgekrochen kam. Djamila und Mutter pflückten Blumen an den Hängen, da die Kamillen nichts genützt hatten und Djamila andere Lösungen empfahl: Narzissen zur Stärkung der geschwächten Liebe, Alraunen zur Anfeuerung der erschlaffenden Leidenschaft, Holzapfelblüten zur Linderung des Begehrens nach einer anderen und Asphodillknospen zur Verdichtung der flüchtigen Treue. Djamila selbst war übrigens eine innig geliebte Frau. Ihr Mann, ein Schafhirte, der den Boden wie ein Buch zu lesen verstand, hatte eines Tages die Spuren ihrer nackten Füße auf dem Pfad gesehen. Die Abdrücke ihrer Zehen und die sanften Mulden ihrer Fersen waren derart vollkommen und die Abstände zwischen den Füßen so edel und verführerisch, daß der Bursche seine Schafe im Stich ließ und den Spuren folgte, bis er die Füße, die sie hinterlassen, erreichte und auf den Boden, den sie betreten, niederfiel. Ein paar Monate später waren die Verhandlungen um den Brautpreis abgeschlossen, und Djamila übersiedelte in das Haus ihres Mannes nahe unserem Dorf. Von seinem restlichen Geld kaufte er ihr ein Paar Schuhe, damit sie hinfort keine Spuren mehr hinterließ, und als Gegenleistung heiratete er keine weiteren Frauen neben ihr.

Der Lastwagen kam schnaufend zum Stehen, Arbeiter mit Schirmmützen und Trägerhemden luden Baustoffe, Wannen zum Zementmischen, schwarze Gummitaschen und Werkzeuge aus. In den folgenden Tagen maßen sie das Gelände ab, trieben Pflöcke in den Boden, spannten Seile, und dann gruben sie dem Hügel

Wunden ins Fleisch, entwurzelten die Asphodillen, die ihm seinen Namen gegeben hatten, planierten seinen Gipfel und sprenkelten seine Erde mit Kalk-, Sand- und Kieshaufen. Mir kam es vor, als stellten sie dort die Kulissen zu einer Bühnenschau auf.

»Nehmt auch den Simeon mit«, rief Mutter, als sie Jakob und mich den Hof in Richtung Hügel verlassen sah.

»Dann bleib ich hier«, knurrte ich.

Jakob meinte, Simeon gehöre zur Familie, deswegen müsse man sich um ihn kümmern, aber ich sagte, ich hätte weder Kraft noch Lust, ihn auf dem Arm zu schleppen. Simeon war zwar klein, aber breit gebaut, und seine Leiden komprimierten und strafften sein Fleisch und machten ihn schwer und kompakt wie Blei. Mutter hatte ihm aus einem leeren Mehlsack eine Hängematte genäht, und wenn sie sah, daß sein Weinen gleich seine geschlossenen Lippen durchbrechen würde, rief sie uns zu: »Wiegt den Simeon!« Aber Simeon belästigte niemanden mit seinen Schmerzen, sondern steckte ein Stück Holz in den Mund und preßte die Kiefer darauf, daß es krachte. Mutter, die die Legende von dem Holzscheit, das Djeduschka Michael bei seiner Beschneidung zerbissen haben soll, verbreitete, erklärte, das Beißen beruhige die Schmerzen. Aber in den Intervallen, in denen seine Beschwerden von ihm abließen, war Simeon bekümmert, als habe er zugleich Grund und Beweis seines Daseins verloren.

Als wolle er beweisen, daß es nicht nur um Linderung, sondern auch um ein Zwiegespräch mit der Welt ging, begann er seine neuen Zähne an allen möglichen Materialien auszuprobieren. In der Rinde des Maulbeerbaums hinterließ er weißliche Knabberstreifen, in die Sohlen der Arbeitsstiefel stanzte er runde Löcher, und eines Morgens krabbelte er in die Bäckerei und kürzte die Bäckerschaufeln. Mutter glaubte, da seien Rattenzähne am Werk gewesen, aber Jechiel sagte, nur ein einziges Lebewesen könne so mit Holzstielen verfahren, und das gehöre nicht zu den Tieren des Landes. Bald wurde Simeons Angewohnheit zu einer nach Fortbildung und Perfektionierung strebenden Sucht, vergleichbar der wütenden Experimentierfreudigkeit eines Halbwüchsigen, der nicht aufhört, sein Glied zu versteifen, als wolle er sich mit ihm messen – wer macht zuerst schlapp.

Er erlaubte seiner Mutter nicht, sich auch nur einen Moment von ihm zu entfernen. War sie ihm aus den Augen verschwunden, grunzte er heiser – mit demselben trübseligen Groll, den alte Rechtsanwälte vernehmen lassen, wenn man ihnen das Lesezeichen aus dem Buch zieht. Hartnäckig, langsam und kräftig kroch er ihr auf Hof und Straße nach, gestützt auf seine Fingerknöchel und das heile Knie, Hautfetzen und Holzspäne spuckend und das verkrüppelte Bein nachziehend. Selbst mit zweieinhalb Jahren konnte er noch nicht hochkommen und laufen, hatte aber am Oberkörper die Muskelpakete eines Ringers entwickelt, und die Fettpölsterchen, die jedes Baby an den Handflächen hat, waren bei ihm hufartig verhornt. Jakob fertigte ihm derbe Krücken und lehrte ihn Stehen und Gehen, worauf Simeon eine Hingabe, Liebe und Treue zu ihm entwickelte, die bis heute nicht nachgelassen haben.

»Er hat so einen merkwürdigen Alptraum gehabt. Er klagte, er sähe schwarze Punkte in seinen Körper eindringen«, erzählte ich Vaters Arzt von Simeon, als ich ihn wieder mal wegen Vater konsultierte.

»Das ist interessant«, erwiderte der Arzt, »hat er als Kind viel geweint?«

»Fast nie«, sagte Jakob, der diesmal auf meinen Wunsch mitgekommen war und bisher geschwiegen hatte.

»Die Schmerzverträglichkeit ist bei jedem Menschen verschieden«, erklärte der Arzt in jenem belehrenden Ton, den Kindergärtnerinnen, Prediger, Versicherungsvertreter und alle anderen pflegen, die mit abhängigen Personen in Kontakt kommen. »Der Schmerz ist ja die Verarbeitung des Empfindens und nicht die Empfindung selbst, und diese Verarbeitung ist in erster Linie eine

Frage der Persönlichkeit, der Umstände und der Wertvorstellungen. Der eine schreit schon bei einem Nadelstich, der andere gibt selbst auf dem Folterrad keinen Ton von sich. Manche Frauen brüllen bei der Niederkunft, andere stöhnen nur.«

»Ich kenne eine, die hat schon bei der Befruchtung gebrüllt«, warf ich ein, aber er blickte mich nur tadelnd an und ließ sich wieder von dem genußvollen Strom des Lehrens und Erklärens forttreiben.

»Hinsichtlich des Schmerzes bestehen mehrere irrige Auffassungen«, fuhr er fort. »Nicht immer ist der Schmerz zielgerichtet, nicht immer kommt er in der richtigen Stärke, und in jedem Fall ist er unmeßbar. Es ist Ihnen sicher aufgefallen, daß auf die Frage ›Wie sehr liebst du mich?‹ die Männer die Arme ausbreiten, während die Frauen sie anlegen. Ich fordere den jeweiligen Patienten auf, seine Schmerzen auf einer Skala von eins bis zehn einzuordnen, und, Sie werden staunen, das ist ein guter Indikator für den Erfolg der Behandlung. Oder ich bitte ihn, frühere, besonders starke Schmerzen mit den gegenwärtigen zu vergleichen.«

Dann wandte er sich unvermittelt an Jakob, deutete auf dessen Hand und sagte: »Hier zum Beispiel, wenn Sie mein Patient wären, würde ich Sie auffordern, den jetzigen Schmerz mit dem bei der Amputation dieses kleinen Fingers zu vergleichen.«

Mein Bruder verzog das Gesicht und erbleichte. Er hat es nicht gern, wenn andere seine Verstümmelung bemerken, meint, der Stumpf signalisiere seiner Umgebung irgendeine Schwäche. Oft versteckt er ihn in der Faust, die er derart fest ballt, daß seine Züge brutal werden.

Jetzt legte er schnell die andere Hand über den Fingerstummel. »Es hat nicht weh getan, als es passiert ist«, brummte er.

»Es hat gewiß später angefangen zu schmerzen«, forschte der Arzt.

»Ich kann mich nicht mehr entsinnen«, erwiderte Jakob ungehalten, »es ist schon Jahre her.«

28

Wir waren weit weg von Gott und Mensch, bis zu den Knien in Teig und Erde versunken, und das im Bau befindliche Haus wurde zum Erkundungs- und Ausflugsziel. Samstags erklommen die Bauernfamilien den Asphodillhügel, die Kinder spielten auf den Kies- und Sandhaufen, und die Erwachsenen betraten den Rohbau, durchschlenderten die offenen Räume und stellten Vermutungen an – wieviel Geld, wieviel Zeit, wie viele Quadratmeter, wieviele Menschen, wer wo wohnen würde.

Jedes neue Ereignis oder jeder Besuch eines Fremden wurde Gegenstand von Gesprächen, Rätseleien und sehr spezifischen Hoffnungen – der ambulante Arzt, der Busfahrer, die Viehhändler, die Lieferanten des Konsums. Manchmal kamen auch fliegende Kurzwarenhändler. Guter Duft entströmte ihren Kästen, und die Fülle der kleinen Dinge darin besaß ungeheure Anziehungskraft. Aber wenn einer von denen an die Tür klopfte, jagte Mutter ihn weg und blickte ihm mißtrauisch nach, weil er sie an die Zigeuner von Jerusalem erinnerte.

Eines Tages erschien ein unbekannter Hausierer. Ein großer, schlanker Mann mit feuchten, begehrlichen Augen und so schütterem, klebrigem Haar, daß es aussah, als sei es von seinem schwarzen Käppchen ausgefranst. Der Holzkasten, der ihm vom Hals baumelte, enthielt das übliche Sortiment an Rasierklingen, Seifen, Schnürsenkeln, Kämmen und einem Dutzend Fläschchen mit Parfümkonzentraten, den »Essenzen«, die nach Bedarf mit Spiritus verdünnt wurden.

Jakob und ich lugten in den Bauchladen, und Mutter bot dem Hausierer zu unserer Überraschung ein Glas Wasser aus dem Eiskasten an und kaufte ihm *Redoma de Kolonia* ab, um es Vater zu schenken. Danach offenbarte sich ihre wahre Absicht. Sie nahm ein Tübchen blaue Schminke für die Augen, steckte es in die Tasche und begann über den Preis zu verhandeln.

Während sie noch feilschte, erwachte Vater aus seinem täglichen Schlaf, kam heran und fing ebenfalls an, zwischen den Essenzenfläschchen zu stöbern und an ihnen zu riechen. Mutter zog ihn verlegen zur Seite und sagte: »Wir haben kein Geld für Schuhe für die Kinder, und du willst das *Kolonia* kaufen?«

Der Hausierer blickte sie gehässig an, leckte sich unwillkürlich die Lippen und sprach ein deutliches Wort: »*A Gojte.*«

Keiner in unserer Familie konnte Jiddisch, aber dieses Wort kannte Mutter sehr gut. Es war nicht das erste Mal, daß sie es hörte oder dachte. Jakob schaute mich an und ich ihn, und mir scheint, wir haben auch ein kleines Grinsen ausgetauscht und sind zurückgewichen, um dem bevorstehenden Handgemenge Platz zu schaffen.

Mutter bebte »wie ein bucharischer Schuhmacher, den eine Schlange angespuckt hat«. Die kränkenden Silben brachen durch ihre Schläfenknochen, drangen ins Gehirn vor und explodierten dort. Herrliche Zornesröte entflammte auf ihrer Brust, kletterte über Hals und Gesicht. Ihre Wölfinnenzähne entblößten sich, Wutadern schwollen an ihrem Hals, rannen von den Kinnladen abwärts und verschwanden unterm Blusenkragen. Sie ließ mit präzisem Schwung ihre starken Arme vorschnellen, packte die Lederriemen des Bauchladens und schnürte dem Hausierer den Hals damit ab. Das Gesicht des Mannes lief blau an, seine Arme und Waden flatterten, und der Mund öffnete sich weit. Erst als er in voller Länge auf dem Boden gelandet war, ließ Mutter von seiner Gurgel ab, und erst jetzt konnten sich ein paar abgerissene Flüche Luft machen.

Sie stellte ihm den nackten breiten Fuß auf den verängstigten Bauch und sagte: »Wen du hast genannt Goja?«

»Niemanden«, ächzte der Hausierer.

»Du dich in acht nehmen, ich Tatar!« verkündete Mutter.

Wir alle versteckten uns hinter ihrem Rücken. Jakob trat gemächlich von einem Fuß auf den anderen und wartete auf die Fortsetzung. Ich fragte mich, ob die Flüche, die sich dem Mund des Hausierers entrungen hatten, diesem oder bereits einem früheren Moment entsprungen waren, aber erst jetzt, da Mutter seine Kehle freigab, hatten herausdringen können. Vater, halb verborgen hinter ihrer Gestalt, klopfte ihr behutsam flehend und beruhigend auf die Schulter. Dudutsch beobachtete sie stumm vor Bewunderung von der Seite, auf Simeons Zügen strahlte ein selten vergnügtes Lächeln, und der Gänserich trippelte immer rundherum und sorgte dafür, daß niemand seine Herrin belästigte.

»Meinen Vater hat ein Rabbin mit sooo einem Bart konvertiert!« verkündete Mutter dem Hausierer, uns, der ganzen Welt. Sie verlagerte ihr gesamtes Körpergewicht auf das auf ihn drückende Bein und zeigte mit den Händen die Größe des besagten Bartes an.

»Größer als das *Berdele* von dein Rabbin«, fuhr sie begeistert fort, »und Augen hatte er wie der Prophet Elija. Und mein Vater war erwachsen, als man ihm die *Brit Mila* gemacht hat. Alle wurden mit Stricke gefesselt, weil es nicht die Narkose gegeben hat, aber mein Vater hat ohne Stricke gewollt und nix geschrien, weil die *Brit Mila* gar kein Weh für ihn gewesen ist.«

»Genug, genug«, grummelte Vater, »haben wir schon gehört.«

Mutter nahm den Fuß von dem Hausierer, beugte sich zu ihm nieder, packte ihn am Hemd und zog ihn hoch, bis er wieder auf seinen wankenden Beinen stand.

»Wir sind bessere Juden als du«, verkündete sie, »und in meinen Söhnen fließt schon das Blut von unserm Stammvater Abraham.«

Damit war sie fertig, stieß ihn wieder in den Staub und schloß die Tür. Jetzt versagten ihr die Knie, und die müden, verzweifelten Augen fielen langsam zu. Die Wand, an der sie sich schnell abstützte, bebte unter ihrem Schluchzen und Gewicht. Jakob goß ihr ein Glas Tee auf, und Mutter trank es langsam, beruhigte sich und ließ ihre Parole – »Ach... das ist gut...« – vernehmen, damit wir wußten, daß es ihr besser ging.

Am nächsten Tag erschien bei uns eine kleine Frau mit dem Gesicht eines vorzeitig gealterten Zickleins, Vogelkrallenhändchen und einem kleinen Holzkoffer. Sie betrat das Haus, fragte: »Wo ist die gnä' Frau?« und steuerte, ohne eine Antwort abzuwarten, auf Mutter zu, zog zwei blaue Kämme hervor und steckte ihr damit die Schläfenhaare zurück.

»So ist es viel hübscher«, erklärte sie, einen Schritt zurücktretend, um ihrer Hände Werk zu prüfen und zu verbessern, »*chez nous à Paris* ist es so modern.«

Sogleich zog sie auch ein blaues Samtband aus der Tasche, legte es Mutter um den Hals und fixierte es mit einer weißen Perlmuttbrosche. Mutter lachte laut und verlegen auf, aber ihre Augen wurden schmal vor Vergnügen. Das ganze Bild war ebenso merkwürdig wie grandios, und schon damals wußte ich, daß ich es nie vergessen würde, denn Mutter war eineinhalb Kopf größer als die fremde Frau, und die billigen kleinen Schmuckelemente verschönten sie sehr. Jakob und ich schauten sie verblüfft an. Plötzlich war sie in unseren Augen eine ganz andere Frau, deren großflächiges Gesicht, weit auseinanderstehende graue Augen und breite Schultern ihre Derbheit verloren hatten und so schön und anziehend wirkten, daß sie uns mit ihrer fremden neuen Kraft erschreckten.

Mit sanftem Schubs plazierte die Besucherin Mutter auf einen Stuhl. »*S'il vous plaît, madame*«, sagte sie, »*chez nous à Paris* könnten Sie die allerallerschönste Königin sein mit Ihrem Gesicht, Ihrem Haar, Ihren Schultern – *formidable*.«

Sie klappte den Koffer auf, zog Kamm, Schere, ein schwarzes Haarnetz, Tischspiegel und Haarspange hervor und sagte: »Gestern war jemand hier, der sich sehr schlecht benommen hat, und ich möchte –«

Während sie noch sprach, war Simeons Raubtiergebiß um ihren Fuß zugeklappt. Zu ihrem Glück hatten die Zähne allerdings den Schuh, nicht die Haut getroffen. Verlegene Stille trat ein, aber die

Frau beugte sich nieder, schob ihm die Hand unters Hemd und kraulte ihm mit den Fingerspitzen den Rücken. Ein Wunder geschah. Simeons Augen gingen zu, seine Muskeln entspannten sich, seine harten Kiefer gaben ihre Beute frei.

»Männer und Jungen«, lachte die Frau, »alle die gleichen – liebe kleine Hündchen. Bei uns in Paris beißen sie auch noch mit vierzig.« Danach bat sie Mutter, wieder auf dem Stuhl Platz zu nehmen, breitete ein großes Laken über ihre Schultern und begann ihr die Haare zu schneiden und zu frisieren.

So lernten sich Mutter und ›Chez-nous-à-Paris‹, die Frau des rüden Hausierers, kennen. Sie war eine vehemente Frankophonin, Expertin in Sachen Zwischen-ihm-und-ihr und fortan Mutters beste Freundin. Sie hatte einen kleinen Damenfriseursalon in der benachbarten Moschawa und einen kleinen Stamm treu ergebener Kundinnen, die in ihr die höchste Autorität in allem sahen, was Locken, Dauerwellen und Liebe anbetraf. Und sie war tatsächlich eine begnadete Friseuse, der es gelang, diese abgeschafften Frauen zu verschönern, die allesamt von eintönigen Jahren der Armut und Schwerarbeit verschlissen waren und außer ihren dumpfen Ehemännern keinen Menschen hatten, für den sie sich hätten hübsch machen können.

Der Spitzname »Chez-nous-à-Paris« war ihr angehängt worden, weil sie diesen Ausdruck »bei uns in Paris« häufig benutzte. Selbstverständlich hatte sie auch einen richtigen Namen, der jedoch längst außer Gebrauch gekommen war, so daß kein Mensch ihn mehr wußte. Sie übernahm den Beinamen sogar gern selbst und stellte sich auch stolz damit vor: »*Chez-nous-à-Paris, enchantée*«. Mit der Wendung »*chez nous à Paris*« verlieh sie jeder ihrer entschiedenen Feststellungen zusätzlichen Nachdruck.

»*Chez nous à Paris* ist die Liebe wie das tägliche Brot für den Menschen.«

»*Chez nous à Paris* küssen sich die Menschen auf offener Straße.«

»*Chez nous à Paris* weiß sogar der allerallerschmutzigste Clochard eine Frau zu verwöhnen.«

Einmal pro Monat suchte Mutter sie aus Schönheitsgründen auf und einmal pro Woche aus sozialen und seelischen Bedürfnissen. Hier saß sie mit ihren neuen Freundinnen zusammen, tauschte Kochrezepte und Klagen, durchblätterte Journale, auf deren Seiten schöne Frauen sich in der Gesellschaft gutaussehender, visionär dreinblickender Poeten tummelten, die sich zusätzlich mit Luftfahrt und Bankwesen beschäftigten und ihre Hälse mit Seidenkrawatten schmückten.

Chez-nous-à-Paris regierte mit ebenso energischer wie sanfter Hand über diese Frauentreffen, wobei sie mit ihren eigenen Geheimnissen ähnlich freigiebig umging wie mit denen der anderen Frauen.

»Da kommt ja Schoschana«, verkündete sie. »Na, Schoschana, wir möchten alle wissen, wie war's heut nacht? Hat die Salbe deinem Mann geholfen?«

Zu ihren Gunsten sei gesagt, daß sie niemals hinter dem Rücken der Betreffenden mit Klatsch hausieren ging, und so wurden die Zusammenkünfte im Frisiersalon zu Beicht- und Läuterungssitzungen, denen die Frauen sich begierig verschrieben. Sie vertrauten ihr dermaßen, daß sogar ihr vorzeitig gerunzeltes Gesicht sie nicht davon abhielt, ausgerechnet ihre selbst angerührten Cremes zur Hautverjüngung zu erwerben.

»Mir hat es tatsächlich nicht geholfen«, gestand sie einmal einer zögernden Frau, die zweifelnd ihre Züge musterte, »aber deswegen brauchst du doch nicht zu leiden, nicht wahr, *ma chérie?*«

29

Ein paar verblichene Bilder aus der Schule: In der 5. Klasse hatten wir einen Aushilfslehrer, der die linke Hand ständig im Hosenbund stecken hatte. Im Naturkunderaum mußte ich mich einmal übergeben, weil der Formaldehydgeruch mich an Brinkers Chaja Hameta erinnerte. Bei Ratespielen in Allgemeinbildung – Synonyme, Flüsse, Schriftsteller, Hauptstädte, und wer hat zu wem gesagt – errang ich stets den ersten Preis. Aber die Schulerinnerungen gehören nicht zu denen, die gern wieder in mir aufleben, und keiner der Lehrer hat einen Eindruck bei mir hinterlassen, der nicht vernarbt wäre.

Als ich elf Jahre alt wurde, übernahm ich den Brotverkauf. Jeden Morgen stand ich um sechs Uhr früh auf, lud mit Vater die Brotkisten auf die Kutsche, schirrte den Esel an und fuhr – ein Nachfahre Hektors und Ben Hurs – aus dem Hof in meine Abenteuer. Der rötliche Feldweg war noch taufeucht, und die weichen, abgefahrenen Gummireifen verursachten nicht das leiseste Geräusch. Achilles und Messala waren am Horizont nicht auszumachen, und so legte ich mir die Zügel um den Hals, weil der Esel sowieso schon den Weg und die Häuser, vor denen haltzumachen war, kannte, und konnte die Nase in ein Buch stecken und mich in die Lektüre vertiefen. Dadurch schaffte ich noch drei bis vier Bücher mehr pro Woche. Bei Isaak Brinker hielt ich mich trotz Chaja Hametas deprimierender Anwesenheit stets ein paar Minuten auf. Brinker war dann gerade vom Melken zurück, und die beiden fochten ihren allmorgendlichen Streit zu Ende, bei dem es immer um dasselbe Thema ging: Essen. Brinker mochte sehr gern Rührei mit Petersilie, aber der Petersiliengeruch verursachte Chaja Hameta einen juckenden Ausschlag am Hals. Sie wiederum kochte gern Hahnenkammsuppe, die ihren Mann bis in die Tiefen von Leib und Seele ekelte.

Brinker wußte, warum ich bei ihnen Pause machte, und holte aus der Schublade den Bernsteinklumpen, den er aus Deutschland mitgebracht hatte. Er enthielt eine Millionen Jahre alte große Fliege, die noch so frisch und verblüfft wie am Tage ihres Todes wirkte. Ich hielt ihn mir schwer atmend vor die Augen. Auch in dem Buch des alten Olle Bolle hatte es solch einen Bernsteinbrokken gegeben, und auch dort stockte den Kindern beim Betrachten der Atem. Das Licht, das sich in den goldgelben Rundungen brach, vergrößerte den Körper der Fliege, und die Gabe der Kurzsichtigen, auf kurze Entfernung gut zu sehen, verschärfte das Bild.

»Wie geht's deiner Mutter?« fragte Brinker und streichelte meinen Nacken.

»Gut«, antwortete ich.

»Richte ihr schöne Grüße aus«, sagte er, »sie soll sich Hühnermist für den Garten abholen kommen, wenn sie möchte.«

Auch meine Freundschaft mit Jechiel wurde immer enger. Meine Stunden bei ihm entwickelten sich zum Privatunterricht nach dem Motto »Englisch gegen Brot«. Die englische Sprache gefiel mir. Heute weiß ich, daß ich bei ihr die Wesenszüge fand, die ich später an Frauen, die ich liebte, entdeckte – klare Vernunft, Siegerhumor und daneben die nachsichtige Großzügigkeit, die Größe und Vielfalt ihren Ehemännern bzw. Sprechern verleihen. Noch heute staune ich über ihre Fülle an Synonymen, ihre Nachgiebigkeit in bezug auf maskulin und feminin und ihre Strenge hinsichtlich der Zeiten. Zehn Jahre nach jenen Stunden bei Jechiel habe ich mich mit seinem alten Onkel über die Liebe zum Englischen unterhalten. Edward Abramson lachte verächtlich. »Ja, ja...«, brummte er, »das ist eine Sprache für Franklin und Hardy, nicht für Kohelet und die Zehn Gebote. Dreihundert Wörter für alle möglichen Arten von Schafen und Zangen und nur fünf Wörter zum Sterben auf präzise Weise.«

Ich mochte diese Unterrichtsstunden, die Kaffee und Kekse sowie die Unterhaltung und Zuneigung eines Erwachsenen mit einschlossen. Und so konnte ich, als meine Kameraden noch mühsam »*Once there was a wizard, he lived in Africa, he went to China to get a lamp*« deklamierten, unter Jechiels Anleitung bereits Fenimore Cooper im Original lesen, ebenso wie den bewußten *Wilson, der Dummkopf* und später auch *Tracys Tiger*, eine Liebesgeschichte, die ich, wie bereits angedeutet, besonders liebe. So hat auch Jechiel seinen Beitrag zu meiner Verschlossenheit, meiner Abkapselung und letztlich auch zu meiner Abreise geleistet.

Der Junggesellenstand entsprach Jechiels Wesensart. Er trug Tweed-Jacketts, die einzigen Jeans im Lande und beige amerikanische Arbeitsstiefel. Gelegentlich kaufte er Käse und Gemüse bei den Bauern und Eier bei Djamila, die von ihm auch ein paar Worte lernte und auf Jechiels Frage: »*How do you do?*« schmuckklirrend mit ihren großen Zähnen lachte und ihm »*Hadidu, hadidu*« nachsprach.

Mit der Zeit öffnete er sich mir immer mehr, und eines Tages verriet er mir seinen geheimsten Traum, schon jetzt seine letzten Worte zu verfassen.

»Ich bin nichts als ein kleiner Bibliothekar in einem kleinen Dorf eines kleinen Landes«, erklärte er mir traurig.

Es war sein Herzenswunsch, einen derart wichtigen und schönen letzten Satz zu formulieren, daß man ihn der Aufnahme in eine seriöse Anthologie, in unmittelbarer Nachbarschaft zu berühmten Toten, für würdig befinden würde. Er erdachte letzte Sätze, probierte sie bei mir aus und wiederholte sie sich unablässig, um zu prüfen, wie sie ihm zwischen Zunge und Gaumen rollten, damit er sie in den Nebeln des Sterbens nicht etwa vergaß. Bald ergriff ihn jedoch Hoffnungslosigkeit, denn keiner konnte sich mit den großartigen Aussprüchen in seiner Sammlung messen.

»Im Himmel werde ich hören«, zitierte er neidvoll Beethovens letzte Worte, »mehr Licht...« schmolz er mit Goethes Todesröcheln dahin. »Welche Schlichtheit«, rief er, »welch bescheidener Optimismus bei diesen großen Menschen.«

Erst als er drauf und dran war aufzugeben, kam ihm eine Idee in den Sinn, die so glänzend war, daß er ganz ungeduldig wurde und der Tod ihm plötzlich unerreichbar weit erschien. Er wollte lachen zwischen seinen letzten Worten, wie immer sie lauten mochten, ein schwaches, aber deutliches Kichern ausstoßen, das seine ganze Verachtung angesichts der schwarzen Fratze des Todes ausdrücken sollte.

Gegen Abend ging ich mit ihm den Arbeitern auf dem Asphodillhügel zuschauen. Noch vor der Fertigstellung roch das Haus spürbar nach Vernunft und Wohlstand. Aufgrund des Dachzimmers schloß Jechiel, daß der Hausherr ein Dichter sei. Chaja Hameta erklärte, ein Dichter brauche keine zwei Badezimmer, und meinte, ein reicher Engländer baue das Haus für seine jüdische Geliebte und seinen illegitimen Sohn. Im Konsum sagte der Kokosin, er habe die künftigen Bewohner bereits kennengelernt, es handele sich um eine jüdische Industriellenfamilie aus Dresden, die die gesamte Pension Salzmann in Haifa bis zum Bauabschluß gemietet habe und eine Porzellanfabrik im Dorf gründen wolle. Aber ich, der ich das Mädchen, das hier bald wohnen sollte, schon gesehen hatte, wußte, daß sie kein Sohn war, egal, ob illegitim oder nicht, und auch keineswegs wie eine Dichter- oder Porzellanfabrikantentochter wirkte, doch ich klärte niemanden über den Irrtum auf.

Alsbald kamen Zimmerleute, die dicke Türen aus Holz und Glas anbrachten, Glaser setzten Fensterscheiben ein, die Wände wurden verputzt und gestrichen, die Fliesen gelegt. Zwei Gärtner pflanzten Zier- und Obstbäume, säten Blumen und Rasen, und ein grüner Lastwagen brachte Kisten und Möbel. Arbeiter luden ab, und ich, der ich seinerzeit meine eigene Brille erhalten, sie aber am nächsten Tag zerbrochen hatte und dafür von Vater mit einer Ohrfeige beehrt worden war, legte die Finger in die Augenwinkel und ging mir das Schauspiel ansehen.

Verhüllte Bilder wurden vorsichtig getragen, gefolgt von Kartons voller Gläser, in Wolle gepackt, Metallkästen und Holzkisten. Die Tische waren schwer und blank. Die Sessel wirkten plump und gut gepolstert, und als sie durch die Luft gewuchtet wurden, sahen sie aus wie in flagranti ertappte, ehrbare Damen – die geschwollenen Knöchel emporgereckt, die Dessous im Winde flatternd.

Am nächsten Abend kam wieder die Limousine. Der große Mann, die anlehnungsbedürftige Frau und das blumige Mädchen betraten ihr neues Haus, die ganze Nacht brannten dort die Lichter, und wunderbare, heitere Musik schallte aus den offenen Fenstern. Mehrere Jahre später, ich war schon ein junger Mann, habe ich diese Musik eben dann wieder gehört, als ich im Hafen von New Orleans von Bord ging und loszog, mir etwas zu essen und eine Brille zu suchen. Überrascht war ich nicht. Damals wußte ich schon, daß Emerson recht gehabt hat – alte Gerüche, Melodien und Bilder lauern dem Wanderer auf, wohin er auch gehen mag.

30

Manchmal erscheinen fremde Menschen vor unserem Haus und fragen nach »Herrn Abraham Levi«.

»Wir haben einen Brief bekommen«, sagen sie, »haben einen Brief erhalten und sind angereist.«

Vater bittet sie zu einem kurzen Gespräch in sein Zimmer, ein paar Minuten später trollen sie sich, den Kopf beschämt gesenkt.

»Haben die Prüfung nicht bestanden«, lachte Jakob, als ich ihn fragte, was das zu bedeuten habe.

Seit Jahren, erklärte mir mein Bruder, versandte unser Vater Briefe an Leute, die er verdächtigte, mit uns verwandt zu sein. »Er bastelt sich eine neue Familie, besser als die, die er hat. Deswegen all die Telefonbücher in seinem Zimmer. Er wird nicht eher ruhen, bis er jeden Levi, der dort verzeichnet steht, angeschrieben hat.«

»Der eine Sohn fährt nach Amerika, der andere feindet seinen Vater an. Der Mensch muß doch eine Familie haben«, erwiderte Vater auf meine Fragen.

»Kann man mit solchen Verwandten denn leben?« Er deutete

auf Simeon. »Guck dir das an. Wo ist all der Verstand seines Vaters, selig, geblieben? Wo ist die salomonische Weisheit von Lija, der alle Sterne beobachtet, aus allen Zahlen gelesen und sämtliche Sprachen gesprochen hat? Weg, alles weg. Weg ist der *Kaimak* und geblieben der *Tokmak*. Das Genie verfliegt, der Holzkopf obsiegt.«

Ich sah Simeon an: gehärtetes Fleisch und festgegossenen Schmerz. Hephaistos, über den Amboß seines Leibes gebeugt.

»Das ist nicht das Kind von Lija, selig«, klagte Vater weiter, »den haben sie, als er noch klein war, einer Georgierin zum Stillen gegeben, und deren Milch hat ihn dumm gemacht.«

Und um Lijas Weisheit zu belegen, zitierte er ein Gedicht, das sein geliebter Schwager als Sechsjähriger verfaßt hatte:

> Er, der Storch, mit mächt'gen Flügeln,
> Wie Feinmehl so weiß der Nackenbogen,
> Zieht seine Bahn hoch droben über Hügeln,
> Und weiter über blaue Meereswogen.

»Soll er doch herumquatschen, so viel er will, mit solchen Gedichten, der alte Nichtstuer«, schimpfte Jakob. »Auf Simeon verlaß ich mich und auf mich selbst und fertig.«

Auch Simeons Mutter, seine Schwester Dudutsch, sieht er scheel an. Ich weiß nicht, ob er ihr nach wie vor wegen ihrer Freundschaft mit Mutter zürnt oder sie für den Tod ihres Mannes verantwortlich macht, oder womöglich gehört er zu den Männern, die es einer Frau nicht verzeihen können, daß sie vergewaltigt wurde. Er hat sie immer viel gescholten, aber dennoch auch immer wieder gebeten, ihm den unvergeßlichen Salat ihrer Kindheit zu machen, mit Tomatensaft, gehackten Frühlingszwiebeln und Olivenöl, in den die *Orniros*, die Bäckerlehrlinge, ihr Brot tauchten, während sie ihn mit schwarzen Oliven und einigen Gläschen Feigenarrak aßen.

In jenen Tagen war Dudutsch dabei, Simeon zu entwöhnen, da

sie seine wachsenden Zähne fürchtete. Das Stillen verlangt, mehr noch als die Liebe, absolutes Vertrauen, und ich erinnere mich noch sehr gut, wie das arme Kind zu seiner Mutter krabbelte, die Lippen rundete, die Zunge röhrenförmig rollte, sich an sie schmiegen und saugen wollte, aber abgewiesen wurde. Doch die Brust meiner Tante hatte weiterhin Milch in Fülle. Halb erstickt vor Druck und Verlangen begann sie nach einem neuen Baby Ausschau zu halten. Sie lief schwangeren Frauen nach, lugte in Häuser, aus denen Säuglingsweinen drang, kletterte über Zäune, hinter denen Windeln auf der Leine hingen, und einmal wurde Vater sogar in das Krankenhaus der nahen Stadt gerufen, da seine Schwester sich ins Säuglingszimmer gestohlen hatte und ertappt worden war, nachdem sie schon vier gestillt hatte.

Beschämt und aufgebracht holte er sie von dort zurück. »*Kipaselik*! Eine bodenlose Frechheit!« brüllte er. »Welche Schande willst du uns denn noch machen?«

Sie wurde von derart schweren Völleschmerzen heimgesucht, daß Isaak Brinker ihr empfahl, seinen Bruder, Professor Ludwig Efraim Brinker, den berühmten Frauenarzt aus Jerusalem, zu konsultieren. Jeden Sommer kam der Professor ins Dorf. Ein hochgewachsener Mann mit hoher Stirn, dessen Namen und Titel alle in respektvollem Flüsterton aussprachen, abgesehen von seinem Bauernbruder, der ihn Fritzi nannte, sich auf dem Hof mit ihm balgte, ihm das Gesicht mit Erde einrieb und dabei so lachte, wie es eben jeckische Bauern tun, wenn sie ihre Professorenbrüder zu Boden ringen.

Mit Professor Ludwig Efraim Brinker kamen auch seine beiden Zwillingssöhne, die mit ihren glatten, strohblonden Schöpfen, gebügelten Khakishorts, schneeweißen Zähnen und den Halbschuhen mit Luftlöchern oft die Bäckerei aufsuchten.

Brinker hatte seinem Bruder von meiner Gedächtnisschärfe berichtet, worauf der Professor mich mit pedantischen Rätselaufgaben im Stil der Heidelberger medizinischen Fakultät prüfte.

»Ich bin eine Blume, und in meinem Innern ist Grünzeug!« rief er. »Wer bin ich?!«

»Strandlilie«, sagte ich und erntete ein präzises Streicheln über den Schädel.

»Ich bin ein Kontinent, und in meinem Innern ist eine Königin. Wer bin ich?!«

»Amerika«, antwortete ich und bekam ein Geschenk: eine riesige Stahlspritze.

Ich konnte ihm sagen, wo Schwedens Kupferminen liegen, wann der Komet Halley über Jerusalem aufgetaucht war und wie der römische Soldat hieß, der vor den Augen des etruskischen Feldherrn seine Hand ins Feuer gelegt hatte. »Und im Dunkel der Nacht, ohne Bogen und Wurfspeer...«, sagte der Professor, und als ich die folgenden Zeilen deklamierte, belohnte er mich mit Schulterklopfen und einem alten Stethoskop.

Jechiel fragte ihn flüsternd über Tschernichowski aus, denn Professor Brinker und der Dichter hatten zusammen Medizin studiert.

»Ja, gewiß«, hörte ich ihn grinsend sagen, »viele, wie die Socken hat er sie gewechselt.« Jechiel wollte wissen, wer »Mirjam« gewesen sei und was der Dichter an ihr gesündigt habe, aber da war Professor Brinker überfragt. »Wenn er ein Gedicht über sie geschrieben und es ihr gewidmet hat, ist es wohl wirklich ein großes Geheimnis«, meinte er. Damit hatte er eine Feststellung getroffen, die Jechiel verblüffte, denn diese Art der Wahrheitsverschleierung wäre ihm nie in den Sinn gekommen.

Professor Brinker war auch ein begeisterter Phrenologe, bewandert in den Schriften Lombrosos und Kretschmers, und wie – ja wie wer wohl? – wollte und durfte er meiner Mutter den Schädel messen, mit Meßfäden und Scherchen, die er einem speziellen Lederetui entnahm.

»Ein schöner Kopf«, sagte er bewundernd, »der Schädel paßt wie angegossen zum Hirn.«

Er erklärte ihr den Unterschied zwischen einem länglichen und einem breiten Gesicht: »Franziskus von Assisi im Gegensatz zu Martin Luther, Don Quichote und Sancho Pansa, König David und Nabal, der Karmeliter, Dante und Goethe.« Mutter, die diese Persönlichkeiten nicht kannte und sich auch weder mit akademischen Gepflogenheiten noch mit deutschen Kosenamen auskannte, nannte ihn »Professor Fritzi« und machte dabei respektvoll einen schüchternen kleinen Knicks. Chaja Hameta ließ ein Schnaufen vernehmen, wie Leichen es abgeben, bevor sie sich im Grabe umdrehen, Vater erbleichte vor Scham, und Professor Ludwig Efraim Brinker errötete vor Freude.

Als Gegenleistung für die Kopfmessung bat sie ihn darum, Dudutsch von ihren Schmerzen zu befreien. Aber die hatte sich schon derart mit der Eifersucht ihres verstorbenen Gatten identifiziert, daß sie ihn nicht einmal mit verbundenen Augen zur Untersuchung an sich heranließ. Er verschrieb ihr Tabletten, zum Einstellen der Milchproduktion, die nichts bewirkten, und als er nach Jerusalem zurückgekehrt war, schickte er ihr von dort eine unförmige Pumpe aus Gummi und Glas, die ihrer Brust keinen einzigen Tropfen Milch absaugte.

Sie lief im Haus umher, krümmte sich ächzend, und einmal geschah etwas, was ich heute noch kaum glauben kann. Mutter schloß sich mit ihr im Zimmer ein, und in peinlicher Frauenfreundschaft, die sich dem männlichen Verständnis entzieht, versuchte sie an ihr zu saugen, doch vergebens. Dudutsch brauchte Zunge und Kiefer eines Babys. Am Familientisch entblößte sie mit einer selten rührenden Geste, die sowohl Freigebigkeit wie flehentliche Bitte enthielt, plötzlich die Brust.

Schwellend, einsam und verschämt, furchterregend in ihrer Verwaistheit und Großartigkeit springt mir die linke Brust meiner Tante ins Gedächtnis und erleuchtet das Zimmer mit ihrer Schönheit, ihrer Frische und ihrer Sehnsucht nach der amputierten Zwillingsschwester. Die Zeit hat meinen Vater zum Greis gemacht. Meinen Bruder zum Mann. Meine Mutter zur Toten. Und mich ... wozu mich? Nur die Brust meiner Tante ist geblieben, wie sie war, konserviert im Bernstein ihrer Jugend. »Wie eine Photographie der zweiten Brust«, erklärte mir Romi.

»Gott behüte!« Vater schlug die Augen nieder, und sein Kinn bebte vor Zorn. »Was machst du denn?! Es sind doch schon große Kinder hier.«

Jakob und ich – wir hatten bereits das Bar Mizwa-Alter überschritten und den ersten Flaum auf der Oberlippe – betrachteten den seidigen Hügel mit runden Augen und trockenem Gaumen. Jakob streckte ganz ungezwungen die Hand aus und berührte ihn mit den Fingerspitzen. Vater schlug ihm auf den Arm und schrie: »Mach endlich, daß du hier wegkommst! Elende Hure!«

»Laß die Dudutsch in Ruhe, du Bösewicht!« Mutter baute sich neben Dudutschs Stuhl auf. »Hast du denn gar nix begriffen? Sie will keinen Mann, sie will Baby.«

Ihre große Hand fuhr sanft über das Haar, das seinen saroyanisch blauen Glanz verloren hatte, folgte den ewigen Linien des Staunens, die sich ins Gesicht eingegraben hatten, wölbte sich einen Moment über das leere Auge, streichelte dann den Hals, glitt zu der Brustknospe hinunter, die wie mit violettem Pinsel aufgemalt wirkte, und bedeckte die Blöße ihrer Schwägerin mit dem Kleiderzipfel.

Tia Dudutsch lehnte erschauernd den Kopf an Mutters Hüfte, und ein dunkler feuchter Fleck breitete sich auf ihrem Kleiderstoff aus.

»Ibrahim, was machst du denn?« stöhnte sie.

Vater verließ wütend das Zimmer, worauf Jakob meinte: »Jetzt geht er sicher in den Ofen schreien«, aber Vater kehrte mit dem bewußten arrakgetränkten Taschentuch auf der Stirn zurück, um anzuzeigen, daß er *Dolor de cabeza*, Kopfschmerzen, habe, daß man ihm auf die Nerven falle, daß ihm nun alle aus den Augen gehen und ihn in Ruhe lassen sollten.

Nicht nur Dudutsch machte ihm Schande. Keinem von uns gelang es, ihn zufriedenzustellen. Mutter war ihm wegen ihres Verhaltens, ihrer Herkunft und ihres Aussehens verhaßt, Jakob war »ein störrischer und widerspenstiger Sohn«, ich war höflich und freundlich, zog mich aber schon damals in meine verschwommenen Welten zurück, und Vater begriff als erster, daß er von mir keine Rettung erwarten konnte.

Auch Simeon war eine unerschöpfliche Quelle der Ehrverletzung. Zwar kam er in jenem Jahr bereits in die dritte Klasse und überraschte alle mit seinem Fleiß, aber gleichzeitig wurde seine Bissigkeit von einer irrsinnigen Gier auf Süßigkeiten abgelöst. Chaja Hameta hatte einen Separator und eine Handbuttermaschine Marke Hoskvarna, und manchmal schmuggelte Brinker Mutter ein bißchen Butter und Sahne zu, worauf sie einen köstlichen Schaum aus Kakao, Sahne und Zucker für uns schlug. Simeon, der die Schläge des Schneebesens von jedem Ort und aus jeder Entfernung hörte, kam dann, vor Speichel und Begeisterung triefend, mit seinem schiefen Hyänengang in die Küche geschlendert und starrte Mutter flehend an.

Sie beugte sich zu ihm hinab, zeigte ihm seine Portion und sagte: »Nix beißen!«

Wir lachten, und Simeon trug, bleich vor Begierde, seine Beute in eine verborgene Ecke, aus der er erst lange, nachdem wir unseren Teil aufgegessen hatten, wieder zum Vorschein kam, um Mutter Schüsselchen nebst Teelöffel blitzsauber abgeleckt zurückzubringen.

Mutter mochte Simeon gern und hatte Mitgefühl mit ihm, da sie seine Nöte sehr gut kannte – nicht seine Schmerzen, sondern das erstickte Tierische, das in seinem Innern ebenso wie in ihrem nistete. Manchmal sparte sie ein paar Münzen zusammen und kaufte den englischen Soldaten, die das Brot für ihren Stützpunkt abholten, eine Tafel Schokolade ab. Das Stückchen, das er bekam, steckte er eiligst in den Mund, doch trotz der riesigen Verlockung zu schneller, kraftvoller Befriedigung – einer Versuchung, der Kinder und Männer nur schwer zu widerstehen vermögen – kaute er es nicht, ja lutschte nicht einmal daran, sondern schloß nur Augen und Lippen und ließ es im Mund zergehen. Stumm wie ein Stein war er dann, auf seine Empfindungen konzentriert wie ein Fakir, der ganze Körper um dieses Stückchen Genuß zwischen Zunge und Gaumen geschart. Ich konnte sehen, wie die Süße in seinem Mund dahinschmolz, in sein schmerzendes Gewebe einsickerte, seinen Leib tröstete und Hoffnung in ihm sprießen ließ.

»Die Schokolade vertreibt die schwarzen Punkte«, hat er Jakob einmal erklärt.

»Gib ihm nur, gib ihm viel *Chocolata*«, sagte Vater, »damit ihm sämtliche Zähne verfaulen, diesem wilden Hund, und er aufhört zu beißen.«

31

Als ich eines Morgens hinausging, um den Esel anzuschirren, fand ich ihn schon bereit und meinen Bruder auf dem Kutschbock sitzend.

»Ich komm mit dir Brot ausfahren«, sagte er, und unterwegs schlug er vor, wir sollten auch das neue Haus aufsuchen.

»Laß mal«, winkte ich ab, »ich glaube nicht, daß die überhaupt Brot essen, und außerdem gehören sie nicht zum Dorf.«

»Alle essen Brot«, meinte Jakob, »sogar die.« Und schon lenkte er den widerstrebenden Esel – ein fleißiger, treuer Arbeiter, aber entschiedener Gegner von Veränderungen – auf das neue Haus zu. Von weitem sahen wir den Ford den Abhang heruntergleiten. Der hochgewachsene Mann fuhr in einer schnellen Staubwolke an uns vorbei, erschreckte den Esel und verschwand. Erst einige Zeit später begriff ich, daß ich Zeuge der Flucht eines Mannes von Haus und Familie geworden war und daß er niemals zu ihnen zurückkehren würde.

Wir überquerten das Feld, fuhren den Hügel hinauf und rollten durch das offene Tor in den Hof des Hauses. Kleine Häufchen Baumaterial tüpfelten noch den roten Lehm, Kalkstaub lagerte weißlich auf dem Laub der Setzlinge und auf den Blumen.

»Brot! Brot!« rief Jakob und schwang die große Messingglocke, mit der wir unsere Ankunft signalisierten.

Das Haus blieb stumm.

»Brot! Brot!« rief Jakob weiter und klingelte erneut.

Die Frau lugte aus dem Fenster. »Komm herein, Junge, bring zwei Laibe.« Ihre Stimme war tränenerstickt.

Jakob wählte zwei Brote aus und betrat das Haus. Zwei Minuten später kam er mit strahlenden Augen zurück.

»Warum hat sie geweint?« fragte ich.

»Ich habe das neue Mädchen gesehen«, entgegnete Jakob.

An jenem Abend hat er mit Vater gesprochen, der lachend meinte: »Ihr seid noch Kinder, Jakob, mach ihr *Pasharikos*.« Dann zeigte er ihm, wie man aus Brötchenteig kleine Vögel formt und ihnen mit Rosinen und Zwiebelringen Eulenaugen oder die Federhaube eines Wiedehopfs aufsetzt.

Am nächsten Morgen verlangte Jakob, wir sollten zuerst zu dem neuen Haus fahren.

Mit großem Tamtam läutete er die Messingglocke, und Zwia Levitov, so heißt Leas Mutter, rief, wir sollten heraufkommen.

»Komm mit«, sagte Jakob, »und setz die Brille auf. Ich will, daß du sie siehst.«

Lea saß beim Frühstück. Sie hatte ihren Zopf noch nicht geflochten, und ihre ungeheure Haarfülle verblüffte mich.

»Das ist für dich«, sagte Jakob mutig, trat an den Tisch und legte die Vögel vor sie hin.

Lea reagierte nicht. Zog sich unter ihr Haarcape zurück und sagte kein Wort.

»Was ist das denn?« staunte Zwia.

»Das ist ein Geschenk.«

»Von wem?«

»Von mir«, sagte Jakob, »für sie.«

»Und du? Hast du auch was mitgebracht?« wandte Zwia sich an mich. Sie sah so traurig aus, daß ich zurückschrak.

»Was? Nein ... nein ... Ich bin bloß sein Bruder.«

Und dann, weil ich nicht wußte, was ich noch sagen sollte, und das Gefühl hatte, der Satz werde nicht aus eigenen Kräften zum Ende kommen, fügte ich hinzu: »Wir sind Zwillinge.«

»Ihr seht gar nicht wie Zwillinge aus«, meinte Zwia. Und zu Lea sagte sie: »Sag danke, Lalka.«

Lea betrachtete Jakobs Brötchen, lächelte schwach und sagte danke.

»Lalka, Lalka, Lalka, Lalka«, murmelte Jakob auf dem Rückweg zur Kutsche. »Lalka, Lalka, Lalka, Lalka.« Seine Kiefer bewegten sich, Lalkas entfalteten ihre Schwingen in seinem Mund, hinschmelzende Wonne erhellte sein Gesicht.

32

Als Brinker in derselben Woche seinen Weinberg umgrub, stießen die Grubberscharen an einen schweren, harten Block, der unter der Erde verborgen lag. Der verblüffte Maulesel blieb wie von Schicksals- oder eines Riesen Hand angehalten auf der Stelle stehen. Brinker schirrte ihn aus, schaufelte ringsum und legte ein Marmorkapitell frei. Vor lauter Begeisterung grub er weiter und förderte bis zum Abend noch ein paar Säulenstümpfe, Bodenfliesen und Kapitelle zu Tage. Unruhe befiel ihn, die Rastlosigkeit eines Menschen, der das Gewünschte noch nicht gefunden hat, aber auch nicht weiß, was es sein könnte. Die ganze Nacht schaufelte er beim Licht zweier Petroleumlampen und des gelben Mondes, fuhr auch nach Tagesanbruch fort, entdeckte gegen Mittag ein kleines hellenistisches Mosaik und wußte nun, warum er den Spaten nicht abgesetzt hatte. Narzissen und Mohnblumen blühten darauf, zwei verblaßte Gänse schlangen am Rand die Hälse umeinander, und in der Mitte zeichnete sich matt das Konterfei einer schönen jungen Frau ab, deren bleiche steinerne Augen und Brustknospen einem folgten, wohin man sich auch wandte. Brinker ging in die Knie und konnte sich nicht satt sehen. Dann bedeckte er die Blöße des Mosaiks mit Erde und rannte in die Bibliothek, um Jechiel Abramson davon zu erzählen.

Die Beziehungen zwischen Jechiel und Brinker waren von beiderseitiger Spannung getragen. Brinker war älter, intelligenter und gebildeter als Jechiel, der ihn wiederum – zu Recht – verdächtigte, den Anschlag aufgehängt zu haben, der seine Shakespeare-Übersetzung zum Gespött gemacht hatte. Andererseits regierte Jechiel über die Bibliothek, ohne die Brinker nicht sein konnte, und so entstand ein Kräftegleichgewicht.

Jechiel und ich saßen damals gerade in seinem Büro zu einer dieser schönen Stunden, die dem Englischlernen, dem Zitieren von Buchanfängen und dem Auflisten der Flüsse Afrikas nach ihrer jährlichen Wassermenge gewidmet waren. Wir tranken Milchkaffee zu amerikanischen Schokoladenkeksen, und Jechiel deklamierte frei nach Emerson: »Der Mensch lebt nicht vom Brot allein, sondern auch von geflügelten Worten«, und versuchte mit indirekten Fragen herauszufinden, ob ich die doppelte Ironie des Satzes erkannt hatte.

Dann wollte er wissen, wer die neuen Leute seien, die zu uns auf den Hügel gezogen waren. »Ich möchte zu ihrem Wohl hoffen, daß sie nicht der Hebräischen Universität angehören«, erklärte er todernst.

Danach zeigte er mir »letzte Worte«, die in mehr als einer Version existieren. Er beklagte, daß er sich nicht zwischen zwei Aussprüchen des Archimedes gegenüber seinem römischen Häscher entscheiden könne: »Geh fort von hier, du verdeckst mir die Sonne«, oder: »Warte, bis ich die Gleichung gelöst.« Ich lauschte gern seinen Erwägungen und wußte, daß er letzten Endes alle Versionen in seine Sammlung aufnehmen würde, denn wie jeder Sammler entzückte ihn mehr deren Umfang als ihre Qualität. Auch die beiden Lesarten der letzten Worte von Vespasian ruhten in seinem Archiv, die übrigens beide authentisch wirken, da sie gleich viel Soldatentorheit enthalten.

Die drei Vermutungen hinsichtlich Rabelais' letzten Worten plagten ihn besonders, und so prüfte er sie laut:

»Ich werde jetzt das große Vielleicht aufsuchen«, deklamierte er mit feierlicher Geste.

»Ich wichse meine Stiefel für die letzte Reise«, hauchte er.

»Laßt den Vorhang fallen, die Farce ist zu Ende.« Damit griff er sich an die Gurgel und sank zu Boden.

Alle drei klangen erfunden, die erste Version zudem noch reichlich dumm, aber Jechiel bewahrte sie mit jenem Liebesschauer, mit dem alte Optiker die ersten Schuhe ihrer Kinder hüten.

Brinker stürzte verschwitzt und staubig in die Bibliothek und erzählte von dem Mosaik. Der sterbende Rabelais rappelte sich vom Boden auf, schlüpfte in sein Tweedjackett, hängte seine Box über die Schulter und lud mich ein mitzukommen.

Ich erinnere mich noch an seinen Gesichtsausdruck, als Brinker, uns zum Schweigen mahnend, den Finger an den Mund legte, zwischen den Rebstöcken niederkniete und mit den Händen die Erde beiseite räumte, die die begrabene Frau verdeckte. Als erstes kam die Schulter zum Vorschein, gefolgt von Hals und Wange, und schon wurde ich auf alle viere zu Boden gezwungen von einem Schmerz, der meine inneren Organe umschlang und sich in meine Augenhöhlen ergoß. Das war Ausdruck eines mir bis dahin unbekannten Willens – des Wunsches, besser zu sehen, den ich in dieser Schärfe seither nur noch viermal empfunden habe. Von zwei dieser Gelegenheiten werde ich dir noch berichten.

Brinkers breite Hand legte die andere Schulter frei, streichelte den Hals, glitt über die Brust und arbeitete sich zum Gesicht hinauf. Ein rötlicher Staubschleier bedeckte die junge Griechin. Brinker schürzte die Lippen, pustete heftig, und da tauchte ihr Gesicht aus der Vergessenheit auf. Rein und hübsch war sie, ihre kühle Schönheit erhellte den Weinberg.

Der Bibliothekar erschauerte. Er begann sie in präziser Kreisbahn zu umschreiten, wie mit einem Faden an ihren Blick gebunden, und murmelte dabei ständig: »*Unbelievable, unbelievable*«, denn das Mädchen folgte auch ihm mit Brustknospen und Augen. Brinker machte mich auf dieses Phänomen aufmerksam, das großes Staunen bei mir weckte. Erst sehr viel später habe ich an Hand meiner *Venus von Urbino* das Rätsel dieses mitgehenden Blicks gelöst. Ich entdeckte, daß sie – bei aller Anmut und Sinnlichkeit, trotz ihres roten Haares, den mädchenhaften Brüsten und den starken Händen – schlicht und einfach schielte. Bitte streite es mir nicht ab. Ich glaube kaum, daß es einen Mann auf Erden gibt, der mehr Stunden als ich vor ihrem Bild verbracht hat, abgesehen vielleicht von Tizian selber.

Jechiel ging an den Schieber, füllte einen Eimer mit Wasser, und als er es über das Mosaik schüttete, erwachte das Mädchen zum Leben. Mit einem Schlag kehrte die Farbe in ihre Haut, die Wärme in ihren Körper, die Geschmeidigkeit in ihre Brüste und der Glanz in ihre Augen zurück. Das Gelb der Narzissen strahlte, am Hals des Gänserichs leuchteten alle Schattierungen des Werbens auf, und die beiden Männer seufzten. Erst Jahre später erfuhr ich am eigenen Leib, daß dies das Stöhnen von Männern ist, deren mumifizierte Geliebte vor ihren Augen wieder zum Leben erwacht. Dann photographierte Jechiel das Mosaik von allen Seiten und riet Brinker, es wieder mit Erde zu bedecken und keinem etwas davon zu erzählen.

Drei Tage danach kam ein Lieferwagen, beladen mit Hacken, Sieben und begeisterten Wissenschaftlern von der Hebräischen

Universität in Jerusalem. In Jechiels Innern entflammte sofort der Zorn betrogener Bibliothekare. Er verkündete, er werde nicht mitgehen. Brinker führte die Gäste zu dem roten Fähnchen, mit dem er das Grab des Mädchens bezeichnet hatte, und sie gruben, fanden dort jedoch nichts außer Fragmenten von Säulen und Kapitellen. Das Mosaik war verschwunden. Sofort eilten sie zur Bibliothek und forderten Jechiel auf, ihnen den belichteten Film herauszugeben. Jechiel, voll hochmütiger Verachtung, machte ihnen gar nicht erst die Tür auf. Die verärgerten Archäologen liefen zu Brinker zurück und bezichtigten ihn, sie zum Narren gehalten zu haben, worauf er sie beleidigt seines Weinbergs verwies.

Der Verlust des Mädchens schlug Brinker mit Kopfweh und Trauer der Art, »die Geschichtenerzähler als Liebeskummer bezeichnen«. Seine Verdächtigungen trübten die Atmosphäre im Dorf und wühlten ein Meer an Vermutungen auf. Manche meinten, Jechiel habe das Mosaik gestohlen, um sich an der Hebräischen Universität zu rächen; andere deuteten mit anklagendem Finger auf Djamilas Mann aus dem arabischen Nachbardorf, da er bereits zuvor bei Antiquitätendiebstählen erwischt worden war; und wieder andere beschuldigten Herrn Kokosin vom Konsumladen oder führten die Kinder an, die »Fünf Steine« spielten.

Brinker persönlich verdächtigte seine Frau, weil sie derart eifersüchtig war, daß sie selbst gemalten Frauen nicht traute. Doch die Wochen vergingen, die Zeit ließ die üblen Nachreden in der Versenkung verschwinden, und Brinker beruhigte sich wieder. Zum Schluß war das Mosaik fast von allen vergessen. Aber wenn ich in die Bibliothek kam, sah ich Jechiel manchmal dasitzen und eine selbst aufgenommene Photographie betrachten, und dann wußte ich, daß ich nicht stören durfte.

»Wieso hast du dich von allen Leuten im Dorf bloß ausgerechnet an die beiden angehängt, die in Mutter verliebt waren?« hat Jakob mich gestern gefragt, als wir Brinker auf der Straße sahen. Der Alte lehnte am Zaun des Kindergartens, lauschte dem Singen der Kleinen und erkannte mich nicht. »Ich kann verstehen, was sie an dir gefunden haben, du warst ein Schlüssel für sie, botest Tarnung und Vorwand; aber was du an ihnen gefunden hast – das begreif ich einfach nicht.«

33

Nachts kamen Leute in die Bäckerei. Es waren Feldwächter, Obstbaumsprüher und Arbeiter darunter, die nach beendeter Nachtschicht der Hunger befiel. Aber es gab auch die, die ich im stillen »die Verurteilten« nannte – diejenigen, denen der Brotgeruch in die Nase gestiegen war, der sich ihnen um den Hals geschlungen und sie zu uns geschleift hatte.

Einer nach dem anderen tauchten sie aus dem Dunkel auf. In besonders warmen oder besonders kalten Nächten, in denen die Besucherzahl wuchs, erschien mir die Bäckerei wie ein entlegenes Feldlazarett für Sehnsuchtsgeplagte. Jeder für sich mit seiner Invalidität, seinem Kummer, seinem Schmerz, saßen sie auf dem Hof und kauten ihr Brot. Viele kannten wir gar nicht, wußten weder ihren Namen noch ihren Wohnort. Es waren die ewig Schlaflosen darunter, denen die Bücher der Chronik keine Ruhe gönnten. Es gab Verliebte, denen Hypnos mit seinen grausamen Spiegelträumen ihre Leiden verdoppelte, Häßliche, die nur unter dem Schleier der Dunkelheit das Haus verließen, Trostsuchende und schließlich Verrückte, die ihre Schwingen am gnädigen Ofen versengen wollten.

Sie aßen das Brot mit ungeheurer Konzentration. Die Erfahrenen und die Süchtigen unter ihnen hatten klugerweise etwas zum Belegen mitgebracht – Käse, saure Gurken, Salzfisch. Auch eine Thermosflasche mit Kaffee und ein Buch zum Lesen hatten sie dabei. Manchmal kamen sie herein und baten, ihr Brot in Djeduschka Michaels altes Salzschälchen tauchen zu dürfen, oder sie lugten durchs Fenster, um uns bei der Arbeit zuzusehen. Vaters altbewährte, gleichmäßige Bewegungen, die Hitze des Ofens, die ehernen Gesetze des Gärens und Aufgehens – all das beruhigte ihre Gemüter.

Mutter, die Praktische und Enthusiastische, wollte schon ein weiteres Zimmer an die Bäckerei anbauen, Tische und Stühle darin aufstellen und Butter und Käse, Oliven und Tee dort verkaufen. Aber Vater mochte die nächtlichen Gäste nicht. Er behauptete, bei ihrem Ein- und Ausgehen schlüge die Tür der Bäckerei auf und zu und durch die Erschütterung falle der Teig zusammen.

»Ihr werdet hier kein italienisches Café eröffnen!« verkündete er und bat Simeon »diese *Indehiniados* aus dem Hof zu jagen.« Simeon, der die lindernde Wirkung am eigenen Leib erfahren hatte, warf Jakob verlegen fragende Blicke zu und rührte sich nicht vom Fleck.

»Sie kommen, um Mutter anzuschauen«, sagte Jakob. Noch heute behauptet er, meine Blindheit sei stärker gewesen, als man damals gedacht habe. »Brinker war in sie verliebt, und sein Bruder, der Professor, war in sie verliebt, und dein Jechiel hat die Augen nicht von ihr gelassen und dann all diese Unglücklichen, die ihr Brot kauten und dabei an sie dachten.«

»Du redest Unsinn«, erwiderte ich ihm, überrascht über die dumpfe Wut, die seine Worte in mir erregt hatten. Selbstverständlich wußte ich noch, daß auch Jechiel gekommen war. Er war Junggeselle, und manchmal peinigten ihn die Nächte mit den Nadelstichen der Einsamkeit, des Erschreckens und der Unruhe. Ich wußte, daß er gelegentlich in die Stadt fuhr, denn Chaja Hameta paßte ihn dann am nächsten Morgen vor dem Konsum ab und fragte mit lauter Stimme: »*Nu*, Jechiel, du *Intelligent*, bist du gefahren, *a Mizwe* zu tun?« Aber im allgemeinen kam Jechiel in die Bäckerei, um frisches Brot zu essen und beim Kauen die Photographie des steinernen Mädchens zu betrachten.

»Ich dachte, du verständest von diesen Dingen mehr als ich, bei all deinen Frauen dort«, mokierte sich Jakob über mich. Er war immer erstaunt über Benjamins und meine zahlreichen Liebschaften. Aber mich verspottet er, und mit seinem Sohn gibt er an. »So viele Mädchen sind zu seiner Beerdigung gekommen«, sagt er immer wieder wehmütig.

Nachdem er Lea gesehen hatte, begleitete er mich jeden Morgen. Bald zog er regelmäßig ein weißes Hemd zum Brotausfahren an und steckte einen Taschenkamm ein. Sein Haar – kräftig und kraus damals, weich und schütter heute – vergällte ihm das Leben. Chez-nous-à-Paris schenkte ihm einen alten Holzkamm, und bei der Ausfahrt aus dem Hof fing er an, mit Gewalt seine Stahlkrause zu glätten und in Fasson zu bringen. Manchmal versank er in langes Grübeln, wobei ihm ein jähes Lächeln übers Gesicht huschte, weil sich Liebesprophezeiungen und Liebesbitten ununterbrochen in seinem Innern formulierten. Jeden Morgen fuhr er die Patriarchenkutsche in den Hof der Levitovs, läutete energisch die Glocke, suchte ein schönes Brot für Zwia aus, nahm die *Pasharikos*, die er nachts für Lea gebacken hatte, und klopfte, Einlaß heischend, an die Tür.

»Lalka, Lalka, Lalka«, hörte ich ihn sich mit dem ältesten aller Männerschwüre beschwören – dem Namen der Geliebten.

»Schau«, sagte er zu mir und deutete auf etwas, das nur er allein sah. »Das sind ihre Spuren im Sand. Sieh nur, wie schön sie sind.« Damit zog er die rechte Sandale aus, stellte seinen nackten Fuß auf Leas Abdruck und schloß die Augen. »Das ist wie anfassen«, sagte er, streifte auch die andere Sandale ab und ging in ihren Fußstapfen, bis sie auf dem Rasen verschwanden.

Wie stark ist doch die Liebe eines Kindes, heißer und verzweifelter als jede andere. Wenn mein Bruder das Levitovsche Haus wieder verließ, merkte ich schon an der Art, wie er die Stufen herunterkam, ob er sie gesehen hatte oder nicht. Ich hoffte, er möge die Vogelbrötchen vom Vortag nicht sehen, die zwischen den Freesien im Garten hingeworfen lagen. Die Sonne hatte ihren Leib bereits ausgetrocknet, Ameisen hatten Gänge hineingefressen und Eichelhäher ihnen die Augen ausgehackt. Jakob hielt nicht bei ihnen inne und verlor kein Wort darüber, und heute behauptet er sogar, das habe es nie gegeben, aber ich kann die toten Vögel in den Blumenrabatten nicht vergessen. Als ich ein Dutzend Jahre später mein erstes Brotbuch begann, erfand ich einen »alten Jerusalemer Brauch«, die Geliebte mit solchen Brötchen zu bestürmen. Ich nannte den Band *The Bread of Jerusalem* und schrieb ihn allein kraft meiner Gedächtnis- und Rekonstruktionsfähigkeit sowie mit den Mächten der Phantasie und Dichtung. Zwischen die Brotrezepte flocht ich dokumentarische Legenden und authentische Lügengeschichten ein, die meinen Lesern sehr gefielen. Wer weiß besser als du, daß es einfacher ist, eine Tatsache zu erfinden, als sie zu entdecken, und ich habe es in diesem Metier zu solcher Kunstfertigkeit gebracht, daß ich heute gar nicht mehr weiß, welche der in meinem Buch angeführten Tatsachen wirklich richtig sind. Zuweilen habe ich ein paar Details verborgen oder zurückgehalten, wie ich es eben in diesem Moment wieder tue, aber die größten Lügen stehen in meinem persönlichen Tagebuch. Erinnerst du dich, was Miss Prism zu Cecily gesagt hat? »Das Gedächtnis, meine liebe Cecily, ist das Tagebuch, das wir alle mit uns herumtragen.« Worauf Cecily antwortete: »Ja, aber gewöhnlich registriert es Dinge, die nie geschehen sind.« Ich verstehe nicht, warum Oscar Wilde einem so einfältigen jungen Mädchen derart viel Scharfsinn verliehen hat, aber jedenfalls liegt es im Wesen persönlicher Tagebücher, daß sie in einem für ihre Besitzer höchst ungünstigen Moment entdeckt werden – nach ihrem Tod, und ich kann mich bei Jakob nicht darauf verlassen, daß er mich überlebt und zu gegebener Zeit mein Tagebuch vernichtet. Ich bin nicht Goethe, und mein Bruder ist nicht Max.

Eine Amerikanerin, deren breite weiße Schultern ich noch gut in Erinnerung habe, sagte mir in der einzigen Nacht, die sie bei mir verbrachte, ein Lügner müsse ein vorzügliches Gedächtnis haben.

»Vorzüglicher als deins«, bemerkte sie lachend, bevor sie aufstand und wegging. »Viper im Feigenkorb« nannte sie mich. Bitter und fern klang ihr Lachen, zu schmerzlich, um mir mühsam den Grund in Erinnerung zu rufen, aber ich kann ein höchst vorzügliches Gedächtnis für mich in Anspruch nehmen. Ich habe dir schon erzählt, daß ich als Kind bei Ratewettbewerben in der Schule stets Sieger geworden bin, und auch in den Vereinigten Staaten habe ich mich einmal verführen lassen, an einem öffentlichen Quiz über Zitate und Allgemeinbildung teilzunehmen – und zwar mit großem Erfolg. Aber ich unterscheide zwischen Gedächtnis und Gedächtnistreue, zwischen Erinnerungsvermögen und eigentlichem Erinnern, und jedesmal, wenn ich meine Archive konsultiere, zieht das inhaltliche Veränderungen nach sich. Diesen Charakterzug, den ich höflicherweise »schöpferisches Erinnern« nenne, habe ich von meinem Vater geerbt, der ein geübter, unböswilliger Lügenbold ist. »Das Buch hat Mr. Mark Twain geschrieben, und im großen ganzen hat er da drin die Wahrheit gesagt. Es gibt zwar Dinge, wo er'n bißchen geflunkert hat, aber er hat im großen ganzen die Wahrheit berichtet«, hat Huckleberry Finn von seinem Vater und Erzeuger gesagt. Von meinem Vater kann ich bezeugen, daß, hätte Agathon ihn gekannt, er seinen berühmten Ausspruch folgendermaßen abgeändert hätte: »Selbst Gott kann die Vergangenheit nicht ändern, aber der Bäcker Abraham Levi kann's.« Deshalb kann Jakob Vaters Legenden und Phantasiebilder nicht ertragen, während ich seinen Geschichten kein Vertrauen schenken, sondern mich einfach an ihnen freuen möchte.

Sehnsuchtsgeplagt war ich beim Schreiben, befallen von einer wie Unkraut wuchernden Sehnsucht, die sich durch nichts aus der Seele reißen ließ – nach dem Haus, das ich verlassen hatte, nach meiner Mutter, deren furchtbarer Fluch bis heute, über dreißig Jahre nachdem ich ihn hörte, nicht von mir gewichen ist, nach der verschwommenen Landschaft meiner Jugend, nach der Frau meines Bruders, um deren Liebe ich nicht gebührend gekämpft habe, ja sogar nach den Ratten der Bäckerei sehnte ich mich. Reueüberströmt war ich wegen meiner Abreise, ihrer Art und ihren Gründen, und von Zorn gepackt über die fransigen Auswüchse, die mir an den Füßen baumelten und mir Phantomschmerzen in Gliedern verursachten, die mir sogar schon aus dem Gedächtnis amputiert waren.

Trauer erfüllte mich beim Schreiben. »Zuweilen kommt auch eine Woge ungerufener Tränen, würgt einen im Hals und bleibt an den Wimpern hängen.« Oft hob ich den Blick vom Tisch und betrachtete die Bilder meiner Frauen an der Wand. Inzwischen hatte ich die Blätter, die ich vor meiner Abreise verstohlen aus Jechiels Büchern gerissen hatte, bereits weggeworfen und mir von meinem ersten Lohn in Amerika wunderschöne Reproduktionen der *Odaliske mit grauen Hosen* und der *Venus von Urbino* gekauft. Eigentlich mag ich *Die Frau des Königs* und *Leda mit dem Schwan* von Gauguin lieber, aber wie ein Gänseküken, das dem ersten Geschöpf nachläuft, das es beim Ausschlüpfen sieht, begehre auch ich die Frau, die ich damals gesehen habe, als die Jungfernhäutchen meiner Augen brachen.

»Deine Bücher sind infames Geschwätz«, schrieb mir Jakob. »Ich habe weder die Zeit noch die Englischkenntnisse, sie zu Ende zu lesen.«

Ich war nicht gekränkt. Mein Brotbuch wurde ein großer Erfolg. Die Presse schrieb von dem »erotischen Mysterium des Brotlaibs«, dem »duftenden Zauber der Geschichte des Backens«, dem Brot, »das das Menschengeschlecht von den Anfängen seiner Kultur und den Menschen vom Augenblick seiner Geburt bis zum Tod begleitet«, und von dem Verfasser – »Sproß einer Jerusalemer Bäckerdynastie«, der »vor unseren Augen eine wunderbare mediterrane Mischung aus Mythologie, Gastronomie und Historie knetet.«

Ich werde dir noch davon erzählen, bald, ein wenig später, von meinem Brot, dem »*bitter bread of banishment*«. Später werde ich erzählen, in einer Weile, sobald sich dieser nagende, bohrende Schmerz in meiner Brust beruhigt.

34

»Sie ist ja so schön«, erklärte mir Jakob. Ein Eissplitter steckte ihm zwischen den Zähnen und ließ ihm beim genüßlichen Lutschen das »S« und das »T« gefrieren. Der Eishändler war mit seinem säkkebedeckten Karren auf der Straße vorbeigekommen, und Mutter hatte uns einen halben Block für den Eisschrank in der Küche holen geschickt. Der Händler, ein Mann, dem die meisten Zähne bereits ausgefallen waren, hatte uns grausig angegrinst, uns aber erlaubt, die von der Hacke abspringenden Eissplitter aufzulesen. Alle Kinder liebten den Eismann, und alle Eltern warnten sie vor ihm, denn er besaß die Angewohnheit, sich unterwegs an jedem Wasserhahn die Hände abzuspülen. Als wir noch klein waren, erzählte uns Noach Brinker einmal, der Eisverkäufer habe Frau und Kinder mit der Spitzhacke umgebracht, und ihr Blut sei noch nicht von seiner Haut gewichen, und als er unser Entsetzen sah, fügte er hinzu, an den Geburtstagen der Opfer rännen dem Mörder Blutstropfen unter den Fingernägeln hervor.

Unwissentlich hatte Jakob die uralte Feststellung getroffen, der zufolge die Schönheit in all ihren Formen und Graden nur das ist, »was Liebe erweckt«. Aber wir waren damals Jungen und verstanden noch nicht den Unterschied zwischen Schönheit, einer rein körperlichen Eigenschaft, und Anmut, einer körperlichen und seelischen Qualität. Als ich Jahre später Giorgio Vasari las, merkte ich zu meiner Überraschung, daß ich seine sämtlichen treffenden Feststellungen zu diesem Thema schon als Kind von Vater gehört hatte. Er beobachtete Lea, mochte sie und nannte sie sehr richtig »*Ijika con charme*«. Ein paar Jahre danach, als sie mich anstacheln wollte, mit Jakob zu ringen, um sie zu gewinnen, sagte sie: »Anmut, *Uglum*, das ist wie Liebe und wie Schmerz. Das ist nicht Schönheit und nicht Gewicht und nicht Größe und nicht Intelligenz, die sich in Zentimetern oder sonstwas messen lassen.«

Auch Lea besaß diverse Sammelleidenschaften. Überhaupt verstehe ich nicht, wie all diese Sammler in mein Leben geraten sind. Vater mit seinen Verwandten, Dudutsch mit ihren Säuglingen, Jechiel mit den Büchern seines Vaters. Manchmal halte ich auch Romi für eine Sammlerin. Die Abbilder ihrer Opfer bannt sie auf Silber- und Lichtatome und führt sie in Rahmenkäfigen vor, wie es ihre Mutter in jenen fernen Tagen tat. Lea trocknete Blumen, sammelte Briefmarken, Servietten, Puppen und Postkarten, die ihr Vater ihr aus allen Ecken der Erde schickte. Im Gegensatz zu Jechiel Abramson, der seine Sammlung letzter Worte vor fremden Augen hütete, lud sie gern Freundinnen ein, um ihnen ihre Schätze zu zeigen, was sie so zu handhaben wußte, daß keine Neid empfand, nicht einmal angesichts der Photographie des Schauspielers John Gilbert, die aus dem Ausland eintraf und am Rand ein Autogramm aufwies.

Die Mädchen erzählten, ihre Sammlungen seien in Hunderte glatte Kästchen aus Holz und Glas eingeordnet, und Lea genieße noch weitere Vorteile einer einzigen Tochter reicher Eltern, abgesehen von dem geplagten, fernen Vater, dem das Schuldbewußtsein einen Strom von Geschenken abzapfte. Sie hatte ein eigenes Zimmer, auf dem Dachboden, und darin einen eigenen Kleiderschrank mit einer Fülle von Blusen und Röcken und sogar einigen Kostümen aus dem Tel Aviver Modegeschäft *Ilka* und dazwischen raschelnde Säckchen voll Rosmarin und Lavendel. Jetzt, neben ihrem Bett, zeigt Jakob mir die Reste der verblichenen alten Schmetterlingssammlung und fragt mit brüchiger Stimme: »Weißt du noch, wie Lea damals war? Weißt du noch?« Schon damals hatte er behauptet, wenn sie die Schmetterlinge mit Stecknadeln kreuzige, erstickten die vor Dankbarkeit, daß sie ihrer Aufmerksamkeit für würdig befunden worden waren. Ich weiß, was dir jetzt durch den Kopf geht. Du irrst. Ich bin kein Sammler. Weder von Erinnerungen noch von Zitaten oder Tatsachen. Ohne mein Zutun sammeln sie sich bei mir. Ebenso wie Vaters Schmerzen, Jakobs Leiden, Romis Photos und ebenso wie diese reiche Ernte an Frauen, die sich meinem Leben anschließen.

Draußen machte der Frühling vorzeitig dem Sommer Platz, die Hitze des Tammus herrschte bereits im Sivan. In der Bäckerei drehte sich die Zeit und wich nicht von ihrem üblichen Kreislauf ab. In der Bibliothek zeigte Jechiel mir ein Photo des Luftschiffs *Hindenburg*, das auf dem Boden in Flammen aufging, las mir einen Artikel aus der *New York Times* über die Peel-Kommission vor, damit ich auch ein bißchen »Zeitungsenglisch« lernen sollte, und als ich ihn fragte, warum er nicht geheiratet habe, zitierte er mir lachend zwei geflügelte Worte von Robert Louis Stevenson: »Das Eheleben ist ein langer, grader und staubiger Weg, der uns bis zum Tode führt«, und: »Die grausamsten Lügen werden oft schweigend gesagt.« Den einen Satz habe ich schon damals verstanden, den anderen verstehe ich heute noch nicht.

Ich erinnere mich, daß wir am 1. Mai jenes Sommers in der Bibliothek saßen und Buchdeckel klebten. Von draußen hörte man die Trommeln des Umzugs und das Lied, bei dem Jechiel das Gesicht verzog:

> In Berg und Tal
> Singt allzumal
> Froh und frei
> Der erste Mai.
> Freiheit dem Arbeiterstand
> Hier in Stadt und Land –
> Ja das fordern wir,
> Freiheit auch im Werk Vanir.

»Die Kulaken singen von Arbeitern«, sagte Jechiel verächtlich.

In den wenigen Stunden, die ich außerhalb von Bäckerei und Bibliothek verbrachte, sah ich, daß die Feldgräser gelb wurden, der Wasserstand des Baches sank und die kleinen Fische, die sich in den Mulden des Bachbetts fingen, durch die Hitze des Wassers starben, noch ehe es ganz verdunstet war. Vor Sorge wahnsinnige Vögel balgten sich um jeden tropfenden Hahn, füllten den Schnabel mit Wasser, sprühten es über ihre Nester, befächelten sie mit den Flügeln, aber vergebens. Übler Geruch entstieg den Nestern, in denen die Jungen bei lebendigem Leib gebraten wurden und befruchtete Eier ins Kochen gerieten und verfaulten. Dann, in den heißesten Stunden, konnte man Lea plötzlich ihr Haus auf dem Hügel verlassen sehen.

Ein Kind der Sonne war sie, und die Sonne rötete ihr nicht die Haut, verbrannte sie nicht, verlieh ihr nur einen guten Obstduft und bräunte sie im Ton Florentiner Bronze (Florentiner Bronze? Florentinischer? Manchmal weiß ich selbst nicht mehr, was ich zitiere). Ihr Haar funkelte. Wenn sie Fahrrad fuhr, straffte und lockerte sich ihr Rock abwechselnd auf ihren goldenen Beinen, und aus dem richtigen Winkel konnte man das Weiß der Innenseiten ihrer Schenkel blinken sehen. Ich spürte Jakobs Muskeln sich spannen, sein Herz sich beschleunigen, aber damals verstand ich noch nicht, worum es ging. Er stieg dann aufs Dach oder kletterte auf den Baum, um sie zu beobachten, und ich ging in die Bibliothek, um ihm »hübsche Sätze für Briefe« zu bringen.

Jechiel saß am Tisch und frankierte Briefe, die ins Ausland gingen. Er pflegte den Angehörigen »hervorragender Verstorbener« zu schreiben und sie um die letzten Worte ihrer Lieben zu bitten. Zu den seinerzeitigen Adressaten gehörten die Verwandten Lawrence von Arabiens, Kemal Atatürks, des schottischen Schriftstellers Scott Fitzgerald, des Malers Paul Weber und der Komponisten Gustav Steiner und George Gershwin. Übrigens, als Virginia Woolfs letzter Brief an ihren Mann Leonard veröffentlicht wurde, der mit den Worten schloß: »Ich glaube nicht, daß zwei Menschen hätten glücklicher sein können, als wir es waren«, schickte Jechiel dem Witwer einen Beileidsbrief, in dem er ihm seine Entscheidung kundtat, »Mrs. Woolfs schönen Satz« in seine Sammlung aufzunehmen. Doch auch Leonard Woolf antwortete Jechiel nicht auf sein Schreiben.

In seiner Verzweiflung erklärte mir der Bibliothekar, er müsse einen berühmten Menschen ermorden, um seine letzten Worte mit eigenen Ohren hören zu können.

»Albert Einstein wäre die beste Wahl«, meinte er.

Ich erzählte Jechiel, was mein Bruder wollte, und er verwies mich auf Peter Altenberg: »Dein Leib gleicht einem zarten Liede aus Dichterhand«, »hier bist du eingetaucht in Licht und Luft« und mehr süßliche Sprüche dieser Art, die Jakob derart begeisterten, daß er sie sofort in den Brief einflocht, den er durch Simeon überbringen ließ.

Lea saß auf der Veranda, als der behinderte Junge das Brachland überquerte, in den Hof des Hauses watschelte und mit dem Brief wedelte.

»Hau ab und bring das dem zurück, der dich geschickt hat, du schwarzer Affe«, fuhr sie ihn an.

Simeon steckte den Brief zwischen die Zähne, umfaßte das Verandagitter mit zwei dicken, dreckigen Händen und schwang sich hinauf. Lea erschrak derart vor der rohen Kraft seiner Finger um ihr Handgelenk, daß sie den Brief entgegennahm. Simeon blieb neben ihr stehen, um sicherzustellen, daß sie ihn auch las, und sagte dann: »Jetzt schreibst du ihm eine Antwort, und ich nehm sie mit.«

»Ich hol nur Papier und Stift. Warte hier«, sagte Lea sanft. »Trink inzwischen Wasser am Hahn.«

Sie stand auf, ging ins Haus und schloß die Tür hinter sich ab. Drei Jahre später – sie räkelte sich auf ihrem Bett und hatte gerade ihre Haarkaskaden von den Schultern gestrichen und mich gebeten, ihr mit den Fingerspitzen den Nacken zu kraulen – erzählte sie mir, daß Simeon damals zehn Stunden auf der Veranda gewartet hatte. Erst als er um ein Uhr früh das Geräusch des Brennerentzündens aus der Bäckerei hörte und den säuerlichen Duft des gehenden Teiges roch, verließ er seinen Wachposten und machte sich auf, um bei der Arbeit zu helfen.

Sie hat mir die alten Kinderbriefe meines Bruders gezeigt, und wir beide haben sie, ohne jede Bosheit, lachend gelesen.

»Ihr seid ja so bedauernswert«, sagte sie, »ihr hättet euch gar nicht so anzustrengen brauchen. Es hätte genügt, einen Löwen mit bloßen Händen zu töten und mir den Kadaver zu bringen.«

Ich habe diese Leiden nie durchgemacht. Ich war in die Lektüre meiner Bücher vertieft, und die im Verein mit meiner Kurzsichtigkeit haben mich beschützt wie der glänzende Schild den Perseus. Meine eigentlichen ersten Schritte in der Frauenliebe habe ich erst einige Jahre danach, in verhältnismäßig spätem Alter und mit großer Leichtigkeit getan. Zweiundzwanzig Jahre war ich alt, als ich das erste Mal mit einer Frau schlief. Sie war ein paar Jahre älter als ich, ähnelte mir im Körperbau und hatte die mein Herz erobernde Gewohnheit, sich selbst Widmungen von Schriftstellern in ihre Bücher zu schreiben.

»Im Krähennest, zwischen Deck und Himmel, suchte ich deine Kaskaden – Herman.«

»Nimm dich vor Sofia Gregoriewna in acht – Lew.« (»Von ihm hätte ich eine etwas originellere Widmung erwartet«, erklärte sie mir in schmollendem Ton.)

»Mein schwarze Tatarin, iß mich Traube für Traube, William.«

»Wirst du dich an die blaue Anemone erinnern? Victor.«

»Mein Dickerchen, hu hu hu hu – André.« (Das dritte »hu« natürlich unterstrichen.)

Außerdem gab es die zu erwartenden Widmungen von Hemingway und von Wassermann und noch eine durch Länge und Offenheit überraschende von – du wirst es nicht glauben –

Miguel de Cervantes, der in seiner Kerkerzelle ständig detaillierte unzüchtige Visionen von ihr sah und sein dort verfaßtes Buch nur in dem Versuch, sie zu vergessen, schrieb, wie er gestand.

»Das erste Mal macht man's im Dunkeln«, erklärte sie mir, »und die Brille nimm selbst von der Nase und merk dir, wo du sie hingelegt hast.«

Sie führte mich mit Worten, trieb mich mit Lachern in die Flucht, lenkte mich mit Seufzern, und zum Schluß war ich in ihr, überrascht, wie einfach das war, was ich mir immer höchst kompliziert vorgestellt hatte.

Doch Jakob, ein aufgeregter, humorloser, kleinwüchsiger Jüngling mit dicker Brille auf der Nase, der ganze Körper pulsierend wie ein dem Brustkasten entrissenes Herz, war zu jung, um die heiteren Gesichter der Liebe zu entdecken. Verzweifelt und deprimiert tauchte er in die dunklen Abgründe seines Leids mit der Freude und Anmut eines Bleikloßes. Vater sagte zu Mutter: »Dein Sohn ist schwerfällig wie der Kopf eines Albaniers«, und jagte ihn aus der Bäckerei, da schon seine bloße Anwesenheit genüge, die Hefe abzutöten.

Er kletterte oft hoch in den Wipfel des Maulbeerbaums, von dem aus er seine Herzallerliebste in ihren geflügelten Schuhen über die Felder springen und ihr Schmetterlingsnetz schwingen sah, und schon rannte er auch hinter ihr her, offerierte ihr braune Käfer, die stinkendes Schutzsekret absonderten, wurde von unduldsamen Bienen gestochen, denen Arbeit und Unfruchtbarkeit Liebhaber verhaßt gemacht hatten, und sammelte die ekelhaften Raupen des Schwalbenschwanzes, die Lea bei sich zu Hause zog. Er bat mich sogar, Brinker seinen Bernsteinklumpen zu entwenden, weil er wußte, daß sie ihn gern für ihre Sammlung gehabt hätte, aber da weigerte ich mich.

»Leih ihn dir bei ihm aus und sag dann, er sei verlorengegangen«, flehte er.

»Ich werd ihn selber klauen«, warnte er.

»Und dich wird man beschuldigen«, drohte er.

Mit einer Hartnäckigkeit und Kühnheit, deren nur verliebte Jünglinge fähig sind, versuchte er ein Gespräch anzuknüpfen oder einen Blick aufzufangen, und wenn Lea mit ihren Freundinnen herumtollte, spürte er deren stechenden Blick im Rücken und hörte ihr giftig kicherndes Hornissensummen. Mutter, die bei ihm all die Fallstricke und Beschwernisse der Liebe wahrnahm, die sie nur zu gut aus eigener Erfahrung kannte, sah ihn sich eines Tages mit entblößtem Bauch auf die Erde legen und bekam es mit der Angst zu tun.

»Was tust du?« rief sie.

»Ich belausche ihre Schritte, so machen's die Indianer«, erklärte Jakob, und als er mich lachen sah, sprang er auf, jagte mir nach und bombardierte mich mit Steinen und Erdklumpen.

Am schlimmsten war die Erkenntnis, daß es in seiner Umgebung niemanden gab, der ihm hätte raten können. Ich war genau so jung und unerfahren wie er selber, Tia Dudutschs Wissen im Bereich der Liebe erschöpfte sich in Sehnsüchten nach Lijas Eifersucht, Mutter war noch bedauernswerter als er mit ihren plumpen Annäherungsversuchen an Vater, der wiederum in dem Benehmen von Frau und Sohn *»una grande palabra«* erblickte.

In seiner Not ging Jakob zu Chez-nous-à-Paris, die Expertin für »Beziehungen« war.

Wenn Chez-nous-à-Paris »Beziehungen« sagte, verstand sie das als Oberbegriff für den gesamten Verhaltenskodex des »Zwischen-ihm-und-ihr«. Von den genauen Positionen der ersten Blicke und Sätze über den Farbencode der übersandten Rosen, die Tonlage des Geflüsters und die diversen Arten des Streichelns und Küssens bis hin zum »Akt« selber. Wenn Chez-nous-à-Paris von »dem Akt« sprach, dann immer mit bestimmtem Artikel – wie Mutter bei Vornamen –, wobei ihre Stimme heiser und um eine ganze Oktave tiefer wurde.

»Als erstes mach dir endlich mal die Haare glatt«, tadelte Chez-nous meinen Bruder. »Wer bist du denn? Ein Negerhäuptling?« Damit verwies sie ihn auf den Frisierstuhl, rieb ihm das Haar mit einer fetten, grünen Flüssigkeit ein und kämmte ihn. »Bei uns in Paris haben die Männer glattes, weiches Haar und Finger wie ein Pianist«, fuhr sie fort und erklärte weiter, »bei der Liebe muß man vor allemallem wissen, wo man Punkt und Komma setzt.«

»Und fang an dich jeden Tag zu rasieren«, sagte sie, »das ist wie Schmutz auf deinem Gesicht. Du bist ja kein Kind mehr. Bald bist du schon ein Mann.«

Sie stellte sich vor ihn hin und nahm sein glühendes Gesicht zwischen beide Hände. »*Chez-nous-à-Paris* sind die Männer keine Rindviecher«, erklärte sie, »sie haben Geduld. Sie wissen, daß man auf dem Weg zu dem Akt kein Stadium überspringen darf.«

Chez-nous' Mann (»der Kurzwarenhändler?« lachte Romi, als ich ihr die Liebesgeschichte ihrer Eltern Jahre später in Amerika erzählte) saß oft im hinteren Teil des Frisiersalons, wo er sich die Nägel maniküre, stinkende *Maluki*-Zigaretten rauchte und manchmal orientalische Weisen auf einer alten Tonokarina spielte.

Chez-nous-à-Paris amüsierte sämtliche Frauen mit saftigen Schilderungen ihrer Bettgewohnheiten. »Am allerallerliebsten mag er's mit très-très Nivea«, prustete sie. Manchmal lachte sie leise gurrend in jener kehligen Taubenstimme, mit der Ungarinnen einander ihre Absicht, ein Geheimnis zu lüften, signalisieren: »Was sein Kleiner ist – als er jung war, hat er ihm jeden Morgen beim Zähneputzen zugeguckt, und nun guckt er ihm halt beim Schuheputzen zu.«

Von Zeit zu Zeit raffte der Mann sich von seinem Sitz auf, um Tee zu machen, ihn den wartenden Frauen auf einem Tablett anzureichen und die Häufchen abgeschnittener Haare zusammenzufegen. Auch er war eine Art Sammler, und zwar der widerlichste unter ihnen, denn er hortete das Frauenhaar im Keller des

Salons, und es hieß, er sortiere es dort nach Farben und fülle damit kleine Kissen, die er in Nablus auf dem Basar an alte Araber verkaufe, die eigens dazu aus Transjordanien anreisten.

Mutter konnte ihn nicht ausstehen. Manchmal äffte sie nach, wie er ihr das Teeglas vors Gesicht hielt, »trinken Sie, trinken Sie« flötete und sie dabei anstarrte. Aber Chez-nous-à-Paris ließ jeden, der sich von ihrem Mann distanzierte, wissen, daß unter seiner Bettlergestalt ein zarter, nimmersatter Liebhaber verborgen lag, der in allen *manières* der Liebe und Verführung à la Paris wohlbewandert war, vor keiner Idee zurückschreckte und den wesentlichen Vorzug besaß, daß er »bei dem Akt lacht«.

»Bei uns in Paris lacht man viel bei dem Akt«, führte sie aus, »denn richtig betrachtet ist der Akt doch was Komisches, *non*?«

Obwohl sie es nie ausdrücklich sagte, konnte man ihren Worten entnehmen, daß sie auch einen Liebhaber hatte. Gelegentlich fuhr sie nach Tel Aviv, »bei Frau Goldstein ein Mieder kaufen« und den Vorrat an *Komol* fürs Haarefärben erneuern, und am nächsten Tag gähnte sie dann laut, summte Schlager von Christina Bennett oder schnupperte demonstrativ an ihren Fingernägeln, um die erotischen Abenteuer anzudeuten, die ihr dort widerfahren waren.

Einmal kam sie zu uns, um sich etwas Hefe zur Herstellung ihrer Jugendcreme zu erbitten.

»Es gibt schließlich einen Laden«, fuhr Vater sie ärgerlich an, »gehen Sie dort einkaufen.«

Chez-nous-à-Paris warf ihm einen langen verächtlichen Blick zu, ging, ihn gründlich musternd, um ihn herum und sagte dann zu Mutter: »Jetzt weiß ich genau, was dich an ihm stört.« Worauf sie sich gleich wieder an ihn wandte: »Sie haben eine Frau – einfach *formidable, chez nous à Paris* könnte sie eine Königin sein, und Sie verstehen das nicht einmal, Sie *Crétin*!«

»Was *chez nous à Paris*, wie *chez nous à Paris*?« schrie Vater. »Wann waren Sie denn wohl in Paris, Sie *Pustema*?«

»*Pardon*«, erwiderte Chez-nous charmant und kehrte ihm den Rücken.

»*Pardon, macaron*, tut so, als ob sie Französisch könnte«, schimpfte Vater, »die kann Französisch wie ein Esel aus Tiberias.«

Sie warf viel mit *alors, bonjour, comme-ci* und *merci* um sich, aber Vater hatte zielsicher ihren wunden Punkt entdeckt, denn mit diesen Worten erschöpfte sich ihr Französisch auch, und obwohl sie jedes Jahr zum »Tag der Bastille« ihren Frisiersalon mit Trikoloren schmückte, war sie ihr Lebtag nicht in Frankreich gewesen.

»Es ehrt mich, daß ein junger, verliebter Herr meinen Rat einholen kommt«, sagte sie zu Jakob, nachdem er ihr seine Not geschildert hatte. Danach fragte sie ihn lange über Lea aus und meinte: »Sie beachtet dich nicht? Das ist ein gutes Zeichen. Wenn Sie dann zum Schluß achtgibt, ist es gleich mit dem allerallerweitesten Herzen.«

»Die Kunst besteht darin, der Frau genau das zu geben, was sie möchte«, erklärte sie, »und noch raffinierter ist es, ihr das Gewünschte zu geben, ehe sie überhaupt weiß, daß sie's möchte. Erst wenn sie es zum erstenmal bekommt, sagt sie: ›Ohhh... wie konnte ich bloß je ohne leben?‹«

Am 13. Juli jenen Jahres beauftragte Mutter Jakob, er solle Chez-nous »die Salonfenster und -türen für die Feier von dem Paris saubermachen helfen«. Als mein Bruder auf die Leiter kletterte, um die Fähnchen übers Fenster zu hängen, sagte Chez-nous-à-Paris auf einmal zu ihm: »Komm einen Augenblick runter, Jakob, und laß mich deine Augen sehen.«

»Rot wie Rouge«, stellte sie fest, »das ist ein Zeichen der Liebe. Du zwinkerst nicht, ja? Du hast Angst, sie könnte ausgerechnet dann vorbeikommen und du würdst sie übersehen, stimmt's?«

Jakob nickte verlegen, und Chez-nous küßte ihn auf die Wangen. »Jetzt bist du schon ein richtiger Mann, Jakob«, sagte sie, »du wirst ihr die Sonne schenken.«

Bis heute weiß ich nicht, ob sie es im einfachen oder übertragenen Sinn meinte. Jakob jedenfalls verstand sie wörtlich.

35

In der Toilette hängt Vaters alter Mief auch dann, wenn Jakob sie zuletzt benutzt hat. Plötzlich überkam mich furchtbare Schwäche, als flösse mein Blut da von mir. Die scharfen kleinen Glassplitter drangen mir in den Unterleib, so daß ich mich mit beiden Händen an der Wand abstützen mußte und um die Klosettschüssel herumtropfte.

Manchmal hatte ich mich hier zum Lesen eingeschlossen. Vaters Geruch umwehte mich wie eine Eigentumserklärung. Seine Hände trommelten an die Tür. Sein Mund schrie, ich solle herauskommen. Nachts, wenn der säuerliche Duft des Gärens aus der Bäckerei aufstieg und ich wußte, daß der Teig am Gehen war und Vater nicht von ihm weg konnte, ging ich rein und hängte den kleinen Haken hinter mir ein. Mal grübelte ich hier. Mal phantasierte ich. So ein kleines, verächtliches Kämmerchen, aber es gibt darin Einsamkeit und ein Schloß zum Abschließen, und das genügt, um »allen den Dingen nachzugehen, die unverletzliche Einsamkeit erfordern«, deren da sind, wie du dich sicher erinnern wirst: »Lektüre, Träumerei, Tränen und geheime Lust.« Der lebendige, frische Duft ersten Spermas verbreitete sich in der Luft. »Da plötzlich, mitten aus dem Aasgeruch hervor, strömte ein feiner Duft, der sich von dem Gestank durchaus nicht übertrumpfen ließ.« Auf dem Fensterbrett steht immer noch Vaters eleganter kleiner Kupferkrug mit der langen Tülle. »*Papel par el culo es por los aschkenasim*«, lautete seine verächtliche Antwort, wenn man ihn nach dem Zweck der Kanne fragte: »Und die Zeitungen sind für den Kopf, nicht für den Hintern«, fügte er hinzu. Er war ein großer Zärtling, der sich noch an die Gemeinschaftstoilette auf dem Jerusalemer Hof erinnerte und neben der Fülle seiner »rechten Wege« auch noch einen »rechten Weg« kannte, dort die Luft zu reinigen. Dazu hebt er einen langen Streifen Toilettenpapier hoch und zündet das unterste Blatt an. Das Papier entflammt wie Zunder, zerfällt in einen Aschenschleier, und die Flamme, so sagt Vater, »verbrennt die schlechten Gerüche«. Doch Jakob schrie, wenn er bei dieser Angewohnheit bliebe, würde er noch das ganze Haus abbrennen. Um die Gemüter zu beruhigen, brachte ich ihm einen Jasminduftspray mit. Vater probierte ihn einmal und wurde dann rückfällig unter dem Vorwand, »dieses Dings da, entschuldige, riecht, als ob jemand auf Josua Edelmanns Feld gekackt hätte.«

Jakob hat gelacht, als ich ihn an die Jasminfelder unserer Jugend erinnerte. Seltsam, gerade wenn er lacht, höre ich ein verstohlenes Wimmern in seiner Stimme. »Was sollte ich wohl ohne dein Gedächtnis anfangen?« fragte er. Liebevoll, offenherzig, vertrauensvoll und spöttisch. So unterschiedlich sind wir und so eng verbunden. »Du hast recht«, hat er vor ein paar Tagen auf dem Friedhof zu mir gesagt, »wir sind schon keine Zwillinge mehr. Von dem Tag, an dem wir eine gemeinsame Brille bekamen, waren wir keine Zwillinge mehr. Du liest, schreibst, fliegst davon, willst nichts wissen, willst dich nicht einmischen. Und ich, ich bin ein einfacher Bäcker, verbrenne vor dem Ofen. Was ist simpler als Brot? Was versteh ich schon? Da soll einer wissen, wer gewonnen hat, wer's klüger angestellt hat.«

Beherrscht und zurückgezogen ist mein Bruder Jakob, aber wenn er sich mal öffnet, ergießt sich seine ganze Bitterkeit: »Daß sie mir nicht erzählt haben, wie er umgekommen ist, daß ich das selber ermitteln und prüfen und aufdecken mußte, mag ja noch angehen. Aber diese Formulierung, dieses ›in Erfüllung seiner Pflicht gefallen‹, das macht mich verrückt.«

Hand in Hand standen wir am Grabstein, der Fingerstummel meines Bruders brannte mir in der Faust. »›In Erfüllung seiner Pflicht gefallen‹« wiederholte er mit bitterer Verachtung. »Wie ein

Beamter, der auf einer Teepfütze im Büro ausgerutscht ist. Auch der ist in Erfüllung seiner Pflicht gefallen, nicht?«

Und später fügte er leise hinzu: »Dabei ist er gar nicht in Erfüllung seiner Pflicht gefallen. Sondern in Erfüllung der ihrigen. Wegen ein paar blöder Offiziere, die nicht wußten, wie man Einsatztrupps ins Gelände schickt, und wegen ein paar hysterischer Soldaten, die erst auf ihn schossen und ihn dann nicht wiederfinden konnten, bis ihm das Blut ausgegangen war. Jetzt sagen sie mir, das sei egal, jeder Getötete gelte als Gefallener. Gleich ob im Kampf, bei einer Übung oder durch einen Unfall. Ich brauch weder sie noch ihre Feiern! Ich bin nicht in ihrem Metier, und ich habe nicht vor, ihre Spielchen mitzuspielen. Ich will ihre Denkmäler nicht, und ich werd keinen mir mein Leben diktieren lassen!

Weißt du, wie viele Gedenktage so eine Familie pro Jahr hat? Den staatlichen Gedenktag und den Gedenktag des Regiments und den der Einheit und den des Wehrbereichs und den der Schule und den des Dorfs, damit wir uns keinen Augenblick langweilen. Und meine Gedenktage, was ist mit denen? Der Tag, an dem er geboren wurde, und der Tag, an dem er gefallen ist, und der Tag, an dem ich ihn zum letzten Mal gesehen habe? Und was ist mit dem Gedenkmoment, wenn du an einem Baum vorbeikommst, von dem er als Sechsjähriger mal gestürzt ist? Und mit der Schweigeminute, wenn du auf der Straße jemanden siehst, der in seiner Klasse war, und mit der Gedenksekunde wegen einem genauso Blonden? Und mit den Orten? Wie ist das doch abgedroschen, und wie ist das doch schwer. Da ist nicht nur das Grab, da ist auch das Denkmal des Dorfes und das Denkmal des Regiments und das Denkmal des Wehrbereichs und ein Monument hier und ein Monument dort und die Gedenktafel in der Schule. Und dann ist da noch der Ort, an dem er gefallen ist, der in diesem Land nie zu weit von zu Hause entfernt liegt, und sein Platz am Tisch, und wenn's ans Tischdecken geht, überlegst du jedesmal, ob du auch seinen

Teller hinstellen sollst. Und wenn du bei einer Behörde gefragt wirst, wie viele Kinder du hast? Was antworten? Zwei oder drei?«

»Genug, Jakob, du übertreibst«, entgegnete ich ihm.

»Du, werter Herr«, brauste mein Bruder auf wie der alte Dampfblasebalg, »was weißt du denn überhaupt, wann ich übertreibe? Wenn dein großes Amerika Krieg führt, ist der weit weg. Eure Söhne kommen nicht neben dem Haus um. Hier ist alles so nah, alles so gedrängt. Die Abschiede sind niemals für immer. Die Kriege sind Kriege unter Nachbarn. Man sieht von zu Hause aus den Rauch, hört die Schreie. Dieses ganze Land ist ein beschissenes *Cortijo*. Alle scheißen gemeinsam, wissen alles und hängen die Wäsche dem andern vor die Nase. Das ist es. Gedrängte Scheiße. Einer auf dem anderen. Die Lebenden, die Toten, alle zusammen. Alles in Armeslänge und alles in Augenweite, und jeder, der umkommt, kommt zwei, drei Stunden von zu Hause um. Höchstens vier. Also fährt man hin. Und ich übertreibe nicht allein. Ich hab's auch von anderen Eltern gehört. Ich kenn das genau. Man fährt, um den letzten Ausblick zu sehen, den der Junge gehabt hat, und die letzte Erde, auf der er gelegen hat. Und plötzlich verstehst du die Sache mit dem schreienden Blut. Du verstehst es nicht nur, du hörst es auch.«

Wir verließen die Gräber von Mutter und Benjamin. Jakob entschuldigte sich, daß er laut geworden war, und schlug vor, auch Jechiels Grab aufzusuchen.

»Alles in allem war er ein guter Freund von dir, als du noch Kind warst, nicht wahr? Du sollst wissen, daß ich auch ihn manchmal besuche. Nicht oft. Eigentlich jedesmal, wenn ich zu Benjamins Grab gehe. Ich war nicht mit ihm befreundet wie du, aber ich gehe immer zu den Gefallenen des Unabhängigkeitskriegs und des Sinaifeldzugs. Es ist schon kaum noch jemand da, der sich um ihre Gräber kümmert. Die meisten Eltern sind längst tot, die Geschwister sind alt, wohnen weiter weg, wollen ihr Leben leben. Kommen nur selten mal.«

Er bückte sich, fegte ein paar Piniennadeln vom Stein, riß Pflänzchen aus, die seine Ränder überwucherten.

»Bei denen erscheint nur einmal im Jahr, vor dem Gedenktag, plötzlich ein arabischer Arbeiter von der Kreisverwaltung, um es ein bißchen sauber und ordentlich zu machen«, sagte er. »All die Petunien und die kleinen Kakteen und die Stiefmütterchen sind bereits abgestorben. Nur kräftige Wildblumen sprießen aus ihren Gräbern, und Gräser; und schwarze und rote Ameisen haben sich schon ein Nest unter den Stein gebaut, zwischen die Knochen; und der Stein ist längst nicht mehr weiß, voll mit Flechten, Vogeldreck und Piniennadeln; und die Namen sind auch nicht mehr so scharf und klar. Aber so muß es sein, so soll ein Grab aussehen.«

36

Josua Edelmann gehörte zu den nächtlichen Stammgästen der Bäckerei. Er war mit einer Gruppe Einwanderer aus Polen gekommen. Ihre Parzellen und Baracken lagen am Feldrand des Dorfes, und die Neuankömmlinge selbst waren von der Siedlungsverwaltung in einer Anwandlung von humoristischem Zionismus angewiesen worden, bei uns Jasmin für die französische Parfümindustrie anzubauen.

In Krakau war Edelmann Experte für Platinguß gewesen, und dort hatte er auch seine Frau und seinen älteren Sohn verloren. Eines Nachts hörte ich ihn Vater von seinem Unglück erzählen, und obwohl er den Mund voll Brot und Tränen hatte, verstand ich, daß bei dem Unfall, bei dem seine Lieben umgekommen waren, zwei Lokomotiven, deren beide Führer, ein Streckenarbeiter und vier Flaschen Wodka mitgemischt hatten. »Sie haben die ganze Fahrt über gesoffen, haben sie«, sagte er wieder und wieder.

Nicht nachlassende Trauer, Sehnsucht nach seinem toten Ältesten – »er war mir so ähnlich, war er« – und der betörende Duft seiner Frau, den selbst die Jasminblüten nicht aus seinem Gedächtnis und von seinen Fingerspitzen löschten, trieben ihn jede Nacht in unsere Bäckerei. Er kaufte sich regelmäßig ein Brot, um seinen Kummer damit zu lindern. Saß auf der Bank und kaute ganz langsam. Geistesabwesend führte er ab und zu die Fingerspitzen an die Nase und schnupperte mit geschlossenen Augen die Erinnerung an seine Frau. Erst danach war er bereit, zu seinen Jasminfeldern zurückzukehren, denn nur Liebe und Sehnsucht immunisierten ihn gegen das verlockende Gift der Blüten.

Die Jasminzüchter weckten ihre Kinder um drei Uhr morgens, damit sie ihnen helfen konnten, die Blüten zu lesen, bevor die Sonnenglut ihnen den Duft raubte. Wenn sie dann in die Schule kamen, waren sie so betäubt und müde, daß sie auf den Tischen einschliefen. Einer von ihnen war Itzig Edelmann, Josuas verbliebener Sohn, der mit Jakob und mir in dieselbe Klasse ging und schon damals die widerliche Angewohnheit besaß, von sich selbst in der dritten Person zu sprechen. »Wer redet so, ist eine Betrüger!« stellte Mutter fest, worauf sie hinzufügte, Itzig habe noch ein weiteres äußerst schlechtes Merkmal: »Das Gesicht von Zigeuner«, das heißt: Man konnte schon jetzt sehen, daß er zu einem Ganoven heranwachsen würde. Die Jahre lehrten, daß Mutter recht gehabt hatte, aber seinerzeit wußte ich noch nicht, daß so ein künftiger Ganove aussah. Indessen entdeckte ich, daß Itzig verblüffende Ähnlichkeit mit dem spanischen König Philipp II. hatte, dessen Bild, ein Werk Antonio Moros, Jechiel Abramson mir gezeigt hatte, damit ich *Till Eulenspiegel* besser verstand.

Josua Edelmann war eine unerschöpfliche Quelle dümmlicher Lebensweisheit und ließ ständig Sprüche vom Stapel, wie etwa: »Der Hund bellt, aber die Katze jammert«, oder: »Wer Geld hat, braucht keine Almosen«, oder auch wichtige Binsenwahrheiten wie: »Einem Lügner darf man nicht glauben.« Eines Nachts, als er wieder seinen Laib Brot kaufte, sagte er zu Vater: »Wer nicht ißt, bleibt letzten Endes hungrig.« Vater, bei dem solche Redensarten immer Mitleids- und Brüderlichkeitsgefühle weckten, erwiderte: »Sehr richtig«, worauf Josua sofort lächelnd aufstand und ihm einen Mehlsack herbeischleifen half, und da man ihn nicht abwies, half er von nun an jede Nacht, auch beim Belegen der Bleche, dem Sieben des Mehls, ja sogar beim Kneten, und Vater gab ihm zum Lohn zwei Brote, ein aufmerksames Ohr, ein Paar Schuhe und Arbeitskleidung, die Josua nicht trug, weil er lieber in riesigen grauen Unterhosen arbeitete.

»Setz deine Brille auf und guck dir mal diesen Arbeiter an«, flüsterte Jakob mir zu, und wir beide prusteten los, denn wegen der Hitze baumelte Edelmann der Hodensack fast bis zu den Knien hinab.

Nach zwei Jahren, in denen Josua zum festen Bestandteil der Bäckerei geworden war, bat er Vater, ihn auf Dauer einzustellen. »Ich schlafe nachts ja sowieso nicht, tu ich nicht«, sagte er. Er arbeitete sich schnell ein, schlug Vater vor, die als »Knippele« bezeichneten Brötchen zu backen, und als die sehr gefragt waren, erhöhte Vater seinen Lohn und erlaubte ihm, auch Itzig mitzubringen, »damit er mithilft und was lernt«.

Die Lebenserfahrungen als Halbwaise hatten Itzigs Gespür für die Haltung der Erwachsenen geschärft. Er und Mutter wurden zu Feinden. »Der Itzig da ist eine Schlange«, wiederholte sie immer wieder. »Er ist genau wie der Ibrahim von der Dudutsch.« Aber Itzig war ein fleißiger Junge und ein hingebungsvoller Sohn. Er kochte für seinen Vater, spielte Dame mit ihm und wusch seine Arbeitsunterhosen, als habe er bei ihm eine Mattigkeit und Schwäche herausgelesen, die keiner außer ihm sah.

»Ich hab das beste Kind der Welt, hab ich«, sagte Josua Edelmann immer stolz, und der Junge umarmte ihn mit den Worten: »Itzig hat seinen Vater lieb.«

37

Jakob grübelte lange über Chez-nous' merkwürdigen Ratschlag nach, dann holte er Vaters Rasierspiegel aus dem Badezimmer, paßte Lea auf der Straße ab, und als sie ankam, richtete er den Spiegel nach ihr aus und blendete sie. Lea senkte den Kopf, wandte den Körper ab, schlug die Hände vors Gesicht, aber Jakob tanzte um sie herum, schoß einen Sonnenstrahl auf sie ab und wollte nicht aufhören.

»Du häßlicher Degenerat«, schrie sie ihn zum Schluß mit unerwarteter Grobheit an, »wenn mein Vater zurückkommt, macht er dich um deinen dummen Kopf kürzer!«

Jakob grinste, kehrte mit Luftsprüngen in den Hof zurück und ließ von nun an nicht ab, ihr aufzulauern und sie mit seinen Sonnensalven zu überrumpeln. Seine neue Methode und deren beharrliche Anwendung ärgerten Lea derart, daß sie sich im Haus einschloß. Jakob nahm den Spiegel, kletterte auf den Schornstein der Bäckerei und lenkte von dort die Sonnenstrahlen auf ihr Fenster. Aber die Entfernung war zu groß, der Spiegel zu klein, der tanzende Lichtfleck schwächte sich ab und versiegte.

Jakob stieg hinunter, wanderte ein paar Stunden gedankenverloren umher, und am nächsten Tag ging er zu Simeon und flüsterte ihm seinen Plan ins Ohr. Simeon war damals acht Jahre alt und hatte bereits die Hände eines Schmieds und ein Herz, das kein Zögern und Zagen kannte. Er ging ins Elternschlafzimmer, riß mit Schwung die Mitteltür des Kleiderschranks heraus und half Jakob, sie auf den Backsteinkamin der Bäckerei hinaufzuschaffen – die Tür mitsamt dem Spiegel daran.

Der große Lichtfleck lief tastend über den Acker, glitt wie eine glänzende Tischdecke über den rötlichen Lehmboden, ließ die Gräser verdorren und kletterte zitternd Leas Hauswand hinauf, bis er ihr Fenster beim Wickel hatte und in ihr Dachzimmer einfiel. Einen Moment später stand eine verblüffte kleine Gestalt in dem hellerleuchteten Fenster, beschattete mit der einen Hand die Augen und wedelte mit der anderen wütend herum. Sie wußte, woher das Licht kam, konnte Jakob aber nicht sehen, da sie völlig geblendet war. Ihre Fensterläden wurden mit einem Schlag zugeknallt, der so heftig war, daß man ihn bis zu uns hörte.

»Sie sieht dich jetzt schon nicht mehr«, sagte ich.

»Das macht nichts. Sie weiß, daß ich hier bin, und hier bleib ich auch«, erwiderte mein Bruder zufrieden.

Doch nun stieß er auf ein unerwartetes Hindernis in Gestalt von Mutter, die auf Chez-nous' Rat neue Haarnadeln gekauft hatte und ihr Konterfei im Spiegel zu prüfen wünschte.

»Ich komm zu dir rauf!« drohte sie Jakob. Als er nicht antwortete, kletterte Mutter zu dem entwendeten Spiegel empor, setzte sich neben Jakob auf den Schornsteinrand, kämmte sich und legte Rouge auf die Wangen.

Vater kochte vor Wut. »Geh dort runter, Hure-*Putana*!« zischte er ein ums andere Mal fieberhaft vom Hof aus, da er nicht wollte, daß die Nachbarn es hörten und etwa zum Gaffen herbeieilten.

Er stampfte mit den Füßen, schnaubte und knirschte, und als er sich schließlich nicht mehr beherrschen konnte, rannte er in die Bäckerei, steckte den Kopf in den Ofenschlund und schrie wie gewohnt hinein. Nur hatte er diesmal vergessen, die untere Schornsteinklappe zu schließen. Die Flüche schwollen, verstärkt durch den Resonanzkörper des Ofeninnern, flutartig an, der Spiegel geriet in Schwingungen und schickte sie übers ganze Dorf aus. Sämtliche Nachbarn kamen aus ihren Häusern, und Brinker rannte erschrocken und aufgebracht auf unseren Hof zu, als wolle er über Vater herfallen, doch so schnell er erschienen war, verschwand er auch wieder.

»Geh runter, Mutter, geh jetzt runter«, flehte Jakob, da er wußte, daß auch Lea mitsah und -hörte.

Mutter lachte, prüfte noch einmal ihr Äußeres im Spiegel,

klopfte ihm auf die Schulter und stieg hinunter. Als sie Cheznous-à-Paris abends von Jakobs neuer Methode erzählte, schlug die die Hände zusammen und rief: »*Préparez le mouchoir*, bald werden wir Hochzeit feiern.«

So begann Jakob seine Tage auf dem Schornstein. Vater kochte. Er konnte unmöglich dieses »müßige Herumsitzen« ertragen, diese Atmosphäre der Untätigkeit, die Mutter und Sohn, von der Liebe heimgesucht, im Haus verbreiteten, und wie üblich zog sein Zorn immer weitere Kreise. Dudutsch schimpfte er »so dumm wie eine Kuh bei den Bußgebeten«, Simeon »Zähne wie Eisen und Watte im Gehirn«, Mutter »die Schöne aus Albanien«, mich einen »*Pashariko*, der in einem Bienenschwarm rechnen lernt«, und Jakob »*Pezgado koursoum*«. Er meinte, man solle wieder auf die Zeiten zurückgreifen, in denen das Werben nicht gefühlsduseligen Verliebten überlassen blieb, sondern der Obhut erfahrener Heiratsvermittler, »die den rechten Weg kannten« und über eine gepflegte Sprache, geordnetes Denkvermögen und einen ruhigen, gleichmäßigen Herzschlag verfügten.

Die Streitereien um den Spiegel dauerten so lange, bis eines Tages das Dröhnen zweier Polizeimotorräder im Hof erschallte. Eine schwarze Hamber-Limousine folgte ihnen auf den Fersen, und Vater erschrak zutiefst. Er war sicher, Harold MacMichael höchstpersönlich sei ihm auf die Spur gekommen und nun angereist, um ihn wegen Entwendung der Patriarchenkutsche festzunehmen. Tatsächlich entstieg dem Wagen jener englische Detektiv, der mich seinerzeit nach der Frau aus Jerusalem gefragt hatte. Jetzt fixierte er mich halb ärgerlichen, halb lachenden Auges, während nach ihm ein sympathisch aussehender, schlanker Mann mit dicker Brille herauskletterte. Das war Arthur Spinney – der Mann, der vor Jahren gemeinsam mit General Allenby meinen Onkel Lija vom Galgen heruntergeholt hatte. Tia Dudutsch erkannte ihn sofort, nahm Simeon bei der Hand und trat auf ihn zu.

»Mrs. Natan«, sagte Spinney bewegt.

Er überreichte ihr eine elegante Schachtel, die mehrere Meter erstklassigen englischen Wollstoff, ein schwarzes Kleid und schwarze Schuhe enthielt. Sein Adjutant, ein hochgewachsener Engländer mit beginnender Glatze, öffnete den Kofferraum und entnahm ihm Kartons mit Lipton-Tee, Columbus-Kaffee, Ananasdosen aus Natal, Nestlé-Tuben, Kabria-Weinflaschen und einer Schokolade, die Simeon zu Boden zwang.

Dudutsch riß vor lauter Staunen und Glück das Auge auf. »Ibrahim, was machst du denn?« flüsterte sie ihre Parole in gänzlich neuem Ton. Sie ergriff Spinneys Hand, übersäte sie mit Küssen und brach in Tränen aus. Arthur Spinney hatte ein großes, weiches, christliches Herz, und schon legten sich Nebel des Mitgefühls und der Erregung auf seine dicken Brillengläser. Komisch, an sein Gesicht kann ich mich nicht mehr entsinnen, nur daran, daß er sehr kurzsichtig war. Ich nehme an, seine Sehschärfe war noch schlechter als unsere, die von Jakob und mir, und ich stelle mir zum Spaß vor, wegen seiner, nicht meiner Kurzsichtigkeit sei mir sein Äußeres nur so verschwommen in Erinnerung geblieben.

»Man hat mich in die Kavallerie gesteckt, weil das Pferd bessere Augen hatte als ich«, sagte er gern von sich mit dem ererbten Humor anglikanischer Priester.

Palästina hatte den Kavalleristen Arthur Spinney zum Kaufmann gewandelt. Im ersten Gefecht um Gaza hatte er eine Auszeichnung erhalten und die Aufmerksamkeit General Allenbys erregt, der ihn in seine Nähe holte und ihn nach der Kapitulation Jerusalems mit der Evakuierung der Verwundeten per Eisenbahn beauftragte. Die Front rückte nach Norden, die Lazarettzüge fuhren unter Hinterlassung eines Schwalls von Pfeiftönen, Schmerzensschreien und Qualmfahnen in Richtung Ägypten hinunter. Wie viele andere strebte auch Arthur Spinney danach, der Geschichte des Heiligen Landes seinen Stempel aufzudrücken, aber die guten Plätze in der Historie waren bereits von Ellbogenstärkeren besetzt, und Spinney erkannte, daß er niemals König werden, eine neue Religion gründen, Prophezeiungen verkünden oder Armeen befehligen würde. Statt dessen erfand er den Viehwagen: Er kaufte der Landwirtschaftsschule Mikwe Israel ein paar Milchkühe ab und stellte sie in einen strohgepolsterten Güterwaggon, der den wüstendurchquerenden Zügen angehängt wurde. Jetzt könnten die Boys wenigstens »*a decent cup of English tea*« genießen, meinte er stolz. Der Viehwagen war zwar nicht geschichtsbewegend, machte Spinneys Namen aber in den britischen Streitkräften sowie in der Londoner Presse publik und ihn selbst zum Leiter des Militärkantinenwesens im Lande. Nach seiner Verabschiedung eröffnete er sein erstes Kaufhaus am Jaffator in Jerusalem, wo er meinen Onkel Lija zunächst als Verkäufer, später als Filialleiter beschäftigte.

Das war der Anfang des sympathischsten aller Imperien, die je über den Orient geherrscht haben. Eines nach dem anderen entstanden *Spinney*-Warenhäuser in Jerusalem, Nablus, Tel Aviv, Alexandria, Beirut, Bagdad und Limassol, angenehme kleine Inseln der Rechtschaffenheit, Normalität und Zuverlässigkeit in einer Gegend, die mit Lügen, Quälereien und Ehre handelte. Spinney vermochte viele Kunden in seine Geschäfte zu locken. Sein Wahlspruch lautete: »Qualitätsware zu vernünftigen Preisen.« Er verkaufte Hebroner Käse, Schokolade aus Liège, Holzknöpfe aus Damaskus, Zinngabeln aus Portugal, Mineralwasser, das er eigenhändig an den Quellen von Kabri in Flaschen abfüllte, Pferdewurst aus Ungarn, Spitzendecken aus der Normandie und Litauer Butter.

Jeden Morgen ging Lija in den Laden, versprühte Blumenessenzen aus einem funkelnden Kupferzerstäuber, legte Groschen-, Penny- und Shillingmünzen als Wechselgeld bereit, und um Viertel vor acht öffnete er die Türen. Er redete mit jedem Kunden in seiner Sprache und verdeckte seine frühe Glatze auf Wunsch seines Chefs unter einem Fez.

»Und ich in meiner Harmlosigkeit hab gedacht, du bezahlst

mich für das, was ich im Kopf habe, nicht obendrauf«, protestierte Lija, worauf Spinney ihm lachend auf den Rücken klopfte.

Ab und zu erinnerte er sich an den merkwürdigen Tag, an dem Allenby und er Lija im Keller des Kolarasi von dem fahrbaren Galgen heruntergeholt hatten, und freute sich, daß er ihn auf Allenbys Rat unter seine Fittiche genommen hatte. Als Lija bei den Unruhen von 1929 umgekommen war, wollte er sich um dessen Witwe kümmern, aber Dudutsch war aus der Stadt verschwunden, und erst sieben Jahre später gelang es dem von ihm engagierten Detektiv, sie bei uns ausfindig zu machen. Er hatte gute Arbeit geleistet. Arthur Spinney wußte jede Einzelheit über uns. Für Vater hatte er zwei Flaschen Raki, weiße Taschentücher und Essenzen zum Mischen seines *Kolonia* dabei. Mutter schenkte er ein blaugeblümtes Kleid mit kurzen Puffärmeln, das wunderbar zu ihrer Haar- und Augenfarbe und ihrer hohen Taille paßte. Mir hatte er eine echte Überraschung bereitet. In jenem Monat hatte Orson Welles das Hörspiel nach *Krieg der Welten* im Rundfunk gesendet, und Spinney schenkte mir nun eine wunderschöne Ausgabe des Buches, mit den Originalillustrationen von Walter Ernst, das nicht einmal in Jechiels Bibliothek vorhanden war. Jakob schließlich hatte er eine lederne Schreibmappe mit einem blauen Füllfederhalter Marke Katav, Löschpapier, Briefbögen und Umschlägen für Liebesbriefe mitgebracht.

»Erfolgreiche Jagd«, zitierte er lächelnd Kiplings Wolfsrudel.

»Aber ich möchte einen Spiegel«, flüsterte Jakob. »Alle haben gekriegt, was sie wollten, und ich will einen Spiegel.«

»Du hast ein Geschenk bekommen«, sagte Vater, »wo ist denn deine Ehre?«

»Aber ich will einen Spiegel!« rief Jakob. »Kein Papier.«

»Eine Schande! Wie du deinen Sohn erziehst!« schrie Vater auf Mutter ein.

Spinney war verlegen. Obwohl er kein Hebräisch verstand, spürte er, daß er in einen Ehekrach geraten war. Doch Vater hatte damals schon einen erheblichen Teil seiner Manieren verloren. Er bemühte sich gar nicht mehr, seine Abneigung und Verachtung zu verbrämen, und hatte keine Bedenken, Mutter vor uns, vor Nachbarn, ja sogar vor Fremden zu kränken. »Du Bestie an der siebten Chanukkakerze«, warf er ihr jetzt als rätselhafte neue Beleidigung an den Kopf.

»Genug, daß ich geatmet hab, und auch das ist schon nicht mehr recht«, sagte Mutter.

Verstört und bleich wandte sie sich ab, stieg zur Veranda hinauf und verschwand im Haus.

Ich hoffe, es gelingt mir, Mutter so zu beschreiben, wie sie gewesen ist. Sie war die komplizierteste einfache Frau, die ich je gekannt habe. Frauen hatten immer Mühe, sie zu verstehen, und Männer verstanden sie jeder auf seine Weise. Sie war ein kleines Mädchen, das in einem großen Frauenkörper gefangen saß, hatte unermeßliche Angst vor meinem Vater und brachte ihm die schlimmste aller Lieben entgegen – eine Liebe ohne Grund und ohne Aussicht. Plump, blind und mit explodierender Kraft ohne Maß und Zügel umwarb sie ihn und verstand dabei nicht, daß ihr Zusammenleben ihn zu einem Makeljäger gemacht hatte. Er erfaßte, erkannte und umriß jeden Makel in einer Weise, die ihr gar keine Chance ließ, die kommende Demütigung vorauszusehen und sich gegen den bevorstehenden Schlag zu verschanzen. Er fand überall etwas auszusetzen: an dem Essen, das sie ihm kochte, an ihrem Gang, ihrer fehlerhaften Grammatik, an der Art, wie sie Brot schnitt, Gurken schälte, Wäsche aufhängte, an ihrem Lächeln, ihrer Frisur, ihrer Sitzhaltung und ihrem Niesen. Sogar ihre kindliche Schlafstellung – auf dem Rücken, Arme und Beine abgespreizt, wie er sie damals bei der ersten Begegnung im Jordantal gesehen hatte – beschwor seinen Zorn herauf. »Wie liegst du denn da?« höhnte er, »wie ein Jemenitenbaby, das man ins *Basinico* geworfen hat.«

Jetzt war Vater verlegen, da er aus Spinneys Zügen den verdienten Tadel ablas. »Sag ihm was, sag ihm was auf englisch«, drängte er mich, aber ich wußte nicht, was ich sagen sollte. Was hätte ich diesem netten Mann erzählen sollen? Ich wandte mich ab und ging Mutter nach, die bereits in der Küche stand und Fleisch für Frikadellen durchdrehte. Was tat sie nicht alles, um sein Herz zu gewinnen. Sie drehte den Griff des Fleischwolfs, wischte sich mit dem Handrücken über die Nase, schloß die Augen, um das Fleisch nicht zu sehen – vergebens. Sie hatte mich gebeten, ihr lesen und schreiben beizubringen, aber es wollte ihr nicht gelingen. Die Bleistifte brachen ihr zwischen den Fingern ab und malten ihr schwarze Blumen auf Zunge und Lippen, das Papier war bald von Löchern, Graphitsplittern und kleinen Rorschach-Klecksen aus Tinte und Tränen übersät. Ihre Hoffnung schmolz langsam dahin. Aus Verzweiflung wartete sie auf ihre nächsten Treffen mit Cheznous-à-Paris. Aus Verzweiflung kämmte sie sich und machte sich schön. Aus Verzweiflung kaufte sie sich ein neues Kleid und wusch sich die Haare mit Djamilas Regenwasser – aber umsonst.

Und die ganze Zeit suchte mein Vater sie in ihrem Leib, ging über Bergpfade zu ihr, ihr Haar wie ein funkelnder Fleck vor sich, Räuber um ihn her, flink wie Gazellen auf den Bergen. Ihr Bild, das ihm vor Augen schwebte, ihre langen Beine zu beiden Seiten seines Kopfes. Deine feuchten Haarsträhne. Das Branden deines Körpers. Der strömende Regen.

38

Eine gute Woche später traf der Spiegel ein, zwischen zwei stehenden Brettern auf der Ladefläche eines Lieferwagens, mit Karton und Watte gepolstert. Jakob fertigte ihm einen Rahmen aus Winkeleisen und befestigte ihn an einer Achse, die so auf dem Schornstein angebracht wurde, daß er sich drehen und ausrichten ließ.

Er konnte sich vor Glück kaum fassen. Um zwei Uhr nachmittags, als die Sonne den passenden Winkel erreicht hatte, setzte er einen Strohhut auf, packte eine Flasche Wasser und ein halbes Brot in einen Korb, sammelte ein paar Hefte und Bücher zusammen, um dort oben nebenbei seine Schulaufgaben zu machen, und kletterte auf das Dach der Bäckerei. Später baute er sich sogar einen kleinen Sitz auf dem Schornstein, denn eines Tages wäre er bei einem plötzlichen Windstoß beinah hinuntergeweht.

Die Tage vergingen, und die Kunde von der Liebe meines Bruders wurde in der ganzen Gegend bekannt. Sogar von außerhalb des Dorfes trafen Leute ein, um den Jüngling auf dem Schornstein zu sehen. Einmal kam auch ein Pressephotograph und versuchte ihn aufzunehmen, aber Jakob entdeckte ihn und drehte den Spiegel in seine Richtung. Man hörte einen furchtbaren Schmerzensschrei, und der Mann floh, die Hände über den Augen.

Die meisten Nachmittagsstunden seiner Jugend verbrachte er dort, ausdauernd wie ein brütendes Storchenweibchen, strahlend, ohne verzehrt zu werden. Leas Zimmerfenster ging nicht auf, aber Jakob wußte, daß sie dort war und daß sie wußte, daß er auf dem Schornstein saß, und er wußte, daß auch ich dort war.

»Das ist nicht schön, was du gemacht hast«, sagte Mutter zu mir.

»Sie lädt mich zu sich ein«, erwiderte ich.

»Die Lea gehört dem Jakob.«

»Die Lea gehört gar keinem«, spottete Vater.

»Nur keine Sorge«, erklärte Chez-nous-à-Paris mit dem Lächeln einer Prophetin, der ein ermutigendes Zeichen offenbart worden ist, »sie macht das bloß, um Jakobs Liebe anzustacheln.«

»Ich bin nicht besorgt«, sagte Jakob, »wenn sie ihn eingeladen hat, soll er hingehen. Letzten Endes wird sie doch mein sein.«

Nachts auf unserem Zimmer fragte ich ihn, ob er das ehrlich gemeint habe.

»Warum sollte mich das stören?« entgegnete er. »Ich hab es euch allen schon gesagt: Letzten Endes wird sie mir gehören.«

Meine Treffen mit Lea hatten in der Bibliothek begonnen. Eines Tages war sie dorthin gekommen, als ich gerade Insektengift in die Regalritzen streute. Jechiel sagte zu mir: »Empfiehl ihr ein Buch«, worauf ich ihr *Thais* vorschlug. Als sie bei dem Kapitel angelangt war, in dem Paphnuce auf die hohe Säule klettert und sich dort niedersetzt, gab sie mir das Buch zurück und erklärte ärgerlich, wenn ich meinem Bruder helfen wolle, sollte ich mich besser nicht einmischen. Fünfzehn Jahre alt war sie damals, aber ihr Zusammenleben mit der Mutter, einer verlassenen Frau, schärfte ihre Urteilskraft und machte sie erwachsener. Wir standen einander im Gang zwischen den hohen Buchregalen gegenüber, Lea fuhr sich mit der Hand durch das fließende Haar, und ich verliebte mich in sie.

Die Zeichen waren einfach und klar, geradezu frustrierend gewöhnlich. Trockenheit. Herzklopfen. Nervosität und Mattigkeit. Ich nehme an, du kennst sie auch vom eigenen Leib, von dem deiner Liebhaber, aus Büchern, die du gelesen hast. Aber noch ein weiteres, besonderes Anzeichen spürte ich, denn ich hatte es erwartet, seit ich Chez-nous-à-Paris zu Mutter hatte sagen hören: »Und es gibt auch eine Sorte Mann – wenn der sich verliebt, reden seine Knie miteinander in Versen.«

In den folgenden Tagen breitete ich vor Lea das Beste aus, was ich auf Lager hatte. Ich zitierte ihr Gedichte, klaute ihr aus der Speisekammer Tia Dudutschs herrliches Marzipan, zeigte ihr die alten Kunstbücher, die Jechiel keinem auslieh, und schlug ihr vor, *Das Buch von San Michele* zu lesen. Zwei Tage später sagte sie zu mir: »Komm, wir spielen, du bist ein Bär, und ich bin ein Lappenmädchen«, und plötzlich drehte sie sich auf der Stelle und wedelte mit beiden Händen den Bruchteil einer blendenden Sekunde mit ihrem Rock. Ich hatte in diesem Moment keine Brille auf. Ihre nackten Schenkel schimmerten wie ferner Wolkenschein, nebelhaft prägte sich ihr Fleisch meinen Netzhäuten ein. Einen Augenblick meinte ich, Jakobs Schmerzen zu empfinden, aber sofort merkte ich, daß es die Brandwunden meiner eigenen Leiden waren.

Eines Tages, wenn wir uns mal treffen, werde ich auch dich mit Dudutschs Marzipan verführen. In *Miriam's Deli*, dem Delikatessengeschäft nahe meinem Haus, habe ich einmal diesen klebrigen Schwindel gesehen, der sich *Toledoer Marzipan* nennt, und mit Vergnügen so darüber geschimpft und gespottet, daß die Ladeninhaberin in schallendes Lachen ausbrach und mir wie unabsichtlich die Hand auf den Arm legte. Sie ist eine Frau um die Vierzig, heiter und gutaussehend, mir in Größe und Typ sehr ähnlich. Dann erzählte ich ihr vom Marzipan meiner Tante – der bleichen Wonne, dem großen Tröster, dem absoluten Verwöhner, dem einzigen Konfekt, bei dem Frauen lachen, wenn sie es kosten.

»Marzipan ist die Reinheit, die einfachste und edelste aller Süßigkeiten«, zitierte ich ihr *Das kleine Küchenlexikon* von Otto Gustin und auch Gregor VII., der – bevor er Papst war und in der Schloßbibliothek seiner Mutter begraben wurde – schrieb: »Unter den süßen Sünden ist das Konfekt aus Lübeck berühmt, dessen Bestandteile nur zweie sind, Mandeln und Zucker, die nicht in wesensmäßigem Gegensatz stehen, sondern nur zum Zweck ihres gemeinsamen Erlebens.« Obwohl er es nicht ausdrücklich beim Namen genannt hat, stimmen die meisten Wissenschaftler darin überein, daß er das Marzipan gemeint hat.

Auf der Stirn der Ladeninhaberin entdeckte ich eine Reihe roter Punkte, die wie die schmerzhaften Spuren eines Tausendfüßlers oder wie Dornenstiche aussahen. Sie spürte meinen forschenden Blick und wurde verlegen. Als sie dreizehn Jahre alt war, so erzählte sie mir, hatte sie bei einem Meßgang mit den Eltern aus Versehen die ihr vom Priester auf die Zunge gelegte Hostie zerkaut. Ihr Mund füllte sich mit heißer Salzigkeit, ihr Blusenkragen färbte sich rot, und zwanzig Jahre später traten die Blutpunkte auf ihre Stirn.

»Sie hätten als Heilige Karriere machen können«, bemerkte ich.

Sie lachte. »Ich nicht«, sagte sie, wobei sich plötzlich eine bittere, attraktive Furche zwischen ihren Augen abzeichnete, »Gott weiß, wie sehr ich es nicht bin.«

Ich kaufte Mandeln und Zucker bei ihr, holte die ganze Nacht Dudutschs Lehren aus der Versenkung herauf und kehrte am Nachmittag in den Laden zurück. Dort wedelte ich ihr mit dem kleinen Päckchen vor der Nase herum und sagte: »Die ideale Verbindung ist ein Mann mit Marzipan und eine Frau mit Stigmata.«

Von allen Frauen, die ich in Amerika kennengelernt habe, ist sie mir die liebste. Wenn ich ihr Haus betrete, fordert sie den süßen Zehnten, den ich ihr mitbringen muß, und noch unter Kauen und Lachen zieht sie mir sämtliche Kleider aus, nimmt mich an der Hand und führt mich zur Dusche. Dort übergebe ich ihr in völligem Vertrauen meine Brille, und während sie mir die Glieder einseift, schrubbt und mit heißem Wasser abspült, macht sie keinen Unterschied zwischen dürftig und reich, ist weder zimperlich noch parteiisch. »Mach die Augen zu«, sie wäscht mir die Haare, trocknet mich mit ihren kräftigen Armen ab, bis sich meine Haut rötet, und führt mich ins Schlafzimmer.

Jedesmal schlafen wir auf dieselbe Weise miteinander. »Experimente sind für die, die noch nicht wissen, was gut ist«, lacht sie. Danach läßt sie mich ein bißchen in ihrem Bett schlummern, und sobald ich aufwache, bittet sie mich, schnell zum Essen zu kommen. Sie macht wunderbare Pommes frites. Und eines Tages hat sie mir deren Geheimnis verraten: Sie fritiert sie in Kokosöl. Als sie die Öldose mit dem altbekannten Etikett aus der Speisekammer holte, mußte ich laut lachen. Seither nenne ich sie zu ihrem Mißvergnügen »Madame Kokosin«.

Einmal habe ich ihr *Mezelik* mit Delikatessen aus ihrem Laden angerichtet: auf dem Tisch schwarze Oliven, die ich aus der Büchse genommen und mit grobem Salz zum Schrumpfen gebracht hatte, Vollfettkäse, eigenhändig in Olivenöl aus der Toskana eingelegt, kleine Sesamkringel, Anchovis Marke Soga, scharfe, trockene *Kabanos* »San Sebastian«. Wir verbrachten zwei vergnügliche Stunden bei ein paar Gläschen Raki. Ich hoffe, du verdächtigst mich jetzt nicht lachend der Nostalgie. Auch dieser wohlbestückte Tisch war nichts als eine einfache Gedächtnisübung, wie die Schmuckplatte, mit der Lurgan Sahib Kims Erinnerungsvermögen prüfte. So viele sinn- und zwecklose Tatsachen haben sich ja in meinem Innern angesammelt, daß ich mein eigener Antiquitätenhändler sein, in diesen Dachböden dort stöbern und ganze Schutt- und Sandhaufen durchwühlen muß, bis Mnemosyne vor mir steht und ihre Röcke für mich schwingt.

»Sprich, Erinnerung, sprich.« Sprich ohne Unterlaß. Schöpfe aus Thomas Manns tiefem Brunnen der Vergangenheit, fahre über Melvilles warmes Meer, schneide dem Propheten Jeremia ins lebendige Fleisch. Liege in Bernstein, schwimme in Vitriol. Joseph Conrad hat mir durch Marlows Mund gesagt: »Ich glaubte, die Erinnerung an Kurtz wäre wie die an die anderen Toten, die sich in jedermanns Leben anhäufen – ein verschwommener Abdruck von Schatten, die bei ihrem raschen, letzten Vorbeigleiten auf das Hirn gefallen waren.« Augustinus vergleicht das Gedächtnis mit einem Warenlager, einem weiten Acker, einer geräumigen Halle, in der er immer wieder sich selbst begegnet.

Unermüdlich durchforsche ich stets aufs Neue meine Gedächtnisschächte, reinige seine Erze von Schlacke, säubere die Abflußrinnen von trockenem Laub. In unserer Kinderzeit drehte Mutter den Wasserhahn ein wenig auf, um Jakob und mich zum Pinkeln zu animieren. Noch heute genügt mir ein leichter Reiz einzelner Geschmacksknospen, Gehörgänge, Geruchszellen oder Sehzapfen, genügt mir eine kastanienbraune, verschwommene Haarsträhne, die mein Blick vom Kopf einer vorbeigehenden Frau erhascht, der Glanz ihrer weißen Schulter, genügt mir eine rote Staubfahne, der dumpfe Klang einer Messingglocke.

Lea mochte gern blaue Blütenkränze flechten, Geschichten hören, lachen und Puzzles zusammensetzen. Die Felder lieferten ihr die Blumen, ich sorgte für Gelächter und Geschichten, und die Puzzles kamen aus den Päckchen, die ihr Vater ihr schickte. Er war immer noch »im Ausland«, und kein Mensch wußte mehr, ob er nun ein wichtiger Mann in der *Jewish Agency*, ein berühmter Violinist, ein englischer Spion oder ein reicher Diamantenhändler war. Sie wollte nicht über ihn sprechen, und ich sagte ihr nicht, daß ich ihn am Tag seiner Flucht gesehen hatte.

Wegen meiner Kurzsichtigkeit hing ich mit dem Gesicht dicht über dem Puzzle. »Du blockierst die Sicht!« rief sie und stieß mich zurück. Wir rangen, lachten aus vollen Kehlen, wälzten uns auf dem Boden. Obsthauch wehte von ihrem Mund in meinen, ihre Haarkaskade fiel auf meine Brust und kitzelte meine Hände, furchtbare ewige Hitze herrschte im Zimmer wegen Jakobs Liebeslicht, das er auf ihr Fenster strahlen ließ.

»Dein Bruder ist verrückt«, sagte sie. Sie lag auf dem Bauch, das Gesicht im Kissen vergraben, zog ihr Haar zur Seite, damit ich ihr mit den Fingerspitzen den Nacken kraulen konnte, und plötzlich sprang sie auf und sperrte ein wenig die Ladenlamellen, um die Hitze zu mildern. Dann öffnete sie sie noch ein Stück weiter, um sicherzugehen, und zum Schluß sperrte sie sie ganz, um geblendet zu werden. Dabei schmähte sie die ganze Zeit leise vor sich hin, sei es fluchend, sei es prophezeiend, jedenfalls ernsthaft, in ständigem Flüsterstrom und mit der Sachkenntnis eines Gassenjungen, die nicht zu ihrem hübschen Äußeren paßte: »Sterben sollst du, dich begraben lassen, du Stinker, du Esel, mögen die Raben dir die Augen aushacken, mögen Zigeuner dir den Pimmel tätowieren, mag der Mufti dich jede Nacht aufsuchen, magst du in Schweinegülle ersaufen, mögen dir sämtliche Finger abfallen.«

Einmal, als nach vier Stunden Lichtbeschuß die Sonne endlich unterging, spazierte ich mit ihr auf der Straße, und Jakob kam uns entgegen. Er blieb stehen, um mir zu sagen, ich solle kommen, eine Ladung Mehlsäcke vom Laster abladen, aber an Lea richtete er kein Wort. Die beiden ignorierten einander völlig, als könnten sie sich nur mittels des Spiegels unterhalten. Er erzählte ihr nicht von den Nächten, in denen er kein Auge zutat, und sie erzählte ihm nicht, daß sie ihn durch die Ladenritzen beobachtete, aber seine geröteten Augen, ihr auch im Winter gebräuntes Gesicht und ihre ewig zusammengezogenen Pupillen verrieten die Gepflogenheiten der beiden.

Mehlsäcke sind schwer und schlapp wie Leichen, wer sie trägt, muß das richtige Lauftempo einhalten, das das Gleichgewicht zwischen Menschen- und Erdanziehungskraft hält: Rennt man zu schnell, stolpert man und schlägt der Länge nach hin, geht man zu langsam, werden einem die Knie wachsweich.

Jakob und Vater standen auf dem Lastwagen, luden die Säcke Mutter und mir auf die Schultern, und wir trugen sie in den Lagerraum. Mehlkörnchen knirschten mir im Mund, vermischt mit Speichel und Schweiß. Die Glieder wurden mir bleiern. In Vaters Schmerzklinik begriff ich, was ich bereits in Jechiels Bibliothek hätte lernen müssen – daß man besser das schildert, was der andere schon kennt, damit er sich auf die Qualität der Schilderung konzentrieren kann, nicht darauf, sie überhaupt zu verstehen. Ich nehme an, du hast dich noch nicht am Abladen von Mehlsäcken aus einem Laster versucht, und falls du deshalb eine literarische Schilderung dieser Arbeit brauchst, findest du die ebenfalls in *Tracys Tiger* von Saroyan, obwohl es dort um Kaffeesäcke geht, die – so schwer sie auch sein mögen – nie der toten Last des Mehls vergleichbar sind. Jedenfalls endete der Sacklauf immer mit einem kurzen, leidvollen Aufstieg über die Treppe der vorher aufgestapelten Säcke, und als ich diesmal dabei stolperte, entdeckte ich hinter einem von ihnen ein verborgenes Stoffsäckchen. Am Abend kehrte ich dorthin zurück, fand das Säckchen und darin ein grünes Buch, auf dessen Deckel stand: *Cent manières de la séduction française*. Es enthielt Photos, die akuten Bedarf nach einer Bluttransfusion bei mir auslösten. Ich verbarg das Buch der Verführungskünste hastig wieder an seinem Platz und rannte los, um

Jakob zu rufen, damit wir uns gemeinsam an dem Fund ergötzen konnten.

Wunderbare, fremde Frauen stolzierten durch die Seiten. Mollige mit Katzenmasken vor den Augen, Große mit Pfauenfedern im Hintern, Kleine mit buschigen Augenbrauen und kecken Locken. Sie schnürten durchsichtige Reizkorsetts, tranken in Essig gelöste Perlen, aßen Muscheln und Spargel, trugen Netzbustiers, die uns doppelt und krumm sehen ließen. Perlenaugen blinzelten ihnen aus den Nabeln, und aus klaffenden Slips auf blankem Fleisch lächelte es einem schnurrbartbesetzt und zahnlos entgegen.

»Das muß Chez-nous-à-Paris unserer Mutter gegeben haben«, sagte ich.

Jakob fiel über mich her, um mich zu verprügeln, und ich packte ihn hart an. Obwohl ich kräftiger gebaut war als er, konnte ich ihn kaum zügeln. Eng umklammert fielen wir auf die Säcke, wo ich ihm die Rippen pressen mußte, bis er mich hustend und weinend bat, von ihm abzulassen.

Mutter war seinerzeit ganze fünfunddreißig Jahre, aber uns kam sie schon sehr alt vor. Erst jetzt, da ich viel älter bin als sie damals war, und mir die vier alten Bilder ansehe, die sie hinterlassen hat – besonders das von Isaak Brinker aufgenommene, von dem ich noch sprechen werde –, sehe ich, daß sie trotz der schweren Arbeit und trotz Vaters Nichtachtung und Spott damals den Höhepunkt ihrer Schönheit erreicht hatte und daß Romi ihr von Tag zu Tag ähnlicher wird. Doch Jakob, der seinerzeit noch nicht Leas Herz gewonnen hatte, schrak vor einem zurück – vor der ungeheuren Kluft, die sich plötzlich zwischen ihm und den wahren Verführungskünstlern aufgetan hatte.

Er setzte sich hin und knallte das Buch zu. »Wie häßlich das ist«, sagte er, »wie häßlich.«

Ich erzählte ihm den bekannten Witz von dem Rechenlehrer und der Skimeisterin, aber Jakob lachte nicht und sagte nichts. Ich dachte, er sei verzweifelt – an mir und an der Liebe, aber am nächsten Tag kehrte mein Bruder zu seinem Spiegel zurück und machte auf seine Art weiter.

39

Die Zeit verging, tat das Ihre, ohne Rücksicht auf uns. In jenem Alter kannten wir beide bereits die Streiche, die unser Körper uns spielte, aber die Liebe sublimierte das Drängen des Fleisches. Jakob fand Zuflucht im Spiegelglas, ich im Papier. Er fuhr fort, Lea zu blenden und ihr seine heliographischen Briefe zu senden, ich brachte ihr weiterhin Bücher, die andere geschrieben hatten, und Worte der Liebe schrieb ich ihr mit fliegenden Fingern auf den Rücken.

»Was soll das heißen – ›Wir waren Freunde‹?« fragte Romi beharrlich. »Und was hat Vater gesagt?«

Ich küßte Lea mit trockener Kehle und sehnlichem Herzen, atmete den Lufthauch aus ihrem Mund, deckte mich mit ihren Haarflechten zu und wagte es, ihre jungen Brüste durch den Blusenstoff zu streicheln. Meine Lenden kosteten die pulsierende Wärme ihres Körpers, aber ich habe nie mit ihr geschlafen. Bis heute verstehe ich nicht, wieso. Eine solche Möglichkeit war mir gar nicht in den Sinn gekommen.

»Warum zerschlägst du ihm nicht diesen Spiegel?« hat sie mich einmal gefragt.

»Warum sollte ich?«

»Ihr seid komisch«, sagte sie, »alle beide. Ich müßte euch beide davonjagen und mir andere Jungs suchen.«

Wir spazierten damals über das Feld zwischen ihrem Haus und dem Dorf, unterwegs zur Bibliothek, und Jakobs Lichtfleck lief uns voraus. Er hatte sich Leas Aus- und Eingangszeiten und die von ihr eingeschlagenen Pfade gemerkt. Wenn sie das Haus verließ, erwartete sie der große Lichtfleck zitternd auf der Schwelle, und wohin sie auch ging, begleitete er sie, tanzte vor ihr her, hängte sich an ihre Fersen wie ein helles Tuch der Ergebenheit, erklomm ihr Kleid, zog schmollende Fratzen auf der Erde.

»Meinst du, Jechiel hat eine Freundin?« fragte sie, als wir an der Bibliothekstür angekommen waren.

»Ich glaube nicht, aber manchmal fährt er in die Stadt.« Und dann fügte ich lachend hinzu: »Weißt du, was Edelmann über Jechiel sagt? ›Wer nicht heiratet, bleibt am Ende ledig.‹«

Seinerzeit nahm ich mir schon heraus, Jechiel nicht nur als Führer und Freund, sondern als Vergnügungsquelle zu betrachten.

»Nur ein Mensch hat mich verstanden, und auch der nicht«, zitierte er mir stolz Friedrich Hegels letzte Worte.

»Was für ein Unsinn!« erwiderte ich. »Also wirklich, Jechiel.«

Jechiel war entsetzt und wütend. »Unsinn?!« schrie er. »Unsinn?! Hegel auf dem Sterbebett soll Unsinn sein?!«

»Das ist so, als würde man sagen ›das ist das Ende, oder vielleicht ist es ein Anfang‹«, sagte ich, »oder ›ob man mir dort oben vergeben wird, daß ich nicht ich gewesen bin?‹«

»Wer hat das gesagt?« ereiferte sich Jechiel.

»Das hat keiner gesagt. Ich gebe dir nur weitere Beispiele für Unsinn.«

»Ja, aber wer hat das gesagt?« fragte der Bibliothekar aufbrausend.

»Keiner hat das gesagt, Jechiel«, antwortete ich ärgerlich, »ich hab's erfunden, eben jetzt.«

Jechiel glaubte mir nicht. Er schrieb meine letzten Worte in sein Heft und vermerkte daneben: »Anonymus.«

Beim Verlassen der Bibliothek sahen wir, Lea und ich, den Lieferwagen der Wachmannschaft durch die Straße rasen. Er fuhr derart schnell, daß wir erschrocken zur Seite sprangen. Eine rötliche Staubwolke wehte ihm nach, Noach Brinker saß am Steuer, und sein Vater lag blutend und ohnmächtig im Laderaum.

Brinker war, wie sich später herausstellte, von einem Bewässerungsschlauch am Kopf getroffen und verletzt worden. »Er ist von der Liebe verwundet worden«, begeisterte sich Chez-nous-à-Paris, aber nicht Brinkers eigene Liebe hatte ihn geschlagen, sondern die seines Sohnes Noach. Noach war hinter Herrn Kokosins Tochter her, deren Namen ich vergessen habe, deren Figur mir jedoch noch gut in Erinnerung ist. Aus dem dicken Kind war eine leidenschaftliche Zwergin geworden, deren monströse Astarte-Hinterbacken sie wohl für das völlige Fehlen eines Halses entschädigen wollten. Einige Monate hatte Noach sie umworben und ihr gesagt, sie sei schön. »Offenbar besitzt Noach Überzeugungskraft«, meinte Lea, denn zu Purim jenes Jahres war seine Geliebte zur *Adlojada* nach Tel Aviv gefahren, um an der Königin-Ester-Wahl teilzunehmen. Chaja Hameta, die ihren Sohn mehr schätzte, als er wert war, konnte das Mädchen nicht ausstehen und behauptete von ihr, sie gebe sich mit demselben Maß an Begeisterung den Männern der Hagana wie den Mitgliedern der Dissidentenorganisationen hin und lasse auch die Engländer nicht zu kurz kommen. Ich nehme an, Noach Brinker muß ebenfalls einmal in den Genuß ihrer Gunst gelangt sein, denn anders kann ich mir die Sehnsucht, die sie bei ihm weckte, nicht erklären.

Noach hatte sich ein Stück Bewässerungsleitung auf die Schultern geladen und im Gehen aus dem Augenwinkel die untersetzte Silhouette seiner Geliebten – verführerisch klimpernd – zwischen den Bäumen des angrenzenden Obstgartens erspäht. Er drehte sich rasch, um sie besser sehen zu können, wobei der lange, schwere Schlauch auf seinen Schultern pfeifend einen Viertelkreis durch die Luft beschrieb, wie ein Glockenklöppel auf die linke Schläfe seines Vaters traf und ihn mit einem Schädelbruch und dem Mund voll Blut zu Boden warf.

Als Brinker im Krankenhaus das Bewußtsein wiedererlangte, konnte er kein einziges Wort herausbringen. Professor Fritzi stand bereits an seinem Bett, blieb die ganze Nacht bei ihm, und am nächsten Tag kam er zu uns und erzählte Mutter, sein Bruder habe eine Aphasie erlitten. Brinkers Blut, so erklärte man im Dorf, habe einen ganzen Gehirnbereich bei ihm überflutet und alle Worte, die darin waren, ertränkt.

»Frau Levi«, hüstelte Professor Fritzi ganz leise, ohne ihr in die Augen zu blicken, »auch wir in der Medizin verstehen noch nicht alles. Falls Sie meinen Bruder besuchen könnten, als Nachbarin selbstverständlich, wäre das sehr hilfreich.«

Mutter ging hin und kehrte traurig und deprimiert zurück. Chaja Hameta hatte am Bett ihres Mannes gesessen und nichts gesagt, als Brinker Mutter erkannte und seine Hand tastend nach ihrer suchte, bis er sie gefunden hatte. Dabei zitterte er am ganzen Leib, schwitzte und ächzte, konnte seinem Mund aber nur Schluchz- und Brüllaute entlocken.

40

Die Hand meines Bruders lag in meiner. Sein Fingerstummel flatterte wie ein Jungvögelchen in ihr. Der Brotwagen war schon abgefahren, und wir saßen an der Fußgrube in der Bäckerei.

»Weißt du, ich hab das nie jemandem erzählt, aber einmal bin ich zu so einem Workshop gegangen, den sie für verwaiste Eltern veranstalten. Man hatte vom Verteidigungsministerium angerufen und das empfohlen. Zuerst wollte ich nichts davon hören. Ich hab denen gesagt: ›Mit euch bin ich fertig, und zwar seit dem Tag, an dem ihr mir den Fragebogen geschickt habt, den ich ausfüllen sollte, um die Anerkennung als Hinterbliebener zu erhalten. Erst habt ihr ihn umgebracht, und dann verlangt ihr auch noch unverfroren, ich soll hinter euch herlaufen.‹ Und dieses Wort, Workshop, hat mich auch geärgert. Eine Werkstatt ist für mich ein Ort, an dem gearbeitet wird, Schmiede, Mechaniker und nicht alle möglichen Psychologen. Aber, ich weiß nicht, wieso und warum – ich bin hingegangen.

Ich bin hingegangen, und es war furchtbar. Dort saßen Menschen, die sich vorher nie begegnet waren. Unsere toten Kinder hatten uns alle in ein Zimmer zusammengeführt. Da war eine Mutter, die hatte zwei Söhne verloren. Hast du so was schon mal gehört? Zwei Söhne in einem Krieg. Wie das? Schlägt Gott über die Stränge? Und es war ein Vater da, Polizeioffizier in Uniform – völlig gebrochen, in tausend Stücke zersplittert, als hätte man ihn durch die Teilmaschine geschoben. Eine Kosmetikerin hatte die kleine Tochter mitgebracht, die ihr geblieben war, eine Zehnjährige mit furchtbaren Gesichtsticks, redete aber unaufhörlich von ihrem Sohn, wie großartig er gewesen sei. ›Pfirsich‹ nannte sie ihn. Mein Pfirsich. Sofort fingen sie alle an, jeder mit seinem Pfirsich. Was will man – sollen sie etwa schweigen? Und die Psychologin sagte dauernd: ›Reden Sie, sagen Sie alles frei heraus, schütten Sie Ihr Herz aus.‹ Sie haben dieses Wort – ausschütten. Ich konnt's nicht ertragen. Ihren Pfirsich da, aber ich habe nichts gesagt. Ich hab überlegt, vielleicht erzähle ich denen, wie ich mir Michael gemacht hab, wie sehr ich noch ein Kind wollte und wie ich's geschafft habe. Aber ich bin schon nicht mehr gewohnt, mit Menschen zu reden, und außerdem sprachen sie dort alle von den toten Kindern, nicht von den lebenden, aber von Benjamin gibt's nicht viel zu erzählen, und was ich hätte erzählen können, wollte ich lieber nicht. Wir wissen doch, was er gewesen ist. Ein netter Junge, und damit hat sich's. Nichts Besonderes. Romi ist ihm in jeder Hinsicht überlegen. In bezug auf Herz und Verstand und alles. Und Michael ist ein Traum. Ein kleiner Engel. Lea sollte aufstehen und ihn sich angucken. Nicht mal ein Gedenkheft hab ich ja für Benjamin rausgegeben, weil er nichts Schriftliches hinterlassen hat. Womöglich hätte ich ein Heft mit den Bildern all der Mädchen, die er gehabt hat, drucken lassen sollen.«

»Vater? Bist du drinnen?«

Michaels Stimme kam von draußen und tauchte das Gesicht meines Bruders in die Pastelltöne der Freude und Liebe.

»Ich bin hier, Michael. Komm her, mein Junge.«

Die Sonne stand noch tief. Ein schmaler, langer Schatten fiel seinem Werfer voraus. Jakob stand auf, ging hinter der Tür in Deckung, und als Michael die Bäckerei betrat, nahm er ihn mit einem Ruck auf den Arm, wiegte ihn, schwang ihn durch die Luft.

»Jetzt machen wir süße Challa aus dir.«

Er packte seinen Sohn in den alten Knettrog, klopfte ihn behutsam mit weichen, kitzelnden Fäusten, hob ihn heraus und legte ihn auf den Arbeitstisch, bestäubte ihn mit feinem weißem Mehl und knetete ihm den Bauch. Er bohrte ihm zart die Finger in den Rücken, drückte ihm Oberschenkel und Wadenmuskeln, und Michael lachte und stöhnte und wand sich vor Vergnügen.

»Zu wem gehörst du?«

»Zu Vater, zu Vater.«

»Das ist mein Junge«, sagte Jakob mir wieder und wieder, »guck ihn dir an. Ich hab ihn gemacht.«

Das Verlangen nach einem Kind, erinnerte er sich, war unerträglich drückend und ungeheuer angenehm gewesen, verhärtend und erweichend, wärmend und eisig zugleich. Die Dorfkinder wußten, wenn sie früh an der Bäckerei waren, bekamen sie ein Brötchen geschenkt – von dem trübsinnigen Bäcker, der dort arbeitete. Junge Frauen, die ihm auf der Straße entgegenkamen, wurden verlegen und wütend, weil er sie mit Blicken entkleidete und ihnen auf Bauch und vermuteten Beinansatz starrte.

»Schon bei Benjamins Beerdigung habe ich daran gedacht«, sagte er, »konnte mich nicht beherrschen. Es waren so viele Frauen dort. Einfach verblüffend. Noch nie habe ich so viele schöne Mädchen auf einmal gesehen wie bei seiner Beisetzung. Keiner hätte das gedacht. Als sei ein ganzer Schwarm bunter Schmetterlinge auf dem Friedhof gelandet. Als seien die Pflanzen des verrückten alten Arabers, der in Jerusalem auf dem Balkon

Blumen zog – weißt du noch? – auf dem Soldatenteil aufgeblüht. Mädchen von der Landwirtschaftsschule, Soldatinnen, Studentinnen. Auch seine Geschichtslehrerin von der Oberschule hat dort gestanden. Nicht zusammen mit den anderen Lehrerinnen, sondern unter den Freundinnen. Und noch zwei schrille Fünfzigerinnen, die gemeinsam im offenen amerikanischen Straßenkreuzer aus Tel Aviv angerauscht waren, einander umarmten und jaulten und jaulten und jaulten wie zwei Katzen bei Nacht. Sie weinten um meinen Jungen, der ihnen sicher all das gemacht hat, was ich nicht einmal zu träumen wage und schon nicht mehr erleben werde.«

Er ballte die Faust in der Tasche. »Sie hatten Benjamin noch nicht zugedeckt, da wollte ich schon einen neuen Sohn. Wie Tia Dudutsch. Ich mußte ein Baby haben.«

Die Miene meines Bruders war jetzt sanft und stolz. »Sie haben ihn geliebt. Er hatte etwas, das ich nie gehabt habe, diese Leichtigkeit im Umgang mit ihnen, die Erkenntnis, daß eine Frau weder Fee noch Hexe, weder Dämon noch Engel ist. Dinge, die ich erst eines Nachts begriffen habe und die die meisten Männer nicht wissen und nicht verstehen, bis sie eine Tochter bekommen und sie aufwachsen und reifen sehen. Aber dann ist es bereits zu spät, nützt niemandem mehr was.«

Plötzlich lachte er auf und errötete: »Und wenn ich Tochter sage, meine ich nicht Romi.«

Die Frauen nun, denen flirtendes Zuzwinkern, Zuckungen des Fleisches und der Schmerz des verdorrenden Gaumens längst vertraut waren, konnten sich den traurig flehenden, dringlichen, schmerzerfüllten Blick meines Bruders nicht erklären. Sie wollten sich an der gemeinsamen Trauer der Liebhaberinnen laben, an der wohltuenden Zugehörigkeit zu dem Toten, die sehr leidvoll, aber nicht unerträglich war. Sie traten unbehaglich auf der Stelle, umarmten einander und wischten sich schwarze und blaue Tränen ab.

Ein paar Jahre später hatte Romi mal eine Freundin vom Militär mitgebracht – ein üppiges, lustiges Mädchen, ziemlich häßlich, aber voll Verlangen nach Berührung und Liebe. Die beiden machten gemeinsam das Abendessen, und nachts, als das Brot aufging und seinen Duft verströmte, erschien sie plötzlich in der Bäckerei.

»Ich kann nicht schlafen bei diesem Duft«, sagte sie verlegen, »ich bin's nicht gewöhnt.«

Sie stand neben dem Garständer, guckte Jakob, Itzig und Josua zu, und als die ersten Brote abgekühlt waren, riß mein Bruder ihr eines durch.

»Sie hielt es mit beiden Händen und fraß wie ein Tier.«

Die ganze Nacht blieb das junge Mädchen in der Bäckerei, futterte und lachte, wie von Heißhunger gepackt, und Jakob grübelte unaufhörlich über diese herzergreifende Fruchtbarkeit, die allen offensichtlich war, nur nicht dem Mädchen selber. Mit diesen Brüsten, den Nippeln, die noch von keiner Schwangerschaft vergrößert und dunkel gefärbt waren. Mit diesem jugendlich rosigen, noch nicht erschlafften Schoß, der pünktlich wie die Uhr jeden Monat seine Hoffnungen und die Träume anderer ausgoß.

»Du wirst es nicht glauben, aber beinah hätt ich's ihr angetragen. Schlimmstenfalls hätte sie nein gesagt. Aber ich fürchtete, sie könnte es Romi erzählen, und Romi hat ja kein Verständnis für solche Dinge. Oder sie wäre angekommen und hätte uns im Bett photographiert, für ihre Ausstellung.«

Er drehte Michael wieder um, flocht ihm Bein um Bein und Arm um Arm, und das Kind kicherte und gluckste und gurgelte vor Wonne, als sein Vater ihm den großen, kitzelnden *Boia*-Wasserpinsel über den Rücken führte. Dann deckte er seine Brustwarzen und Brauen mit Rosinen ab, streute ihm Mohn über Bauch, Knie und Brust, füllte die Nabelhöhle mit goldener Sesamsaat und klebte ihm ein Etikett der Bäckerei auf die Stirn.

»Damit man weiß, von wem du stammst«, erklärte er.

»Von Vater, von Vater«, krähte der Junge.

»Jetzt bist du fertig«, sagte Vater, »jetzt werden wir dich backen.«

Er legte seinen Sohn auf eines der schwarzen Brotbleche, hob ihn damit hoch und schwenkte ihn durch den Raum.

»Wohin jetzt?«

»In den Ofen... in den Ofen...«, kreischte Michael im Scherz.

41

Ein paar Wochen lag Brinker im Krankenhaus, und als er heimkehrte, zog er den rechten Fuß nach, hatte Mühe, die Nachrichten im Radio zu verstehen, und redete Unsinn. Jetzt vermochte er seiner Kehle schon ein paar Worte zu entlocken, aber schreiben konnte er nicht, und die meisten Substantive, die er gewußt hatte, waren ihm entfallen. Die Regeln des Satzbaus und der üblichen Wortstellung schienen aus seinem Hirn gelöscht zu sein. Er zeigte viel mit dem Finger, sagte »das da« wie ein Kleinkind und suchte nach Synonymen.

»Aufmachen... das da... durchsichtig in der Wand«, schrie er seinen Sohn an, als der nicht begriff, daß er das Fenster aufmachen sollte.

»Hol... *nu*... fünf, hol... süß-süß.«

Er war gebildet genug, die Art seiner Krankheit zu verstehen, intelligent genug, in Depression zu verfallen, und rührig genug, eine möglichst schnelle Genesung anzustreben. Einige Wochen später kam Noach Brinker bei mir an, erkundigte sich einschmeichelnd, ob ich »eine Runde auf der Matchless« mit ihm drehen wolle, und fragte, als ich ablehnte, ob ich mir »ein paar Groschen verdienen« wolle. Ich sollte seinem Vater die Worte beibringen, die er vergessen hatte.

Ich hatte Brinker immer gern gehabt, und nun entwickelte ich unerwartete Hingabe an ihn. Jeden Tag gab ich ihm Unterricht.

»Was ist ein Federhalter, Brinker?«

»Federhalter... Federhalter... nachsehen...« Er suchte in der Schublade, zog einen Federhalter heraus, und sein Gesicht leuchtete auf. »Da, ich sehe... Federhalter. Schreiben.«

»Was ist ein Haus?«

Er schloß die Augen. »Ich sehe es... man wohnt im Haus.«

»Gibt es auch in Jerusalem ein Haus, Brinker?«

»Vielleicht... nein... seh nicht... Jerusalem.«

Nach ein paar Unterrichtsstunden schmiedete ich den boshaften Plan, Brinker neue Worte beizubringen, die nicht stimmten. Aber da jede Lektion innerhalb fünf Minuten wieder aus seinem Gedächtnis gelöscht war, ließ ich ihn fallen.

»Früher hast du mich besucht«, sagte Lea, »und jetzt verbringst du den ganzen Tag bei diesem Idioten.«

»Du kannst dich anschließen«, entgegnete ich ihr, »es ist sehr interessant, und er wird nicht böse sein.«

»Ich hab keine Geduld für ihn«, sagte sie.

»Außerdem ist er kein Idiot«, erklärte ich, »er versteht alles und hat kein Gramm Verstand verloren.«

»Wahrlich, der Wilnaer Gaon.« Dann bewölkte sich ihre Miene. »So ein komisches Wetter«, sagte sie, »furchterregend.«

Heißer Dunst waberte von Südwesten herauf, trübte den Meeresspiegel und überdeckte den Himmelsglanz. Salzluft knirschte zwischen den Zähnen und rieb in den Bronchien.

Brinker war unruhig wie ein Tier. Er blickte mich an und sagte: »Mutter... Mutter.«

»Sehr gut, Brinker«, sagte ich, »was ist eine Mutter?«

»Mutter«, wiederholte Brinker, »Mutter.« Und auf einmal schossen ihm Tränen, Worte und Schweiß aus dem gesamten Gesicht. »Wir sind auch fünfzehn gegangen und hinterher, du weißt nicht gestern, auf dem Feld, weil keiner und nur Mutter.«

Er stöberte wie verrückt in seiner Tischschublade, zog den Bernsteinklumpen mit der Fliege hervor und stopfte ihn mir wortlos in die Tasche. »Gehört... gehört... jetzt«, sagte er. Furchtbare Trauer spiegelte sich in seinen Augen, dazu eine Dankbarkeit und Liebe, die ich hätte verstehen und weiterleiten müssen.

> Myriaden von Sternen –
> Wer ist meiner in den Fernen?
> Burschen in großer Zahl –
> Wer ist meines Herzens Wahl?
> Ja, ja, du weißt es, kennst meinen Schmerz.
> Ja, ja, du, du brichst mir das Herz.

So sang ich für ihn, aber Brinker schüttelte nur ablehnend den Kopf und sagte nichts.

Als ich nach Hause ging, blinzelte die Sonne wie ein krankes Auge durch die rötlichen Staubvorhänge. Hunde, die Schwänze zwischen die Beine geklemmt, winselten laut, die Katzen putzten sich unablässig, und sogar die frechen Eichelhäher, die sonst durch nichts von ihrer lauten Dreistigkeit abzubringen waren, ließen stumm die Köpfe hängen.

In der Nacht wies Vater uns an, etwas mehr Zucker und warmes Wasser an die Hefe zu geben, um sie für ihren Kampf gegen Salz und Staub zu wappnen. Er schaltete die Knetmaschine ein und sagte zu Jakob: »Du hast keine Chance bei ihr, *Uglum*, du sitzt wie ein Vogel auf dem Dach, und dein Bruder geht sie besuchen.«

Jakob lächelte. Er hatte noch nie etwas auf Vaters Feststellungen gegeben, und in dieser speziellen Angelegenheit war seine Selbstsicherheit seit Eintreffen des Spiegels nur noch gestiegen – im selben Maße wie Leas Gleichgültigkeit. Anders als gemeinhin üblich, magerte er in jenen Tagen nicht ab, bekam weder Schwermutsfalten im Gesicht noch wacklige Beine oder hohle Augen. Die Liebe strahlte ihm aus den Augen, die Hartnäckigkeit glättete ihm die Haut, und die Hoffnung stärkte sein Fleisch, verlieh ihm jedoch keine prophetischen Kräfte.

Noch heute sehe ich, auf jene Nacht zurückblickend, die Dinge wie von der Seite aus, obwohl ich in dem Moment, in dem Lea die Bäckerei betrat, Teil der Szene war. Ich kämpfte mit einem Sack Mehl, der sich nicht zum Sieb schleifen lassen wollte, Itzig Edelmann sortierte Bleche, Jakob und Vater standen an der Knetmaschine und schnitten den Teig in Klumpen, Josua hatte seinen Stammplatz am Tisch eingenommen, Mutter und Simeon arbeiteten jene Nacht nicht.

Jakob hatte die Aufgabe, Teig aus der großen Knetschüssel herauszuziehen, damit Vater ihn mit seinem Messer stückeln konnte. Sowohl für diese Episode als auch zur Beantwortung deiner Frage nach Herzog Antons verzierten Brötchen mußt du wissen, daß Teig ein Material voll List und Tücke ist. Trotz seines schwammigen, nachgiebigen Aussehens ist er zäh und elastisch, widerspenstig und schwer, und wenn er zu gehen anfängt, halten selbst Stahltüren ihn nicht auf.

Jakob beugte sich über die Schüssel, steckte die Hand in den Teig, richtete sich gewaltsam auf und zog einen anständigen Klumpen heraus, den Vater mit dem langen, alten Schächtmesser abhackte, das ihm der Schächter verkauft hatte, da die Klinge schartig und damit zum rituellen Schlachten untauglich geworden war. Jeden Tag wurde das Messer an einem Barbierschleifriemen abgezogen und war danach so scharf, daß es wie ein kalter Wind durch den Teig fuhr. Am Tisch wartete Josua Edelmann, zog sich die großen Klumpen heran, die Jakob ihm hinwarf, und zerteilte sie mit lauten Schlägen seines »Kratzers« in kleinere Stücke von je genau »neun *Deco*« (so nannte Edelmann 900 Gramm). Derart erfahren war er, daß er gar nicht erst die Waage neben sich benutzte. Er teilte mit dem Kratzer ein etwas größeres Stück ab, von dem er nach schnell und präzise schätzendem Blick ein weiteres winziges Teilchen abzwackte, und lächelte dann vergnügt vor sich hin, da er wußte, daß er nun einen Teigbrocken von genau neun *Deco* in den Händen hielt.

Vorm Fenster ging der Mond mit dirnenhaft sanftrosigem Licht auf. »Warum legt er's nicht auf die Waage?« eiferte sich Jakob. Der Dunst machte ihn sprunghaft und gereizt, und er vertraute den Meßgeräten mehr als der Erfahrung und Geschicklichkeit des Arbeiters.

Vater ließ ein spöttisches Lachen vernehmen. »Edelmanns Hände sind wie die Waage eines bucharischen Goldschmieds«, bemerkte er.

»Wer präzise arbeitet, macht nie einen Fehler«, sagte Josua grinsend zu Jakob, den eine neue Zorneswelle überlief.

»Eines schönen Tages werden sie von der Aufsicht kommen, das Brot nachwiegen und uns zeigen, was eine Harke ist«, schimpfte Jakob, während er sich wieder über den Knettrog beugte und angestrengt weiteren Teig herauszog, damit Vater ihn von dem im Trog abtrennen konnte.

Und da, in diesem schweißtreibenden Augenblick, dem Moment, in dem Vater das Schlachtmesser schwang, ich den Sack zum Sieb zerrte, mein Bruder die Teiglast hochwuchtete und wir alle vor Hitze und Anstrengung stöhnten, schlug plötzlich die Drahttür, und Vater schrie: »Wer war das? Jetzt fällt der Teig zusammen!«

Wir alle drehten uns um und sahen Lea, leicht und frisch wie eine Nachtblüte, die Bäckerei betreten.

Es wurde mäuschenstill. Lea trug ein abgedecktes Backblech in den Händen und wirkte in der dämmrigen Hitze der Bäckerei wie eine Prinzessin, die herabgekommen war, ihre Leibeigenen im Bergwerk zu besuchen. Der Luftsog des Ofens saugte ihren ganzen guten Duft an und verstreute ihn in dem stickigen Raum.

»*Hello*, Lea«, sagte ich. Seinerzeit lasen wir trotz Jechiels Abscheu gemeinsam Damon Runyon auf englisch und begrüßten einander mit *hello*. Lea lächelte mich an, setzte das Blech ab und nahm das Tuch von drei großen weißen Strudelrollen.

»Mutter bittet, die Kuchen in euren Ofen zu stellen«, sagte sie zu Vater, »wir bekommen zum Sabbat Gäste, und im Küchenherd ist kein Platz dafür.«

Im allgemeinen verwehrte Vater Besucherinnen während der Arbeit den Zutritt zur Bäckerei. »Bumsen, Pfeifen und Menses lassen den Teig zusammenfallen«, sagte er uns immer wieder. Den Dorffrauen erlaubte er nur, ihre Kuchen in den »letzten Ofen«, am Freitag morgen, zu stellen, aber Lea, die *Ijica con Charme*, hatte bei ihm einen Stein im Brett.

Sechzehn Jahre war sie damals alt, den dicken Zopf in zweieinhalb Windungen um den Kopf geschlungen, am Leib ein kurzärmliges blaues Baumwollkleid. Sobald ich meine Brille aufsetzte, erblühten kleine weiße Blumen mit gelber Mitte und starkem, frischem Kreuzkümmelduft, der sich in der Luft verbreitete. Lea ließ den Blick durch die Bäckerei schweifen und richtete ihn plötzlich zum ersten Mal geradewegs in meines Bruders Augen. Obwohl er nur sehr kurz währte, war er lang und überraschend genug, Jakob Löcher ins Fleisch zu bohren, und drohte ihn unter der Last seiner Gefühle und seines Teiges zu Boden zu zwingen. Seine Hände waren in einem großen, schweren Teigklumpen gefangen, und Vater, der schon das Messer über der Masse schwang, blickte ihn erschrocken an, denn er sah, was geschehen würde, und erkannte, daß es unvermeidlich war.

»Halt ihn, den Teig, *Troncho*!« rief er angstvoll. Fünftausend Jahre des Backens hatten die Handgriffe des Bäckers in eine Kategorie des Schicksals verwandelt. Vater wußte, daß er den Schwung des Zuhackens nicht vorzeitig stoppen konnte.

»Halt gut fest!« flehte Vater. »Jakob...«

Aber Jakob blickte Lea an und spürte, daß wirbelnder Mehlstaub ihm die Kehle ausdörrte, daß seine gebundenen Hände vor Liebe feucht wurden, daß der schwere Teig ihnen entglitt.

»Nicht regen, Jakob...«

Die dicke Teigschicht verschluckte den furchtbaren Aufschrei des Blutes, versiegelte das Fleisch und verbarg, was geschah – die

Finger von Jakobs rechter Hand rutschten blindlings durch den Teig, suchten besseren Halt, und das Metzgermesser hackte den kleinen ab.

Jakob gab keinen Laut von sich. Nur ich, der sein erblassendes Gesicht sah und mit ihm zu Boden sank, verstand. Bevor er das Bewußtsein verlor, warf er den abgetrennten Klumpen auf den Tisch, und als sein Rumpf auf den Boden aufschlug, kam der Fingerstummel aus dem Teig frei und sprudelte Blut wie der Hals einer geschächteten Kuh. Lea wich angstvoll zurück, unter der dünnen Haut ihres Halses konnte man ihr eigenes Blut pulsieren sehen. Vater machte haltsuchend einen Satz zur Wand. Ich, der neben Jakob auf dem Boden gelandet war, sprang auf, warf meine Brille weg und eilte ans Fenster. Itzig Edelmann wurde kreidebleich. Nur Josua verlor nicht die Fassung. Er stürzte sich auf Jakob, hüllte die furchtbare Wunde in Teig, umwickelte sie fest mit dem dreckigen Lappen des *Boia*-Pinsels, und dann packte er das Schächtmesser, rief: »Man muß den Finger suchen, muß man!« und focht wie ein ungelenker Cyrano mit dem Backtrog.

»Gut, daß er nicht geschrien hat, gut, daß er nicht geschrien hat«, murmelte Vater immer wieder in die Wand, aber seine Hoffnung wurde enttäuscht. Es verging keine Minute, und schon landete zischelnd und schnaufend der alte Gänserich in der Bäckerei, gefolgt von Mutter und Brinker.

Jakob lag in einer Blutlache auf dem Boden. Leas bleicher Hals pochte noch immer sichtbar. Vater zitterte am ganzen Leib.

»Sie haben uns den Jakob umgebracht!« kreischte Mutter zu Lea und Vater gewandt, und ich spürte zu meiner Verblüffung, daß sich trotz des Unglücks ein Grinsen auf mein Gesicht schlich, denn ich hatte nicht damit gerechnet, daß auch sie Buchanfänge zitieren würde.

Wieder drehten sich die breiten Schultern langsam, breiteten sich die Arme aus, stieg die Röte von der Brust über den Hals ins Gesicht, wurde tief dunkel und bedrohlich. Das entsetzte junge

Mädchen flüchtete aus der Bäckerei, Mutter packte das schwere Blech, das Lea mitgebracht hatte, und warf es ihr nach, wobei die Strudel sich in der Luft wie dicke bleiche Schlangenkadaver wanden, aufplatzten und ihre süßen Eingeweide auf die Erde ergossen.

Den ganzen Weg rannte sie. Bis zu ihrem Haus. Lief in ihr Zimmer hinauf, riß das Fenster weit auf, warf sich aufs Bett und vergrub den schreienden Mund im Kissen. Sie war ein kluges, anmutiges Mädchen, aber jung und unerfahren. Die Erkenntnis, die sie plötzlich gewonnen hatte, ein Wissen, das im normalen Leben in langen Jahren erworben, verarbeitet und angesammelt wird, überfiel sie nun mit einem Schlag und würgte ihre Kehle mit Zangen des Schluchzens. Nicht genug, daß der hartnäckige, unbeholfene Bäckerssohn sie mit einem derart grauenhaften und gemeinen Opfer übertölpelt hatte – in eben diesem Moment wurde ihr auch klar, daß sie sein werden, ihm seine Kinder gebären und in den künftigen Liebesgefechten mit ihm niemals siegen würde.

*Elija Salomo und
Mirjam Aschkenasi*
(Eine wahrheitsnahe Geschichte über
Menschen mit fiktiven Namen)

Am 22. Juni 1913, einige Minuten bevor die Sonne über Jerusalem aufging, erschien ein gewisser Wali aus Hebron, wohlgelaunt auf seiner Stute reitend, am Tor der Barmherzigkeit. Der anbrechende Tag war der längste des Jahres, und an ihm pflegte der Wali jeden Sommer die heiligen Mauern zu umkreisen. Es war eine feierlich gemessene, besinnliche Runde, die beim ersten Strahl der Sonne begann und genau bei ihrem Untergang endete, was ihm genügte, die gesamte 17. Sure durchzugehen.

Hier empfiehlt es sich innezuhalten, um zu erklären, daß bei dem genannten Datum kein Fehler vorliegt und der Wali auch nicht etwa verspätet eintraf. Auf der übrigen Welt ist der 21. Juni der längste Tag des Jahres, aber in Jerusalem verzögert er sich wegen der ungeheuren Anziehungskraft des Heiligen Felsens um vierundzwanzig Stunden. Die Dinge sind wohlbekannt und längst in Büchern beschrieben und dokumentiert, darunter in *Zurat Ha'arez* des Rafael Chaim Levi von Offenbach sowie in moderneren Werken, unter denen *Voyage de la Judée, la Samarie, la Galilée et le Liban* das bekannteste sein dürfte.

Der Wali blickte gen Osten, und in dem Augenblick, in dem die Sonne über dem Ölberg erstrahlte, lenkte er seine Stute linksum, tätschelte ihr den Hals, und schon begann sie die Stadt in einem Tempo zu umkreisen, das derart mit der Geschwindigkeit der Erdumdrehung harmonierte, daß der gemeinsame Schatten von Pferd und Reiter weder länger noch kürzer wurde. Doch als der Wali diesmal, kurz vor zehn Uhr, das Damaskustor passiert hatte und sich dem Orpheusmosaik näherte, geschah etwas Furchtbares. Unweit des fernen Baalbek hatte ein maronitischer Bauer einen Haufen trockener Disteln angezündet, die er in seinem Weinberg gejätet hatte. Das Feuer hatte den nahen Feldrain erfaßt, war auf das Buschwerk übergesprungen und hatte sich schnell zu einem Großbrand auf den Bergflanken ausgebreitet. Die Hitze wirbelte die Luft durcheinander, eine große Turbulenz erhob sich im libanesischen Bekaa, scharfer Ostwind kam auf, und eine jähe Bö setzte die griechische Windmühle am Damaskustor in Bewegung, wobei ein Flügel die Stute des Wali traf und ihr das Genick brach.

Der entgeisterte Heilige, dessen Frömmigkeit ihm den Horizont so stark verengte, daß er Ursachen und Wirkungen nicht gebührend durchschaute, arbeitete sich unter dem Kadaver hervor und ergoß seinen Zorn über den nächstbesten Schuldigen – erhob nämlich die Hand und verfluchte die Mühle, daß ihre Flügel stillstehen und sich nie wieder bewegen sollten.

Die Flügel hielten wie vom Donner getroffen an und streikten die ganze Nacht. Bei Tagesanbruch sattelte der Müller schluchzend seinen Esel, hängte ihm zwei mit Gaben beladene Maultiere an und ritt gen Hebron, um den Heiligen gnädig zu stimmen und ihn zu bitten, das harte Urteil aufzuheben. Doch als er in Hebron eintraf, erfuhr er, daß der Wali, in seine Stadt zurückgekehrt, sein Haus bestellt hatte und zu seinen Vorfahren heimgegangen war. Dem alten Mann waren durch die hohe Anstrengung des Fluchens die Herzschlagadern geplatzt, so daß er starb.

Die Getreidemühlen am Damaskustor waren übrigens für ihre Schönheit berühmt und hatten in den Schriften vieler Reisender Erwähnung gefunden, darunter auch bei Gustave Flaubert, der sie »ein hübsches Juwel am Rande dieses Moderhaufens namens Jerusalem« nannte. Denen, die sich über den Stil wundern, sei hier gesagt, daß Flauberts Verhältnis zu Jerusalem tatsächlich von einiger Grobheit geprägt war. Der berühmte Schriftsteller führte sogar eigens an, daß sein Anus beim ersten Betreten der Stadt einen Furz losgelassen habe, den sie ihm in ihrem messerscharfen Vergeltungsgeist mit einer anständigen Portion Syphilis in eben diesen Anus heimzahlte. Doch auch diese Dinge sind wohlbekannt, und der Schöngeist wird sie ohne weitere Einzelheiten bestens verstehen.

Die Mühle stand still, nicht jedoch die Zeit. Sieben schlechte Jahre kamen und gingen. Es gab Krieg. Hunger und Krankheit suchten die Stadt heim, ihre Herren wechselten, viele ihrer Söhne gingen ohne Wiederkehr, und die ganze Zeit blieb die Mühle in ihrem Fluch gebannt, verewigte den Augenblick ihres Todes. Der verstorbene Wali hatte seine Magie derart erfolgreich angewandt, daß die Leute an Wintertagen dort zusammenliefen, um mit eigenen Augen zu sehen, daß die Flügel sich selbst bei Stürmen, die Dächer abdeckten und Glocken zum Läuten brachten, nicht regten.

Auf Anraten des griechischen Patriarchen beschloß der Müller, die Mühle abzureißen, ihre Steine umzudrehen und sie erneut aufzubauen. Doch während er sein Vorhaben noch überdachte und immer wieder verbesserte, traf in Jerusalem ein Italiener namens Salvatore Benintendi ein, ein Filmvorführer aus Alexandria, der mit Kamelkarawanen und Dampfeisenbahnen die ganze Levante bereiste. Der Italiener führte Stummfilmspulen nebst einem unförmigen Vorführapparat mit sich, dessen Triebwerk sich an eine Bewässerungspumpe, ein Brunnenrad, tscherkessische Tänzer, ein Mühltier oder jeden anderen orientalischen Antriebsmechanismus anschließen ließ, der geeignet war, sich im Kreis zu drehen. Die Stadt Jerusalem mit ihren wohlgesetzten Lügen, ihrem unendlichen Steingedächtnis und ihrem rührenden Bemühen, die Seelen ihrer Besucher in Schauder zu versetzen, nahm sein Herz gefangen. Salvatore Benintendi hörte sich um und mietete alsbald die stillgelegte Mühle. Kaum lief dort der erste Film an, geschah ein Wunder: Man hörte ein furchtbares Knarren, und die Mühlenflügel setzten sich erneut in Bewegung.

Salvatore Benintendi war nicht nur ein Stummfilmliebhaber, sondern auch ein frommer Katholik, und aufgrund dieser beiden Eigenschaften liebte er Wunder und glaubte daran. Zur Freude des Publikums erlaubte der griechische Müller ihm, mit seinen Vorführungen fortzufahren, denn als kluger Mann verstand er sehr wohl, daß der sonderbare Filmvorführer zwar der falschen Kirche angehörte, ohne ihn und seine Filme die Mühle aber wieder stillstehen würde.

Sämtliche Milletvorsteher der Stadt sprachen in verblüffender Einigkeit Verbote und Ächtungen gegen den Kinobesuch aus, die Windmühlenflügel machten schauderhaften Lärm, Wolken frischgemahlenen Mehls färbten die Gesichter der Darsteller und Zuschauer weiß – und doch strömte das Publikum ins Kino. Der Ausdauerndste und Begeistertste von allen war ein jüdischer Junge namens Elija Salomo aus der Gemeinde der Monastirer. Er war unheilbar neugierig, süchtig nach allem Neuen und Aufregenden und als typischer Monastirer ein anerkannter Astronom, Philosoph, Philologe und Mathematiker. Seine Hauptberühmtheit erlangte er jedoch dadurch, daß er als erster Jerusalemer in einem Automobil fuhr.

Dieser Punkt bedarf weiterer Ausführungen, denn in einer Stadt, die bereits alle Arten des Todes, der Dummheit, des Wunders und des Schmerzes gesehen hatte, war es schwer, Mirakel zu veranstalten, aber das erste Automobil versetzte sogar diese Stadt in Erstaunen. Es war eine kleine, starke Napier-Limousine, die zu Füßen des Karmel aus einem Schiff ausgeladen worden war, das ganze Land bereist, Augen, Ohren und Nasen der Einwohner verblüfft und ihnen die außer Rand und Band geratene Welt des Verbrennungsmotors vorgeführt hatte. Ihre polierten Mahagoniwände, das Herzklopfen, das aus ihrem Innern drang, und die fehlenden Schereien mit mürrischen Kutschern, sich verheddernden Zügeln und wachträumenden Pferden schlugen jeden Sehenden in ihren Bann. Eines schönen Sommertags gelangte sie nach Jerusalem und versprühte dort den fremden Weihrauch von Benzin und Kautschuk, Leder und warmem Metall.

Der Fahrer, ein hochgewachsener, schnurrbärtiger Amerikaner um die fünfzig, ausgestattet mit Reiterjacke, Pferdegebiß und Schirmmütze, parkte sie am Damaskustor, unweit besagter Windmühle. Er legte Staubbrille und Autohandschuhe ab, mischte sich bedenkenlos unter die versammelte Menge, drückte Hände und sagte: »*Mr. and Mrs. Charles Glidden of Boston.*« Mrs. Charles Glidden, rothaarig und freundlich lächelnd, vertiefte noch die Verblüffung. Auch sie drückte Hände, und auch sie trug Reiterstiefel. Ihre Sommersprossen und Augen strahlten, das Seidentuch um ihren Hals flatterte im Wind, und ihre Tweedhosen bewiesen dem erregten Publikum, daß ihre Beine miteinander verbunden waren. Bis dahin hatten sämtliche Religionsführer es nämlich über Generationen hinweg fertiggebracht, jeden Mann der Stadt zu überzeugen, daß seine Frau die einzige der Welt sei, deren Beine zusammenliefen – auf daß er nicht das Beinpaar einer anderen begehre. Dazu hatten sie Lügen erfunden, Drohungen ausgestoßen, licht- und wahrheitsundurchlässige Kleider genäht. Und nun kamen dieser Amerikaner, seine Frau, deren Hosen und das Auto und stellten die gesamte Ordnung auf den Kopf.

Elija Salomo war damals ein Knabe von zehn Jahren, aber bereits klug genug zu bedauern, daß Mrs. Glidden noch vor seiner Mannwerdung in Jerusalem eingetroffen war. An jenem Abend konnte er nicht einschlafen, und so schlüpfte er nach Mitternacht aus dem Haus und kehrte zum Damaskustor zurück. Die Menge hatte sich bereits verlaufen, nur ein paar Neugierige standen noch abseits, und zwei Wächter umkreisten im Auftrag des amerikanischen Konsuls die Limousine. Im nächtlichen Dunkel der dritten Wache kroch der Junge in den Kofferraum und schloß die Klappe hinter sich.

Als die Eheleute Glidden am nächsten Morgen weiterfuhren,

um im Jordan zu baden, hörten sie ersticktes Husten vom falschen Ende des Automobils. Sie hielten an und entdeckten den Knaben, berauscht von den Abgasen, schmachtend vor Bewunderung und Hitze. Sofort beförderten sie ihn an die frische Luft, gaben ihm zu essen und zu trinken, und gegen Abend brachten sie ihn, auf Mrs. Gliddens behostem Schoß thronend, nach Jerusalem zurück – gesund und wohlbehalten, verliebt und fließend englisch sprechend.

Auch in der folgenden Nacht fand er keinen Schlaf, und als er am nächsten Morgen zum Damaskustor eilte, sah er, daß das Ehepaar verschwunden war. Nur Reifenspuren im Staub und einen feinen Parfüm- und Brandgeruch hatten sie zurückgelassen. Von nun an erblickte Elija den Napier und Mrs. Glidden lediglich in seinen Träumen. Später spalteten sich die Träume naturgemäß in Sehnsüchte, Hoffnungen und Erinnerungen, und Elija Salomo verlegte sich wieder aufs Lernen, Beobachten, Philosophieren und seit dem Eintreffen jenes Salvatore Benintendi aus Alexandrien auch auf Stummfilme. Im Handumdrehen freundete er sich mit dem Vorführer an, lernte von ihm Italienisch und half ihm unentgeltlich bei der Arbeit. Er fegte Mehl und Sputum vom Boden, verkaufte Eintrittskarten und spulte Filme. Diese Freundschaft gab Anlaß zu einigem Brauenheben unter den Monastirern, denn Salvatore Benintendi stand im Verdacht der Männerliebe, und diese Verdächtigungen waren – wie alle in Jerusalem seit eh und je erhobenen – zutreffend. Jemand hatte Benintendi sogar sagen hören: »Es macht mir nichts aus, daß man über mich redet, soweit es hinter meinem Rücken geschieht«, worauf er leise lachte. Aber Elija sorgte sich nicht, denn er wußte, daß sein Freund ein Homosexueller der platonischen Sorte war, den Körperkontakt jeglicher Art – sei es mit Männern, Frauen oder Tieren – abstieß.

Wie die meisten Monastirer besaß auch Elija Salomo handwerkliche Begabung, und mit der Zeit verbesserte er den monströsen Mechanismus aus Holzrädern, Kurbeln und Riemen, der den Projektor mit dem Mühlstein verband. Das Getriebe hatte weder

Kupplung noch Schwungrad, und so kam es, daß starke Winde die Handlung der Liebesfilme beschleunigten, während Lustspiele der Stadt Wolken und Regen bescherten. Was natürlich wiederum den Zorn der Gläubigen erregte.

Elija sah jeden Film viele Male und lernte rasch die Lippenbewegungen der stummen Schauspieler zu entschlüsseln. Derart scharf und fein war seine Auffassungsgabe, daß er ihre Worte in völliger Übereinstimmung mit dem Bild zu deklamieren vermochte. Sogar in den schwersten Stürmen, wenn die Schauspieler – laut Elijas Vater Salomo Salomo – »wie mit Toraschreibertinte begossene *Cucarachas*« auf der Leinwand herumflitzten, hinkte er ihnen nicht nach, und durch Imitation ihrer Lippenbewegungen und Mienenspiele eignete er sich unwissentlich auch eine perfekte amerikanische Aussprache an.

Als einige Jahre später der erste Tonfilm nach Jerusalem kam, erhoben die Zuschauer ein Klage- und Wehgeschrei, forderten, man solle den Ton abstellen, und brachen sämtlich in Tränen aus, denn Elija Salomos Synchronisation war besser und seine Stimme dramatischer und angenehmer als die der sprechenden Darsteller, doch Elija war bereits tot. Deshalb nimmt die Geschichte eine Wende, und von hier an gehen die Dinge ins Detail.

Die Monastirer handelten mit Tuchen, Öl, Raki und Salzheringen und beteten in einer Synagoge, die das einzige Holzhaus Jerusalems war. Sie stammten von den romanischen Juden ab, einem kühnen, uralten Menschenschlag, der noch zur Zeit der Römer nach Mazedonien gelangt war. Tausend Jahre später vermischten sie sich mit den aus Ungarn vertriebenen rothaarigen Juden, und hinfort wurden ihnen hellhaarige Töchter mit einem wundervollen Sinn für Humor geboren. Nicht viele der aus Spanien Vertriebenen, die hundert Jahre später in Monastir eintrafen, wagten sie zu heiraten, denn sie waren mit Schlagfertigkeit und blendender Schönheit begnadet und glichen keineswegs den zarten, törichten

Gazellen, deren Lob Sevillas Dichter besungen hatten. Aber die wenigen, die es wagten, sollten es nicht bereuen. Aus diesen Verbindungen gingen Kinder hervor, die im gesamten Mittelmeerraum Legende waren.

Elija besaß viel Ähnlichkeit mit seinem Vater Salomo Salomo, denn bei den Monastirern gingen die väterlichen Eigenschaften nur auf den ältesten Sohn, Frucht erster Manneskraft, über, während die übrigen Kinder körperlich und seelisch auf ihre Mütter herauskamen. Noch heute kann man in Jerusalem den Ausspruch hören: »Die sehen sich ähnlich wie ein Monastirer und sein Erstgeborener.« Und tatsächlich zeichneten sich all ihre erstgeborenen Söhne durch unersättliche Neugier aus, litten an bodenloser Langeweile, studierten Astronomie, um die Geheimnisse des Unendlichen zu verstehen, und waren mit perfekter Nachtsicht begabt. Diese bildete sich in langen Jahren der Sternbeobachtung heraus und ging schon nicht mehr allein durch Übung, sondern auch erblich vom Vater auf den Sohn über. Recht eigentlich ähnelten alle erstgeborenen Monastirer dem mutmaßlichen Urvater des Stammes, dem großen Theoretiker des Unendlichen Issachar Modruchai Monastirer, selig, und wirkten wie seine lebenden Denkmäler oder wie Versuche, ihn zum Leben zu erwecken.

Issachar Modruchai Monastirer lebte im sechzehnten Jahrhundert. Er kannte sämtliche Sterne, und ihre Himmelsbahnen waren ihm vertraut wie die Linien seiner Hände. In seiner Jugend fand er die Formel für die Summe der unendlichen geometrischen Reihe, viele Jahre bevor sie Friedrich Gauß zugeschrieben wurde, doch die Prüfung der Formel langweilte ihn so sehr, daß er beschloß, sie einzumotten, wodurch er sich und seiner Stadt Weltruhm vorenthielt. Alle verehrten ihn und wahrten sein Andenken, aber selbst er hatte nicht vermocht, den großen Streit, der die jüdische Gemeinde von Monastir spaltete, zu schlichten, nämlich die Polemik über den rechten Weg zu diesem angestrebten Unendlichen. Die »Verkleinerer« beschritten den der absoluten Verkleinerung, während die »Vergrößerer« dem Weg der Vergrößerung den Vorzug gaben. Hier ist anzuführen, daß es sich dabei lediglich um eine Fortsetzung der minoischen Debatte über die Unendlichkeit des Raums gegenüber der Unendlichkeit des Punktes handelte, die noch heute in den Diskussionen über die Entstehung des Alls nachklingt.

Selbst unter den für ihren scharfen Intellekt bekannten Monastirern nun galt Elija Salomo als Genie. Im Alter von vier Jahren konnte er schon jede ihm vorgelegte Rechenaufgabe im Kopf lösen, mit neun vermochte er zu erklären, warum sich das Gelbe und das Weiße im Ei nicht vermischen. Mit vierzehn deklamierte er die Keplerschen und Baumschen Gesetze sowie die Mendeljewschen und Brandschen Tabellen, und mit siebzehn begannen ihm wegen der großen Hitze in seinem Schädel die Haare auszufallen.

In logarithmischen und gematrischen Berechnungen übertrumpfte Elija Salomo sogar die Zwillinge Serubbabel und Nehemia Teitelbaum, denen in Jerusalem die Bezeichnung »Serubbabel und Sebubbabel – Fliegenbabel« anhing, da jeder neben ihnen Stehende das ständige Summen in ihren Köpfen hören konnte. Diese beiden brauchten ihren Gesprächspartner bloß anzugucken, um ihm den summierten Zahlenwert des Satzes, den er im Kopf hatte, zu nennen, bevor er noch laut ausgesprochen war, und sie unterhielten sich längst nicht mehr in Worten, sondern nur noch in Zahlen. Es heißt, zu Pessach des Jahres 5659, als Serubbabel und Sebubbabel am väterlichen Sedertisch saßen, sei ein furchtbarer Streit zwischen ihnen ausgebrochen, weil Serubbabel gleich nach der Mizwa des zweiten Glases plötzlich sein Summen unterbrochen, Nehemias Frau angeguckt und »2652« gesagt habe. Nehemia sei, vor Schmach errötend, wütend vom Sedertisch aufgesprungen und habe vier Jahre nicht mehr mit seinem Bruder gesprochen – bis Serubbabel bei der Beerdigung des Vaters vor ihm auf die Knie fiel und mit tränenüberströmtem Gesicht »6467« flüsterte, worauf Nehemia seinen Bruder aufrichtete, ihn stürmisch ans Herz drückte und ihm mit »575« vergab, was da bedeutet: »Wir sind doch Brüder.«

Im *Cortijo de dos puertas*, dem Hof, in dem die Familie Salomo lebte, wohnte auch eine Witwe namens Bulisa Aschkenasi, zusammen mit ihrer halbwüchsigen Tochter Mirjam. Einmal, als Mirjam noch ein Kind war, hatte Elija Salomo den Hof auf dem Weg zur Straße durchquert und ihr dabei eine blaue Glasscherbe geschenkt, durch die sie die Welt betrachten sollte. Im Vorbeigehen hatte er ihr die Scherbe gegeben, später aber nicht mehr an sie gedacht – wie er auch sonst an keine Frau außer zweien dachte: Mrs. Glidden auf Erden und Aurora am Himmel. Doch Mirjam brachte ihm seither heiße, innige Kinderliebe entgegen, und jedesmal, wenn sie in die himmelblaue Welt blickte, die er ihr geschenkt hatte, flatterte ihr Herz, und ihre Knie versagten. Sie wuchs zu einem stillen, guten jungen Mädchen heran, mit tiefblau schimmerndem Schwarzhaar und einer Brust so platt wie die Wand. Alle ihre Altersgenossinnen hatten bereits schwellende Rundungen angesetzt, während man sie verächtlich »die Klagemauer« nannte. Ihre Brüste warteten im Käfig ihrer Rippen wie das Paar weißer Raben aus dem bekannten türkischen Sprichwort, die niemals eintreffen werden, und ihre Trägheit machte der Mutter Sorgen. Aber Bulisa Aschkenasis Gebete wollten ebensowenig helfen wie die Hebroner Amulette oder die »Jakobssalbe« der alten Armenierinnen.

Doch dann, als Mirjam sechzehn Jahre und sieben Monate zählte, erwachte sie mitten in der Nacht von einem Schmerz, den sie weder in Worte zu fassen noch mit anderen Schmerzen zu vergleichen wußte – es war kein Bauchweh, kein Weltschmerz, kein *Dolor de cabeza*, kein Liebestraum und nichts, was ihr sonst je widerfahren war.

Ein paar Minuten lag sie aufgeregt und offenäugig da, erschrak aber nicht, denn der sonderbare Schmerz nistete in Gliedern, die sie nie gehabt hatte, was sie zu dem Schluß führte, er gehöre ihr gar nicht, sei vielmehr ein irrender Schmerz der Art, wie er die Körper verstorbener Männer verläßt, um sich neue Wirte zu suchen. Jahre später in den Nächten, in denen sie den Phantomschmerz das Andenken an die rechte Brust zersägen spürte, fielen ihr die Qualen jener Nacht wieder ein. Doch als sie damals plötzlich aus dem Schlaf erwachte, lächelte sie bei sich, drehte sich auf den Rücken und schlief wieder ein, und als sie am Morgen aufstand, sah sie, daß die Brüste, von denen sie die ganze Nacht geträumt hatte, diesmal nicht beim Aufwachen verschwunden waren.

»*Dos miraculos*, zwei Wunder. Die Rechte aus weichem Porzellan, die Linke aus harter Seide«, berichtete Bulisa Aschkenasi den verblüfften Nachbarinnen und bat sie ins Chamam-el-Ein, wo die Bademeisterin ihnen einen Blick auf das Wunderpaar, das Mirjams Körper hervorgebracht hatte, gewährte und die Frauen bebend und grün vor lauter Neid ob solcher Schönheit davonzogen.

Eine dieser Frauen war die Gattin des Heiratsvermittlers Schealtiel, der Bulisa Aschkenasi bereits am nächsten Tag seine Aufwartung machte, um ihr zu erklären, daß er sich erlaubt habe, über Mirjams spezifischen Fall nachzudenken, und ihr nun ein »besonderes Heiratsangebot« zu machen wünsche.

Bulisa Aschkenasi tat, als habe sie nicht gehört, und stellte kaltes Wasser, geröstete Salzmandeln, Quittengelee und Kaffeetäßchen auf den Tisch.

»Eure Tochter braucht jemand Besonderes«, sagte Schealtiel und vergaß auch nicht, die Erfrischungen zu loben.

»Warum?« fragte Bulisa Aschkenasi.

»Ich habe schon von Eurer Tochter gehört«, antwortete der Heiratsvermittler und tupfte sich die Lippen mit einem weißen Stofftüchlein ab, das er aus der Rocktasche gezogen hatte.

»Was habt Ihr gehört?« fragte Bulisa Aschkenasi mit gut gespieltem Mißtrauen.

»Unwichtig«, erwiderte der Heiratsvermittler, »aber was ich

gehört habe, hat genügt. Für sie muß einer von den Monastirern her.«

Trotz des Ernstes der Angelegenheit breitete sich auf Bulisa Aschkenasis Zügen ein Lächeln aus. Über das Eheleben der Monastirer liefen allerlei Mutmaßungen und Legenden um. Die Eigenschaften, die sie für ein Leben der Beobachtung und des philosophischen Denkens qualifizierten – nämlich Neugier, Klugheit, Methodik und Geduld –, machten sie auch zu wundervollen Liebhabern, aber Wißbegier und Forschergeist waren bei ihnen stärker als die Gelüste des Fleisches, von Trieben wie Hunger und Durst ganz zu schweigen, die auf Platz drei und vier rückten. Daher blieben sie mager wie Kinder und schliefen nur in bewölkten Nächten mit ihren Frauen. Noch heute kann man in Jerusalem als Metapher für totale Enttäuschung sagen hören: »Wie eine Monastirerin, die vom *Bagno* zurückkommt und ihren Mann beim Sternegucken findet.«

Tatsächlich haßten die Monastirerinnen den Sommer, weil seine Tage ihnen den blassen Teint verbrannten und seine mit verführerisch blinzelnden Sternen übersäten Nächte ihnen ihre Männer abspenstig machten. Bekanntlich haben sie 1911 kein einziges Kind geboren, da im Vorjahr der Komet Halley am Himmel erschien und alle Monastirer Ehemänner beschäftigt waren.

»Zum Beispiel«, sagte Heiratsvermittler Schealtiel, »zum Beispiel ein junger Mann, den Ihr kennt, zum Beispiel Elija Salomo.«

»Was zum Beispiel ist denn mit ihm?«

»Elija Salomo hat viele wichtige Dinge im Kopf. Stummfilme, Automobile, Berechnungen, Sonnenaufgänge, Sprachen, Zahlenmystik – die Weisheit König Salomos. Dem Elija wird Eure Tochter keinen Schaden zufügen.«

Bulisa Aschkenasi freute sich über das Angebot des Heiratsvermittlers, bemerkte aber der Ehre und der Ordnung halber rasch, Elija habe vorzeitig eine Glatze bekommen. Schealtiel, selber ein Kahlkopf, überhörte lächelnd ihren Einwand und beeilte sich, den

Wohlstand des Vaters des ausersehenen Bräutigams, des Mikrographen Salomo Salomo, anzuführen, der zu den bekanntesten Monastirern der Stadt zählte. Salomo Salomo war auf die Miniaturausgabe heiliger Schriften spezialisiert. Den Christen verkaufte er die Paulinischen Briefe an die Korinther auf Muscheln, den Moslems die 17. Sure auf Zaumzeugschnallen und den Juden die morgendlichen Segenssprüche auf fünfzehn Weizenkörnern. Schon aufgrund seines Berufs gehörte er zu den »Verkleinerern« und brüstete sich damit, daß seine Grundsätze sein Leben geleitet und ihm seinen Broterwerb gegeben hätten, denn die Mikrographie sei, so behauptete er, die richtige Auseinandersetzung mit den Bedrohungen des Unendlichen.

Salomo Salomo hatte im Alter von neun Jahren mit der Mikrographie begonnen. In einer Unterrichtsstunde in der Talmud-Tora-Schule suchte er aufgrund der furchtbaren Langeweile, die nur kluge Kinder empfinden können, irgendeine passende Beschäftigung. Er lernte die Namensliste in Genesis 36 auswendig, bis er sie vorwärts und rückwärts aufsagen konnte, zeichnete insgeheim die mutmaßlichen Konterfeis der Töchter Zelofhads, die ihm, warum auch immer, in der Phantasie gleich erschienen, und verwendete einige Minuten auf die Frage, ob der Tatsache Bedeutung zukam, daß *abba, ima, nin* und *dod* (Vater, Mutter, Urenkel und Onkel) Palindrome sind, die übrigen Verwandtschaftsbezeichnungen aber nicht. Dann riß er dem vor ihm dösenden Jungen ein dünnes Nackenhaar aus, steckte es in die Ritze am Ende seines Federhalters, schob die Zunge vor und schrieb die ersten fünf Verse des Toraabschnitts *Wajischlach* auf seinen Fingernagel.

Dies verursachte große Aufregung in der Talmud-Tora und in den Höfen des Viertels und nahm ein schlimmes Ende. Der Stellvertreter des Mutazaref, ein verruchter und grausamer Türke, Liebhaber von Miniaturen und auch selbst ein rechter Zwerg, hörte noch am selben Tag von »dem Fingernagel des kleinen

Monastirers«, befahl, ihm den Jungen vorzuführen, und erteilte nach kurzer Prüfung Anweisung, den Nagel an das Museum in Istanbul zu übersenden. Die Schreie des gepeinigten Knaben, während zwei anatolische Soldaten ihn zu dem transportablen Galgen schleiften und der Wachoffizier ihm mit einem Fallbeil das oberste Fingerglied abhackte, gellten durch die ganze Stadt, galten in Jerusalem aber nichts weiter als ein Stäubchen im Wind. Die vor Heiligkeit und Alter dumpfe Stadt, deren Steinen das Blut von Kindern, Jungfrauen, Lämmern, Soldaten und Greisen nicht fremd schmeckte, ließ sich durch Salomo Salomos Qualen nicht beeindrucken. Seine Eltern, die vor der Festung warteten, bis man ihnen ihr blutendes, bewußtloses Kind hinauswarf, legten ihn auf eine Bahre, trugen ihn nach Hause und behandelten seine gräßliche Wunde, bis sie abgeheilt war. Aber jener Schmerz wurde nie aus seiner Erinnerung und seinem Fleisch gelöscht. Nachts, sagte er, hörte er das fehlende Fingerglied, und jedesmal, wenn er auf einen leidenden Menschen stieß, bat er ihn, ihm seine Schmerzen zu beschreiben, lauschte geduldig seinen Ausführungen und erklärte dann: »Das schmerzt weniger als ein Finger« oder »das schmerzt mehr als ein Finger«.

Salomo Salomo ließ nicht von seiner Kunst, und als er größer war, verbreitete sich sein Ruf in der Welt, und seine Mikrographie fand Kunden, Nachahmer und Verehrer. Ausgerüstet mit Uhrmacherlupen, weiten Pupillen und Pinseln mit einem einzigen Haar, das den Wimpern einer Fliege entrissen war, schuf er seine Kunstwerke, für die er hohe Preise erzielte. Natürlich kamen neidische Stimmen auf, und als Salomo die fünf Bücher Mose auf fünf Gänseeier schrieb, behaupteten die Widersacher, er habe dort überhaupt nichts geschrieben, sondern nur Punkte gemalt, die allein durch ihre Anmaßung den Betrug verbärgen, denn wegen ihrer eminenten Winzigkeit entzögen sie sich der Überprüfung.

Salomo Salomos Zorn entbrannte. Sofort holte er den Rabbiner David Altmann, der die gesamte Tora auswendig kannte und der einzige Aschkenase war, dem man gestattet hatte, an der Jeschiwa Bet-El zu lehren, zu seinem englischen Freund Dr. James Borton, in dessen Praxis ein Mikroskop stand, das so stark war, daß man damit »sogar die Läuse von Läusen sehen« konnte.

Dr. James Borton war seinerzeit aus Indien nach Jerusalem gekommen und im Gegensatz zu anderen hier erwähnten Figuren ein wirklich existierender Mensch. Ein paar Greise der Stadt erinnern sich noch an seine Gewohnheit, mit zinnoberrot geschminkten Lippen, blauumrandeten Augen und einem eng anliegenden Haarnetz Tennis zu spielen. (Und immer siegte er, denn das Spitzenröckchen, das dabei seine Stierbeine umflatterte, verwirrte seine Gegner und raubte ihnen die Konzentrationsfähigkeit.)

Rabbiner David Altmann prüfte die Gänseeier unter den mächtigen Linsen, verglich die winzigen Buchstaben mit ihren identischen Zwillingen in seinem photographischen Gedächtnis, und nach sechs Stunden richtete er sich auf und bestätigte, daß der gesamte Pentateuch – einschließlich des mysteriösen *schewa* auf dem Buchstaben *taw* in »*banaw u-bne banaw ito*« (seine Söhne und Enkel) sowie die Pünktchen über Esaus Kuß für Jakob und über »*we-Aharon*« in Numeri 3 – auf ihren Schalen stand, ohne daß das winzigste Zeichen gefehlt hätte. Damit nahm Salomo Salomos Ruhm wieder himmelhohen Aufschwung.

Bulisa Aschkenasi kannte sehr wohl Salomo Salomos hohen Rang und den besonderen Wert seines Sohnes, erinnerte Heiratsvermittler Schealtiel aber an sein erhebliches Versagen bei einer anderen Anbahnung, die mit großen Erwartungen begonnen und mit dem unheilbaren Priapismus des Ehemanns geendet hatte. Schealtiel vernahm es, lächelte und sagte: »Der Dummkopf erschrickt vor guten Dingen, und der Weise liest gern die Sterne«, worauf er Bulisa Aschkenasi das Sprichwort allein interpretieren ließ und zum Hause Salomo eilte, wo Elija ihm gleich beim Eintreten verkündete: »Ich willige ein«, denn ein Vogel des Himmels und der gesunde Menschenverstand hatten ihm die Nachricht bereits zugetragen. Er kannte die Braut und fürchtete sich nicht vor der ihren Brüsten nachgesagten Schönheit, denn seine Liebe galt Mrs. Glidden, und die besaß jene drei Vorzüge, die jeder Monastirer bei einer Frau suchte: Sie war fern, sie war mit einem anderen verheiratet, und sie wußte nicht, daß sie geliebt wurde.

Die Hochzeit wurde freudig und glanzvoll gefeiert. Die Ketuba war auf einen Mispelkern geschrieben, die Opfer-Challot erregten die erwartete Bewunderung, in Salz geschrumpfte Fische schwammen in Rakiseen, und die Monastirer scherzten und tanzten und forderten den Bräutigam und seinen Vater auf, die traditionelle öffentliche Debatte abzuhalten.

Da stand Salomo Salomo auf und behauptete, die absolute unendliche Verkleinerung werde erreicht, wenn man die vier Buchstaben des Tetragramms auf eine Nadelspitze schriebe – so würden der Erdkreis und seine Bewohner auf einen unvergleichlich schweren Punkt komprimiert, den, der Unendlichkeit seiner Kleinheit und der Kleinheit seiner Unendlichkeit wegen, jeder darauf wohnende Mensch in der kleinen Hosentasche tragen könne, obwohl er der Natur der Sache nach selber ebenfalls derart verkleinert werde, daß er sogar noch kleiner als jener Punkt wäre, auf dem er stehe, während nämlicher sich noch in seiner Tasche befinde. Die Anwesenden klatschten Beifall, und einige der jungen Burschen im Publikum fielen in Ohnmacht, denn solcherlei Zirkelschlüsse beschleunigen und verstärken einander, und bei den Halbwüchsigen ist der Verstand bekanntlich bereits voll entwickelt, während Knie, Augen und Herz noch unbeholfen, unkoordiniert und unerfahren sind.

Nun erhob sich Elija von seinem Platz und bewies seinem Vater unter Einhaltung des Gebots der Elternehrung, daß auch dann, wenn es ihm gelänge, den besagten unvergleichlich schweren Punkt zu schaffen, dieser durch sich selber hindurchfallen und dabei alles mitreißen würde, so daß die ganze Welt sich wie ein

Handschuh umstülpen müßte – von jener Hosentasche bis zu den Gebirgen und Ozeanen – und wieder ihre ursprüngliche Größe, nur umgekrempelt, annähme. All das sagte Elija auf einem Bein stehend, um seine Reife und Standfestigkeit zu bezeugen.

Wieder klatschte alles Beifall, der Vater sagte: »Du hast mich besiegt, mein Sohn!«, und die Angehörigen der Braut – arme Tuchfärber, die kein Wort des Gesprächs ihrer neuen Verwandten verstanden hatten – waren verwirrt, aber ebenfalls freudig gerührt.

Unglücke heften sich gewöhnlich einem Glück an die Fersen, und so geschah es, daß Elija Salomos Unglück ihn noch in derselben Nacht ereilte. Der Vater des Bräutigams und die Mutter der Braut hatten das junge Paar daran gemahnt, wie wichtig es sei, Dunkelheit in der Hochzeitsnacht zu wahren, wobei Bulisa Aschkenasi einen sehnsüchtigen Seufzer ausgestoßen und zu Mirjam gesagt hatte: »Es ist für eine Frau besser, ihre Jungfräulichkeit im Dunkeln zu verlieren, damit sie sie später nicht etwa wiederfindet.«

Doch in seiner großen Neugier entzündete Elija Salomo die Petroleumlampe im Brautgemach und brachte damit das Übel über sich selbst. Das Licht beleuchtete die Zimmerwände, die Schnörkel am Kopfende des Ehebetts und das strahlende Lächeln seiner Mirjam, die von sämtlichen weiblichen Verwandten und den Nachbarinnen solch widersprüchliche und ausweichende Schilderungen der Hochzeitsnacht erhalten hatte, daß sie zu dem Schluß gekommen war, es handele sich lediglich um eine Art Versteckspiel. Sie schlug das Laken zurück, mit dem sie sich zugedeckt hatte, und verblieb in einem züchtigen Nachthemd. Dann hob sie die eine Hand, um die Spangen aus ihrem Haar zu lösen, und zwei geschmeidige Fleischhügel wogten fast unmerklich unter ihrem Hemd.

Elija hatte im Leben noch keine Bewegung gesehen, die sich mit dem Stoffreigen der Brüste seiner Frau hätte vergleichen lassen. Als flatterten geflügelte Bachkätzchen dort, wie ein durch Nebelschwaden gleitender Traum, wie das Säuseln Gottes im Weiß der Lilienblätter. Doch selbst die unsinnigen Metaphern, die ihm durchs Hirn geisterten, schreckten ihn nicht ab. Er hängte die Lampe an die Wand, trat zu Mirjam und öffnete die Schnüre am Ausschnitt ihres Hemdes, uneingedenk der ungeheuren Gefahr, die über ihm schwebte. Seine Augen folgten der entblößten Haut abwärts, glitten hinauf und wieder herunter und entdeckten, daß all die Vermutungen und Gerüchte, die in Jerusalem über die Brüste seiner Frau umliefen, richtig waren. »Wie Sterne«, stammelte er bei sich und wollte die Sache bereits in seinem Beobachtungsbüchlein verzeichnen, doch sofort, ehe er noch merkte, daß er am ganzen Leib zitterte, spürte er ein scharfes Schwert sein Hirn spalten, seine Pupillen verengten sich auf die Größe eines Lauseis, die Beine knickten ihm weg, und er ging mit einem Aufschrei zu Boden.

Mirjam war überzeugt, die Verrenkungen ihres Mannes bildeten einfach Teil der Spiele in der Hochzeitsnacht, und rief schon: »Ich seh dich, ich seh dich, *uno, dos, tres*!«, doch der arme Elija schleppte sich, wahrlich mit allerletzter Kraft, in den Hof, kroch durch das Tor auf die Straße der Karäer, überquerte die Gasse auf Knien, brach vor Apotheker Elchanatis Haustür zusammen und sagte, als Elchanati herauskam, jemand habe ihm einen Säbel in den Kopf gestoßen. Der Apotheker untersuchte Elijas Augäpfel, seufzte auf und verkündete ihm, er habe »*la migraine du jaloux*«, die ebenso seltene wie wohlbekannte Migräne der Eifersüchtigen, eine Privatkrankheit ohne äußere oder innere Symptome, bei der jeder Patient sich seine eigene Therapie suchen müsse.

Am nächsten Morgen kam Bulisa Aschkenasi mit zwei alten Jemenitinnen aus dem Dorf Schiloach, um das Brautnachtstuch zu prüfen. Die drei fanden ein schneeweißes Tuch, eine Braut, die sagte: »Elija hat viel geschrien, aber mir hat's überhaupt nicht weh getan«, und einen gepeinigten Bräutigam, der keine Wimper zu regen wagte, wie ein abgestochenes Kamel brüllte und gewaltsam die Hand seiner Frau festhielt. Apotheker Elchanati traf ein, sagte, er habe die ganze Nacht Bücher konsultiert und Gedanken gewälzt und dabei gefunden, die Ursache der Krankheit liege in den Blutgefäßen, denn »die Eifersucht wirkt auf die kleinen Adern ein und die Liebe auf die großen, zwischen denen jedoch Gleichgewicht herrschen muß.« Aber Elija warf die Arznei, die er ihm mitgebracht hatte, weg, denn jenseits von Schmerzen und Eifersucht war er ein logisch denkender Mensch, dem der Aberglauben von Apothekern, und mochten sie noch so gebildet sein, nicht in den Kopf wollte. Er wußte, daß Migräne, Kurzatmigkeit, Liebe und Allergie derselben Gruppe von Leiden angehörten, weshalb er nach und nach einen Nahrungsbestandteil nach dem anderen wegließ, falls einer davon der Schuldige war. Ebenso legte er ein Kleidungsstück nach dem anderen ab und kürzte aufgrund derselben Logik seine Rede jeweils um einen weiteren Konsonanten. Innerhalb sechs Wochen war er soweit, daß er zu Hause nur noch in Socken herumlief, sich allein von Kräutersuppe ernährte und Mirjam mit »I-a« anredete. Da sah er ein, daß das einzige Heilmittel für seine Leiden in der ständigen Anwesenheit seiner Frau bestand. Und als er seinem Vater Salomo die furchtbaren Migränen der Eifersucht beschrieb, nickte der mit dem Kopf und sagte zum erstenmal: »Das ist genau wie ein Finger.«

Am Versöhnungstag jenes Jahres wagte Elija nicht, in die Synagoge zu gehen, denn er wußte, daß man ihn nicht mit Mirjam in die Frauenabteilung einlassen würde. So wurde sein Unglück publik, und das Gerücht verbreitete sich wie ein Lauffeuer in der Stadt. Als eine Woche später alle in der Laubhütte saßen und Elija mit seinem scharfen Taschenmesser einen Granatapfel aufschnitt, sah er, daß die Augen der biblischen Heiligen an den Wänden, vor allem die Josefs und Aarons, auf seine Frau gerichtet waren und daß sich ein lüsternes Grinsen in ihren Bärten verbarg. Vor lauter Wut und Verblüffung schnitt Elija sich in den Finger. Die Wunde war sehr tief, aber Elija achtete gar nicht darauf, sondern fuhr fort, auf die Bilder der sündigen Uschpisin zu blicken und sich ins Fleisch zu säbeln, ohne es zu merken. Ein weißer Knochen kam zum Vorschein, und ein unglaublicher Blutstrom ergoß sich über die Tischdecke. Mirjam schrie auf und verband ihm die Hand, doch sogleich schoß ihm das Blut auch aus dem Mund, weil er sich beim Essen wieder und wieder in die Zunge biß. Mirjam brach in Tränen aus, aber Elija sagte ihr, sie solle sich beruhigen, und trank ein volles Glas kochendheißen Kaffee in drei langen Zügen. So wurde klar, daß sogar gemalte Heilige ihres Nächsten Frau begehren und daß die Eifersuchtsmigräne sich Elijas derart bemächtigt hatte, daß sie die Tore seines Gefühls für äußerliche Schmerzen verriegelte. Wenn er sich stach, schnitt, quetschte oder verbrannte, wußte und spürte er nichts davon.

»Die Schmerzen erretten uns nicht vor dem Tod«, tröstete Bulisa Aschkenasi ihre Tochter, »sie sorgen nur dafür, daß wir unter Qualen sterben.« Und die Nachbarinnen sagten lachend, jetzt könne Elija sich ohne Schürhaken und Schaufel um den Kohlenofen kümmern. Doch Salomo Salomo war tief besorgt und holte Elija ab, um seinen alten Bekannten Dr. Borton aufzusuchen.

Seinerzeit hatte der Arzt sich schon eine Wohnung mitten im Moslemviertel gemietet. Fremde Musik rieselte unaufhörlich von dem Grammophon in seinem Hause über die Straße, und zweimal in der Woche ging er in bestickten persischen Schuhen und einem Seidensari in den Basar, um Kalbslunge für seine drei Katzen zu kaufen. Er war ob seiner Vorliebe für Wagneropern bekannt und hatte sogar vier russischen Nonnen beigebracht, Ausschnitte aus den *Meistersingern* vierstimmig zu singen, darunter auch eine Baßstimme, die die Äbtissin des Maria-Magdalenen-Klosters beisteuerte. Dies wurde übrigens einige Jahre später in den Memoiren Ronald Storrs' dokumentiert, und Dr. Bortons Name erscheint auch in dem *Book of Quotations* von Sir Bernard Harvey, der ihm den verächtlichen Ausspruch zuschreibt: »Die einzigen erträglichen Aufenthaltsorte in Jerusalem sind Bad und Bett.« Das ist natürlich irrig. Der Ausspruch stammt nicht von dem Arzt James Borton, sondern von William Borton, dem vor Storrs regierenden Militärgouverneur, der die Stadt und ihre Einwohner haßte und die zwei Jahre seiner Herrschaft über sie an diesen beiden erträglichen Orten zubrachte, an denen er, auf dem Rücken liegend, Zeilen aus dem *Verlorenen Paradies* deklamierte. Auch diese Anekdote findet sich in Storrs' Memoiren, hat jedoch nichts mit Elija und Mirjam zu tun.

Dr. Borton war perplex. In Indien hatte er bereits Menschen, die keinerlei Schmerzen, solche, die nur Schmerzen, und auch solche, die die Schmerzen anderer empfanden, gesehen, aber die *migraine du jaloux* war ihm noch nie vor Augen gekommen. Er sagte, Elijas Krankheit sei sehr gefährlich.

»Schmerzen sind weder Strafe noch Schmach, sie sind ein Gottesgeschenk!« verkündete er. »Ein Mensch ohne Schmerzen kann an einem Loch im Zahn sterben.« Dann wies er Mirjam an, den Körper ihres Mannes jeden Tag von Kopf bis Fuß daraufhin zu untersuchen, ob er sich womöglich aufgeschürft, verbrüht oder geschnitten hatte, und ihn zu zwingen, morgens und abends Fieber zu messen, um eventuelle innere Entzündungen festzustellen.

Mirjam nähte ihrem Mann dicke Kleidung, um seine Haut zu schützen, versteckte sämtliche Messer und Nadeln und bat ihn, das Haus nicht zu verlassen. Doch wie alle an der Migräne der Eifersüchtigen Erkrankten traute Elija seiner Busenfrau nicht. Sofort meinte er, sie wolle ihn einsperren, um selbst ausgehen und sich draußen mit ihren Liebhabern tummeln zu können. Nun hatte er bereits den Beweis dafür, daß alle Männer in Jerusalem, vom elendsten Viehtreiber bis zum Hochkommissar, vom kleinsten Toraschüler bis zum moslemischen Mufti, sie im Sinn hatten, denn er selbst konnte an nichts anderes mehr denken.

Wie ein langsamer Schlammstrom versiegelte die Migräne der Eifersüchtigen sein großartiges Monastirer Gehirn, füllte dessen sämtliche Schubladen und drohte, ihren vorherigen Inhalt hinauszuschwemmen. Er spürte den Schmerz in den weichen Gewebeteilen seines Kopfes anschwellen, aufsteigen und seine Schädelknochen einhüllen und sich dann wieder in den Urtiefen seines Bewußtseins zusammenballen. Ja, seine Leiden nahmen so zu, daß er Mirjam auch drinnen im Haus nicht erlaubte, sich von ihm zu entfernen oder am offenen Fenster zu stehen und sich Fremden zu zeigen.

Nun, da seine Nerven davon befreit waren, die Nichtigkeiten der Außenwelt zu lenken und zu verarbeiten, konzentrierten sie sich auf die wirklich wichtigen Dinge. Er tappte ihr überallhin nach, ein schlapper, anhänglicher Schatten, der sich nicht einmal erlaubte zu blinzeln, denn er wußte, daß die Hände der Fummler sogar flinker als die Augenlider waren. Und jeden Morgen band er sein Paar widerspenstiger Schätze mit einer arabischen Stoffbinde fest, die zehnmal um sie gewickelt wurde, ihr rebellisches Fleisch plattdrückte und ihnen keinen Atem ließ.

In seinem *Buch der Eifersucht* nennt Pater Antonin neben dem Eigentumsanspruch auf den Körper der Geliebten auch den Haß des Mannes auf das Vorleben seiner Frau, seine Furcht vor ihren Gedanken, seine Abscheu vor ihren Erinnerungen, seine Feindseligkeit gegenüber ihrer Unterwäsche, dem Löffel, mit dem sie Suppe ißt, alten Bildern von ihr und den Onkeln, die sie in ihrer Kinderzeit auf ihren unreinen Knien hatten tanzen lassen. Ferner erwähnt Pater Antonin den berühmten Mord, der als der Fall »des Eifersüchtigen von Beirut« in die Fachliteratur eingegangen ist, nämlich den jenes maronitischen Goldschmieds, der seiner Frau das Genick brach, weil sie Luft in ihre Lungen und Licht in ihre Augen eingelassen hatte. Aber Elijas Eifersucht auf Mirjam übertraf sie allesamt, war die schwerste Eifersucht überhaupt, die quälendste und raffinierteste von allen – denn sie war prophetischer Art. Bei allem Bedauern für die unglückliche Maronitin läßt sich nicht leugnen, daß diese Sünderin tatsächlich Luft und Licht Einlaß in ihre Körperhöhlungen gewährt hatte, aber die Sünden, die Elija zu schaffen machten, waren schlimmer als alle anderen: die, die Mirjam künftig begehen würde, nicht die bereits von ihr begangenen.

Jetzt, da Elijas Eifersucht die letzten Reste seiner Ersparnisse und normalen Geisteskräfte erschöpft hatte, mußte das junge Paar in den Witwenhof übersiedeln, einen Armenhof, dessen Boden mit Staub, Unrat und Taubendreck bedeckt war und in dem ansonsten eine Rotte durchtriebener Ratten und Katzen hauste, die wahrlich Schlösser knacken konnten und sich sogar erdreisteten, Kartoffeln zu klauen. Die Zimmer waren modrig und dunkel, das Trinkwasser in der Zisterne war durch Risse in ihren Wänden verschmutzt. Unter der großen Pappel mitten im Hof, deren wuchernde Wurzeln schon die Bodenfliesen im Erdgeschoß anhoben, trafen sich die armseligen Frauen zum Nachbarinnenklatsch. Hier seihten sie das Wasser der Zisterne durch eine Windel und kreischten beim Anblick der glibbrigen roten Abwasserwürmer, die sich auf dem weißen Tuch wanden.

Im Winter kochte Mirjam *Sahleb* und röstete die Wassermelonenkerne, die sie im Sommer angesammelt hatte. Im Frühling bereitete sie *Hamle-melane*, und während der schweren Hitzewellen in den Monaten Av und Ijar, wenn die *Barad-* und *Suss-*Verkäufer auf den Straßen erschienen, machte sie *Pepitada*, ein leichtes, erfrischendes Getränk aus Melonenkernen, das die beiden in den Gassen feilboten.

Elija mochte die Kinder, die sich begeisterten Gesichts mit ihren Kupferlingen um ihn scharten. Sie waren noch zu klein, um ihn in seiner Größe gekannt zu haben, aber sie liebten diesen abgerissenen, schmutzigen Mann, der sein Hirn unablässig mit Wahnideen marterte, die ihm schon die letzten Haare auf dem Kopf versengt hatten. Er schenkte den Kindern das Getränk aus, gab ihnen Rätsel mit vier Unbekannten auf und reimte ihnen Bonmots und

Sprichwörter zusammen, aber auf seinen Lippen stand ein ängstliches Lächeln, und seine Augen rollten ständig in ihren Höhlen. Immer kehrte er wund und mißhandelt zurück, denn die Passanten stachen ihn von hinten mit Nadeln oder hielten ihm brennende Zündhölzer an die Ohrläppchen, weil sie wissen wollten, ob das Gerücht über seine Krankheit zutraf.

Seinerzeit ging er auch mit sich selber bereits strenger um und folgte bei Mirjams Brüsten dem Chanukka-Grundsatz »nur zum Anschauen«, was ihre Liebesnächte ziemlich toll und aufreizend werden ließ. Nach einem Jahr wurde ihnen ihr erster Sohn geboren, der die weisen Augen und Gesichtszüge seines Vaters und Großvaters geerbt hatte und den Namen Salomo Ezechiel Salomo erhielt. Er war ein aufgeweckter und neugieriger Junge, der nachts mit seinem Vater in zwei Stimmen brüllte – der Stimme des Hungers und der Stimme des Schmerzes, denn auch der Kleine lechzte nach den Brüsten, von denen sein Vater ihn fernzuhalten suchte.

In jenen Tagen war der arme Eifersüchtige schon ein gebrochener Mann, an dessen Körper nichts mehr heil schien. Seine Zunge, auf die er unabsichtlich immer wieder biß, war gespalten wie die einer Schlange; Scherben, von denen er nichts wußte, hatten seine Glieder anschwellen lassen; die verrotteten Zähne vergifteten sein Blut; seine Augen, die keine Fremdkörper spürten, waren nur noch rot vereiterte Höhlen. Dr. Borton warnte ihn wieder und wieder und gab ihm Medikamente, aber Elija hatte, trotz seines nunmehr völligen Wahnsinns, keine Unze seiner klaren Monastirer Logik eingebüßt. Sein messerscharfes Selbstbeobachtungsvermögen triumphierte mit Leichtigkeit über die Medikamente des Arztes, denn auch sie beruhten – wie die gesamte medizinische Wissenschaft – auf der Annahme, daß alle Menschen einander glichen, während Elija an seinem Leib und dem seiner Frau ersah, daß dem nicht so war.

Inzwischen hielt nur noch eines Elija Salomo von der vollständigen Hingabe an seine Eifersucht ab, und zwar sein großer Tick – das Verzeichnen der Sonnenaufgänge. Seit seinem dreizehnten Lebensjahr war er jeden Morgen bei Tagesanbruch auf den Skopusberg gestiegen, um die genaue Zeit des Sonnenaufgangs zu notieren. Er wollte das neunundvierzig Jahre lang tun, Tabellen anlegen und den Kreislauf der Sonne und der Zeit erforschen. Doch seit er das untreue Wesen seiner Frau erkannt und diese Erkenntnis ausgebaut hatte, traute er sich nicht mehr, auf den Skopusberg zu gehen und sie ausgerechnet in den gefährlichen Stunden der dritten Wache, jener dunkelsten und betörendsten aller Wachen, allein zu Hause zurückzulassen. Er versuchte sie zu überreden, mit ihm auf den Berg zu klettern, doch Mirjam weigerte sich, und ihre scheinbar harmlose Begründung, wenn die Menschen mit den Hähnen aufstehen sollten, hätte Gott ihnen Kämme wachsen lassen, verdreifachte nur noch seinen Verdacht und ließ bitteres Grinsen auf seine Mundwinkel treten.

Er schrieb an Salvatore Benintendi mit der Bitte um eine Anleihe zum Erwerb zweier großer Spiegel. Der Italiener war erstaunt. In Alexandria pflegte man die Wände der Hurengemächer mit solchen Spiegeln auszustatten, um das Vergnügen bis ins Unendliche zu vervielfachen. Er kam, um Elija danach zu fragen, und sagte, nachdem der ihm seinen Plan verraten hatte, »als Liebhaber von Männern und Filmen« tue es ihm in der Seele weh, daß sein Freund bereit sei, sich das Leben umsonst zu verderben, »nur wegen zwei Fettgeschwülsten, dergleichen es Millionen auf der Welt gibt«.

»Weißt du, wieviele Brüste jedes Jahr auf der Erde dazukommen?« rief er.

Doch Elija lächelte traurig und sagte, die *balitas* anderer Frauen existierten für ihn nicht, und wenn Benintendi auf cinematographisch richtige Weise denke, werde auch er zu dem Schluß gelangen, daß sie gar nicht existierten, es vielmehr auf der ganzen Welt nur Mirjams Paar Brüste gebe, während alle übrigen lediglich Spiegelbilder und Kopien davon seien, Nachbildungen, Erinnerungen, Fata Morganen und Prophetien – ein Thema, das einem wiederum die Erforschung des Kreislaufs der Zeit in den Sinn bringe, meinte er lächelnd, doch könne er sich für derlei geringwertige Probleme nicht mehr freimachen.

»Die Brüste sind nichts als physische Klischees!« schrie Salvatore Benintendi in der Absicht, Elija endgültig klarzumachen, daß alle Menschen einander ähnelten – eine Gleichheit, die zwar etwas Wehmütiges an sich habe, aber notwendig sei und Ärzten, Huren, Geistlichen und Schneidern ein ehrbares Einkommen sichere. »Auf dieser Ähnlichkeit basiert alles – der Handel, das Kino, die Kunst, der Glaube. Alles!« rief er bitter und ging beharrlich der Frage nach, wieso bloß derart viele Menschen sich davon ernähren könnten, Mutmaßungen, Prophetien und Multiplizierungen in Stoffkelche zu stopfen oder Fata Morganen auf Bettlaken zu projizieren.

Elija wartete geduldig, ohne Antwort zu geben, denn er wußte, daß jeder Versuch, mit Verrückten zu diskutieren, vergeudete Zeit war. Aber Benintendi packte ihn an der Schulter und verkündete ihm, die Brüste seien »infantile Organe«, die sich dem bereits bestehenden Körper anhängten und daher jünger und dümmer als die anderen Körperteile seien, deren Rang sie niemals erreichten. »Eine Frau von zwanzig«, sagte er, wobei er seinen Freund schüttelte, »hat Brüste von sechs, sieben Jahren! Zwei Kinder! Hast du das mal bedacht?!«

Letzten Endes konnte Mirjam den Filmmann jedoch überreden, ihrem Mann das Geld zu leihen, und Elija heuerte zwei arabische Knaben an, übergab ihnen die gekauften Spiegel und schickte sie auf den Berg. Einer der beiden bezog neben dem Turm des deutschen Krankenhauses Aufstellung, und in dem Augenblick, in dem die Sonne über den Bergen Moabs aufstieg, fing er sie in seinem Spiegel auf und warf ihre Strahlen auf den Spiegel des zweiten Jungen. Der stand bei der Maria-Magdalenen-Kirche und blendete von dort direkt ins jüdische Viertel, wo Elija an seinem Fenster saß – mit der Linken die Augen beschattend, in der Rechten das Beobachtungsbüchlein, das eine Auge auf den Berg gerichtet, das andere mißtrauisch zur Seite auf die schlafende Mirjam blinzelnd.

Es verging kaum eine Woche, bis die Agenten des c.i.d. auf die Blinkzeichen hoch zu Berge aufmerksam wurden. Sie legten Habite an, bleichten sich die Schnurrbärte und forschten also, als Nonnen verkleidet, dem sonderbaren Weg der Sonnenstrahlen nach. Bald waren sie Elija und seinen blendenden Burschen auf die Spur gekommen und nahmen sie wegen Signalisierens an irgendeinen Feind fest. Elija wurde in die Gefängniskeller des Russischen Areals gesteckt und dort mit der modernen Mischung aus kaltem Wasser und Elektroschocks behandelt, die den Beitrag der britischen Geheimpolizei zum städtischen Folterschatz bildete. Zur Überraschung der Beamten brüllte der Delinquent auch nach Beendigung der Folter weiter, und als sie ihn untersuchten, stellten sie fest, daß sie sich umsonst abgemüht hatten. Die *migraine du jaloux* hatte ihnen die Arbeit abgenommen.

Unterdessen hatte Salomo Salomo beschlossen, Mirjam ein kleines Gewerbe zu eröffnen, damit sein Sohn nicht mehr auf die Straße ziehen mußte. Er kaufte ihr Butter- und Käsereigerät sowie ein Dutzend Schafe. Mirjam vertraute die kleine Herde der treuen Obhut eines Hirten namens Ibrahim an, einem großen, hageren Mann aus El-Azariah, dessen blaue Augen jeden verblüfften, der ihn sah, und dessen Kleidung einen starken, trockenen Tabakgeruch verströmte. Für vierzig Mil pro Tag, einen Burnus, ein Paar galiläische Schuhe mit roter Kappe und ein Siebtel der Lämmer, der Wolle und der Milch hütete Ibrahim die Schafe. Er kannte den Verlauf der unterirdischen Wasseradern und das unsichtbare Netz der Weidepfade, das Hirtenfüße und Herdenhufe durch die

Jahrtausende über den Wüstenboden gezogen hatten. Er war mit den Gewohnheiten der Herden vertraut, blies auf seiner Flöte heisere Weisen, die Schlangen und Raubtiere einlullten, und lehrte die Schafe giftige Pflanzen erkennen, die die Wolle bleich und die Milch bitter machten. Tagsüber ließ er Mirjams Tiere gemächlich auf den saftigsten Weiden grasen, und zur Nacht trieb er sie hinter Steinwällen und Poteriumhecken zusammen. Die Mutterschafe hatten keine Fehlgeburten, verloren keine Lämmchen und wurden nicht von anderen Tieren gerissen. Ihre Milch war reichlich und fett und ihre Wolle dick und flauschig.

Früh morgens stand Ibrahim zum Melken auf, lud dann den vollen Schlauch auf seinen Esel, und damit die Milch unterwegs nicht warm und womöglich sauer wurde, hielt er sich beim Aufstieg nach Jerusalem zwischen den Steilufern des Kidron, wo noch die kalte Nachtluft lagerte. Beim ersten Sonnenstrahl kam er in den Hof, lud den Schlauch ab und setzte sich bei einer großen Tasse Kaffee hin, aus der keiner die bevorstehende Zukunft las.

Eines Tages blieb Ibrahim lange aus, und als er endlich kam, wirkte er verstört, erinnerte Mirjam viermal daran, daß er die versprochenen Schuhe noch nicht erhalten hatte, sprang dann plötzlich auf, warnte sie vor Unruhen, die bald ausbrechen würden, und bot ihr an, sich mit ihrer Familie bei ihm im Dorf zu verstecken.

»Das Kolonialamt wird uns beschützen«, sagte Elija, der sich seit seiner Festnahme und Freilassung als den Kolonialbehörden nahestehend und mit den Regierungsweisen des Imperiums bestens vertraut betrachtete. Sobald Salomo Salomo übrigens hörte, daß sein Sohn von Staatsangelegenheiten redete, hätte er beinah seine Kleider zerrissen und *Schiv'a* nach ihm gesessen, denn in Monastirer Augen war das die niedrigste Stufe, auf die ein Mensch herabsinken konnte. Doch zu jener trüben Zeit hatte Elija bereits jede Scham und Ehre verloren und begleitete seine Frau nunmehr sogar zur Toilette im Hof. Allein die lautstarken Vorhaltungen der Nachbarinnen hinderten ihn daran, mit ihr hineinzugehen. So wartete er ungeduldig vor verschlossener Tür, horchte und spähte mißtrauisch in alle Richtungen, und die Frauen des Hofes schüttelten die Köpfe und zitierten die Regel, daß ein Mann nur vor, aber niemals nach einer Frau die Toilette aufsuchen dürfe, da Männer nicht zu wissen brauchten, daß solche Laute auch dem *culo de la mujer*, einem Frauenhintern, entschlüpften.

»Sonst machen sie aus ihrer *caca* Beton und aus seiner *kokona makkaron*!« erklärten sie.

An jenem Freitag strömten Tausende zum Gebet in die Moscheen auf dem Tempelberg. Unter ihren Gewändern verbargen sie Prügel und Beile, gewetzte Schermesser und spitze Nagelbretter. Stundenlang schnarrten dort die Stimmen der Prediger, und das Gemurmel der Beter verdichtete sich zu jenem düsteren Vorhang, der sich alle paar Jahre einmal über die Stadt senkt und ihre Einwohner mit Wahnsinn schlägt. Als die Tore des Tempelbergs geöffnet wurden und die Menschen hinausströmten, verschanzten sich die Bewohner des jüdischen Viertels in ihren Höfen und schlossen Tore und Fensterläden.

Mirjam, Elija und der kleine Salomo Ezechiel versteckten sich in der Zisterne. Zu jener Jahreszeit, Ende des Sommers, war die obere Ebene der Grube schon trocken, und die Familie kauerte sich zwischen die Kanister mit Käse und die Kannen voll Sauermilch und Joghurt, die dort kühlstanden. Mehrere Stunden vergingen, dann erschallte Ibrahims bekannte Stimme jenseits des schweren Tors.

»*Iftahi el-bab, Sitt Mirjam.* Mach die Tür auf, Frau Mirjam«, rief er.

»Zu solch einer Zeit kommt er zu dir?« fragte Elija mißtrauisch, kletterte sogleich zornerfüllt hinaus und lief ans Tor.

»Nicht aufmachen! Elija! Mach nicht auf!« schrie Mirjam.

Doch Elija schob den Riegel zurück und öffnete das Tor, worauf sein Schädel unter dem Schwerthieb des Hirten wie eine Wassermelone aufsprang. Sofort begriff er, daß die Migräne der Eifersüchtigen erneut über ihn gekommen war, weil er Mirjam ohne Aufsicht in der Zisterne zurückgelassen hatte. Er lächelte Ibrahim entschuldigend an, drehte sich um und wollte gerade zu Mirjam zurückkehren, als er plötzlich die sehr gealterte Mrs. Glidden lächelnd zwischen seinen zwei Hirnteilen stehen sah. Die Knie knickten ihm weg, sein Körper brach zusammen, und seine Seele entfleuchte.

Menschen stürmten in den Hof, zerschlugen mit Ochsenprügeln und Fußtritten die Milchkrüge, rissen die Ricottasiebe herunter und durchlöcherten die Bäuche der tropfenden *Mandilas*. Drei von ihnen packten den benachbarten Bäcker, knüpften ihn, Füße nach oben, an die Pappel und entzündeten den großen Primus des Milchkessels unter seinem Kopf.

In der Zisterne entdeckte Mirjam plötzlich, daß Salomo Ezechiel verschwunden war. Wahnsinnig vor Sorge kroch sie aus dem Loch, spähte nach ihm und sah sofort den tobenden Hirten, die Leiche ihres Mannes und das Kind, das lächelnd über den Hof krabbelte, um mit seinem Vater zu spielen.

»Ibrahim, was machst du denn?« schrie sie.

In diesem Augenblick, dem Moment, in dem sie ihren Mann tot und ihren Sohn lebendig sah, fielen die Hemmschuhe von ihren Nerven ab. Die Fesseln der Tradition, die Bande der Angst, die Filter der Sitte, die Pfropfen des Verbots – alles, was seine Würgefinger je um ihren Leib und ihr Bewußtsein gelegt hatte, war verschwunden. Auge, Ohr, Nase und Mund taten sich auf. Wie die winzigen Wüstenblumen, die auf ein Signal warten, erwachten ihre Sinneszellen am ganzen Leib. Mit ungeheurer Klarheit erfaßten sie im Bruchteil einer Sekunde jede Einzelheit. Ihre Hände schmeckten. Ihre Brüste sahen. Ihre Schultern rochen. Ihre Scham wurde zur Hörmuschel, die das Branden der ganzen Welt hörte. Elija, der zwischen Ibrahims Beinen lag, sein Schmerz, ihre Liebe, ihr kleiner Junge, der auf den Hirten zukrabbelte und ihn anlächelte, der schwere Atem der Gewalttäter und ihre eigenen gellenden Schreie – all diese Fetzen setzte sie zusammen und war sich dabei noch bewußt, daß diese ganze Zeit über die Käse weiter kästen und der Joghurt weiter gärte.

Mirjam wollte sich ihren Sohn schnappen und in die Zisterne zurückhasten. Aber Ibrahim zertrümmerte mit einem Stockhieb die eine Hüftkugel des Babys und zwang Mirjam mit einem langen Satz zu Boden. Er drückte ihr den Hals zurück und klemmte sich ihren Kopf zwischen die knochigen Knie. Einen Moment schwebte sein krummes Messer über ihrer Gurgel, und im nächsten stach er ihr das linke Auge aus, wie man eine Schnecke aus ihrem Gehäuse fischt.

»Ibrahim, was machst du denn?« ächzte Mirjam und wunderte sich trotz ihrer Qualen über die harten Knie des Hirten, die ihr noch mehr weh taten als sein Messer.

Ibrahim riß ihr das Kleid herunter und zerschnitt die Stoffbandage, die ihre Pracht verbarg. Mirjams legendäre Brüste lagen erstmals vor einem Fremden entblößt, blendend in ihrem Glanz, warm und zuckend wie Vögel. Einen Augenblick wurden dem Hirten die Beine schwach, als wolle er niederknien vor der großartigen Wahrheit, die sich seinen Augen bot – strahlender, schöner und anrührender als jede Vermutung –, aber im nächsten Moment raffte er sich fluchend zusammen, packte die rechte Brust und trennte sie mit seinem Messer ab. Schwere Schleier von Blut und Schmerzen legten sich über Mirjams Gesicht und verhängten ihr den Blick auf die Vergewaltiger, die sich bereits um sie scharten und ihre Gürtel lösten.

Zwei Stunden später, als das Getöse zwischen den Mauern verhallt, in den Staub gesunken und verklungen war und die letzten Mord- und Wollustschreie vom Stein aufgesogen und verstummt waren, krochen die verängstigten Nachbarn aus ihren Löchern, deckten die Toten zu, suchten nach den Verschollenen, und die

Frauen machten sich daran, Mirjams schreckliche Wunden zu behandeln und sie von dem geronnenen Blut und Sperma zu reinigen. Nun hörte man plötzlich Salomo Ezechiels heiseres Schluchzen aus den Tiefen der Zisterne hallen. Mit dem Verstand eines Hasenjungen war der Kleine, sein geschundenes Bein nachzerrend, davongekrabbelt und hatte sich in einem Kanister versteckt, bis zur Nase in blutigen Stücken Bulgarenkäse versunken. Man zog ihn heraus und brachte ihn zu seiner Mutter, die sich an ihn klammerte wie ein Ertrinkender an den sprichwörtlichen Strohhalm, ihm die linke Brustwarze in den Mund steckte und ihn unaufhörlich stillte.

»Ibrahim, was machst du denn?« schrie sie die ganze Nacht, vor Blut und Milch triefend.

Am nächsten Morgen brachte man sie zu Dr. Borton, der ihre Wunden desinfizierte, ihr das Auge verband und die Amputationswunde vernähte. Schwarz und blau quollen ihm die Tränen aus den Augen und das Schluchzen zwischen seinen abgewetzten Zähnen hervor.

Nach Ablauf einiger Wochen, als die Brust vernarbt, die Augenhöhle abgeheilt und die Hüfte des Babys zusammengewachsen war, wusch Mirjam ihre Brustbandage von dem Blut rein, nähte daraus einen Tragegurt, wie ihn die Fellachinnen benutzten, band sich Salomo Ezechiel darin auf den Rücken und verließ Jerusalem. Sie ging durch das Damaskustor hinaus, und als sie am Orpheusmosaik an die Worte der Stummfilmschauspieler dachte, die Elija in der nahen Windmühle deklamiert hatte, zog sich ihr vor Trauer das Herz zusammen, wodurch die Luft in Erschütterung geriet und die Mühlenflügel antrieb. Doch sie bewegten sich nur so sanft, daß kein Mensch es merkte, nicht einmal die Darsteller, die auf der Leinwand umherliefen.

42

»Um drei Uhr nachts, bei strömendem Regen, kamen plötzlich zwei Soldaten in die Bäckerei. Halb tot, naß bis auf die Knochen, vor Müdigkeit und Kälte zitternd. Das Militär macht dauernd Orientierungsübungen hier in der Gegend, und wenn diese Ärmsten mitten in der Nacht die Backdüfte riechen, drehen sie einfach durch. Du weißt, wie das ist, wenn man friert und Heimweh hat. Die Leute lassen alles stehen und liegen und rennen blindlings los, um ein Stückchen Brot frisch aus dem Ofen zu ergattern. Aber damals – wer kommt da als dritter rein und umarmt mich? Benjamin. ›*Hello*, Vater!‹ Wie das *hello*, das du und Lea benutzt haben. Bei der Umarmung merkte ich, wie groß er geworden war, wie wenig wir uns umarmt hatten, als er ein Kind war, wie wenig überhaupt. Ich habe gar nicht mitgekriegt, wie er mir unter den Händen heranwuchs, habe das Gewicht nicht gespürt, nicht diese Größe, die Muskeln. Gleich bin ich losgerannt, Lea zu wecken und ihnen trockene Kleidung zu holen, und was sehe ich, als ich zurückkomme? Benjamin, naß und müde, wie er ist, steht doch da und schiebt Bleche in den Garschrank.

Ich hab nicht schlecht gestaunt. Er war nie ein besonders fleißiger Junge. Weder bei der Arbeit noch in der Schule. Mit sechzehn hat er mit der Schule aufgehört und ist manchmal tagelang verschwunden. Aber mir war das egal. Zum Brotbacken braucht man keinen Doktortitel. Er hat dort sowieso nicht viel gelernt, hat bloß Laufen trainiert und sich mit Mädchen abgegeben. Nur in einem Punkt habe ich mich dauernd mit ihm gestritten – daß er nach mir die Bäckerei weiterführt, daß die Bäckerei nicht mit mir eingeht. Die ganze Zeit hab ich zu ihm gesagt: ›Ich hinterlaß dir die Bäckerei, Benjamin. Besonders reich wirst du damit nicht werden, aber dein Auskommen hast du.‹ Er hat nicht geantwortet. Hat mich nur angeguckt und nichts gesagt. Bis er eines Tages erklärte: ›Ich will nicht, ich werde nach dem Militärdienst entscheiden. Dein Bruder ist ja auch nicht in der Bäckerei geblieben. Vielleicht möchte ich doch noch studieren, vielleicht wegfahren, oder nach der Wehrpflicht als Berufssoldat weitermachen? Ich will nicht mein Leben lang in diesem Teig stecken bleiben.‹

Da habe ich begriffen, daß ihm das, was ich tue, nicht gut genug ist. Und auch, daß er dich als Vorbild angeführt hat, ging mir gegen den Strich. Es sind laute Worte gefallen. ›Was glaubst du eigentlich – daß du was Besseres bist als dein Vater? Und was sind das denn für Redensarten – im Teig stecken bleiben?‹ So bin ich aufgebraust und hab die Hand gegen ihn erhoben, und dann hat er seine auch erhoben, da so, und hat meine hier gepackt.«

Jakob grinste. »Glaub mir, er war damals siebzehn. Nicht ganz so groß wie Mutter, aber die gesamte Kraft der Tataren hatte er geerbt. Schade, daß du ihn nicht gekannt hast. Darin war er wie du und wie Mutter und ihre Brüder. Ich bin kein Schwächling, hab genug Säcke und Bleche gestemmt, und diese Hände hier haben schon Tonnen von Teig verarbeitet, aber seine Hand an meiner war wie der Arm der Knetmaschine.«

Er erhob sich und ging die Veranda auf und ab, die Finger gespreizt, der Stumpf des kleinen Fingers wie ein Eidechsenschwanz vibrierend. »›Schlag mich nicht, Vater‹, hat er gesagt, ›schlag mich nicht.‹ Er hat Angst gehabt. Angst wie ein kleines Kind vor seinem Vater. Aber ein Kind mit der Kraft eines Erwachsenen, eines sehr kräftigen Erwachsenen. So haben wir uns gegenseitig angeschaut, und danach haben wir zwei Monate nicht miteinander geredet. Erst als er sich aufs Militär vorbereitete – da hat er mich überrascht. Denn bei all seiner Kraft war er ziemlich träge, nichts war ihm wichtig genug. Bloß mit Mädchen tanzen und das Leben genießen. Und nun plötzlich dorthin, ausgerechnet in diese Scheißkommandotruppe.

Und ich bin sicher« – er setzte sich wieder, seine Stimme wurde plötzlich tief und feucht – »jedesmal, wenn Lea für ein paar Minuten aufwacht, wird sie daran denken, daß ich ihm zugeredet habe, dorthin zu gehen, daß sie da einen Mann aus ihm machen würden. Du hast gewollt, daß er stirbt, sagt sie sicher dort im Dunkeln, schon als er klein war, hast du mit ihm gestritten, hast ihn nicht haben wollen. Aber gerade nun, als er Dauerläufe über die Felder machte, um fit zu werden, hat er mir auf einmal auch in der Bäckerei geholfen, und wir sind einander nähergekommen. Er hat langsam meine Arbeit verstanden, und ich hab Einblick in sein Leben gewonnen und hab ihm nicht mehr zugesetzt. Und nachher, beim Militär, war ich auch sehr stolz auf ihn, daß er das durchhält, daß er's schafft, daß man ihn dort anerkennt. Und im Dorf, wenn er so ankam, mit der schwarzen Mütze der Einsatztruppe und den kleinen Schwingen auf der Brust, da haben die Leute auf einmal schön guten Tag gesagt, wie geht's dem Sohn, und all das.

Und dann taucht er plötzlich mitten in der Nacht auf, völlig durchnäßt. Ich hab ihnen frisches Brot und Kaffee gegeben, hab ihnen Tomaten und Hartkäse und Wurst aufgeschnitten, schnell ein paar Eier auf dem Brotblech mitgebraten. Und Lea ist aus dem Bett gestiegen und rumgerannt, um ihnen rasch belegte Brote und Schokolade und Clementinen für unterwegs zu richten. ›Wart einen Moment, Benjamin‹, hab ich zu ihm gesagt, ›ich weck den Fahrer, daß er euch mit dem Brotwagen bis ins Wadi runterfährt.‹ Aber er hat nicht wollen. Schon, daß sie vorbeigekommen waren, sei unerlaubt gewesen. Wenn man sie bei der kleinsten Unregelmäßigkeit ertappte, würden sie hochkant aus der Truppe fliegen. Sie sind hier weggegangen, um irgendeinen trigonometrischen Punkt im Wadi Sindiana zu finden. Wir haben dort als Kinder Feigen und Aprikosen geklaut, und die suchen Punkte in der Landschaft. Ich hab ihn angeschaut, als er den Hof verließ und hab gedacht, vielleicht kehrt er letzten Endes doch zur Bäckerei zurück. Gesagt hab ich nichts, nur das Herz hat mir gebebt. Vielleicht hätten wir zum Schluß Freunde werden können, vielleicht auch nicht, jetzt kann man's nicht mehr wissen.«

Wieder erhob er sich. »Das wär's«, sagte er, »so ist das. Das ist keine Geschichte aus Büchern, was? Man kann nie wissen.«

Keiner von uns hatte Romi bemerkt, doch drei Tage später kam das Bild. Ich sitze da, beide Hände in den Hosentaschen. Jakob steht vor mir, die Arme ausgebreitet mit einer Geste, wie Verkäuferinnen im Delikatessengeschäft sie machen, wenn die albanischen Anchovis ausgegangen sind. Die kleine Obstschale zwischen uns auf dem Tisch. Ich barfuß, die großen Zehen wie dicke Fühler aufgerichtet.

»Du bist so liiieb, Onkel, mit diesen gespannten Zehen da. Woran hast du gedacht, als Vater redete?«

»Er sieht nicht gut aus, dein Vater«, sagte ich.

Das Photo vertiefte noch die trockenen Furchen am Hals meines Bruders und ließ seine Augen matter erscheinen. Sein Körper signalisiert mir schon das typische Altern von Bäckern. Wie das Wetterleuchten ferner Stürme auf dem Atlantik. Seine Fingerfertigkeit, die jeden Donnerstag beim Flechten der Sabbatbrote auf die Probe gestellt wird, nimmt ab. Gruben und Risse tun sich in seiner Haut auf. Siebstaub und Ofenhitze röten und reizen seine Augen und verursachen ihm Schmerzen. Wenn er in der Bäckergrube steht und die Laibe tief in den Ofen schießt, knacken seine Schultergelenke sonderbar – ein Zeichen für das Austrocknen des Gewebes. Nur Übung und Erfahrung machen die körperliche Schwäche wett, nur routinierter Bewegungsablauf den Verlust der Behendigkeit. Plötzlich erinnerte er mich an Aquila, den alten Wolf von Neot Sinai, der die Gazelle nicht mehr niederzuringen vermag. Beinah konnte ich sogar den Bäckerhusten – verursacht durch die Einwirkung des Mehls auf die Lungenbläschen – aus dem Bild heraushören.

Ich hingegen habe, von unserer gemeinsamen Kurzsichtigkeit

abgesehen, keinerlei Gebrechen. (Heute sind wir beide schon bei neun Dioptrien auf dem linken und sieben auf dem rechten Auge angelangt, und der Arzt hat Jakob bereits gewarnt, ja keine Mehlsäcke mehr aufzuheben, weil das eine Netzhautablösung nach sich ziehen könnte.) Ich bin bisher weder mager noch schütter geworden, meine Glieder sind stark und flexibel, nie im Leben habe ich wirklich starken Schmerz gekannt oder – wichtiger noch – Schmerz, der keine Ursache hat. Nur ein gewisses Unbehagen packt mich gelegentlich, das sich körperlich in einem dumpfen Pressen, einem steinartigen Druck aufs Zwerchfell äußert, als blähe sich eine Beton-*Levadura* zwischen meinen Lungen auf. Und seit meiner Heimkehr befällt mich manchmal dieser schneidende Schmerz in den Leisten. Scharf und kurz ist er, demütigend, aber erträglich.

Wie die meisten Menschen betrachte auch ich meinen Körper als eine Einheit, doch Jakob altert ungleichmäßig, wie ein versengtes Streichholz, das sich wegen der ungleich verteilten Qualen krümmt. »Schmerzen müssen am ganzen Leib gleich sein«, sagt Vater, ohne zu wissen, daß er damit die letzten Worte Tuvia Hacohens wiederholt, des berühmten Arztes von Padua. Jakobs Hände sind älter als der übrige Körper. Seine Handballen sind schwielig und rauh vom Stiel der Bäckerschaufel, die Fingerkuppen durch den Kontakt mit Hefe und Bromat gerötet, die Handrücken runzlig und versengt vom Glühen der Backsteine. Im allgemeinen tragen die Bäcker Handschuhe beim Herausholen der fertigen Brote, aber das Einschießen der Laibe in den Ofen erfolgt mit bloßen Händen, damit die Arbeit präziser und flinker vonstatten geht. Jakob benutzt überhaupt keine Handschuhe.

Die Jahre im Angesicht unveränderlicher Naturabläufe, der ehernen Gesetze des Gärens und Aufgehens, der ewigen Riten des Wiedererwachsens zum Leben und der uralt erprobten Handlungsabläufe, haben ihm ein seltenes Maß an wissender Vertrautheit mit seinem Körper beschert. Er sah die Bäckerschaufeln durch Reibung und Hitze kürzer und kürzer werden, sah unseren Vater dahinschwinden und damit auch seinen Weg zum Alter vorgezeichnet, zu jenem Tag, an dem er nicht mehr die Kraft aufbringen würde, die glühende Luft zu atmen, Bleche und Säcke zu stemmen, das unverkaufte Brot von den Geschäften zurückzunehmen.

»Eines Tages werde ich einfach umkippen«, hat er zu mir gesagt, »und hier in der Grube sterben.«

43

Drei Tage lag Jakob im Krankenhaus, die verbundene Hand auf der Brust, blutend und dämmernd, schimpfend und fluchend. Die Unflätigkeiten, die er in häßlicher Breite von sich gab, lockten Ärzte, Krankenschwestern und Patienten an sein Bett, die zwar kein Wort verstanden, aber den allgemeinen Tenor mitbekamen und ihren Ohren nicht trauten. Er zitterte am ganzen Leib, das Fieber stieg und fiel, seine Züge waren verzerrt und konzentriert wie die eines Neugeborenen, und ich erkannte, daß er genesen und als anderer Mensch aufstehen würde.

Mutter, Simeon und ich wechselten uns an seinem Bett ab. Wenn er beim Aufwachen mich neben sich sah, packte er fest meine Hand und sagte: »Ich hab nicht das Bewußtsein verloren. Hab nur mit geschlossenen Augen nachgedacht.« Er grinste, und ich wußte, daß ich recht behalten würde. Seine alten, vertrauten Züge kehrten nicht wieder.

»Die Liebe darf dir nicht so wehtun«, erklärte er und wiederholte den Satz noch viele Male, als lerne er eine große Edelmannsche Wahrheit auswendig und präge sie seinem Fleische ein.

»Sie war zweimal hier, um dich zu besuchen, aber Mutter hat sie fortgejagt«, sagte ich.

»Hat sie richtig gemacht«, bemerkte Jakob, ohne zu sagen, welche der beiden er meinte.

Blaß und müde kehrte er heim, setzte sich in den Liegestuhl auf der Veranda und wickelte den Verband von der Hand, um die Wunde an Luft und Sonne trocknen zu lassen. Stundenlang saß er dort, wobei sich seine Augen langsam öffneten und schlossen und seine Hand sich wie eine träge Sonnenblume drehte – der vernähte Fingerstumpf noch lila, schwarz und rot, zitternd und feucht.

Sein Liebesopfer erfüllte Mutter mit Grauen und Stolz. »Der Jakob hat eine Seele, die ist sooo groß«, erklärte sie.

Josua Edelmann sagte bei seinem Besuch: »Den Finger hat er sich für sie abgeschnitten, hat er.«

»Itzig hätt das für kein Weibsbild getan«, meinte sein Sohn, der viel rauchte und die Asche dabei nicht abschnippte, sondern durch ein eklig affektiertes Klopfen mit der Zeigefingerspitze zum Fallen brachte.

Chez-nous-à-Paris, diese sympathische Tatarin der Liebe, kam händeringend an, sagte »*quelque chose*« und verkündete, derlei bekäme man selbst ›bei uns in Paris‹ nicht zu Gesicht.

Dudutsch streichelte ihm den Arm, ja nahm sogar seine verwundete Hand und legte sie sanft auf ihre Brust, und Simeon, der damals zwölf Jahre alt war und sich Vorwürfe machte, weil er in der Unglücksnacht nicht in der Bäckerei gewesen war, tötete in einer Nacht all die Ratten, gegen die Mutter schon ein gutes Dutzend Jahre ankämpfte.

Noch heute denke ich mit Schaudern an jene Nacht zurück. Gegen Abend zog Simeon sich bis auf die Unterhose aus, holte eine Scheibe Wurst aus der Küche, rieb sich damit gründlichst die Beine ein und ging dann bei Anbruch der Dunkelheit in die Bäckerei. Ich kletterte hinauf, um das Geschehen durch den Schornstein zu belauschen. Man hörte nichts außer dem erregten Fiepen der Ratten und einem kurzen, mürben Krachen alle paar Minuten, als würde dort jemand mit bloßer Hand Mandeln knacken. Später erfuhren wir, daß Simeon sich als riesiger, stummer Köder mit gespreizten Beinen in den Lagereingang gesetzt hatte. Der liebliche Wurstgeruch betörte die Ratten so lange, bis sie der Versuchung nicht mehr zu widerstehen vermochten. Spürte er dann die im Dunkeln vorbeiwischenden Barthaare und die nach etwas zum Reinbeißen tastenden Nagezähne, streckte er eine sehende, aber unsichtbare Hand aus und brach der Ratte mit einem einzigen Druck von Daumen und Zeigefinger das Genick. Als Mutter um ein Uhr morgens zur Arbeit erschien, überreichte Simeon ihr einen Eimer voll Kadaver, und die Süßigkeiten, die er als Preis dafür erhielt, fand Jakob am Morgen neben seinem Stuhl.

Einen geschlagenen Monat wich mein Bruder nicht von der Veranda. Am Morgen setzte er sich in seinen Liegestuhl, und spät abends stand er wieder auf, um ins Bett zu gehen. Er kletterte nicht mehr zu seinem Spiegel auf dem Schornstein hinauf, hielt seinen horchenden Bauch von der Erde fern, setzte keinen Fuß auf Feld oder Straße, um nicht etwa Lea oder ihren Fußspuren zu begegnen, und aus eben diesem Grund bat er mich auch, das Brot wieder allein auszufahren.

Im Hause Levitov fixierte Lea mich mit ängstlichen Blicken.

»Mach dir keine Sorgen, er stirbt nicht daran«, sagte ich zu ihr.

Sie bat mich, Jakob einen Entschuldigungsbrief zu überbringen, doch ich erklärte: »Du brauchst dich für nichts zu entschuldigen«, und erzählte ihr nicht, daß mein Bruder seine gesamte Zeit darauf verwendete, systematisch die hartnäckigen Wurzeln auszureißen, die sie in ihm geschlagen hatte. Und das nicht etwa, weil seine Liebe verflogen wäre – die war im Gegenteil so fest und heiß wie der Ofengrund geworden –, sondern weil er jetzt wußte, daß sich auf solch blutenden Fundamenten nichts aufbauen ließ.

Die starke, alte *Levadura* der Familienehre war plötzlich in ihm erwacht: »Ich beschuldige niemanden«, sagte er, »aber ich will sie einfach nicht mehr, verstanden? Wenn sie dich abgesandt hat, kannst du ihr das ausrichten, und wenn du willst, kannst du sie jetzt selber nehmen.«

»Vielleicht solltest du zum Militär gehen«, schlug ich ihm vor.

Ein paar Burschen aus dem Dorf hatten sich damals zu den britischen Streitkräften gemeldet.

»Das ist nichts für mich«, meinte Jakob. »Mit diesen Augen nimmt uns keiner für Kampfeinheiten, und in der Etappe kann ich auch zu Hause sein.«

Jener kleine Finger des Leidens wollte lange nicht abheilen, blieb dünnhäutig, verletzlich wie eine Blindmaus, die man aus ihrem Bau geholt hat, und das Schächtmesser, das ihm den Finger abhackte, besiegelte auch sein Schicksal. So, mit Brille und Schlachtmesser, hat mein Vater uns voneinander getrennt.

44

»In meinem Stuhlgang, entschuldige, finde ich Stücke.«

»Was für Stücke?«, brauste ich auf. »Was für Stuhlgang denn plötzlich?«

Vater lugte nach beiden Seiten und machte eine hilflose Handbewegung, als wolle er die Aufmerksamkeit unsichtbarer Anverwandter auf seinen begriffsstutzigen Sohn lenken. »Stücke von mir und meinem Fleisch«, seufzte er. »Vom Darm, von der Leber, von der Milz, von meinen eigenen inneren Organen.«

Ich muß wohl ein zweifelndes Gesicht gemacht haben, denn Vater bot mir gleich an, mich persönlich zu überzeugen. »Ich hab die Spülung nicht gezogen. Hab's für dich aufbewahrt, damit du's siehst.«

»Will ich nicht, und hör jetzt auf damit.«

Mein Vater geht in sich. Sein Leib ist seine Welt, der Brennpunkt seines Interesses und Augenmerks. Es kommt vor, daß ich mich mit ihm über irgendein Thema unterhalten möchte und er mitten im Gespräch einfach abtritt – die Augen benebelt, die Lippen leicht geöffnet. Ich habe gelernt, daß er dann sein Ohrenmerk auf das Branden seines Körpers richtet, auf das angestrengte

Wogen seines Blutes, auf das herbstliche Rauschen des Gewebes. Wenn du willst, ist mein Vater mit fünfundachtzig Jahren wieder zum pubertierenden Knaben geworden. Ängstlich erregt prüft er die Botschaften, die seine Organe ihm übermitteln. Zuweilen teilt er mir staunend in Kurzfassung mit, was sein Körper ihm alles anstellt – Forschungsberichte, Hypothesen und Schlußfolgerungen. Die Leiden und das Alter haben seine Beobachtungsgabe erhöht, die Behandlungen in der Schmerzklinik sein Vorstellungsvermögen geschärft. »Ein geknicktes Rohr und ein löchriges Bündel«, schilderte er dem beeindruckten Arzt seinen Zustand, »mein Ohr lauscht nach innen, nicht nach außen. Dort drin hab ich Meeresrauschen, wie Sie, Herr Doktor, es als Kind in Muscheln gehört haben.«

Einmal verglich er seine Schmerzen mit »den Verwandten von jemand anderem, die irrtümlich bei mir zu Hause erschienen sind«. Als er sah, daß der Arzt sich den Satz mit entzücktem Gesichtsausdruck notierte, wußte er, daß er auf eine Goldmine gestoßen war. Seither erfindet er ausgeklügelte Namen für seine Schmerzen: »Der elende Schurke von den Knien«, »*el Diabolo* des Rückens« und der schlimmste von allen, das Bauchweh, »der fiese Türke, *el dolor de estomago*«. Er erzählte dem Arzt irgendeine Geschichte – »aus dem Buch der Richter« bemerkte er wichtigtuerisch – von einem Verräter, der den Feinden das geheime Schlupfloch in der Mauer von Bet-El gezeigt hatte. »Einen solchen Verräter gibt es auch in meinem Körper, Doktor, und der zeigt den Schmerzen, wo sie hineinkönnen.«

Lange Jahre der Entfremdung von Jakob hatten eine Menge Sorgen in ihm aufgestaut. Jetzt, da meine Ohren ihm offenstehen, füllt er sie mit Beschwerden. Mit anklagend erhobenem Finger hat er mich darauf aufmerksam gemacht, daß sein Körper nicht mehr symmetrisch sei. Die Falten an den Mundwinkeln, die Linien, die dem Gesicht Inhalt und Erfahrung verleihen, seien nicht mehr gleich, jammerte er: auf der rechten Seite tief und markant, auf der linken flach und schwach. Dann streckte er die Hände vor, legte sie aneinander und behauptete, die linke sei kürzer geworden.

»Nur dir kann ich's erzählen«, flüsterte er mir zu, »guck mir in die Augen, was siehst du da?«

»Bißchen gelb«, antwortete ich, »und das eine leicht gerötet.«

»*Puntikos*!« ereiferte sich Vater. »Dummes Zeug. Siehst du nicht?«

»Was soll ich denn sehen?«

»Das linke sitzt tiefer als das rechte.« Dann schlang er mir schwach die Arme um den Hals, brachte die Lippen an mein Ohr und wisperte: »Und auch unten, bei den Eiern. Meldet es nicht in Gat, links tiefer als rechts.«

»Das ist bei allen so, Vater«, lachte ich, »immer hängt eines tiefer.«

»Du mußt nicht so reden«, tadelte er mich, »hast du das in Amerika gelernt? Was für Redensarten höre ich denn aus deinem Mund? *Bocca de jora!*«

Er packte das schlaffe Fleisch seiner Brust mit zwei Fingern und zog daran, wie er einst die Teigbeschaffenheit geprüft hatte.

»Klappermann«, befand er.

Er besteht immer noch stur darauf, sich mit einem Barbiermesser zu rasieren, wobei die mörderische Klinge im Verein mit seinen zittrigen Händen ihm auf Kinn und Wangen reihenweise blutrote Papierblumen sprießen läßt, bis er aussieht wie ein gestochenes Küken, das sich in Konfetti gewälzt hat. Die kleinen Klopapierfetzen, die er sich auf die Schnittwunden klebt, vergißt er wieder wegzumachen, und so fallen sie später ab und flattern wie winzige Vorhäute im ganzen Haus herum.

Eines frühen Morgens habe ich ihn mit meinem elektrischen Rasierapparat rasiert. Vater betastete sich Wangen und Kinn und wiegte anerkennend den Kopf. Aber dann nahm er den Apparat, guckte ihn sich gründlich an, drehte und wendete ihn zwischen den Fingern. »Das Ding summt wie eine Nilfliege vorm Fenster des Pharao!« urteilte er und kehrte zu seinem grauenhaften Messer und dem uralten Rasierspiegel zurück.

Wir tranken unseren Morgenkaffee. Draußen zwitscherten die Amseln. Durchs Fenster sah ich Jakob dem Brotwagen das Tor öffnen. Ich ging hinaus, um ihm die Kisten aufladen zu helfen.

»Laß, laß mal«, sagte er, »du renkst dir noch den Rücken aus.«

Der Lastwagen fuhr ab, Simeon kam zum Saubermachen in die Bäckerei. Ich brachte meinem Bruder eine Tasse Kaffee auf die Veranda. Zwei Männer kamen am Zaun vorbei, und er nickte ihnen zu. Beide waren elegant gekleidet, in der einen Hand einen Aktenkoffer, in der anderen eine Einkaufstasche aus Plastikgitter. Sie blickten zu uns herüber und grüßten zurück.

»Guten Morgen«, riefen sie.

»Guten Morgen«, erwiderte mein Bruder.

»Du gehst nicht zum Sohn«, sagte der Ältere zu ihm, als stelle er lediglich eine Tatsache fest, weiter nichts, und der andere nickte lächelnd.

»Ich geh, ich geh ja, aber nicht jeden Morgen«, entgegnete Jakob.

»Wer sind die beiden?« fragte ich, nachdem sie weg waren.

»Kollegen vom Friedhof«, sagte Jakob, »von hier aus dem Dorf. Hast du sie noch nicht gesehen? Sie gehen jeden Morgen auf dem Weg zur Arbeit dorthin, um sich mit ihren Söhnen zu unterhalten. Einmal ist der Jüngere reingekommen, um mit mir zu reden. ›Meine Frau und ich schlafen gemeinsam, aber weinen getrennt‹, hat er mir erzählt, ›sie guckt weder den Spiegel noch mich mehr an. Ist wütend auf den Spiegel, weil sie ihrem toten Kind nicht ähnlich sieht, und wütend auf mich, weil ich ihr dieses Kind gemacht hatte.‹ Und du wirst nicht glauben, was er weiter zu mir gesagt hat: ›Du hast Glück, daß deine Lea dauernd schläft und du ihre offenen Augen nicht sehen mußt.‹«

Jakob zog sich seufzend die Schuhe aus. Das lange Stehen vor dem Ofen mache einem den Rücken kaputt und die Beine kürzer, behauptet er. Nun ließ er seine Zehen frei, und seine Züge wurden weicher. »Sich im Vergnügen mitzuteilen ist kein Kunststück. Nach einem Jahr weiß jede Frau, wie ihr Mann sich gern amüsiert, aber keine weiß, wie er gern trauert. Was guckst du mich so an? Was verstehst du denn davon? Was verstehst du überhaupt von irgendwas im Leben? Es hat eine Zeit gegeben, da hab ich gemeint, Lea so gut zu kennen wie jeden einzelnen Backstein im Ofen. Wieviel Milch in den Kaffee, wieviel Zitrone in den Tee. Jeden Morgen bin ich einen Augenblick aus der Bäckerei weg, um ihr die Zahnbürste mit Zahnpasta aufs Waschbecken zu legen, genau wie sie's mag, damit sie sie dort bereit findet. Alles. Die kleinen und die großen Marotten. Bis Benjamin umkam und ich merkte, daß ich gar nichts weiß. In Trauer und Leid teilt man sich nicht mit. Das tut jeder allein ab. Das offenbart man niemandem.

Die ganze Nacht wachzuliegen, mit dem Grabstein des Kindes wie eine Mauer zwischen einem, wobei jede alte Reiberei gleich zur furchtbaren Wunde wird und man sich gemeinsam und getrennt beschuldigt, vor allem aber einer den anderen. Und dann kommen diese Potze mir noch mit Vorhaltungen, ich würde Benjamin nicht besuchen. Man könnte meinen, man müßte eine Stechkarte auf dem Friedhof abstempeln. Bloß mußt du wissen: Als die Söhne von uns dreien noch Kinder und lebendig waren, sind diese zwei da gegen mich zu Feld gezogen, wollten die Bäckerei aus dem Dorf weg haben. Armer Benjamin, seit er tot ist, wagt keiner mehr gegen mich vorzugehen. Jetzt sind sie plötzlich meine besten Freunde. ›Du gehst nicht zum Sohn... Warum sieht man dich nicht... Komm zu dieser Gedenkfeier... Komm zu jener Gedenkfeier...‹«

»Ich geh auch nicht hin«, erklärte Romi mir. »Der Gedenktag ist für Leute, in deren Familie niemand gefallen ist. Für uns ist das ein Amoklauf zu all den Steinen und Wänden, auf denen sein Name steht. Wer braucht das? Auch so vergeht kein Tag, an dem ich nicht an ihn denke, und meine Gedenkfeiern halte ich an dem Tag, an dem ich ihn zum letztenmal gesehen habe. Ich besitze sogar ein letztes Bild von ihm. Das allerallerletzte. Was lachst du denn, Onkel, schäm dich was!«

Sie hat in ihrer Wohnung eine Kommode mit zig flachen Schubladen: »Zytologie«, »Embryologie«, »Benjamin«, »Sporen«, »Familie«, »Projekt«, »Mein Vater«, »Mein Vater«, »Mein Vater«, »Mein Vater«... fünfzehn Schubladen mit »Mein Vater«, aus denen sie letzten Endes die Ausstellung bestreiten wird, die sie über ihn plant.

Ihre Holzpantinen klapperten über den Fußboden. Aus der Schublade »Benjamin« zog sie ein großes Photo: in Uniform, den Rücken zur Kamera, nur das Gesicht umgewandt, leicht verblüfft, aber heiter lächelnd.

»Das war Sonntag morgen, als er den Hof Richtung Hauptstraße verließ, um zu sehen, daß ihn ein Auto mitnahm, und ich bin ihm nachgerannt und hab gerufen: ›Benjamin!‹ Da hat er sich umgedreht, und ich hab abgedrückt und ihn erwischt. Dabei kriegen Menschen einen sehr interessanten Ausdruck. Wegen der Überraschung und auch wegen der gespannten Halsmuskeln. Eines Tages, wenn ich mit Vater fertig bin, werde ich eine Ausstellung von solchen Bildern veranstalten. Ich hab schon einen Namen dafür: *Schuß in den Rücken*. Ich werde Leute von hinten ansprechen, und wenn sie sich umwenden, photographiere ich.«

Jakob trank den Kaffee aus, ging hinunter, um das Hoftor zu schließen, und wischte sich die Hände an den Hosenbeinen ab.

»Gehn wir frühstücken?«

45

Eines Abends, ich war gerade von Lea zurückgekehrt, kamen zwei Honigsauger angeschwirrt – das Männchen im unglaublichen Glanz seiner grün-schwarzen Schönheit, das Weibchen in seiner grauen Züchtigkeit – und pochten an das Fliegengitter des Küchenfensters. Ich machte ihnen auf. Die winzigen Vögelchen, die sich im allgemeinen von Blütennektar ernähren und keinerlei Interesse an Menschen zeigen, flatterten herein und segelten zielstrebig auf die Schulter meines Bruders zu.

Vater verfolgte das Geschehen, nickte und beschnupperte dann Jakobs Gänsehaut, strich mit dem Finger darüber und steckte ihn in den Mund.

»*Uglum*«, sagte er, »du hast süße Haut, wußtest du das?«

Jakob antwortete gereizt, er habe es zwar nicht gewußt, aber zum Glück habe Gott ihm ja so einen klugen, scharfäugigen Vater geschenkt.

»Sofort wird er böse, der *Pelejon*«, sagte Vater und erklärte uns, süßer Schweiß sei ein »Zeichen«.

»Du brauchst eine Frau«, stellte er fest.

»Guten Morgen, Elija!« brummelte Jakob, worauf ich den Witz von den drei Steckenpferden des Kindermädchens aus Berlin erzählte und hinzufügte: »Wer braucht in unserem Alter keine Frau?«

»Warum redet ihr so, Kinder?« fragte Vater.

»Jetzt kommt's«, Jakob klopfte mir auf die Schulter, »wir brauchen eine Frau, und er hat schon was für uns parat.«

»Bäcker Ergas, selig, war so süß, daß ihm Ameisen die Beine hochkrabbelten«, erzählte Vater.

»Die Schönheit in Person«, brummte Jakob.

»Kinder sind ihm auf der Straße nachgerannt und haben an ihm geschleckt«, fuhr Vater fort.

»Vielleicht hat er ihm deshalb dauernd gestanden«, flüsterte ich meinem Bruder ins Ohr.

»Schäm dich. Du sollst nicht so reden!« schimpfte Vater auf mich ein und wandte sich dann in merkwürdig stolzem Ton an Jakob: »Lach nicht! Das hast du aus Jerusalem mitgebracht. Hier hat das keiner. Der da« – er deutete auf mich – »braucht nur sich selber. Aber du *Uglum* brauchst eine Frau.«

»Du hast uns gerade noch gefehlt, um herauszufinden, was ich brauche und was er braucht!« Jakob schüttelte die trunkenen Honigsauger von der Schulter und trat aus der Küche in den Hof. Ich wußte nicht, ob er auf Vater oder mich böse war oder vielleicht auf seine verräterische, klatschsüchtige Haut, die die Geheimnisse seines Fleisches preisgab.

Vater steckte den Kopf durchs Fenster und rief ihm nach: »Kein Grund zur Aufregung. Wer hat das denn nicht durchgemacht? Glaubst du etwa, du hättest es erfunden?« Und mit lauterer Stimme: »Jetzt fängt's erst an, danach kommt's noch schlimmer.«

In den folgenden Wochen redete Jakob wenig, und zuweilen wurde sein Ausdruck so verschlossen, daß ich seine Gedanken nicht erraten konnte. Er grübelte stundenlang, streichelte sanft seinen Fingerstumpf, der gut vernarbt war, aber bis heute sehr druckempfindlich geblieben ist, und ging mit der Brille auf der Nase ins Bett. Wenn ich aus der Schule zurückkam, fand ich ihn Stunde auf Stunde mit unnützen Arbeiten in der Bäckerei beschäftigt. Er richtete die schweren Mehlsäcke in geraden Reihen aus, kratzte die Kohle von den Rändern der Bäckerschaufeln, schrubbte den Boden und die Kratzer blank und verkündete, die Wände der Bäckerei müßten gekachelt werden.

»Koste es, was es wolle, bloß daß man endlich all diesen Dreck hier wegkriegt!« sagte er.

Alle kamen mit Erklärungen für Jakobs Verhalten.

Vater behauptete, sein Sohn zeige die typische Sauberkeitswut der im Herzen Wehen, die sich aufführten »wie ein Huhn, dem man das Buch Ijob auf die Eier geschrieben hat.«

Chez-nous-à-Paris sagte: »Laßt ihn. Bei einer Liebe wie seiner lernt jeder allein.«

Tia Dudutsch meinte, Jakob entwickle den Nisttrieb einer im

neunten Monat Schwangeren, wußte dies aber nicht in Worte zu fassen.

Mutter stellte fest, Jakob leiste Schwerarbeit, um ordentlich ins Schwitzen zu geraten. »So macht er sein Fleisch sauber«, erklärte sie mit freudigem Stolz, weil sie nun bei den Manövern und Kämpfen der Liebe nicht mehr allein dastand.

Und ich? Mir kam Jakob vor wie ein Leuchtturm, den man versehentlich mitten aufs flache Land gesetzt hatte, so daß er Schiffen signalisierte, die weder in Sicht waren noch sein würden. Und Lea erzählte ich, im Unterschied zu anderen Männern, die nur zu bestimmten Jahreszeiten oder sobald die Geliebte ihren Gesichtskreis betrat, Liebeszeichen erkennen ließen, sende mein Bruder seine geheimen Signale zu seiner Zeit und im leeren Raum aus. Er stöhnte oft wie ein Alter oder kaute im Schlaf und bat mich sogar, ihm Bücher zu empfehlen. Dumpfe Unruhe breitete sich in seinem Körper aus, bis er wie Mutters alter Gänserich wirkte, der schon länger lebte, als jede andere Gans und ausgerechnet auf seine alten Tage wieder den Wandertrieb seiner wilden Vorfahren zeigte. Aber jetzt brauchte man ihm nicht mehr die Flügel zu stutzen, denn er rannte nicht mehr über den Hof und schlug auch nicht mehr mit den Flügeln, sondern reckte nur noch den weißen Hals empor, sperrte den Schnabel auf, erbebte und fiel zu Boden.

»Eines Tages wird eine Frau in die Bäckerei kommen und sagen, sie hätte unser Brot gerochen«, verkündete mein Bruder in merkwürdigem Fatalismus, dem widerwärtigen Sproß von Unwissen und Verzweiflung.

»Und was dann?«

»Dann weiß ich, daß sie's ist«, sagte er.

Ohne um Erlaubnis zu fragen, montierte er die Holzbretter der Arbeitsfläche ab und schleppte sie in den Hof, um sie dort mit der erprobten Mischung aus Zitronensaft, Asche und Myrtenöl zu polieren. Als er anfing, die Bleche zu schrubben, wurde

Vater wütend. Alte Bäcker lieben die Schichten, die sich mit der Zeit auf ihren Backblechen sammeln.

»Genug mit der Sauberkeit!« rief er. »Was willst du denn? Daß das Brot festklebt?«

»Das ist Schmutz«, sagte Jakob.

Vater riß ihm das Blech aus der Hand. »Das gibt den Geschmack, Jakob, schau her« – er kratzte mit dem Fingernagel die schwarze Ablagerung von Öl, Mehl und Zucker ab, rollte sie zu einer klebrigen Nudel und schnupperte genüßlich. »Das ist die Erinnerung an unsere Arbeit, dieser Schmutz.«

Und der Spiegel, der Liebe entleert, schwankte wie ein verwaister Flügel auf dem Dach und warf seinen Strahlenfluch auf die Vorüberkommenden. Wenn ich daran vorbeiging, hob ich nicht den Blick, denn einmal schleuderte er sein Licht auch gegen mich, und allein die Tränen retteten mich damals vorm Erblinden, vor der Hitze des weißglühenden Säbels, den tanzenden Zigeunerinnen von Nishny-Nowgorod.

Schau dich noch einmal um, mit all deinen Augen.

Der Kurier des Zaren ließ es widerstandslos geschehen. Für ihn gab es ringsum nichts mehr als seine Mutter. Sie schaute er an – und in diesen Blick drängte er noch einmal all das zusammen, was er in seinem Leben geliebt und verehrt hatte.

Schau dich noch einmal um, mit allen deinen Augen.

»Soll ich mit Frau Levitov sprechen?« forschte Vater.

»Nein«, sagte Jakob.

»Weißt du, an wen du einen erinnerst?« fuhr Vater fort. »An den alten Frosch aus dem Hiskiateich, der jedes Jahr kam, um sich das *Kol Nidre* bei den Aschkenasen anzuhören.«

Schweigen.

»Soll ich für dich reden?«

»Nein!« brauste Jakob auf. »Mit der bin ich fertig.«

»Das ist nicht gut«, sagte Vater, »es wäre eine große Ehre für unsere ganze Familie gewesen, und für ihre auch.«

»Fang nicht mit deiner Ehre an«, entgegnete Jakob, »und spiel hier nicht den Heiratsvermittler.«

»Was ist denn los, Jakob?« beharrte Vater. »Zuerst muß die Frau kommen, dann die Liebe und erst zum Schluß der Wahnsinn. Bei dir ist's genau umgekehrt.«

Jakob gab keine Antwort.

»Du wirst schon eine Frau finden, *Uglum*«, versuchte Vater zu trösten, »aber du mußt nicht rumlaufen wie ein Neger, der einen Katzenschwanz verspeist hat.«

»Wie was?!« schrie Jakob mit gellender Stimme. »Wie was?!«

»Wie ein Neger, der einen Katzenschwanz verspeist hat«, wiederholte Vater, »hast du denn nicht von dem schwarzen Eunuchen gehört, der die Mispeln aus dem Garten der Königin Roxelana gestohlen hat?«

Jakob sprang auf, knallte die Tür hinter sich zu und ging auf einen seiner Streifzüge. Schon öfter hatte ich ihn auf eine Art durchs Dorf schlendern sehen, die Vater als den Gang eines arabischen Apothekers, der *Knafe* gegessen hat, bezeichnete, während ich eher an die Gangart eines assyrischen Händlers dachte, der etwas verloren hat, aber nicht weiß, was. Sobald er an einem offenen Fenster vorbeikam, verlangsamte er seinen Schritt, schob die Brille die Nasenwurzel hoch und lugte schüchtern hinein, genau wie Dudutsch auf der Suche nach einem Baby, das den Druck in ihrer Brust erleichtern könnte.

Später dehnte er seine Fahndungsrunden auf Zitrushaine und Weinberge aus.

»Dort suchst du?« stichelte Vater ihn. »Auf freiem Feld? Was bist du denn, ein Esel? Dort findest du nur Dornen, Mäuse und Schlangen. Geh dich rasieren, zieh dich gut an, kämm dich, nimm *Kolonia*, fahr in die Stadt, lern Menschen kennen, zeig dich.«

Freitags nach dem letzten Ofen holte Simeon bei Brinker einen Sack nackter Maiskolben, die die Dreschmaschine ausgestoßen hatte. Damit heizte er den Warmwasserboiler für die wöchentliche warme Dusche. Das Ofenrohr stimmte ein tiefes Summen an, Tia Dudutsch gab jedem von uns Khakihosen und ein frisch gebügeltes weißes Hemd, und nach dem Abendessen ging ich Lea besuchen – sauber gewaschen und angezogen, gekämmt und wohlduftend. Auf dem Rückweg sah ich meinen Bruder durch die dunklen Felder schlendern. Noach Brinker, der schon Hilfspolizist war und nachts auf Patrouille ging, erzählte Mutter, er habe ihn die Schotterstraße, die vom Dorf nach Norden führt, überqueren sehen. Als er in den Scheinwerferkegel des Lieferwagens geriet, sei er stehengeblieben, habe seine Augen mit der Hand beschattet und sei dann wie ein Mungo in den Straßengraben entschlüpft.

46

Mit fünfundvierzig Jahren galt Brinker, eine der Grundfesten des Dorfes, als so gut wie tot. Keiner konnte seinen sinnlosen Redestrom ertragen, aber jeder versuchte die Aphasie, die er erlitten hatte, für seine Zwecke auszunützen. Chaja Hameta wollte ihn aus dem Haus werfen. Die Nachbarn wollten seine Landwirtschaft kaufen. Noach wollte ihn beerben. Und Brinker, der schlauer als sie alle war, wehrte sich nicht und stritt nicht. Er spielte den Tölpel, zog weiter sein Gemüse, begann Erdbeeren anzupflanzen, verkaufte seine erstklassigen Erzeugnisse der Tel Aviver Spinney's-Filiale und nutzte seine Krankheit nach Kräften.

Als man ihm einen Verkaufsvertrag zur Unterschrift brachte, sagte er freudig: »Vorgestern auch Bleistift aber wenn nicht vier«, und verließ das Zimmer, als werde er gleich zurückkommen, kam jedoch nicht, weil alle annahmen, er werde es vergessen.

Als Noach immer wieder forderte, er solle an einen Ort gehen,

»an dem man sich um dich kümmern kann, Vater«, sagte er: »Wenn ich sicher und auch keiner keiner auch mir«, zwinkerte mit seinen blauen Augen, lächelte in vager, sanfter Zustimmung und schlief am Tisch ein.

Gegenüber Chaja Hameta lief Brinker zu voller Größe auf. Er ließ nicht ab, ihr nachzutrotten und sie mit seinen gewundenen, unsinnigen Sätzen zu umgarnen. Alle glaubten, er wolle dadurch Mitleid und Aufmerksamkeit bei ihr erregen, und nur ich begriff, daß Brinker sich unter dem Deckmantel unablässigen Geplappers einen alten Herzenswunsch erfüllte – nicht mehr mit seiner Frau zu sprechen.

Chaja Hameta und Noach meinten, wenn sie auszögen, käme er nicht selbständig zurecht und würde nachgeben. Die beiden verließen also das Dorf, und Brinker, allein zurückgeblieben, war der glücklichste Mensch auf Erden. Er hörte soviel Musik wie er wollte, las die Zeitung im Tempo von zehn Worten die Stunde, war die Strafe mit der Hahnenkammsuppe los, und jeden Morgen wehte Petersilienomeletteduft wie eine grüne Fahne der Freiheit über seinem Haus. Manchmal lud Mutter ihn zum Mittagessen ein, und einmal in der Woche, wenn sie Fleisch schmorte, brachte sie ihm eine Portion aus unserem Topf. Ein breites, schiefes Grinsen leuchtete dann auf seinen Zügen auf. Ich kann mich noch gut erinnern: Er stellte den Teller auf den Tisch, nahm ihre beiden Hände in seine, ließ seine Augen strahlen und brabbelte unaufhörlich zärtlichen Unsinn.

Diese ganze Zeit über gab ich ihm weiter Unterricht. Ich las ihm *Uri Kaduri* aus den letzten Seiten der Kinderzeitung *Davar Lejeladim* vor, weil ich meinte, die Bilder würden ihm das Verständnis erleichtern. Ganz langsam deklamierte ich die Verse, führte ebenso langsam den Finger über die Bildfolgen, aber Brinker lachte nicht.

Eines Tages sah ich ihn an den Zaun des Kindergartens gelehnt, die Augen geschlossen, auf dem Gesicht ein Ausdruck sehnlichen

Verlangens, wie die Miene, die auf Simeons Züge trat, wenn er von Mutter Schokoladestückchen erhielt. Aus den Fenstern klangen die klaren Kinderstimmen: »*Kamaz alef a, kamaz bet ba, abba, saba, abba, saba.*« Und sie überschallend die hohe Stimme der Kindergärtnerin in führendem, lenkendem Ton. Sie war neu eingestellt, eine Tochter aus chassidischer Familie, die vom Glauben abgefallen und dem Elternhaus entflohen war. Sie hatte gedacht, auch bei uns würde man die Kinder mit drei Jahren lesen lehren, und ehe der Erziehungsausschuß die Sache recht gewahr wurde, erschienen schon ein paar kleine Hosennässer bei Jechiel Abramson und wollten Bücher haben.

Sie war eine hübsche, ledige junge Frau, und im ersten Moment glaubte ich, Brinker interessiere sich für sie, doch dann öffnete er das Kindergartentor, ging mit geschlossenen Augen, wie durch Engelsstimmen angelockt, hinein, setzte sich auf ein Stühlchen und begann die vergessenen Worte mitzulernen.

Die Kinder, die ihn alle kannten und liebten, weil er ihnen gern Erdbeeren schenkte, begrüßten ihn freudig und schmiegten sich an ihn, worauf die Kindergärtnerin den Unterricht unterbrach und ihn fragte, was er wünsche.

»Auch klein nicht schlimm, alles in Ordnung«, sagte Brinker erregt, »jetzt *nu* so und es gibt weil Plätze kann.«

Ich war ihm gefolgt. »Was will er?« fragte mich die Kindergärtnerin.

»Er möchte mit den kleinen Kindern Worte lernen, wenn's Sie nicht stört«, übersetzte ich.

»Ich weiß nicht«, meinte die junge Frau zögernd, »es ist immerhin ein Kindergarten, und was werden die Eltern sagen?«

»Vier, vier«, rief Brinker aufgeregt, »sogar wo weißt du, denn das ist völlig und es gibt auch das ist schon *nu* eine Sache jetzt hat er gesagt.«

»Er sagt, er werde nicht stören und dafür alles reparieren, was im Kindergarten anfällt«, erklärte ich der Kindergärtnerin.

Als die ersten Kinder am nächsten Morgen in den Kindergarten kamen, wartete Brinker schon ungeduldig und begeistert am Hofeingang. Ein großer weißer Kibbuzhut schützte seinen syntaxfreien Schädel, in der Hand hielt er eine große Einkaufstasche, über den Schultern baumelten ihm zwei Rucksäcke.

»Schalom, Isaak«, riefen die Kleinen.

Brinker nahm eins von ihnen auf den Arm und erklärte ihm in herzlichem Ton: »Denke so aber auch sitzen in Ordnung auf habe ich weil er.«

Er hängte seine Brottasche zwischen die Rucksäckchen der Kinder, ging an den Eisschrank in der Küche und füllte ihn mit Erdbeeren, zog weiter auf den Hof, holte Werkzeug aus dem anderen Rucksack, wechselte eine Dichtung an dem tropfenden Wasserhahn und wickelte neues Werg ums Gewinde. Dann spannte er mit seinen starken, geschickten Händen den Drahtzaun, der schlapp zwischen den Pfosten gehangen hatte, kletterte mit verblüffender, katzenartiger Geschmeidigkeit aufs Dach, um die Regenrinne von Kasuarinennadeln und Meisennestern zu reinigen, kam mit leuchtendem Gesicht wieder herunter und setzte sich dann mit den Kindern zum Pausenfrühstück und zur anschließenden Unterweisung im Alphabet.

So wurde der Kindergarten Brinkers zweites Zuhause. Die Kinder liebten ihn innig, und auch die Kindergärtnerin gewöhnte sich an seine Anwesenheit und lernte sie zu nutzen. Jeden Tag saß er auf einem der Stühlchen, lauschte mit gefurchter Stirn den Geschichten, die die Kindergärtnerin vorlas, und sagte sich die Konsonanten und Vokale auf.

Kürzlich habe ich mich wieder an diese Tage erinnert, als Vaters Arzt mir eine neue Erkenntnis mitteilte: Die Sprache des Schmerzes ist nicht nur eine der Metaphern, sondern eine internationale Vokalsprache.

»Das ist das wahre Esperanto, das allen Worten vorausgegangen ist«, erklärte er enthusiastisch. »Das schmerzliche Aufstöhnen ist der bestverstandene Universallaut auf Erden, und deswegen ist gerade das ›A‹ der erste Buchstabe in allen Sprachen.« So sagte er, und ich dachte an dieses sein *alef*, das ich im stillen bereits das »Alef des Schmerzes« nannte, und an Mutters Artikel *he* und an dessen Kameraden, das *lamed* der Liebe, das *kaf* des Vergleichens, das *samech* des Hasses und das *pe* der Erinnerung, und ich erinnerte mich an Brinker, der mit den Kindern spielte, die Leitern der Konsonanten erklomm, über die Seile der Wörter sprang, in den bodenlosen Sandkasten der Syntax rutschte. Innerhalb sechs Wochen ließen sich beeindruckende Veränderungen feststellen: Bunte Spielreifen waren auf dem Hof aus dem Boden gewachsen, kaputte Puppen klappten wieder die Augen auf und zu, gepflegter Rasen sproß um den Sandkasten, doch Brinker hatte keinen einzigen Satz gelernt. Die Worte schwirrten ihm um den Kopf, ließen sich für kurze Ruhepausen nieder, aber keines faßte bei ihm Wurzeln.

Doch es gab keinen glücklicheren Menschen als ihn an dem Tag, an dem er bei seiner Ankunft entdeckte, daß die Kindergärtnerin an einem der Haken für die Brottaschen einen neuen Aufkleber mit seinem Namen angebracht hatte. Und als am Jahresende der Photograph aus der Stadt kam, um das jährliche Klassenbild aufzunehmen, saß auch Brinker zwischen den Kindern, lächelte in die Kamera und weinte vor Glück – heftig und ohne Scham.

47

Eines Abends beschloß Jakob, Vaters Rat folgend, nach Tel Aviv zu fahren. In jener Nacht bombardierten italienische Flugzeuge die Stadt, ein paar Dutzend Menschen wurden getötet. Jakob kehrte am nächsten Tag in sonderbarer Aufmachung – grellbunt und glänzend –, aber gesund und munter zurück. Er erzählte grinsend, er sei auf der Promenade spazieren gegangen, habe Eis gegessen und erst spät abends nach einer Unterkunft Ausschau gehalten. Stundenlang war er gelaufen, und als er hinter dem »Invalidenhospiz« ankam – ein Name, der noch heute literarische Schauder bei mir weckt – hatte der Bombenangriff eingesetzt. Hemd und Hose meines Bruders wurden vom Blut eines Mannes durchtränkt, der neben ihm umkam. Der Kopf des Betreffenden sei von den Schultern gesprengt worden und über den Bürgersteig gerollt, berichtete Jakob, und dann sei eine alte Frau aus einem Nachbarhaus gekommen, habe ihm angeboten, sich bei ihr im Haus das Blut abzuwaschen und zu übernachten, und am nächsten Morgen habe sie ihm diese Kleider gegeben, die ihrem verstorbenen Mann gehört hätten.

»Was ist er denn gewesen, Zirkusclown?« fragte ich.

Jakob lachte. »Siehst du«, stichelte er Vater, »ich hab getan, was du gesagt hast. Ich bin in die Stadt gefahren, hab mich gezeigt, und dann hätte man mich beinah umgebracht, und die einzige Frau, die mich zu sich eingeladen hat, war alt.«

In jenem Jahr, unserem letzten Schuljahr, ging mein Bruder nicht mehr zum Unterricht. Nachts arbeitete er in der Bäckerei, tagsüber schlief er, der weltfremde Ausdruck der Bäcker trat schon auf sein Gesicht. Obwohl er und Vater zusammen arbeiteten, oder vielleicht gerade deshalb, verschlechterten sich die Beziehungen zwischen den beiden zusehends. Wenn ich mal meine Brille aufsetzte oder nahe genug heranging, nahm ich neben den bittern Worten, die über die Arbeitsflächen flogen, auch ihre wutverzerrten Gesichter wahr.

»Das Faß ist schon über uns alle übergelaufen«, beschrieb Mutter die Lage, und letzten Endes brach der Riesenstreit aus, der mit einer jener rätselhaften Beleidigungen, die Vater Mutter gern an den Kopf warf, begann, diesmal aber nicht nur mit den üblichen Schreiereien endete, sondern damit, daß Jakob das Haus verließ. Manchmal amüsiere ich mich bei dem Gedanken, daß ich für den ganzen Tumult verantwortlich war, denn ich hatte Mutter an jenem Abend gebeten, uns eine Geschichte zu erzählen.

»Jetzt eine Geschichte?« knurrte Vater, der bereits Anstalten machte, ins Bett zu gehen. »Wir können ihr Palaver jetzt nicht gebrauchen, wir müssen schlafen gehen. Schließlich wartet heute nacht noch Arbeit auf uns.«

»Dann geh du doch schlafen«, meinte Jakob, »wir mögen nämlich ihr Palaver.«

Jakob hatte recht. Noch heute wüßte ich kein Buch, das mich so bewegt hätte, wie Mutters Geschichten es vermochten. Ich erinnere mich an die Geschichte »Wie man das Brot erfunden hat«, deren Held ein nacktes Baby war, das Bauern im Weizenfeld gefunden hatten und das so schwer war, daß kein Mensch es vom Boden aufheben konnte. Noch immer fühle ich den seidenweichen Flaum der Gänseküken ihrer Kindheit, obwohl ich sie nie gesehen habe, und könnte aufschreien vor dem Grauen, das mir ihre Geschichte von den »Engelmenschen« machte, einer Rotte fliegender Greise, die in den Bergen des Kaukasus lebten. Sie hatten »Augen mit Leder« und entführten Kinder, schwangen sich mit ihnen in die Lüfte und ließen sie auf Felsgestein fallen, gerade so, wie der Bartgeier Rinderknochen oder Schildkrötenpanzer knackt.

Auch ihre ebenso melodische wie gebrochene Sprache mochte ich, und die – überraschend hochtrabenden – Anfänge: »In meiner Jungmädchenzeit«, sowie ihre Gesten beim Sprechen. Lange Finger hatte sie, die wegen ihrer Stärke und Verlegenheit nicht aufhörten, miteinander zu ringen und zu spielen.

»Geh schlafen, Abraham«, sagte Mutter, »und bald auch ich.« Und zu uns sagte sie lächelnd: »Ich erzähl euch von eine Nachbarn, dem Kuragin, den wir in der Moschawa hatten. Der Djeduschka Michael hat alle möglichen Kühe und Pferde und Gänse gehabt. Und im Frühling haben wir gesehen: Gänse wollen daheim, nach Norden. Schlagen Flügel, recken Hälse, daheim. Und können nicht, weil mein Vater ihnen Federn gestutzt hat, und da bin ich, fünf Jahre alt, zu dem Kuragin gegangen...«

Jakob und ich guckten sie fasziniert an. Auch Tia Dudutsch lächelte, wobei ihre leere Augenhöhle den Mundwinkel hochzerrte. Etwas abseits saß Simeon, der ein ergattertes Stückchen Schokolade im Munde zergehen ließ und Mutter mit seinem stumpfen Blick anstarrte, wobei sich seine Züge soweit erweichten, daß sie sogar ein Lächeln erahnen ließen. Er näherte sich dem Bar Mizwa-Alter und war trotz seiner Jugend und seines verkrüppelten Beins bereits ein tüchtiger Einschießer, der sich durch die Hitze und Anstrengung nicht in seinem präzisen Armschwung beirren ließ. Nur die einfachste Arbeit, das Vermischen von Hefe und Mehl mit Wasser und Zucker, lernte er nicht. Immer irrte er sich in den Mengen, im Erkennen des Geruchs, im Abschätzen der Wärme und in der Interpretation der Bläschen. In seinem ungeheuren Streben, alles recht zu machen, trieb er die Hefe an, mit der Folge, daß der Teig zu schnell aufging und mit derselben Geschwindigkeit auch wieder zusammenfiel, worüber Vater, der im allgemeinen auf eine saubere Ausdrucksweise achtete, eines Tages aus dem Häuschen geriet und ihn anbrüllte: »Dein Teig ist wie das Fleisch einer alten Hure da unten.«

Und nun richtete sich seine Wut auf seinen liebsten Angriffspunkt – Mutters Redeweise: »Gänse wollen daheim...« hüstelte er verächtlich.

»Laß sie fertig erzählen«, sagte ich, und Jakob bemerkte: »Ich dachte, du wolltest schlafen gehen.« Doch Vater ließ bereits das feine Lächeln aufziehen, das Jasminzüchter aufsetzen, wenn ihre Söhne die Prophetenlesung gut absolvieren. »Gänse...!« Er setzte sich wieder an den Tisch. »Ich werde euch von Gänsen erzählen. Der Großvater eures Großvaters, Kinder, euer Ururgroßvater Reuben Yakir Preciaducho Levi, selig, hatte sieben Gänsefedern zum Schreiben: eine für liturgische Gesänge, eine zweite für Auslegungen, eine dritte für halachische Entscheidungen, eine vierte für Geschäftsdinge, eine fünfte für Briefe, eine sechste für Gemeindeangelegenheiten und eine siebte...«

»... um dem Sultan den Hintern zu kitzeln«, schlug Jakob vor.

»Nicht doch, nicht doch, nicht doch! Ignoramus! Störrischer und widerspenstiger Sohn!« rief Vater. »Und eine siebte Feder hatte er für Anmerkungen, denn seine ganze Zeit widmete er der Tora, saß auf dem Dachboden und bearbeitete die Schriften seines Vaters, des Chacham Jakob ben Simeon Levi, selig, dessen Namen dieser *Bovo*« – er deutete auf Simeon – »trägt. Er war der Vornehmste der Vornehmen, Fürst der Fürsten, ein Zionsliebender und Dichter liturgischer Gesänge, von dem es hieß: ›In den Toren kennt man die Höhen seiner Frömmigkeit und Vollkommenheit, die Gärten seiner Gelehrsamkeit, angefüllt mit Knospen und Blüten, lieblicher als Gold und erlesenste Perlen.‹«

Er ließ einen kühl triumphierenden Blick über unser aller Gesichter wandern und fuhr fort: »Seine Abhandlungen, ›Meiner ersten Stärke Kraft‹ und ›Reubens Alraunen‹, schrieb er in Adrianopel, am Hof des Sultans Abd el-Aziz höchstpersönlich, zu dessen engsten Vertrauten er zählte und für den er wichtige Missionen erfüllte. Und als er sich im Alter nach Jerusalem aufmachte, zog er mit einem weißen Schiff des Sultans aus, unter mächtigen weißen Segeln stach er in See, fuhr dann in einer sechsspännigen weißen Kutsche des Sultans, der letzterer noch ein Regiment Janitscharen in gestreiften *Pantalons* mit Säbeln und Speeren beigegeben hatte, um ihn unterwegs vor Geistern und Räubern zu schützen und mit goldenen Trompeten seinen Einzug zu verkünden. Und zu Pessach sind wir mit der ganzen Familie zu seinem Grab auf dem Ölberg hinaufgegangen und haben die Inschrift gelesen, die Rabbiner Rosanis für ihn verfaßt hat.«

Hier hob Vater die Augen und rezitierte in einem besonderen Näselton, ganz Glanz und Ehre, die Reime des Epitaphs:

Den Anblick deiner Herrlichkeit voll Begehren
Unsere Seele seither inniglich ersehnet
Jetzt muß des Todes Zorn die Hoffnung verwehren
Bis zur Auferstehung der Leichen sich Erinnern nur dehnet
Doch wird dich in Schaddais Garten noch süße Labung ehren
Dort wird dir Ehre, Achtung und Glanz entlehnet.

»Wie konnte es denn dann bloß passieren, daß nach all diesen Preciaduch'schen Genies mitsamt Sultanen, Federn und weißen Pferden du und dein Vater vom zehnten Lebensjahr an in der Bäckerei gearbeitet habt?« fragte Jakob.

»Notzeiten«, brummte Vater ungeduldig, »Unterhalt für die Kinder und Brot für die Hungernden. Mein Vater, er ruhe in Frieden, war ein Toragelehrter, und wir Kinder hatten nichts zu essen.«

»Dein Vater war kein Toragelehrter«, hielt Jakob dagegen, »er hat *Sahleb* und *Hamle-melane* auf der Straße verkauft und Feze gereinigt, und zum Schluß ist er Hungers gestorben und hat euch nur Schulden hinterlassen. Bis Mutter ihre Molkerei aufgemacht hat, habt ihr wie die armseligsten Araber gelebt, aber deine Mutter hat sich den ganzen Tag im Spiegel beguckt und sich als Valeros Tochter gefühlt.«

»Morgens hat er Feze gereinigt, und abends hat er Tora gelernt«, entgegnete Vater erblassend. »Und wer ist denn überhaupt Valero? Wieso Valero? Die sind vor hundert Jahren gekommen, und wir sind seit fünfzehn Generationen in Jerusalem.«

Und gleich darauf schrie er: »Du solltest lieber mal die da, diese *Pisgada*, eure Mutter, nach dem Torafreudenfest von denen fragen, wie ihr Vater, der Goj, und ihre griechischen Brüder in der Synagoge ihrer Moschawa gebechert haben, bis sie im Suff vergaßen, daß sie schon übergetreten waren, und mit Prügeln auf die Straße rausgelaufen sind und ›Schlagt die Juden!‹ gebrüllt haben!«

Mutter bebte und erbleichte. Ihre Finger, die wie weiße Blindenstöcke über den Tisch tasteten, suchten nach Brotkrumen in den Tischtuchwellen. Ihre ganze Kraft versiegte, wenn Vater anfing, sie und ihre Abstammung zu verhöhnen.

»Keine Griechen, keine Griechen«, stammelte sie.

»Diese Griechen haben dir die Bäckerei gebaut. Ohne sie wärst du heute ein einfacher Arbeiter, eine glatte Null«, sagte Jakob seelenruhig.

»*Nada de nada que dicho Kohelet!*« schrie Vater. »Ich hätte Ergas' Bäckerei erben können, er war kinderlos, der Arme, und heute könnte der Betrieb schon so groß sein wie die Bäckerei Angel in Jerusalem.«

»Warum bist du denn dann von Jerusalem zu Fuß bis nach Galiläa gelaufen, um so eine Griechin aus einer Familie der Unbeschnittenen zu heiraten?« fragte Jakob weiter.

»Ich bin nicht hingelaufen«, erklärte Vater gewandt, »ich bin zufällig dort vorbeigekommen, habe sie im Schlamm bei den Gänsen liegen sehen und gefragt: ›Wer ist das?‹ Da sagte man mir: ›Tu einem armen Mädchen etwas Gutes an.‹«

»Du bist gelaufen! Zu Fuß!« schrie Mutter. »Und hast mit dem Dorfältesten, dem Alchadef, geredet, du würdst dauernd Traume von mir traumen, daß der Alchadef dir Hochzeit mit mir regeln soll.«

»Der Alchadef, der Alchadef«, äffte Vater sie mit seiner spitzen Schlangenzunge nach. »Der Ignoramus ist eine Schmach für die heilige Sprache. Fragt nur, fragt eure gojische Mutter, die ›Traume traumt‹ und ›Hochzeit regelt‹ und keinen Buchstaben kennt, bittet sie, sie soll euch erzählen, wie der ›Rabbin mit dem Bart‹ ihrem Vater die Beschneidung gemacht hat, ohne ihn mit Stricken festzubinden. Das haben wir schon lange nicht mehr gehört.«

Hätte irgend jemand anders derlei Dinge von sich gegeben, sein schrecklicher Tod wäre besiegelte Sache gewesen, aber wie es bei starken Menschen häufig vorkommt, verwandelte die Kränkung Mutters Muskeln in schlaffe Waschlappen.

»Kinder hab ich dir geboren, Mehlsacken hab ich dir geschleppt, Teig knete ich mein Leben lang mit diesen Handen« – ihre großen Hände fuhren im stillen Flehen eines Tieres, im verstörten Protest eines Kindes hoch in die Luft und sanken von dort auf ihren Mund, um das losbrechende Schluchzen zu stoppen.

Heute glaube ich, ohne mir allerdings sicher zu sein, daß Vater seinerzeit mit zwei Frauen verheiratet war – mit dem blonden Mädchen, das mit seiner Fremdheit und Schönheit sein Gedächtnis plagte und unablässig die Leitern seiner Träume auf und ab kletterte, und mit ihr, unserer verzweifelten, radebrechenden, kraftstrotzenden Mutter, der »Bestie in Menschengestalt«, die sein Lager erobert hatte, ihn im Schlaf trat, ihm mit ihren ängstlich fordernden Zangenumarmungen die Brust zerquetschte und jeden Eigennamen blödsinnigerweise mit einem ›bestammten‹ Artikel versah.

Er zog ein weißes Taschentüchlein aus der Tasche, tupfte sich damit geziert die Mundwinkel ab, stand auf und verließ den Tisch. Aber diesmal geschah etwas Furchtbares und Unerwartetes. Jakob sprang ihm nach, packte ihn an den Schultern und hielt ihn gewaltsam fest.

»Du wirst sie nicht Goja nennen!« schrie er.

»Essig aus Wein geboren«, murmelte Vater, »Verstand *de culo.*«

»Du wirst sie nicht Goja nennen!« schrie Jakob noch einmal. »Wenn sie eine Goja ist, sind wir auch Gojim! Und du wirst hier niemandem Schimpfnamen anhängen! Selber Arschkopf. Wir sind es leid mit dir, hörst du? Wir sind dich leid! Wir allesamt!«

»Geh mir aus den Augen!« schrie Vater mit hoher, schrecklicher Stimme, hob die Hand und versetzte Jakob eine Ohrfeige.

Im Handumdrehen landete Vater auf dem Boden, und Jakob floh ins Freie.

48

Wie geistesabwesend nahm mein Bruder ein Stückchen Sauerteig, kaute und lutschte daran, rollte ihn zwischen Zunge und Gaumen. »Glaub mir«, sagte er, »es ist ein Glück für mich, daß ich Bäcker bin. Daß der Teig mich lenkt und nicht ich ihn. Daß ich arbeiten kann und nicht die ganze Nacht schlaflos im Bett liege. Die armen beiden Väter, die du heute morgen gesehen hast, was die für Nächte verbringen! Wie bei Ahasveros – die Bücher der Chronik offen, und der Schlaf bleibt aus. Das ist mein Glück, daß ich die ganze Nacht arbeite und am Morgen schon todmüde bin und noch Michael auf dem Buckel habe und deshalb keine Tabletten zum Einschlafen brauche und auch nicht Sonne, Mond und Vögel, um mir zu sagen, daß die Erde sich weiter dreht. Jede Nacht mit dem Brot ist wie ein ganzer Zyklus für mich. Hefepilze werden geboren, leben, versengen und sterben, wie Frühling, Sommer, Herbst und Winter, ein ganzer Kreislauf, während einer Nacht in der Bäckerei. Erinnerst du dich an die Sage, die wir in der Schule gelernt haben, über die griechische Prinzessin oder Göttin, die im Herbst starb und im Frühling wieder auferstand? Du hast in deinem Backbuch über sie geschrieben, nicht? Oder war das über die alten Ägypter und ihren Tammus und all das? Der gehört nicht zu ihnen? Egal.

Diese beiden Väter, ich zeig dir mal die Gräber von ihren Söhnen. Die reinsten Schmuckkästlein. Jeden Morgen mit der Wasserflasche in der Einkaufstasche, um die Pflanzen zu gießen, und Lappen zum Polieren und eine Bürste, um die Piniennadeln und Vogelkleckse abzuschrubben. Furchtbar, wie neu und blank das Grab noch ist. Wie Brinkers Fliege, als ob man erst gestern den Stein gemeißelt, vor einer Minute die Inschrift angebracht hätte, und die Leiche drinnen ist sicher noch warm und die Zeit für die beiden stehengeblieben. Daß der Sohn vor dem Vater stirbt, verstößt für sie gegen die Naturgesetze.

Stehengeblieben?!« rief er. »Die meinen bloß, die Zeit sei stehengeblieben. Geht die Sonne etwa nicht unter, wenn der Tag zu Ende geht? Scheint sie am Ende der Nacht nicht wieder? Fällt im Winter kein Regen mehr? Kommt um vier Uhr nachmittags nicht die Brise vom Meer? Das eben bringt sie um, daß alles weiterläuft und alle Gesetze noch in Kraft sind – daß eigentlich gar nichts passiert ist. Denn wenn die Sonne am Tag scheint und der Mond bei Nacht und der Regen herabfällt und der Teig aufgeht und die ganze Welt sich nach allen Gesetzen dreht – dann ist das bestenfalls ein Zeichen dafür, daß auch der Sohn dort im Grab nach allen Gesetzen verwest, und schlimmstenfalls heißt es, daß sein kleiner Tod nur Teil etwas weit Größeren und Schlimmeren gewesen ist, eines großen tückischen Plans, den wir alle vergeblich zu begreifen suchen.«

Jene ganze Nacht kam Jakob nicht nach Hause, alle paar Minuten lief Mutter aus der Bäckerei hinaus, um nachzusehen, und am Morgen war sie bereits derart besorgt, daß sie Brinker holte und gemeinsam mit ihm Jakob auf den Feldern suchen ging. »Bleib du hier«, sagte sie zu mir und Simeon. Mittags kehrten sie mit leeren Händen zurück, doch Jakob kam ein paar Stunden später – abgekämpft, elend und todmüde. Er erzählte eine abgehackte, wirre Geschichte von ziellosem Wandern im Gebirge und nahem Schakalgeheul und war derart erschöpft, daß er sich von Mutter auf den Stufen stützen und an den Küchentisch setzen ließ.

»Möchtst was essen?«

»Nein.«

»Möchtst was trinken?«

»Nein.«

»Soll ich dir das Lager bereiten?«

»Ich möchte gar nichts, Mutter«, flüsterte Jakob, wobei sein Stengelhals schwankte, »nur mich waschen. Nicht reden, nichts trinken und nichts essen. Mich mit warmem Wasser waschen.«

»Schnell das Feuer«, sagte Mutter zu Simeon.

Sie stand auf, griff Jakob unter die Arme, stellte ihn mit kraftvollem Schwung auf die Beine und führte ihn in die Dusche, an deren Tür deutlich hörbar der Riegel vorgeschoben wurde. Vater und ich drückten uns gemeinsam an die Tür und lugten durch die Ritzen hinein, taten so, als bemerkten wir einander nicht, wie die zwei Sklaven, die heimlich bei Hektor und Andromache ins Schlafzimmer guckten.

Mutter setzte Jakob auf den Hocker, kniete vor ihm nieder, knöpfte sein Hemd auf, zog ihm die Schuhe aus. Das Wirkmuster der Socken hatte sich auf seinem Fersenballen abgedrückt. Dann stand sie auf, lehnte seine Stirn an ihren Bauch und streifte ihm das Hemd ab. Zur Hälfte nackt, schimmerte der schlanke Körper meines Bruders im Halbdunkel. Mutter öffnete ihm den Hosenbund, beugte sich nieder, schlang seine Arme um ihren Hals und sagte: »Halt dich gut fest.« Als sie sich aufrichtete, hing er an ihr, und sein Kopf sank auf ihre Brust. Ihre Hände glitten ihm über Schultern, Lenden, Bauch und Schenkel, entkleideten ihn der Hose und der grauen Arbeitsunterhose.

Nun setzte sie sich auf den Hocker, und Jakob sank nackt und schlaff über ihre Knie, Hände und Kopf herabbaumelnd, die Augen geschlossen. Mutter suchte ihn von Kopf bis Fuß nach Kratzern und Wunden ab, wobei sie die ganze Zeit leise weinte – über seine Liebe, über ihre Liebe, über ihre vergangenen und seine künftigen Tage.

Mit den Zähnen, wie ein Schäferhund, zog sie ihm Dornen und Splitter aus den Händen. »Wo bist du rumgelaufen? Wo warst denn?« Mit den Fingernägeln sammelte sie ihm die stachligen Samen ab, die sich ihm in Bauch- und Beinhaar festgesetzt hatten.

»Eine Schande, eine Schande«, meckerte Vater hinter mir.

Ruhig und besorgt glitten ihre Hände wie Fühler über seinen Leib, glätteten die Haut, tasteten sein Fleisch ab auf der Suche nach Widerständen und Spuren.

Zum Schluß stellte sie ihn wieder auf die Beine, schob ihn unter die Dusche und blieb, voll bekleidet, neben ihm unter dem warmen Wasserstrahl, seifte ihn ein und schrubbte ihn, ohne eine einzige Hautfalte oder Körperhöhlung auszulassen.

»Augen zu«, sagte sie und rubbelte ihn mit einem großen Handtuch, bis sich seine Haut rötete, und die ganze Zeit weinte sie, küßte ihn hier und da auf Stirn und Nasenwurzel und murmelte in seine Halsbeuge. Das Wasser ließ ihr Kleid eng am Körper kleben, und Jakob lächelte vergnügt, wie im Schlaf, legte ihr die Hände auf die Schultern und den Kopf an die Brust.

»Du sollst das nicht tun«, schrie Vater mir plötzlich über die Schulter und stürzte sich auf die Tür, »er ist schon ein großer Junge.«

Der schwache Metallriegel gab samt Halterung nach, heißer Dampf drang nach draußen. Vaters kleine Fäuste boxten Mutter gegen die Schultern und Jakob ins Gesicht. Seine Füße traten, sein Mund brüllte, Kleidung und Gesicht gerieten in den Wasserstrahl.

»Du tollwütiger Hund«, sagte mein Bruder ruhig.

»Ihr sollt das nicht tun!« Vaters Zähne waren entblößt, die Augen schmal, seine Stirn bebte vor starrem Haß.

Dieser dürre, stilisierte Zorn rief Übelkeit in mir hervor. Ich ging in die Bäckerei und begann, die Hefe anzusetzen und den Trog mit einem Schaber auszukratzen. Dann leerte ich die Meßbecher voll Mehl und Wasser hinein, schaltete die Knetmaschine an, kehrte zu den dreien zurück und rief laut durch die Tür: »Der Teig geht schon!«

Vater kam mit und warf mir dabei schräge Blicke zu, als warte er darauf, daß ich ein Gespräch eröffnen oder eine Meinung äußern würde. Itzig und Josua Edelmann kamen, merkten sofort, daß etwas nicht in Ordnung war, und jene ganze Nacht buken wir schweigend.

Als Mutter uns am nächsten Morgen zum Frühstück rief, kam auch Jakob zu Tisch und machte sich mit großem Appetit ans Essen.

»Fahr du ein bißchen zu meine Haus«, sagte Mutter nach ein paar Minuten.

»Fahr, fahr zu die Griechen, du störrischer und widerspenstiger Sohn, Plage deines Vaters und deiner Mutter!« rief Vater, damit Jakob denken sollte, es sei keine Idee seiner Mutter, sondern eine Strafe von ihm.

»Sei ruhig, Abraham!« sagte Mutter, sich mit langsamer Schulterdrehung ihm zuwendend. »Ja?! Genug hast du angerichtet!«

Wir waren überrascht, denn Mutter hatte Vater noch nie in drohendem Ton angesprochen, doch diesmal trat die wohlbekannte brutale Röte auf ihr Gesicht, die aus der Kluft ihres Busens aufstieg und Unheil verkündete.

»Iß fertig, und wir packen dir Koffer«, sagte sie.

Vater stocherte auf seinem Teller herum und wirkte wie ein alter, unterlegener Damespieler, der um ein für seine Tasche zu teures Essen gespielt hatte. Danach zog er sich in die Bäckerei zurück und machte dort Arbeitsgeräusche. Mutter packte für Jakob Kleidung zusammen. Dann schloß sie sich mit ihm im Zimmer ein und diktierte ihm einen Brief, den er ihren Brüdern übergeben sollte.

Bevor wir den Hof verließen, forderte sie: »Geh, ihm Schalom gesagt.«

»Tu ich nicht.«

»Geh, ihm Schalom gesagt.« Sie versetzte ihm einen Schubs.

Jakob betrat die Bäckerei, war aber im Nu zurück.

»Er hat mir nicht geantwortet«, sagte er.

»Warum soll er?« fragte Mutter. »Komm, wir gehn uns.«

Nur sie, der Esel und ich begleiteten Jakob zur Station. Simeon wäre auch gern mitgekommen, mußte auf Mutters Anordnung aber zu Hause von Jakob Abschied nehmen. Er verzog vor Trauer das Gesicht, umarmte Jakob und hinkte, als wir das Haus verließen, der Kutsche solange nach, bis Mutter ihm zurief zurückzubleiben.

Es war ein Herbsttag, mitten im Laubhüttenfest. Der erste Regen hing in der Luft. Ich wußte, daß Lea in ihrem Zimmer saß, aus dem Fenster guckte, die Wolken verwünschte und auf den Pfiff der Eisenbahn wartete. Wir stiegen mit Jakob ein, weil Mutter unbedingt sichergehen wollte, daß man ihren Sohn nicht etwa neben einen »Chefoer« setzte. Als sie acht Jahre alt war, hatte nämlich ein Haifaer Händler Djeduschka Michael übers Ohr gehauen, und seither hielt sie alle Bewohner Haifas für Diebe und Gauner. Sie erinnerte Jakob noch einmal daran, wo er aussteigen müsse, beschrieb ihm zum dritten Mal den Pfad zwischen den Feldern, eine Abkürzung, die ihn geradewegs zum Haus ihrer Brüder führen würde, und vergewisserte sich erneut, daß er den Zettel, den sie ihm diktiert hatte, mit den Namen aller Tataren nebst deren Söhnen und Töchtern, Enkeln und Enkelinnen, noch in der Tasche hatte.

»Nicht umsonst dort essen!« schärfte sie ihm ein. »Arbeit du auf dem Feld, das ist gut für dich.«

Dann umarmten wir uns, und Mutter sagte: »Geh auch zum Grab von dem Großvater Michael.« Als wir aus dem Wagen auf den Bahnsteig stiegen, sahen wir Jechiel Abramson im Laufschritt ankommen und sich eine Fahrkarte kaufen.

»Wo fährst du hin, Jechiel?« fragte ich ihn.

»Nach Tel Aviv«, antwortete der Bibliothekar, wehmütig und äußerst würdevoll, »zur Beisetzung von Saul Tschernichowski.«

49

Jeden Morgen höre ich das Schlurfen der Arbeitsschuhe auf den Verandastufen, gefolgt von Vaters säuerlichem Geruch, der jetzt von meinem mit Teigspritzern behafteten Bruder ausgeht. Jakob setzt sich auf die oberste Stufe, seufzt, wirft die bemehlten Schuhe zur Seite, läßt die Zehen spielen und geht sich waschen. Diese Morgenwäsche mit Lifaschwamm und Seife hat mein Vater von

Bäcker Ergas übernommen, und auch ich habe, über Jahre und Entfernung hinweg, diese Gewohnheit in Amerika beibehalten. Schweiß, Mehlstaub und Dunst verstopfen die Poren, und Bäcker können die sogenannte Bäckerflechte bekommen, wenn sie sich nicht täglich Brust und Arme gründlich schrubben.

Vor zwei Tagen ist Romi ihrem Vater nachgeschlichen. Sie hat lautlos die Badezimmertür aufgemacht, mit einem Handstreich den Duschvorhang weggezogen und mit der anderen Hand auf den Auslöser gedrückt. Geblendet und überrascht riß Jakob den Vorhang von den Haken, bedeckte damit seine Blöße, rannte ihr nach und rief: »Du sollst das nicht! Du darfst das nicht!«

Wegen des Geschreis trat ich aus meinem Zimmer auf den Flur. Der nackte Körper meines Bruders wirkte schmal und bleich unter dem triefenden Nylonschleier. Romi, die leichtfüßige, lachende Jägerin, rannte davon und rief: »Hab dich erwischt, Vater, hab dich erwischt, ich hab dich!« Und im Vorbeisausen hinterließ sie die flinken Skizzen starker Schenkel, den roten Pinselstrich ihrer Haare, den Wisch ihrer spitzen Jungmädchenbrüste, die die Luft durchschnitten.

Jakob war derart verärgert und gedemütigt, daß er in Tränen ausbrach. »Was will sie bloß von mir?« klagte er mir wieder und wieder. »Wie soll das enden?«

Zwei Tage später fanden wir das Photo, vergrößert und gerahmt, auf dem Küchentisch, an Arthur Spinneys alte Zuckerdose gelehnt.

»Guck mal, wie schön du bist, Vater«, sagte sie, »*chez nous à Paris* hätten wir einen Filmschauspieler aus dir gemacht.«

Bei der Aufnahme waren Jakobs Augen wegen der Seife geschlossen gewesen. Aber der Zorn, haariger Bruder von Begierde und Eifersucht, der seinen ganzen Leib schon erfaßt hatte, bevor er noch seine Tochter und ihre Kamera entdeckte, zeichnete sich bereits auf seinen Zügen ab. Das Wasser strömte ihm in grauen und weißen Streifen über den Kopf, lief ihm über die überraschte, von versengten Haarstummeln übersäte Brust und weiter über den Bauch auf die mageren Storchenbeine.

»Wirklich *kipaselik*!« bemerkte ich, worauf Jakob mich wütend anguckte.

»Ich hab dir doch gesagt: Ich mach eine Ausstellung von dir und nenn sie ›Mein Vater‹«, verkündete Romi und drehte sich einmal um sich selbst.

Plötzlich zerbrach Jakob das Glas des Bilderrahmens und packte seine Tochter mit bluttriefender Hand an der Gurgel.

»Du wirst mich nicht lächerlich machen«, röchelte er, erschrak aber sofort vor seinem Wutausbruch und ließ von ihr ab.

»Und unter jedes Bild schreibst du ein paar Worte über dich«, forderte Romi, »und zwar in deiner Handschrift. Sag's ihm, Onkel!« wandte sie sich an mich, das Gesicht Feuer und Flamme, die Augen strahlend.

Mir stockte das Herz. Sie war fünfzehn Jahre alt, als ich sie zum erstenmal sah, und bis heute kann ich leicht die staunende Verwirrung nachempfinden, die mich damals befiel. So hatte ich mir im stillen unsere Mutter Sara vorgestellt, als Abraham ihrer erstmals ansichtig wurde. Wie ein Mandelzweig, der über einem See erblüht und sich in dessen Wasser spiegelt, erschienen mir die beiden weiblichen Wesen. Mit ihren langen, schlaksigen Halbwüchsigengliedern und ohne den Gänseschwarm wirkte Romi männlicher und härter als ihre Großmutter, war aber doch das hochgewachsene, leichtfüßige Mädchen, das durch die regnerische Senke meiner Phantasie trabte – mit den dicken strohblonden Brauen und den herrlichen Augen, die so weit auseinanderstanden, das keines die Schönheit seines Zwillings sehen konnte. Damals nahm ich auch zum erstenmal die blau-gelbe Stiefmütterchenfärbung ihrer Regenbogenhäute wahr, die sich so sehr von dem in Mutters Augen herrschenden Grau unterschied.

Als sie zwei oder drei Jahre alt war, hatte Jakob mir ein Bild von ihr geschickt – nackt auf dem Hof springend, den weißen Schlüpfer als Zipfelmütze auf dem Kopf. Ein Auge lachte, und ein kupferrotes Haarbüschel lugte unter dem Hosenzwickel hervor, der ihr schräg im Gesicht saß. Schon damals hatte sie diesen kräftigen, geraden Rücken und die breiten Schultern. »Glaub mir, ich weiß nicht, wie ich dieses Mädchen fressen soll«, hatte er in dem seltenen Versuch, lustig zu sein, auf die Rückseite des Photos geschrieben, »ich habe das Gefühl, sie hätte deine Tochter werden müssen.«

Gelegentlich habe ich ihr aus Amerika Ansichtskarten geschickt, und als sie in die erste Klasse kam und schreiben lernte, begann sie auch, darauf zu antworten. Übrigens habe ich Benjamin ebenfalls Geschenke und Postkarten geschickt, aber er schrieb nur einmal im Jahr zurück – schwerfällige Dankesworte, die mir vorkamen, als seien sie mit dem Schuhlöffel geschrieben. Romis Briefe waren kurz und fröhlich, begannen stets mit den Worten »Schalom, Onkel« und endeten mit »Auf Wiedersehen, Onkel« und erinnerten mich – nicht zuletzt wegen der Doppelfunktion des Wortes *dod* für Onkel und Geliebter – schon seinerzeit an eine Strophe von Saul Tschernichowski, die Jechiel gern laut schmetterte, wenn er kaputte Buchrücken klebte.

> Ehe die Abendschatten nicht sinken
> Solang noch das Leben uns mag lieb und teuer sein
> Laß uns der Liebe Freuden trinken
> Jauchzen und singen wollen wir, Geliebter mein.

Jedem ihrer Briefe legte Romi ein Bild bei. Anfangs machte sie Zeichnungen und schrieb »Haus« neben ein Haus, »Baum« neben einen Baum und »Katze« neben eine Katze, als zweifle sie an der Auffassungsgabe und Erinnerungsfähigkeit des Adressaten. Erst nach geraumer Zeit kam mir eine andere Möglichkeit in den Sinn: Die Benennung könnte ihre Art der Eigentumserklärung sein, denn so hatte es ja auch Adam, der erste Mensch, getan. Als sie größer wurde, vervollkommnete sie jedenfalls ihre Methode und beschrieb auf jedem Photo mit ein paar Worten das Geschehen: »Großvater sitzt auf der Bank«, »Vater im Regen, sammelt Wasser in Eimern«, »Benjamin klettert auf den Baum«.

Sie benutzte die Kodak Retina, die ich dem damals siebenjährigen Benjamin einige Jahre zuvor geschickt hatte. »Das ist ein Geschenk von Deinem Onkel in Amerika«, hatte ich ihm geschrieben. »Unter der Bedingung, daß Du mir viele Bilder schickst. Von Dir, von Deiner kleinen Schwester, von Vater und Mutter, von Großvater, von Brinker, von Simeon, von Tia Dudutsch, vom Grab Deiner Großmutter, vom Haus und von der Bäckerei.« Doch Benjamin benutzte die Kamera nicht, und Romi fand sie irgendwo in einer Schublade, erweckte sie zum Leben, und fortan wurden die beiden zu meiner stärksten Bindung an Zu Hause, an meine Familie und in mancherlei Hinsichten, die du noch verstehen wirst, an das Leben überhaupt.

Ihr erstes Photo erreichte mich, als sie neun Jahre alt war. »Das bin ich«, hatte sie auf den Sand unter ihren Füßen geschrieben, »ich hab alles allein gemacht. Simeon hat bloß für mich auf den Knopf gedrückt.« Sie steht auf dem Hof, ein Stück Stoff um die Hüften geschlungen, das Gesicht mit weißen Kalk- und roten Schlammstreifen bemalt, die Füße nackt. Die zu grelle Sonne malt ihr Schatten zwischen die Rippen und hat die hellen Nippel ausgelöscht. Zwei Hühnerschenkelknochen stecken ihr in den aufgesteckten Haarkringeln. »Schalom, Onkel. Ich habe mich als Menschenfresser verkleidet. Der Schatten auf dem Boden stammt von Simeon. Mir ist von dem Sand furchtbar heiß an den Füßen. Ich hab Vater und Mutter aufgefressen, und wenn ich nach Amerika komme, freß ich Dich auch. Deine arme verwaiste Nichte Romi.«

Schon damals punktierte sie stets den Buchstaben *waw* in ihrem Namen, und zwar nicht mit einem Punkt, sondern mit einem kleinen Kringel. »Damit man mich richtig lesen kann«, erklärte sie mir später mal.

Als ich nach einigen Jahren merkte, daß sie bei der Sache blieb und Fortschritte machte, Jakob als Vater seinerzeit jedoch nicht gern Geld für ihr teures Hobby herausrückte, bot ich ihr das erwähnte Geschäft an. Zu ihrer Bat Mizwa schickte ich ihr eine Leica mit Stativ, und je nach Bedarf versorgte ich sie im weiteren mit Filtern und Filmen, Photopapier, Leitfäden und Vorsatzlinsen. In jenen Tagen vertiefte sich meine Bekanntschaft mit der Photographin, die die Bilder für mein Brotbuch aufnahm. Um die dreißig war sie, ohne Humor, aber mit einem sicheren Gefühl für Bildkomposition und einer originellen Zeitauffassung. Sie riet mir, Romis Talent zu fördern, und sie war es auch, die mir sagte, daß man Menschen mit einem besonders schnellen, hochempfindlichen Film aufnehmen müsse, da die Aufnahme das Leben des Abgelichteten um die Blendenzeit verkürze. Sie meinte, es gebe eine begrenzte Menge an Zeit auf der Welt, um die die Lebewesen ebenso wie um Nahrung konkurrierten. »Wer jung stirbt, hinterläßt uns ungenützte Zeit«, sagte sie, »und wer's lange macht, verkürzt das Leben der Hinterbliebenen.« Ein paar Jahre nachdem wir uns getrennt hatten, kam sie bei einem schrecklichen Verkehrsunfall um. Rund einen Monat später rief mich ein Rechtsanwalt aus Baltimore an und eröffnete mir, sie habe mir ein Aktphoto von sich sowie die Jahre, die sie nicht mehr habe nützen können, vermacht.

Romi antwortete mir mit Bildern und Erklärungen, die sowohl ihre reifende Begabung, als auch den boshaften Zauber ihrer Jugend demonstrierten.

»Vater und Mutter streiten sich dauernd, und ich weiß nicht, worüber.«

»Ich beguck mir das Photo von Großmutter, das unser lieber, beschränkter Nachbar mal aufgenommen hat, und denk mir – schade, daß du nicht auf mich gewartet hast, wir hätten gute Freundinnen werden können, und jetzt weißt du nicht mal, daß ich da bin.«

»Als sie mit der Nachricht über Benjamin kamen, ist Vater zu

Boden gegangen und hat geschrien und getobt. Schade, daß ich dir das nicht aufgenommen habe.«

»Ich will euch zusammen photographieren«, forderte sie jetzt, »die beiden Brüder.«

»Stör doch nicht dauernd«, brauste Jakob auf.

»Ich nehme dich auf, ob du willst oder nicht«, sagte sie.

»Geh deine Tel Aviver photographieren!« schrie mein Bruder. »Mit mir wirst du keine Karriere machen! Eine Schande, dieses Bild, eine Schande!«

Und als er mich dastehen und zuhören sah, fuchtelte er auch mir mit dem Finger vor der Nase herum: »Wie du, genau wie du. Zwei Ratten! Essen ohne Schweiß, sich amüsieren ohne Qual, sehen ohne Brille. Du mit deinen Büchern und sie mit ihrer Kamera. Wenn ihr nicht verwandt wärt, hätte ich euch längst miteinander verkuppelt.«

Ich schwieg, aber Romi geriet in Rage: »Du wirst mir noch mal danke sagen für diese Photos!«

Wie eine große, goldene Hornisse umschwirrte sie ihren Vater, und als er sich – am ganzen Leib zitternd und die Hände tastend in die Luft gestreckt – zu ihr umwandte, schubste sie ihn zurück und war, genau wie er und ich, überrascht, mit welcher Leichtigkeit er auf den Stuhl sank. Dann umkreiste sie ihn, kam von hinten heran, schmiegte die Brust an seine Schulter, schlang ihm beide Arme um den Hals, vergrub den Mund in seinem Nacken und wisperte dort, bis ich am ganzen Körper vor Verlangen und Schmerz erschauerte.

»Kein Mensch hat dich je so geliebt oder wird dich je so lieben wie ich«, schluchzte sie, »mehr, als du Mutter geliebt hast, und ganz sicher mehr, als sie dich geliebt hat, und mehr, als du dich wegen Benjamin bestrafst, und mehr, als du Michael liebst. Nur ich weiß, was mit dir vorgeht. Dich selber steckst du jede Nacht in den Ofen. Dich selbst und uns.«

»Was heißt uns?« röchelte Jakob. »Was heißt uns?!« Seine

Stimme, ein wuterstickter Aufschrei, wurde heiser, und ehe noch die Worte an die Zimmerwände geprallt waren, hörten wir schon die Drahttür zuschlagen, die Holzpantinen auf den Stufen, ihr sich entfernendes Schluchzen und den vom Reifenprofil aufsprühenden Kies. Dann kam Vater aus seinem Zimmer und fragte: »Was ist denn passiert?« Jakob knirschte: »Was ist passiert, er fragt noch, was passiert ist?«, erhob sich entrüstet und ging hinaus zur Bäckerei.

50

»Wie lang kann man sich noch nach dem Jakob sehnen«, sagte Mutter beim Abendessen.

Ein geschlagenes Jahr war mein Bruder in Galiläa. Einmal hat Mutter ihn dort besucht, und einmal im Monat schickte er uns einen Brief. Schon von weitem hörte man den Briefträger rufen: »Haltet den Gänserich fest«, denn der fiel zischend und hackend über jeden Fremden her, der den Hof betrat. Unser Briefträger war ein magerer, kleiner Mann, der mit ungeheurer Geschwindigkeit ausschritt und in jedem Haus forderte: »Schnell ein Glas Wasser zum Trinken, sonst gibt's keinen Brief.« Sein erhobener kleiner Finger bebte vor Durst. Sein Adamsapfel schnellte wie eine Boje auf stürmischen Fluten auf und ab. Und er goß das Wasser mit solch lauten Schlürftönen hinunter, daß man kaum glauben konnte, daß sie einem so zarten Körper entstammten.

»Warum trinkst du so viel?« fragte ich ihn.

»Der Körper braucht Flüssigkeit«, sagte er, belehrend den Finger wedelnd, »man muß viel trinken und nichts vergeuden. Muß sich vor Hitze, traurigem Kintopp und Frauen in acht nehmen.«

Unser Briefträger züchtete Roller und Stieglitze, deren hybride Abkommen ihm Medaillen einbrachten. Die männlichen Kanarienvögel mögen gern *Umbus*, verriet er mir. So nannte er die Haschischsamen, mit denen er ihre Singfähigkeit verbesserte. »Da ist es doch kein Wunder, daß sie so schön trällern.« Er hatte eine glühende Vision: den künftigen Judenstaat zu einem Weltlieferanten in Singvögeln zu machen. »Jede Familie bekommt von der öffentlichen Hand ein Rollerpärchen, und wir gründen einen Kükenexport.« Einmal brachte er einen Käfig mit und sagte zu mir: »Du bist ein Bursche mit Seele, ja? Halt ihn einen Augenblick in der Hand. Vorsichtig. Hörst du, wie schnell das kleine Herzchen pocht? Wie er jetzt zittert, wird er später mal zwitschern.«

Ich las Mutter Jakobs Brief vor, schrieb ihre Antwort nieder, fügte noch ein paar Worte von mir an und ließ Platz für Simeon. Jakob bat, wir möchten ihn nicht besuchen, und berichtete, daß man nett zu ihm sei und daß er auf den Feldern arbeite und kein Gnadenbrot esse.

»Er kommt wieder«, sagte Mutter immer aufs neue, »er kommt wieder und nimmt auch die Lea.«

»Jetzt hör mal, Mutter, hör zu und behalt's auch!« sagte ich schließlich mit einer Heftigkeit, die ich ihr gegenüber sonst noch nie zu benutzen gewagt hatte. »Ich will weder die Lea noch die Bäckerei, und hör endlich auf, mir das dauernd einzureden!«

Vater sah mich verärgert auf den Hof treten und kam kurze Zeit später ebenfalls heraus. Ein paar Minuten lief er um mich herum, dann sagte er: »Jetzt gehört er schon ihr, und du und ich sind gegen die beiden.«

»Ich bin gegen niemanden, Vater«, sagte ich.

»Du bist noch jung, *Uglum*. Ein kleiner Fisch versteht nichts vom Meer«, sagte Vater. »Glaubst du, die ganze Welt ist nichts als Geschichten aus Jechiels Büchern? Bald muß entschieden werden, wer die Bäckerei bekommt. Willst du das Erbe, oder willst du hungrig bleiben wie eine Katze, die im Mülleimer einer Witwe haust?«

Simeon hörte das Rascheln beim Öffnen eines Briefumschlags von wo immer er sein mochte, worauf er im Handumdrehen erschien und uns flehentlich anstarrte. Er lauschte konzentriert beim Vorlesen und machte schon eine freudige Miene, bevor ich noch seinen Absatz erreichte, der immer mit »*Hello*, Simeon, was gibt's Neues?« begann und mit »Dein großer Cousin Jakob« endete. Sobald ich mit dem Vorlesen fertig war, erhielt Simeon den Brief und verkroch sich damit in eins seiner Eckchen, um die Zeilen noch einmal vorwärts und rückwärts zu lesen und jedes Wort einzeln auszukosten. Erst nach geraumer Weile kam er wieder und gab Mutter den Brief zur Aufbewahrung zurück – stillzufrieden, als seien Jakobs gute Worte tröstend in seinen gemarterten Leib eingesickert. Erst einige Zeit später erfuhren wir, daß er in jenem Jahr wieder den Alptraum mit den schwarzen Punkten bekam, der ihn als Kind gequält hatte.

Ein Halbwüchsiger war er, der stinkige Kippen aufsammelte, und ich berichtete Jechiel, daß Scholem Alechem und John Steinbeck recht gehabt hätten: Rauchen beschleunigt den Bartwuchs. Manchmal verschwand Simeon ein paar Stunden aus dem Haus. Vater war sicher, er verbringe seine Zeit damit, Frauen und unvorsichtige britische Soldaten zu vergewaltigen, und malte sich schon das allerschlimmste aus: einen Prozeß, bei dem er, Abraham Levi, der Nachfahre und Sproß von Toragelehrten, Denkern, Ärzten und Dichtern, sich wegen Verletzung seiner Aufsichtspflicht über einen Schutzbefohlenen würde verantworten müssen.

Ich wurde Simeon auf die Spur gesetzt, und so entdeckte ich, daß er nicht vergewaltigte, sondern klaute. Seinerzeit hatten Stromkabel eine Bleibeschichtung, und deswegen stahl der Bengel sie aus verlassenen Lagerschuppen oder im Bau befindlichen Hühnerhäusern. Mit seiner Beute zurückgekehrt, entzündete er ein Feuer im Hof, knabberte das weiche Metall mit den Zähnen ab und legte die Teilchen in eine Pfanne, die er auf dem Feuer erhitzte.

»Guck mal, guck«, rief er jedem Vorbeikommenden zu, schnaubte Rauch aus den Nüstern und deutete enthusiastisch auf die Pfanne. Das geschmolzene Blei verlor seine trübsinnig graue

Schwere und verwandelte sich in ein leichtsinnig sprühendes, funkelndes Metall. Simeon hob die Pfanne mal rechts, mal links ein wenig an, ließ den weißglühenden Strom hin und her laufen und verfolgte seinen Glanz, ehe er das Ganze schließlich in einen Eimer mit kaltem Wasser goß, das vor Schmerz gurgelnd aufbrodelte. Das verblüffte Blei erstarrte darin zu traurig ausschauenden kleinen Figuren, die Vater mit der Zauberkraft ihrer verrenkten Glieder zu Tode erschreckten. Diese Figürchen, denen der schmerzhafte Übergang von einem Aggregatzustand zum anderen tausend Gestalten verlieh, verbarg Simeon in einem seiner Verstecke, aus dem er sie erst viele Jahre später wieder herausholte, um sie Josua Edelmanns Töchtern zu schenken, die einmal geboren werden und ebenfalls in meine Familiengeschichte eingehen sollten.

Auch Vater erschien in der Küche, tat so, als wolle er sich Kaffee kochen, und lauschte wortlos dem Briefvortrag. Schon damals hatte er begonnen, seine Geheimschreiben zu verschicken, und glich in meinen Augen einem Gestrandeten auf einer einsamen Insel, der flehentlich Flaschenpost aussendet. Erst geraume Zeit später begriff ich, daß das der Anfang seines Altersschwachsinns war, die Sucht, Verwandte aufzutreiben – die Leute, die jetzt, seine Briefe in Händen, bei uns auftauchen. Ich glaube, ich habe dir schon von ihnen erzählt. Es sind einsame Menschen auf der Suche nach Anschluß darunter, potentielle Erbschleicher, von Langeweile Geplagte und Kreaturen, die von niemand geliebt werden. Vater behandelt sie skeptisch und mit harter Hand: Noch über den Zaun hinweg gibt er ihnen Rätsel auf, prüft sie mit Geheimkodes, die es zu ergänzen gilt, und mit unvermuteten Familienmottos, die bei falschen Verwandten ein Zucken der Pupillen auslösten. Dann jagt er sie davon. Der wahre Verwandte aber, der, der auf dem weißen Raben reitet, ist natürlich noch nicht erschienen.

Jetzt fuhr ich das Brot allein aus. Ich legte die Runde so, daß ich am Hause Levitov zuletzt vorfuhr.

»Sie wartet, daß du ihr den Zopf flichtst«, sagte Zwia lächelnd und nahm den Laib Brot entgegen.

Jeden Morgen flocht ich Leas Zopf. Ich tat es, wie man eine Challa flicht: aus vier, nicht drei Strängen. Im Dorf galten wir schon als Paar. Ich, ein Jüngling von achtzehn Jahren, ernst, romantisch und stark, liebte sie mit Hingabe, Umsicht und Dankbarkeit. In jugendlicher Begeisterung referierte ich ihr über den flüchtigen Begriff »die schönste Frau der Welt«, erklärte ihr, warum Orpheus zurückgeblickt hatte, und demonstrierte ihr, warum er nicht mit Lots Frau, sondern mit Cyrano de Bergerac zu vergleichen sei.

»Warum?« fragte Lea.

»Weil beide ihre Liebe nicht realisieren wollten«, verkündete ich wichtig.

Sie lächelte. »Schade, daß du nicht dort warst, um es ihnen zu sagen.« Damit nahm sie die Brötchen, die ich für sie gebacken hatte, und fuhr mit mir in der Kutsche zur Schule. Von dort kehrte der Esel allein nach Hause zurück. Jakob erkundigte sich von seinem Verbannungsort aus nicht nach ihrem Wohlergehen und bat mich auch nicht, etwas auszurichten. Von ihr verstand ich, daß sie keinen einzigen Brief erhielt.

Es war ein strahlender, lieblicher Sommer damals. Die Sehnsucht nach meinem Bruder und die Liebe zu seiner Geliebten erfüllten meinen Leib, und auf ebenso angenehme wie unerwartete Weise kam ich auch Mutter näher, die mir Geschichten erzählte und auf meine Nachforschungen einging. »Weil er mich lachen gemacht hat«, antwortete sie lächelnd, als ich sie eines Tages fragte, warum sie Vater geheiratet habe. Wir saßen dabei auf der vorderen Veranda und schälten junge Maiskolben, die Brinker ihr gebracht hatte. Unsere Augen tränten von einem Reiz, den man denen, die ihn kennen, nicht zu erklären braucht, und den anderen zu schildern, vergebliche Mühe wäre. Mutter sagte, »in ihrer Jungmädchenzeit« habe man mit den nackten Kolben nicht nur den Wasserboiler, sondern auch den Backofen beheizt. Sie lächelte mich an, und ich beugte mich plötzlich vor und legte meinen Kopf auf ihre Knie. Einen gütigen Augenblick spielte ihre Hand mit meinem Haar, doch sofort schubste sie mich lachend zurück: »Du bist doch kein Baby mehr.«

Djamila brachte ihr ein erprobtes Aphrodisiakum: grünes Öl, in dem Früchte des Erdbeerbaums eingelegt waren. Und ich stand bei ihnen und hielt das Handtuch, während Djamila Mutters Arme und Waden damit massierte. Dann forderte Mutter mich auf, sie beide alleinzulassen, und Djamila lachte mich mit ihrem riesigen Kamelstutengebiß an. Doch wenn Mutter sich mit Chez-nous-à-Paris beraten ging, erlaubte sie mir, sie zu begleiten und sogar die Gespräche der Frauen mit anzuhören.

»Ich wollte wie zwei Tauben leben«, flüsterte sie.

Chez-nous-à-Paris lachte. »Madame Pompadour hat gesagt, wenn zwei wie ein Taubenpärchen leben, ist das ein Zeichen, daß einer von ihnen leidet.«

Die Frauen im Friseursalon nickten müde lächelnd. Chez-nous-à-Paris kannte die kleinsten und wahrsten Geheimnisse.

»Zeig mir deinen Ring, Sara«, sagte sie.

Mutter zog den Ehering vom Finger und reichte ihn ihr.

»Nein!« rief Chez-nous. »Einen Ehering gibt man nicht von Hand zu Hand. Leg ihn auf den Tisch, und ich hebe ihn auf.« Und zu mir sagte sie: »Sie versteht gar nichts. *Rien.*«

»Tauben oder nicht«, fuhr sie schließlich energisch fort, »eine Frau muß sich immer vorsehen. Einerseits es ihrem Mann sehr schön machen, damit er sich draußen nichts sucht, andererseits immer mit sämtlichen *bijoux* rumlaufen, Armbänder, Ringe und Ohrringe am Leib. Weder unter der Dusche noch im Bett, nicht beim Putzen und nicht beim Wäschewaschen abnehmen. Wenn er sie plötzlich davonjagt, wenn er nur zu ihr sagt ›verschwinde aus dem Haus‹, dann bitte schön – sie steht sofort auf und geht so, wie sie ist, mit allem Gold und Silber an sich.«

Auch Brinker kam ich damals sehr viel näher. Professor Fritzi besuchte ihn manchmal, aber die Nachbarn zogen sich von ihm zurück, und Frau und Sohn ließen sich fast nie blicken. Chaja Hameta war sich endlich ihres Geruchs bewußt geworden und dabei derart erschrocken, daß sie fortan Briefe und Präparate an jüdische Ärzte in Boston und London schickte. Noach schmökerte in den blöden *Colnoa*-Heftchen, stank nach *Players* und spielte auf Sägen und Kämmen großartig die Schlager der Hermann-Brothers. Brinker beklagte sich bei mir oftmals über das Verhalten seines Sohns. »Noach auch und wenn nicht Tel Aviv jeden Tag fünf-fünf viel«, nörgelte er, worauf ich sagte: »Nicht weiter schlimm, Brinker, das geht vorüber bei ihm.«

Ich war der einzige, der seine obskuren Sätze verstand, und so konnten wir uns stundenlang unterhalten. Wir erzählten einander Geheimnisse, Pläne und Hoffnungen. »Auch wenn du hier bist Mutter und wenn eins zwei sind sie weg, und so weiter und so weiter«, sagte er mit verblüffendem Vertrauen zu mir, wobei er mit der Hand beschwörende Ellipsen auf meinem Oberschenkel beschrieb, und ich versprach ihm, sein Geheimnis niemandem zu verraten. Heute weiß ich, daß Brinker der einzige Freund war, dem ich mit völliger Offenheit begegnete. Ich wußte, daß er mir nie untreu werden würde, denn selbst, wenn die Deutschen das Land besetzen und Brinker unter Folter schließlich doch zum Auspacken bringen sollten, würde ihn kein Mensch verstehen.

Unsere langen Unterhaltungen verliehen mir eine neue Fähigkeit: Ich begann Sprachen zu verstehen, die ich niemals gelernt hatte. Das Spiel der Mundwinkel, der Tanz der Gesichtsrunzeln, das Sich-Weiten oder -Verengen der Pupillen, der Bachstelzenflug der Stimme – all das enträtselte mir das Gesagte. Brinkers Hieroglyphenworte übersetzten mir Edelmanns Jiddisch, Herrn Kokosins Russisch, Djamilas Arabisch, Dudutschs unterdrücktes Schluchzen. Sogar den indischen Dialekt der Soldaten vom nahen Stützpunkt verstand ich auf einmal.

51

»Vor Benjamins Tod sah ich, wenn ich die Augen zumachte, immer ein und dasselbe Bild vor mir. Wie Lea in die Bäckerei reinkommt, mit dem Regenduft von ihrem nassen Zopf und den warmen Füßen. Das war der Augenblick, den man stets in Erinnerung behält, und so wollte ich's bewahren. Auch als es uns schon schlecht miteinander ging, wollte ich, daß die geschlossenen Augen immer dieses Bild vor sich haben. Aber wenn ich jetzt die Augen zumache, sehe ich nur noch ihn.«

Unvermittelt fuhr der Brotwagen an den Straßenrand, kam in einer Staubwolke zum Stehen. Jakob nahm seine benebelte Brille von der Nase und wischte sie mit dem Hemdenzipfel ab. Mehl- und Staubkörnchen hatten sich in seine Tränen gemischt wie einst in den Schweiß unserer Jugend, wenn wir Mehlsäcke abluden, hatten sich auf den Gläsern abgelagert und sie zerkratzt.

Wir waren unterwegs nach Tel Aviv. Ich hatte Romi aufgefordert, uns zu einem Versöhnungsmahl einzuladen, um zwischen ihr und ihrem Vater wieder gut Wetter zu schaffen.

»Erschrick nicht«, sagte er, »das passiert mir nicht oft. Erst seitdem du da bist. Ich bin ein bißchen weinerlich geworden. Plötzlich hab ich Publikum.« Dann fragte er, ob ich lieber das Steuer übernehmen wolle.

»Nein«, erwiderte ich, »auch in Amerika fahre ich nicht gern und bei euch ganz sicher nicht. Wir warten einen Augenblick ab, und dann fährst du weiter.«

Ein paar Jahre nach meiner Ankunft in Amerika habe ich mir einen blauen DeSoto gekauft. Fünfundzwanzig Jahre sind seitdem vergangen, und der Wagen hat nicht mehr als fünftausend Meilen zurückgelegt. Die meisten davon ist Romi gefahren, als sie mich nach ihrer Entlassung aus der Armee besuchte.

»Kennst du diese Bilder? Die man nur mit geschlossenen Augen sieht? Hast du auch welche?«

Ich gab ihm keine Antwort. Was hätte ich auch entgegnen sollen? Jakob ist mir gegenüber völlig offen, hat nie etwas vor mir verborgen. Weder jetzt noch in unserer Jugend. So war es, als er sich in Lea verliebte und mich zu Rate zog, so war es in den Briefen, die er mir nach Amerika schickte, und so ist es heute.

»Man hat mir gesagt: ›Die Zeit ist der größte Arzt.‹ Hat gesagt: ›Die Zeit wird das Ihre tun.‹ So hieß es. Und weißt du, was? Die Zeit mag ja das Ihre tun, aber das Unsere tut sie nicht. Nichts wird ausgelöscht, nichts beruhigt sich, und sehen tue ich nur ihn. Jeden Tag – ihn und sonst nichts.«

In der Stimme meines Bruders mischen sich Verwunderung und Schmerz sowie ein gewisses Maß an Groll ohne festen Adressaten, und sein Lechzen nach meiner Nähe macht mir Sorge, denn ich kann ihm nicht in gleicher Münze zurückzahlen. Seit meinen bewußten Gesprächen mit Brinker erlaube ich mir Offenherzigkeit nur Fremden gegenüber. Ihnen erzähle ich meine heimlichsten Lügen. Den Reisenden in den Nachtzügen, mit denen ich zu meinen Vorträgen fahre, den Gästen der Hotels, in denen ich absteige, den Lesern der Rezepte, die ich verfasse. Auch dir, manchmal.

»Ich habe ihn so geliebt, wie man einen Sohn lieben soll, nicht mehr und nicht weniger«, sagte mein Bruder. Von unserem Vater hat er die sture Vorliebe für das Richtige, für Sitte und Anstand geerbt, obwohl er es nicht zugibt.

»Gewiß habe ich ihn liebgehabt und ihn großgezogen und alles getan, was ein Vater für seinen Sohn tun muß, habe ihn ernährt und gekleidet, beaufsichtigt und gepflegt. Aber warum sollte ich lügen? Dir kann ich's doch sagen. Du bist mein Bruder, obwohl du nichts sehen und nichts wissen wolltest. Obwohl du geflohen bist.«

Romi machte uns Pasta, schenkte uns Wein ein, umschwirrte, streichelte, photographierte uns.

»Kaum zu glauben, was Leute Unsinniges aus Teig herstellen«, brummte Jakob über einer Gabelladung Spaghetti, worauf Romi losprustete.

»Vielleicht bleibt ihr über Nacht bei mir?«

»Nein, nein«, sagte Jakob.

»Ich habe euch schon das Lager bereitet«, verkündete sie. Unsere Mutter ist Jahre vor Romis Geburt gestorben. Wenn Romi sie nachmacht, tut sie das aufgrund von Geschichten, die sie über sie gehört hat. Aber ihre Imitation ist immer exakt: Ihre Stimme ist Mutters Stimme, aber die Worte sind ihre Worte.

Jakob konnte sich ein Lächeln nicht verkneifen, während Romi ihn weiter bestürmte: »Edelmann kann eine Nacht mit seinem Sohn arbeiten, kann er. Ruf sie an, Vater. Dann gehen wir zu dritt aus.«

Doch Jakob blieb bei seiner Weigerung. Um Mitternacht traten wir beide die Heimfahrt an, und zum erstenmal seit meiner Ankunft arbeitete ich eine ganze Nacht mit ihm durch. Der Körper, so entdeckte ich, erinnert sich besser als das Hirn. Vergessene Bewegungen tauten in meinem Leibe auf. Bestimmte Handlungsabläufe fügten sich erneut aneinander. Schlummernde Muskeln wachten auf und streckten die Fasern.

»Wer sich erinnert, vergißt nie«, bemerkte Josua Edelmann, als er sah, wie ich die Knetschüssel aus ihrem Fahrgestell hob und sie zum Arbeitstisch trug. Jakob grinste. Die volle Knetschüssel wiegt eine viertel Tonne. Ein Mann auf dem Höhepunkt seiner Kräfte kann sie nicht von der Stelle rücken, aber ein alter, erfahrener Bäcker tut es mit Leichtigkeit.

»Das hat Benjamin immer verrückt gemacht«, sagte Jakob, »schon mit siebzehn war er so ein Kraftprotz, ein Wildstier, hat die Mehlsäcke immer gleich zwei auf einmal abgeladen. Aber die Knetschüssel kriegte er einfach nicht vom Fleck, bis Vater – schwach, klein und versengt – ankam und ihm zeigte, wie.«

»Aber was macht das alles heute schon aus?« sagte er am Morgen, als habe er sich die ganze Nacht mit dem Ofenschlund beraten. Itzig und Josua Edelmann waren schon gegangen, und er schloß nun die Ofentür und kletterte schwerfällig aus der Grube, wobei er mir, noch auf den Knien, den mehlbestäubten Kopf entgegenreckte. »Ich habe ihn geliebt, aber Romi vorgezogen, und jetzt, mit Michael, sieht alles ganz anders aus. Guck ihn dir an. Wer hätte denn raten können, daß ich mal so ein Kind haben würde? Hast du je so einen Jungen gesehen? Komm zu deinem Vater, komm zu mir.«

Michael war nach allmorgendlicher Gewohnheit in die Bäckerei gekommen, um sich vor dem Ofen anzuziehen. Er kletterte in die Grube hinunter, hob die Augen und lächelte mich wie einen sympathischen Fremden an, während Jakobs Hände ihm bereits über Nacken und Hals fuhren und ihm sanft die Schultern massierten.

»Und ich kann einfach nicht vergessen, wie damals, als Lea und ich ein einziges Mal ins Ausland gefahren sind, nach Zypern war das, ich Benjamin irgendeine schwarze Fischermütze gekauft habe, eine idiotische griechische Schiebermütze, wie man sie eben Touristen andreht. Was Spottbilliges. Aber Romi habe ich ein Transistorradio gekauft. Ich glaube, es war das erste Transistorgerät im Dorf. Es hat ein Vermögen gekostet. Damals waren Transistorradios sehr teuer. Lea hat die Geschenke gesehen und nichts gesagt, hat nur verkündet, sie friere und sei müde, und ist schlafen gegangen.«

Seine Hände musizierten auf Michaels Schulterblättern, lasen die zarten Rückenwirbel, lernten die Rippen auswendig. »Zieh dich an, Michael, und lauf zu Tia Dudutsch, daß sie dir was zu essen gibt, vorsichtig, und sag Simeon, er soll dich gleich in die Schule bringen.«

Als Michael draußen war, trat er ans Fenster und folgte ihm mit den Augen, bis er das Haus betreten hatte.

»Warum habe ich das getan? Glaub mir, ich weiß es nicht«, sagte Jakob und kehrte an seinen Platz zurück. »Wir sind heimgefahren, und die Kinder haben uns mit Vater am Hafen abgeholt. Benjamin war damals dreizehn und Romi acht, und alle beide waren so aufgeregt vor Freude und Erwartung, daß sie die Mitbringsel gleich dort auspackten. Ich erinnere mich noch, wie Benjamin Romis neues Transistorradio und seine lumpige Mütze angeguckt hat, ohne etwas zu sagen. Du weißt doch, wie das bei Kindern ist, sie müssen alles vergleichen – warum hat er mehr gekriegt als ich und all das. Aber Benjamin nicht. Er hat die Lage akzeptiert. Daß die Dinge zwischen ihm und seinem Vater halt so stehen. Ein paar Tage habe ich noch daran gedacht und dann nicht mehr, denn Benjamin hat diese Mütze nicht getragen, und es vergeht ein Tag und noch ein Tag, Sachen geschehen, und zum Schluß habe ich die ganze Geschichte vergessen. Erst Jahre später, als Benjamin schon nicht mehr war, erschien Romi eines Tages mit dieser Mütze auf dem Kopf, und die ganze Angelegenheit ist wieder aus der Versenkung aufgestiegen.

Soll sich einer auskennen, wie das Gedächtnis arbeitet. Welche Faktoren es bewahren, löschen oder wecken. Wenn er nicht gestorben wäre, würde es mir heute vielleicht gar nicht mehr zusetzen. Aber jetzt, wo die Dinge so gelaufen sind, bringt es mich um. Sein Blick dort, und daß er nichts gesagt hat. Daß er's akzeptiert hat. Lea habe ich nichts gesagt. Keinem habe ich was gesagt. Auch nicht Mutter oder Romi und gewiß nicht Vater. Dies ist das erste Mal, daß ich mit jemandem darüber spreche. Darüber und auch darüber, daß ich meinen Sohn nicht beschützt habe.«

»Was wirfst du dir denn bloß vor? Daß du nicht mit ihm zum Militär gegangen bist, um dort auf ihn aufzupassen? Nun hör aber wirklich auf damit, Jakob.«

»Beim Reden wirst du mich immer besiegen, aber die Wahrheit kennen wir beide: Jede Katze wacht über ihre Jungen, doch ich habe nicht über ihn gewacht. Und ich weiß, wie man ein Kind behütet. Es gibt kein Kind auf Erden, das von seinem Vater so behütet wird, wie ich Michael behüte. Falls er vom Himmel fallen sollte –

egal, wo ich bin, ich komm noch rechtzeitig, ihn in der Luft abzufangen. Wenn jemand ihn bloß anrühren, ihm was Böses tun sollte, bring ich ihn mit diesen Händen hier um. Wie ein Etrog in Hanfwatte halte ich ihn. Wie Mutter das Stückchen *Levadura* am Leben erhalten hat, das sie aus Jerusalem mitgebracht hatte. Von dem Tag an, als dieses arme Kind geboren wurde, ist es in meinen Armen. Die ganze Zeit. Noch bevor ich von seiner Krankheit wußte. Er ist ein Nachkömmling, mein letzter, du hast selbst gesehen, wie ähnlich er mir sieht. Er ist eine Kopie von mir.«

»Er sieht dir überhaupt nicht ähnlich«, bemerkte ich, »er ähnelt keinem von unserer Familie.«

»Doch!« Jakob wurde lauter. »Er sieht mir ähnlich. Du siehst ja nichts. Du Blinder! Sogar Vater sagt, er sähe genauso aus wie ich als kleiner Junge.«

»Plötzlich verläßt du dich auf das, was Vater sagt?«

»Und wenn schon?« rief Jakob, wobei seine Stimme flehende und drohende Untertöne annahm. »Warum redest du überhaupt so?«

»Vater sagt, Michael sähe Onkel Lija ähnlich«, erklärte ich boshaft.

»Wieso Lija?!« Jakob sprang auf. »Wie kommst du denn plötzlich auf Lija? Was soll mein Kind irgendeinem Lija ähnlich sehen. Das bin ich selbst. Ich gucke ihn an und sehe mich selber. Verstehst du das etwa nicht?! Dieses Kind ist mir aus den Lenden, aus der Schulter gewachsen, wie der Ableger eines Baumes. Ich habe ihn wie Hefepilze geboren. Habe mich zweigeteilt. Lea war nichts bei dieser Geschichte. Gar nichts. Hörst du?! Sie war eine Brutmaschine, das ist alles. Ich habe ihre Gebärmutter benutzt, weil ich keine habe.«

Mir wurde übel beim letzten Satz. »Ich mag diesen Stil nicht«, sagte ich zu ihm.

»Oh... Verzeihung...« rief Jakob, »hier mag jemand den Stil nicht. Dem Herrn Bücherschreiber ist unwohl dabei. Wie konnten wir das vergessen. Alles andere ist in Ordnung. Lea liegt wie eine Mumie im Zimmer, Benjamin und Mutter liegen im Grab, auf Michael muß man die ganze Zeit achtgeben, Romi bringt mich um, Vater ist verrückt, aber unser Onkel aus Amerika hat seine Probleme mit dem Stil.«

Ich schwieg.

»Es ist dir unangenehm, daß ich Gebärmutter sage? Und noch dazu von Leas Gebärmutter spreche, was? Und daß ich beim Kaiserschnitt dabei war und alles gesehen habe, gefällt dir sicher erst recht nicht. Guck mich nicht so an. Ich kann auch mistig sein. Ich hab sie von innen gesehen, ich! Nicht du! Muskeln und Speck und Gedärme und Gebärmutter und alles. Wie die Hühner, die Chaja Hameta aufgeschnitten hat, mit den Dottertrauben.«

»Tut mir leid«, sagte ich, »ich hatte nicht gedacht, daß du so reagieren würdest.«

»Macht nichts«, sagte Jakob nach langem Schweigen. »In unserem Alter verändert sich keiner mehr, und in unserem Alter macht man keine Experimente mehr und findet auch keine neuen Freunde. Also rede ich mit dir, weil ich an dich gewöhnt bin und weil ich niemanden anderes habe, und mit meinem Stil wirst du schon zurechtkommen, weil du keine Wahl hast. Wie ich mich mit deinem Leben abfinde, wirst du es mit meinem tun. Alles in allem wollte ich ja nur sagen, daß ich Michael schütze und Benjamin nicht geschützt habe. Ich hab mich bloß mit ihm gestritten und hab ihm zugesetzt, und sein Blut habe ich auch nicht gerächt. Ich weiß doch genau, wer die Schuldigen dort waren. Sein Offizier, der einen Orientierungsfehler begangen hat, und der Führer des zweiten Trupps, der, ohne nach der Losung zu fragen, gleich losgeschossen hat. Und der Kompanieführer, der die schwachsinnige Instruktion vorher erteilt hatte, und dann all diese Genies, die feisten Offiziere von der Kommandantur, die Soldatinnen ficken. Glaubst du, Romi hätte mir nicht von diesen Scheißkerlen erzählt, die dauernd fummeln müssen? Wie ich die kenne, haben sie auch bei der Planung dieser ganzen Operation irgendein Mädel auf dem Schoß gehabt, das sich gerade die Lippen anmalte. Ist es dann ein Wunder, daß die Rettungsaktion chaotisch verlief? Daß sie ihn dort haben verrecken lassen? Ihn in der Dunkelheit im Schilf haben schreien lassen, bis er tot war? Daß sie hinterher alle mit einem kleinen Verweis in der Wehrakte davon gekommen sind? Und daß sie mir nicht erzählt haben, was passiert war, und ich alles allein herausfinden mußte? Ich bin ins Krankenhaus gegangen und habe einen Kameraden gefunden, der bei der Affäre verwundet worden ist, und der hat's mir erzählt, alles, wie es geschehen ist und wie Benjamin eine Kugel abbekommen hat und umgekippt ist, und wie er geschrien und geschrien hat und keiner ihn fand. Erst als er fertig war, ist jemand über seine Leiche gestolpert, die schon halb im Jordan lag. Aber wen beschuldige ich denn? Ich hatte ihn doch schon verloren, bevor sie ihn umbrachten. Und auch sie habe ich verloren. Lange vorher. Jetzt hab ich's verdient, daß ich, sobald ich die Augen zumache, egal, wo und wann, nur ihn sehe und nicht das Bild meiner Lea, wie sie in die Bäckerei kam, sich die Füße trocknete und das Regenwasser aus dem Zopf wrang.«

Ein paar Stunden später, auf dem Weg zur Schmerzklinik, erkundigte sich Vater, welchen Eindruck Romis Wohnung auf mich gemacht habe. Er hatte sie noch nie dort besucht und wollte wissen, »was sie gekocht hat« und »ob es sauber bei ihr ist«.

»Eine Frau ohne Mann ist wie ein Schiff ohne Kapitän«, sagte er, und dann flüsterte er, damit es der Taxifahrer nicht hören sollte: »Kommt ein junger Bursche und sieht so eine *Satanika*, die keinen Moment ruhig sitzt, springt er gleich wieder auf und flüchtet. Warum sollte er bleiben?«

Kurz vor dem Krankenhaustor begann er zu ächzen. Ich wußte, daß er übte, und störte ihn nicht. Der Schmerzspezialist empfing uns lächelnd, legte ihm die Hände auf und drückte mit den Fingern hier und da, bis Vater anfing, in eigenartigen Tönen zu stöhnen und sogar zu wimmern, wobei er sich anhörte wie eine Orgel, die der Arzt bestens zu spielen verstand.

»Habe ich starke Schmerzen, Doktor?« fragte er hoffnungsvoll.

Der Arzt lachte: »Was fragen Sie mich, Herr Levi? Es sind doch Ihre Schmerzen.«

Und als er sah, daß Vater gekränkt war, sagte er: »Aber ich habe was für Sie, das uns beiden helfen kann.«

»Mit Gottes Hilfe«, sagte Vater.

»Statt daß Sie mir die Schmerzen in Ihren Worten beschreiben, gebe ich Ihnen die Begriffe unseres Fragebogens zur Auswahl«, erklärte der Arzt und breitete einen Druckbogen vor Vater aus. »Sehen Sie« – er beugte sich zu ihm nieder – »lassen Sie uns die Sache gemeinsam durchgehen. Dieser neue Schmerz, den Sie da beispielsweise haben, welches Wort würde am besten darauf passen? Pulsierend? Pochend? Peitschend? Brennend?«

Verblüffung und Mißtrauen eroberten Vaters Züge.

»Stechend? Durchdringend? Schneidend? Glühend? Bohrend?«

»Entschuldigen Sie, Herr Doktor... wir haben doch schon davon gesprochen: Schmerz ist keine Tasse, keine Katze und kein Ofen. Er ist nicht nur ein Wort. Schmerz muß eine kleine Geschichte sein. Dafür gibt's Gesetze. Eine kleine Geschichte, die mit ›wie‹ anfängt. Tut weh wie ein Schustermesser beim Zuschneiden der Sohlen zu Pessach, schmerzt, wie wenn ein Spiegel im Leib in tausend Splitter zerspringt, wie das Eis, das sich im Winterwind formt, wie wenn dir die spitzen, kleinen Steinchen in den Körper dringen, an denen du dir als Kind, wenn du auf der Straße gerannt und hingefallen bist, die Knie aufgeschlagen hast. Haben Sie so was in Ihrem Fragebogen?«

»Es gibt keinen einzigen Menschen auf der Welt, dessen Schmerzen mit den Beschreibungen eines anderen übereinstimmen«, sagte der Arzt hilflos zu mir. Er legte Vater Abbildungen des menschlichen Körpers, Vorder- und Rückansicht, vor. »Herr Levi, zeichnen Sie mir bitte hier auf den Abbildungen ein, wo's weh tut. Wenn es ein äußerlicher Schmerz ist, schreiben Sie den Buchstaben ›ä‹, und wenn's ein innerlicher ist, den Buchstaben ›i‹.«

»Es gibt keinen äußerlichen Schmerz«, bemerkte Vater, da er wußte, daß die Waage sich zu seinen Gunsten neigte. »Wenn es Schmerz ist, dann sitzt er drinnen, und wenn er draußen sitzt, ist es noch kein Schmerz.«

»Ich meine einen tiefsitzenden Schmerz, im Körper, oder einen Schmerz draußen, auf der Haut«, sagte der Arzt.

»Wenn Sie meinen«, lenkte Vater ein.

Auf dem Rückweg bat ich den Taxifahrer, uns an der Straßenecke abzusetzen, denn ich wollte, daß Vater ein Stückchen zu Fuß ginge und seine Glieder streckte. Er stieg geistesabwesend aus, doch als er meine Finte bemerkte, wurde er wütend. »Warum nicht vorm Haus? Sind wir heute nicht genug rumgerannt?«

Gemächlich gingen wir die Straße hinauf, ich stützte seinen Arm, und als wir am Kindergarten vorbeikamen, sahen wir Brinker am Zaun stehen. Er lauschte den Stimmen der jenseits spielenden Kleinen und bewegte die Lippen dabei. Seit die Dorfleitung in andere Hände übergegangen ist, gewährt man dem alten Erdbeerzüchter keinen Zutritt mehr zum Kindergarten. Tagsüber steht er vor dem Gitter, nachts sucht er sich ein offenes Fenster, aus dem Worte dringen.

»Schon Jahre steht er so da, der Arme«, sagte Vater, »schaut drein wie ein alter Kadi, der in zu heißes Wasser gestiegen ist.«

»Brinker arbeitet gar nicht mehr«, erklärte mir Jakob, »seine Felder sind bereits derart diszipliniert und gedrillt, daß er ihnen nur noch mündliche Anweisungen erteilt.«

»Schalom, Isaak«, rief ich ihm zu, wie ich es seit meiner Ankunft schon ein paarmal getan hatte. Aber der Aphasie hatten sich inzwischen die Jahre und der graue Star zugesellt. Brinker starrte mich nur mit dumpfer Anstrengung an, sagte: »Schalom Schalom *nu* da zwei danach«, und lauschte weiter.

»Kaum zu glauben, wie er eure Mutter geliebt hat«, überraschte mich Vater mit süßlichem Spott. »Bei ihrer Beerdigung hat er geheult wie ein Maghrebinerjunge, der sich im Basar verirrt hat, sogar mehr als ich hat er geweint.«

Ich war verblüfft, und Vater fügte lachend hinzu: »Weißt du, was das für einen Jecken bedeutet, auf der Beerdigung der Frau seines Nächsten zu weinen? Hi hi hi...«

52

Lea kniete auf dem Boden, um ihre Knie breitete sich ein sonderbarer, weich wirkender Teppich, der in tausend Schattierungen schillerte.

»Mach das Fenster nicht zu«, sagte sie gleich bei meinem Eintreten, »ich möchte Luft haben.«

Es war ein schöner, milder Morgen damals. Ich kann mich genau an das Datum erinnern, denn es war der 1. Mai, an dem wir schulfrei hatten. Ich setzte die Brille auf, und der Atem stockte mir, noch ehe ich begriff, was meine Augen schauten. Tausende farbiger, quadratischer Steinchen lagen rings um sie herum.

Mir wurde schwach. »Was ist das denn?« stammelte ich, obwohl ich die Antwort im Innern schon wußte.

»Das ist ein Mosaik«, antwortete Lea seelenruhig. »Erinnerst du dich nicht an das Mosaik, das Brinker damals im Weinberg gefunden hat?«

»Du hast es also gestohlen?« sagte ich mit zittriger Stimme.

»Dummkopf«, lachte Lea, »dein Bruder hat es geklaut und mir in einem Sack gebracht.«

»Woher hat er überhaupt davon gewußt?«

»Du Blinder, du. Brinker ist nachts zu euch gekommen, als der

Teig schon zu gehen angefangen hatte und euer Vater in der Bäkkerei war, und hat eure Mutter in den Weinberg mitgenommen, um ihr das Mosaik zu zeigen, und da ist Jakob ihnen nachgeschlichen, das ist alles.«

Diese schnelle Salve, ein Steinhagel von Fakten, zwang mich zu Boden. Die spitzen Steinchen taten meinen Knien weh.

»Und all diese Jahre hast du's versteckt?« fragte ich schließlich.

»Hätte ich's jemandem ausplaudern sollen?«

»Jechiel und Brinker hätten davon wissen müssen«, sagte ich.

»Nein«, beharrte Lea, »das hätten sie nicht. Das Mosaik gehört mir. Weder Jechiel noch Brinker oder sonst jemandem.«

»Hast du sie wieder zusammengekriegt?« fragte ich nach längerem Schweigen.

»Wen?«

»Die Frau, die Frau in dem Mosaik.«

»Es ist also eine Frau...« rief Lea. »Das hat er mir nicht gesagt. Ich wußte überhaupt nicht, was ich da zusammensetzen sollte.« Und plötzlich lachte sie: »Er ist gekommen, hat die ganzen Steinchen auf den Fußboden geschüttet und gesagt: ›Ich hab dir das schwerste und schönste Puzzle der Welt gebracht, mach damit, was du willst‹, und weg war er.«

Dann erzählte sie mir, daß sie die Steinchen nach Farben sortiert und bereits mehrere Mosaike daraus gelegt habe. »Ich hatte schon Blumen und Vögel und einen netten Jüngling.«

»Möchtest du sie zusammensetzen?« fragte ich.

»Ja«, sagte Lea, »ja.« Dabei wurde ihre Stimme tief und bebend, und ich sauste fort in die Bibliothek.

Jechiel war damit beschäftigt, Albert Einsteins Konterfei in eins seiner Alben zu kleben, wobei er darunter Platz für künftige Worte frei ließ.

»Hast du ihn schon umgebracht?« fragte ich. Aber Jechiel war nicht zum Scherzen aufgelegt, denn von draußen hörte man bereits die Verse, die ihm derart zuwider waren:

In Berg und Tal
Singt allzumal
Froh und frei
Der erste Mai.
Weg mit Ausbeutung, Sklaverei und Krieg,
Ein Hoch der Freiheit, ihr sei der Sieg!

Die dünnen Stimmchen der Kinder schmetterten durch die Luft, und Jechiel riß schnell die Bibliotheksfenster auf, damit alle sehen sollten, daß er nicht mitfeierte. Einer der Lehrer rief: »Schimpf und Schande!« Die roten Fahnen zogen vorbei, und ich kehrte zu der Angelegenheit zurück, derentwegen ich gekommen war.

»Jechiel«, sagte ich zu ihm, »erinnerst du dich an das Mosaik, das Brinker mal in seinem Weinberg gefunden hat?«

»Ja.«

»Du hast es damals photographiert, nicht wahr?«

»Nein.«

»Also wirklich, Jechiel, ich brauch das Bild«, sagte ich.

»Wozu?«

»Ich brauch's«, antwortete ich, »was kümmert's dich, wozu?«

»Ich geb das Bild nicht her. Weder dir noch sonst jemandem.«

»Ich nehm's dir nicht weg, ich mach mir nur eine Kopie.«

»Nein.«

»Dann mach du mir einen Abzug, wenn du mir nicht traust.«

»Nein.«

Ein paar Minuten wanderte ich zwischen den Bücherregalen umher, dann, verborgen hinter der blauen Wand der Zeitschriften *Tarbut* und *Miklat*, sagte ich: »Wenn ich dir nun letzte Worte gebe, die du noch nicht in deiner Sammlung hast, gibst du mir's dann?«

Es wurde mäuschenstill in der Bibliothek. Ich kam hinter der Bücherdeckung hervor und sah die Anzeichen inneren Ringens im Ausdruck des Bibliothekars.

»Was bietest du denn?« wisperte er mit trockener Zunge.

»Zum Beispiel«, sagte ich völlig gelassen, »›Lebt wohl, ich bin froh, daß ich euch noch einmal gesehen habe. Betet für mich...‹«

»Ich will echte letzte Worte« – Jechiel verschränkte die Arme über der Brust – »nicht welche aus Büchern.«

Und sofort zog er das Bild aus der Tischschublade, um mich anzuspornen, worauf ich ihm die echten letzten Worte von Onkel Rafael Chaim Levi mitteilte, der am Ausgang des Versöhnungstags, gleich nachdem er drei Liter zu sehr sprudelnde *Pepitada* in sein ausgedörrtes Inneres hineingeschüttet hatte, noch hervorstieß: »Reicht mir die Feder, ich möchte schreiben.«

»Höchst interessant«, keuchte Jechiel, »Heinrich Heine höchstpersönlich hat etwas Ähnliches gesagt.«

Er blätterte hastig in seinen Notizbüchern und zeigte mir Heinrich Heines letzte Worte: »Schreiben... Papier... Bleistift...«

»Mein Vater hat noch viele solche Onkel«, sagte ich.

»Nimm, nimm und bring mehr«, sagte er und übergab mir das Bild der jungen Frau, »ich hab noch weitere Abzüge.«

Lea und ich begannen das Mosaik zusammenzusetzen, und Vater erwies sich als unerschöpfliche Quelle. Seine geschwätzigen Sterbenden faszinierten Jechiel Abramson sowohl durch ihren geschliffenen Stil als auch durch die merkwürdigen Umstände ihres Todes. Alle hatten sich wie literarische Helden aufgeführt. Keiner hatte der Versuchung widerstehen können, ohne einen wichtigen Ausspruch zu sterben.

»Issachar Fijoto, er ruhe in Frieden, den man in gesegnetem Alter im Badehaus von Livorno schwimmend fand, sagte: ›Ich möchte jetzt die Hose anziehen.‹ Aber als man ihm die Hose brachte, hatte er schon Würmer gespuckt und war tot.

Der Arzt Dr. Reuven Yakir Preciaducho ist am Ende des Monats Elul gestorben, als der Ärmste sich beim Schofarblasen anstrengte. Blut floß ihm aus den Ohren, und seine letzten Worte fand man erst, als man das Schofar nahm und es hart auf dem Tisch ausklopfte.«

Die Schriftstellerin Grace Aguilar, »eine kränkliche Frau, die in der Blüte ihrer Jugend hinweggerafft wurde«, hatte mit letztem Atem einen Vers aus dem Buch Ijob zitiert: »Er mag mich töten, ich harre auf ihn.« Auch ich war überrascht, als Vater mir verkündete, sie sei eine »Verwandte« gewesen, und noch mehr überraschte mich die Entdeckung, daß er die Wahrheit gesprochen hatte, denn ihre letzten Worte waren in dem Buch *Tüchtige Frauen unseres Volkes* dokumentiert.

Als Vater jedoch eines Tages die letzten Worte eines Uronkels namens Elija Schealtiel mit: »Engel des Dienstes... Engel des Dienstes...« angab, wies ich ihn darauf hin, daß er eben diese Worte zwei Wochen zuvor einem Ururgroßvater, nämlich Simeon Usiel aus Saloniki, zugeschrieben hatte.

Vater, der im allgemeinen äußerst penibel mit seinen Geschichten über große Familienmitglieder umging, lächelte mit entwaffnender Offenheit und verkündete: »Was macht das schon, wer was gesagt hat? Sie sind ja ohnehin alle tot.«

Jechiel regte sich überhaupt nicht auf, als ich ihm Vaters Sünde beichtete. »Was soll's?« sagte er. »Er ist weder der erste noch der letzte. Jeder kann letzte Worte erfinden, und manchmal erfindet man richtige letzte Worte.« Darauf gab er mir das Buch *Herz der Finsternis* zu lesen, damit ich selbst sehen konnte, daß Marlow, der zu Kurtz' Geliebter gesagt hatte: »Das letzte Wort, das er sprach, war – Ihr Name«, der grausamste Lügner von uns allen gewesen war.

Und von da bis zu anderen Erfindungen war es, wie du selbst merken wirst, nur noch ein kurzer Weg.

53

Ruhe. Ich photographiere: Michael und Simeon spielen draußen. Simeon liegt auf dem Bauch, Michael läuft ihm auf dem Rücken spazieren, massiert ihm mit den Sohlen das schmerzende Fleisch. Simeon stöhnt vor Lust, springt dann, soweit es ihm Alter und Hinkebein erlauben, im Hof herum, während Michael versucht, auf seinen Schatten zu treten. Jedesmal, wenn es ihm gelingt, brüllt Simeon vor Weh, und Michael wiehert vor Lachen. Zum Schluß nimmt Simeon ihn mit einem Griff unter den Arm und trägt ihn nach Hause. »Genug für heute, komm zu Vater.«

Eine furchtbare Hitzewelle herrschte in der Nacht, in der Michael empfangen wurde. Mein Bruder hat mir erzählt, daß die Luft so dünn und glühend war, daß man kaum atmen konnte. Vögel fielen im Schlaf ohnmächtig von den Zweigen des Maulbeerbaums. Gelbe und rosa Streifen zeichneten sich vorzeitig im Osten ab, wirkten wie glühendes Erz. Zum erstenmal im Leben spürte Jakob, daß die Hitze draußen größer war als in der Bäckerei und morgens bei Sonnenaufgang, als er die Arbeit beendete, noch drückender wurde. Wie gewöhnlich zog er die bemehlten Schuhe auf der Veranda aus, frühstückte, rasierte sich und duschte. Und dann schlich er, nackt und entschlossen, den Flur entlang zu Leas Zimmer und öffnete leise die Tür.

Dudutsch mit ihren scharfen Ammensinnen witterte sofort, daß Lea schwanger war. Vater war zu sehr mit sich selbst beschäftigt, um Signale von außerhalb seiner Haut aufzufangen. Und Romi, die Benjamins Zimmer niemals betrat, wußte von nichts, bis ihre Mutter, mittlerweile im sechsten Monat, plötzlich nackt auf den Flur hinauslief – mit Kugelbauch und mit Brustwarzen, die durch die Schwangerschaft größer und dunkler geworden waren und schon jetzt wie Eulenaugen aussahen.

»Was ist denn mit ihr passiert?« erkundigte sie sich verblüfft, und als ihr Vater es ihr sagte, war sie entsetzt.

»Entschuldigen Sie mal, lieber Herr, aber so was tut man nicht!« fauchte sie ihn an. Dann fragte sie, wie er das Kind nennen wolle.

»Michael«, antwortete Jakob, »nach dem Großvater.«

»Und wenn es ein Mädchen wird?«

»Von mir werden keine Töchter geboren«, sagte Jakob.
»Manchmal bist du wirklich lieb, Vater«, bemerkte Romi.

Jeden Tag legte Jakob sich gegen Abend vor dem Bett seiner Frau in Rückenlage auf den Boden und ließ die Augen durchs Zimmer schweifen. Die Sonne neigte sich, schickte ihre letzten Strahlen durch die Ladenritzen, zauberte goldene Irrlichter auf Leas Haar. Draußen hörte man das schrille Piepen der Geckos, die nach Liebe und Beute lechzten. Jakobs Hand genoß die Kühle, die Fliesen in geschlossenen Räumen annehmen. Zuweilen hob er das Laken, schaute und fummelte. Wie er mir schrieb, erwachte bei ihm das große Verlangen, ihre inneren Organe zu sehen. Ich lächelte. Derlei Dinge hatten doch bereits Vladimir Nabokov, Thomas Utah und Thomas Mann beschrieben: »Zu küssen ihre Leber, ihre Gebärmutter, die Trauben ihrer Lungen, die hübschen Nieren.« Und auch wenn die Männer sie nicht zugeben, sind sie doch wahr. Jakob legte gern das Ohr an die Rundung ihres Bauches, als lausche er einer großen Muschel. Ein Lächeln trat auf sein Gesicht. Die Brandung ferner Meere ertönte, sanfter Wellenschlag. Der kleine Gefangene strampelte danach, seine Leinen zu kappen.

Zu jener Zeit hatte ich eine riesenhafte russisch-orthodoxe Geliebte, von der ukrainischen Landsmannschaft in Pennsylvania. Ich hegte den Verdacht, daß sie mich benutzte, um die Wachsamkeit ihres Ehemannes und ihres Gottes zu testen. Die Beziehungen zwischen den dreien waren von wechselseitiger Beobachtung, Überwachung und Eifersucht gekennzeichnet, und sie zwang mich dazu, auch im Sommer unter dicken Decken zu schlafen. Der Telegrammbote klopfte in dem Augenblick an meine Haustür, in dem meine Geliebte, nachdem sie die Läden geschlossen und das Licht ausgeschaltet hatte, meine Hände ergriff und sie fragte: »Und wer möchte im Dunkeln spazierengehen?«

Ich schlang mir ein Handtuch um die Lenden und ging an die Tür. Mein freundlicher Retter übergab mir ein Telegramm, mit dem ich in der Küche verschwand.

»NOLAD LI BEN«, stand dort geschrieben, »mir ist ein Sohn geboren.«

Zu Michaels Beschneidung reiste ich ebensowenig wie seinerzeit zu Mutters Beerdigung. Ich fuhr zur hölzernen Promenade von Cape May, setzte mich auf meine angestammte Bank mit Blick auf den Ozean und verfolgte von dort das Geschehen. »Sinnen und Wasser sind ein ewiges Paar«, hat Melville gesagt, und ich in meinem fernen Krähennest sah mit Tausende Kilometer überspannendem Blick Simeon den Hof in Erwartung der geladenen Gäste rechen und Jakob Tische aufstellen. Mein Bruder schrubbte die Arbeitsplatten mit kochendem Wasser, rieb sie mit der uralten Bäckermischung aus Asche, Zitrone und Myrten ein, legte sie auf Holzböcke und spannte weiße Tischtücher darüber. Die alten Kupferkessel wurden aus dem Keller geholt und mit *Orassa* poliert. Arthur Spinneys ehrwürdiges Service kam aus dem Schrank, und Tia Dudutsch tauchte in der Küche unter. Nach drei Tagen sah ich sie mit einer Parade abgedeckter Tabletts wieder zum Vorschein kommen, beladen mit Dutzenden Sorten kleiner Delikatessen, die ebenso herrlich wie tückisch waren, denn sie ließen sich weder beschreiben noch nachmachen, und eine Minute nach ihrem Verzehr würde, wie ich wußte, ihr Geschmack bereits zur peinvoll ersehnten, doch nie wiederkehrenden Erinnerung werden.

Melville hat recht gehabt: »*Meditation and water are wedded for ever.*« Aus Jerusalem kam frühzeitig der gemietete Autobus mit den Verwandten der Levi-Seite, zwitschernd und jubilierend wie ein riesiger Kanarienkäfig. Einen ganzen Tag hatte die Reise gedauert, denn zwanzigmal war der Fahrer unterwegs stehengeblieben, damit die Alten die Knochen strecken, pinkeln und beten, die Kinder sich übergeben und die mit Vaters Brief am Wegrand wartenden Anwärter zusteigen konnten. Kaum saßen sie im Bus, schlugen in der Tantengalerie auf den hinteren Sitzen die Wogen des Rätselratens und Erkennenwollens hoch.

Der Autobus näherte sich dem Dorf und hielt zuerst einmal am Friedhof. Hier legten die Musikanten ihre fröhlichen Fiedeln und Tamburine beiseite. Die alten Männer und Frauen rückten die Hüte oder Hauben auf dem Kopf zurecht und besuchten Benjamins Grab zum Weinen und Stolzsein und Saras Grab, um sicherzustellen, daß die schwarze Basaltplatte noch fest verankert war. Die meisten hatten Sara nur vom Hörensagen gekannt. Sie wußten, daß sie Abraham aus dem Haus seiner Mutter entführt hatte, daß sie ein Dutzend Brüder besaß, von denen jeder einzelne einem *Lenio de bagno* glich – grobschlächtig und dumm wie der Holzklotz, mit dem der Ofen des Bades angeheizt wurde –, und daß sie den *Rubbi* der Kleinen verprügelt hatte, bis er auf dem rechten Ohr taub war. Ferner war bekannt, daß sie einen weißen Raben besaß, der mit Menschenstimme redete, daß ein griechischer Pope ihr sehnliche Ständchen unterm Fenster gehalten und laut geweint hatte, daß sie »gar-gar kein« Fleisch aß, der Familie viel Schande gemacht hatte und »jung an Krebs gestorben war, die Ärmste«. Jetzt gingen sie, zögernd auf Zehenspitzen trippelnd, auf das Grab zu, schubsten und drängelten sich wie Schafe, beäugten die Platte mit Mißtrauen und Erleichterung, bückten sich aber wohlanständig und legten der Sitte entsprechend kleine Steinchen darauf.

Ihre Frauen, klein und hübsch, hielten Spitzentüchlein in der Linken. Die dunklen, folgsamen Kinder trugen alle das Haar zur rechten Seite hinübergekämmt und hatten sämtlich weiße Halbschuhe an den Füßen, die eigens für diese Gelegenheit gekauft worden waren. Sie brachten Michael gestickte *Kemizikas*, einen alten jemenitischen Mohel und große Pakete mit *Tishpishti* und orientalischem Honigkuchen, die Vater derart erfreuten, daß er sofort Romi herbeirief und ihr flüsternd auftrug, alles unter seinem Bett zu verstecken, »damit die Griechen nicht die *Dolzuras*, die Süßigkeiten, auffressen«.

Die Tataren kamen aus Galiläa mit einer Kolonne Rinderlaster, die unter der Bürde ihrer Körper ächzten. Verlegen und freundlich waren sie. Ihre quadratischen, weißen Zähne strahlten nur so beim Lächeln, und ihre Brauenhaare wogten wie reife Kornähren im Wind. Auch sie waren bereits auf dem Friedhof gewesen, hatten an den Gräbern gemurmelt und vom Grab ihrer Schwester die von den Levis niedergelegten Steinchen weggekickt, denen sie sofort angesehen hatten, daß das keine örtlichen Steine waren, sondern heilbringende Kiesel aus dem Schiloach-Teich, die trotz ihrer Winzigkeit schwer wie Bleikugeln wogen. Sie hatten kühle Krüge voll Sauermilch und Kefir, säuerliche Käseballen und eine wunderhübsche Wiege aus Holz mitgebracht. Einer nach dem anderen traten sie auf Jakob zu, tauschten erdrückende Umarmungen und schallende Dreiwangenküsse mit ihm und nickten mit ihren massigen Köpfen allen Anwesenden zu. Mit der erworbenen Vorsicht starker Menschen drückten sie die ihnen entgegengestreckten Hände und klopften auf erschrockene Schultern.

Voll Sympathie und Neugier umstanden sie die alte Dudutsch, die auf einem Schemel saß und Michael stillte. Doch als sie anfingen, zu tuscheln und mit Fingern zu zeigen, verfinsterte sich Simeons Gesicht. Klein und untersetzt, trübsinnig und schwerfällig, wie er war, wandte er sich an die Tataren mit einem höflichen Satz, den er eigens für die Gelegenheit formuliert hatte: »*Nu yallah* jetzt, das ist kein Spektakel hier!« Dann drängte er seine Mutter aufzustehen und geleitete sie ins Haus.

Und auf einmal, mitten bei den Segenssprüchen des Mohel, senkte sich Stille über die Gäste, denn Jakob rückte eine Kiste an die Hauswand, kletterte darauf und klappte die Holzläden vor Leas Zimmerfenster sperrangelweit auf. Kein Mensch fragte, was das bedeuten solle, aber ein Raunen ging durch die Menge, und ein paar Frauen wischten sich die geröteten Lider. Alle erkannten die verzweifelte Hoffnung meines Bruders – daß der Schrei des beschnittenen Neugeborenen aufsteigen und durch die offenen Fenster eindringen, die Mutter aus ihrem Schlummer wecken und unter die Lebenden zurückbringen möge. Denn es ist ja allgemein bekannt, daß das Weinen eines wunden Babys der durchdringendste und aufrüttelndste Laut auf Erden ist. Aber die Reihe der Segenssprüche wurde gesungen, die Windel abgenommen, die Vorhaut beschnitten, und etwas Furchtbares geschah: Der Schrei des Kindes blieb aus.

Die Ohren, die den Schmerzensschrei empfangen wollten, hörten nur das leise Summen der Stille. Die Augen, die sich auftaten, die erwachende Mutter am Fenster erscheinen zu sehen, schlossen sich tränenerfüllt. Trübsinn trat auf alle Gesichter. Michaels Weigerung, seine Stimme zum Weinen zu erheben, traf sie weit schwerer als gedacht. Eine Verhöhnung der Tradition lag hier vor, eine Verletzung der guten Sitte, als verkünde das Kind »mein Teil sei nicht mit euch«, als schere es aus dem gemeinsamen Joch der Leiden aus.

Nur Dudutsch war glücklich. Ihr war es gleich, ob das Kind weinte oder nicht. Sie nahm es erneut in die Arme und stillte es, bis es satt war, trommelte ihm mit den Fingerkuppen zwischen den Schulterblättern auf den Rücken, bis es aufstieß, und summte ihm ihre sanften, wortlosen Weisen. Viele Kinder hatte sie schon gestillt, aber keines hatte ihr eine solch zarte, süße Schwere geschenkt wie dieser Junge. Ihm steckte ein Magnet im Leib, der in jedem Menschen das verborgene Gute auftat und anzapfte – Liebe und Milch, Tränen und Lachen. Vor Freude aufgelöst brachte sie den Kleinen am Abend in Jakobs Schlafzimmer, legte ihn in seine neue Wiege, küßte ihn auf die Wangen und verließ den Raum. Michael lag mit weit offenen Augen da, ohne einzuschlafen oder zu weinen. Am Ende konnte Jakob sich nicht mehr zurückhalten – er nahm seinen Sohn in die Arme, legte ihn zu sich ins Bett, drückte das Ohr auf seinen Bauch, um dem Trappeln des nicht greifbaren Schmerzes zu lauschen, und dann schliefen sie beide ein.

54

So wie eine der gehetzten Gazellen aus den Wüstengeschichten meines Vaters wurde ich meinem Schicksal zugetrieben – nicht bereit, die Augen aufzusperren oder aus Erfahrung zu lernen, ein Pharao der Liebe, dumm und lahmherzig. Ich gehöre zu denen, die eine Prophetie erst erkennen, nachdem sie sich erfüllt hat, und wie Elija Salomo oder Herzog Anton vermochte ich die Warnsignale nicht zu deuten. Ich weiß noch, daß ich zu Lea gesagt habe, an dem Tag, an dem wir das Mosaik fertig zusammengesetzt hätten, würde Jakob zurückkommen und sie mir wegnehmen. Doch Lea erklärte mir, zu Recht, ich sei ein »Türmer«, und außerdem würden wir das Mosaik ja doch nie richtig zusammenkriegen – dachte sie. Und tatsächlich, jedesmal, wenn wir fertig zu sein glaubten und Jechiel riefen, kam er, umkreiste das junge Mädchen, die Alice Frebom seiner Liebe, und sagte, sie hätte ihren Silberblick noch nicht wieder.

Doch an einem Samstag ist etwas geschehen – oder, vielleicht, besser, »ist etwas eingetroffen«, du wirst gleich verstehen, warum – und da mußte ich begreifen.

An jenem Morgen hatte ich Brinker Unterricht gegeben. Als ich mich danach von ihm zu Lea aufmachte, klang ein sanftes Brummen vom Horizont herüber, ein leichtes Flugzeug tauchte am Himmel auf und kreiste über dem Dorf. Es war in den letzten Tagen des Krieges, und der italienische Bombenangriff auf Tel Aviv haftete noch lebhaft im Gedächtnis, aber dieses Flugzeug strahlte Unschuld und Freundschaft aus, und alle traten aus der Tür, um lächelnd zu ihm hochzugucken. Ein paar Minuten lang glitt es so dahin, leicht schwankend wie ein Schmetterling, der vom warmen Luftstrom getragen wird, und zum Schluß entschlüpfte seinem Bauch ein schwarzer Punkt, der laut explodierend in eine Pflanzung fiel, einen ungeheuren Schwall von Erdklumpen, Laub, Tonscherben und Birnen aufwirbelte und einen tiefen Krater in den Boden riß. Das Flugzeug entfernte sich gelassen, drehte einen großen Kreis, wandelte dann plötzlich seinen Mut und schoß wie ein zielstrebiger, präziser Pfeil auf das Dorfzentrum zu.

Die Menschen stoben in alle Richtungen auseinander, hielten schützend die Hände über den Kopf, warfen sich flach auf den Boden, doch das Flugzeug kreiste – mit der bekannten Gleichgültigkeit der Flieger – gemächlich weiter und glitt langsam aufs Feld herab, wo es am Boden zerschellte und mit fast unhörbarem Knall Feuer fing. Als wir dort anlangten, war es von den Flammen völlig verzehrt, und aus der Pilotenkabine schallten die Rufe: »Antonella, Antonella, Antonella, Antonella.«

Der arme Pilot verbrannte qualvoll. Das Seidentuch um seinen Hals verwandelte sich in ein Aschengespinst, die Lederkappe wurde an die Schädeldecke geschweißt, die Fliegerjacke versengte wie Papier. Die Leute zogen ihn aus der Kabine, und Jechiel Abramson setzte sich aufgeregt neben ihn, zog Notizbuch und Bleistift hervor und füllte vier Seiten mit dem Namen »Antonella«, der mit der Zeit immer schwächer und blasser wurde. Zuerst verschwamm das »t«, dann schmolzen die »n« dahin, doch das lange schmerzliche »a« war zu hören, bis der Pilot seine Seele mit einem langen, stammelnden »l« der Liebe aushauchte, das, Lea auf den Rücken geschrieben, ihr unendliche Lust bereitet hätte.

Das Feuer erlosch, der rußige Kopf verstummte. »Er hat eine grauenhafte Tod gehabt«, sagte Mutter traurig, »den von den Engelmenschen.«

Englische Militärs kamen, transportierten die Reste von Flieger und Flugzeug ab, photographierten, nahmen Messungen vor, stellten Fragen und gingen wieder. Noch wochenlang redeten die Dorfbewohner über den sonderbaren Absturz. Ebenso wie die Fachleute der R.A.F. verstanden sie kein Italienisch. Doch ich, der Sprachexperte, hatte verstanden. Als er auf das Dorf zuschoß, hatte der Pilot gesagt, war er vor schmerzlicher Sehnsucht nach seiner Geliebten blind geworden und hatte die Herrschaft über

Gashebel und Steuer des Flugzeugs verloren. Jakobs alter Spiegel war wohl zum Leben erwacht und hatte ihm sein starkes Licht entgegengeschleudert. Ich habe das niemandem gesagt, schon gar nicht Lea. Bald darauf war der Krieg zu Ende, neue Birnbäume wurden gepflanzt, und der Pilot war vergessen. Aber manchmal hörte ich Mutter in allen Tonlagen ›Antonella‹ murmeln, als wolle sie im stillen das Geheimnis enträtseln, das in den Konsonanten des Namens jener Frau enthalten war, in denen so viel Liebe gebunden lag.

Heitere und erfreuliche Tage folgten. Was den von Sammlerleidenschaft Befallenen gemeinhin geschieht, passierte auch dem Bibliothekar – seine Habsucht beeinträchtigte sein Urteilsvermögen, und so füllten Lea und ich seine Hefte mit nie gesagten letzten Worten berühmter Menschen, die niemals gelebt hatten. Wie die raffgierige Fischersfrau verlangte Jechiel, sich mit Vater zu treffen und seine Gunst ohne Mittler zu erhalten, aber ich erklärte ihm, Vater sehe in den letzten Worten Familiengeheimnisse, die er nur an mich weitergebe, und deshalb dürfe er nicht erfahren, daß ich sie Fremden preisgab.

Brüllend vor Lachen, einander in die Arme fallend und uns auf den spitzen Steinchen des Mosaiks wälzend, erfanden wir den in Alexandria geborenen argentinischen Dichter José Ismail Niente, der da sprach: »Der Weg war so lang, und ich irrte allein darauf«, den obersten Taubenzüchter von Kalkutta, Teschitra Griva, mit den Worten: »Der wahre Tod ist erlesener als der Tod im Leben«, und den schwedischen Feldherrn Gustav Brison aus Falun. In seinem blutbefleckten Bett (»im Lungensanatorium«, fügte Lea hinzu) lächelte der General (»das Gesicht von Weißhaar umkränzt«, ergänzte Lea), zog die Hand unter dem (»gestärkten«) Kleid der Krankenschwester (»einem Rotschopf«) hervor und sagte mit schwacher, aber klarer Stimme: »Das ist der leichteste Krieg von allen!« (»bevor er sein einziges Auge für immer schloß«).

»Meinte er den Krieg gegen Polen, den Krieg gegen den Tod oder den Krieg gegen die Liebe?« fragte Jechiel.

»Sind denn nicht alle Kriege nur die vielen Spielarten eines und desselben?« entgegnete ich feierlich, da ich seinerzeit schon wußte, wie ihn solcher Unsinn beeindruckte.

Doch die Zeit war ein härterer Gegner als der Bibliothekar, und der unvermeidliche Tag traf wirklich ein – geplant und ausgeführt von Meisterhand. Ein Frühlingstag (»von unerwarteter Großartigkeit«) belagerte das Dorf mit seinen schönen Verlockungen. Bienen umschwirrten (»emsig summend«) ihre Blumen, graue Greise kamen (»bleich und echsenhaft«) aus ihren Winterunterschlüpfen und traten zum Aufwärmen in die Sonne. Bettzeug streckte sich, bar jeder Scham, vor aller Auge auf den Veranden hin.

»Welch herrliche Sonne!«, sagte Lea, zog mich an der Hand aus der Bibliothek, führte mich die Anhöhe hinauf und blieb auf einer Wiese mit mir stehen. »Komm, wir bringen Jechiel auch die letzten Worte eines Elektrikers«, lachte sie an meinem Hals. »Wer hat den Fußboden naß gemacht?« Aber ich erklärte ihr, das sei vergebliche Mühe. Jechiel liege nichts an den letzten Sätzen kleiner Leute.

Kein Mensch war da. Nur die hohlen Augen des Schädelfelsens starrten uns an. Lea nestelte die Kordel am Ausschnitt ihrer gestickten Bluse auf, zog sie aus und legte sich auf den Bauch.

»Schreib mir auf den Rücken«, bat sie.

Die Gummizüge der Blusenärmel hatten rote Reifen an ihren Armen hinterlassen. Zarte Lustschauder sprangen von ihrer Haut auf meine Finger über.

»Findest du, daß ich schön bin?« fragte sie, den Mund im Gras vergraben.

»*Ken*«, schrieb ich – ja.

»Schreib *lo* (nein)«, lachte sie, »das ›l‹ ist angenehmer.«

Wir räkelten uns im Felsschatten. Lea zog einen kleinen Spiegel aus der Handtasche, legte das Kinn auf die verschränkten Arme und musterte ihr Abbild. Nicht mit koketter Miene, sondern mit wehmütig zweifelndem Ausdruck.

»Findest du mich tatsächlich schön?«

Es war ein Tag voll Blau und Grün. Anemonen, Blutströpfchen und Mohnblumen sprenkelten ihn mit roten, Chrysanthemen und Senfblumen mit gelben Tupfen.

»Ja«, sagte ich.

»Wirklich schön?«

»Du bist schön«, sagte ich, »die Allerschönste auf der Welt. Die Schönste, die ich kenne.«

»Wie viele Mädchen kennst du schon?« fragte Lea lächelnd. »Wie viele Mädchen hast du schon gesehen, zumal du auch noch stur ohne Brille rumlaufen mußt.«

Sie erschauerte und drehte sich auf den Rücken.

»Siehst du den Punkt, den ich am Kinn habe?«

»Ja.«

»Siehst du, daß mir zwei klitzekleine Härchen darauf sprießen?«

»Seh ich«, antwortete ich.

»Zupfst du sie mir aus? Ich hab Angst, es selbst zu tun.«

Sie kramte in ihrer Handtasche, reichte mir eine Pinzette und lehnte den Nacken an mein Bein. Die Augen hielt sie in vollem Vertrauen geschlossen, die Lippen ein wenig geöffnet, die Brustknospen zogen sich im leichten Wind zusammen. Ihr warmer, süßer Atem schwebte vor meinem Mund, als ich mein Gesicht nahe an ihres brachte, um besser zu sehen. Ein Marienkäfer lief ihren Hals hinab, ohne das ihm zuteil gewordene Glück zu begreifen.

Die beiden Härchen waren fein und hell, fast nicht zu sehen, aber ihre Wurzeln saßen sehr tief. Lea stöhnte, als ich sie ihr auszupfte, und klammerte mir die Finger ums Handgelenk.

»O strahlende und edle Dolores, o Dolores, unsere liebe Frau der Schmerzen«, summte ich ihr in die Ohren.

»Vielleicht hörst du endlich auf damit!«

Ich konnte mir's damals nicht verkneifen, und gewiß kann ich's auch jetzt nicht: »*By necessity, by proclivity and by delight – we all quote*«, zitierte ich.

Die Sonne neigte sich dem Abend zu, Kühle sickerte in die Luft. Nur Chez-nous-à-Paris und ich wußten, wie sehr die Sonne Leas ganzes Verhalten beherrschte. Kalte, regnerische Tage stumpften ihre Sinne ab, ließen ihre Haut verblassen, deprimierten ihre Stimmung. »Komm, laß uns spielen«, rief sie zitternd, »daß ich durch den Wald irre und du mir zeigst, wo die Erdbeeren unterm Schnee wachsen.«

Ihre Wange strich über meine Schulter, das Haar fiel ihr übers Gesicht und füllte meine Halsmulde, ihre Brust atmete an meinem Arm.

»Gehn wir zurück«, sagte sie.

Sie stützte sich an mir, als sie die Schuhe anzog. Steckte ihre Hand in meine Gesäßtasche. »Zum Wärmen«, sagte sie.

Ganz langsam, aber sicher, mit geschlossenen Augen, füge ich Stückchen für Stückchen das Puzzle der Erinnerung an jenen Tag zusammen. Langsamen Schritts kehrten wir ins Dorf zurück. Chrysanthemen verströmten ihren üblen Geruch. Störche segelten als schwarze Punkte hoch in der Luft. Ein Bienenfresser fing eine Hornisse im Flug. Sein Schnabel klapperte. In jener Nacht kehrte Jakob heim und nahm mir Lea.

55

Der Brenner toste. Vater und Itzig Edelmann flochten die Teigzöpfe. Mutter stand über die Knetschüssel gebeugt und schabte in langen, kräftigen Zügen deren Wände mit dem Schaber ab. Es war Donnerstag, die schwerste Nacht der Woche. Simeon schleppte Säcke zum Sieb, Josua Edelmann schnitt Teig in Stücke, blickte stolz auf seinen Sohn und sagte: »Wer schnell arbeitet, wird zuerst fertig, wird er.«

Doch urplötzlich schlug, einer großen Flamme gleich, der Geruch herein – der wilde Weihrauch zertretenen Alants, der bitterherbe Gestank der Nachttiere, der sich im Dunkeln öffnenden Kelche des Tragant. Gerüche, die wir von den Feldern des Dorfes kannten, aber denen es bisher nie gelungen war, die stickige Luft der Bäckerei zu durchdringen.

Vaters Finger hielten in ihrer schnellen Bewegung inne und wurden dem Auge wieder sichtbar, Edelmanns Kratzer und Mutters Schaber erstarrten in der Luft. Ich umschlang den blechernen Mehlmeßbecher, bis er ein metallisches Knacken hören ließ und seine quadratische Gestalt eine Taille bekam.

»Er kommt«, sagte Mutter, erfaßte jedoch dann erst die Bedeutung ihrer Worte und kreischte: »Der Jakob kommt.«

Die Tür der Bäckerei ging auf, und mein Bruder trat ein. Er wirkte wie einer der Bauernsöhne, denen wir immer hatten ähneln wollen. Die Behaarung an seinen Armen, früher vom Ofenfeuer versengt, war nachgewachsen. Neue Rillen zierten seine Hände. Die Sonne, die der Bäcker selten zu sehen bekommt, hatte seine Haut gebräunt.

Der feuchte Bäckereidunst ließ seine Brille beschlagen, und als er sie abnahm, zeigte er andere, helle Augen. Mutter sprang auf ihn zu und schüttelte ihn. Er barg das Gesicht an ihrem Hals, löste sich dann, um auch mich zu umarmen, und ich spürte, daß er schwellende neue Muskeln und starke, schwere Knochen unter der Haut bekommen hatte. Er streichelte Simeons gesenkten Kopf, fragte: »*Hello*, wie geht's?« ging dann zu Vater, umarmte ihn und sagte: »Schalom, Vater, da bin ich wieder.«

»Ihr habt's alle gesehen: Zu mir ist er zuletzt gekommen«, hat Vater mir Jahre später in einem seiner enervierenderen Briefe geschrieben, aber damals sagte er nur: »Jetzt ist keine Zeit, es muß weitergearbeitet werden«, und wandte sich dem Tisch zu.

»Geht alle schlafen«, sagte Jakob und blickte mich an, »wir zwei werden backen.«

»Ihr werdet's nicht schaffen«, sagte Vater, »heute ist Donnerstag.«

»Wir schaffen's«, sagte Jakob, »Simeon hilft uns.«

Vater nahm seufzend die Stoffkappe vom Kopf, band die schmutzige Schürze von den Hüften und hängte sie an den Nagel. Seine Bewegungen waren langsam, seine Züge niedergeschlagen. Mutter hakte ihn – halb stützend, halb führend – ein, und die beiden gingen hinaus.

»Auch ihr, Freunde«, sagte Jakob zu Itzig und seinem Vater, »nehmt euch eine Nacht Urlaub auf meine Kosten.«

»Komm, Itzig«, sagte Edelmann, »wir haben einen neuen Patron, haben wir«, und die beiden gingen ebenfalls.

Jakob setzte sich auf den Arbeitstisch, zwackte sich ein Stückchen Teig ab, an dem er geistesabwesend kaute und lutschte. Dann stand er auf und flocht in sich steigerndem Tempo Sabbatbrote.

»Na, was ist«, sagte er, »redest du gar nicht mit mir?«

»Hast du gefunden, was du wolltest?« fragte ich.

»Was denn?«

»Die Frau, die den Brotgeruch wittert?«

»Hab ich nicht gefunden«, erwiderte Jakob lächelnd, »aber ich habe all die tatarischen Verwandten kennengelernt, hab auf dem Feld gearbeitet, hab mit einer Frau geschlafen.«

»Mit wem?« fragte ich erschrocken.

»Mit einer Cousine von uns, die dem Aussehen nach deine Zwillingsschwester sein könnte.«

Und da eine geschlagene Minute verging, in der ich vor Bestürzung nichts weiter fragte, fügte er wie provozierend hinzu: »Das läßt sich mit nichts vergleichen.«

Draußen wurde es plötzlich völlig still, kein Lüftchen regte sich, in der Ferne rollte ein kurzer Donner – es war eins dieser Frühlingsgewitter, die sich erst räuspern, bevor sie das Wort ergreifen. Der Spätregen pochte ein paarmal ungeduldig auf das Wellblechdach über der Eingangstür, schlug mit tausend nassen Klöppeln auf den Dieselbehälter, ging zu sanftem Trommeln auf den Ziegeln über. Aber diesmal brauchte ich keine äußeren Anzeichen mehr. Es reichte mir ein Blick auf Jakob, um zu erkennen, daß Mutters Prophezeiungen sich sämtlich bewahrheiten würden.

Ich trat ins Freie. Der Regen brodelte und zischte beim Auftreffen auf den glühenden Schornsteindeckel. Ein silbrig tanzendes Tropfenkleid hing von der Straßenlaterne, und dahinter sah man eine flinke Gestalt, die Hände schützend über den Kopf gelegt, vor dem Schauer flüchten. Ich hörte ihren schnellen Flugschritt auf der überschwemmten Straße. In einem Schwung bog sie zum Tor ab, überquerte den Hof, passierte mich und stürmte in die Bäckerei.

Ich folgte ihr hinein. Mein Bruder stand in der Grube vor der Ofentür, in den Händen den Stiel der Bäckerschaufel, das Gesicht nach oben gerichtet. Lea blieb über ihm stehen. Sie schwankte unruhig, zitterte vor Kälte und Nässe. Ich spürte Jakobs Atem flacher und schneller werden, hörte seine Knie singen, sah den Adamsapfel in seiner Kehle stoppen. Da lernte ich, daß Liebende letzten Endes nur unter einer brennenden Lampe suchen müssen, nicht an den dunklen Orten, an denen ihr Verlust eingetreten ist.

»Komm da raus«, sagte sie und reichte ihm die Hand.

Erst jetzt, als ich sie mit seinen Augen sah, merkte ich, wie sehr Lea sich in diesem Jahr verändert hatte, wieviel schöner sie geworden war.

Jakob reichte ihr die Rechte. Sie ergriff sie und zog ihn aus der Grube. Dann drehte sie ihm den Rücken zu und sagte: »Mach mir die Haarspange auf, Jakob, ich bin patschnaß.«

Die große Perlmuttspange hatte er ihr drei Jahre zuvor bei Chez-nous-à-Paris gekauft und, mit einem Zettel versehen, auf die Veranda ihres Hauses geworfen, doch Lea hatte sie bis dahin kein einziges Mal getragen. Jetzt löste sie die vollgesogenen Stränge ihres Zopfes, und seine Strähnen teilten sich in langsamem Gleiten ohne Anfang noch Ende, als kröche er mit tausend warmen, feuchten Eidechsen dahin. Regentropfen funkelten ihr auf Brauen, Nase und Wimpern, und die Ofenhitze ließ den reinen Duft des Regens von ihrem Kopf verdunsten.

Sie neigte den Kopf, wrang ihre Flechtenfülle, und das Wasser floß in Strömen heraus. Lea hatte sich nie im Leben die Haare schneiden lassen. Als Baby hatte sie sich vorm Klappern der Schere gefürchtet, als Kind vor den fummelnden Händen des Friseurs, als Halbwüchsige vor der Veränderung, und als sie dann schon eine junge Frau war, hatte sie bereits den längsten Zopf im Dorf, den abzuschneiden ihr wie die Amputation eines Gliedes erschien. Einmal hatte sie mir gesagt, wenn sie sich die Haare schneiden ließe, würde sie Schmerzen empfinden, und die Schnittstellen würden Blut vergießen.

Mit einer gewissen Dramatik, die mir heute höchst lächerlich vorkommt, meinte ich damals, das sei das Bild, das wir beide von nun an sehen würden, sobald wir die Augen schlossen. Damals glaubte ich noch, daß Liebeswunden niemals vernarben, hatte keine Ahnung, wie schnell und vollkommen ihre Heilung doch ist.

»Möchtest du auch Tee zum Brot?« fragte Jakob Lea.

Er stellte den großen Kessel auf den Primus, setzte die kleine Kanne mit dem Extrakt obendrauf und beobachtete Lea, die sich hinsetzte und die Schuhe auszog. Ihre Socken waren beim Verlassen des Hauses weiß gewesen, doch nun hatten Feuchtigkeit und Schlamm braune Flecken darauf sprießen lassen. Ich betrachtete ihre runden Fersenballen, deren Abdrücke einst meinen Bruder fasziniert hatten. Jetzt hatte der Regen ihnen blasse, melancholische Runzeln der Schicksalsergebenheit beigebracht.

Draußen legte der Regen zu. Ein ungeheurer Donnerschlag rollte über den Himmel. Mein Bruder nahm das Teekännchen hoch und hielt es Lea unter die Nase, damit sie den Duft der Blätter genießen konnte. Ihre Mundwinkel zitterten. Die graue Kälte, das metallische Prasseln des Regens, die Hölle des nicht enden wollenden Winters waren ihr an Leib und Seele ein Horror. Wieder breitete sie ihre Haarpracht aus, schüttelte sie, zog die Finger hindurch, kämmte sie dann langsam. Jakob beugte sich nieder und legte ihr die Hand auf die Füße.

»Du bist ja halb erfroren, Lalka«, sagte er, sich aufrichtend, »ich geb dir trockene Kleidung.«

Damit ging er an den Blechschrank, holte ein Bündel frische Arbeitskleidung heraus, wandte sich mir zu und sagte mit vollkommener Ruhe – so sicher und selbstverständlich: »Geh raus. Sie möchte sich umziehen.«

Und ich ging hinaus.

56

Ein paar Jahre später, bei einer Wallfahrt nach New Bedford, zum Walden-See und zu einigen anderen heiligen Stätten, fuhr ich mit der Fähre zu Marthas Weinberg. An Deck lernte ich eine große, hübsche Irin um die Vierzig kennen, und wir führten ein Gespräch, wie es rothaarige Amerikaner, die unterwegs eine Zufallsbekanntschaft machen, gewöhnlich führen. Sie war Kustos der Judaica-Bibliothek an der Universität Harvard und sprach, wie sie mir sagte, fließend Hebräisch. Ich war ein Experte für Erdbeeranbau, in Prag geboren, früh verwitwet (ein berauschter Lokomotivführer war aus den Schienen gesprungen und hatte meine Frau an die Wand gedrückt) und Vater von einjährigen Zwillingen.

»Hebräisch«, sagte ich mit einer Begeisterung, die darauf angelegt war, zu prüfen, ob mehr als ein Lügner in der Gegend herumlief, »ist das nicht die Sprache, die von rechts nach links geschrieben wird? Sagen Sie mir was auf hebräisch.«

»Was soll ich denn sagen?« antwortete sie verlegen.

»Was Ihnen in den Sinn kommt«, erwiderte ich, »nur damit ich den Klang dieser Sprache hören kann.«

Sie fixierte mich mit ihren hellen Augen und beschrieb mir, ohne auch nur einmal mit der Wimper zu zucken, von rechts nach links ein Bild, auf dem wir beide auf einer alten Couch figurierten, die, soweit ich begriff, im unterirdischen Magazinbüro der Bibliothek stand. So direkt und detailliert war die Schilderung, daß ich nur mit Mühe jene gelassene tschechische Haltung wahrte, mit der verwitwete Erdbeerzüchter begnadet sind. Als wir die Fähre verließen, fragte ich sie, ob sie bereit sei, mit mir ein Zimmer in Peter Coffins Gasthaus zu teilen. Sie fragte lachend, ob ich denn keine Angst hätte, mit einem Menschenfresser zu schlafen, was sich auf englisch höchst vielversprechend anhört, und das Herz wurde mir weit. Am nächsten Abend schleuste sie mich in das riesige Büchermagazin des Lendner-Gebäudes von Harvard ein. Der Geruch der alten Bände und die Nähe zu der in ihnen enthaltenen Weisheit erregten ihr Fleisch, sagte sie. Ich kannte viele von ihnen. Auf dem *Kompletten Buch der Traumdeutung* von Rafael Chaim Levi prangte sogar das Bild eines schmerzgeplagten, bebrillten Huhns.

»Sag mir noch was auf hebräisch«, bat ich, meine gelassene Miene wahrend.

Die schöne Bibliothekarin löste ihre Haarflechten, drängte mich sanft zu dem alten Sofa im Büro des Magazins, und als sie sich über mich beugte, glaubte ich plötzlich zu verstehen, warum ich damals aus der Bäckerei gegangen war, ja begann ihr das auch zu erzählen, bis sie mich bestürzt bat, mit Schreien aufzuhören.

Später heilten meine Wunden, mein Fleisch beruhigte sich, die Zeit ließ neue Haut über mein Herz wachsen. Vor rund zehn Jahren, als ich fünfundvierzig wurde, lud mich die Frau meines Lektors ein, meinen Geburtstag in New York zu feiern. Ihr Mann war zu irgendeinem Kongreß an die Westküste gefahren, und sie lachte unaufhörlich. Sie war eine sehr amüsante und kluge Frau, ihre Lenden hatten einen wundervollen, unerklärlichen Krokusduft. Ich erinnere mich an einen Satz von ihr, der von Cheznous-à-Paris hätte stammen können: »Egoisten sind die besten Liebhaber der Welt.«

»Das kommt, weil wir so viel onanieren«, erklärte ich ihr.

Sie drückte meine Hand mit ihrer behandschuhten Rechten und hob sie dann plötzlich an die Lippen. Wir gingen zu der großen Kirche an der Fifth Avenue, weil ich ihr zeigen wollte, wo die Polizisten auf Thomas Tracys entflohenen Tiger geschossen hatten, »den Tiger, der die Liebe ist«. Danach aßen wir in der *Oyster Bar* zu Mittag. Ich habe eine seltsame Schwäche für lebende Muscheln. Den Geschmack finde ich widerlich, aber sie besitzen einen verborgenen Bestandteil, der meinen Körper anregt. Wir tranken Birnengeist. Leicht angesäuselt stiegen wir aus den Katakomben der Grand-Central empor, überquerten die 42. Straße und gingen zwischen den beiden steinernen Junglöwen der Public Library hinauf, um uns die Ausstellung »Reisebücher aus dem 19. Jahrhundert« anzusehen. Von dort begaben wir uns zu ihr nach Hause, und unterwegs, eingezwängt zwischen hundert kleinen, harten, spießigen Touristen aus Japan, sah ich eine alte Frau über die Eisbahn gleiten. Ihre Augen waren geschlossen, und winzige Bronzeglöckchen hingen ihr an den Handgelenken. Sie drehte sich um sich selbst, und genau in diesem Moment keimte wieder jene vergessene Frage in mir auf, der – auf den Fersen – die klare Antwort folgte. Ich begriff, warum ich damals aus der Bäckerei gegangen war. Dann lachte ich laut auf, sagte »nichts Besonderes« zu meiner Partnerin, und auch heute will ich kein einziges Wort der Erklärung für meinen alten Verzicht damals liefern, der jedenfalls nichts mit den Geschichten über den Herzog und die Dienstmagd oder die Brüste und den Eifersüchtigen zu tun hat. Man muß nicht alles und jedes erklären. »Der Leser verfügt über den Scharfsinn, die leeren Zeiträume mit seinen eigenen Mutmaßungen auszufüllen«, und hat schon schwierigere Fragen aus eigenen Kräften zu beantworten gehabt. Warum hat Orpheus zurückgeblickt? Warum hat Jakob geweint? Was führte Tschitschikow im Schilde? Warum hat Cyrano seiner Roxane nicht das Geheimnis der Liebesbriefe enthüllt? Warum habe ich meiner Mutter nicht das letzte Geleit gegeben? Warum hast du es damals abgelehnt, dich mit mir zu treffen, als ich dich in deiner Stadt vom Bahnhof anrief?

Ich verließ die Bäckerei, trat ans Fenster und setzte die Brille auf, aber die Scheibe war von außen mit Tropfen und von innen mit Dunst bedeckt, so daß die sich aus- und anziehende Lea mir wie ein blasser Nebel erschien, der nie klare Konturen annahm.

Ich ging um die Bäckerei herum und lugte zwischen den Brettern vor dem Fenster hindurch, an dem Mutter einst Brot verkauft hatte.

»Was guckst du denn da?« hörte ich hinter mir sagen.

Das Blut wallte mir in einer hitzigen Zorneswoge zu Kopf. Wortlos fuhr ich herum und versetzte Simeon einen harten Tritt. Er war damals fünfzehn Jahre alt, breitschultrig, gedrungen und sehr kräftig. Aber ich war größer, älter und wütender als er, und Bestürzung, Kränkung und Abscheu preßten meinen Muskeln ihre volle Kraft ab. Er taumelte zurück, sein verkrüppeltes Bein stieß an einen Stein und knickte weg. Kein einziges Stöhnen entrang sich seinem Mund, als er sich von seinem Sturz aufrappelte und auf mich zustürmte. Wieder trat ich ihn, und wieder fuhr er zurück und stürzte. Als er mich das zweite Mal ansprang und mich zu beißen versuchte, packte ich ihn mit beiden Händen an der Gurgel, schleifte ihn zum Maulbeerbaum, schlug dort seinen Kopf gegen die Rinde, bis sein Körper schlaff wie ein Lappen wurde, und fesselte ihn dann an den Stamm.

Ans Fenster zurückgekehrt, lugte ich durch die Ritze im Rahmen. Lea war schon angezogen. Halb verschwunden in der knittrigen Arbeitskleidung, saß sie neben der Arbeitsplatte der Flechtmaschine, und Jakob schnitt ihr Challa ab.

»Soll ich dir Butter draufstreichen?« fragte er.
»Ja«, sagte sie.
»Wie wär's mit einer sauren Gurke?«
»Nein, ich mag keine Gurken.«
»Dann vielleicht gestampfte Oliven?«
»Ja, bitte.«
»Magst du starken Tee, Lalka?«
Mir wurde übel.
»Wieviel Zucker?«
»Einen Löffel.«

Ihre Stimme klang müde und monoton. Als hätten Mund und Zunge das über sie Hereinbrechende erkannt, bevor es noch Hirn und Herz taten.

Mein Bruder beugte sich vor, stellte das Glas neben sie, wich zwei Schritte zurück, wischte sich die Hände an der Hose ab und blickte sie mit gespannter Erwartung an.

Sofort akzeptierte sie seine Gabe. Und ich, der sie dieses ganze Jahr mit tausend Quatschgeschichten vergnügt, ihr die Imperien der Sonne und die Länder des Mondes beschrieben, ihr schmerzhaft zwei Haare aus dem Fleisch gezupft, gestohlene Mosaiken und gefälschte Sätze mit ihr zusammengesetzt, ihr dagewesene Lügen und nicht dagewesene Wahrheiten zitiert hatte, erkannte Jakobs Überlegenheit. Ich sah ihn im stillen lächeln und gleich wieder ernst an die Arbeit zurückkehren, denn ein weiterer Schub Teig begann bereits zu gehen, und wenn der Teig geht, geht die ganze Welt mit ihm.

»Wo steckst du denn?« rief er. »Wohin bist du bloß verschwunden? Komm helfen.«

Lea saß am langen Tisch, flocht ihr Haar zu einem beinlangen, armdicken Zopf und wickelte sich ihn in zwei schweren Schlingen um den Schädel. Danach fing sie an, mit dem Finger Brotkrumen aufzupicken, die ihr von den Lippen gefallen waren. Auch mein Vater und meine Mutter sammelten Brotkrümel vom Tisch. Vater hob den Krümel mit Daumen und Zeigefinger hoch und legte ihn sich auf die Zungenspitze, wobei er aussah wie ein verwöhnter Vogel, der sich selber füttert. Mutter fegte sie mit der einen Hand in die andere, die dann die Ausbeute in den aufgesperrten Mund schoß. Doch Lea drückte wie geistesabwesend die Fingerkuppe auf den Krümel, bis er – stumm und unempfindlich – daran hängenblieb, worauf sie den Finger in den Mund steckte und ihm seine Beute mit runden Lippen ablutschte, die ihr einen verwunderten Ausdruck verliehen, als begreife sie nicht, wie ein solch kleiner Krümel ihr solch starken Genuß bereiten konnte. Als ich Jahre später mein zweites Brotbuch verfaßte, widmete ich ein ganzes – höchst vergnügliches – Kapitel Menschen, die mit Brot spielen, wie etwa Dr. Thomas bei William Oden, der sein Brot zu kleinen Kügelchen knetete, oder Dr. B., Stefan Zweigs Schachspieler, der sich in der Gefängniszelle Schachfiguren aus Brot formte, oder wie die Teighündchen und -kätzchen bei Till Eulenspiegel. Doch vor allem schrieb ich dort über die Krümelsammler am Tisch – jeder mit seiner Methode. Sehnsuchtsvoll schrieb ich über sie, denn ich kannte sie alle, und zum Schluß haben sich auch diese Sehnsüchte, wie all meine übrigen, in eine Sammlung erfundener Geschichten verwandelt.

Jakob stellte die dampfende Wasserwanne auf den Boden des Garschranks, und ich malte mir aus, Leas Finger drücke auf meinen Leib. Stellte mir vor, ich klebte an ihr und würde mitgetragen, wohin sie auch gehen mochte. Phantasierte, furchtbare Schwäche ergriffe meine Knie, worauf ich kehrtmachte und die Bäckerei verließe. Ich band Simeon vom Baum los, schickte ihn rein, Josef zu helfen, und verbrachte den Rest jener Nacht damit, auf dem Klodeckel der Bibliothekstoilette kauernd in Büchern zu blättern.

»*Honni soit qui mal y pense*«, las ich die Inschrift am Rand des Bildes, »ein Schelm, der Böses dabei denkt.« Ich war sicher, Gauguin verspotte hier die Argwöhnischen, die den Wahrheitsgehalt der Geschichte von Leda und Zeus anzweifelten, wie Rilke in seinem Gedicht. Erst Jahre später in New York erklärte mir Rechtsanwalt Edward Abramson, Jechiels Onkel, die langweilige Wahrheit: Gauguins Leda war als Dekor für ein Service gedacht gewesen, bestellt von irgendeinem Fürstenhof oder Ritterorden mit diesem Wahlspruch. Doch obwohl Gauguin Bankbeamter gewesen sei, »habe er künstlerische Ehrlichkeit besessen«, fuhr er fort und führte auch den Beweis: Nur bei ihm kam der Schwan auf Schwäneart zu Leda – von hinten.

Bei Sonnenaufgang kehrte ich heim. Jakob und Lea waren schon nicht mehr in der Bäckerei. Simeon lud finster und stumm die Brote in die Kutsche. Ich ging zum Hause Levitov, wo Zwia auf der Veranda wartete.

»Lalka ist mitten in der Nacht weggegangen und noch nicht wiedergekommen«, sagte sie besorgt. »Ich dachte, sie sei bei euch.«

»Ihr geht's gut«, sagte ich und fügte hinzu: »Ich möchte mit Ihnen sprechen.«

»Worüber?« fragte sie.

»Über mich«, antwortete ich, »ich möchte nach Amerika fahren.«

»Nach Amerika?« fragte Zwia verwundert. »Ausgerechnet Amerika?«

»Ich bin schon groß«, sagte ich zu ihr, »Jakob ist zurückgekehrt. Er wird mir die Bäckerei und Lea wegnehmen, und mir bleibt hier nichts mehr zu tun. Ich will nicht wie Simeon im Haus sein.«

»Wissen deine Eltern davon?«

»Noch nicht.«

»Und du brauchst Geld für die Reise.«

»Ich brauche Geld fürs Schiff und noch etwas für die ersten Tage. Ich werde Ihnen alles zurückzahlen.«

»Deine Mutter wird dich umbringen«, sagte Zwia, »und mich noch dazu.«

»Sie wird Ihnen nur danke sagen.«

»Warte hier«, sagte Zwia.

Sie ging ins Obergeschoß hinauf, kam ein paar Minuten später wieder und zählte mir die Scheine in die Hand.

»Nimm«, sagte sie. Ihre Stimme war tränenerstickt wie an dem Tag, an dem ich ihr Haus zum erstenmal aufgesucht hatte. »Das ist weder eine Anleihe noch ein Geschenk. Es ist Arbeitslohn. Ich möchte, daß du dort etwas für mich tust, danach kann ich in Frieden sterben. Jetzt wart ein paar Minuten hier.«

Sie setzte sich an ihre Singer-Nähmaschine und nähte mir einen Bauchgürtel für das Geld, und bevor ich ging, ergriff sie meine Hand und sagte: »Es tut mir leid um dich und um Lalka.«

Ich habe Zwia nie wiedergesehen. Nach meiner Ankunft in Amerika habe ich ihr ab und zu über meine Fahndungsbemühungen und Rechtsanwalt Abramsons Hilfe geschrieben, und als es mir endlich gelungen war, Leas Vater ausfindig zu machen, verkaufte Zwia ihr Haus und fuhr zu ihm. Ich habe ein paarmal am Telefon mit ihr gesprochen. Sie hatte eine neue Stimme. Die, mit der Frauen anzeigen, daß sie nicht zurückblicken wollen. Und getroffen haben wir uns nicht mehr.

Derart und darum bin ich gefahren, ich möchte diesen Punkt nicht weiter ausführen. Du kennst ja bereits meine Fähigkeit, viele Worte zu machen, und wenn ich mir dieses Vergnügen versage, wirst du sicher einsehen, daß ich guten Grund dazu habe. Ich will dir lediglich erzählen, daß Mutter mich nicht zum Hafen begleitet und Vater im Haus von mir Abschied genommen hat. Ich erinnere mich an seine zitternden Hände auf meinem Rücken und seine Worte an meinem Hals: »Du läßt mich also mit ihnen allein.« Simeons düsterer Blick, Tia Dudutschs Weinen, das wie ein Vogeljunges auf meinem Herzen flatterte, Mutters »Verräter!«, das mir durchs Fenster zuflog – das waren meine Begleiter.

»Nicht dafür hat der Großvater Michael die Beschneidung ohne Stricke und ohne Narkose gemacht«, klagte Mutter immer wieder, »und hat alles verkauft, mitsamt der Mühle und dem Wasserbach und den Arbeitsgäulen und den Apfelbäumen, und ist zu leiden und zu sterben nach Erez Israel gegangen. Dafür, daß nach zwei kurzen Generationen schon ein Enkel von ihm in die Verbannung geht. Und wegen was? Wegen der Lea von dem Jakob.«

57

Ein paar Tage vor meiner Abreise habe ich etwas Schreckliches getan. Am Morgen jenes Tages fuhr ich mit Mutter zu Chez-nous' Friseursalon. Sie ging gleich hinein, während ich mir erst noch Notizbuch und Schreiber kaufen ging, weil ich mit dem – letzten Endes natürlich nicht verwirklichten – Gedanken spielte, ein Reisetagebuch zu führen. Als ich den Salon betrat, machte Chez-nous-à-Paris den Mund zu, aber ihre Worte schwebten noch in der Luft.

»Der Mensch wartet manchmal zwanzig Jahre wegen seiner Liebe«, hörte ich sie sagen und wußte dabei, daß von mir die Rede war. »Die Liebe stirbt nie. *Jamais! Chez nous à Paris* hat die Liebe eine Geduld wie Wein. Wartet und wartet, doch zum Schluß kommt auch sie an die Reihe.«

Chez-nous streckte die Hand gegen das Meer aus, in die ungefähre Richtung von Paris. In der Achselhöhle hatte der Schweiß feine Salzlinien auf den Kleiderstoff gezeichnet. Die Frauen seufzten alle und wandten ein und denselben Blick sehnsüchtiger Bewunderung gen Westen. Ihre Augen überquerten das Mittelmeer in schnellem Gedankenflug, schwebten, sehnlichen Lüftchen gleich, über die griechischen Inseln, erschütterten die Stille der flachen adriatischen Buchten, bohrten Tunnel durch die Alpen und glitten in das ebene Land der Champagne jenseits der Berge. Lebt wohl, Arbeit und Fron. Bleib zurück, du glühender, alt machender, sengender Orient. Packt euch, Putzlappen, Schaufel,

Bügeleisen! Dort hinter wunderbaren Namen – Dijon, Chablis, Fontainebleau – breitet sich, in die wohlduftenden Nebelschleier der Seine gehüllt, Paris, »die Hauptstadt der Faszination, Heiligtum der Mätressen, die er liebte«, Chez-nous' Paris, dessen Bäume selbst im Frühling Laub abwerfen, damit es seinen Dichtern ja nicht an Inspiration ermangle, dessen Frauen melodisch mit den Absätzen übers Pflaster klappern, dessen Männer über duftende Seidentüchlein tänzeln, eigens fallengelassen, ihnen die Wege der Liebe zu weisen.

Nach unserer Rückkehr bat Mutter mich, sie zu Brinker zu begleiten, um ihm den Essenstopf zu bringen, und er – freudestrahlend ob ihres Klopfens – öffnete die Tür und ergriff ihre Rechte mit beiden Händen.

»Sterne, Sterne, jetzt waren auch solche da... vier welche und wenn du willst und dort Steine und gar nichts denn so«, sagte er zu ihr.

»Was sagt er?« fragte mich Mutter.

Brinkers Augen strahlten. Seine Stirn leuchtete in einem Licht, bei dem ich mich nicht irren konnte.

»Kein Vogel da und das Mädchen auch um fünf alles in den Trauben um fünf weil«, fuhr er lächelnd fort, ihre Hand noch immer in seinen.

»Was sagt er?« wiederholte Mutter verbissen.

Und da ist es passiert.

»Er sagt, daß er dich liebt, Mutter«, erklärte ich.

Meine Stimme kam so dumpf und erstickt, daß ich mich selbst durch Mundhöhle und Schädelknochen hörte. »Er sagt, er liebe dich seit dem Tag deiner Ankunft im Dorf. Bevor du kamst, habe seine Frau gut gerochen, doch seither sei sie einfach für ihn gestorben. Das alles hätte er dir schon damals sagen sollen. Er sagt, diese ganzen Jahre über sei seine Liebe keinen Moment zur Ruhe gekommen. Das erhalte ihn am Leben, und das werde ihn auch umbringen, und jedesmal, wenn er dich sehe, würde ihm der Mund trocken und seine Brust drücke ihn genau unterhalb der Lunge, wie bei einem kleinen Jungen, der einer Frau beim Ausziehen zusieht.«

Brinkers Worte verliehen mir Mut und Kraft.

»Er sagt ganz einfache Dinge, Mutter, daß du meinst, die Liebe sei eine komplizierte Angelegenheit, was sie aber gar nicht ist. Er möchte dir gern ein paar Punkte nennen, aus denen sich die Liebe zusammensetzt: daß er von dir träumt, wenn du nicht da bist, daß er alles liebt, was du tust und sagst, daß er dich für die schönste Frau der Welt hält, daß er nie aufhören wird, diese Dinge zu empfinden, und daß es noch nicht zu spät ist. Und falls es noch etwas gibt, woran er nicht gedacht hat, dann sag's ihm jetzt.«

Unwillkürlich ergriff ich ihre andere Hand: »Und er sagt, auch wenn er jetzt diese Krankheit habe, sei er doch kein Schwachkopf. Er arbeitet auf dem Feld, er versteht alles, was du sagst, und du wirst auch verstehen lernen, was er sagt, wie ich, und außerdem braucht man für diese Art Liebe nicht viele Worte zu wissen.

Und er fleht dich an, Mutter, ihr beide hättet das Leben nicht verdient, das ihr gehabt habt. Ihr hättet schon genug Fehler im Leben gemacht, und es werde Zeit, sie zu korrigieren. Früher habe er sich nicht getraut, so zu reden, aber jetzt habe er keine Angst mehr, weil ihn sowieso keiner verstehe. Und er sagt, du solltest nicht auf Chez-nous-à-Paris hören, weil sie dumm sei. Man bräuchte nämlich niemandem zu erklären, was Liebe ist. Alle wüßten, was Liebe ist, bis man sie danach frage.«

Eine große, schimmernde Träne sammelte sich im linken Auge meiner Mutter, schwoll an, quoll über und rann langsam herab, bis sie am Halsansatz verschwand. Mutter blickte mich, dann Brinker und wieder mich an.

»Du Bösewicht, du Lügner«, schimpfte sie auf mich ein. »So ein übler Kerl! Von ihm hast du das, von deinem Vater, von diesem Lügner, dem Abraham.«

Ihre Augen verengten sich, die Stimme wurde tiefer, das Gesicht lief rot an. Sie löste die Hand aus Brinkers Griff und legte sie mir auf den Kopf. Schwer wie ein Balken war sie, ich schloß die Augen darunter und harrte des Kommenden.

»Du wirst keine Familie haben. Du wirst keine Frau haben. Du wirst kein Kind haben. Du wirst keinen Grund und Boden haben«, hörte ich sie sagen.

Damit wandte sie sich ab und ging nach Hause, und ich hinterher, perplex die Schleppe ihres Weinens tragend.

»Es war furchtbar«, erzählte ich Lea. »Sie hat mich einfach verflucht.«

»Soll sie doch fluchen. Reiner Aberglaube«, sagte Lea, »und du bist noch schlimmer als sie. Der Mann ist doch ein Vollidiot. Redet wie ein Idiot, sieht aus wie ein Idiot und geht jeden Morgen mit den Kindern im Kindergarten spielen. Was willst du denn von deiner armen Mutter? Hast du jemanden für deine Spielchen gefunden?«

»Das sind keine Spielchen«, entgegnete ich, »das ist genau, was er ihr gesagt hat.«

Lea geriet in Rage. »Hör auf damit! Hast du vergessen, mit wem du sprichst?«

»Mit Lalka«, sagte ich.

»Du Schlaumeier«, fauchte sie, »was hast du denn neuerdings? Was willst du von mir?«

»Ich will schon von niemandem mehr was«, sagte ich.

Die Dockarbeiter warfen die Leinen los, die *Vaporetto* begann zu vibrieren, versetzte die Deckplanken, die Reling und den Körper des daran lehnenden Passagiers in Schwingungen. Der schwere, dunkle Schiffsrumpf legte langsam ab. Der schmutzige Wasserstreifen zwischen Schiff und Mole wurde zusehends breiter. Noch ein schwerfälliges Manöver, und das Schiff steuerte aufs offene Meer hinaus. Nur Jakob stand am Kai, und der rote Wollfaden, den Mutter uns um die Handgelenke gebunden hatte, spannte sich und vibrierte ebenfalls.

»Los, Rindvieh«, feuerte ich das Schiff im stillen an, »los, beweg dich!«

Lange nachdem alle Passagiere in ihre Kabinen gegangen waren und die Sonne ihren Glanz eingesammelt hatte, lehnte ich noch im Halbdämmern an der Reling, denn noch immer sah ich meinen Bruder am Kai stehen und winken. Erst als die Luft kühl, dunkel und unerträglich feucht wurde, machte ich mich auf den Rückweg zu meiner Kabine, prallte aber sofort gegen ein Rohr, stolperte, stieß mich an den Eisengeländern, irrte taumelnd an Deck umher und rollte schließlich eine eiskalte, dröhnende Metalltreppe hinab. Da begriff ich, daß ich auch diesmal vergessen hatte, meine Brille mitzunehmen.

So, halbblind und verflucht, das aus dem Bauch aufstrebende Lachen von Furcht erstickt, stach ich in See und ließ mein Land, meine Liebe und meine Familie hinter dem Nebel zurück. Von ein paar mehr oder weniger amüsanten Irrtümern abgesehen, war es gar nicht so schlimm. Kein riesiger Heizer führte mich durch das Labyrinth des Schiffes, keine Frau begrüßte mich freudig in der Kabine, die ich versehentlich betrat. Die Erfahrung meiner kurzsichtigen Kindheit kam mir zustatten. Der Geruch verbrannten Treiböls aus dem Maschinenraum, der Essensduft aus der Kombüse, der Meergeruch von Deck, die morgendlichen Rasierwasser- und Blähungsschwaden aus den Passagierkabinen geleiteten mich mit Leichtigkeit. Ich lernte den Weg von meiner Kabine zum Speisesaal und auf Deck, und das genügte mir. Man sieht ja ohnehin nichts auf hoher See. Die großartigen Worte, die ich kannte – die ganze Weite des blauen Meeres, die ganze Weite der Unendlichkeit – verwandelten sich hier in ermüdend eintönige, bis zum Erbrechen wiederkehrende Wellen, und der angeblich ersehnte und unendliche Horizont war näher als auf dem Festland. Manchmal guckte ich durch ein Löchlein, das ich mit den Fingerspitzen gebildet hatte – ein Spiel, das alle Kurzsichtigen kennen, ein kleines optisches Wunder, das den Blick zwar schärft, die Welt aber auf die Größe eines Stecknadelkopfs verkleinert und nichts anderes ist als die Fortsetzung der alten Debatte zwischen dem Spezialisten und dem Enzyklopädisten, zwischen Verkleinerern und Vergrößerern, zwischen Cyrano dem Gänserich und Casanova dem Gockel. Aber die meiste Zeit bewegte ich mich in der Blase meiner Blindheit. Wasser und Himmel verschmolzen ein paar Handbreit vor meiner Nasenspitze, was mich der bekannten Schiffspassagierspflicht enthob, über jede schreiende Möwe oder die läppischen Sprünge der Delphine in Verzückung zu geraten.

Bald verließen wir das Mittelmeer, diesen stinkenden Innenhof, und ankerten in Lissabon, um Fracht zu löschen und zu laden. Durch einen Panzer von Vorurteilen geschützt, ging ich nicht an Land. Ich schäme mich meiner Vorurteile nicht, da ich sie durch Lektüre, nicht Erfahrung gesammelt habe, und deshalb hüte ich mich, sie etwa praktisch zu überprüfen. Aus *Der Assyrer* wußte ich bereits alles Wissenswerte über Lissabon, über den Fado und über die Mädchen, die man *Obrigado* nennt. Außerdem fürchtete ich, den Rückweg zum Hafen zu verfehlen oder versehentlich an Bord eines anderen Schiffes zu gehen und mich als Waljäger oder Goldsucher wiederzufinden. Im stillen sann ich über die Schiffe nach, an deren Deck mich meine Kurzsichtigkeit bereits geführt hatte: die »Snark«, die »Nali«, die »Lady Victoria« und die »Pequod«. Die Schiffe, die auf papierenen Meeren segelten, »die Schiffe, deren Namen wie Brillanten in der Zeitennacht funkeln«: Tartarins »Zouave«, die »Hispaniola« der *Schatzinsel*, die »Forward« von Hatteras und Hooks »Totenkopf«. Und Gargantuas »Schwalbe«? Und das Totenschiff? Und die echten Schiffe? Magellans »Trinidad« und die »Santa Maria«? Scotts »Terra Nova«? Darwins »Beagle«? Und welche der zwei »Adventures«? Die echte von Captain Cook oder ihr erfundener Zwilling in *Die geheimnisvolle Insel*?

Hast du genug Eindrücke gewonnen? Manchmal trete ich über die Ufer – ein Mülleimer, der vor unnützen Fakten überquillt.

Drei Tage blieben wir in Lissabon, »und blind fuhren wir hinaus in den einsamen Atlantik, in unser Schicksal«. Einen guten Monat und achttausend Kilometer weiter ankerten wir in dem riesigen, heißen Hafen von New Orleans.

Ich tastete mich die Gangway hinab, trieb im Menschenstrom mit und betrat das singende Festland Amerikas. Mein erwartungsvolles Herz pochte heftig. Damals wußte ich noch nicht, daß mich hier ein gutes, eintöniges Leben erwartete, ohne Siege und Niederlagen, bar jeder Erregung und Zuversicht. Du hast inzwischen selbst gemerkt, wieviel besser ich die ersten zwanzig Jahre meines Lebens beschreibe als die fünfunddreißig, die darauf folgten. »Wenn sich uns eine außergewöhnliche Szene bietet, werden wir es nicht an Mühe und Papier fehlen lassen, sie unsern Lesern lang und breit zu eröffnen; doch wenn ganze Jahre vergehn, ohne daß sich etwas Erwähnenswertes tut, werden wir eine Lücke in unsrer Geschichte nicht scheuen.« Wieder Fielding, wer denn sonst? Mir hat immer seine Hinwendung an den »Leser« gefallen, und nun, da ich selbst eine »Leserin« habe, werde ich die Gelegenheit nicht ungenützt lassen.

Stundenlang irrte ich durch die fremden, feuchten Straßen der Stadt, zwischen den Duftschlangen von Kaffee und Paternosterbäumen, Schwällen von Gardenien und Rum, unter den verlockenden Tönen von Papageien und Posaunen, Pauken und Flußsirenen, ehe ich den Mut aufbrachte, einen Passanten nach einem Optikerladen zu fragen.

Ich trat ein. Scharfer Tabakduft stieg mir in die Nase. Eine kleine Messingglocke verriet mein Kommen. Ein Mann erschien, dessen Kopf wie eine verschwommene Schäfchenwolke am Zimmerhimmel herbeisegelte. Er ließ mich auf dem bewußten Stuhl gegenüber der bewußten weißen Tafel Platz nehmen, setzte mir das bewußte Metallgestell auf die Nase und fragte mich, ob ich das englische Alphabet könne. Ich war der Ohnmacht nahe und nickte nur schlaff. Er guckte mir in die Augen, wechselte die Linsen, notierte seine Feststellungen auf einen Zettel und erkundigte sich nach meinem Namen.

»Kommen Sie morgen wieder, Herr Levi«, sagte er zu mir. Seine Augen und Zähne bildeten funkelnde weiße Flecke im Schwarz seines Gesichts. Doch ich fürchtete, wenn ich dort wegginge, würde ich den Laden am nächsten Tag nicht wiederfinden. Vor Verzweiflung trat ich hinaus und setzte mich im Eingang auf meinen Koffer. Als der Optiker das merkte, bekam er Mitleid mit mir und bat mich wieder herein. Zwei Stunden später kam er aus der Kammer hinter dem Laden, trat auf mich zu und sagte: »Hier haben Sie Ihre Brille, junger Mann.«

Ich stand gehorsam auf und stellte mich vor ihn hin. Er setzte mir mit der grandiosen Geste aller Optiker die Brille vor die Augen, und ich sah einen bebrillten alten Neger mit Glatze, weißen Brauen, weißem Backenbart und großem grauem Schnurrbart vor mir, der mir freundlich zuzwinkerte.

Die Kräfte kehrten in mein Herz, Leben und Hoffnung in meinen Körper zurück. Ich erwiderte sein Lächeln.

»Vergessen Sie sie nie wieder«, sagte er streng, als würden wir uns schon seit vielen Jahren kennen, »nicht vergessen und nicht verlieren. Sie sind kein Kind mehr. Ich weiß ja nicht, woher Sie kommen, aber dieses Land duldet diese Art Verwöhntheit nicht.«

Als ich ein paar Jahre später mit anderen Einwanderern in dem Saal stand, in dem wir alle den Treueeid auf die amerikanische Flagge leisteten, erinnerte ich mich an jenen scharfen, schmerzenden Moment, in dem der alte schwarze Optiker mir durch Aufsetzen der Brille meine neue Staatsbürgerschaft verliehen hatte.

Er prüfte den Brillensteg, erwärmte und bog die Bügel, bis sie ihn zufriedenstellten, und versah sie dann mit einem dünnen schwarzen Flechtband, damit ich die Brille auf der Brust baumeln lassen konnte, wenn ich das Bedürfnis empfand, sie abzunehmen.

»Trinken Sie ein Glas Freundschaftskaffee mit mir?« fragte er, drehte das Schild an der Ladentür um und bat mich in das kleine

Hinterzimmer. Zu meiner größten Überraschung kochte er den Kaffee genau wie Vater – in einem kleinen Topf, den er immer wieder zum Sieden brachte und vom Feuer nahm.

Er fragte mich, woher ich sei, und als ich ihm sagte, daß ich in Jerusalem geboren bin, wurde er ganz aufgeregt. »Wunder über Wunder«, rief er, »soll ein hübsches Mädchen mich pflücken...«

»... und ich Traube für Traube essen«, ergänzte ich den Satz, und wir beide brachen in ein Lachen aus, wie es verlorene Brüder nach vierzig Jahren lachen. Ich sagte ihm, Rudyard Kiplings alter Seehund habe Saroyans gebildetem Händler mit derlei Sätzen vorgegriffen, worauf er mir auf die Schulter klopfte. »Sie haben ein Idol in einer Idolsammlung zerschlagen«, sagte er lächelnd, »da haben Sie ein Gratisabendessen verdient.« Er ließ mich am Tisch Platz nehmen und erwärmte und servierte einen fremdartigen, äußerst schmackhaften Eintopf aus Reis, Fleisch und Fisch, gewürzt mit einem dicken, grünen Gemüse, das er Okra nannte, meines Erachtens aber einfach Lauch war. Danach tranken wir einen sehr scharfen Likör. Ich nieste, und der Optiker zündete sich eine Zigarette an und erzählte mir, von tiefen Zügen unterbrochen, seine Vorfahren seien in Mauretanien von Sklavenhändlern gefangen worden und teils in den Baumwollplantagen Louisianas gelandet, teils zum Islam zwangsbekehrt und ins Heilige Land geschickt worden, um dort den Felsendom zu bewachen.

»Und Sie?« fragte ich. »Sind Sie Moslem?«

»Nein«, lachte der Mann.

»Christ?«

»Ich bin kein Christ, und Jude auch nicht«, antwortete er mir völlig ernst, »Heide bin ich, wie meine Vorfahren schon. Monotheismus und Optik lassen sich nicht friedlich vereinbaren.«

Er lachte wieder leise vor sich hin, während ich ihn aufmerksam beobachtete. Zwar kannte ich bereits Kaschwala, Quiqueg und Bumpo, aber einem leibhaftigen Götzenanbeter war ich noch nicht begegnet.

»Beim Gefecht und beim Beischlaf«, sagte er auf einmal.
»Was?« fragte ich verblüfft.
Der alte Optiker lächelte traurig. »Sie sind ein lieber, naiver Jüngling«, seufzte er, »beim Gefecht und beim Beischlaf nimmt man die Brille ab. Dann und nur dann. Verstehen Sie mich? Der Krieg und die Liebe gelingen besser, wenn die Sicht kurz ist.«
Ich hörte ihm lange zu. Ein alter Mann war er. Sein Alter, seine Einsamkeit, sein Glaube und sein Beruf hatten ihn zu einer ganz eigenen Weltsicht geführt.
Er erzählte mir von seiner Frau, die viele Jahre zuvor genau vorm Eingang zum Zoologischen Garten von New Orleans überfahren worden war. »Alle Papageien im Zoo schrien im selben Moment, ein Lastwagenfahrer wandte erschrocken den Kopf, und meine Frau wurde an die Zoomauer gequetscht.«
Er seufzte. »Wie kann man an nur einen Gott glauben, wenn solche Dinge passieren? Für ein solches Durcheinander muß doch ein ganzer Verein verantwortlich sein.«
Dann strahlte sein Gesicht, als er mir von seinen beiden Söhnen erzählte, die er allein großgezogen hatte. Der eine lehrte an einer Schule für Köche, und sein Bruder, Sergeant der Marineinfanterie, war vor ein paar Monaten heil, gesund und dekoriert aus Tarawa im Stillen Ozean heimgekehrt. Er zog zwei Paar Babyschuhe aus der Schublade. »Die sind vom Koch und die vom Marineinfanteristen.«
Danach kam er auf das Thema von Liebe und Krieg zurück, lief wie ein im Grübeln befangener Löwe in dem kleinen Zimmer herum und verkündete, das Brilleabnehmen sei nichts als eine Absichtserklärung. Ich hatte genug Zeit in Jechiel Abramsons und Isaak Brinkers Gesellschaft verbracht, um den Typ zu erkennen. Zweifellos hatte der alte Optiker sich viele Stunden mit seiner Lehre befaßt. Seine Sätze waren klar und wohlgeordnet, und er deklamierte sie fließend. Zum Schluß sagte er schlicht: »Jetzt sind Sie mit Reden an der Reihe.«

Ich erzählte ihm von meiner und Jakobs gemeinsamer Brille, und er rang vor Kummer und Staunen die Hände. Ich erzählte ihm von der älteren Schwester, die wir gehabt hatten, und von ihrem furchtbaren Erdbebentod in Jerusalem, und er wischte sich die Augen. Aber als ich meinem Koffer die Frauen entnahm, die ich kurz vor meiner Abreise aus Jechiels Kunstbänden gerissen hatte, erschrak er. Er nahm wieder seine kleine, scharfe Lampe zur Hand und leuchtete mir in die Augen.

»Warum haben Sie mir nicht gesagt, daß Sie noch nie mit einer Frau geschlafen haben?« fragte er nach kurzer Untersuchung.

Sein Atem roch nach Muskatnuß und gemähtem Rasen. Seine Finger waren gut und sanft, als er mir die Lider sperrte.

»Weil das die Wahrheit ist«, antwortete ich.

»Eines Tages, mein Junge«, flüsterte er mir mit brüchiger Stimme zu, »wirst du einer Frau begegnen, die mit dir über alles reden kann, was dich interessiert, die dir den ersten Martini genau nach deinem Geschmack mixt, die dir eben so viel Rum und Zukker in den Kaffee tut, wie du es magst, und die dir Schallplatten schenkt, die du nicht umzutauschen brauchst. Sie wird dich zu amüsieren wissen, wird dir mit feuchtem Finger Gedichte auf den Rücken schreiben, und in ihrem Leib wirst du, wenn du im richtigen Moment den Atem anhältst, den Händedruck der drei Engel spüren. Aber nimm dich in acht! Eines Tages wird die Frau lächelnd die Hand ausstrecken, dir die Brille von den Augen nehmen und sie auf den Nachtschrank neben dem Bett legen.«

Jetzt wurde seine Stimme schreiend: »Und in dem Moment steh auf und flieh! Dreh dich nicht um, halt dich nicht mit Erklärungen auf, stell keine Fragen. Steh auf und flüchte!«

Bestens gerüstet verließ ich seinen Laden und ging zum Bahnhof, stieg in einen Wagen der zweiten Klasse des »Crescent« und fuhr nach New York. Zwia Levitovs Geldgürtel raschelte auf meinem Bauch. In der Jackentasche steckte Jechiels Brief an seinen Onkel, den New Yorker Rechtsanwalt Edward Abramson. Auf meiner Nase saß die Brille meines neuen Freundes aus New Orleans, eine weitere, die er mir geschenkt hatte, lag in meiner Reisetasche. Sein schmackhaftes Essen polsterte meinen Magen, seine gute Lehre mein Herz. Er war mein erster Wohltäter in Amerika, und nie werde ich seine Gunst vergessen. Amerika zog an meinen Augen vorbei, hieß mich freundlich willkommen. Es war ein neues Land, dem Gaumen schmackhaft, dem Auge klar, rein von Nebel, rein von den spitzen Splittern der Erinnerung, rein von all den schmerzenden Schleiern.

58

Anscheinend hatte ich die Augen geschlossen, war vielleicht auch in ein kurzes Altersnickerchen verfallen, denn als Romi sich hinter mir vorbeugte und mir ihr »allerliiiebster Onkel« in den Nacken pustete, schrak ich entsetzt zusammen.

»Ich tu dir nichts«, sagte sie, »komm, ich will dir was zeigen.«

Sie führte mich durch den dämmrigen Flur zur Küchentür, legte mir zwei wohlduftende Finger auf den Mund und flüsterte: »Du glaubst, du kennst ihn? Dann guck dir das jetzt mal an.«

Mein Bruder saß vorgebeugt auf einem Stuhl. Michael – halbnackt, die Augen geschlossen, der schmale Oberkörper im Halbdämmern schimmernd – stand zwischen seinen Knien. Nur eine Wandlampe brannte dort, warf fließende Schatten der beiden.

Jakobs Hände glitten über Schultern, Taille, Bauch und Schenkel seines Sohnes, streiften ihm die verbliebene Kleidung ab. Mich beschlich das unangenehme Verlegenheitsgefühl der Voyeure. Mein Bruder stellte ein Kästchen auf den Tisch und entnahm ihm zwei Arztlampen. Die eine, die mit dem blendenden Spiegel, setzte er auf die Stirn, wo sie wie ein einziges großes Auge funkelte, die zweite, die kleine Handlampe mit dem verschärfenden und vergrößernden Linsensystem, die ich ihm vor Jahren geschickt hatte, ohne zu wissen, wozu er sie haben wollte, stellte er auf den Tisch.

»Das ist seine tägliche Zeremonie«, wisperte Romi, »seit Michael bei der Beschneidung nicht geweint hat.«

Um besser zu sehen, nahm Jakob die Brille ab und schob den Kopf so nahe an seinen Sohn heran, daß Nase und Lippen ihn fast berührten. Seine Nase zog wie ein Pflug über das Hautterrain, um nachzusehen, ob Michael sich verbrüht, gestochen oder geschnitten hatte. Dann fuhr er dem Kind mit den Fingerspitzen durchs Haar, tastete den kleinen Schädel ab und prüfte die Kopfhaut, strich über die Stirnkrümmung, schaltete das Lämpchen ein, um in und hinter die Ohren zu gucken, spielte mit den Fingerkuppen auf dem Kinn und hob es an, um das Weiße der Augen zu untersuchen.

»Vielleicht hat Großvater recht«, flüsterte Romi hinter mir, »vielleicht hat Michael wirklich Ähnlichkeit mit eurem Lija da.« So sagte sie, und ich sah die Reise der unsterblichen Eiweißpartikel vor mir, die in Dudutschs Körper hineingesprüht worden waren, um dort in Fleischeslust einzusickern, zu der prächtigen Brust aufzusteigen, sich in deren Milch zu lösen und in Michaels Mund und Eingeweide zu fließen. Es war eine ungeheuer starke Empfindung, und der Schmerz erschien mir wie eine Geheimschrift, deren Fragmente in meinem Leib entschlüsselt wurden.

»Daß du's nicht wagst!« Die Hand und das Schnauben meiner Nichte hielten mich wie gelähmt auf dem Fleck fest, denn mein Körper begann zu beben, als wolle er losspringen und hineinstürzen.

Jakob faßte die Lippen seines Sohns mit Daumen und Zeigefinger und rollte sie behutsam auf, so daß die Innenseite sichtbar wurde. Michael sperrte den Rachen auf und streckte wie selbstverständlich die Zunge heraus, worauf Jakob einen kleinen Zahnarztspiegel hineinschob, mit seiner Lampe die Mundhöhle ausleuchtete und sie nach Kieferschwellungen, belegtem Hals, Löchern in den Backenzähnen und Bissen in der Zunge absuchte. Dann nahm er die kleinen Hände, drehte sie um und untersuchte sie auf Schrammen und Stiche.

»Erzähl mir noch mal, wie dir dieser Finger da abgeschnitten worden ist«, bat Michael und strich ihm über die Hand.

»Du bist hingefallen«, stellte Jakob fest, »du hast dir die Hand aufgeschürft.«

»Ich bin gerannt«, erwiderte Michael.

»Ist jemand hinter dir hergejagt?«

»Nein, ich bin einfach so gerannt.«

»Und wo war Simeon?«

»Hinter mir, hat mich gleich wieder aufgehoben.«

»Paß auf, wenn du rennst.«

Meines Bruders zwei schwache Augen und die neuneinhalb Finger, deren Haut durch jahrelanges Teigkneten seidenweich geworden war, prüften Stück für Stück den zarten hellen Rücken, überflogen die Flanken, suchten nach einer Wunde, Beule, Rötung oder Verbrennung. Er entdeckte einen Holzsplitter in der Zeigefingerkuppe, den er mit Zähnen und Zunge herauszog, und Michael lachte: »Du bist wie ein Hund, Vater.« Jakob strich etwas blaues Jod auf die kleine Wunde, und Michael hob die Arme, um die Achselhöhlen freizulegen, damit sein Vater die Drüsen abtasten konnte.

»Hat das weh getan?«

Jakob drehte ihn auf der Stelle und legte ihm ein Ohr an den Rücken. »Was hat weh getan?«

»Als du dir den Finger abgeschnitten hast, hat das weh getan?«

»Hol tief Atem«, sagte Jakob, und »huste mal« und »Moment«. Er nahm seinen Sohn in die Arme, pustete ihm in den Nacken, bis beide in Lachen ausbrachen, schwang ihn hoch und legte ihn in voller Länge auf den Küchentisch. »Das hat sehr weh getan«, sagte er, »am allerallerwehsten auf der Welt.«

Ruhig und behutsam strich er über die Haut, drückte sanft aufs

Fleisch, erfühlte seine Textur und Resonanz, spielte auf Rippen und Gliedern.

»Manchmal kann ich seine Schmerzen spüren, hier, in den Fingerspitzen«, erklärte er mir ein paar Tage später, als ich meine Neugier nicht länger hatte bändigen können und ihn nach der Bedeutung seines Tuns fragte. »Am Anfang der Geschichte lernte ich nur, hinzugucken und Symptome zu suchen, aber jetzt fühle ich schon den Schmerz selber.«

»Nur Vaters Schmerzen spürst du nicht«, sagte ich zu ihm.

»Tu mir einen Gefallen. Laß mich einfach mit deinen Theorien in Ruhe.«

Wie die meisten Menschen glaubt auch mein Bruder Jakob, jeder Schmerz müsse eine Ursache haben. Vaters Röntgenaufnahmen zeigen, daß seine Rückenwirbel keinerlei Schäden aufweisen, die derart große Qualen auslösen könnten, und daß seine Därme heil und seine Knie alt, aber gesund sind. Und Jakob, der alten Groll gegen ihn hegt und genug von seinen Beschwerden und Geschichten hat, verdächtigt Vaters Schmerzen, sie seien nichts als eine direkte Fortsetzung der *Shakikira de raki* unserer Kinderzeit.

»Das ist nicht so einfach«, sagte ich zu ihm, »nicht jeder hat die erforderlichen Kräfte für diese Dinge.«

»Hör mal« – Jakobs Stimme wurde eisig – »wovon reden wir eigentlich? Von welchen Kräften? Welchen Schmerzen? Du bist dreißig Jahre nicht hier gewesen, du hast ihn nicht ertragen müssen, du hast nichts von dem durchgemacht, was wir hier erlebt haben. Dann kümmer du dich nun mal um deinen Vater, und ich kümmer mich um meinen Sohn, und laß mich in Ruhe.«

Es waren schwere, furchtbare Dinge, die wir da seelenruhig aussprachen.

»Sie ist längst vor Benjamins Tod eingeschlafen«, sagte ich zu ihm, »glaubst du denn, ich wüßte das alles nicht? All das, was du ihr nach eurer Hochzeit angetan hast?«

»Ich habe nicht die Kraft für alte Abrechnungen«, entgegnete er mir, »was willst du? Jetzt die Bäckerei kriegen? Lea nehmen? Du kannst sie beide haben. Du kannst alles haben. Nehmt alle alles. Du und Romi und Vater und Lea. Photographiert mich, ärgert mich, fahrt mir weg und schlaft mir weiter. Ich brauche nichts mehr von euch. Nur diesen Jungen laßt mir. Der ist mein.«

Ich sah ihn sich über seinen Sohn beugen, seine Zehen einen nach dem andern kontrollieren, ihm die Wadenbeine entlangstreichen, sich besorgt den heiklen Knöcheln und Knien zuwenden. Dann trommelte er mit den Fingerspitzen sanft auf die Innenseite eines Schenkels, und Michael, der die väterlichen Signale bereits kannte, spreizte leicht die Beine, worauf Jakob behutsam den kleinen Hodensack zur Seite schob, erst auf ihn selbst und dann darunter schaute und Michael schließlich auf den Bauch drehte, um Schultern, Rücken, Poritze und die Rückseite der Beine bis zu den zarten Wadensehnen und den Fersenballen einer genauen Musterung zu unterziehen.

»Früher hat er ihm noch jeden Tag die Temperatur gemessen«, sagte Romi hinter mir, wobei mir ihre Stimme in dünnen Rinnsalen über den Nacken rieselte, »und ich hab ihm angedroht, ich würd das photographieren und dir das Bild schicken.«

Michael war damals drei Jahre alt. Er lag mit hängendem Kopf und baumelnden Armen über den Knien meines Bruders, und das kleine Thermometer, das aus seinem nackten Körper ragte, blinkte in dem weichen, niemals verlöschenden Licht. Oft habe ich dieses Bild betrachtet, denn es besaß einen Zauber, der mein Herz gefangennahm und dabei weder von der Wehmut in den Zügen meines Bruders noch von der Ruhe auf Michaels Gesicht, sondern gerade von dem matten Schimmer der Quecksilbersäule herrührte.

»Du hast kein Fieber.« Jakob hob seinen Sohn hoch und stellte ihn auf die Beine. »Du bist kerngesund.« Nun küßte er Michael auf Stirn, Nasenwurzel und Halsmulde, und der nackte Junge lächelte vergnügt, legte seinem Vater die Hände auf die Schultern und den Kopf an die Brust und schloß die Augen. Ein paar Minuten standen sie so da, dann setzte Jakob die Brille auf und zog seinem Sohn die Kleider an.

»Wie du mir damals in dem Amerika gesagt hast«, bemerkte Romi über meine Schulter hinweg und kicherte wegen des Artikels vor Amerika, »weißt du noch? Als du mir erklärt hast, wann man die Brille abnimmt?«

Momentan, bedingt durch Müdigkeit und Sehnsucht, hörte ich meine Mutter reden und lehnte kraftlos den Kopf zurück. Aber Mutter war schon tot, Romis hübsche Brust erschreckte meinen Nacken, und ich stand erblassend und erschaudernd auf.

59

Jakob übernahm die Bäckerei, bekam Lea, blieb zu Hause. Abends schlief er in den Armen seiner Frau ein, und wenn er um Mitternacht zu seinem Nachtwerk aufstand, sah er gern, wie sie sich auf seinen warmen Platz hinüberrollte und im Schlaf lächelte. Im Ofen glühten die Backsteine mit tiefer, gleichmäßiger Wärme, die Hefe gärte, trieb und starb, der Teig ging, die Laibe wurden in den Ofen geschossen. Bis heute bäckt er sein Brot, wie es unser Vater getan hat, in demselben Ofen, nur den Dampfkessel hat er durch ein elektrisches Gebläse ersetzt. Er weigerte sich, elektrische Drehöfen in der Bäckerei einzuführen, und abgesehen von der alten Camper-Knetmaschine benutzte er an Maschinen lediglich noch die Fortuna, die große Teigballen in Stücke schnitt, und die »Flechtmaschine«, die Wirkanlage, deren große Trommeln die Teigschlangen zum Flechten der Sabbatbrote formten.

Mutter war voll Bewunderung für Jakobs und Leas Ehe. Sie erzählte Chez-nous-à-Paris, wie er ihr das Haar kämmte, wie er Dudutsch überredete, ihr Marzipan zu machen, wie er lächelte, wenn sie es tat, und die Lippen bewegte, wenn sie sprach. »Jetzt ist die Liebe im Haus«, sagte sie, »der Jakob wiegt die Lea auf den Händen wie ein Baby.«

»Das sollte man nicht tun«, rief Chez-nous aus. »Eine Frau ist nicht Gott. Man gibt ihr niemals alles, was man hat, offenbart ihr nicht alles, was im Innern ist. Man muß eine kleine Reserve beiseite legen.«

Mutter war perplex und gekränkt. Chez-nous-à-Paris war für sie nicht nur eine weise Frau, sondern auch eine moralische Instanz, und derlei besonnene Reden klangen ihr wie Verrat.

»Oooh... *ma chérie*«, lachte Chez-nous, als sie Mutter rot anlaufen sah, »Liebe kann noch schlimmer als Geld sein. Das zerrinnt einem zwischen den Fingern, das verflüchtigt sich. Liebende haben ewig ein Loch in der Tasche, aber man muß immer was für schwere Zeiten aufbewahren. Nicht alles-alles hergeben. Immer *comme-ci, comme-ci* Egoist sein.«

Sie strich Mutter über die Schulter: »Hast du die ganze Zeit gedacht, die Liebe sei Herzenssache? Herz ist nur was für den Anfang. Liebe braucht Verstand, und den findet niemand im Herzen und lernt keiner auf der Sorbonne. *Chez nous à Paris* sagt man: ›Jeder Liebende bekommt die Chance, ins Paradies zurückzukehren.‹ Na und? Alle versuchen's, aber gibt es einen, der's geschafft hat? Schon dreitausend Jahre schreiben die Allerallerweisesten über die Liebe – und? Ist man der Lösung irgendwie nähergekommen?«

Der erste Regen nach der Hochzeit versetzte Jakob in Erregung. Er stellte eine große Wanne unters Abflußrohr und fing das Regenwasser darin auf, um Lea das Haar damit zu waschen.

»Dein Sohn ist ein Dussel«, kühlte Chez-nous-à-Paris Mutters Überschwang. »Das ist nicht gut. Man darf nicht zurückblicken. Nur Verbrecher und Kretins kehren zum Anfang zurück.«

Lea lachte, als Jakob sie bat, sich das Haar mit dem Regenwasser waschen zu lassen, und ging mit ihm in die Bäckerei. Es war Abend, lange vor Arbeitsbeginn. Mehlstaub waberte in der Luft, das Ofeninnere speicherte noch nächtliche Hitze. Jakob stellte die Wanne auf den Primus, und als das Wasser warm war, sagte er: »Beug dich vor, Lalka«, tauchte ihr Haar ein und wusch es mit Wäscheseife. Das weiche Wasser sorgte für viel Schaum, und Jakob spülte und seifte ein und spülte wieder, und als der bewußte Duft aufstieg, verwandelten sich seine Gesten erregter Liebe erst in die Handgriffe eines erfahrenen Bäckers, dann in die Ganzopferdarbringung eines Priesters, bis Lea sagte: »Genug, Jakob, mir wird schon kalt.« Sie legten sich im Mehllager nieder, das rauhe Sacktuch rötete ihre Schulterblätter und Gesäßbacken, und dann verstummten beide und umschlangen einander, und Lea, die Jakobs stoßhaften Atem an ihrem Hals spürte, erschrak vor den neuen Schornsteinen, auf die er noch klettern mochte, und vor den weiteren Fingern, die er verlieren könnte, erschauerte und sagte lächelnd: »Ich liebe dich, Jakob, du brauchst all diese Dinge nicht zu tun, bloß sei bei mir. Ich bin froh, daß wir zusammen sind.«

Ein paar Monate danach wurde sie schwanger, und Jakob schrieb mir, er sei der glücklichste Mensch auf Erden. »Wenn ich bei ihr bin, geht's mir rundum gut«, schrieb er, und ich lachte, denn mein Bruder ist ein immens amüsanter Briefeschreiber: »Ich liebe Lea, ich liebe die Bäckerei, ich liebe das Kind, das ihr im Bauch wächst.«

Ich bat Edward Abramson um einen Tag Urlaub, stand früh auf und nahm die Fähre nach Sandy-Hook, um von dort nach Osten zu schauen, denn aus Sehnsucht lebte ich Jakobs Leben, aus Eifersucht dachte ich seine Gedanken und aus Liebe sann ich über seinen künftigen Sohn nach. Schon damals konnte ich erkennen, wie mager, inhaltsleer und schlecht die Jahre sein würden, die mich in Amerika erwarteten.

Meine Augen überquerten den Atlantik, passierten im Pfiff die Meerenge von Gibraltar, durchmaßen das Mittelmeer und landeten mit der Präzision eines Storches, der auf seinen Schornstein zurückkehrt. Ich hörte das Sausen des Brenners, die Opern des armen Brinker auf seinem alten Grammophon mit Handbetrieb und vor allem den Klöppelschlag von Benjamins Körper, den zarten Glockenton seiner Mutter.

Das Glück wölbte sich über Jakob, blies in seine Kehle, erfüllte seinen Leib. Damals wußte noch kein Mensch, auch er nicht und erst recht nicht ich, daß Mutter sich ihre erste und letzte Krankheit zugezogen hatte, das Leiden, an dem sie sterben sollte.

60

Ich wohnte damals in der 23. Straße in Manhattan, in einer kleinen, höchst komfortablen Wohnung, die mir Rechtsanwalt Edward Abramson in einem Gebäude, das ihm gehörte und auch seine Praxis beherbergte, zur Verfügung gestellt hatte. Mein Fenster blickte auf die schwungvolle Silhouette eines Hauses, das mir wie ein riesiges Bügeleisen aussah. Das Frühstück nahm ich in einem benachbarten mexikanischen Café ein. Ich mochte die Zwiebelomelettes, die es dort gab, die fremden Gewürze, die ich manchmal zwischen den roten Deckeln des *Bug-Jargal* roch, den aromatischen Kaffee aus dem Handelshaus Otto Seyfang in der Warren Street. Ich freute mich über die Geruhsamkeit, die mein neues Land mir bot, über die angenehme Arbeit bei Abramson. Er hatte den Brief gelesen, den Jechiel mir für ihn mitgegeben hatte, war in schallendes Gelächter ausgebrochen, dessen Grund ich bis heute nicht kenne, und hatte mich gefragt, was »Wellerismus« sei.

»Warum fragen Sie«, fragte ich mißtrauisch.

»Um Ihnen Ihr Gehalt richtig zu bemessen«, antwortete er mir.

»Ich begnüge mich mit dem, was ich habe, wie jener Militärmann sagte, den man zu dreihundertfünfzig Schlägen verurteilt hatte«, antwortete ich.

Edward Abramsons zweites Lachen war eine genaue Kopie des ersten. »Dickens ist das Alpha und Omega des Schreibens«, verkündete er und teilte mir mit, ich hätte die Prüfung bestanden und sei zu seinem Privatsekretär ernannt.

»Was hat ein Privatsekretär zu tun?« fragte ich.

»Das kann ich Ihnen nicht verraten, mein Herr, wie Eva Gott auf seine Frage antwortete, wo sie ihre Kleider kaufe«, entgegnete der Alte, »Sie sind mein erster Privatsekretär.«

Er bevollmächtigte mich, »die Aufgabe mit Inhalt zu erfüllen«, und warnte mich, daß er auch als grundsätzlich »weicher und geduldiger Mensch« seine Reizschwellen habe, die es nicht zu überschreiten gelte. Er werde nicht vor einer Entlassung zurückschrecken, wenn ich es je wagen sollte, ihm ein Lesezeichen aus einem Buch zu ziehen, erklärte er.

Ich regelte die Termine für seine ärztlichen Untersuchungen, bestritt Rätselgefechte über Allgemeinbildung mit ihm, notierte seine Treffen im Harvard Club, rief den Koch des *Silver Palace* an, wo er einmal pro Woche in einem separaten Raum speiste (Abramson ging gern chinesisch essen, mochte aber keinen Ingwer). Ich schnitt ihm Zeitungsartikel aus (»wählen Sie vor allem solche über Torheiten«, wies er mich an, »so erhalte ich mir meine Jugendlichkeit«), führte Gespräche mit ihm (die Themen bestimmte er drei Tage im voraus, damit ich mich vorbereiten konnte). In einem speziellen Heft notierte ich seine Züge bei den Damepartien, die er auf einem Brett von zehn mal zehn Quadraten mit einem alten Chassid aus Brooklyn spielte, der mit dem blankpolierten uralten Dusenberg meines Arbeitgebers abgeholt und auch wieder heimgebracht wurde. Ich las ihm die eingehende Korrespondenz vor, darunter viele persönliche Briefe – oft äußerst detailliert und peinlich, geschrieben von Frauen »mit seidener Phantasie und steinernem Gedächtnis«. Ich schloß Wetten mit ihm ab und rief bei Bedarf seinen Wettagenten an, den ich wegen seines hastigen, schnaufenden Tonfalls im stillen Mr. Jingle nannte.

Von Zeit zu Zeit wurde ich in sein Haus gerufen, um Brot für ihn zu backen, denn Abramson konnte das amerikanische Brot nicht ausstehen. »Bereiten Sie mir Leibgerichte von früher«, sagte er. Manchmal nahm auch seine Frau an diesen Mahlzeiten teil, bestehend aus frischem Brot, Butter, gehacktem und gepfeffertem rohen Thunfischfleisch, schwarzem Tee und sauren Gurken. Auch die Gurken holte der Dusenberg aus Brooklyn, brachte sie aber nicht dorthin zurück.

Frau Abramson schätzte mich mit den Augen ab. Sie lebte separat in einem Haus auf der anderen Parkseite, und alle zwei Wochen rief ich sie an, um das Rendezvous der beiden zu vereinbaren, das stets in der gleichen Suite des Westbury-Hotels in der Madison Avenue, nicht weit vom Haus meines Wohltäters, stattfand. »So bewahrt man die Liebe«, erklärte er mir ungefragt, und die beiden tauschten ein Lächeln aus. Sie war eine große, junge Frau, breit im Lächeln und in den Schultern, die ihren Mann innig liebte. Hoch an der Innenseite ihres linken Oberschenkels hatte sie eine liebreizende, duftende Babyspeckfalte mit einem kleinen lila eintätowierten kyrillischen ш, das ich im stillen das »scha der Lust« nannte. Als ich ihr sagte, daß die Zwillinge Kyrillos aus Saloniki diesen Buchstaben aus dem Hebräischen übernommen hatten, entgegnete sie mir lachend, wenn ich nicht so ein sonderbarer Bursche wäre, hätte sie Grund, beleidigt zu sein. Sie zeigte mir ihre Sammlung von Widmungen, las mir Silvester Bonnard vor und reichte mich wie ein lebendes Geschenk zwischen ihren Freundinnen herum, die allesamt verheiratet und unverfroren waren und einen gemeinsamen Schatz an Vorlieben und Scherzen besaßen. Innerhalb kurzer Zeit entdeckte ich, aufgrund ihres Verhaltens zu mir, daß sie sich gegenseitig über meine Fortschritte Bericht erstatteten. Ich war ihnen eine Riesenbrieftaube, die ihre Brieflein im Leibe trug, scherte mich aber nicht darum. Großzügig und stets zum Lachen aufgelegt, ließen sie mich meine Wehmut vergessen, verdünnten meine Sehnsüchte, lehrten mich, mit den Fingerspitzen zu sehen, mit dem Steißbein zu hören und mit der Halsmulde zu schmecken.

Ein Jahr später brach in Israel der Unabhängigkeitskrieg aus. Jechiel meldete sich als Freiwilliger, und sein alter Onkel wurde fast verrückt vor Sorge. »Er ist schon zu alt dafür!« rief er. »Warum Unsinn treiben?« Er beauftragte mich, im Bibliothekszimmer große Landkarten von Erez Israel an die Wand zu hängen, auf denen wir Fähnchen und Pfeile anbrachten. Als Jechiel gefallen war, hielt ich die gewundene Bibliotheksleiter des Leseraums, während der alte Onkel sie mühsam erklomm und auf dem Jerusalemer Stadtplan das Kloster San Simon markierte.

Jechiels Tod betrübte mich sehr. Ich weinte nicht, litt aber am ganzen Leib und ertappte mich noch Wochen später dabei, immer wieder eine Zeile aus einem Gedicht zu murmeln, das Jechiel gern deklamiert hatte: »Ich bin eine Fahne, von Weiten umgeben«, und jedesmal, wenn ich sie vor mich hinwisperte, verspürte ich einen eigenartigen Schmerz in der Kehle, als schlügen die Worte eine verborgene Saite in meinem Hals an. Ich wußte, daß Jechiel auf der Stelle tot gewesen war, und fragte mich, ob er wohl noch letzte Worte hatte sagen oder denken können. (Übrigens hatte ich Dummkopf ihm zwei Jahre vorher die letzten Worte von Gertrude Stein geschickt. »Was ist die Antwort?« hatte die Schriftstellerin auf dem Totenbett gefragt und nach kurzem Lachen abschließend bemerkt: »Und wenn dem so ist, was ist die Frage?« Ich hatte vergessen, daß das letzte Lachen Jechiels Idee war, und nun war Gertrude Stein, wie er mir umgehend in einem wütenden Brief schrieb, ihm doch tatsächlich zuvorgekommen, »das elende Plagiat einer siechen Schreibmamsell.«)

Abramsons Frau, die meine Trauer sehr wohl bemerkte, machte mich mit einer etwa fünfzigjährigen Witwe bekannt. Eine einfache Rechnung wird dir sagen, daß sie heute schon die achtzig überschritten hat, aber in meinem Gedächtnis ist sie im Bernstein der Leidenschaft und Sehnsucht konserviert.

»Du bist so ein guter Junge«, sagte sie immer wieder zu mir, »du bist das letzte Geschenk, das das Leben mir gibt.«

Ich erinnere mich noch an die Unterhaltsamkeit ihrer Rede, die Versöhnlichkeit ihres Fleisches, die Duldsamkeit ihrer Brüste. Eines Tages erklärte sie mir, wenn ich das Wesen meines neuen Landes kennenlernen wolle, müsse ich die Sprüche von *Poor Richard* studieren. Doch mir war Benjamin Franklin unter seinem richtigen Namen lieber als die Edelmannsche Penetranz, die er sich unter dem Deckmantel des Pseudonyms erlaubt hatte, und seine Autobiographie war das Guckloch, durch das ich Amerika kennenlernte. Bis heute weiß ich mich vor dieser philadelphischen Denkungsart in acht zu nehmen, die noch nicht aus diesem Land verschwunden ist und das Ziel anstrebt, moralische Überlegungen und Wissenschaft, militärische Proviantberechnungen, Betrachtungen über die Liebe und tiefschürfende Erörterungen über den besten Weg zur Beseitigung von Pferdeäpfeln auf städtischen Straßen unter einen Hut zu bringen. Zu Benjamin Franklins und meiner Freundin Gunsten sei gesagt, daß sie die Berechtigung des Lobes, das Frauen ihren Alters gebührt, bezeugt haben – er in seinem Essay *Über die reife Liebhaberin*, sie auf ihre Weise. Sie hat mich – um mich auch einmal selbst zu zitieren – mit Adams Feigen gefüttert, mit den Traubenkuchen der Schulamit gepäppelt und mir Vergnügungen bereitet, die selbst Batseba nicht David geschenkt hat. Nur der Tod meiner Mutter riß mich aus dem tristen, gemütlichen Garten Eden, der langsam um mich erstand.

61

»Wenn ihr das heute passiert wäre, hätte man sie vielleicht retten können.«

Romi und ich standen an ihrem Grabmal: ein warmer schwarzer Basaltstein, den die Tataren aus der Erde der Jordansenke gehauen, mit Buchstaben aus Kupferguß versehen und auf den Friedhof des Dorfes befördert hatten. Nein, leider muß ich deine

Hoffnungen zunichte machen – nicht mit einem von Frauen gezogenen Leiterwagen.

»Mir wächst ein schlechtes Kind im Bauch«, hatte Mutter Chez-nous-à-Paris erklärt.

Der nahende Tod hatte ihrem Bauch die vergessene Schwere der Schwangerschaft wiedergegeben, aber niemand achtete darauf. Vater war blind vor Haß. Jakob vor Liebe. Lea vor Jugend. Ich war weit weg. Tia Dudutsch ist – ich nehme an, du ahntest es schon – eine nette, bedauernswerte Frau, aber, ehrlich gesagt, immer dumm gewesen, eine Eigenschaft, die sie ihrem Sohn mit vollen Händen weitervererbt hat.

Nur Chez-nous-à-Paris merkte es, und auch Brinker sah und begriff es angstvoll. Aber seit meiner Abfahrt hatte er keinen Dolmetscher und Interpreten mehr für seine Liebe. Immer wieder ergriff er Mutters Hände und plapperte seine Wortfetzen, aber hinzufassen, zu fragen, mit dem Finger zu zeigen, wagte er nicht.

»Nichts hätte sie gerettet, Romi«, sagte ich. »Wenn es Cholera oder ein Schlangenbiß oder ein Eisenbahnunglück gewesen wäre, wäre ihr nichts passiert, aber was sich in ihrem Leib, aus ihrem Fleisch aufbaute, konnte selbst sie nicht niederringen.«

»Sie und ich und du, das ist was anderes. Findest du nicht?«

»Nein«, sagte ich, »vielleicht früher mal, aber jetzt nicht mehr.«

»Ich liebe dich, Onkel, auch wenn du lügst«, sagte meines Bruders Tochter und rempelte mich an, »komm, wir spielen, ich bin ein Lügendetektor, und du bist ein armer Verbrecher.«

»Komm, wir spielen, du bist eine Tischlampe, und ich bin Waschpulver«, erwiderte ich ihr, drückte einen blinden Augenblick lang ihre Hand in meiner und erzählte ihr nichts mehr vom Tod meiner Mutter. Weder ihr noch irgend jemand anderem. Selbst mit Jakob habe ich nie über die letzten Tage unserer Mutter gesprochen, obwohl eine höchst feuergefährliche Mixtur –

ein Gemisch aus Neugier und Schuld, mit einem furchtbaren Quentchen Erleichterung – in meinem Innern brannte. Deshalb werde ich auch dir nicht mehr erzählen, als ich es hier getan habe. Nicht etwa, weil »der Leser« das selbst erraten kann, sondern weil es eine Sache für sich ist, die nichts mit Herzog Antons Liebe, Dr. Bortons Gewohnheiten oder Heiratsvermittler Schealtiels Taktiken zu tun hat. Es genügt zu sagen, daß ich in dem Jahr von meiner Abreise bis zu ihrem Tod keinen einzigen Brief von ihr erhalten habe. Jakob, der mir immer treu schrieb, hat mir ihren Zusammenbruch auf dem Hof geschildert. »Ich hörte das Geräusch und dachte der Maulbeerbaum sei umgestürzt«, schrieb er. Auch er hätte nie gedacht, daß irgend etwas unsere Mutter umbringen könnte und gewiß nicht so schnell. Eine Woche verging, und schon kam das Telegramm. »IMA META. BO HABAYTA«, »Mutter tot. Komm heim«, stand da in frostiger englischer Schreibweise, die das Grauen nur noch verstärkten.

All diese Dinge schreibe ich dir auf der Veranda, die hier die Stelle meiner Stammbank an der Uferpromenade von Cape May einnimmt. Jakob und Michael sind in der Küche, Vater liegt in seinem Zimmer, Mutter in ihrem Grab, Tia Dudutsch zupft Unkraut aus den Bewässerungspfannen im Hof, und Simeon schleppt Mehlsäcke im Vorratsraum. Ich dehne die Beine und die Zeit und sehe den alten Lieferwagen ankommen. Es ist Romi, die von der Arbeit in der Stadt zurückkehrt, immer zwei auf einmal die vier Stufen zu mir heraufspringt, »Schalom, Onkel« ruft und »was Kaltes in der Küche« trinken geht.

»Laß mich los; denn die Morgenröte ist aufgestiegen«, sagt mir dieser Augenblick. Er möchte, daß ich schreibe, damit er vorbeigehen kann.

»Bei uns in der Familie hat es Menschen gegeben, die alle Geheimnisse der Zeit und den rechten Weg zum Alter kannten«, sagte mein Vater vorgestern zu seinem Arzt und nannte umgehend Helden, die sich im Atemanhalten übten oder sich auf das

Ehren der Eltern und die Verlangsamung des Pulses spezialisierten, Gerechte, die »an jedem Rosch Chodesch Brotsamen für die Vögel ausstreuten« und große Sparsamkeit beim Samenerguß walten ließen, »denn jeder kleine Same nimmt vielleicht eine Viertel Sekunde vom Leben seines Besitzers«.

Jakob brach in schallendes Lachen aus, als ich ihm diese letzte Feststellung berichtete. »Danach bist du schon stark im Minus«, sagte er zu mir, »und ich werde zweihundert Jahre alt.«

Mein Vater hat mich die Bäckeruhren des Gehens, Gärens und Verbrennens gelehrt. Sein Firmament ist der dunkle Nachthimmel, an dem der Sonnenzeiger sich nicht dreht. Weich und wild ist seine Zeit, grausam und Gehorsam heischend. »Wenn der Teig zu gehen anfängt, darf man ihn nicht mehr verlassen«, sagte er immer wieder und erklärte uns, daß die Zeit weder ein Strom, noch ein Sturzbach oder ein Leerraum ist, sondern eine unerbittliche Folge verpaßter »günstiger Momente«.

»Alle Momente sind richtig«, verkündete er, »nur muß man wissen, wofür.« Dann stürzte er aus seinem gedanklichen Höhenflug wieder in seine armseligen Alltagssprüche ab: »Wer dich nach der Uhrzeit fragt, dem bleibe deine Tochter versagt.« Auch wenn ihm mal eine Idee kam, münzte er sie sofort in die leidigen Kupferlinge »salomonische Weisheit«, »wichtige Lehre« und »rechter Weg« um. Edelmann, der ebenfalls den Salomo der Sprüche dem Salomo des Predigers vorzog, nickte freudig und sagte: »Wer dich nach der Uhrzeit fragt, hat kein Geld, sich eine Uhr zu kaufen, hat er nicht.«

Sitzen wir an den Ufern der Zeit, oder werden wir von ihrem Strom getragen? Ist sie in uns, oder sind wir in ihr? Vaters Schmerzspezialist verzog das Gesicht, als ich ihm ähnliche Fragen über das Wesen des Schmerzes stellte. »Lassen Sie, lassen Sie mal«, sagte er, »ein Mensch, der Schmerzen hat, fragt so was nicht. Das ist Luxus. Ein Philosoph mit Zahnweh fragt nicht mehr ›wie?‹, er fragt nur noch ›warum?‹.«

Und Vater, der Experte für Schmerz und Kränkung, faßte zusammen: »Schmerzen beleidigen jeden auf ihre Weise.«

Nur wenige kamen zu Mutters Beerdigung. Ihre Brüder aus Galiläa. Einige Dorfbewohner. Die Frauen aus dem Frisiersalon. Ein Vertreter des Bäckerverbands, der einen Nachruf auf sie hielt: »Es steht geschrieben: ›Im Schweiße deines Angesichts sollst du dein Brot essen‹, und Sie, Frau Sara Levi, sind so gewesen. Im Schweiße Ihres Angesichts waren Sie uns alle Vorbild.« Brinker sagte kein Wort, aber sein Schluchzen war laut, anhaltend und allen verständlich.

Tia Dudutsch bereitete die *Tchorbaika* der Trauernden zu, Chez-nous-à-Paris band sich ein schwarzes Samtband um den Arm, und Vater ließ keine Silbe vernehmen. »Sicher hat er an all das gedacht, was er ihr noch hatte antun wollen, und wie sie ihn wieder mal reingelegt hat, diese Griechin, ihm einfach vorzeitig wegzusterben«, schrieb mir Jakob und fügte hinzu: »Ich hoffe, sie hat sich ein paar Minuten vor ihrem Tod von ihrer Gewohnheit, ihn zu lieben, befreit.«

Der Umschlag war geöffnet und wieder neu zugeklebt worden, und auf dem Brief selber prangten zwei numerierte Nachschriften:

»P. S. 1: Jetzt wird alles zerbröckeln. Alles zusammenfallen. Wie Teig, den man mit zu viel Zucker angetrieben hat. Sie hat alles zusammengehalten. Tia Dudutsch kann das nicht, Lea ist noch zu jung, und ich bin keine Frau.

P. S. 2: Und noch eines sollst Du wissen. Ich werde Dir nie verzeihen, daß Du zu ihrer Beerdigung nicht heimgekommen bist. Du Bösewicht. Nur in Körperbau und Gesichtszügen ähnelst Du ihr. In der Seele bist Du genau wie er. Du übler Bursche. Du Schuft.«

62

»Mitten in der Nacht bin ich von Bauchschmerzen aufgewacht, die ich mir nicht erklären konnte«, hat mir Romi geschrieben.

Wie eine bestickte Decke zogen sich ihre Worte über einen Tisch, an dessen anderem Ende meine Nichte persönlich saß und mich fixierte. Ich erwiderte ihren Blick und steckte das Photo in die Hemdentasche zurück. In der Luft hing ein Sommersturm, sammelte Feuchtigkeit und Kräfte. Große Möwen schwebten über dem Strand. Ein Falke glitt in mordlustigem Tiefflug über die Wasserfläche.

Die Rufe der Proviantmeister und der Fahrer schallten durchs offene Fenster herein. Übler Eukalyptusgeruch stand ringsum. Ein paar Minuten blieb Romi verärgert mit offenen Augen im Bett liegen. Der Schmerz hatte mit nichts bisher Erlebtem Ähnlichkeit, und daher konnte sie ihn auch nicht in Worte fassen oder mit anderen Schmerzen vergleichen. Es kam ihr vor, als flösse heißes, mattes Blei zischend dahin, stoße an, zucke zurück und suche sich seinen Weg. Einen Augenblick dachte sie, es seien Mensesschmerzen, die ihr wieder einmal beweisen wollten, daß sie trotz ihrer Anstrengungen immer noch Frau war, aber das paßte weder dem Tag noch der Stärke nach. Sie legte beide Hände auf den Bauch und drückte, worauf der Schmerz – eine Ratte mit dem Rücken zur Wand – die Zähne fletschte, sich wand und davonschlüpfte. Die ganze Nacht tastete, mutmaßte und zürnte sie, denn Schmerzen galten ihr nicht als Warn- oder Alarmsignal, sondern als simpler, niedriger Verrat. Unter Verzicht auf das Frühstück – »drei Oliven mit Flecken, einen Klecks Quark und ein aufgeplatztes hartes Ei« – kletterte sie aus dem Bett und ging zur Kommandantur.

»Ich brauche einen Tag Urlaub«, sagte sie und wandte sich sofort ab, rannte ins Freie und erbrach sich auf den Betonpfad, der vom Geschäftszimmer des Kommandanten zum Appellplatz führte. Erst jetzt, nachdem sich ihre Eingeweide gereinigt hatten, begriff sie, was ihr geschehen war. Sie kehrte auf ihre Stube zurück, stellte die gespannte Kamera auf eine Tischkante, legte das Kinn auf die andere, richtete den Blick auf den funkelnden Brunnen der Linse und photographierte sich selbst.

»Da bin ich, Onkel.« Die Worte füllten den Tisch, bordeten über und glitten von ihm herab: »Guck, wie ich aussehe. Heute nacht bin ich neunzehn Jahre, fünf Monate und zweiundzwanzig Tage geworden. So alt war Benjamin in der Nacht, in der er gefallen ist, und ich habe keine andere Erklärung.«

»Ich habe das Gefühl, eine Grenze überschritten zu haben«, fuhr sie auf der Rückseite des Bildes fort. »Ich habe ihn überholt. Von heute an bin ich die ältere Schwester.«

»Nun ja«, meinte mein Bruder, als ich ihm aus der Erinnerung davon erzählte, »es gibt auch solche Dinge. Es gibt Schlimmeres. Es passiert alles mögliche.«

Er stellte die Knetmaschine ab, stürzte sich auf den Teig und begann ihn per Hand zu kneten. Die Leute wissen gar nicht, wie schwer das Kneten ist. Der Teig ist geschmeidig und neckisch wie ein junges Mädchen, schwer und stumpf wie Blei. Jakob knetete ihn mit den Bewegungen anderer alter Handwerke – der Dressur, des Töpferns, des Massierens –, hob die Klumpen auf den Tisch, faltete die Ecken nach innen, schlug, drückte, lief rot an, rollte aus, verzog vor Anstrengung das Gesicht. Sein Schweiß, sein Nasenschleim (»seine verhaltenen Tränen, die Hitze seines Blutes, der Traum von seinem Samen, den er liebte«) vermengten sich mit dem Teig. Bei Benjamins Beerdigung hatte er keine einzige Träne vergossen. Ein sonderbarer Ausdruck breitete sich damals über seine Züge, und seine Hände tasteten an den Luftmauern, die ihn flankierten, als suchten sie vergeblich nach jemandem zum Stützen und Gestütztwerden. Lea war bereits im Zimmer ihres Sohnes eingeschlafen, Vater stand neben Dudutsch, und ich musterte abwechselnd Romi, die zitternd neben mir stand, und die beiden Löwen-Frauen meines Alters, die sich weinend umarmt hielten, meinen Blick erwiderten und mir nach Ablauf der Trauerwoche in ihrer großen gemeinsamen Wohnung in Tel Aviv, beim unendlich sehnsüchtig schwebenden Flötenklang des *Feenballetts*, erzählten, wie sie einmal auf der Rückfahrt von einem Wochenende in Safed am Checkpoint in Haifa einen blonden Feldwebel aufgegabelt hatten, der auf eine Mitfahrgelegenheit gewartet und ihnen auf ihre Frage, wo er denn hinwolle, geantwortet hatte: »Zu euch nach Hause, Mädels«, worauf er sofort auf dem Rücksitz eingeschlafen war.

»Das war euer Benjamin«, sagte die eine lächelnd.

»Und wir haben ihn mit zu uns nach Hause genommen«, fügte ihre Gefährtin hinzu.

»Er war ja so ein guter Junge«, seufzte die erste, »wie uns eigens zugesandt – das letzte Geschenk, das man uns im Leben gegeben hat.«

»Und woher hast du ihn gekannt?« fragte die erste,

»Ich habe ihn nicht gekannt«, antwortete ich, »ich bin ein Freund seines Vaters. War vor Jahren mit ihm in der Brigade.«

Benjamin wurde an einem heißen Sommertag geboren und war deshalb, laut Jakob, »Leas Kind«. Mein Bruder hielt seinen Sohn auf den Armen und weinte so, wie Männer bei der Geburt ihres ersten Kindes weinen, dieses Schluchzen, das ich nie kennen werde und das nur Mutter richtig zu definieren wußte: »Das Weinen, das die Tränen aus den Knochen holt.« Das Baby war groß und hübsch, Gutmütigkeit und Besonnenheit standen ihm auf der Stirn geschrieben, und als der Kleine um sich schaute und sein Säuglingsgähnen gähnte, schien es Jakob, als stoße er ein Heulen aus, das die Hörkraft des menschlichen Ohres überstieg.

Die Streitereien mit Tia Dudutsch begannen gleich nach der Entbindung. Eine Schwester der Säuglingsstation hörte ein Brüllkonzert aus dem Säuglingszimmer. Sie eilte dorthin und fand eine alte Frau Benjamin stillen und all die andern Babys vor Neid und flehentlichem Begehren weinen. Dudutsch wurde sofort hinausexpediert, aber später, als Benjamin nach Hause kam, fing sie an wimmernd vor der Schlafzimmertür auf und ab zu laufen wie ein Straßenköter vorm Metzgerladen. Wenn Jakob um Mitternacht in die Bäckerei ging, wurde Lea, die allein mit dem Kind zurückblieb, vor dem unaufhörlichen Getrappel der alten Tante angst und bange. Milchgeruch waberte in der Luft, und Benjamin reckte seine Ärmchen zur Tür und guckte stur dorthin. »Geh weg, geh endlich schlafen!« rief Lea aus dem Zimmer und holte ihren Sohn sicherheitshalber zu sich ins Bett.

Vater mischte sich mit Freuden in den Tumult. Sofort brachte er eine Witwe aufs Tapet, die im Hof des *Chazakiro* Efraim Sa'adon gewohnt hatte, »das war der, dem ein Tropfen flüssiges Zinn ins Auge gespritzt ist und ihm das ganze Hirn vergiftet hat, bis der Arme starb«. Auch jene Witwe hatte mit ihrem kleinen Sohn in einem Bett geschlafen, warnte er Jakob und Lea, »und hat Witwenträume geträumt, die ins Baby eingesickert sind wie die Jauche der Jischmaeliten in unsere Zisternen, und so ist ihm ein blonder Oberbart und ein schwarzer Unterbart gewachsen, und nachts hat er seine Mutter geküßt wie ein Großer und Lüste bei ihr geweckt.«

Lea war sicher, Jakob werde ihr seinen Vater und seine Tante vom Leibe halten, aber ihre Erwartungen wurden enttäuscht. Jakob sagte nichts, und alle machten weiter wie gehabt: Dudutsch lauerte weiter auf eine günstige Gelegenheit, Vater verteilte weiter großzügig seine Lehren, und die Witwe setzte ihren Säugling an der Bibliothekstür des Rabbiners Salvendi aus, »da, wo Lija, selig, gesessen und gelernt hat«, und floh selbst nach Beirut, wo der Hunger sie zu Broterwerben trieb, die so unsittlich waren, daß sie ihr den Beinamen *Putana de tres puertas* einbrachten.

»Hi hi hi«, wieherte Vater sein Scholem-Alechem-Lachen, während Lea wortlos Lider und Lippen zusammenpreßte.

»Der Waisenjunge wuchs heran und wurde ein großer Kaufmann«, fuhr Vater fort, »und als er einmal geschäftehalber mit dem Schiff zur Insel Malta hinabfuhr – wen erblickte er da? Er sah seine alte Mutter, in Lumpen gekleidet, im Hafenmüll nach Nahrung stöbern.«

Er hielt einen Moment inne und stellte dann leicht enttäuscht selbst die Frage, die »der Zuhörer«, wäre er genauso wach und intelligent wie »der Leser« gewesen, hätte stellen müssen: »Und woran erkannte er, daß es seine Mutter war?«

Lea bebte und schwieg.

»Weil sie an jeder Hand sechs Finger hatte, was ein schlechtes Omen ist«, trompetete Vater die Antwort auf seine Frage, »das sie befallen hat, weil ihr Vater, als sie noch im Mutterschoß war, mitten beim Kol-Nidre-Gebet in die Frauenabteilung der Aschkenasen gelaufen ist.«

»Du mußt sie mir alle beide fernhalten, hast du gehört?« sagte Lea zu Jakob. »Deine Tante und deinen Vater.«

»Was hast du bloß?« fragte Jakob. »Hier ist eine Frau, die vor Milch platzt, und unser Kind saugt an der Flasche. Was wär denn dabei, wenn du ihn ihr geben würdest?«

»Ihretwegen bin ich ausgetrocknet!« fauchte Lea ihn an.

Benjamin wurde größer und entwöhnt, aber die Feindseligkeit staute sich in Leas Körper und sprühte ihr beim Kämmen in bläulichen Blitzen vom Kamm. Wenn Jakob sie so sah, bekam er wachsweiche Knie. »Es war ein großer Fehler«, erklärte er mir, »Chez-nous-à-Paris hat recht gehabt: Ich habe sie nicht auf die rechte Weise geliebt.«

Ihre Finger furchten gewaltsam durchs Haar. »Komm her, Benjamin«, sagten ihre Augen durch den Haarvorhang. Aber Jakob umschlang seinen Sohn mit den sanften Banden seiner Arme und sagte: »Wir Jungs werden nur hier sitzen und gucken.«

»Ich will zu Mutter«, protestierte Benjamin, erst in spielerischem Schmollen, dann mit unwilligem Aufbegehren und schließlich in einem kindlichen Zornesausbruch, der sich ständig steigerte, bis er mit einem Mal in ein wütendes Geheul der Demütigung und Hilflosigkeit umschlug – das Geheul entführter Bäcker.

Doch Jakob löste seine Umklammerung nicht. »Ruhig... ruhig... Benjamiko«, sagte er, »guck, wie Mutter sich kämmt.«

»Ich bin ja da, Benjamin«, sagte Lea, »was willst du denn von ihm, Jakob? Warum hältst ihn so? Warum nennst du ihn so?«

»Wie so?« fragte Jakob, ohne seine Armklammer zu öffnen.

Auf den Feldern blühten die Meerzwiebeln, steckten hartnäckig Grundstücke ab, deren Eigentümer bereits gestorben waren, Segler kreischten ihre Herbstbotschaften, und das Herz meines Bruders wurde weit und besorgt. Zu dieser Jahreszeit ging er oft auf den Acker hinaus und wartete, trat gegen die trockenen Distelballen, die sich schon leicht aus dem Boden lösten und bei jedem Windstoß davontrieben, zerbröckelte Erdklumpen zwischen den Fingern – Bauerngewohnheiten, die er in seinem Jahr in Galiläa übernommen hatte. Wie ein babylonischer Sternkundiger beschirmte er mit der Hand die Augen, prüfte den Flug der Saatkrähen, deutete die Laubfärbungen und wartete auf die ersten Regenwolken. Und als er sie endlich sah, befiel ihn eine Unruhe, die sich im Leibe anderer Männer nur im Frühling regt.

Ein paar Tage später bezog sich der Himmel mit dicken Wolken. Voll sprühendem Tatendrang trug Jakob Eimer und Schüsseln auf den Hof und stellte sie unter die Regenrohre. Als sie sich mit Regenwasser gefüllt hatten, schleppte er sie ins Haus. Sofort rannte Benjamin zu seiner Mutter und klammerte sich, von dumpfer Angst gepackt, an ihre Beine.

Das angestrengte Stöhnen, das Rascheln des Haares, das Weinen des Kindes, der strömende Regen entstiegen dem Brief, den Lea mir geschickt hatte. Nebeneinander erklangen sie, vermischten sich nicht. Der Primus brannte blau und rot unter der mächtigen Waschschüssel, Jakob breitete große Handtücher auf den Boden der Bäckerei und sagte mit der Tyrannei der Flehenden: »Komm, Lalka, komm.«

Das Beben, das seine Stimme und seinen abgehackten Finger ergriffen hatte, verriet seinen inneren Sturm und unterjochte Leas Herz. Er löste Benjamin von ihr und zwang sie gewaltsam in die Knie, bis sie, auf allen vieren, mit dem Kopf über der Schüssel hing.

Über ihren Rücken gebeugt, ihre Taille zwischen seine gegrätschten Waden geklemmt, seine Knie wie Sporen in ihre Rippen gedrückt, wusch er ihre Astarteflechten in dem weichen, duftenden Wasser. Damals wußte er noch nicht, daß das Regenwasser ihren Leib vergiften würde, daß ihr Fleisch abkühlen und der Glanz ihres Haares von Trauerasche matt werden würde. Je mehr der Winter einzog und der Tammus sich aufmachte und dahinschwand, desto mehr versank ihre Stimmung in Trübsal. Die Herbstvögel kreischten sie höhnisch an, die Wolken umhüllten sie mit ihrer Schwermut, die Knollen der Meerzwiebeln riefen mit giftigen Totenarmen aus der Erde nach ihr. Sie war eine Frau der Sonne und des Sommers. Gleich nach der Kopfwäsche suchte der Winter sie mit blauen Lippen, weiß beschlagenem Rachen und roten Frostflecken an den Händen heim. »Komm, wir spielen, ich bin eine Prinzessin im Turm, und du bestimmst, wer du bist«, schrieb sie mir damals.

Benjamin stand wimmernd abseits, während sein Vater mit seiner Mutter rang, ihren Kopf ins Wasser steckte und ihr die Haare wusch. »Aber was ist denn? Was ist passiert?« hörte ich es schreien. Ich trat aus meinem Zimmer auf den Flur, folgte dem weißen Strich und sah ihn erbittert an die verschlossene Tür trommeln: »Warum? Was hab ich dir denn angetan, daß ich das hier verdiene?«

63

Du glaubst mir nicht. Auch du glaubst mir nicht. »Warum bist du nicht zur Beerdigung deiner Mutter gefahren?« Eine dumme, langweilige, ewig wiederkehrende Frage. Habe ich denn die übrigen Fragen schon alle beantwortet? Habe ich bereits einen Grund für Dudutschs bitteres Schicksal angegeben? Hat Vater tatsächlich den Gänserich vergiftet, wie Jakob meint? Oder habe ich schon das formuliert, was Castorp und Humbert, Nadja und Marfa gemeinsam haben? Und wer sind die schwarzen Tataren? Was hat Tschernichoski an Mirjam gesündigt? Wir wissen ja nicht einmal, wer sie ist. Eigenartig ist das. Die Leute fordern dem Geschriebenen das Unsichtbare ab. Sie verlangen von den Büchern mehr Logik und Konsequenz als vom Leben selbst. Hier zum Beispiel: Etwa ein halbes Jahr nach dem Tod meiner Mutter tauchte ein alter grüner Lastwagen im Dorf auf, lud eine große Überseekiste am Rand der Hauptstraße ab und fuhr davon. Die Dorfkinder rannten zu der Kiste, hörten Geräusche darin und nahmen Reißaus. Später faßten sie Mut, kamen näher und warfen Steine, bis eine Latte abfiel, eine Hand herauskam, die Luft prüfte und schließlich einen Arm, eine Schulter und eine Frau nachzog. Die Kinder verstummten erschrocken und beobachteten sie von fern, als sie sich auf den Erdboden setzte, nieste und sich an der Sonne wärmte. Dann kehrte die Frau in die Kiste zurück, und nachts kam sie in die Bäckerei.

Du sture kleine Seele, du Hans Brinker der Ideen, wirst flugs behaupten, dieses Ereignis, sei es wahr oder erfunden, füge sich nicht in den Handlungsablauf des Werkes. Worauf ich dir antworte, »wenn sich ein kleines Reptil von Kritiker anmaßt, an einem seiner Teile etwas auszusetzen, ohne zu wissen, auf welche Weise das Ganze zusammenhängt, so ist das ein vermessener Unfug«. Jakob, der vor dem Ofenschlund in der Grube stand, sah die Besucherin nicht, da er den Rücken der Tür zuwandte, spürte jedoch wegen des Schornsteinzugs intensiv ihren fremden Körpergeruch, der ihn wie bitterer Chrysanthemenhauch streifte. Er drehte sich langsam um, lehnte sich an die Grubenwände und sah eine etwa gleichaltrige Frau von schwachem, heruntergekommenem, aber sehr hübschem Aussehen ihn mit Blicken mustern. Schon wollte er sie nach ihrem Begehren fragen, doch da wandte sie die Augen von ihm ab, weil sie an ihm kein Interesse fand, ließ sie über Itzig, Simeon und Vater schweifen und schließlich auf Josua Edelmann landen, der in seinen komischen Unterhosen dastand und Teig in Stücke schnitt. Die Frau ging auf ihn zu, nahm seine beiden Hände mit einer ebenso besitzergreifenden wie flehenden Geste und sagte etwas auf jiddisch zu ihm, wobei man dem Tonfall nach hätte meinen können, sie würden sich zeitlebens kennen. Dann breitete sie ein mitgebrachtes strahlend weißes Stück Stoff aus, auf das Edelmann ein Brot legte, wickelte es ein und ging, den Brotlaib mit beiden Armen an ihren flachen Busen gedrückt.

»Was hat sie dir gesagt?« fragte Jakob.

»Das ist eine Frau aus dem Holocaust«, antwortete Edelmann und rückte seine abrutschenden Hoden zurecht. »Sie hat gesagt, sie habe das Brot gerochen und dann einfach kommen müssen.«

»Nächstes Mal frag gefälligst um Erlaubnis, ehe du unser Brot verschenkst«, sagte Jakob.

Die Frau aus dem Holocaust hieß Hadassa Tedesco. Jede Nacht kam sie in die Bäckerei, und Josua, der von jener Woche an Arbeitshosen trug, gab ihr jedesmal einen Laib Brot, dessen Preis ihm vom Lohn abgezogen wurde. Hadassa aß das Brot nicht bei uns, sondern wickelte es in die weiße Windel und trug es zur Überseekiste. »Ich willige ein«, sagte sie zu Josua, als der ihr das hundertzweiundsiebzigste Brot überreichte und um ihre Hand anhielt, »aber du mußt wissen, daß ich dir nur Töchter gebären werde.«

64

Langsam gewöhnte sich das Haus an der Liebe Tod,
Wie der Baum sich gewöhnt an des Laubfalls Trauer,
Wie das Feld an den Kadaver trocknen Gebüschs.
Eine Wolke segelt im bitteren Wind,
Und Herbst lautet das Kreischen der Segler.

(Im Original heißt es »das Pfeifen der Schwalben«, aber ich habe mir diese kleine Freiheit der Lügner und Übersetzer herausgenommen. Übrigens habe ich nicht etwa, wie du meinst, das Schreiben aufgegeben. Ich vergnüge mich jetzt mit dem Verfassen eines Schwanks über Wesen und mögliche Folgen des weißen Strichs, den ich für Vater auf den Boden gemalt habe, und vor zwei Wochen habe ich eine Geschichte über meinen Bruder und seinen kleinen Sohn abgeschlossen. Ich hatte sie auf der Veranda begonnen, habe sie aber in Romis Zimmer in Tel Aviv zu Ende geschrieben, denn mein mißtrauischer, neugieriger Bruder Jakob schlich sich dauernd an, um mir über die Schulter zu lugen.)

Die Haarwasch- und Stillkriege hatten Leas Kräfte bereits aufgebraucht und ihre Augen stumpf gemacht. Die folgenden Jahre sahen sie gehorsam und bedrückt. Gefügig trottete sie zur Regenwasserschüssel und steckte den Kopf hinein. Einmal hob sie ihn nicht wieder heraus, so daß Jakob sie besorgt hochzog, damit sie Luft schöpfen sollte. Wütend ließ er sie dann auf den Fußboden sinken und ging auf den Hof hinaus. Benjamin eilte zu ihr, trocknete ihr das Haar mit Handtüchern, kämmte sie mit den Fingern, versuchte sie aufzurichten und nach Hause zu zerren, bis sie von seinem Ächzen und Schluchzen zu sich kam und ins Schlafzimmer kroch.

In den ersten Nachtstunden, wenn mein Bruder hinter seiner Frau lag, ihren sich versteifenden Körper umschlang, ihr flehentliche Bitten in den Nacken blies und ihren verweigernden Atemzügen lauschte, hörte er die leisen Schritte seines Sohnes an die Zimmertür schleichen, anhalten, warten, sich entfernen und zurückkehren. Später dann, sobald das Tosen des Brenners aus der Bäckerei herüberscholl und der säuerliche Geruch verkündete, daß Jakob jetzt den Teig nicht verlassen würde, kam Benjamin, kletterte ins Bett, kroch hinter seine Mutter, schmiegte sich an sie und schlief ein.

Leicht und flüchtig rieselte die Zeit zuhauf, bombardierte die Erde mit ihren Körnchen. Lea wurde erneut schwanger, und als Roni zur Welt kam, ein großes, grauäugiges Baby, ganz und gar von dünnem rotem Haarflaum bedeckt, war Mutter schon nicht mehr da zum Weinen und Erinnern. Benjamin nannte seine Schwester dauernd fälschlich Romi, worauf Jakob erbost drohte: »Wenn du Roni Romi nennst, nenn ich dich Benjamim.«

»Hast du jemanden zum Rumstreiten gefunden, einen fünfjährigen Jungen?« fragte die Mutter.

»Mir kommt halt Romi raus«, behauptete der fünfjährige Junge, »was kann ich machen?« Und nach einem Monat nannten sie alle so.

Unterdessen lauerte Tia Dudutsch wieder aufs Stillen. Ihr eines Auge lugte voll Hoffnung und Begierde durchs Schlüsselloch. Ihre Füße schlurften leise vor der Tür. Große feuchte Flecken zeigten sich erneut auf der Brust ihres schwarzen Kleides, und wieder waberte Milchduft durch die Luft.

Das Blut wich aus Leas Gesicht und die Milch aus ihren Brüsten. »Ich möchte nicht, daß sie die Kleine so anguckt«, erklärte sie Jakob, »sie soll ihr bloß nicht nahe kommen. Sie will sie mir genauso wegnehmen, wie sie mir Benjamin weggenommen hat.«

»Sie hat dir Benjamin nicht weggenommen, und sie will überhaupt nichts von dir«, erwiderte Jakob, »der Babygeruch tut ihr das an, der Ärmsten.«

Lea verbrachte viel Zeit mit Bücherlesen, Grübeln und Schlafen. Manchmal spazierte sie durch die Felder oder fuhr in die Stadt.

Beim Backen half sie nicht, und ihre große Rache wagte sich niemand auszudenken – weder ihre Intensität noch ihre Plötzlichkeit. Eines Morgens, Jakob zog sich gerade die Arbeitsschuhe auf der Veranda aus, sah er verschwommen Benjamin, der außerhalb seines Brillenbereichs in der Verandaecke saß, mit etwas spielen, was wie ein riesiger Schlangenkadaver wirkte. Jakob sprang entsetzt auf, wandte den Blick und erkannte, daß die Schlange Leas Zopf war. Noch bevor ihm vor Grauen die Knie wegsackten, konnte er seinen Sohn erreichen und ihm den Zopf mit solcher Geschwindigkeit und Gewalt aus den Händen reißen, daß der Junge, vor Angst und Schmerz aufschreiend, umfiel und über den Boden rollte.

Lea hörte ihn und rannte auf die Veranda. »Daß du's nicht wagst, ihn anzurühren!«

Jakob ging auf sie zu, erschrocken über den furchtbaren Haß, der zwischen ihnen aufkeimte, über ihren trotzigen, kurzgeschorenen Kopf. Lea verlagerte das Gewicht auf einen Fuß, stemmte die Linke in die Hüfte und fuhr sich mit der Rechten durch die Haarstoppeln.

Meinen Bruder verließen die Kräfte. Er ließ den Zopf fallen, ging die Verandastufen hinab und taumelte zur Bäckerei.

»Nehmt!« rief Lea und schwang den Zopf wie ein Lasso über dem Kopf. »Soll die eine mein Kind zum Stillen und der andere mein Haar zum Waschen nehmen.«

Der Zopf flog durch die Luft, schlängelte sich langsam und fiel stumm auf den Boden des Hofes.

Von nun an verliefen die Dinge auf stille, geregelte und grauenvolle Weise. Lea schloß sich in ihrem Zimmer ein, Jakob und Benjamin schnitten einander mit der Sachkundigkeit wütender Hausgenossen, deren Körper sich nicht berühren sollten, Tia Dudutsch führte den Haushalt und stillte nach Herzenslust. Am Morgen nach dem ersten Stillen fiel Romis Babypelz aus, und als sie mit eineinhalb Jahren entwöhnt wurde, schied sich das Grau ihrer Augen in Gelb und Blau.

Diese ganze Zeit über verschanzte Vater sich in seinem Zimmer und schrieb Briefe. Mir und seinen verschwundenen Verwandten. Zwischen den eleganten amerikanischen Umschlägen, die ständig in Abramsons Kanzlei einliefen, wirkte Vaters gelegentliches Schreiben wie ein armer Schlucker bei einer Reiche-Leute-Feier. Er traute dem Klebstoff, mit dem die öffentliche Hand die Briefmarken gummierte, die weite Reise nicht zu und verwendete daher seinen leckeren, derben Bäckerkleister – Mehl mit Wasser, Melasse und Eigelb vermischt –, mit dem die Bäckereietiketten auf die Brote geklebt wurden. »An den Ameisen, die zum Briefkasten hochkrabbeln, ersehe ich, daß ein Brief von Vater gekommen ist«, schrieb ich Jakob. Sicherheitshalber drückte mein Vater die Marke mehrere Minuten mit der Daumenkuppe fest, damit sie gut am Umschlag haftete, und hinterließ dabei einen deutlichen Fingerabdruck, einen persönlichen Poststempel, der mehr ans Herz rührte als der Briefinhalt. Mutters Tod hatte seinen Haß keineswegs verringert, und so übersprang ich meistenteils die langen Absätze, die er ihr widmete.

In gemessenem Schritt marschierte die Zeit. Nach Purim begann man die Fußstapfen des Frühlings zu hören. Der Gesang der Stieglitze und Rotkehlchen schlug die Nachhut des abziehenden Winters aus dem Feld, Knospen und Erde platzten hörbar auf, und der »Pessacharbeiter« kam. Während der sieben Pessachtage, in denen die Bäckerei stillag und die Backsteine auskühlten, konnte man in den Ofen hineinkriechen, um ihn auszubessern.

Name und Alter des Pessacharbeiters waren niemandem bekannt. In den sechzehn Jahren, die ich im Dorf verbrachte, sah ich ihn Jahr für Jahr, ohne daß die geringste Veränderung bei ihm eingetreten wäre. Meines Wissens war er bei seiner Geburt fünfundsiebzig Jahre gewesen und hatte seitdem keine einzige Minute der in ihm gespeicherten Zeit ausgestoßen. Er war ein Sozialist mit Bart und Schläfenlocken und stellte sich gern als »der erste Jemenite, der nicht an Gott glaubt« vor.

»Und wozu dann die Schläfenlocken?« fragte Vater.

»Der Schönheit halber«, lachte der Arbeiter.

Auch die Koscheraufseher des Rabbinats kamen kurz vor dem Fest, führten ihre Reinigungs- und Verbrennungszeremonien durch und erzählten uns jedes Jahr den gleichen dummen Midrasch über die Züchtigkeit der dünnen, flachen Matze verglichen mit dem Hochmut des Brotes, das »sich stolz aufbläht«. Danach erpreßten sie mit handfesten Drohungen Feiertagsgeschenke, und wenn sie sich dann endlich davonmachten, kletterte der Pessacharbeiter auf den Maulbeerbaum, rief ihnen in kehlig spottenden Tönen Reisesegen nach und holte den zwischen den Zweigen versteckten Sack mit Fladenbroten herunter, die ihn während der Mittelfeiertage ernähren sollten.

»Wißt ihr, warum die Aschkenasen Löcher in ihre Matzen stanzen?« fragte er.

Wir alle grinsten. »Warum?«

»Wenn deren Matze schon mit Löchern solche Verstopfung auslöst, dann denkt bloß mal, was ohne die Löcher passieren würde.«

Sein Lachen war kaum zu hören, ließ nur seinen ganzen Körper vibrieren, wie das Lachen von Chassiden aus Brooklyn, wenn sie beim Damespiel gewonnen haben.

Dann zog er seine Arbeitskleidung an – weite arabische Hosen, nackte Füße und weißes Hemd –, besprengte das Ofeninnere mit Wasser, und erst wenn das Zischen der erbosten Backsteine verklungen war, öffnete er die Schornsteinklappen, packte mit den Zähnen einen kleinen Eimer, der die nötigen Werkzeuge und Arbeitsmaterialien enthielt, und kroch in die Tiefen. Dort sammelte er singend abgefallene Sprengsel der Brandschutzbeschichtung ein, füllte Ritzen, klebte lose Backsteine fest und glättete den Boden von Unebenheiten, die die Bäckerschaufeln ruinierten.

Sieben Tage lag er dort, singend und zusammengerollt, wie ein riesiger Embryo. Kein Mensch verstand die Worte, die er sang, aber alle erkannten, daß es sich um Liebeslieder handelte. Lang, sehnsüchtig und klar schallten sie über das ganze Dorf, denn der Ofen diente ihnen als Resonanzkörper, und da der Arbeiter die Schornsteinklappen nicht schloß, stiegen die Lieder im Kamin auf, und Jakobs alter Spiegel strahlte sie über die Umgebung aus. Dann erwachte Lea, umarmte Benjamin und sagte: »Komm, wir gehen spazieren.«

Benjamin liebte den Pessacharbeiter. Er glaubte, dessen schallender Frühlingsgesang gebe seiner Mutter ihre Freude und Fröhlichkeit zurück, und sobald der Arbeiter am Hoftor auftauchte, rannte er ihm zur Begrüßung entgegen. Aber Lea wurde von dem verborgenen Mechanismus angetrieben, der die Augen der Bäume schwellen und aufgehen ließ, den Saft in den Sunariensträuchern hochtrieb, verpuppte Schmetterlinge hervorholte und Asphodilles und Anemonen aus der kalten Umklammerung der Erde befreite.

Dann packte Jakob einen kleinen Proviantkorb und fuhr mit Frau und Sohn in die Täler zwischen den Bergen. Dort rollten sie über Wiesenstückchen, und Lea lachte, kaute Blumen, tankte Sonne und Wärme. Romi schloß sich diesen Ausflügen ebensowenig an, wie sie das Zimmer ihrer Mutter im Winter betrat oder heute dort hineingeht. Sie blieb zu Hause bei Tia Dudutsch und spielte mit einer blauen Glasscherbe, die sie von ihr bekommen hatte.

65

Ich konnte mir Lea gehend, liegend, rennend, essend, bekleidet oder nackt ausmalen. Ich sah sie lachen, zürnen, lächeln und weinen. Ich hätte ihr wieder mit den Fingerspitzen auf den Körper schreiben können, hätte ich nur etwas zu schreiben gehabt. Doch vergeblich mühte ich mich, sie mir mit kurzem Haar vorzustellen.

Von dem Morgen unserer ersten Begegnung bis zum Tag meiner Abreise war sie stets von ihrem Flechtenkranz bekrönt gewesen. Nachdem sie sich das Haar abgeschnitten hatte, bat ich Jakob, mir ein Bild von ihr zu schicken, worauf er nicht reagierte. »Es ist mir wichtig«, bettelte ich unterwürfig, aber Jakob ignorierte meinen Brief. Ein Jahr später sandte er mir jedoch das Negativ eines Familienphotos, und ich rannte sofort los, um es beim Zeitungholen für meinen Arbeitgeber unterwegs ins nahe Photolabor zu bringen.

»Geh aufs Feld und jag mir ein Wild«, lachte Abramson jedesmal, wenn er mich zur Straße hinuntergehen sah.

Das Photolabor lag im nächsten Block. Der Inhaber war ein kleiner, schnurrbärtiger Ire, dessen äußerst tüchtige und präzise Hände Erinnerungen und Sympathie bei mir weckten. An einer Wand des Ladens hing eine wunderbare Photographie eines weißhaarigen Mannes mit Schnurrbart im dunklen Mantel, die meine Aufmerksamkeit erregte. »Das ist der Photograph Alfred Stieglitz, sicher haben Sie von ihm gehört«, erklärte mir der Ladeninhaber, »Ansel Adams hat ihn aufgenommen.«

Sein Tonfall war mir nicht fremd. Mit demselben Gesichtsausdruck, mit dem Jechiel Hefte voll letzter Worte öffnete, schlug er Photoalben auf und zeigte mir Granitfelsen, bewaldete Täler und funkelnde Pappelreihen.

»Die Berge haben vor Ansel Adams Hasselblad Schlange gestanden«, verkündete er feierlich, »die Wälder haben ihre Wipfel gekämmt, die Flüsse lächelten funkelnd, das Meer leckte seine Füße und bat – photographiere mich.«

Ich bin überzeugt, daß dieselbe Eigenschaft, die mich verheirateten Frauen sympathisch macht, Optiker, Bibliothekare und Photographen dazu veranlaßt, mich in ihr Arbeitszimmer einzuladen. Der Mann fragte mich, ob ich einmal beim Entwickeln eines Bildes dabeigewesen sei, und bot mir an, mit ihm ins Labor zu kommen.

»Das wird Sie interessieren«, meinte er.

Vor Andacht hypnotisiert trat ich an das kleine Chemikalienbassin, nahm zur größten Verwunderung des Photographen die Brille ab und beugte mich vor, bis ich mit der Nase fast an die Entwicklerlösung stieß. Seit meiner Ankunft hat Romi mich schon ein paarmal in ihr Photolabor an der Universität eingeladen, um ihre letzten Erfolge bei der Jagd auf ihren Vater zu begutachten. Ihre Dunkelkammer ist zu klein für uns beide. Während ich mich bücke und wie gebannt auf die Entwicklerwanne starre, steht sie ganz nah hinter mir. Ihr Atem gleitet wie warme Zähne über meinen Nacken, ihr Busen versetzt meinen Rücken in Schauder.

»Komm, wir spielen«, gurgelte sie, »ich bin eine arme griechische Jungfrau, und du bist ein lieber alter Minotaurus.«

»Komm, wir spielen«, antwortete ich ihr, »du bist die kleine Zündholzverkäuferin, und ich bin das Reserverad eines Omnibusses.«

»Wieso schämst du dich nicht, Onkel?! Du alter Sittenstrolch.«

Aber damals in dem New Yorker Photolabor fügten sich verschwommene Flecke an ferne Punkte, Nebelschwaden berührten einander, taten sich zusammen und schufen das rätselhafte Abbild meiner Familie. Furchtbarer Schmerz ballte sich in meinen Augen, zog sogleich seine vergessenen Brüder nach – die Schmerzen, die mich befallen hatten, als ich Mutters Haar im Kamillenwasser schwimmen sah, die Mosaikschöne in Brinkers Weinberg, Lea beim Ausziehen durch das beschlagene Fenster der Bäckerei, Mutter beim Waschen Jakobs, all diese scharfen Zeitsplitter, die sich ihren Weg durch mein Fleisch bohrten.

Meine ferne, abgetauchte Familie zitterte in ihrem kleinen Teich, nahm langsam Form und Gestalt an und war so anders als in der Erinnerung, jedenfalls anders als in meiner Erinnerung, die immer mit einem Schlag aus der Versenkung aufsteigt, wie ein Wal aus den Tiefen geschossen kommt und niemals an Nebelhaftigkeit, stufenweisem Erstehen oder Unschärfe gelitten hat, sondern, wie wir beide schon wissen, an Unzuverlässigkeit allein.

»Das ist mein Vater«, erklärte ich dem Laborbesitzer.

Das Bild war zur Feier des frisch gegossenen neuen Betonbodens der Bäckerei aufgenommen. Auf dem wohl eigens aus dem Haus getragenen Kutschsitz, dessen alter Samt inzwischen neu überzogen war, saß Vater. Er hatte sich unbedingt ein Repräsentationsbrot auf die Knie legen müssen und war der erste, der sich auf dem Photopapier herausschälte. Jakob und Lea hockten auf einer leeren Brotkiste. Ihr Haar bedeckte schon wieder den Nacken, aber ich sah sie nun zum erstenmal ohne Zopf, was mir ein Seufzen abrang. Benjamin stand hinter ihr, ein kräftiger, ernster Junge, an dessen Aussehen nichts seinen Tod prophezeite. Seine Stirn war niedrig und breit, die kräftigen Hände ruhten auf den Schultern seiner Mutter, und das glatte strohblonde Haar fiel ihm über ein Auge. Seine vorstehenden Wangenknochen glänzten in der Sonne, und zwei asymmetrische Furchen, die von den Nasenflügeln zu den Mundwinkeln hinabliefen, verliehen ihm ein wölfisches, erwachsenes Aussehen, dessen grausamer Anschein weder zu seiner Gutmütigkeit noch zu seinen acht Lebensjahren paßte. Die damals dreijährige Romi lag auf den Armen ihres Vaters. Das feine Mehl, das von seiner Kleidung abgestäubt war, hatte ihr das Gesicht weiß gepudert, so daß sie wie ein Clown wirkte.

Tia Dudutsch guckte mich mit ihrem blinden Auge an. Simeons Blick vermochte die Anziehungskraft seiner Augen nicht zu übersteigen, und die erschienen mir wie zwei schwarze Löcher in Papier. In dem Ewigkeitsbewußtsein, das seit Mutters Tod bei Jakob erwacht war, hatte er die alte Patriarchenkutsche auf die eine Seite gestellt. Der Brotlaib, den unsere Mutter daraufgemalt hatte, war schon verblichen, und die Silberpartikel auf dem Film hatten mit Leichtigkeit die Spuren ihrer Schwestern in den alten Kreuzen eingefangen, die darunter leuchteten. Neben der Kutsche parkte der unsterbliche graue Fargo, der heute – gelb, knatternd und aufgemöbelt – Romis Lieferwagen ist, »mein Lieber, von dem ganz Tel Aviv redet«.

Eine schwarzgerahmte, vergrößerte Photographie von Mutter im Halbprofil, lächelnd und mit vor Überraschung angespannten Halsmuskeln, stand zwischen Vater und Jakob. Ich weiß noch, wann es aufgenommen wurde. Zwei Jahre nach unserer Ankunft im Dorf hatte Professor Fritzi bei einem seiner Besuche einen Photoapparat mitgebracht, den sein Bruder sich schnappte, um Mutter hinterm Zaun aufzulauern. Als sie vorbeikam, hatte er ihren Namen gerufen und, sobald sie sich umdrehte, auf den Knopf gedrückt, und beide hatten gelächelt. »Jetzt habe ich eine Kopie von dir«, hatte er mit leiser, fester Stimme zu ihr gesagt, als er uns das Bild brachte. Ihre schrägen Augen fixierten mich; weit auseinanderstehend, fordernd, fluchend verfolgen sie mich, wohin ich auch gehe.

Auch das neue Bild war von Brinker aufgenommen, aber jetzt war es ein anderer, kranker Brinker. Er hatte, »eins eins zwei piep blauer zwei Himmel!« gerufen und abgedrückt, worauf alle aufatmend ihr Lächeln ablegten und sich erleichtert regten, als seien die Bande gelöst, die sie in einem Rahmen fesselten. Nun führte Jakob Benjamin zu dem neuen Boden, ließ ihn davor niederknien und drückte seine Hand fest in den feuchten Beton. Eine kindliche Hand, die schon männlich breit war, aber auch noch Babyspeckpölsterchen erkennen ließ. Neben den Handabdruck seines Sohnes drückte Jakob seine eigene starke, weiche Hand, an der Jahre des Streichelns und Knetens ihren viereinhalb Fingern Zangenkraft verliehen, die Nagelränder weiß gefärbt und die Haut geglättet hatten.

»Tu die gute Hand in den Beton«, hatte Benjamin seinen Vater gebeten, »nicht diese häßliche ohne den Finger.«

»Das ist eine sehr gute Hand«, sagte Jakob, »sie kann sogar Sabbatbrote flechten.«

Unter die Handabdrücke im Beton ritzte mein Bruder mit einem Nagel: *Jakob Levi und Sohn Benjamin, Bäcker, April 1955.*

»Jetzt ist das auch deine Bäckerei, Benjaminko«, sagte er,

»wenn du groß bist, wirst du hier arbeiten, wie Vater und Großvater.«

Gewaltig und träge glitt die Zeit dahin, und wir netten Trottel ließen unsere Schiffchen darauf schwimmen. Hier und dort, wo sie auf ein Hindernis stieß, schuf sie kleine Sümpfe, die Bücherschreiber als »Erinnerung«, »Sehnsucht« oder »Hoffnung« bezeichnen, aber der kluge Leser weiß, daß sie unwirklich sind und es sich nicht lohnt, an ihnen zu verweilen, um sie zu beschreiben. Im Lauf der Jahre wurde Benjamins Hand immer kräftiger, bis sie die Vaterhand an Größe und Stärke übertraf. Auf dem Bord in seinem Zimmer standen die blaue *Allgemeine Enzyklopädie* des Massada-Verlags, *Über den Ruinen* von Zwi Liebermann, *Jirmi, der Fallschirmjäger* und ein Heft über den Mitla-Paß mit dem Bild eines Soldaten namens Juda Ken-Dror, und mit siebzehn begann er schon, durch die Felder zu laufen und sich auf die bevorstehende Einberufung vorzubereiten. Vater alterte, besuchte nun oft Altersheime, »um sich an den Alte-Leute-Geruch zu gewöhnen«, und machte sich mit der Nähe des Todesengels vertraut, indem er auf fremder Leute Beerdigungen ging. Jakob versengte vor dem Ofenschlund. Romi hatte Tia Dudutsch schon das blaue Glas zurückgegeben, da sie die achtlos beiseite gelegte Retina ihres Bruders gefunden hatte und durch sie in die Welt guckte, und Lea vertiefte sich in ihre Höllenqual, in Vorübung auf den Tod ihres Sohnes.

Als Benjamin mit neunzehn Jahren, fünf Monaten und zweiundzwanzig Tagen im Jordantal starb, hinterließ er nichts. Nur die Verheißung jener Hand blieb dort im Boden eingeprägt. Jeden Morgen bläst und pustet Jakob Mehl und Staub weg, die sich darin angesammelt haben, und auch Michael geht manchmal hin, legt seine eigene Hand, seine zarte linke Schwinge, darauf und lächelt staunend.

Der Laborbesitzer fischte meine Familie aus der Entwicklerlösung und legte sie ins Fixierbad.

»Ein hübsches Bild«, sagte er zu mir, »eine hübsche Familie.«

Er wollte es zum Trocknen aufhängen, aber ich zog das triefende Bild aus dem Becken und brachte das Gesicht nahe daran.

»Was tun Sie denn? Lassen Sie's erst trocknen!« rief der Mann.

»Machen Sie mir noch zwei Abzüge«, sagte ich, »in derselben Größe, und schicken Sie mir damit auch die Rechnung.«

Ich nahm das feuchte, zerknitterte Bild, drückte es an die Brust, stieß die Türflügel auf und stürmte hinaus. An der Straßenecke raffte ich die Zeitungen vom Verkaufsstand, ohne auf das Wechselgeld zu warten. Dann lief ich auf mein Zimmer hinauf, und erst, nachdem ich mich an dem Bild sattgesehen hatte, nahm ich die Zeitung zur Hand und sah die Schlagzeile: »Die Welt trauert. Albert Einstein ist im Princetoner Krankenhaus gestorben.«

Da brach ich in Tränen aus. Albert Einstein bewirkte, was weder der Fluch und Tod meiner Mutter noch die Ferne, weder die Trümmer der Sehnsucht noch die Ausgrabungshügel der Reue mir angetan hatten. Mit triefenden, widerstrebenden Augen las ich, daß Einstein tatsächlich letzte Worte gesagt hatte, als er seinen Geist aufgab, aber die an seinem Bett wachende Schwester, eine gewisse Alberta Russel – ihren Namen werde ich zur ewigen Schande nie vergessen – hatte sein Deutsch nicht verstanden.

Anläßlich des Todes von Albert Einstein und im Gedenken an seine verlorenen letzten Worte beweinte ich nun also Leas abgeschnittenes Haar, das wehmütige Gesicht meines Bruders, meine Mutter, den Laib Brot auf meines Vaters Knien, Jechiel, dem ein großes Herzeleid erspart geblieben war, und seine eigenen letzten Worte, die so lange im voraus geplant worden waren und letzten Endes nicht nur gestohlen wurden, sondern auch nicht gesprochen und sicher nicht gelacht worden sind, denn die Kugel, die ihn traf, zersprengte seinen Kiefer, riß ihm die Zunge weg und erstickte seine Kehle mit Blut.

66

Die Frau aus dem Holocaust füllte sich mit Brot, tankte Sonne, erholte sich, blühte auf und wurde immer schöner. Edelmann und Itzig wirkten glücklich und umsorgt. Ihre Kleidung war sauber und gebügelt, ihre Gesichter lächelten froh.

Hadassa war siebenundzwanzig Jahre jünger als ihr Mann, aber in jeder anderen Hinsicht älter als er. Vater hatte gemeint, Itzig würde die Stiefmutter nicht zwischen ihn und seinen Vater kommen lassen, »denn nur eine französische Maus willigt ein, sich in die Liebe zu teilen«. Aber Vater irrte. Ihre einzige Mitgift, die Überseekiste, in der sie gekommen war, schenkte Hadassa nun gerade Itzig. »Ein junger Mann braucht ein Eckchen zum Alleinsein«, sagte sie und hatte damit das Herz ihres Stiefsohns gewonnen. Sie buk und verkaufte Hefekuchen und trug damit zum Unterhalt ihrer wachsenden Familie bei.

Innerhalb vier Jahren brachte sie vier Mädchen zur Welt und hörte danach auf zu gebären. »Sie hat den Ofen ausgemacht, hat sie«, sagte Josua. Ihre Wehen setzten immer morgens ein, und ehe Itzig noch den Lieferwagen holen konnte lag das neue Baby schon gewaschen und gewickelt in Dudutschs Armen, und in der Nacht kam Edelmann bereits mit Kuchen und Wein in die Bäckerei und verkündete stolz: »Die Spritze hat wieder geboren, die Spritze.«

»Wie klappt das genau jedes Jahr, Josua?« fragte Jakob.

»Schau mal bitte«, erklärte Josua, »neun Monate ist Schwangerschaft? Drei Monate ist Ruhe für den Bauch? Macht zusammen zwölf Monate. Gerade genug, daß die alten Eier sich auffüllen, gerade genug. Was hast du da nicht kapiert?«

Hadassas Fruchtbarkeit machte ihn zum glücklichsten Menschen. »Sie hat Hefe in der Pussi«, sagte er, und als Vater ihn fragte, ob er nicht auch einen Jungen wolle, antwortete er: »Wer Töchter hat, kriegt später Schwiegersöhne. Aber wer Söhne hat, kriegt später Schwiegertöchter.«

Hadassa stillte ihre Töchter nicht, weil sie gleich wieder schwanger werden wollte, und so wurden sie Tia Dudutsch übergeben. Sie stillte sie bei ihnen daheim, bei uns daheim, im Hof, auf der Bank an der Straße und in Chez-nous' Frisiersalon. Das fehlende Auge entstellte ihr Gesicht, das schwarze Kleid und die Runzeln der Jahre und der Verwunderung machten sie frühzeitig alt, aber die Brust erleuchtete den Frisiersalon mit ihrer Schönheit, und es gab Frauen, die Chez-nous-à-Paris mitteilten, sie würden den Salon verlassen, wenn Tia Dudutsch weiter dort stille. »Das ist ekelhaft anzusehen«, erboste sich eine von ihnen, »wie diese Alte ihre Titte nacheinander einem Mädchen von fünf Monaten, einer Einjährigen und einer Zweijährigen reinsteckt.«

Chez-nous ging an die Tür, machte sie weit auf und sagte: »*S'il vous plaît, madame*, ja, ja, du da mit der großen Gosche und dem dicken Hintern, raus! Du Ekel. Weißt du, wer dir *chez nous à Paris* eine Frisur verpassen würde? Der Fürst Guillotin. *C'est tout.* Und jetzt *merci, bye-bye avec au revoir.*« Und als die Frau draußen war, rief sie ihr noch nach: »Besser eine Titte wie die von Doudouch als zwei Lappen von deiner Sorte.«

Als sie auf die Welt kamen, waren die Edelmann-Töchter häßliche kleine Mäuschen. Erst mit einem Jahr erwarben sie jene kindliche Weiblichkeit, die zwar ungelenk und verblüffend, aber sehr gewinnend wirkte. Sie waren vier liebe, gesunde kleine Mädchen, lebhaft und fröhlich und auf ihre Weise sogar hübsch, trotz der zu wulstigen Lippen und dem schwärzlichen Flaum, der ihnen auf Armen und Wangen sproß.

Als sie größer waren, kamen sie oft in unseren Hof. Die Kleinste war damals zwei, die Größte fünf Jahre alt. Wenn sie an die Tür klopften, rief Simeon: »Wer ist da?«, obwohl er es wußte, und die Mädchen riefen unisono: »Wir, die *Bubot*«, wobei sie das Wort *Bubot*, Puppen, nach aschkenasischer Weise auf der ersten Silbe betonten wie ihr Bruder Itzig. Dann zogen sie sich aus, spritzten einander mit dem Gartenschlauch ab und krabbelten kreischend in den Bewässerungspfannen um die Bäume. Am liebsten kletterten sie auf unseren Maulbeerbaum, von dem sie niemals herunterpurzelten, denn sie besaßen viel Kraft, einen wunderbaren Gleichgewichtssinn und gutes Greifvermögen der Zehen, das sie sich seit dem Säuglingsalter bewahrt hatten.

Simeon, der schon ein Mann von dreißig Jahren war, als die Älteste geboren wurde, bewirtete die vier mit *Tschinga*, wie er das Kaugummi weiterhin nannte, fand beim Nachgraben sogar die Bleifiguren wieder, die er vor Jahren gegossen und beerdigt hatte, und machte ihnen die schweren, kleinen Hausgötter zum Geschenk. Doch sobald die Mädchen ihn umarmen wollten, schreckte er zurück. Gelegentlich, wenn er auf seinem Klappbett saß und schweigend seine billigen Glimmstengel stänkerte, lief eine Kleine zu ihm, versuchte sein Bein zu erklimmen und sich auf seinen Schoß zu setzen. Dann stand Simeon auf und verzog sich in eine andere Hofecke.

»Entweder mag er keine kleinen Kinder oder er hat Angst, andere mit etwas anzustecken«, schrieb mir Jakob, »vielleicht mit seinen Schmerzen. Weißt du, er erzählt mir noch manchmal von jenen schwarzen Punkten, die in seinen Leib eindringen.«

Ein trockener Geruch ging von Jakobs Briefpapier aus – ein Doppelblatt, das er mitten aus einem von Benjamin nicht mehr vollgeschriebenen Schulheft gerissen hatte, mit den winzigen Heftklammerlöchern im Rückgrat. Ein paar Körnchen Mehlstaub, die von der Schreibhand meines Bruders gerieselt waren, wirbelten aus seinem Brief und reizten meine Augen zu Tränen. Einmal fand ich in einem Umschlag ein paar Krümel Brotrinde, die ihm vom Mund gefallen waren. Ich sammelte sie zusammen und tat sie in den Mund. Ein furchtbares Rütteln lief durch meine Därme. Und wie gehen tatsächlich Schmerzen von einem Menschen auf den anderen über? Durch Berührung? Durch Erinnerung? Durch den Atem? Durch Denken? Wie hat Dr. Reuven Yakir Preciaducho Sogas Blut in die Adern des Herzogs transferiert? Warum hat der englische Richter Elija Salomo von der Spionageanklage freigesprochen? Warum habe ich verzichtet? Und unterscheidet sich die Liebe der schwarzen Tataren wirklich von der Liebe anderer Menschen? Deine Fragen erscheinen mir lachhaft. Und warum gerade ein schwarzer Tiger? Eine blaue Blume? Ein weißer Wal? Rotes Haar? Ein himmelblauer Esel? Ich habe Saroyan immer dafür Achtung gezollt, daß er sich nicht damit aufgehalten hat, den überraschenden Kuß, den Thomas Tracy der Mutter seiner geliebten Laura gegeben hat, zu erklären. »So geben wir dem Leser Gelegenheit, mit Hilfe des hervorragenden Scharfsinns, über den er verfügt, die leeren Zeiträume mit seinen eigenen Mutmaßungen auszufüllen.«

Ein paar Monate später kam der erste Fingerzeig darauf, wie mein Leben wohl weiter verlaufen würde. Abramson wies mich darauf hin, daß eine interessante Nachricht aus der *New York Times* meiner Aufmerksamkeit entgangen war. Es war eine Notiz über Bauarbeiter, die bei Ausschachtungsarbeiten in der Nähe des Battery Park alte Glasflaschen entdeckt hatten. Wie sich herausstellte, waren es zweihundertfünfzig Jahre alte holländische Bierflaschen.

»Überlegen Sie sich mal diese Geschichte«, sagte Abramson mit gezwungenem Lächeln, »das muß Sie mindestens genauso interessieren wie mich, wie die Maus, die Strychnin gefressen hatte, das der Katze mitteilte, die sie gerade verschlingen wollte.« Ein tiefsitzender Husten brach aus seiner Kehle hervor. Er war sehr krank, und wir beide fühlten sein Ende nahen.

In den folgenden Tagen erfuhr ich, daß Archäologen zu der Baustelle geeilt waren und dort gesprungene Delfter Suppenschüsseln, rostige Fischbottichreifen und eine grünspanige kupferne Türangel zutage gefördert hatten. Ich weiß noch, wie ich beim Lesen vor mich hin gelacht habe. Tia Dudutschs Waschschüssel war seit vierhundert Jahren in Familienbesitz und immer noch in Gebrauch, und die Spitzendecke über Romis Bett, die

Mutter Bulisa Levi in der Nacht der Flucht aus Jerusalem geklaut hatte, war älter als die Freiheitsglocke. Aber die Amerikaner machten ein Aufheben um das alte Küchengeschirr ihrer Vorväter, als hätten sie die verlorenen Tempelgeräte entdeckt.

Abramson ließ ein trockenes Lachen vernehmen, wie es alte Aschkenasen haben, die sich im Badehaus in Zahlenmystik messen, und sagte: »Mein junger Freund, Sie und ich brauchen das nicht, wir haben genug. Aber das sehnsüchtigste Trachten der Amerikaner richtet sich nicht auf Geld oder Macht, sondern auf eine Geschichte. Wenn Sie ihnen Historie verkaufen, machen Sie Ihr Glück. Verstanden?«

Große Liebe brachte ich meinem alten Meister entgegen. Ich wußte, daß er dem Tod nahe war und daß ich mir bald eine neue Wohnung und neue Arbeit würde suchen müssen, und ich begriff, daß sein Rat nicht einfach so dahergesagt, sondern auch ein Vermächtnis war. »Welche Historie man ihnen verkaufen soll?« wiederholte er verwundert meine Frage. »Brot, Sie Trottel. Was ist historischer als Brot? Was ist antiker als Brot?«

Also schrieb ich über fleischig anschwellenden Teig, über die Geruchsfalle, die sich nachts auslegt, über die »guten und weichen« Hände nicht existierender Bäcker. Natürlich vergaß ich weder das Klischee über den Bäcker, der sich Teigfrauen formt, noch überging ich die bekannten Liebreize der Müllerstochter, der ich außer in schriftlichen Quellen noch nie begegnet war. Dagegen erzählte ich nichts über die von Mehlstaub kranken Lungen, den kaputten Rücken, das versengte Brusthaar oder die Körperzellen des Bäckers, die Nacht für Nacht vor Flüssigkeitsverlust schier verrückt werden. Auch von Edelmanns riesigen, verdreckten Arbeitsunterhosen und hängenden Hoden sagte ich nichts. Ich klügelte Rezepte aus, erfand Tatsachen, erdichtete die Legende des Brotes – das historischste, tröstendste, romantischste und menschlichste aller Nahrungsmittel.

Das erste Exemplar meines Buches brachte ich meinem Wohltäter an sein Krankenbett im *Mount Sinai*, aber die Ärzte hatten Abramson bereits an Geräte angeschlossen, die ihn mit Morphium, Zucker und Luft vollpumpten und ihm Urin, Verstand und seine gesamte Kraft und Bosheit absaugten.

Drei Wochen später war er tot. Ich kümmerte mich um seine Beerdigung, tröstete seine Frau, verfaßte einen Nachruf auf ihn, den mehrere jüdische Zeitungen abdruckten, nahm das Geld, den Parker Vacumatic und die Bücher, die er mir vermacht hatte, und machte mich wieder auf den Weg.

Ein paar Wochen lang zog ich im Bundesstaat New Jersey gen Süden, bis ich in das Städtchen Meryam am Cape May gelangte. Als ich zum erstenmal die berühmte Holzpromenade entlangging, die rund zwanzig Jahre später bei einem Tornado zerstört wurde, schoß ein mörderischer Vogel mit hellen Augen und hellem Bauch über mir herab. Einen Augenblick schwebte er im Tiefflug über der Wasserfläche, ehe er nach einem Fisch stieß. Ich erkannte ihn sofort. Es war der Osprey, der amerikanische Fischadler aus Jechiel Abramsons Kunstbuch. Fasziniert beobachtete ich ihn, als er den Fisch riß und ihn auf einem Pfosten an der Mole fraß. Danach flog der Vogel aufs Meer, mit den Krallen das Wasser durchpflügend, wie ein Mörder, der sich die Hände wäscht.

Ich mietete mir dort ein Haus, brachte Regale für meine Bücher an, hängte meine schönen Frauen an die Wand und fuhr mit dem Schreiben fort. »Das Gedächtnis ist für fast all die dreibändigen Romane verantwortlich«, hat Cecily zu Miss Prism gesagt. Ob Oscar Wilde wußte, daß die Griechen ihm mit dieser Feststellung schon zuvorgekommen waren? Sei unbesorgt, meine Mnemosyne, ich werde dich nicht derart belästigen.

67

»Jenen Morgen habe ich in allen Einzelheiten in Erinnerung. Ich war gerade dabei, die Kette der Ofentür zu reinigen und zu schmieren, und die Vögel auf dem Maulbeerbaum zeterten wie verrückt.«

»Jener Morgen« – so nannte mein Bruder den Morgen, an dem man ihn und Lea von Benjamins Tod benachrichtigt hatte. Das Gepiepse und Gekreische war vom Baum herüber bis in die Bäckerei gedrungen. Er nahm an, ein Eichelhäher oder eine Schlange sei in den Wipfel eingefallen, um den Vögeln Eier und Junge zu rauben. Ihre Notschreie wollten ihm keine Ruhe lassen. Schließlich geriet er in Rage, schnappte eine Bäckerschaufel und lief hinaus.

Dutzende Bülbüls, Spatzen und Amseln umschwirrten in einer aufgeregten Wolke den Baum, verschwanden zwischen seinen Zweigen und kamen pfeilartig wieder herausgeschossen. Jakob stieß die Bäckerschaufel ins Laub und stocherte dort so lange herum, bis Brinkers Katze zu Boden sprang und aus dem Hof floh. Als er sich abwandte, die Stirn abwischte und in die Bäckerei zurückkehren wollte, sah er den Offizier, den Arzt und die Sekretärin der Kommandotruppe den Hof betreten. Furchtbare Stille breitete sich aus. Hierzulande ist das ein vertrauter Akt. Seine Regeln sind streng festgelegt, der Text ist bekannt, die Bühne bereitet. Nur die Schauspieler werden beliebig gewählt – aus dem Publikum.

Lea hatte sie durchs Fenster der Bäckerei gesehen. Sie war gerade an dem kleinen Tisch mit dem Aufstellen von Rechnungen beschäftigt gewesen. Hadassa Edelmann hatte ihr beigebracht, ein Rechenbrett mit Holzperlen zu benutzen, und ihre Finger bewegten die schwarzen und braunen Kugeln mit ungeheurer Geschwindigkeit. Sie war wohlvorbereitet und geübt, brauchte keinerlei weitere Erklärungen. Doch Jakob, der niemals wie sie und Vater geprobt hatte, begann zurückzuweichen, und ehe er noch begriff, schrie er »Benjamin!« fiel zu Boden, kroch vorwärts, umklammerte die Beine des entsetzten Offiziers, winselte und bellte wie von Tollwut gepackt.

Lea setzte das Rechenbrett ab und – als habe sie eben gerade einen Entschluß gefaßt oder eine all diese Jahre erwartete Bestätigung erhalten – schob noch den Bleistift hinters Ohr, ehe sie die Augen schloß. Schmerzwellen überliefen sie in immer größeren Kreisen, glätteten die feinen Fältchen auf ihrem Gesicht, verursachten ihr eine Gänsehaut und verebbten unter Blusenausschnitt und Haaransatz. Ihr Schädel stieß ans Tischbein und schlug wie ein Krug auf dem Betonboden auf. Es floß kein Blut, aber ihre Züge wurden weich und friedlich vor Ohnmacht. Der Arzt besprengte sie mit Wasser, versetzte ihr leichte Ohrfeigen, zog sogar eine Spritze heraus. Doch Lea schlug unendlich matte, sanfte Augen auf, legte ihm abwehrend die Hand auf den Arm und sagte: »Laßt mich, ich möchte schlafen.«

Sie kam auf die Füße, verließ die Bäckerei, ging den Pfad quer über den Hof, stieg die vier Stufen hinauf, doch schon auf der Veranda zwang die neue Last sie auf alle viere. So kroch sie den Flur entlang bis zu Benjamins Zimmer, robbte hinein und kletterte auf seine Lagerstatt.

Draußen rief Simeon: »Steh auf, Jakob, steh vom Boden auf!« Seine Stimme klang kindlich erschrocken. Vater kam aus seinem Zimmer und preßte sich an die Wand der Bäckerei, als stehe er da zum Versteckspielen, und Tia Dudutsch war schon in der Küche, krempelte die Ärmel bis über die Ellbogen hoch und spülte den großen Topf, in dem sie die Bohnen für die *Tchorbaika* der Trauernden einweichen würde.

»Ich habe alles gesehen. Wollte es nicht glauben. War wie gelähmt.« Romi erhob sich von der Couch und trat ans Fenster, wobei sie einen männlich geraden, starken Rücken, einen reinen Kleinmädchennacken und kräftige Diana-Beine zeigte. Affengebrüll drang aus dem nahen Tel Aviver Tierpark, und ein Motorrad weckte sämtliche Anwohner der Ibn-Gabirol-Straße aus ihrem Nickerchen. »Wenn ich Raucherin wäre, würde ich mir jetzt eine Zigarette anzünden«, sagte sie, drehte sich zu mir um und fixierte mich mit ihren blau-gelben Augen, die Hände in der bekannten Geste in die Hüften gestützt. Ich wußte, daß sie jetzt Mutter imitieren würde.

»Er ist schon nimmer«, deklamierte sie, »er hat eine grauenhafte Tod gehabt.«

Ich hatte damals eine ermüdende, hochgewachsene, verheiratete Liebhaberin, die sich mit ihrer These abmühte: »Die Geschichte einer Debatte. Ist die Symmetrie eine natürliche Eigenschaft der Welt oder ein wertbezogenes Merkmal, das wir ihr zuschreiben?« Ihre starke Identifikation mit dem Thema der Arbeit machte unsere Liebesakte zu einer egalitären, humorlosen und reichlich erschöpfenden Angelegenheit. Ich erinnere mich, ihr im Rahmen meiner Selbstschutzbemühungen einmal einen Ausspruch von Chez-nous-à-Paris zitiert zu haben: »Wenn ein Paar gleichzeitig ankommt, ist das ein Zeichen, daß einer der beiden schlecht angekommen ist.« Sie hat nicht darüber gelacht. Sie hatte eine hohe Stirn und helle, spitze Nippel, die licht- und blickempfindlich waren und keine Berührung duldeten, und ihr großer Vorzug bestand darin, daß sie mir das Gefühl gab, mit mir allein zu schlafen, was mich knabenhaft begeistert, gereizt und lächerlich machte. Dann fühlte ich mich wie die Verkörperung einer besonders eigenartigen Metapher meines Vaters: »Wie eine Türkin, der der Hosenschlüssel ins Meer gefallen ist.«

Ihre Einschlafgewohnheiten amüsierten mich jedesmal. Sie schlenkerte und wühlte mir mit dem Hintern gegen Bauch und Schenkel, als wolle sie sich eine Mulde für die Nacht graben, schob den Kopf weit zurück, bis sie mit dem Nacken an meine Nase stieß, und sprudelte in dem Zeitraum zwischen Wachen und Schlaf ein paar lustige, kurze Unsinnigkeiten heraus, einen verworrenen Brinkerschen Redestrom, den ich mit Leichtigkeit verstand. »Morgen fahren wir spazieren, und selbst wenn er sagt dann auch die Mädchen die ihn auch vorgestern geschnappt haben hab ich auch gehabt.« Und schon war sie eingeschlafen.

Ich fühlte gern, wie ihr schlummernder Leib von meinem weggleitenden abließ.

»Wie ein Goldfisch, in verlassenem Netze sterbend«, sagte ich mir auf hebräisch.

»Was?« murmelte sie auf einmal. »Auch wir waren da, und sie haben mir nichts gesagt.«

»Nichts. Es ist ein Gedicht. Egal, kennst du nicht, schlaf jetzt.«

Ich schob ihr eine Hand unter die Rippen, damit mir durch ihr Körpergewicht der Arm einschlief. »Frau Abramsons Wecker« nannte ich diese Aufwachmethode, denn von ihr hatte ich sie gelernt. Das Prickeln des Blutes weckte mich pünktlich, wenn es Zeit wurde, die Verheirateten unter meinen Freundinnen nach Hause zu ihren Männern zu schicken, die von ihrem Tagewerk zurückkehrten.

Der Telegrammbote zog die Türklingel in dem Augenblick, in dem meine Symmetrieanhängerin sich auf den Rücken legte und die weißen Arme nach hinten streckte. »Den hast du mehr geküßt als den«, sagte sie in einem verwöhnten Ton, der für jemanden, der gerade seinen Samen vergossen hatte, nicht abstoßender hätte sein können.

Ich stand auf, wickelte mir ein großes Handtuch um und ging an die Tür. Mein freundlicher Retter übergab mir das Telegramm. »Benjamin gefallen«, stand dort. Wie immer: Hebräische Worte, die Buchstaben aber waren lateinische Buchstaben. »BINYAMIN NEHERAG.«

Ich verabschiedete mich von ihr mit einem grausamen, den Grundthesen ihrer Arbeit widersprechenden Kuß nur auf die rechte Brust, kaufte Romi die gewünschte Schreibmaschine, packte einen Koffer und flog nach Israel.

Einen guten Monat war ich zu Hause, in dem Romi nicht mehr

als drei zusammenhängende Sätze zu mir sagte. Sie war damals fünfzehn, und ich äußerte Jakob gegenüber, ihre Schüchternheit erschiene mir seltsam – nach neun Jahren Korrespondenz mit mir.

»Das ist so ein Alter«, antwortete Jakob, »und – wenn ich dich erinnern darf – sie hat eben erst ihren Bruder verloren.«

Meine Verwunderung wuchs, als ich nach Amerika zurückkehrte. Im Briefkasten erwarteten mich Briefe, die sie geschrieben, und Bilder, die sie aufgenommen hatte, als ich bei ihnen in Israel war. Ihr Vater und ich Hand in Hand über den Hof gehend, zwei furchtbare Bilder von mir – auf dem einen luge ich gebeugt durchs Schlüsselloch in Leas Zimmer, auf dem anderen ist schwer zu sagen, ob ich an Mutters Grab um Gnade ersuche oder schwedische Gymnastik mache –, ein Bild von Vater und mir: Wir trinken auf der Veranda Arrak mit Eis aus durchsichtigen Teegläsern, essen Gurken und spielen Domino.

»Ich möchte noch mehr Bilder haben«, schrieb ich ihr, nachdem ich meine Verwirrung überwunden hatte. »Und hier ist ein hübsches Gedicht für dich, um dir zu zeigen, daß ich nicht böse bin.« Danach fügte ich alte Zeilen an, die Jechiel zu deklamieren pflegte und die unablässig aus meiner inneren Schublade gequollen waren, seitdem ich Romi gesehen hatte, denn wie die Amnon-und-Tamar-Blume, das Stiefmütterchen, waren ja ihre Augen:

> Amnon, Blum des Feldes, stand voll Lust,
> Dunkelblau seines Blütenblatts Auge,
> Und seine Schwester Tamar neben ihm war
> Ein gelbes Auge an seiner Brust.

Von fern hörte man das Rauschen des Ozeans und das Brausen der Straße. Ich stand auf und machte das Fenster zu. Cape May ist eine Festlandzunge, die nicht etwa nach dem Monat, sondern nach einem Mann benannt ist, und die Kleinstadt Meryam ist ein verschlafener, blitzsauberer Badeort, in dem ein amerikanischer Präsident einmal einen Kurzurlaub verbracht hat, wodurch ihr ein Platz in der Geschichte und auf der Karte des Lokaltourismus gesichert ist. Ich mag sie wegen ihres ruhigen, behäbigen Aussehens, den verschwenderischen Bäumen, den viktorianischen Häusern, der geschäftigen Freundlichkeit ihrer Einwohner und wegen ihres Namens, der nicht zu den rätselhaften und drohenden uralten Namen gehört, die ich hinter mir gelassen habe: Aschdod, Sodom, Eschtaol, Kischon, Tabor, Haifa. Was ist die Bedeutung dieser polternden Konsonantenhügel*, die kein Mensch versteht? Wo ist ihre Bedeutung abhanden gekommen? Sind sie Überbleibsel alter Sprachen? Metaphern für einen Schmerz, der niemals abklingen wird?

Meine Nachbarn sind glücklicherweise nicht aufdringlich. Ich verbringe meine Zeit mit hebräischer und englischer Lektüre, dem Verfassen meiner Kolumne, die in einigen Dutzend Gastronomiezeitschriften erscheint, mit Rendezvous, die nicht so häufig sind, wie es dir vielleicht vorkommt, mit dem Beobachten des Meeres und der Adler und mit diesem Schriftwerk hier, dessen einen Teil ich dir schicke und dessen anderen Teil ich in dem bereits erwähnten persönlichen Tagebuch verstecke. Manchmal erlaube ich mir eine kleine Privatsünde: Ich fahre nach Baltimore, um die besten Muscheln zu essen, die die amerikanische Ostküste zu bieten hat, und danach gehe ich in die große Pratt-Bibliothek, um mir Handschriften anzusehen und an Jechiel zu denken.

Im Sommer füllt sich die Gegend mit Urlaubern. Ab und zu geht warmer Regen nieder, ferne Blitze rammen sich in die Erde. Dann trete ich die Vortragstour an, die meine Agentin das Jahr über sorgfältig plant. Sie ist eine junge, dynamische Frau, die einmal, als ich ihr Büro in Ocean City aufsuchte, »Großmutter hat Brei gekocht« mit mir gespielt hat, aber in der ungarischen Version, die mit dem Fuß, nicht mit der Hand anfängt.

Meine Vorträge halte ich vor gastronomischen Clubs, die hier

---

* Im Hebräischen werden die meisten Vokale nicht geschrieben.

wie Meerzwiebeln im Herbst aus dem Boden schießen, vor Studenten, die in diesem verwöhnten Land für jedes Thema der Welt akademische Scheine bekommen, und vor allem vor Frauenclubs in Kleinstädten, die meinem Wohnort ähneln. Der Zeitplan bleibt mir überlassen, und da ich nicht gern fliege, lege ich die meisten Strecken, auch die längeren, mit der Bahn zurück. Zu Saisonbeginn erhalte ich von der Agentin einen Umschlag mit allen Fahrkarten, Fahr-, Strecken- und Stationsplänen und den erforderlichen Telefonnummern, und an jedem Bahnhof, gleich außerhalb des kleinen roten Backsteingebäudes, erwartet mich eine Frau im blauen Kombiwagen unter einem großen grünen Ahorn, die mich zu meinem bescheidenen Hotel fährt. Dort vertiefe ich mich in die Bibel, die jemand dort eigens zum Nutzen des gelangweilten Sünders ausgelegt hat, und präge mir, nackt an der Tür stehend, die Fluchtwege im Brandfall ein, bis sie am Abend zurückkommt, um mich zu dem betreffenden Vortragssaal zu bringen. Manche dieser Frauen schreiben mir hinterher Briefe, die ich sämtlich beantworte. Ich nehme an, meine kurzsichtigen Augen – die Augen eines Tierjungen, das nach einer Zitze sucht – und jene alte Sinnlichkeit, die, warum auch immer, dem Kneten und Backen zugeschrieben wird, machen mich diesen guten Frauen sympathisch.

Einige Eisenbahnschaffner kennen mich schon. Der Oberkellner des Speisewagens erkundigt sich nach meinem Befinden. In dem seines Weges ratternden Barwagen laufe ich zu Bestform auf. Ich knüpfe eine oberflächliche Unterhaltung über die nie versiegende Romantik der Eisenbahn an, flechte die unvermeidliche Geschichte von Gabriele d'Annunzio über die Ohrfeige im Tunnel ein, lese erfolgreich in den Händen der Mitreisenden, interessiere mich höflich für das Buch, das meine Nachbarin, eine angesäuselte, nette alte Dame, gerade liest. »Wußten Sie, gnädige Frau, daß es unter dem Pseudonym Boze in Fortsetzungen geschrieben wurde?« Ich wirke als Magnet auf Reisende, die ihr Herz einem geneigten Ohr ausschütten möchten. Auch ich erzähle ihnen Geschichten und schließe ihnen mein Innerstes auf. Seit meinen Gesprächen mit Brinker habe ich mich nicht mehr so gut unterhalten. Auch ihnen kann ich ungeschminkt die Wahrheit verraten, denn ich werde sie ja nie wiedersehen. Wußtest du, daß ich als junger Bursche in meinem Heimatland ein Mädchen geschwängert habe und deswegen zu meinem Onkel, dem amerikanischen Senator, geschickt wurde? Ich erzähle von meiner toten Schwester Laura, von meinem Großvater, dem Kaffeeprüfer, von meiner sehr kleinen, fast zwergwüchsigen Mutter, die eine Konditorei besaß, von meinem Vater, dem Autodidakten und Philosophen, der sein Leben der Erforschung des Unendlichen gewidmet hat und, als ich sieben Jahre alt war, in einer Lungenheilanstalt verstarb. Er hinterließ 149 Psalmen, von ihm eigenhändig auf ein Straußenei geschrieben, und ein großes, rothaariges Waisenkind (das bin ich, gnädige Frau, das bin ich).

68

»Hier lese ich deine Briefe.«
»Und wo die von Vater?«
»Hier.« Ich rückte auf der Bank ein Stück nach rechts.
Romi lachte.
Meist komme ich zu Fuß hierher, eine halbe Gehstunde vom Haus. Aber diesmal hatte Romi mich in meinem Auto gefahren. Sie war voll des Mitleids: »Du Ärmster, kein Mensch fährt dich spazieren«, rief sie aus, als ich am Morgen nach ihrer Ankunft die Garagentür öffnete. Der alte DeSota, funkelnd und gut erhalten, erwiderte ihren Blick und lächelte sie mit großen Chromzähnen an.
»Ich bin ganz verrückt nach diesem Auto. Weißt du, daß es genauso alt ist wie ich?« Sie parkte den Wagen gekonnt, rannte die Promenade entlang, kam zu mir zurück, setzte über die Bank.

Unter ihren Füßen ächzten die Planken. Es ist eine alte Holzpromenade, die längs des Wassers auf Pfählen ruht. Auf die Planken haben die Kreisbehörden Bänke mit Blick aufs Meer schrauben lassen. In gerader Reihe sind sie angeordnet, die Abstände in Boden und Gesetz wohlverankert, damit der Mensch ruhig und ungestört in Nachbarschaft anderer Grübler grübeln, in sich gekehrt aufs Meer hinausschauen oder seinem Nachbarn zulächeln und seine Bekanntschaft machen kann. Die Amerikaner sind unübertroffen in ihrem sicheren Gefühl für den richtigen Abstand zwischen einem Einzelgänger und dem nächsten.

Wir saßen nebeneinander. Romi hielt das eine Bein ausgestreckt, das zweite an die Brust hochgezogen. Dolores? Dolly? *Our Lady of Pain?* Oder war es Claudia, die so dasaß?

Nach ihrer Wehrentlassung hatte ich sie eingeladen, zu mir zu kommen und mein Gast zu sein. Ich ging damals auf die fünfzig und genoß zufrieden und ein wenig müde dieses bequeme Alter, in dem man noch keine Rechte verliert, aber schon manche Pflichten abgibt. Die meisten meiner Fehltritte und Vergehen unterlagen gnädiger Verjährung, und ich hatte mir bereits eine Nachsicht angeeignet, mit der nicht gerade viele Männer gesegnet sind. Wie Franklins reife Liebhaberin – freundlich, wissend, großzügig – überließ ich sogar meine Krankheiten einfach meinem Fleisch.

Wir fischten sehr salzige, steinharte Kringel aus einem raschelnden Zellophanbeutel und richteten den Blick auf den Ozean.

»Hast du mich gesehen, als du von hier geguckt hast?«

»Ein herrliches, weites Meer, und die großartige Weite bis ins Unendliche grenzenlos«, sang ich ihr heiter. Wie schön ist doch dieser Satz aus »*A dark, illimitable ocean, without bounds, without dimensions*«, den Jechiel mir immer in dem Ton vorlas, in dem Dr. James Borton in der Badewanne deklamierte, oder war es doch der Gouverneur John Borton?

Ich hatte vor ihrer Ankunft nach New York fahren, uns beiden Geschenke bei *Argosy* und im *Book Basket* kaufen und Romi dann am Flughafen abholen wollen, aber sie hatte gebeten, ich solle mir keine Mühe machen. Sie werde bei einer Freundin in Brooklyn übernachten und von dort anrufen.

Eine ganz besorgte Nacht, erfüllt von einem sonderbaren, nervenden Gemisch aus kindlicher Angst und väterlichen Alpträumen, verbrachte ich, bis sie anrief. Sie sei da, bei der Schwester von jemandem, der mit ihr beim Militär war, jemand, den du nicht kennst, Onkel. Alles in bester Ordnung. Ja. Erst beguckt man die Landschaft, dann die Verwandtschaft. Mach dir keine Sorge. Ich bin schon ein großes Mädchen.

»Das waren schon die letzten Worte vieler Mädchen in diesem Land«, erklärte ich.

Ein mütterlich-kindlicher Nachdruck in ihrer Stimme hielt mich davon ab, es mit Befehlen oder Flehen zu versuchen. »Ich hab schon einen Vater«, lachte sie, »und der macht sich genug Sorgen für dich mit.«

Weg war sie. Und ich alter Waisenknabe lief wie verrückt herum. »Man gibt mir keine Kunde«, imitierte ich den alten Forsythe am Telefon, worauf die Schwester des Jemand vom Militär sagte: »Muß ich Ihnen erst erklären, wer Romi ist? Machen Sie sich keine Sorge um sie, sie ist losgereist.«

Atemlos vor Begeisterung sauste meine Nichte in Windeseile durch den Kontinent, schickte mir ihre *collect*-Pfeile aus jeder Richtung, Zeit und Entfernung.

»Auf der Straße in Oxford«, begeisterte sie sich, »hat ein Neger extra für mich Posaune gespielt und dabei die Backen wie zwei transparente Ballons aufgeblasen, bis man noch die allerallerfeinsten Äderchen unter der Haut sehen konnte.«

Ich fand Oxford in Kansas, in Maine, in Connecticut, in Ohio, in Mississippi, in Nebraska, in New York, in Wisconsin und auch in New Jersey und ließ den Straßenatlas neben dem Telefon liegen.

»Keine Ahnung, wie dieser Ort heißt, aber es wohnen hier

sehr häßliche Menschen. Ich hab dir Bilder von ihnen geschickt, denn ich wußte ja, daß du's nicht glauben würdest.«

Warmer Regen »mit sooo großen Tropfen« war in Florida über ihr niedergegangen, wo sie auf einer Alligatorzuchtfarm beim Häuten gearbeitet hatte.

»Vielleicht läßt du all das endlich sein und kommst her?« schnauzte ich sie an. »Ich lebe seit dreißig Jahren in Amerika und habe noch nie von Leuten gehört, die diese eklige Arbeit verrichten.«

»Was hast du denn gedacht, Onkel? Daß der Alligator sich von allein auszieht? Ich bin groß und stark und ekle mich vor nichts.«

»Die Arbeiter?« lachte sie. »Was soll mit den Arbeitern sein? Also wirklich, Onkel, ich stinke derart nach Aas, daß Chaja Hameta eine Narzisse neben mir ist. Mich guckt überhaupt keiner an.«

Gespräch aus Pottsville: »Ich werd ein paar Tage hier bleiben. Ein netter Alter hat mich in seinem Pick-up mitgenommen und mich zu sich eingeladen.«

»Und du hast angenommen?«

»Warum nicht?«

»Warum nicht?! Muß ich dir erst auseinandersetzen, warum man solchen Leuten nein sagen muß? Und noch dazu in einem Ort, der Pottsville heißt. Wo ist das überhaupt? Zum Teufel!«

»Warum fluchst du denn, Onkel? Einfach ein netter alter Mann. Er hat Radieschen im Garten. Hast du mal Bier mit Radieschen und Butter probiert? Solltest du versuchen.«

»Wie alt, was ist bei dir alt?«

»Alt, was weiß ich? Vierzig, fünfzig, sechzig, *nu*, wie du und Vater. Er hat mir sogar gesagt, ich könnte seine Tochter sein.«

»Ja?!« schrie ich. »Und du willst mir erzählen, diese dumme, banale Phrase, so abgegriffen wie ein Mönchspimmel, hat auf dich gewirkt?«

»Wie redst du denn, Onkel?« lachte sie. »Du *Bocca de jora*.

Weißt du, was für ein großartiges Frühstück der mir gemacht hat?«

Der Onkel antwortete nicht.

»Willst du mit ihm sprechen? Da ist er, guckt mich an und versteht kein Wort von dem, was ich rede.«

Ich hängte auf.

69

»Wie fährst du von Ort zu Ort?«

»Mal so, mal so.«

»Was heißt mal so, mal so?«

»Mit Bus, Bahn... uff... Jetzt fahr ich bei einem deutschen Touristen mit. Ein alter Motorradnarr. Er ist furchtbar komisch, und zu zweit fahren ist billiger.«

»Wieso billiger? Schläfst du etwa im selben Zimmer mit ihm?«

»Was hast du bloß neuerdings? Ich glaube, Ficks interessieren ihn gar nicht. Er ist ein bißchen bekloppt auf diesem Gebiet.«

»*Could you be more specific*, meine liebe Romi?«

Sie lachte. »Bekloppt, was weiß ich... sonderbar eben. Irgendein Von. Aus einer Familie von Herzögen und Baronen oder so was.«

»Genau das mußte ich hören. Ein sonderbarer Deutscher mit Motorrad. Inwiefern ist er sonderbar?«

»Was weiß ich...? Er sagt sonderbare Sätze. Manchmal guckt er mich an und fragt mich: ›Wollen Sie mit mir sterben, Romilein?‹ Ich hoffe, ich sag das richtig.«

»Bist du völlig verrückt geworden? Was soll ich wohl deinem Vater erzählen? Daß du per Motorrad mit einem Deutschen unterwegs bist, der dich fragt, ob du mit ihm sterben möchtest?«

»Ist doch alles okay, Onkel. Ich bin groß und stark und obendrein versichert. Mach dir keine Sorgen.«

Ihre Stimme wurde immer schwächer, ihr Lachen verklang.

Wie ein Spätsommersturm fegte, wirbelte, brauste sie durchs Land, telefonierte zu jeder Tageszeit und von jedem erdenklichen Ort. Um fünf Uhr morgens und um zwei Uhr nachmittags. Von Bahnhöfen und Tankstellen, aus Motels und Cafés. Mal ein sonderbares Kichern und einmal ein furchtbarer Schrei: »Onkel, Onkel, Onkel!« und – weg, wonach ich zwei Tage und drei Nächte keinen Schlaf fand, bis sie sich wieder meldete. »Ich hab geschrien? Wann denn? Ach das... war gar nichts passiert.« Jemand hatte sie »furchtbar gekitzelt«, so daß sie nicht reden konnte.

»Ich komm gut zurecht, mach dir keine Sorgen. Ja, ich esse. Auch Frühstück. Ja, alle Grundnährstoffe.«

»Wovon lebst du?«

»Jetzt? Ich arbeite bei 'nem Photographen.«

»Auf welcher Seite der Linse stehst du?«

»Das ist nicht, was du denkst«, lachte sie, »wir photographieren das erste Rendezvous von alten Paaren.«

»Was?«

»Sie kommen, erzählen uns die Geschichte, wie sie sich kennengelernt haben und all das, und zeigen uns alte Bilder. Und ich notiere alle Einzelheiten und organisiere ihnen genau denselben Ort mit derselben Kleidung, und Philipp photographiert sie dort, wie sie dasitzen und weinen. *Chez nous à Paris* erinnert man sich am allerallerliebsten an die Liebe.«

Philipp. Übelkeit würgte mich im Hals. In seinen hochgeschnittenen Hosen mit Schlag, die kleinen Hoden fest verpackt, um den Hals eine Kette.

»Wo bist du jetzt?«

»*Hey*, wie heißt das hier?« hörte ich sie in ihrem israelischen Englisch rufen.

»Ich bin in einer Telefonzelle.«

Ihre Worte schaukelten auf den nahen Lachwogen eines Mannes. Ein ungebetener Humbert erwachte in mir. Ah, ah, ah, sagte die kleine Tür.

»Mit wem bist du da, Romi? Was geht dort vor sich?!«

Flehe ich? Drohe ich? Nein, ich bin bloß ein alter Narr.

Sie legte auf mein Geschrei den Hörer auf. Hatte bereits die üble amerikanische Angewohnheit übernommen, ein Gespräch grußlos abzubrechen.

Eine Woche später, mitten in der Nacht, rief sie vom Garten her: »Mach mir auf, Onkel! Ich bin's«, und schon stürmte sie herein, dreckige Haarflechten unter einer alten Griechenmütze. »Kannst du das Taxi bezahlen? Ich hab kein Geld mehr.«

Mir stand das Herz still. Ihre starken, langen Arme umschlangen mich. Sie hatte einen jungen Mann dabei, dem der Kibbuz ins Gesicht geschrieben stand. Leicht hinkend, bebrillt, drei, vier Jahre älter und zwei, drei Zentimeter kleiner als sie. Beide tapsig wie Kälber, hungrig grinsend wie Dingos. Ich bereitete ihnen ein Nachtessen mit Eiern und Salat, setzte mich zu ihnen, während sie Reiseerinnerungen aufleben ließen, blickte sie mit meinen müden Großvateraugen an, während sie mit triefendem Mund lachten, sich aneinanderschmiegten, Losungsworte in der Geheimsprache der Jugend tauschten.

»Und der, der uns in dem alten Studebaker mitgenommen hat?«

»Und die Rechtsanwältin, der wir ein Auto durchbringen sollten und die versucht hat, mit dir anzubändeln?«

»Mit mir? Mit dir wollte sie anbändeln.«

»Und dieser Verrückte, der uns auf offener Straße zum Islam bekehren wollte?«

»Der war überhaupt ein Assyrer.«

»Es gibt nur noch siebzigtausend Assyrer auf der Welt«, versuchte ich beizusteuern, »und zehn schwarze Tataren.«

»Und dieser hirnrissige Bulle, der uns geglaubt hat?«

»Hört mal, Freunde«, sagte ich schließlich, »verzeiht, daß ich die Party einen Moment unterbreche, aber zu dieser Zeit bin ich gewohnt zu schlafen. Komm mal einen Augenblick mit, Romi.«

Wir gingen in mein Arbeitszimmer. Mit einem Schlag verdickte sich die Luft.

»Schlaft ihr zusammen, du und dieser Kerl da?«

»Warum dieser Ton? Onkel, Vater kennt ihn. Das ist der, der ihm von Benjamin erzählt hat.«

Und ein paar Sekunden später: »Was ist denn? Warum bist du so?«

»Romi«, sagte ich zu ihr, »ich bin Junggeselle, ich bin alt, ich bin müde, und ich bin nicht an wirkliche Menschen gewöhnt. Wo und wie wollt ihr schlafen?«

»Wir schlafen, wie's dir recht ist und wo du uns sagst.«

»Was heißt recht?« brauste ich plötzlich auf. »Wer bin ich denn? Die Witwe Douglas? Mrs. March? Was schert's mich? Nach allem, was du auf dieser Reise abgehakt hast, bist du schon ein großes Mädchen. Sag's mir bloß, damit ich weiß, wie viele Laken und Decken ich rausholen soll, dann bereite ich gleich das Lager.«

»Zusammen«, sagte sie. Und dann: »Bist du mir böse? Onkel?«

»Wir reden morgen«, sagte ich zu ihr, »ich möchte schlafen.«

Ich wandte mich ab, um das Zimmer zu verlassen, doch sie schlang, von hinten, die Arme um mich und legte mir die Halsbeuge auf die Schulter. Ein Schelm, der Böses dabei denkt. Eine männliche, wunderbare Kraft steckte in ihren Armschwingen. »Und hör auf, mich mit Namen aus Büchern zu bombardieren. Die machen nicht den geringsten Eindruck auf mich, und ich weiß auch, daß du sie erfindest.«

»Hab ich nicht erfunden.«

»Du hast mir noch gar nicht Schalom gesagt«, säuselte sie mir in den Nacken.

»Schalom«, knurrte ich.

»Und ich hab dir noch nicht danke für die Flugkarte gesagt.«

»Ich freue mich, daß du Spaß hast, Romilein«, erwiderte ich und ging ins Schlafzimmer.

70

»Und was ist zum Schluß mit ihrem Gänserich passiert?«
»Er war schon alt, ein Nachbarhund hat ihn zerfleischt, und meine Mutter ist vor Trauer fast verrückt geworden.«
»Vater hat mir erzählt, er sei nach ihrem Tod davongeflogen und nicht wiedergekehrt.«
»Dein Vater ist ein Romantiker, Romi.«
»Finde ich auch.« Und ein wenig später: »Ungeheuer schön hier.«
Der riesige Ozean dehnt sich in rollender Weite. Alle paar Monate mal überflutet er in aufgestauter Absichtserklärung die Küste, in den übrigen Tagen ist er träge und ruhig. So anders als das Mittelmeer, dieser lärmende Hof voller Völker, wo jeder jeden kennt, jeder jeden argwöhnisch beäugt, jeder sich über jeden den Mund zerreißt. Dort spannen sich Nachbarsschreie, Wäscheleinen und Erinnerungsstränge von Küste zu Küste, sinken alte, angemalte Sirenen kraftlos auf den Grund. Und hier – der Ozean. Weite Kühle. Riesenstille voller Sicherheit.

Dort ein Meer voller Hausierer, fliehender Propheten, verspätet zurückkehrender Geliebter. Und hier gewaltige versteckte Halsstarrigkeit, angedeutet in der Bewegung des Wassers. »Die erstaunliche Stärke mindert die anmutige Geschmeidigkeit um keine Haaresbreite.« Als ich mir vor Jahren meine Stammbank ausgesucht hatte, auf der ich fortan sitzen wollte, bin ich bei Nacht, mit Messer und Kompaß bewaffnet, hierher gekommen und habe einen Pfeil in das Promenadengeländer geritzt. Wenn ich an einem klaren Tag bei richtigem Sonnenstand die Brille abnehme und den Blick genau ausrichte, kann ich das Blinken auf dem Schornstein der Bäckerei sehen, das niemanden mehr blendet außer mir.

Das Meer ist grau bleiern. Es schlummert. Sein Geruch reizt zu Tränen. Sein Wasser ist kalt. Nur einmal im Jahr, am Mittag des 21. Juni, bekanntlich dem längsten Tag des Jahres, nehme ich ein fast schon zeremonielles Bad darin, und auch das nur, um das Gefühl mit dem beim vorherigen Tauchbad zu vergleichen. Im allgemeinen begnüge ich mich mit müßigem Sitzen auf der Bank, mit Lektüre und mit dem Betrachten meines gehorsamen alten Freundes, dem Horizont, den ich nach Belieben ferner oder näher zu rücken weiß. Ich necke ihn, und er neckt mich, und die Sonne wärmt mir beim Untergehen den Nacken. Selbst nach dreißig Jahren an der Ostküste staune ich noch darüber, daß die Sonne nicht im Meer untergeht, sondern aus ihm aufsteigt. Groß ist sie, fern, rot und triefend.

»Komm, wir spielen was«, sagte Romi plötzlich.

»Spielen?« schreckte ich auf. »Was denn?«

»Wir spielen, ich bin Simeon, und du bist ein Stück Schokolade.«

Damals hörte ich sie zum erstenmal so reden.

»Fang damit nicht an«, sagte ich zu ihr.

»Ich bin schon groß«, erwiderte sie, »ich kann, ich will, und ich weiß.«

»Meine liebe Gwendolin«, sagte ich, »du bist nicht groß. Sobald du groß geworden bist, werden dein Vater und ich dir das mitteilen.«

»Wir spielen, ich bin ein Känguruh, und du bist ein Dingo.«

»Von wem hast du das bloß gelernt?« fragte ich verstört. »Von deiner Mutter?«

»Benjamin hat seinen Freundinnen solche Sätze gesagt, und ich hab heimlich geguckt und zugehört«, antwortete sie. »Wir spielen, ich bin ein Seelöwe, und du bist eine hartnäckige Muschel.«

Diesmal lachte ich. »Hat jemand angefangen, Bücher zu lesen? Du holst den Essig, und ich hole den Pfeffer?«

Nicht weit von hier reckt sich eine große Festlandzunge in den Ozean. Ein paar Kilometer lang Sand, an der Spitze eine Vogelstation und alte Geschützstellungen. Wir wanderten sie entlang. Ein Bruder und seines Bruders Tochter. Ein Sohn und das Gedächtnis an seine Mutter. Ein Vater und seine Tochter, die nie geboren werden würde.

»Ein gesichtsloser Nordwind erzählt dem Wasser Märchen.« Am Strand liegen Krebspanzer verstreut, Zeugen darin verwesten Lebens. Strandpflanzen sammeln Sandhäufchen vor sich an. Manche lassen im Kampf gegen Sand und Wind ihre nachgiebigen, geschmeidigen Körper tanzen, andere ranken geduckt über den Boden, klammern sich mit den Zähnen daran fest. Teils liegen sie fleischig und haarig da, teils sind sie hoch und schneiden einem mit ihren Blätterklingen ins Fleisch. Auch riesige Albatrosse sieht man dort. Sie schweben die meiste Zeit ihres Lebens durch die Lüfte, und wenn sie landen, laufen sie hierhin und dorthin, offensichtlich besorgt und verstört über die Festigkeit des Bodens, die ihnen als trügerisches Gaukelspiel erscheint.

»Die alten Ägypter haben sowohl das Bier als auch das Brot erfunden«, erklärte ich den Ornithologen der Vogelstation, die mich zu einem Schluck eingeladen hatten. Dann eine Überraschung: An der Wand ihres Büros entdeckte ich ein bekanntes Portrait – den Vogelkundler Alexander Wilson, dessen unerwartete Sprünge aus Jechiels Heften in die Speicher meines Gehirns und von dort an die Wand des Naturschutzbüros meinen ganzen Leib erschütterten.

»Begrabt mich an einem Ort, an dem Vögel singen«, zitierte ich ihnen seine letzten Worte.

Simeon Natan und die Edelmann-Töchter
(Eine vermutete Geschichte über wirkliche Menschen)

Späte Partyheimkehrer, Nachtarbeiter und Schlaflose kennen sehr gut die Kurve der Küstenstraße, an der plötzlich Brotgeruch an die Wagenscheiben pocht. Wie ein schlafendes Kind umschlingt er den Hals, rührt ans Herz, erfüllt den Magen mit Sehnsucht. Einen Augenblick wird es einem warm um die Seele, doch schon umklammern die Finger fester das Steuerrad, der Fuß tritt härter aufs Gaspedal, und der gute Brotduft bleibt zurück und verliert sich in der Ferne. Entsprechend gezählt sind die Menschen, die dem Ruf ihres Herzens folgen. Wer von uns hat nicht so, am Wegesrand, die Landschaften seiner Kindheit zurückgelassen? Seine wahre Liebe? Seine Träume und seine Bestimmung?

Hätte der Fahrer sich willig verführen lassen, aus dem Wagen zu steigen und dem Geruch zu folgen, dann wäre er ins nächste Dorf gekommen, die Straße hinaufgeschlendert und in den Hof mit der kleinen Bäckerei gelangt, und dort hätte er Jakob Levi, den fleißigen, trübsinnigen Bäcker, gebeugt in der Fußgrube stehen und die Bäckerschaufel schwingen sehen.

Jakobs Gesicht ist von Falten durchfurcht, die Augen sind verengt, die Stirn wirkt wie Pergament. In Herbert Franks *Buch des Brotes* steht, dreißig Arbeitsjahre eines Brotbäckers entsprächen dreiundvierzig Jahren eines anderen Arbeiters, und zwar wegen der starken Hitze, dem künstlich veränderten Schlafrhythmus und dem gestörten Wasserhaushalt. Doch Jakob Levi, ein zurückhaltender, ausgedörrter Mann, brauchte keine Bücher, um zu begreifen, warum er älter wirkte, als er war. Mit seinen nunmehr fünfundfünfzig Jahren kannte er sehr wohl die Einsamkeit, die durch die Fenster seines Körpers einstieg und sein Herz schädigte, eine Einsamkeit, die sowohl auf der allgemein üblichen Abkapselung der Bäcker als auch auf der besonderen Zurückgezogenheit seines Lebens beruhte.

Diese Geschichte, die mit der Einsamkeit Jakobs begann, wird mit einer noch furchtbareren Einsamkeit Jakobs enden, und zwischen diesen beiden Polen kommen nur noch ein paar Einzelheiten. Diese mögen, nach Einzelheitenart, Lächeln, Gähnen oder Tränen hervorrufen, können die Sache aber ansonsten weder fördern noch schmälern. Wie bereits erwähnt, genügen Meißel und Grabstein für die wirklich wichtigen Lebensdetails: ein Name und zwei Daten. Zeit und Mensch. Anfang und Ende. Wozu der italienische Archäologe, Dichter und Architekt Ermete Pierotti, der die Gräber Jerusalems erforschte, angefügt hat: »Und die Mühewalter errichten sich ein Denkmal, mit lobenden, entschuldigenden oder erklärenden Worten versehen.«

Jakobs Vater und Mutter waren bereits verschieden, sein ältester Sohn war beim Militär umgekommen, und seine Frau lag schlafend im Bette ihres Sohnes. Jakob kam immer wieder zu ihr, bat sie aufzustehen, rüttelte und streichelte sie, sperrte ihr gewaltsam die Lider, schimpfte und flehte – doch vergebens. Hypnos und Thanatos, die Zwillinge des Schlafes und des Todes, wiegten sie in ihren Armen, verlangsamten ihren Herzschlag, verschlossen ihre Augen.

Im Zimmer stand die Luft. Der gewöhnlich schwebende Staub senkte sich. Die gemeinhin schwirrenden Mücken erstarrten auf der Stelle. Das sonst stets kecke, schamlose Licht wich, weich werdend, zurück.

Jeden Abend zog Jakob den Wecker auf und stellte ihn ans Kopfende seiner Frau, doch der tickte schwerfällig, als hielte jemand seine Ferse fest, und als der Moment zum Klingeln gekommen war – verließ ihn die Kraft, und er schwieg erstickt.

Was denn? fragte Jakob sich, wenn er seine Frau betrachtete, ist die Zeit ein Fluß, der alle mitreißt? Ein Sumpf, in dem wir versinken? Oder vielleicht der Stab eines Staffellaufs, der in großer Hast von Hand zu Hand weitergegeben wird? Oder ist sie das Urchaos, aus dem die Welt erschaffen wurde und zu dem wir zurückkehren?

Jakob war Bäcker und kannte sehr wohl die Gewohnheiten der Zeit und ihren Lauf, den Kreislauf von Geburt, Fortpflanzung und Tod. An manchen Tagen betrachtete er seine schlafende Frau und sah sie wie in ihrer Jugend. An anderen Tagen sagte er sich im stillen: Wie gut wäre es, sie tot vorzufinden. Doch meistens sann er, wie er sich ein neues Kind zeugen könnte.

Schon lange hatte er nicht mehr mit ihr geschlafen, und zuweilen onanierte er. Auch das ist ja eine – zwar umständliche, aber überraschend präzise – Methode der Zeitmessung. Jakob schämte sich der schmerzlichen Lust, die das Onanieren im reifen Mannesalter den sich daran Versündigenden beschert, und manchmal weinte er, weil der Akt die Wonne und Kraft der Jugend verloren und nur noch wissende Erfahrung bewahrt hatte, und wenn der Samenerguß vorüber war, fühlte er sich zuweilen wie eine Frau nach einer Fehlgeburt. Als Jüngling, erinnerte er sich, hatte sein Glied unter seinen Fingern gesungen, hatte gezappelt wie ein Kanarienvogel in der hohlen Hand, und nun schien es ihm wie ein alter Freund der Familie, nachsichtig und verschwiegen.

Eines Abends vergoß Jakob mit furchtbarem Aufschrei Samen auf die Zudecke seiner Frau und rannte dann hinaus, setzte sich im Dunkeln auf die Veranda und grübelte wieder, wie sehr er sich doch einen neuen Sohn wünschte, bis es Zeit wurde, in die Bäckerei zu gehen. Dazu sei hier angemerkt, daß dieses Phänomen – Männer, die sich mit aller Macht nach einer Leibesfrucht sehnen – bei den Schwarzbrustindianern des mexikanischen Hochlands erforscht worden ist. Sie glauben, das Kind keime im Leib des Mannes und der Schoß der Frau diene ihm nur als Gewächshaus, und wenn die Zeit der Niederkunft gekommen ist, verjagen sie die Freundinnen der Gebärenden, worauf drei alte Geburtshelfer ihr das Kind aus dem Leib holen. Auch um die Erziehung der Söhne kümmern die Männer sich selbst, da die Frauen, so meinen sie, beim Erwachsenwerden den Spieltrieb verlieren. Wie dem auch sei, wenn Mütterlichkeit im Herzen eines Mannes – sei er Schwarzbrustindianer oder nicht – erwacht, ist sie in ihrer Stärke unübertroffen. Wer es erlebt hat, weiß, daß dem so ist, bei anderen fällt es auf taube Ohren. Im einen wie im anderen Fall brauchen die Dinge hier nicht weiter ausgeführt zu werden.

Einmal ging Jakob, von Zorn und Mut erfüllt, ins Zimmer seiner Frau, zog sich aus und legte sich zu ihr ins Bett. Er drückte den Bauch an ihren Rücken, fädelte die Linke unter ihren Hals und legte ihr die Rechte auf den Oberschenkel. Viele Jahre zuvor hatte er sie gern so umarmt, hatte ihr schnaufend die Oberseiten der Schultern geküßt, mit dem Atem ihren Nacken gestreichelt, worauf Lea, so hieß Jakobs Frau, bei sich lächelte und gurrend in lustbereiten Achterbahnen den Po an ihm rieb. Einen Leib voller Quellen und Stürme hatte sie damals, im Innern mit Liebe ausgekleidet. Der Leser weiß ja sehr wohl, auch wenn er es nicht zuzugeben bereit ist, daß die Liebesweisen der Menschen einander zum Verzweifeln ähneln, aber Jakob und Lea hatten eine eigene Methode: Jakob trommelte ihr mit den Fingerspitzen sanfte Geheimsignale auf die Innenseiten der Schenkel, bis Lea auflachte und die Beine mit einer gefügigen, trägen Süße spreizte, wie es außer ihr keine Frau vermochte. Doch als er es an jenem Tag wieder so machte und ihr Fleisch streichelte und knetete – schmerzlich verlegen vor aufgestauter Manneskraft –, wandte Lea den Kopf und sagte in dem schwachen, klaren Ton, in dem nur um ihre Kinder trauernde Frauen im Schlaf reden: »Willst du, daß noch ein Kind stirbt? Willst du das wirklich?« Die Worte, die aus ihrem Mund kamen, hatten einen schlechten Geruch, und Jakob floh aus dem Zimmer.

So vergingen fünf Jahre. Jede Nacht buk Jakob tausendfünfhundert Brote, Lea lag im Bett ihres Sohnes, und nichts weiter geschah außer dem hartnäckigen Ablauf der Zeit, und der hätte sich zugetragen, gleich, ob man von ihm erzählte oder nicht.

Fünf Jahre vergingen, und die Begierde nach einem Kind schwoll in Jakobs Innern an, bis sein Leib, zum Bersten gefüllt, zu beben anhob. Jetzt erkannte er, daß sein Willen und Schicksal ihn einer Tat zuführten, derentgleichen er bisher noch nie begangen, er wartete nur noch auf das Zeichen, das ihm verkünden würde, daß der Tag gekommen war.

Und seine Erwartungen wurden nicht enttäuscht. Eines Nachts stieg eine Hitzewelle vom fernen Süden auf. So stark und furchtbar war sie, daß sie die Weltordnung durcheinanderbrachte. Die Amseln sangen auch nach Einbruch der Dunkelheit weiter, der Mond wurde rot, feuchter, salziger Wind wehte von der Wüste her. Jakob, vor seinem Ofen, vermochte kaum zu atmen, und jede Bewegung mit der Bäckerschaufel erschien ihm wie ein Ruderschlag in einem brütendheißen Sumpf. Als Bäcker waren ihm solcherlei Zeichen nicht fremd. Am Morgen, nachdem er das Brot versandt hatte, drängte ihn sein Leib derart, daß er auf sein Frühstück verzichtete und zur Erfrischung unter die Dusche ging. Lange stand er unter dem Wasserstrahl, duschte und reinigte sich, wusch sich auch Kopf und Haare, rasierte sich sorgfältig, trat ganz leise auf den Gang und ging in Leas Zimmer.

Dicke Höhlenluft herrschte hier. Die Trauer hat es an sich, dem Körper Niederschläge abzupressen, die ihren Dunst verbreiten: durchscheinenden Schweißhauch, Tränenperlen, Speichelfäden. Jakob legte sich hinter den Rücken seiner Frau, ohne sie jedoch zu streicheln, zu kneten oder zu küssen. Er zog ihr Nachthemd hoch, rieb sich an ihren schlafenden Hinterbacken, bis sein Fleisch sich erinnerte und an ihrer Nacktheit aufreizte. Lea spürte ihn nicht, änderte auch nicht den Atemrhythmus, während Jakob, den das Leben gelehrt hatte, daß die Zeit nicht auf den Absätzen kehrtmacht, und der auch sonst nicht an Wunder glaubte, ihr die Hand zwischen die Knie schob und sie energisch auseinanderdrängte.

Ihre vergessen schlummernde Scham war warm, aber trocken und nachgiebig wie ein Sandhäufchen. Jakob sammelte einen Mundvoll Speichel, ließ ihn in die Mulde seiner Finger träufeln und feuchtete sie gut damit an. Lea rührte und regte sich nicht, aber ihr Fleisch kehrte zum Leben zurück, entfaltete seine Blätter, antwortete mit seinem guten, schweren Duft.

Bitter und entschlossen war Jakob. Nur vier oder fünf Mal stieß er in sie vor, und schon hatte er seinen Samen in ihren gramvollen Schoß entleert. Nicht in den normalen Schüben, sondern in fremdartig gemäßigtem Sprudeln. Er bereitete und empfand keine Lust, ja spürte an Genuß lediglich Freude über die sämige Fülle, die sich – in bisher ungekanntem Überfluß – bei ihm gesammelt hatte.

Ein paar Stunden später, als sein Samenstrom in ihre Gebärmutter vorgedrungen war, erwachte Jakob aus dem Schlaf, da Lea plötzlich aufstöhnte, als habe sie einen kräftigen Schlag abbekommen, und am ganzen Leib zuckte wie ein abgeschossener Vogel. Ein starker, energischer Krampf durchlief ihren Unterleib und stieß sein schlaffes Fleisch aus. Jakob stand auf, wickelte sich in ein Laken und verließ das Zimmer.

In Jakobs Haus lebten ferner seine alte Tante, Dudutsch Natan bei Namen, und deren Sohn Simeon. Simeon, ein hinkender, alter Junggeselle, arbeitete mit Jakob in der Bäckerei, Dudutsch führte den Haushalt. Auch ein Lohnarbeiter war in der Bäckerei angestellt, ein alterfahrener Geselle namens Josua Edelmann. In fortgeschrittenem Alter hatte Edelmann eine Frau geheiratet, und die hatte ihm vier Töchter geboren, die einander ähnlich sahen wie vier hölzerne *Matrioschkas*, die eine aus der anderen kommen und sich nur in der Größe unterscheiden. Simeon, der sie sehr gern hatte, schenkte ihnen öfter mal etwas und ließ sie je zu zweit auf seinen Schultern reiten.

Früher hatte Dudutsch Säuglinge gestillt, weil ihre Brust nach Simeons Entwöhnung weiter Milch in Fülle spendete und sie keinen weiteren Sohn hatte. Jetzt, da sie das leise Plätschern im Haus aufklingen hörte, glaubte sie Erinnerungen oder – schlimmer noch – Hoffnungen wahrzunehmen. Aber der Laut war echt, und die alte Tante folgte ihm, durchmaß den Korridor, öffnete die Tür, beugte sich über Lea und lauschte. Nur schwerlich läßt sich das Lächeln, das nun auf ihr Gesicht trat, in Worte fassen, und daher sei schlicht gesagt, daß es genau dem Lächeln einer alten Amme glich, die eben erfährt, daß ihre Hoffnung auf ein neues Baby sich bewahrheiten wird. Als Jakob das Gesicht seiner Tante sah, begriff er sofort, daß sein Wunsch in Erfüllung gegangen war: Sein Same hatte Aufnahme gefunden, seine Frau war schwanger, und ein Kind würde ihm geboren werden.

Von diesem Tage an warteten sie beide gemeinsam. Jakob auf einen Erben und seine Tante auf einen Säugling. Jeden Morgen ließen sie Lea geschälte Mandeln und getrocknete Äpfel neben dem Bett. Gemeinsam wälzten sie sie von einer Seite auf die andere, und gemeinsam hoben sie ihre Decke an, um das Anschwellen ihres Bauches zu verfolgen.

Zuweilen stand Lea auf, ihre Notdurft zu verrichten – mit geschlossenen Augen, die Arme fühlerartig ausgestreckt, die Füße wie ängstliche Spürhunde über den Boden gleitend. »Ich bin ja so dick«, hörte Jakob sie verwundert murmeln, bevor sie wieder in ihrer Höhle verschwand. Doch auch als das Kind zu strampeln begann, erwachte sie nicht, nur ihre Lider zuckten plötzlich wie die Flügel eines aufgespießten Schmetterlings. Jetzt war sie schon sehr schwer und schwierig anzuziehen, und wenn sie mit ihrem mächtigen Bauch und den geschlossenen Augen aus dem Zimmer tappte, schien es Jakob, als gucke sie ihn und die Welt mit ihren Brustwarzen an.

Keiner der Nachbarn wußte von ihrer Schwangerschaft, aber alle sagten, Jakob backe neuerdings Brot, wie es noch niemals gebacken worden sei. Dies kann nicht wundernehmen, denn beim Kneten, Gehenlassen, Einschieben und Ausbacken träumte Jakob von dem Kind. Fremde Menschen begannen nachts die Bäckerei aufzusuchen, schnappten sich Brote, rissen sie in Stücke, vertilgten sie wie von Freßsucht gepackt und sahen ihm bei der Arbeit zu. »Das Geld bitte in die Büchse dort«, sagte Jakob und fügte nichts mehr hinzu.

Im siebten Monat ihrer Schwangerschaft entschied der Arzt, daß Lea durch Kaiserschnitt entbunden werden sollte. Er bestimmte einen Termin und trug dafür Sorge, daß man Jakob »wegen der besonderen Umstände« Einlaß in den Operationssaal gewähren würde.

Am Tag der Niederkunft bestellte Jakob den Ambulanzwagen des Dorfes und fuhr mit Lea, seinen Sohn zur Welt zu bringen. Im Krankenhaus zog man ihm einen Operationskittel an und setzte ihm eine Kappe auf, die – abgesehen von ihrer grünen Farbe – als Bäckermütze hätte durchgehen können. Lea wurde auf einen Metalltisch gelegt und erhielt eine Spritze in den Rücken. So groß und schweratmig war sie, daß sie ihn an den Wal erinnerte, den er einmal in der Zeitung gesehen hatte – von Wellen und Verzweiflung an den Strand gespült.

Mit großer Geschwindigkeit schnitten die Operateure ihr den Unterbauch auf. Tauschten knapp hingeworfene Worte. Ihr Schweiß und ihre Skalpelle funkelten, die Augen über dem Mundschutz blitzten. Sie zogen die Hautlappen auseinander und klemmten sie zur Seite, saugten das Blut ab und spreizten die nachgiebigen, gelblichen Fettschleier. Über Leas Hals stellte die Schwester einen Mullschirm, als könne die Patientin ihre Folterer und deren Taten womöglich beobachten, und Jakob schien es, als sei auch ihr Kopf durch die Hände eines Henkers oder Zauberkünstlers vom Körper abgetrennt worden. Die Chirurgen durchschnitten die bereits hoffnungslos erschlafften Bauchmuskeln, rollten Häute und Membranen beiseite, drangen tiefer und legten die Gebärmutter frei. Jakob stöhnte. Die geheimste aller Begierden, die alle Männer kennen, aber nur deutsche und russische Emigranten einzugestehen bereit sind, nämlich die inneren Organe der Geliebten zu sehen, wurde vor seinen Augen befriedigt.

Doch plötzlich öffneten sich Leas Augen, und ihr Blick fixierte ihn, ohne abzulassen. »Knips das Licht aus, Jakob, ich möchte schlafen«, sagte sie in staunendem, schwachem Ton.

Der Bäcker senkte erschauernd den Kopf. Blut und Fleisch verschlangen einander vor seinen Augen. Eine lila Gebärmutter glänzte, eine Riesenaubergine auf einem Bett von Gedärmen. Er hätte auf die Knie fallen, seinen Kopf dort niederlegen, sie anfassen und küssen mögen, aber der Chirurg schnitt hinein, steckte die Hand zwischen die Klüfte und holte mit Zauberlust ein zartes, helles Kind daraus hervor.

Jakobs Augen füllten sich mit Tränen. Anders als die zu einer normalen Geburt Verdammten, die mit Blut und Kot gekrönt, häßlich, zornig und kampfbereit zur Welt kommen, schimmerte dieses Kind engelgleich. Zeugung ohne Lust, im Schlummer verbrachte Schwangerschaft und kampflose Geburt hatten ihm ein gutes Temperament und ein reines, glattes Aussehen verliehen. Der Säugling ließ den ersten Schrei auch dann nicht vernehmen, als der Arzt ihm einen Klaps auf den Po gab, aber sein Atem ging gut und regelmäßig, so daß ein wohlgefälliges Lächeln auf die Gesichter der Chirurgen trat.

Jakob weinte Freudentränen, in die sich jedoch auch Trauer mischte. Mit einem Blick sah er, daß er nicht um dieses Kind gebetet hatte, aber die Liebe ließ seinen Schmerz dahinschmelzen und flößte ihm Kraft ein. Der Kinderarzt beendete seine Untersuchung und legte ihm das Baby in die Arme, und ehe man ihn noch aufhalten konnte, machte Jakob kehrt, stieß die Türflügel auf und eilte aus dem Operationssaal durch den Trennbereich auf den Korridor, ohne die Rufe der Ärzte und die ausgestreckten Arme der Schwestern zu beachten. Seine alte Tante Dudutsch, die den leisen Knall der Befruchtung und den matten Gesang des Embryos hatte hören können, ging schon den Gang auf und ab, brummelte gedämpft und wartete.

»Nimm, Tante«, sagte Jakob, »ich hab dir noch ein Kind gebracht.«

Auf dem Baum im Hof der Bäckerei reiften die Maulbeeren, wurden prall und schwarz. Arbeiter Edelmanns vier Töchter kamen, die Beeren zu pflücken, um Marmelade daraus zu kochen. Simeon humpelte zu dem Baum und stellte sich darunter.

»Sehr, sehr gut aufpassen, Mädels!« rief er besorgt.

Die Dorfbewohner sagten, seine Besorgnis sei nur vorgeschützt, um ihnen unter die Röcke lugen zu können, aber in Wirklichkeit wünschte Simeon sich nichts weiter, als daß eine einzige reif glänzende Beere zwischen ihren Fingern hindurch auf ihn herabfallen und seine Haut beflecken möge. Edelmann, der das wußte, rügte ihn nicht, und in jener Nacht buken die beiden allein, denn Jakob war im Krankenhaus geblieben, betrachtete seinen Sohn durch das große Glasfenster des Säuglingszimmers und stellte nach Elternart Versuche an. Dabei merkte er, daß er sich das Bild des Kindes bei geschlossenen Augen nicht vergegenwärtigen konnte. Jakob meinte erst, es läge an der Müdigkeit, doch als er später auf dem Stuhl im Korridor einschlief, stellte sich heraus, daß es ihm auch nicht gelang, von seinem Sohn zu träumen. Da begriff er, daß der Kleine mit einem eigenartigen Fehler geboren war: Ihm mangelte die Fähigkeit, sich dem Gedächtnis einzuprägen.

Eine Woche verging, Jakob nannte seinen Sohn Michael, und ein neues, furchtbares Rätsel tauchte auf. Als Michael in den Bund unseres Vaters Abraham eingeführt wurde, weinte er nicht. Jakob erschauerte. Den geschlossenen Augen der Mitmenschen unsichtbar zu sein ist etwas ganz anderes, als keinen Schmerz zu empfinden, denn wer nicht leidet und nicht bestraft wird, kann weder die Natur der Welt begreifen noch sich vor ihren Schlägen hüten. Mit der Angst kam auch der Kummer, denn wer keine Schmerzen fühlt, kann kein Brot backen. Aber die Liebe und Sorge erfüllten Jakobs ganzen Leib und ließen keinen Raum für Reue.

Die Monate vergingen. Michael lächelte, drehte sich allein um, setzte sich auf. Manchmal sah Jakob ihn auf dem Rücken liegen und sich über Brust und Bauch streicheln oder fest die Fingerkuppen gegeneinanderdrücken und an der Lippenhaut rupfen, störte ihn aber nicht dabei, denn er wußte, das Kind wollte sein taubes Fleisch aufwecken und wiederbeleben. Als Michael Zähne bekam, fürchtete sein Vater, er werde sich wegen seiner Krankheit die Zunge daran aufreißen, aber nichts passierte. Michael saugte Dudutschs Milch, begann zu stehen und zu laufen und erfreute das Herz aller, die ihn sahen, doch Jakob wußte, all dieses Glück war nichts als Augenwischerei, die Verstellungskunst eines Babys, das seinem Vater aus Liebe zu ihm beweisen möchte, daß es ein Kind wie alle anderen ist. Und tatsächlich rannte Michael, wenn er hingefallen war oder sich gestoßen hatte, oft weinend zu seinem Vater und rief, »wehweh, wehweh«, obwohl er den Schmerz nicht spürte. Jakob fragte dann: »Wo hast du ein Wehweh?« nahm den Kleinen in die Arme, tröstete und küßte ihn und unternahm alles Erforderliche, gestattete sich aber nicht die Ruhe der Getäuschten. Im Innersten wußte er, daß sein Sohn andere Kinder nachahmte und all das tat, was sie machten, wenn sie hinfielen und sich stießen, genau so, wie Männer Gesten des Werbens und Worte der Liebe nachahmen. Denn wer von uns wollte nicht dem grausamen Orpheus, dem unschuldigen Albinus, dem sündigen Gregorius gleichen – all diesen großen Liebhabern, die ihre sämtlichen Leser und ganz gewiß die Schriftsteller, die sie erfunden, übertreffen? Und wer unter uns wandelt nicht auf den Bahnen, die die antiken Meister der Liebe gespurt haben? Ja, stumpfsinnig sind wir wie die um Penelope Werbenden, begehen Salomos Fehler, sind leicht zu verführen wie Engidu, und in günstigen Momenten paaren wir uns auch auf die von Hektor und Andromache bevorzugte Weise. Schon der Dichter Rilke hat dazu gesagt, zwei Erfindungen hätten die Männer träge gemacht und das Menschengeschlecht verkümmern lassen: Die erste stammte von irgendeinem nichtsnutzigen Neandertaler, der seiner Geliebten raffinierterweise einen Blumenstrauß statt eines erschlagenen Löwen gebracht hatte. Die zweite war natürlich die Erfindung des Rades, des Vaters aller Trägheit und Sünde, aber das gehört nicht hierher.

So wuchs der Junge heran, und mit zweieinhalb Jahren wurde er Dudutschs Milch entwöhnt und begann das Brot seines Vaters zu essen. Am Abend gingen die beiden zusammen schlafen, und wenn Jakob um Mitternacht aufstand und in die Bäckerei ging, erwachte auch Michael und machte sich auf einen Spaziergang durch die Zimmer. Er war mit unersättlicher Neugier und perfekter Nachtsicht ausgestattet, und kraft dieser beiden Gaben stromerte er durch das dunkle Haus. Meist beendete er seine nächtlichen Exkursionen in der Bäckerei, wo er in dem alten Knettrog wieder einschlief, doch zuweilen sprang ihn der Schlaf aus dem Hinterhalt an und überwältigte ihn in irgendeiner Ecke. Sein Schlummer war so tief und sein Stoffwechsel so labil, daß er dann langsam erfror und Jakob, der die Gewohnheiten seines Sohnes kannte und das Engelsverhalten seines Körpers fürchtete, ihn eiligst suchen ging. Mal fand er ihn zusammengerollt hinter einer Tür, mal in der Dusche, eine schäumende Zahnbürste noch im Mund, mal war der Junge im Hof umgekippt und unter dem großen Maulbeerbaum eingeschlummert, und als man ihn endlich fand, war er schon ganz mit schwarzen Obstflecken und Nachtfalterflügelstaub bedeckt. Jakob beugte sich entsetzt über den zarten, kalten kleinen Körper, rieb und knetete sein Fleisch zwischen den Händen, pustete ihm warme Luft aus seinen Lungen auf den bloßen Bauch, das Grätengerüst der schmalen Rippen, hauchte den wonnig erwachenden, staunenden Kußmund an.

Eines Nachts, als er genau drei Jahre alt geworden war, machte Michael die Tür zum Zimmer seines toten Bruders auf und ging hinein, und am Morgen fragte er seinen Vater nach diesem Zimmer und wer die Frau darin sei.

»Das Zimmer gehört der Frau, und die Frau schläft dort«, antwortete Jakob ihm.

Michael fragte nicht weiter, besuchte die Frau jedoch von nun an jede Nacht, umflatterte sie in seinem hellen Hemd, strich ihr mit den Fingerschwingen übers Gesicht, und manchmal kletterte er zu ihr ins Bett, schmiegte sich an ihren Rücken und lauschte den vertrauten, einschläfernden Tönen ihres Leibes.

Simeon Natan, Dudutschs Sohn, war fünf Jahre jünger als Jakob und wurde im Dorf bereits als Rindvieh betitelt. Seine niedrige Stirn und Gestalt, das Hinken, die breiten Schultern und der kräftige Nacken hatten ihm diesen Ruf der Derbheit und Dummheit eingebracht. Früher hatten im Dorf Bauern gelebt, die Simeons Kraft und Arbeitswilligkeit zu schätzen wußten und ihn öfter mal riefen, um ein tobendes Kalb zu zügeln oder eine widerspenstige Schraube zu lösen, aber im Lauf der Jahre wurden die Böden an Einwohner der nahen Stadt verkauft, plumpe weiße Villen sprossen darauf, und nun drängten sich die Kinder der Reichen am Zaun des Levischen Hauses, bewarfen Simeon mit Erdklumpen, wenn er auf dem Hof döste, und stoben davon, sobald er die Augen aufschlug.

Jakob, sonst ein ziemlich ungeduldiger Mann, mochte seinen Cousin, hatte Mitleid mit ihm und wußte, daß er ihn unablässig beschäftigen mußte. Wenn Simeon die Backarbeit beendet hatte, wies er ihn an, die Mehlsäcke auszuschütteln und zu falten, war er damit fertig, schickte er ihn den Hof fegen und das trockene Laub vom Dach rechen, und hatte er das beides erledigt, beorderte er ihn, die Räder des Lieferwagens umzusetzen und die eben zusammengefalteten Mehlsäcke zu lüften. Gute Seelen, wie sie sich in jedem Dorf zuhauf finden, behauptete, Jakob nutze seinen Vetter aus, aber Jakob ignorierte die Schwätzer, denn er wußte, daß Arbeit und Verantwortung Grundfesten in Simeons Leben waren und die Treue seinem Dasein Sinn verlieh.

Am liebsten paßte Simeon auf Michael auf, und da Jakob sich ständig Sorgen machte, wurde er Hüter und Pfleger des Kindes. Zunächst in Haus und Hof, dann auf dem Weg zum Kindergarten, und von dort stiegen die beiden in die erste Klasse auf. Jeden Morgen hängte Simeon sich Michaels Schulranzen über die Schulter und humpelte ihm nach, wobei er sich nach allen Seiten umblickte und in dem roten Sand runde Stocklöcher neben den Schleifspuren des nachgezogenen Fußes hinterließ, während die Fußabdrücke des gesunden Beins aufgrund seiner Schwere und Stärke tiefe Mulden bildeten. In dem Gedränge am Schultor schirmte er Michael von den groben größeren Jungen ab, und dann ging er heim, um sein Frühstück zu essen. Zu den Pausen kehrte er in die Schule zurück, um Michael bei seinen Spielen zu beaufsichtigen, und mittags holte er ihn wieder ab. Jakob, der dann schon auf der Veranda hin und her lief und auf die Straße blickte, umarmte seinen Sohn, horchte auf das Vogelherz, das in seiner Brust raste, führte ihn ins Schlafzimmer und zog ihn splitternackt aus, um nachzusehen, ob er sich aufgeschürft, gestochen, geschnitten oder verbrannt hatte. Vor dem Zimmer wartete Simeon in großer Sorge, bis Jakob herauskam, ihm auf die Schulter klopfte und sagte: »Alles in Ordnung.«

Wie ein Wasserlauf wälzte sich die Zeit in ihrem Bett, und traf sie auf eine leere Vertiefung am Weg, füllte sie sie eiligst auf. Gerade so, schrieb Demokrit in seinen spöttischen Episteln, füllen sich auch die leeren Hirne mit Wissen, die Herzen mit Liebe und die Schriftrollen mit Worten. Insbesondere hinterließ die Zeit ihre Spuren an den vier identischen Töchtern des Arbeiters Edelmann. Sie wurden langsam erwachsen, und wenn sie den Beobachter im richtigen Tempo passierten, lief vor dessen Augen in Zeitraffer eine Art Kurzfilm des Knospens, Erblühens und Reifens ab. Doch wer mehr an Büchern denn an Filmen geschult ist, wird vielleicht ein anderes Bild vorziehen: Die Kleine war die Erinnerung der Großen und die Große die Prophezeiung der Kleinen. Wie dem auch sei, wer sie nur anschaute, spürte, daß ihr Fleisch äußerst zart und duftend war und daß eine leichte, süßliche Fäulnis der Art, die gewisse Weintrauben schimmeln läßt, unter ihrer Haut wartete. Die Forscher- und Experimentierfreude, die angesichts identischer Zwillinge in jedem Mann erwacht, verdoppelte sich bei ihrem Anblick, und das Wissen darum, daß sie gar keine Zwillinge waren, verstärkte noch die Verwirrung des Fleisches und des Herzens Sehnen.

Seinerzeit war die Jüngste siebzehn, die Älteste zwanzig Jahre alt, und schon erregten sie Unruhe auf Schritt und Tritt. Erboste Frauen und erschrockene Männer führten üble Reden. Man sagte, als die Älteste zu pubertieren begann, habe sie ihre Schwestern eingeladen, sich durch Augenschein und Berührung von den Neuerungen zu überzeugen, die sich alsbald auch bei ihnen einstellen würden. Es hieß, sie spürten jede, was in der Schwester vorgehe, atmeten und träumten alle im gleichen Rhythmus und bekämen gleichzeitig ihre Periode. Ferner wurde ihnen die Gewohnheit nachgesagt, gemeinsam das Badezimmer aufzusuchen und dort frivole Szenen zu schaffen, denn während eine die zweite einseife, hocke die dritte auf der Toilette und die vierte reibe sich die Oberschenkel mit Wachs ein. Und acht Münder lachten, stöhnten und kreischten, wenn sich die Schwestern in dem verlegenen großen Wandspiegel verdoppelten.

Zahlreiche Männer suchten ihre Freundschaft. Doch kam dann abends einer der Verehrer, fand er auf der Veranda alle vier in gleichen Kleidern und mit den gleichen Mündern lächelnd auf ihn warten.

»Wir machen alles gemeinsam«, erklärten sie ihm, und so mancher Jüngling ließ in diesem Moment den Blumenstrauß fallen und floh von dannen, denn es hat sich noch nicht der Mann gefunden, der bereit gewesen wäre, die Augen zu schließen und eine Frau in dem Wissen zu küssen, daß sie sich zugleich auch hinter ihm befindet, während zwei weitere identische Abbilder von ihr ihn von der Seite beobachten, mitfühlen und kichernd Vergleiche anstellen.

Simeon beachtete keine von ihnen. Auch wenn zwei oder drei ankamen, interessierten sie ihn nicht. Nur das Auftauchen von allen vieren mit ihren acht identischen dunklen Augen, vierzig flinken Fingern, eineinhalb Millionen blauschwarzen Haaren, den vier Mündern, die genau den gleichen Unsinn brabbelten, eroberte und marterte seine Seele. Manchmal kamen sie gegen Morgen, um ihrem Vater beim Aufkleben der Etiketten auf die Brote zu helfen, und wenn sie mit ihrem Lämmerlächeln und schallendem Gekicher und Gemecker in die Bäckerei stürmten und ihre acht Beine um die Bäckergrube gruppierten, in der er stand, verfehlte Simeon die tief im Innern liegenden Laibe, schwitzte wie ein Gaul und kippte Backbleche auf den Boden.

Im Zimmer ihres toten Sohnes lag die Frau. Die Wogen der Zeit benetzten die Gestade ihres Bettes, ihr Körper atmete, tränte, speicherte und wurde ruhig. Nachts umschlang ein kleiner Junge ihren Nacken und legte sein Ohr an ihren Rücken. Da sie auf seine Fragen nicht antwortete, schrieb er ihr die neuen Wörter, die er in der Schule gelernt hatte, die geschehenen Ereignisse und die Sternennamen, die ihn sein Vater gelehrt, mit feuchtem Finger auf die Haut. Jakob hatte gesehen, daß Michael oft in den Nachthimmel spähte, und kletterte daher mit ihm auf das Dach der Bäckerei, um Sterne zu zählen und bei Namen zu nennen, und von Simeon lernte Michael, auf einem Grashalm zu pfeifen, Eidechsen zu fangen und sie zum Züngeln zu reizen. Aber auch diese schönen, freudigen Dinge weckten die Frau nicht aus ihrem Schlaf.

In der Schule war Simeon schon Stammgast. In den Pausen

spielten die kleinen Kinder mit ihm, versuchten seine geballte Faust zu öffnen. »Onkel Simeons Faust ist groß und stark«, schrieb Michael auf den Rücken der Frau, »aber wenn es am Ende der Pause läutet, wird sie plötzlich ganz weich und geht auf, und immer sind ein paar zerdrückte, zuckersüße Kaugummis drin.«

»Wer schwer arbeitet, hat's verdient«, sagte Simeon. »Geht jetzt ins Klassenzimmer, langsam-langsam, nicht rennen, Michael.« Dann trottete er wieder die Straße hinunter, bohrte seinen Stock in den Sand und ließ den schweren Kopf hängen. Doch wenn er ein Loch erblickte, das der Stock am Vortag dort hinterlassen hatte, lächelte er bei sich und steckte ihn genau an derselben Stelle ein.

Der Sommer bemächtigte sich des Dorfes. Fremde Wagen glitzerten vor den Häusern der Nachbarn, Jünglinge und junge Mädchen sprangen heraus, und bald schon schallten schrille, fröhliche Schreie von den Rasenflächen. Durch die Luftlöcher in den Hecken sah Simeon schimmernde junge Haut, glänzende Badeanzüge, Wasserspritzer in allen Regenbogenfarben. Braungebrannte junge Mädchen wurden kreischend ins Wasser geworfen. Nachts kräuselte sich ein leichter Geruch nach Bier, Rasierwasser und Fleischeslust zum Himmel. Musik klang aus den weit offenen Fenstern, begleitet vom leisen Klingeln der Eiswürfel in den Gläsern. Edelmanns Töchter, die eine Ader fürs Kochen, Verführen und Wirtschaften besaßen, lieferten die Partyerfrischungen. Auf dem Hof und in der Bäckerei ließen sie sich nicht mehr blicken. Wenn Simeon sie mal auf der Straße traf, blieben sie freudestrahlend stehen und fragten, wie es ihm gehe, worauf er verlegen grinste und partout nichts weiter herausbrachte als: »Was gibt's Neues, was gibt's Neues?« Doch einmal staunte er direkt über sich selbst, denn mit ungeheurer Leichtigkeit erwiderte er: »Und was tut sich sonst?« und war dann überglücklich, bis er begriff, warum sie gelacht hatten.

»Der Herbst ist da, ich hab eine Bachstelze gesehen«, schrieb Michael der Frau auf den Rücken.

Die Nächte wurden bewölkt und kühl, und es schien ihm, als werde auch ihr Gesicht trüber und ihr Schlaf tiefer. Er war damals sieben Jahre alt und fing schon an, Simeon beim Wechseln ihrer Laken zu helfen. Simeon war derart stark, daß er die Frau trotz ihres totenschlaffen Körpers auf den Armen hochheben konnte. Dann zog Michael das alte Laken unter ihr weg und breitete flink ein neues aus. Nachmittags spielten sie »Fliegen«. Simeon schwang ihn hoch, stellte ihn auf einen Ast des Maulbeerbaums und erwartete ihn mit ausgebreiteten Armen. Michael machte die Augen zu und sprang, und immer fing Simeon ihn in der Luft auf. Abends verspeisten sie Tante Dudutschs leckeres Essen, danach ging Michael mit seinem Vater schlafen, und mitten in der Nacht, wenn sich der Hefeduft in der Luft verbreitete und die Regentropfen auf den Dieseltank der Bäckerei trommelten, schrieb er auf die Frau: »Jetzt gehe ich zu meinem Vater« und rannte im Dunkeln zur Bäckerei, um in dem warmen, alten Holztrog zu schlummern, in dem früher einmal, als sein Vater noch Kind war, der Großvater, den er nie gekannt hatte, den Teig knetete.

Die Sonne stieg höher und höher, die Felder wurden grün und grüner, der Winter schmolz zusehends dahin. Die ganze Nacht ging der Spätregen nieder, und bei Tagesanbruch kam ein fröhlicher Ostwind auf und fegte die Wolkendecke davon. Strahlender Frühling grüßte das Dorf mit seinen schönsten Verlockungen. Überraschte Greise und dankbare Agamen kamen heraus, um sich in der Sonne zu wärmen. Auf den Dächern tobten die Taubenmännchen und gurrten mit ihren brunsttiefen, liebestollen Stimmen.

Der Frühling zog bei den Menschen Licht- und Wärmeuhren auf. Kinder sprangen wie Lämmer, Frauen und Männer guckten einander verschämt an, und wenn sie an einem Spiegel oder einer

Pfütze vorbeikamen, blieben sie stehen, um ihre neue Gestalt darin zu erkennen. Den ganzen Winter waren sie in ihrem kalten Körper eingesperrt gewesen, und nun hatte der sich in eine fröhliche, warme Fleischlarve verwandelt, die den Zeigern von Sonnenaufgang und Sonnenuntergang folgte. Auch Lea seufzte plötzlich aus ihrer Betthöhle auf, lächelte, drehte sich um und reckte sich, stand aber nicht auf.

Simeon wurde von dumpfer, quälender Unruhe ergriffen. Nachdem er Michael zur Schule begleitet hatte, kehrte er zurück, klappte sein Feldbett im Schatten des Maulbeerbaums auf und legte sich flach auf den Rücken. Zur Zehn-Uhr-Pause ging er wieder in die Schule, paßte auf, kehrte heim, stapelte Säcke im Vorratsraum der Bäckerei, zog die Schuhe aus, legte sich wieder aufs Bett und starrte in die Zweige. Der mächtige Maulbeerbaum blühte, zwitscherte voll Amselwonne, ließ zart die Knospen knallen und glänzte mit seinen neuen Blättern. Simeon mußte an Josua Edelmanns Töchter denken, die wie schwarz-weiße Katzen dort hinaufgeklettert waren und lachend und schwatzend unter Blätterrieseln die Beeren gepflückt hatten. Schon lange hatte er sie nicht mehr gesehen, außer mal zufällig oder bei langsamem Stöbern in seinem Gedächtnis, was ihm weh tat wie das Abschälen von Wundschorf.

Gegen Mittag schlenderte er die Straße zur Schule hinauf, wie gewohnt am Wegesrand, nickte den Vorbeikommenden zu und suchte die Löcher, die sein Stock am Morgen hinterlassen hatte. Und da sah er die vier Mädchen – lachend, schwatzend und sich beim Gehen aneinanderreibend – entgegenkommen. Schon wollte er sich verlegen zwischen die Sykomoren schlagen, aber die Mädchen hatten ihn entdeckt und steuerten bereits winkend auf ihn zu. Ihre Mutter hatte ihnen gleiche Kleider aus hellblau-weiß gestreiftem Stoff genäht, und als sie so eng an eng in ihren irreführend einheitlichen Baumwollkleidern nebeneinanderliefen, wirkten sie wie ein prächtiger, flatternder Riesendrachen.

»Schalom, Simeon«, lachten sie, einander zuzwinkernd.

»Schalom«, antwortete Simeon schwerfällig.

»Wohin gehst du denn?« Sie umringten ihn händehaltend mit identisch lächelnden Mienen.

»Michael von der Schule abholen«, sagte Simeon. Sein Fleisch zog und spannte. Er wollte den Ring der Arme durchbrechen und seinen Weg fortsetzen, fand aber nicht die nötige Kraft in seinen Muskeln.

»Wir sind weggefahren, um Käse, Butter und Oliven für unseren Betrieb zu bestellen«, erklärte die Älteste, die zwanzig war.

»Und dann haben wir uns gedacht, warum gehen wir nicht mal nachsehen, was mit unserem alten Dorf ist«, fügte die zweite, neunzehn, lächelnd hinzu.

»Und mit unserm Freund Simeon, der uns früher mal *Buuubot* geschenkt hat und uns jetzt sicher längst vergessen haben muß«, kokettierte die dritte.

Simeon, der in seiner Unerfahrenheit nicht wußte, wie gefährlich Frauen sind, die das Wort *Bubot* auf der ersten Silbe betonen, lächelte in der süßen Erinnerung an jene unschuldigen Tage.

»Und da treffen wir ihn auf einmal«, sagte die Siebzehnjährige und kam ihm dabei so nahe, daß ihr wohlduftender Atem ihm in die Nase stieg, und als er zurückschreckte, stubsten ihn die Brüste der Neunzehnjährigen in den Rücken und erfüllten ihn mit weich fließendem Schauder.

»Oh...« riefen die Mädchen. »Er ist gefallen... Simeon ist gefallen... Kommt, wir heben ihn auf.«

Darauf bückten sie sich, packten ihn und riefen: »Eins, zwei, drei, hoppa!« und stellten ihn auf die Beine, schüttelten ihn und klopften ihm den Staub ab, und die Älteste zog ein weißes Taschentuch heraus und wischte ihm Schweiß, Staub und Blut aus dem Gesicht, und als Simeon sich wieder in Richtung Schule aufmachte, gingen sie mit ihm, ihn weiter in endlosem, blühendem Glockenreigen umkreisend.

»Was soll das, Simeon?« fragten sie. »Kennt Michael den Heimweg nicht?«

»Ich bring ihn jeden Tag hin. Wißt ihr das nicht?«

»Warum?«

»Weil Jakob es möchte.«

»Tust du alles, was er möchte?«

»Sicher«, antwortete Simeon beherzter, »alles, gestern hab ich sogar den Kamin gefegt.«

»Und wenn er möchte, daß du in den heißen Ofen kriechst?«

»Und wenn er möchte, daß du dich mitten auf der Straße auszieht?«

»Und wenn er von dir einen Zungenkuß haben möchte?«

Simeon war völlig verwirrt von der schnellen Salve ihrer Fragen, von seiner Unfähigkeit, sie zu beantworten, und von dem Schwindel, der ihn befiel, und während er noch nach Fassung rang, kam der Reigen zum Stehen und verstummte, wobei Simeon das Handgelenk der Achtzehnjährigen erwischen konnte, um sie aus dem Weg zu drängen.

»Du tust mir weh!« rief die Zwanzigjährige in seinem Rücken, worauf Simeon erschrocken losließ und wieder nicht wußte, was er tun sollte, und die vier Mädchen alle zusammen auf ihn zudrängten und so ermattend nahe waren, daß er unweigerlich in Körperkontakt geriet, nämlich vorn anstieß und zurückschreckte, hinten anstieß und vorschreckte, als sei er von einem großen Dornenkranz umgeben.

»Willst du nicht bei uns arbeiten, uns Brötchen backen?« fragte die Jüngste.

»Nein!« wehrte Simeon erschrocken ab. »Wieso das denn? Ich arbeite bei Jakob.«

»Du bist uns wie ein Bruder, Simeon, wir haben alle die Milch deiner Mutter gesaugt«, sagte die Neunzehnjährige, und schon umtanzten sie und ihre Schwestern ihn erneut, die spielenden Glieder nur teils von den Kleidern bedeckt, und das Frühlingslicht ließ die hellen Stoffglocken schimmern, zeichnete abwechselnd die Umrisse der acht Beine nach oder hob die vier schwellenden Hügel hervor, in die sie zusammenliefen. Seine Schmerzen vergingen. Die schlüpfrigen Worte – »Süßigkeiten«, »saugen« und »Bruder« – schlangen sich wie Seile um seinen Leib. Sein Fleisch prickelte. Kraft und Schwere fielen von ihm ab. Vom Strudel der Mädchen hinweggerissen, strauchelte er und wurde davongetragen wie Staub, den die Herbststürme auf den Feldern hochwirbeln.

Am Dorfrand endete die Asphaltstraße und ging in einen Feldweg über, der zu den Hügeln, den Wieseninseln, den kleinen Weiden führte, auf denen Stachelschweine, Schakale, Menschen und Mungos sich paarten und flachgedrückte Grasteppiche hinterließen. Berauschte Nymphenfalter taumelten durch die Luft, Ameisen öffneten die Strohpfropfen ihrer Nester. Ein großer Felsbrocken von der Form eines Totenschädels ragte aus der Flur, und zu seinen Füßen lag ein kleiner moosweicher Talgrund, den die Mädchen von ihren Sabbatspaziergängen kannten. Als sie dort anlangten, war Simeon schon derart schlapp, daß ein leichtes Pusten der Achtzehnjährigen in seine Halsmulde genügte, ihn auf der Stelle in die Arme der anderen, hinter ihm Stehenden fallen zu lassen, die ihn niederlegten und ihm Hände und Füße an die Erde preßten.

Die anderen Kinder waren längst heimgegangen, doch Michael wartete noch immer im Klassenzimmer. Das väterliche Gebot, die Schule nicht allein zu verlassen, war ihm Befehl. Er irrte durch den Wald der hochgestellten Stuhlbeine, malte Sterne an die Tafel und spähte durchs Fenster, ob Simeon ihn endlich abholen kam. Letzten Endes beschloß er hinunterzugehen und unten auf ihn zu warten.

Er lief auf und ab und ab und auf, und als er zum drittenmal kehrtmachte, sah er drei Männer über sich stehen. Sie waren alt, helläugig, und Michael guckte sie verblüfft an, denn sie waren so überraschend aufgetaucht, daß es ihm schien, als seien sie vom Himmel gefallen.

»Wir haben einen Brief erhalten«, sagte der eine.

»Und sind gekommen«, sagte der zweite.

»Und gehen jetzt nach Hause«, sagte der dritte, kniete dicht vor Michael nieder, legte ihm federleichte Hände auf die Schultern und blickte ihn mit lichten Augen an. Dann richtete er sich auf, Michael gab ihnen die Hände und ging mit ihnen den Pfad entlang, Zaun zur Rechten, Zaun zur Linken. Seine Füße hinterließen, ebenso wie ihre, keine Spuren im Staub. Seine Schritte waren, ebenso wie ihre, weit und weich, und so merkte er, daß er durch die Luft schwebte.

»Eins, zwei, drei, hoppa«, sagten sie zueinander und schwangen ihn kraftvoll hoch, und er lachte vor Vergnügen, schrie aber gleich danach, denn die Bänder in seinen Schultergelenken dehnten sich, und dieses Gefühl überraschte ihn durch seine Fremdheit.

»Wie heißt ihr?« fragte er.

Aber die Männer blickten ihn mit ihren blendenden Augen an und sagten nicht ihre Namen.

Unter sich sah Michael große, ihm unbekannte Frühlingsfelder, süße Resedadünste stiegen in die Luft und daneben ein ferner überraschender Duft von verspätet absterbenden Alpenveilchen. Er hätte auf den Wiesenkissen kullern und purzeln, krakeelen und sein Gesicht mit den glatten Blütenkronen des Hahnenfußes streicheln mögen. Aber der seidige Zugriff der Engelmenschen ließ ihn nicht entkommen.

»Eins, zwei, drei, hoppa«, sagten sie und schwangen ihn mit noch größerem, noch schmerzenderem Schwung hoch, fingen ihn auf und ließen ihn erneut fliegen, »eins, zwei, drei, hoppa.«

Die Sonne neigte sich dem Untergang zu. Schatten flossen in den Talgrund und erfüllten ihn. Die Kühle weckte Simeon. Er blickte auf, und da kreisten Dutzende schwarzer Punkte über ihm, Adler und Geier, die aus den fernen Bergen und Wüsten gekommen waren. Vier gleiche, feuchte Tücher waren auf dem zerdrückten Gras neben ihm zurückgeblieben, hellblau-weiß gestreift. Simeon lag auf dem Rücken und zählte die schwarzen Punkte am Himmel, bis sie immer niedriger kreiselten, auf seiner Haut landeten und ihn wieder und wieder pickten.

Sein Herz verkrampfte sich. Plötzlich fiel ihm ein, daß er Michael hätte von der Schule abholen sollen. Die Augenhöhlen des Felsens starrten ihn an. Krumme Schnäbel zerlegten sein Fleisch. Finsteres Grauen befiel ihn.

Weit oben ruderten die sechs Flügel mit verklingendem Schlag davon, und nach dem Rauschen kam ein sanftes, leises Säuseln und danach, klar und schrill, der Schmerzensschrei des Kindes. So scharf und schneidend war er, daß er keinen Irrtum zuließ, denn die Stimme eines gepeinigten Kindes ist der durchdringendste und aufrüttelndste Laut der Welt.

Blitzend drehte sich der Schrei in der Luft, fuhr glühend hinab, brach sich im Schornstein der Bäckerei, zerschellte in Myriaden winzige Splitter, die so schnell und gleißend waren, daß man sie schwer mit Worten beschreiben kann, glichen aber sehr dem Goldregen, der über seiner schlafenden Mutter niederging und ihr in den Körper drang.

Der italienische Archäologe Ermete Pierotti – Dichter, Historiker, Architekt und Waisenknabe – schrieb in seinem Buch *Alte Gräber im Norden Jerusalems*, eines Nachts, am 27. Februar 1856, sei ein Ostwind aus der Wüste gekommen und habe die Dächer Jerusalems mit einer feinen Schicht Salz und Sand überzogen. Daraufhin war Panik ausgebrochen. Selbst die Ältesten und die Toten der Stadt konnten sich an keinen solch seltsamen Sturm erinnern. In jener Nacht fand niemand Schlaf, und am nächsten Tag legten Pierottis Arbeiter in dem Gebiet zwischen den Königsgräbern und dem Orpheusmosaik ein kleines Grab frei, auf dem nur ein Wort eingemeißelt stand: *Mutter*.

Pierotti erschauerte am ganzen Leib. Ein merkwürdiges Verlangen überkam ihn: niederzufallen und seinen Kopf auf das Grab zu legen, doch als ein Mann der Wissenschaft versuchte er sich zu fassen. Noch nie hatte er von solch einer Inschrift gehört. Er war an prächtig verzierte Grabsteine voll eingemeißelten Lob- und Preisliedern gewöhnt, und nun ein Grab, das nicht einmal Namen, Anfang und Ende trug. Wäre das Wort *Mutter* nicht gewesen, hätte man es für ein Kindergrab halten können, denn die Jerusalemer schreiben keine Namen auf die Gräber ihrer Kinder. Noch verharrte er staunend, und schon mähte eine Schmerzenssense seine beiden Schenkel nieder und zwang ihn zu Boden. Sein Kopf schlug auf den Stein, und er war einer Ohnmacht nahe. Von einer fremden Kraft bewegt, brachte er seine Lippen an die gemeißelten Lettern und blies die Staubkörner von ihnen weg, und als er dieses tat, füllten sich seine Augen mit dem salzigen Staub und mit Tränen, und ein großes Beben ging durch die Luft, summend wie gespannte Drähte vor einem Sturm.

Mehrere Minuten vergingen. Pierotti sammelte Kräfte und erhob sich von seinem Fall, blickte ringsum und sah, daß von allen Seiten Menschen auf ihn zudrängten. Ein paar Ausgrabungsarbeiter, zwei Eseltreiber und fünf Passanten eilten herbei. Ein Dutzend Händler ließen die Läden an ihren Geschäften herab und kamen, danach drei Franziskanerpater in groben Sandalen und braunen Kutten, sieben Lastträger vom Baumwollmarkt. Der Haschischröster aus der Straße der Karäer deckte seine Kohlen ab, Eisenschmiede aus der maghrebinischen Schmiede wischten sich mit schwarzen Händen die Augen, sudanesische Rindertreiber, müßige Kaffeehausbesucher, Lehrer und Schüler aus den Koran- und Talmudschulen strömten herbei, und Pierotti blickte sie an und wußte, daß sie alle, wie er, ihrer Mutter verwaist waren, und ihr Schmerz war in Rama zu hören, bitteres Klagen und Weinen.

Nackt, weiß und mit geschlossenen Augen fand Lea zu dem zwischen den Büschen hingestreckten Körper und kniete bei ihm nieder. Sie streifte ihrem Sohn das Hemd ab, leckte das Blut von seiner Haut, strich ihm übers Gesicht. Ihrer Zunge und ihren Fingern schien es, als sei das Kind in Schlummer und glücklichen Träumen befangen. Sie versuchte es vom Boden aufzuheben und ins Haus zu bringen, aber zu dieser Zeit war Michael schon außerordentlich schlaff und schwer, und so legte sie sich wie eine Riesenhündin neben ihn, wärmte seinen Leib mit ihrem und achtete nicht der Menschen, die bereits aus den Häusern und Höfen kamen, sich um sie scharten und verlegen schauten. Schließlich kam auch der Krankenwagenfahrer, der sie sieben Jahre zuvor in die Geburtsklinik gebracht hatte, deckte sie mit einer großen Decke zu und fuhr das Kind ins Krankenhaus.

Ein Mann löste sich aus der Menge und trat heran, danach noch einer und noch einer, schnell schon häufte sich auf der Mutter ein großer Hügel kleiner Waisensteine, und auch Pierotti legte seinen Stein dazu, zog sich zurück und besuchte das Grab nie wieder, um es etwa aufzudecken und zu erforschen, obwohl ein Raubtierinstinkt ihn antrieb, in den Körper der Frau einzudringen, ihre Gebeine zu berühren, sich einzufügen und mit den Zehenspitzen auf ihren Rippen zu klimpern, sich zusammenzurollen und seine schmerzenden Schläfen auf ihre ruhigen Lenden zu legen. Denn wer von uns hat seine Mutter nicht geliebt, und wer hat sie nicht einsam hinschwinden, daliegen und sterben lassen? Wer hat nicht an ihr gesündigt? An der Landschaft seiner Kindheit? Seiner Berufung? Der einen Wahrheit in seinem Herzen?

71

Große Betonrhomben, wie das Zickzackband auf dem Rücken einer Viper, führten von der Hintertür der Aufnahme zur Totenkammer. Gras wuchs zwischen ihnen, überwucherte ihre Ränder.

Der Leichenwärter, ein großer, hagerer Mann mit schwarzem Haar und blauen Augen, begleitete meinen Bruder und öffnete ihm die abgeschlossene Tür. Kalte Luft schlug ihnen entgegen, strich über Jakobs immer heißes Gesicht, prallte auf seinen Bauch und strömte hinaus, als wolle sie rasch irgendeine Botschaft verkünden.

Die Leiche ruhte auf einem hohen, blanken Metallbett, mit einem gestreiften Laken abgedeckt, das an Hals und Knöcheln zusammengeschnürt war. Mein Bruder löste die Bänder und entblößte den Kopf, dann verkrampften sich seine Finger. Mit einem Ruck zog er das Laken ganz von dem Leichnam weg, und erst jetzt sah er, daß der Leichenwärter neben ihm stehengeblieben war. Schon wollte er ihn bitten, ihn allein zu lassen, als der andere ihn plötzlich ansprach: »Ihr Junge?«

»Ja.«

Die Leiche war völlig nackt und nach Leichenart kleiner als zu Lebzeiten. Jemand hatte die Haut bereits von den Krümeln geronnenen Bluts gereinigt, die kindlichen Züge waren wie weggewischt, die offenen Augen machten das Gesicht ernst und erwachsen.

»Es ist nicht gut, was Sie da machen«, bemerkte der Wärter, »ihn so anzusehen.«

»Was geht Sie das an?« fragte Jakob.

Der Mann ließ sich nicht abschrecken, schlug auch nicht die Augen nieder. Er roch stark nach Tabak. »Damit Sie ihn nicht so in Erinnerung behalten, tot daliegend«, sagte er. »Ein Kind muß man stehend, spielend, lachend im Gedächtnis bewahren.«

»Nein«, erwiderte Jakob mit einer ruhigen Gefaßtheit, die ihn selbst überraschte. »So will ich ihn in Erinnerung behalten. Damit ich weiß, daß er tot ist und nicht mehr wiederkommt.«

Damit ergriff er die kalte, schon totenstarr werdende Hand und zog sie ein wenig vom Körper weg. Unter der Achselhöhle klaffte klein und präzise die Einschußwunde. Etwa zwanzig Zentimeter tiefer lag das Austrittsloch – eine welke Blume Fleisches, bereits blau, gelb und grau angelaufen, häßlich und grauenhaft in ihrer Größe. Benjamin war von einer sanften, schweren Kugel aus einer Usi getroffen worden, die seine Lunge durchschlagen hatte, am Schulterbein abgeprallt und in die Bauchhöhle zurückgefahren war, dort gewütet hatte und schließlich über dem Becken ausgetreten war.

»Soldat« fragte der Leichenwärter.

»Ja, Soldat«, antwortete Jakob, »und nun lassen Sie uns bitte allein. Ich rufe Sie nachher zum Abschließen.«

Der Mann wich zur Wand zurück, verließ aber nicht den Raum.

Benjamins Tod war nur an einer leichten Verzerrung der Mundwinkel, den weiter wachsenden Bartstoppeln und dem Blaugrau der Fingerspitzen zu erkennen. Jakob senkte die Augen auf das braungebrannte Dreieck, das die Sonne ihm beim Militär unter den Hals gemalt hatte, auf den flachen, muskulösen, auffallend weißen Bauch. Benjamin war hellhäutig und blond, bekam aber, wie seine Mutter, nie Sonnenbrand. Fünf Minuten im Sonnenschein genügten seiner Haut, eine schöne, tiefbraune Färbung anzunehmen.

Jakob sah, daß sein Sohn trotz des hellen Schopfes pechschwarz gelocktes Schamhaar hatte.

»Seit er klein war, hatte ich ihn nicht mehr nackt gesehen«, erklärte er mir später, »wir waren nicht die Sorte Vater und Sohn, die nach einem Fußballspiel zusammen duschen oder auf einem Ausflug gemeinsam baden.«

»So hat's auch mein Vater gemacht, als mein Bruder gefallen

ist«, sagte der Leichenwärter in seinem Rücken. »Er wollte sicher sein, daß er's dort im Sarg war, und seither kann er nicht mehr schlafen.«

»Ihr Bruder ist beim Militär gefallen?« fragte Jakob, sich umwendend.

»Schon vor sieben Jahren. Er war Späher. Eine Fedayeen-Kugel direkt in die Stirn. Hier«, er tippte sich mit dem Finger zwischen die Augen. »Vater ist durchgedreht, hat den Sarg beim Vorbeiziehen an der Moschee zu Fall gebracht, die Holzbretter mit bloßen Händen aufgebrochen, wie Eierschalen, und ihn tot daliegen sehen, und seitdem schläft er nicht mehr. Schon sieben Jahre sind vorbei, und mein Vater schläft nicht, und in die Moschee geht er auch nicht mehr.«

»Jetzt geh ich raus«, fügte er nach langem Schweigen hinzu, »ich werde draußen auf Sie warten, um hinter Ihnen abzuschließen.«

»Warten Sie einen Moment«, sagte Jakob.

Er holte die alte Kodak Retina aus der Aktentasche und hielt sie dem Mann hin.

»Bitte photographieren Sie uns«, bat Jakob.

»*Haram!*« stöhnte der Mann. »Tun Sie das nicht.«

»Photographieren Sie uns«, wiederholte Jakob.

Der Mann nahm die Kamera, trat ein paar Schritte zurück, wartete, bis mein Bruder die Arme über der Brust verschränkt und den Blick gerade ausgerichtet hatte, und drückte auf den Knopf.

»Möge Gott Ihnen beistehen, mein Bruder, daß Sie nicht mehr trauern müssen«, sagte er.

»Noch eins«, sagte Jakob, »zur Sicherheit.«

Der Mann schloß hastig beide Augen, drückte zum zweitenmal auf den Knopf, setzte den Apparat ab und ging hinaus.

Und Jakob blieb allein zurück.

72

Ich nähere mich dem Ende. So sagen mir die Dinge, die ich nicht mehr anfangen werde, so sagt mir der Kummer, der an meine Brust pocht, so sagen mir die Geschichten, die ich nicht erzählt habe, die ungeladenen Gäste, die mich umlagern.

Ich habe weder das Ende von Chez-nous-à-Paris erzählt noch verraten, wo sich das Mosaik heute befindet, habe meine Zusammenkunft mit Leas Vater vor zehn Jahren nicht eingestanden und auch nicht die Hauptfrage beantwortet – wo Leas abgeschnittener Zopf ist.

Ich habe noch ein paar Geschichten auf Lager. Falls du sie lesen möchtest, gebe ich sie dir gern, und wenn du mir noch weitere Fragen stellst, werde ich sie ebenfalls beantworten. Ich habe einen Parker Vacumatic, Schreibpapier und Zeit. Ich habe Zeit in Hülle und Fülle, wie der zum Tode Verurteilte zum Henker sagte, als der sich für seine Verspätung entschuldigte. Ich habe eine Geschichte über einen alten Mann geschrieben, der Verwandte suchte, über einen Mann, der der Katze seiner Frau das Genick gebrochen hat, über einen Jungen, in dessen Kopfhaar Sperlinge ihr Nest bauten. Ich habe auch eine Geschichte über einen feinsinnigen, gebildeten Mann, der eine Witwe heiratete, weil er ihre zwölfjährige Tochter begehrte, aber diese Geschichte schicke ich dir nicht, weil sie ganz und gar geschönte Wahrheit ist. Sie hat sich in der unserem Dorf benachbarten Moschawa ereignet. Sie fängt mit Liebe an, geht mit Irrwegen und Untreue weiter, endet mit einer Mordtat, und »der Leser« wird darin den logischen Aufbau und die gute Lehre einer guten Novelle vermissen. Aber ich werde dir die Erzählung von dem karäischen Kanarienzüchter zusenden. Wußtest du, daß im Jahre 1927 in Jerusalem nur noch siebenundzwanzig Karäer lebten und jedesmal, wenn bei ihnen ein Kind geboren wurde, noch am selben Tag einer von ihnen starb?

Es ist Abendzeit, und ich bin immer noch überrascht, daß die

Sonne nicht im Meer versinkt, sondern aus ihm aufsteigt. Leicht und weich bin ich, trotz meiner Größe und Kraft, werde wie Paris gezogen, schleppe mich durch den Staub der Zeit hinterher. Meine Haut schält sich, mein Fleisch wird gerupft, meine Knochen werden verstreut, und sieh, welch ein Wunder – Schmerzen spüre ich keine.

»Damals, als ich das Bild von Vater und Benjamin in der Totenkammer entdeckte, da habe ich beschlossen, ihn weiterhin zu photographieren«, hat Romi mir erklärt.

»Und du hast geglaubt, er würde dir alles erzählen«, sagte sie, als sie mir das Bild zeigte und das Grauen sah, das sich über meine Züge breitete. »Ein gutes Bild, nicht wahr? Wer das wohl aufgenommen hat. Ein Laie mit Glück. Nun sag du mal selbst – wenn er sich so hat aufnehmen lassen, was macht's ihm dann, daß ich ihn zu Hause photographiere?«

Jetzt ist sie in meinem Hausgarten. In meinen Arbeitshosen und einem großen T-Shirt kriecht sie auf allen vieren und reißt Gräser aus. »Weißt du, daß dein Rasen salzig ist?« ruft sie mir zu. Sie ist eine hübsche junge Frau, verläßt sich auf sich selbst und ihre eigene Kraft. Das Licht der untergehenden Sonne gewinnt Gold aus dem Erz ihrer Haare. Ihre Armmuskeln spielen lang und deutlich. Nach Vaters Tod ist sie wieder zu mir nach Amerika gekommen und hat hier viel Erfolg gehabt. Zwei Photographien meines Bruders sind bereits in einer New Yorker Photozeitschrift erschienen. In ein paar Tagen kehrt sie nach Tel Aviv zurück, und ich nehme an, daß ich sie mehrere Jahre nicht wiedersehen werde. Nicht daß wir Grund hätten, so auseinanderzugehen, aber ich habe schon gelernt, die kommenden Entwicklungen zu erraten. Meine Tage ähneln einander, meine Geschichten ähneln einander. Auch meine Frauen, ich gesteh's ein, ähneln einander. Wer weiß, was gut ist, braucht keine Experimente mehr.

Einmal im Monat träume ich von meiner Mutter. Immer denselben Traum, denn wer weiß, was schlecht ist, braucht ebenfalls keine Experimente. In meinem Traum klingelt das Telefon. Ich nehme den Hörer ab, und sie ruft mich zweimal beim Namen – halb fragend, leicht verwundert, als wolle sie sich vergewissern, daß ihr Fluch noch wirkt. Da, ich hatte versprochen, nicht mehr vom Tod meiner Mutter zu sprechen, und hab's nicht durchgehalten.

Die Ausstellung *Mein Vater* hat in einem Tel Aviver Café stattgefunden. Ich habe Romi geholfen, die Bilder aufzuhängen: »Mein Vater macht Frühstück.« »Mein Vater holt Brot aus dem Ofen.« »Mein Vater unter der Dusche.« »Mein Vater sitzt am Grab seines Sohnes.«

Jakob ist sehr photogen. Die Photographie macht ihn nicht schöner, verfeinert aber seine Trauer und verleiht ihm Denkerzüge. Nachts, als mein Bruder auf die Veranda trat, um seine Schuhe wieder anzuziehen, faßte er sich mit beiden Händen an die Brust, als wolle er sein gebrochenes Herz wieder zusammenfügen. Da ist die dunkle Wand seines Rückens, seine geballte Faust an Leas Bett: »Mein Vater und seine Frau«. Dort der Schatten seiner Arme an den Wänden der Bäckerei. Da bin auch ich, mit ihm auf der Veranda: »Mein Vater und sein Zwillingsbruder unterhalten sich«. Als er morgens aus der Bäckerei zurückkehrte, hatte Romi ihn erwischt, an den Stamm des Maulbeerbaums gelehnt. Am Abend hatte sie ihn und Michael in der Küche abgepaßt. Ein salziger Tropfen war auf der Schulter des Kindes gelandet, kroch seine nackte Brust hinab, zog die Augen des Betrachters mit, hinterließ eine feucht glänzende Bahn wie die Spuren der Schnecken auf den Verandafliesen. Unspektakuläre, aber äußerst schmerzliche Entdeckungen.

Nur das Bild »Mein Vater schreit«, auf dem mein Bruder in der Bäckergrube steht, die Hände gegen die Ofenwand gestemmt und den Kopf in den Schlund gesteckt, hat sie nicht ausgestellt. »Ich habe einen Wunsch zugute«, habe ich ihr erklärt, »das häng bitte nicht auf.«

Ihre Hand auf meinem Arm, Schulter an Schulter, hat sie mich herumgeführt und ihren Freunden vorgestellt, die zur Vernissage gekommen waren.

»Und das ist mein Onkel, sieht man doch, nicht?«

»Du hast einen lieben Onkel«, sagte ein weibliches Wesen.

»Du kannst dich mit ihm verabreden, aber nicht heute abend«, sagte Romi, »heute abend ist er vergeben.«

Nach Mitternacht verliefen sich die Gäste langsam.

»Wir können auch schon gehen«, sagte Romi.

»Bringst du mich nach Hause?«

»Zu mir.«

»Nach Hause«, sagte ich, »ich möchte schlafen.«

»Dann schlaf bei mir.«

»Komm, wir spielen, du bist betrunken, und ich bin taub, Romi.«

»Nur Seite an Seite mit dir schlafen, Onkel, mehr nicht.«

»Nein«, antwortete ich ihr, »ich werde ein Taxi nehmen.«

Sie fuhr mich zum Dorf. Der alte Lieferwagen klapperte mächtig, die Fernlichter anderer Autos ließen Tränen auf ihrer rechten Wange aufleuchten.

»Sechs Jahre, seit meiner Entlassung aus der Armee, photographiere ich ihn, streite mich mit ihm, schneide sein Leben in Rechtecke, heule und lerne und kämpfe und arbeite – und das war's, mit einem Abend ist alles vorbei, und du meinst bloß, ich sei auf einen Fick aus. Du hast keine Ahnung, wovon ich rede, was?«

»Doch.«

Später, in meinem Bett, hörte ich das Brausen des Brenners aus der Bäckerei, das feine Rieseln des Regens, den davonfahrenden Lieferwagen. Nach einer Weile waberte der säuerliche Geruch durch die Luft. Ich schloß die Augen, und Romi stand über mir.

»Der Teig geht schon«, sagte sie.

Ihre Schultern schimmerten weiß in der Dunkelheit, das Bett ächzte unter dem Gewicht ihres Körpers, ihr Nackenflaum berührte meine Lippen. Um vier Uhr morgens wachte ich mit einem furchtbaren Schrecken auf und tastete hastig nach meiner Brille. Michael stand am Bett und beobachtete mich. Als ich eben begriff, daß es ein Traum gewesen war, und mich beruhigte, sah ich auch schon Romi, zitternd an der Wand.

»Was willst du, Michael?«

»Gucken«, sagte er, »umarmt euch noch mal so.«

Sie nahm ihn bei der Hand, um ihn hinauszuführen. »Ich bring dich zu Mutter«, sagte sie zu ihm. »Ihr ist kalt so allein. Komm, schlaf bei ihr. Komm.«

Doch Michael befreite sich aus ihrem Griff und rannte wie im Flug aus dem Zimmer.

»Meinst du, er erzählt was?« fragte ich.

Sie setzte sich aufs Bett. »Ich wollte es so wie in Amerika haben«, sagte sie schließlich. Energisch steckte sie die Beine in die Hosen, stand auf, stopfte die Blusenzipfel hinein und zog den Reißverschluß hoch.

»Ich geh«, sagte sie, »ich bin okay. Und mach dir keine Sorgen, er wird nichts sagen, und selbst wenn er was ausplaudert, wird ihm kein Mensch glauben. Man kennt schon seine Märchen. Er hat bereits erzählt, er habe Vater nachts auf den Schornstein klettern sehen, Engelmenschen hätten ihn fliegen gelehrt, Simeon habe Itzig beim Stehlen aus dem Vorratsraum geschnappt und ihn gewürgt, bis er ohnmächtig wurde. Er hat sehr komische Phantasien, mein kleiner Bruder.«

Sie küßte mich auf die Stirn und ging.

Michael hat nichts erzählt. Zehn Tage später ist mein Vater gestorben. Einunddreißig Tage danach habe ich mir die Bartstoppeln abrasiert und bin heimgekehrt.

73

Ich nähere mich dem Ende. Das sagen mir meine Körperzellen, die Panzer toter Krebse im Sand, die sturmschwarz werdende Luft. Ich schließe, weil ich dir auf die eine oder andere Weise die meisten deiner Fragen beantwortet habe. Übrigens sind diese Geschichten nicht so kompliziert, wie sie sich anhören. Dir gefällt die große Ähnlichkeit zwischen Mutter und Romi nicht (»zu symbolisch«, sagst du). Großer Gott, bin ich denn schuld, daß sie sich so ähnlich sehen? *Chez nous à Paris* passiert das gelegentlich, daß die Großmutter ihr Äußeres der Enkelin vererbt. Und die Verbindung, die du sinnigerweise zwischen mir und dem Herzog Anton gefunden hast? Und deine »drei Stufen der Annäherung an die Wirklichkeit«? Willst du, daß ich dir noch einmal Munthe und Fielding an den Kopf werfe?

An jenem Tag, um vier Uhr nachmittags, kam Simeon nach Tel Aviv und bat mich, mit ihm nach Hause zu kommen. Tia Dudutsch nahm mich bei der Hand und führte mich in Vaters Zimmer. Jakob stand schon dort, die Hand über den Mund gelegt, mit bebenden Schultern.

»So ist er seit heute morgen«, sagte er, »warum geht ihr nicht ans Telefon?«

Vater atmete mühsam, seine schmalen, trockenen Sehnen, die lila Leber- und Milzflecken ermatteten in seinem Körper.

Hilflos lag er da und blickte uns an. Als er das Wort »Arzt« hörte, rollte er den Kopf hin und her. Dann begann er zu sprechen.

»Was, Vater?« Ich beugte mich zu ihm nieder. »Was?«

Seine Schädelnähte wirkten wie Unterwasserriffe. »*El nono vino … el nono vino …*« sagte er in der vorher längst aufgegebenen Sprache seiner Vorfahren, »da kommt Großvater.« Wieder und wieder spuckte er die weichen Worte, stieß sie mit langsamen Halsverrenkungen hervor, bis sie schwerfällig hinausgedrängt wurden, sich in einer Reihe anordneten, Kräfte sammelten,

Schwung nahmen und tropfend schwer aufflatterten wie Gänse von einem See.

Mehr sagte er nicht. Ich fiel an seinem Bett auf die Knie und legte meinen Kopf auf seinen Bauch. Seine Hand fuhr mir zittrig durchs Haar. Die Luft pfiff in seinen Lungen. Ich dachte an Jechiel Abramson, der die Gelegenheit verpaßt hatte, letzte Worte zu hören, die zwar nicht von einem berühmten Menschen stammten, aber immerhin unzweifelhaft letzte Worte ohne abweichende Versionen waren.

Dann brach Jakob in lautes Weinen aus, nahm die Brille ab und lief aus dem Zimmer, und ich blieb dort allein mit Vater zurück. Dazu hatte man mich ja gerufen. Zum Helfen, Pflegen, Sühnen.

Die Stunden vergingen. Blasen stiegen auf Abrahams Lippen und platzten lautlos. Sie waren wenige und klein, denn er hatte schon nicht mehr viel Zeit in sich, und jede enthielt nur ein bis zwei Sekunden. Seine Hände wurden grau, sein Atem ging flacher, die Schmerzen begannen seine Glieder zu räumen. Ich kannte sie alle. Den elenden Schurken vom Knie, den *Diabolo* des Rückens und den schlimmsten von allen – den fiesen Türken, *el Dolor de estomago*. Blaß und groß brachen sie aus seiner Körperhülle aus, trippelten mit ihren langen weißen Hälsen umher, tasteten in ihrer blinden Wut nach meinen Füßen.

Ein furchtbarer, tiefer Hustenanfall schüttelte Abrahams Brust. Zum erstenmal in seinem Leben schloß er die Augen, und ich mühte mich, mit kindlichem Ausdruck und vorgeschobener Zunge, die pergamentenen Lider mit den Fingern aufzudrücken. Ein unfaßbarer Moment ist der Augenblick des Todes, selbst der *Punto de masapan* kann sich mit ihm nicht an Feinheit messen. Deshalb decken die Menschen das Antlitz des Toten zu und erinnern sich an diese Handlung, quälen sich nicht, wie ich, damit, den Augenblick des Vergehens zu erfassen und festzuhalten. Denn er ist flüchtig wie ein Erinnerungsbild, feiner als der leiseste Wellenschlag, kürzer als ein Augenzwinkern.

So saß ich da. Dann kam wunderbarer Brotgeruch auf und stieg mir in die Nase. Der Duft frischen Brotes, das ganz, ganz dicht in meiner Nähe gebacken wurde. Ich erhob mich und ging hinaus. Der Regen hatte schon aufgehört, der Himmel war klar, und der Geruch drang aus der Bäckerei meines Bruders Jakob.

Glossar

A Gojte (jidd.) – eine Nichtjüdin (abfällig).
Adlojada – der jährliche Purim-(Karnevals-)Umzug in Tel Aviv, so benannt nach der talmudischen Aussage, man habe am Purimfest zu trinken, »bis man nicht wisse« (hebr. *ad lo jada*) zwischen dem Fluch für Haman und dem Segen für Mordechai (im Buch Ester) zu unterscheiden.
Agamen – *Agamidae* – Familie der Echsen mit etwa 300 Arten, nur in warmen Gegenden der Alten Welt.
Alokada (lad.) – Schlampe.
Aschkenase (Pl. Aschkenasen oder Aschkenasim) – die mittel- und osteuropäischen Juden. Versus *Sephardim*, die aus Südeuropa, Kleinasien und Nordafrika stammenden Juden.

Bagno de bitulim (lad.) – das nach der Entjungferung vorgeschriebene rituelle Bad in der *Mikwa*, dem jüdischen Badehaus.
Balabai (lad.) – abgeleitet von dem hebr. *Baal-ha-Bait*, wörtl. Hausherr, in der Bedeutung von Patron oder Meister.
Bankita (lad.) – Schemel.
Barad (hebr.) – wörtl. Hagel. Gemeint ist eine Erfrischung aus zerstoßenem Eis mit Fruchtsirup.
Basinico (lad.) – Nachttopf.
Bat Mizwa (hebr.) – ein Mädchen, das mit dem zwölften Lebensjahr die religiöse Volljährigkeit erreicht hat, bzw. der Tag, an dem dies begangen wird.
Biskotios (lad.) – mürbe Sesamkringel.
Bocca de jora! (lad.) – Dreckmaul.
Bovo (lad.) – Dummkopf.
Brit Mila (hebr.) – rituelle Beschneidung jüdischer Knaben, gewöhnlich am 8. Tag nach der Geburt.
Bulisa (lad.) – weiblicher Vorname sowie auch respektvolle Anredeform, ähnlich wie Señora.

C.I.D. – Criminal Investigation Department, britische Kriminalpolizei.
Chacham oder *Chachan* (hebr., Pl. Chachamim) – wörtl. Weiser, Bezeichnung für sephardische Rabbiner oder Religionsgelehrte.
Challa (hebr., Pl. Challot) – geflochtenes Sabbatbrot.
Challe – jiddische Form von *Challa*.
Chamin (hebr.) – die hebräische und sephardische Bezeichnung für den im aschkenasischen Bereich als Tschont oder Tscholent bekannten gehaltvollen Eintopf für den Sabbatmittag, der wegen des sabbattäglichen Kochverbots vom Freitagabend an warmgehalten wird.
Chanukka – das achttägige jüdische Lichterfest im Dezember.
Chapachula (lad.) – Schlampe.

Chassid (Pl. Chassiden oder Chassidim) – mystisch orientierter frommer Jude.
Chazakiro (lad.) – Besitzinhaber.
Chefoer – Verballhornung von Haifaer, einem Mann aus Haifa.
Chupa – Trauhimmel oder Hochzeitsbaldachin, unter dem die jüdische Trauzeremonie vollzogen wird. Auch kurz für letztere selbst verwendet.
Como kawaikos (lad.) – wie Pferde.
Cortijo (lad.) – Hof.
Cucaracha (lad.) – Kakerlake.

Dunam – für Grundbesitz übliche Flächenmaßeinheit (1000 qm).

Fellache – arabischer Bauer.

Galata (türk.) – minderwertiges Brot aus Sorghummehl.
Goj, Goja (hebr.) – Nichtjude, Nichtjüdin.

Hadramaut – historische Landschaft in Südarabien, Südjemen.
Hagana – die offizielle Untergrundarmee des jüdischen Bevölkerungsteils im Palästina der Mandatszeit. Nach der Staatsgründung ging sie in den regulären israelischen Streitkräften auf.
Hamle-melane (arab.) – frisch vom Strauch geröstete Kichererbsen.
Haram (arab.) – Gott behüte!
Haskala – Aufklärung, geistige Bewegung im ost- und mitteleuropäischen Judentum seit der Mitte des 18. Jahrhunderts. Sie begann mit Moses Mendelssohn und führte zur Emanzipation.

Indehiniados (lad.) – Tagediebe, Nichtstuer.

Jabbok – biblischer Fluß, den Jakob mit seiner Familie überschritt, als er Esau zur Versöhnung entgegenzog (Gen. 32, 23).
Janitscharen – türkische Elitearmee.
Jecke, jeckisch – deutscher Jude, bzw. das davon abgeleitete Adjektiv.
Jerek (hebr.) – Grünzeug sowie ein Kinderspiel, bei dem man auf entsprechendes Kommando schnell etwas Grünes berühren muß.
Jewish Agency – 1929–48 die offiziell anerkannte Vertretung der Juden im Kontakt mit der Mandatsregierung. Nach der Staatsgründung als Bindeglied zwischen Israel und der Diaspora vor allem mit der Förderung der Einwanderung, der jüdischen Erziehung in der Diaspora und der wirtschaftlichen Entwicklung Israels befaßt.

Kabanos (lad.) – Hartwürste.
Kafeiko (lad.) – Kaffee.
Kalikkers (jidd.) – Leichtgewichte, Dussel.
Karäer, Karäerinnen – Angehörige einer Anfang des 8. Jahrhunderts entstandenen jüdischen Sekte, die nur die Bibel anerkennt, den Talmud aber ablehnt.
Karawanaya (türk.) – Militärkantine.
Kaschrut (hebr.) – Koscherwesen, alles, was mit der Einhaltung der rituellen Speisegesetze zusammenhängt.
Katschke (jidd., Pl. Katschkes) – Gans.

Kemizikas (lad.) – Kinderhemden.
Ketuba – jüdische Eheurkunde.
Kipaselik! (türk.) – Unverschämtheit, Dreistigkeit.
Kischek – arabischer Hartkäse mit langer Haltbarkeit.
Knafe – orientalischer Honigkuchen, dessen Boden aus dünnen Teigfäden besteht.
Kohelet – das biblische Buch Prediger Salomo bzw. dessen Verfasser.
Kol Nidre – Gebet am Vorabend des Versöhnungsfests.
Königin-Ester-Wahl – Kürung einer Art Karnevalsprinzessin beim jüdischen Purimfest, das auf dem biblischen Buch Ester beruht.

Ladino – auch Spaniolisch genannt, hebräisch-spanische Mischsprache der Sepharden, analog zum Jiddisch der Aschkenasen. Wie letzteres wurde es ursprünglich in hebräischen Buchstaben geschrieben, seit Umstellung des Türkischen unter Atatürk jedoch meist in lateinischen.
Levadura (lad.) – Sauerteig.

Mandila (lad., Pl. Mandilas) – Lederschlauch für Flüssigkeiten.
Melamed – jüdischer Schullehrer für die Kleinsten.
Mezelik (türk.) – Meze, viele kleine Vorspeisen.
Midrasch – vom 3. Jahrhundert bis ins Mittelalter gewachsener Fundus biblischer Exegesen, Legenden und ethischer Schriften.
Mikwa – rituelles jüdisches Badehaus.
Mil – kleine Münze der Mandatszeit.
Milletvorsteher – unter türkischer Herrschaft die Leiter der einzelnen Religionsgemeinschaften.
Mizwa (hebr.) – gutes Werk, Erfüllung eines religiösen Gebots.
Mizwe – jiddische Form von *Mizwa*.
Moschawa – zur Frühzeit des Zionismus gegründete landwirtschaftliche Kolonie mit Privatbesitz und Lohnarbeit.
Mutazaref – türkischer Beamtentitel.

Napier – alte Automarke.

Orassa – Metallputzmittel.
Orniro (lad.) – Bäckergehilfe.

Pashariko (lad., Pl. Pasharikos) – besonders geformte kleine Brötchen.
Pelejon (lad.) – Streithahn, jähzorniger, streitsüchtiger Mann.
Pessach – das jüdische Passafest (um die Osterzeit) zum Gedenken an den Auszug aus Ägypten. Während der sieben Tage des Festes darf kein Sauerteig gegessen werden. Brot wird daher durch Matzen ersetzt.
Pezgado koursoum (lad.) – wörtl. Bleifisch, gleichbedeutend mit Tölpel, Dummkopf.
Pisgada (lad.) – Unglücksweib, Nervensäge.
Pitzika – Pita, Fladenbrot.
Princesa de sutlatz (lad.) – Reispuddingprinzessin. Scherzname für Sara, die nur Milchspeisen, kein Fleisch zu sich nimmt. Da am jüdischen Wochenfest (um die Pfingstzeit) traditionell »Milchiges« und nicht »Fleischiges« gegessen wird, ist bei ihr das ganze Jahr Wochenfest.

Proselyt – Konvertit, jemand, der zu einem anderen Glauben, hier zum Judentum, übergetreten ist.
Puntikos (lad.) – Kleinigkeiten, Nichtigkeiten.
Purim – auf dem biblischen Buch Ester beruhendes jüdisches Freudenfest im Vorfrühling, das gemäßigt karnevalsähnliche Züge (Festessen, Alkoholgenuß, Kostümierung) trägt.

R.A.F. – Royal Air Force, Königlich-Britische Luftwaffe.
Retina – Kameramodell.
Rosch Chodesch – Monatsanfang. Neumond. Je nach dem jeweils beginnenden jüdischen Monat ein oder zwei Halbfeiertage, an denen Frauen sich schwerer Arbeit enthalten sollen.
Rubbi – Verballhornung von Rabbi, Schullehrer für Kleinkinder.

Sahleb – arabischer Pudding, der im Winter warm gegessen wird.
Saraya – türkischer Verwaltungssitz.
Satanika (lad.) – weibliche Verkleinerungsform von Satan, Teufelsweib.
Schaddai (hebr.) – Name Gottes: der Mächtige, der Allmächtige.
Schiletka – Joppe, Weste.
Schiv'a – die jüdische Trauerwoche nach dem Tod eines nahen Anverwandten.
Schofar – Widderhorn, das am jüdischen Neujahrsfest und zu Ende des Versöhnungstags geblasen wird.
Sedertisch – für das Sedermahl am Vorabend des Passafestes gedeckter Tisch.

Shakikira de raki (lad.) – in Raki getränktes weißes Tüchlein.
Sivan – jüdischer Monat im Frühsommer.
Sorghum – auch Durra oder Mohrenhirse. Wichtigstes Brotgetreide Afrikas, das auch in Südeuropa und im Vorderen Orient angebaut wird.
Suss – arabisches Erfrischungsgetränk auf Zuckerrohrbasis.

Talmud-Tora – Talmud-Tora-Schule, jüdische Volksschule.
Tammus – jüdischer Monat im Hochsommer.
Tchorbaika (lad.) – Suppe.
Tewet – jüdischer Monat im Winter.
Tfu-chamsa-mesusa – Ausspruch zur Abwehr von Unbill (bösem Blick und ähnlichem). Zusammengesetzt aus *tfu*, etwa pfui, zur Abwehr von Teufeln und Dämonen, *Chamsa*, dem in arabischen Ländern und bei den orientalischen Juden verbreiteten Handsymbol zum selben magischen Zweck, und *Mesusa*, der an jüdischen Türrahmen angebrachten Kapsel mit Bibelsprüchen, der im Volksglauben ebenfalls unheilabwendende Kräfte zukommen.
Tishpishti – Grießgebäck.
Tora – im engeren Sinn die fünf Bücher Mose, im weiteren Sinn die ganze jüdische Lehre.
Toyakas de Purim (lad.) – Purimrasseln.
Troncho (lad.) – Kohlkopf, Depp.

Uglum (türk.) – mein Sohn.

Wadi – trockenes Flußbett, das sich bei Winterregen in einen reißenden Strom verwandeln kann.

Wakf – moslemische öffentliche Stiftung.

Wali – türkischer Bezirksgouverneur.

Yale-Schlüssel – Sicherheitsschlüssel.

Yallah! (arab.) – los, vorwärts, mach schon.

Yawasch (türk.) – langsam.

Zaddik (Pl. Zaddikim) – Gerechter, Frommer.

Verzeichnis der wichtigsten Personen

Abraham Levi	Bäcker, Sara Levis Mann, Vater von Esau und Jakob
Arthur Spinney	britischer Offizier, später Gründer der Spinney-Warenhauskette
Bechor Ezechiel Natan	Sohn von Lija und Dudutsch Natan, Esaus Cousin
Bechor Natan	Mikrograph, Lija Natans Vater
Benjamin Levi	Sohn von Jakob und Lea Levi, Esaus Neffe
Bulisa Levi	Abrahams Mutter
Bulisa Simobul	Augenheilerin in Jerusalem
Chaja Brinker	»Chaja Hameta«, Isaak Brinkers Frau
Chez-nous-à-Paris	Friseuse und Liebesexpertin in der Moschawa
Djamila	arabische Fellachin
Dr. Borton	britischer Arzt in Jerusalem
Dr. Korkidi	Arzt in Jerusalem
Dudutsch Natan	geb. Levi, Abraham Levis Schwester, Lija Natans Frau, Esaus Tante
Edward Abramson	Rechtsanwalt in New York, Jechiel Abramsons Bruder
Esau Levi	der Erzähler, Sohn von Abraham und Sara Levi, Zwillingsbruder von Jakob Levi
Ezechiel Levi	Abraham Levis älterer Bruder, Esaus Onkel

Hadassa Edelmann	geb. Tedesco, »Frau aus dem Holocaust«, Josua Edelmanns Frau, Mutter von vier Töchtern
Isaak Brinker	Bauer, Jecke, Mann von Chaja Brinker
Isaak Ergas	Bäcker in Jerusalem, Abraham Levis Meister
Itzig Edelmann	Josua Edelmanns Sohn
Jakob Levi	Bäcker, Sohn von Abraham und Sara Levi, Esaus Zwillingsbruder
Jechiel Abramson	Dorfbibliothekar, Edward Abramsons Bruder
Josua Edelmann	aus Polen eingewandert, Jasminzüchter, dann Bäckergehilfe, Hadassa Edelmanns Mann, Vater von Itzig Edelmann und vier Töchtern
Kokosin	Leiter des Dorfkonsums
Lea Levi	geb. Levitov, »Lalka«, Jakobs Frau, Esaus Schwägerin, Mutter von Benjamin, Romi und Michael
Lija Natan	Dudutsch Natans Mann, Esaus Onkel
Ludwig Efraim Brinker	»Fritzi«, Professor, Frauenarzt in Jerusalem, Isaak Brinkers Bruder
Manzanika	Isaak Ergas' Frau
Michael Levi	Sohn von Jakob und Lea Levi, Esaus Neffe
Michael Nasarow	»Djeduschka Michael«, Bauer, Großvater von Esau und Jakob, Saras Vater
Noach Brinker	Sohn von Isaak und Chaja Brinker
Pagur Dadurian	Photograph in Jerusalem, Studio Dadurian
Pessacharbeiter	Jemenitischer Jude, der während der Pessachtage den Backofen instand setzt
Romi Levi	Tochter von Jakob und Lea Levi, Esaus Nichte

Sara Levi	geb. Nasarow, Abraham Levis Frau, Mutter von Jakob und Esau
Schealtiel Saporta	Heiratsvermittler in Jerusalem
Simeon Natan	Sohn von Lija und Dudutsch Natan, Esaus Cousin
Yakir Alchadew	Vorsteher von Saras Heimatdorf
Zwia Levitov	Lea Levis Mutter, Jakobs Schwiegermutter

*Bitte beachten Sie auch
die folgenden Seiten*

Meir Shalev
Ein Russischer Roman

Aus dem Hebräischen von Ruth Achlama

Der inzwischen erwachsene Waisenjunge Baruch blickt zurück auf seine Kindheit in einer kleinen Siedlung in der Jesreel-Ebene, im heutigen Israel. Baruch erzählt liebevoll selbstironisch von den Schwierigkeiten der ersten Siedler beim Austrocknen der Sümpfe und dem Aufbau der Landwirtschaft. Humorvoll werden die einzelnen Dorfbewohner charakterisiert: der konspirative Rilow, der am liebsten noch die Geburt seiner Tochter geheimhalten will; Fejge, eine Frau der ersten Stunde, um die sich die wildesten Gerüchte ranken; Efraim, der über die Schulter gehängt immer sein Lieblingskalb mit sich herumschleppt; Baruch selbst, der Lauscher an der Wand, der von seinem Großvater allein erzogen wird...

»... eine wunderbare, witzige und sehnsüchtige Commedia dell'arte der Gründerjahre von Erez Israel.«
Peter Mosler/Die Zeit, Hamburg

»... das farbenprächtige Epos über die Pioniere der zweiten Alija, die Einwanderer aus Rußland und der Ukraine zu Anfang des Jahrhunderts, die vom Sozialismus träumten und die Sümpfe der Jesreel-Ebene trockenlegten. Es sind diese dramaturgische Intelligenz, diese stets wache Ironie, die aus Shalevs Roman ein Meisterwerk machen, einen farbigen Chagallschen Bilderbogen, der von einem klaren Kopf geträumt wird. Daß der ›Russische Roman‹ in Deutschland bisher kein Bestseller wurde, mag daran liegen, daß er jedes Klischee unterläuft. Ein Buch, in dem man leben möchte, weil es von Menschen bewohnt ist, die gleichzeitig heldenhaft sind und lächerlich und nahe wie enge Verwandte.«
Matthias Matussek/Der Spiegel, Hamburg

Muriel Spark
Das Mandelbaumtor

Roman. Aus dem Englischen von
Hans Wollschläger

Muriel Spark erzählt das Abenteuer der englischen Lehrerin Barbara Vaughan, die nach Jerusalem fährt, um sich über sich selbst klar zu werden: sie ist eine zum Katholizismus konvertierte Halbjüdin, sie liebt einen verheirateten Mann, der nach katholischem Recht nicht geschieden werden kann.
Die Suche nach der eigenen Identität ist das Thema des Romans, das in Jerusalem, dem Schnittpunkt der Religionen und Weltanschauungen, nicht nur an Barbara Vaughan demonstriert wird: ihr Auftritt zwingt mehr oder weniger alle, die am Abenteuer beteiligt werden, an Gefahr, Spionageverdacht und Flucht, zu eigenen Entscheidungen und zur Selbsterkenntnis.

»Das ist Muriel Spark: eine Meisterin in der Kunst, das Phantastische erst plausibel zu machen, es dann aufzuheben und die Unsicherheit des Lesers auszunutzen zu einer zweiten Ebene der Ironie dem Leben gegenüber, das sie in diesem Roman schildert.«
Die Zeit, Hamburg

»Der Roman hat viele Qualitäten: Eine Handlung, die den hohen Spannungsbogen hält, glänzend nuancierte Personen, eine hochintelligente Sprache. Seine größte Qualität liegt indes in der Wiedergabe und ironischen Überwindung des Milieus.«
Süddeutsche Zeitung, München

*Andrzej Szczypiorski
im Diogenes Verlag*

Die schöne Frau Seidenman
Roman. Aus dem Polnischen von Klaus Staemmler

Dieser Roman handelt von der Rettung der schönen Polin Irma Seidenman und einer Vielfalt von Gestalten und Geschichten, die der Autor in einer großartigen Komposition um sie herum gruppiert: der junge Pawetek, der sie insgeheim verehrt, sein Schulfreund Henio Fichtelbaum, der ins brennende Ghetto zurückkehrt, der reiche Schneider Kujawaski, der heimlich Künstler und den Widerstand unterstützt, der Schöne Lolo, ein erfolgreicher Verräter, der Bandit Suchowiak, der Juden aus dem Ghetto schmuggelt...

»Gelassen, aller pessimistischen Geschichtsbetrachtung zum Trotz, blickt Andrzej Szczypiorski zurück auf die finsteren Zeiten, die er selbst durchlebt hat, in den Flammen des Warschauer Aufstands und danach im KZ Sachsenhausen. Mit herber Ironie erzählt er von Gerechten wie Schurken, von guten Patrioten und Henkersknechten, Todgeweihten und noch einmal Davongekommenen, deren Geschicke sich verknüpfen zu dramatisch gerafftem Romangeschehen.«
Der Spiegel, Hamburg

Eine Messe für die Stadt Arras
Roman. Deutsch von Karin Wolff

»Wir sollten vorsichtiger sein, wenn wir uns über ›die besten Bücher‹ und ›die wichtigsten Autoren‹ äußern, denn es ist allzeit wahrscheinlich, daß wir die gar nicht kennen. Zum Beispiel den Roman *Eine Messe für die Stadt Arras* von Andrzej Szczypiorski.«
Ulrich Greiner/Die Zeit, Hamburg

»*Eine Messe für die Stadt Arras* ist Andrzej Szczypiorskis Hauptwerk.« *Marcel Reich-Ranicki/FAZ*

Amerikanischer Whiskey
Erzählungen. Deutsch von Klaus Staemmler
Mit einem Vorwort des Autors zur deutschen Ausgabe

»Gesättigt mit Welt und Erfahrung sind die Geschichten; ein souveräner Kopf und blendender Erzähl-Techniker schildert das ewige Menschheits-Monopoly, Macht und Ohnmacht, erlebt am eigenen Leibe. Turmhoch stehen diese Erzählungen über dem grassierenden esoterischen Gefinkel und knieweichen Selbstbeweinen heimischer Floristen.« *Der Spiegel, Hamburg*

»Andrzej Szczypiorski kann nicht aufhören, sich darüber zu wundern, was Menschen Menschen angetan haben und was sie sich noch heute antun...«
Marcel Reich-Ranicki

Notizen zum Stand der Dinge
Deutsch von Klaus Staemmler

»Diese Aufzeichnungen sind das Dokument der Auseinandersetzung eines aus seinem Lebenszusammenhang gerissenen Individuums mit einer aus ihrem organischen Zusammenhang herausgerissenen Zeit – und des Versuchs, sich aus dieser Zeit heraus in einen Bereich der Zeitlosigkeit zu retten. Authentisch, subjektiv und schonungslos.« *Neue Zürcher Zeitung*

Nacht, Tag und Nacht
Roman. Deutsch von Klaus Staemmler

»*Nacht, Tag und Nacht* ist ein sehr nachdenkliches Buch, dessen Stärke in der Verknüpfung anschaulichen Erzählens mit kompromißloser Reflektion liegt. Im Schicksal einiger farbig gezeichneter Figuren wird das Lebensopfer einer ganzen Generation spürbar.
»Szczypiorskis Abrechnung mit der Vergangenheit seines Landes ist schonungslos.«
Bayrisches Fernsehen, München

Der Teufel im Graben
Roman. Deutsch von Anneliese Danka Spranger

Stanislaw Ruge erinnert immer irgendwen an irgend jemanden. In der Kneipe eines polnischen Provinznestes kommt er mit einem Dienstreisenden und dem ortsansässigen Rostocki ins Gespräch. Der Dienstreisende fühlt sich durch Ruge an einen Hund namens ›Bürste‹ erinnert; weniger harmlos ist die Assoziation von Rostocki: Er besteht darauf, in Ruge einen Polizisten wiederzuerkennen, der in der Nazizeit mit den Deutschen kollaborierte.

»Andrzej Szczypiorski belegt, daß der Roman keineswegs tot ist, daß menschliche Schicksale im doppelten Sog der Geschichte und der Zeit noch immer, und zwar auf höchstem Niveau, in der Romanform darstellbar sind.« *Neue Zürcher Zeitung*

Den Schatten fangen
Roman. Deutsch von Anneliese Danka Spranger

Sommer 1939 in Polen: Wie eine Gewitterwolke hängt die drohende Kriegsgefahr über einer pittoresken Landschaft. Der junge Krzys, der mit seinen fünfzehn Jahren an der Schwelle zum Erwachsensein steht und seine erste Liebe erlebt ahnt, daß das Polen seiner Kindheit bald der Vergangenheit angehören wird. So zieht mit dem Ende der Kindheit von Krzys das Ende einer polnischen Epoche heran, Krzys kann gerade noch *Den Schatten fangen*.
Dieser in Polen erstmals 1976 veröffentlichte Roman voll zarter Poesie und wehmütiger Bilder läßt Szenarien von Thomas Mann anklingen.

»Szczypiorski erzählt ohne Sentimentalität und hurrapatriotische Ausbrüche, dafür mit Humor und Verständnis für menschliche Träume und Sehnsüchte.« *Süddeutsche Zeitung, München*

Viktorija Tokarjewa
im Diogenes Verlag

Zickzack der Liebe
Erzählungen. Aus dem Russischen
von Monika Tantzscher

Die Menschen der Viktorija Tokarjewa rebellieren gegen ein Leben, das mit der Regelmäßigkeit eines Uhrwerks abläuft und keinen Raum für spontanes Glück läßt. Sie träumen von leidenschaftlicher Liebe – zu deren Unbedingtheit sie sich dann doch nicht entscheiden können. Ironisch und mit Herzblut erzählt eine selbstbewußte Autorin von den Partnerschaftsnöten emanzipierter sowjetischer Frauen.

»Viktorija Tokarjewa schreibt keine tendenziöse Frauenprosa; die Frauen kommen nicht besser weg als die Männer, mögen sie auch völlig anders sein. Mit kinematographisch geschultem Blick beobachtet sie – Absolventin des Leningrader Filminstituts und Verfasserin zahlreicher Drehbücher – Menschen in ihrem privaten und beruflichen Alltag, sensibel und doch auf Distanz, wie ihr Vorbild Čechov.« *NZZ*

Mara
Erzählung. Deutsch von
Angelika Schneider

Die ehrgeizige Mara hat nur zwei Ziele: Macht und Geld. Da sie beides mangels Ausbildung auf direktem Wege nicht erreichen kann, geht sie den Umweg über Männer. In *Mara* entwirft die Autorin das psychologisch feinfühlig gezeichnete tragikomische Bild einer modernen russischen ›femme fatale‹.

»Ihre Erzählungen führen sehr direkt an das Wesen der Menschen heran. Was sie sagt, sagt sie in äußerst gedrängter Form. Eine ›Vaterschaft‹ Čechovs scheint vor allem im Umgang mit der Sprache, in der Beobachtungsgabe und im manchmal fast melancholischen Humor durchzuschlagen. Und obwohl Viktorija Tokarjewa in der Sowjetära lebt, sind ihre Figuren zeitlos, sieht man von den wenigen Tönen des Zeitkolorits ab. Wieviel klingt da mit.« *Neue Zürcher Zeitung*

Happy-End
Erzählung. Deutsch von Angelika Schneider

Aus purem Trotz heiratet Elja viel zu früh den sie naiv vergötternden Tolik und zieht mit ihm zu seinen Eltern in ein russisches Provinznest. Als sie an der Langeweile des Kleinstadtlebens zu ersticken droht, verliebt sich Elja in den Schauspieler Igor, der so wunderschön Lermontow rezitiert. Sie zieht mit ihm nach Moskau. Aber Igor ist Alkoholiker und hat seit Jahren keine guten Rollen mehr gespielt …

»Die große Kunst der Viktorija Tokarjewa besteht im äußerst sparsamen Gebrauch der erzählerischen Mittel. Überflüssige Details zu vermeiden und auf kürzestem Weg ins Herz der Dinge und der Menschen vorzudringen ist die Maxime der Autorin. Ihre Erzählungen sind von geradezu elementarer Wucht. Sie ist eine Meisterin.« *Frankfurter Allgemeine Zeitung*

»Vor allem aber liegt der Zauber von Viktorija Tokarjewas Schreibweise in einem Čechovschen Humor, der das schwere Leben leichter macht, dazu in gelegentlichen Ausflügen ins Träumerisch-Phantastisch-Absurde, im Witz der Formulierung, der den Geist vom Druck der Verhältnisse befreit.«
Deutsche Welle, Köln

Lebenskünstler
und andere Erzählungen. Deutsch von Ingrid Gloede

»Viktorija Tokarjewas Geschichten sind seit jeher von großer Anmut, allesamt Kunst-Stückchen, die einem die Vorstellung von Leichthändigkeit suggerieren.

Nicht jedoch von Leichtgewichtigkeit. Wenn sie uns ein Schmunzeln entlocken, dann liegt das daran, daß die Tokarjewa über einen ausgeprägten Humor verfügt und diese Gabe durchweg einsetzt. Es ist kein Humor der satirischen Art, eher eine sanfte Ironie, gewürzt mit einer Prise Traurigkeit und einem vollen Maß an mitmenschlichem Erbarmen.« *FAZ*

»Viktorija Tokarjewa psychologisiert nicht. Sie erzählt. In einem Ton und mit einer Sicherheit, die nicht den geringsten Zweifel zuläßt, daß hier eine großartige Autorin zu entdecken ist.« *NDR, Hamburg*

»Sie erzählt von Menschen – erstaunlich emanzipierten Frauen –, die einem Ideal nachjagen, dauernd im Aufbruch begriffen sind und doch an den realen Bedingungen klebenbleiben wie an Leimruten.«
Die Weltwoche, Zürich

Sag ich's oder sag ich's nicht?

und andere Erzählungen. Deutsch von Ingrid Gloede,
Angelika Schneider und Monika Tantzscher

Sag ich's oder sag ich's nicht? lautet die bange Frage, die sich durch das Leben einer jungen Frau zieht wie ein roter Faden. Als reife Frau hält sie Rückschau auf alle Gelegenheiten, die sie durch ihr langes Abwägen verpaßt hat. Als sich eine letzte Gelegenheit bietet, wagt sie schließlich den Sprung ins Ungewisse.

»Viktorija Tokarjewas Erzählungen sind durchdrungen von trockenem Witz und warmem Humor, distanziert und engagiert zugleich.«
Süddeutsche Zeitung, München